論創
ミステリ・ライブラリ
RONSO MYSTERY LIBRARY
1

Ayukawa Tetsuya
鮎川哲也

幻の探偵作家を求めて

［完全版］
上

RONSO MYSTERY LIBRARY

日下三蔵
［編］

論創社

幻の探偵作家を求めて　完全版　上

目次

はじめに（晶文社版　序文）

ミステリー界の盛況は推理作家のわたしですら驚くほどである。ポルノまがいの小説から暴力小説にいたるまでミステリーの名を冠するのは、雑誌社もしくは出版社の営業政策からくるもので当の作家のあずかり知るところではなく、読者としてべつに目鯨をたてるほどのこともあるまいが、昨今のこの隆盛が一日にして成ったわけでは勿論ない。戦前のミステリーがまだ探偵小説と呼ばれていた時代に、多くの先人たちが、ただただミステリーを愛するがゆえに、稿料なんぞは度外視して書き綴った。こうした人々が日本のミステリーの基盤をきずいた功績を忘れることはできないが、大半がプロ作家ではなかったために写真一枚すら読者の眼にふれる機会はなく、今日ではその経歴を明らかにする手だても失われつつある。いまのうちに何とかしておきたいという思いは、つねづねわたしの念頭を去らなかった。

消息不明となった作家は戦前派ばかりに限ったものではない。探偵小説が推理小説と称されるようになってから登場した新人たちのなかにも、そうした余技作家が何人かいる。さいわいにも所在が判明したこれらの人々も、取材の対象としてインタビューを試みた。が、例えば本間多麻誉氏の如く《猿神の贄》その他記憶にのこる作品を書き、雑誌のグラビアに顔写真も載っていながら、氷川瓏氏と新橋駅の近辺でヒョッコリ出遭ったのを最後に、まったく消えてしまった人もいれば、顔を合わせれば親しく語り合った故弘田喬太郎氏の場合のように、係累者の所在がどうしてもつかめなくて半ば絶望視しているようなケースもあるのである。

推理小説専門誌「幻影城」が発刊され、島崎博編集長から挨拶の電話があったとき、わたしはすかさず消えていった余技作家たちの探訪を持ちかけると、面白い、その企画を貰いましょうという返事を得た。即決であった。のちに探訪ではなくて「尋訪」ということになったが、これは島崎氏が中国の古典のなかから発見してくれたものである。

戦前の読者はべつとして、「幻影城」の若い購読者のうち果して何人がこの企画に関心を示してくれるか大きな疑問であった。しかし中途で打ち切ることもなく、一貫してわたしの「尋訪記」を載せてくれた編集長に謝意を表さなくてはなるまい。「幻影城」が休刊になった後、年に二回という約束で「尋訪記」を掲載してくれた「問題小説」の真矢正弘氏にも、この機会にお礼を述べなくてはならないだろう。坪田宏氏未亡人や星田三平氏のご遺族を訪問しようと考えているうちにわたしが病気にかかってしまったために、平井蒼太、蟻浪五郎の両氏をとり上げたきりで中絶することになったのは遺憾だが、専門誌でもない一般の雑誌がこうした記事を載せるのは、かなりの冒険であったに違いないのである。

ごくわずかの例外を除くと、大半の人が取材の申し入れに快く応じて下さった。月に一度のこの仕事を、島崎氏とわたしは楽しみに待つようになった。しかし、そうそう都合よく作家の消息がつかめるものでもない。ときには「尋訪記」が掲載されぬ号もあったが、いま振り返ってみるとその理由は、取材対象の人の所在が判らなかったためではないか、という気がする。かなりの歳月が経ってしまったので、その辺になるとわたしの記憶もいささか曖昧になってくる。そうしたこともあって、毎回この「尋訪記」は、目指す作家の消息をどうやってキャッチし得たかということからスタートしている。小学生に遠足の作文を書かせると、必ず校庭を出発するところから始まるといわれているが、本稿がそれに似ていることを思って、書きながらときどき苦笑する場合があった。

かつて本書は「幻影城」の出版元から刊行される予定になっていたため、わたしは雑誌に載った自分の文章に朱を入れる一方、各作家に申し入れて記述のなかのミスの指摘を受け、同時に顔写真と署名とを編集部あてに送ってくれるよう依頼した。だが突然の休刊に遭ってこれらの資料はすべてが所在不明になってしまったのであった。今回あらためて晶文社から刊行されるに際して、各氏に対して同じことを再度お願いしたにもかかわらず、すべての人々が嫌な顔一つせずに応じて下さったことにもお礼を申し上げたい。

戦前から戦後にかけて息のながい創作活動をされた渡辺啓助氏が、書と鴉の絵をよくされることは文中でも触れたとおりである。もう少し具体的に記せば、氏が《偽眼《いれめ》のマドンナ》で「新青年」に登場したのが昭和三年の六月号であって、地味井平造、本田緒生、葛山二郎、瀬下耽、橋本五郎の諸氏は渡辺氏の先輩作家になる。こうしたことから、本書の装画をお願いするのに最適な方ではないかと考えたのだったが、快諾して下さったのは感謝に堪えない。

本書の如き地味な内容の本は売れゆきもたかが知れているものだから、幾つかの出版社に話を持ち込んではそのたびに断わられてきた。しまいにはわたしも諦めていたのだが、昨秋ひょんなことから講談社の白川充氏にぶっつけてみたところ、各作家の代表短篇をはさんで文庫本で出してみようという願ってもない返事を得たのだ。ところが縁遠い娘にいきなり縁談が重なって来ることにも似て、晶文社のほうからも松村喜雄氏を介して出版の打診があった。このほうはハードカバーになるというので、はなはだ勝手ながら白川氏には諒解を願って、こちらに乗り換えた。なんだかわたしは先程からペコペコと頭を下げどおしのようである。わたしの我儘を非難せずに、晶文社から本になることを喜んでくれた白川氏に対してもやはり頭をさげねばなるまい。ともかくこの一巻は沢山の人々の好意によって出来上がった。

珍しくもない偶然だが本書を担当してくれた晶文社の編集者も島崎姓である。したがって読者のなかには読んでいて混同する人もいるだろう。が、「幻影城」の島崎博氏がわたしよりも小柄であったのに反して、晶文社の島崎勉氏は見上げるような長身だ。わたしは原稿を渡すと氏を誘って声楽のリサイタルへ出かけたものだが、電車やバスに乗るたびに入口で頭のてっぺんをぶっつけて、痛い痛いを連発していた。だから幾らわたしが慌て者でそそっかしくても、島崎博氏と島崎勉氏とを取り違えるようなことは絶えてないのである。どうか読者もお間違なきよう。

幻の探偵作家を求めて　完全版　上

1　ファンタジーの細工師・地味井平造

（一）

戦前のことになるが、春秋社より江戸川乱歩氏の編纂により「日本探偵小説傑作選」が刊行された。編者はこのために長い序文を書きおろし、それは当時の日本探偵小説界を概括的に鳥瞰した労作で、いまもって高く評価されている。わたしはこの長序によって地味井平造という変った名の作家と、《煙突奇談》という代表作のあることを知った。そして何とかして一読したいと思った。だがその頃の地味井氏は筆を折っており、《煙突奇談》も滅多に再録される機会がなくて、それ以来わたしにとって地味井氏は幻の作家であり《煙突奇談》は幻の作品であるということになった。

この短篇は、戦後になって「別冊宝石」でも紹介され、さらに講談社の「大衆文学大系」に採られている。だが、本を購《あがな》うほどの金銭的余裕にとぼしかったわたしの目に、それらが触れるわけもなかったのである。そして一昨年（一九七三年）のこと、「小説推理」が別冊で瀬下耽、西尾正、葛山二郎氏らの旧作を集めた特集号をだしたときに、わたしは三十数年ぶりでようやく《煙突奇談》とめぐり会えたのだった。それは世評どおり質のいい短篇であり、これでわたしの憧れの一端は果たされることになるのだが、作者についての紹介が省かれているものだから、地味井平造という人物については依然として知るところがなかった。わたしにとっては、この地味井平造という曰くあり気な、そのくせ安定感のあるペンネームからして謎であった。変っているという点では女銭外二氏と双璧をなしており、いつかはこの不思議な、と同時にひどく印象的な筆名の由来を明かしたいものだと念じていた。

「幻影城」の島崎博編集長とのあいだで、消息を絶った作家を捜し出してインタビューをしようではないかというわたしの提案がまとまったときに、わたしがまず第一に地味井氏の名をあげた裏面には、右にのべたような理由があったのである。

「問題は住所だが……」

地味井氏訪問が本決まりになると、電話口でわたしは心細気にいった。

このシリーズが年季の入った探偵小説読者から歓迎されるであろうことは間違いない。が、わたしと編集部には、毎回、消息不明の作者の居所をつきとめるという難問がつきまとうことになるのである。

「その件はぼくに委せておいて」

自信あり気に島崎編集長は答えた。

「地味井さんは牧逸馬氏の弟さんだからね、牧氏の未亡人か末弟の長谷川四郎氏に訊けばわかる筈です」

早速そちらのほうに問い合わせてみるから……。編集長はそういって電話を切った。じつをいうとわたしは、彼のいまの話によって、地味井平造と牧逸馬の両氏が兄弟であることをはじめて知ったのだった。と同時に、目から鱗がおちたように「地味井」の謎が解けた。

林不忘のペンネームで丹下左膳や釘抜藤吉などの時代小説を発表し、日本中の読者を熱狂させた牧逸馬氏は、一方では谷譲次の筆名を用いて、アメリカを舞台にした小気味よい数々の短篇を書いていた。この牧氏がジョージを名乗るからには、弟が自からをジミーと名づけても不思議はないではないか。地味井はジミーだ、とわたしは直感した。

このわたしの解釈が間違っていなかったことは後で触れる機会があると思うが、どう首をかしげても解らないのは「平造」のほうであった。後で気づいたことだけれども、この謎を解くキーはわたしの目の前にぶらさがっていたにもかかわらず、迂闊《うかつ》にもそれを見逃していたのである。

（二）

「水谷準君はどうしていますか？　元気ですか」

開口一番、地味井氏はそう訊ねた。そこには旧友を懐しむ心がこめられており、私はこの一言で地味井氏があたたかいハートの持主であることを悟った。じつは、地味井氏が気むずかしい人ではあるまいかと取越し苦労をした島崎編集長は、この会見がうまくいくかどうかを心

地味井平造

の中でひそかに案じていたのだそうだが、それは杞憂に過ぎず、インタビューは終始なごやかな空気のなかで行われた。

　わたしは水谷準氏との面識がほとんどない。この「新青年」の名編集長だった人がバリトンでうたう「オ・ソレ・ミオ」が絶唱であるという噂を人づてに聞いているので、一度それを拝聴したいとは思うものの、宴会嫌いのわたしにはその機会がないのである。

　わたしが返事にとまどっていると、編集長が「お元気です。先日、香山滋さんのお葬式でお見かけしました」と答えてくれた。推理小説界の事情にうといと思われる地味井氏が、この《オラン・ペンデク奇談》の作者の名を知っていたかどうかは疑問だが……。

　話は、水谷氏とつかず離れずして進展していった。第一作の《煙突奇談》をはじめとして、氏の作品は大半が水谷氏をつうじて活字になったのだから、作品を語るたびに水谷氏が顔をだすことになる。

「水谷君は出来のいい子で中学時代は優等生でしたね。その頃から作家志望でした」

「そういわれて思い出したのですが、『赤い鳥』に童謡を投稿して、毎号のように入選した納谷という少年がいますね」

「それは水谷君でしょう。彼の本名は納谷三千男ですから」

　地味井氏は一段となつかしそうに声をはずませた。「赤い鳥」は鈴木三重吉の編集によるハイブラウな少年雑誌なのである。

　その納谷少年は中学を卒えて上京し、早大に入って仏文を専攻する。その後を追うように上京した地味井少年は（当時はまだこの筆名は生まれていなかったのだが）雑司ヶ谷の下宿のおなじ部屋で共同生活を始め、絵画の勉強に励むのであった。

「牧逸馬とぼくとは非常に仲のいい兄弟でした。兄がアメリカから帰ってくると、同じ家で一緒に暮したものです」

帰国したこの長兄はアメリカ風の生活様式を持ち込んだ。服装から食事から日常会話にいたるまでがアメリカ式であった。彼の口からは頻繁にアメリカの俗語がとびだし、そのくせ、可愛いい弟がその真似をすることを恐れるように、「いまのは悪い言葉だから喋ってはいかん」と注意をしてくれるのである。

「この兄がぼくのことをジミーと呼ぶのですよ。本人のぼくはジミーなんていわれることに抵抗を感じているんですが、そのうちに周囲の人までがジミーさんと呼ぶようになる。松本恵子さんは二十歳を過ぎたぼくをジミー少年といっていましたね」

予期せぬところで松本恵子さんの名がでてきた。松本女史は「探偵文芸」を主宰した探偵作家松本泰氏の夫人であり、クリスティその他の小説の翻訳で知られていた。

「兄とぼくが借りた家の大家《おおや》さんが松本泰氏なのです。……恵子さんは元気でしょうか」

「多分、横浜でご健在ではないかと思います。いずれ、松本泰氏のことを伺うために、お訪ねする予定でございますが……」

「お会いしたら、ぼくから宜敷《よろし》くとお伝え下さい」

地味井氏はなつかしそうにいった。

この機会に作者の交友関係に触れておくと、地味井氏と探偵作家との交流は殆どなかった。江戸川乱歩氏とも会わずじまいであったという。唯一つわたしが興味を感じたのは、氏の個展を、水谷編集長に連れられて久生十蘭氏が見に来た、ということだった。久生氏もまた函館の産なのである。

（三）

このインタビューの冒頭で思わぬ失敗を演じた。部屋にとおされ、炬燵をすすめられたところで、おもむろに「物故作家の地味井氏につきまして……」と切り出したら、隣りに坐った藤田嗣治画伯にどことなく似ている紳士が、「わたしが物故した地味井君です」と自己紹介されたので、わたしは奇蹟に遭ったようにびっくりした。さまざまの理由から、地味井平造がてっきり亡くなったものとばかり思い込んでいたことがしくじりの原因になるのであった。だからわたしは、この紳士は地味井夫人の弟さんか何かで、今日のインタビューの介添役として同席されたものであろうと、勝手に解釈していたのである。

数えてみれば、「物故させられた」作家がわたしの知るかぎり他に二人いる。その一人は葛山二郎氏で、電話をかけた編集者のA氏が「ご遺族のかたでしょうか」と訊いたところ「いや、本人です」と答えられ、A氏は恐縮したという。

もう一人は外科医と作家の二足の草鞋《わらじ》をはいた阿知波五郎氏である。この場合は推理作家B氏の文中に「亡くなった阿知波氏は……」と書かれ、ニュースソースがはっきりせぬままに生死の判断をつけかねていたのだが、この阿知波氏も、島崎編集長が苦心の末に、関西に健在であることをつきとめた。

そして三人目が地味井氏。だが、死んだと噂をされた人は却って長生きをするといわれている。鼻の先で物故作家扱いをされた地味井氏は、一層の長寿を保たれること疑いないのである。

さて、地味井平造の本名は長谷川潾《りん》二郎という。この難しい名は漢学者のおじいさんがつけたもので、水のこんこんと湧くさまを表わすのだそうだ。ちなみに牧逸馬氏の本名は海太郎であり、濬《しゅん》、四郎という弟がある。《シベリヤ物語》で知られた寡作な作家が、この末弟の長谷川四郎氏なのである。

水谷準氏が中学時代から早くも作家志望であったように、長谷川潾二郎氏は年少にして画家を志していた。したがって小説を書くことは余技でしかなかった。わたしは地味井平造が筆を折った理由について知りたかったのだが、ご本人の話によると筆を折ったのではなく、絵の仕事に熱中しているうちに自然に雑誌から離れていったのだという。

参考までに、「新青年」と「探偵趣味」に発表された計七篇（これが活字になった地味井作品のすべてである）についてしるすと、次のようになる。

煙突奇談	探偵趣味	大正15年6月号
二人の会話	同	15年8月号
X氏と或る紳士	同	15年11月号
魔	新青年	昭和2年4月号
顔	同	14年3月号
不思議な庭園	同	14年10月号
水色の目の女	同	15年6月号

これを一見して気づくのは、《魔》と《顔》とが十二年の間隔をおいて執筆されていることだ。いったん創作欲が湧きおこると、矢つぎ早やに書きつづけるこの作者にしては、十二年間《かん》におよぶ長い沈黙は奇妙なことのように思えるのだが、長谷川氏はこの間にフランスへ赴き、

主として南仏で絵の勉強をつづけた。そして帰国してからも絵の制作で多忙が身辺を支配していたため、小説のことなどは全く念頭になかったのである。また作者自身が《X氏と或る紳士》について回想しているように「全くの空想による人工物、細工物であった。こういう物を書くのに飽きた」のかもしれない。

長谷川潾二郎画伯の最初の個展は帰国して十年余りのちに、日動画廊でひらかれるのだが、ここで水谷氏と地味井平造とは久し振りで邂逅する。渡仏するこの友人をエジプトタバコの餞別を持って見送ってくれた水谷氏は、いまや「新青年」の名編集長としてひろくその名を喧伝されていた。

「潾ちゃん、また何か書いてみないか」

「そうだな、一つ書いてみるか」

二人のあいだには、十年前とおなじような会話がかわされた。

こうして《顔》が執筆され、地味井平造は復活したのである。

地味井作品はこれを境に、第一期と第二期とに分けて考えることができる。第二期の作品を第一期のそれと比べるとき、作者が成長したというか、文章あるいは発想に相違が認められるのは当然なことだけれども、つまるところ地味井平造もまた、第一作がすべてを制するという、あの多くの探偵作家に共通するジンクスを破ることはできなかったようだ。氏の場合は《煙突奇談》が代表作として固定したまま、今日に至っているのである。

その《煙突奇談》は作者が二十歳の頃に、郷里の函館の家で書かれた。

「当時『探偵趣味』の編集をしていた水谷君から熱心にすすめられて、書く気になったのです。大急ぎで脱稿するとろくに推敲もせずに送ったのですが、ぼくはこの短篇を笑談として書いた。あとでこれを話題に、仲間達と笑い合おうという、笑談のつもりで書きました」

作者は作品懐古風の小文のなかで、この自作を大要つぎのように自己批判している。これは少年の笑談であり戯作でありパロディである。笑談的な作品を世間に発表するという意識はあったが、一方では友人と共に笑うという気持を持っていた。冷静な配慮にはまったく欠けていた。いかに世間見ずであり、なんにせよ人の前に発表するというのがじつに重大な意味を持っている事実を、その後いやというほど知ることになった……。

「ところで、水谷君のところに原稿を送る前に、筆名を考えなくてはなりませんでした」

「アメリカにいた頃の兄は、長谷川という姓をちぢめて長谷にした上、それをアメリカ風にヘイズと読ませたのです。つまり弟のぼくはジミー・ヘイズで、これを筆名にしようとして平造という名を案出したわけです」

長年のわたしの疑問はこの瞬間に解けて消えた。と同時に、長谷《はせ》をヘイズと読むという話を聞いて、わたし自身にもこうした経験が、それもしばしばあることに思い当ったのである。以前からわたしはアメリカの民謡作曲家 Hayse について調べたいという気持があるのだが(ヘイズは「故郷の廃家」を作曲した)、参考にする本が入手できず、困惑していた。そのことが頭にあるものだから、電車が自宅に近い江ノ電の長谷駅を通過するたびに、Hase というローマ字綴りの駅名板をヘイズと読んでしまうのであった。

われわれは夫人の手製になる干しブドウ入りのケーキをご馳走になりながら、本業の絵の話をお聞きした。杉並区の地味井家は、東京にこのような処があるのかと思うほど静かで、一時間半にわたるインタビューのあいだ騒音一つ聞こえなかった。

わたしは絵にはまるきり素人で鑑賞の仕方も知らないのだが、長谷川画伯は自然光のもとで仕事をすることを主義としており、太陽が西へ傾きかけるとその日の制作は止めてしまう。そうしたわけでこの日のインタビューも午後の四時から始められたのである。

こうした氏の制作態度は、たとえば新緑の風景を描く場合にもあらわれて、葉の緑が少しでも濃くなってくると仕事を打ち切ってしまい、来年の春を待つことになる。「ですから、依頼されて六年、十年もたつのにまだ完成しない絵があります」

絵を描くという作業には、われわれ素人の知り得ないむずかしさがあることと想像するのだが、そう語る長谷川画伯の顔には楽しげな表情もほの見えるのであった。

洋画家としての地味井平造を知りたい向きには、美術雑誌「みづゑ」七六一号の「長谷川潾二郎特集」が手頃だろう。編中、カラーで紹介されているフランスの風景はどこかルソーを思わせるものがあり、門外漢のわたしにも、原画を見たいという気を起させるのである。

画伯夫妻は非常に仲睦まじいもののようにお見受けした。話の合間に「しいちゃん、しいちゃん」と声をかける。そこには俗世間的な気取りとか見えといったものはなく、聞いているわたしまでが自然に微笑をさそわれるのであった。「しいちゃん」というのがしず子夫人の愛称であることはおいおい解ってきた。が、それがどんな漢字を書くのかは知らない。そこまでお訊ねするのは不躾《ぶしつけ》というものであろう。

「ぼくはいまでも詩や散文を書いているんですよ。絵を描きたいという意欲が起ってくると、その前に小説を書いたりします。新聞にはさまってくる広告ビラとボールペンがあればいいのですから、ぼくのレクリエーションはずいぶん安上りだといって笑ったりします」

　そうやって書いた短篇がいくつあるという話は、このインタビューの予期しない発見であり収穫であった。島崎編集長とわたしは思わず眼を見合わせたのである。

「ぼくら兄弟はみなものを書くのが好きなのですね。二年ほど前に亡くなった弟の濬は翻訳をやりました。大阪外語の露語科をでて新京の満映に勤めていた弟は、バイコフの《偉大なる王《ワン》》を訳しました」

　それを聞いたわたしはあっと思った。当時満洲にいたわたしは、満洲日日新聞（島田一男氏はこの社の記者だった）に連載された本篇を愛読したからであった。そして翻訳者が長谷川濬氏であることも、濬という文字がとうとう読めなかったことも、思い出した。

「シュンと読みます。ぼく同様に、漢学者の祖父の命名です」

　なんと予想外のことながら、この疑問も三十数年ぶりで解けたのである。

　ついでに誌しておくと、右の長篇は原題を《ヴェリーキイ・ヴァン》といい、偉大なる王《ワン》と呼ばれる兇暴なシベリヤ虎と猟師との宿命の闘争を描いた物語なのだ。作者は白系露人のＨ《エヌ》・バイコフで、日本でいえば戸川幸夫氏のような動物小説を得意とする人だった。戦後は満洲を去ってオーストラリヤに移住していったが、画伯の話では、この作家も二、三年前に死去したらしいという。

追記

　地味井氏を訪問したのは一九七五年の三月初旬であったように思う。廊下の一輪差にあでやかな桃の花が活けられていたことが、いまなお印象に残っているから。

　われわれは地味井氏との約束を果すべく、松本恵子女史に連絡をとろうと試みた。前記のように女史はご主人の故松本泰氏をたすけて探偵小説誌を発刊したり、クリスティの翻訳をやったり、その一方では短篇の創作もあった。「宝石」の昭和二十六年十一月号に書いた《雨》はとりたててミステリアスな事件が起るわけではないが、しっとりとした筆づかいがいかにもこの人の作品らしく、快い読後感にひたったことを覚えている。が、われわれが地味井氏に答えたように松本女史は日本推理作家協会から離れて久しく、所在が判らなかった。島崎編集長がつてを求めて住所を知ろうとしたところ、目下病床にあるから尋ねていってもまともな話を聞くことはできまいという、意外な返事に接したそうである。そこでわれわれも訪問することを差控えて、快方に向うことを念じていた。新聞で女史の訃報を読んだのはそれから半年ばかり後のように記憶している。

おかだ・えみこ氏はミステリーの創作があるほか、落語と映画にくわしい。このおかだ氏の母堂が、地味井平造氏の長兄・牧逸馬氏邸の隣りに住んでいたという話を聞かされたことがあったが、それに触れた文章があるのでこの機に紹介してみたい。当時の鎌倉の風俗や鎌倉文士のプロフィルが描かれていることもいまとなっては貴重な思い出であるので、少し長くなるが引用させて頂く。発表したのは「太白」という同人誌で、この雑誌はかなり長期にわたって続いたものの編集長が健康をそこねたため、いまは休刊しているそうである。

《遠いスケッチ》と題されたこの文章には「鎌倉の思い出」というサブタイトルがつけられ、九つの掌篇から成っている。そのなかの《春の馬車》《水下駄》の二篇を省いた残り七篇を再録する。筆者の岡田美都子氏が十七歳で病いを養っていた頃の話である。

夜

向いの病室の横光利一夫人の容態が悪いという話はもう長いことききかされていたけれど、御主人の「春は馬車に乗って」が出版された頃はお亡くなりになってしまった。新感覚派の短篇はとぎれとぎれの印象になったけれど、まぎれこんだ蛾がハタハタと網戸に打ち当って鱗粉が散るあたり、病みあいた十七の娘の頭にしみて残った。

深夜、ひそやかに担送車の音が通りすぎ、朝、誰かの部屋のドアが開け放たれる。部屋のあるじの気配はあとかたもなく消されて、夜具をとりのけたベッドのスプリングが光って見える……やりきれなかった。

廊下の常夜灯は一つ置きに消され、どこかでドアが開き、閉まり、ゆっくりゆっくり歩く音、誰かトイレに行くのだろう……昼食後の安静時間に眠るのじゃなかった。松風と浪の音だけだって、喋ってはいけなくたって。眠ると夜は死にたくなる黒い長さ……長さ。

双眼鏡

そして、なおった。そのまま鎌倉住いになった。犬を連れて浜を散歩すると、「浜辺の歌」の三番（今ではめったに唄われない）の「病みし我もつひにいえて浜辺のまさご愛子《まなご》いまは」が身にしみる。

夕陽が江の島に沈みかける頃だった。滑川——釣ができるほどきれいだった頃の——川口に黒山の人だかり、さては土左エ門？　ところわごわ人垣の間からのぞくと、新感覚派の連中が小さなボートに綱をつけて「ヴォルガの舟唄」など合唱しながら引っぱっている。なーんだバカらしいと思ったとたん石浜金作先生に「オーイみっちゃん！」

その恥ずかしさ。飛び上って逃げた。犬を連れて砂丘を斜めに走るのはやっかいだ。稲村ケ崎はもう逆光で影になり、坂の下あたりは薄墨の中、材木座の家々には灯が入りはじめていた。何からそんなに逃げたかったのか。ただ、走った、走った。

「何をそんなにあわてているんだい？」

海浜ホテルの下で声をかけたのは「キャプテン」と呼ばれている植松さん。ヨーロッパ通いの日本郵船の船長を父に持って、当然商船学校に入ったのに、間もなく喀血して由比ケ浜で単調な療養生活に入り、泳ぐのは許されないため船長用の大型双眼鏡で絶えず海を眺めていた。いつか人呼んで「キャプテン」。約束されたブリッジを遠く離れて、病んだ身を「キャプテン」と呼ばれていた事を知っていたろうか？

息をはずませて説明しかねるわたしに、それはそれとして、とでも言うように、

「大島が煙を出してるよ。秋だねえ」

浜にビーチパラソルを立てる時、みんな一度はホテルに目をやる。

「ああ、キャプテン、いるな」

それは海の合言葉だった。そして浜辺の船長に見守られているかのように、みんな安心して泳ぐのだった。

フランス語・英語

家は六地蔵から笹目に入るカソリック教会のすぐそばだった。教会の神父様にフランス語を習う会が出来、十人ほどのクラスが二つ出来たが、この神父様は大変なフェミニストで、男子の会話にはなにかと難癖をつけるのに、女子は少々違っても「ボン！　トレビア

ン！　ケッコウデス！」と差別もはなはだしい、とて慶応ボーイ達がどんどんやめてしまい、一年で解散となった。その神父様もフランスで亡くなられた、ときく。

　わが家のお向いは山梨陸軍大将の別荘で、そこを歌舞伎の中村芝鶴が借りていた。いまや銀髪の長老芝鶴も当時は新婚ホヤホヤ、フェリス女学院出身の奥さんとピアノに向う姿がかいま見られたが、歌舞伎役者がピアノを弾くとは、とかげ口を叩かれた。役者仲間にそねまれるのは常の事だけれど、学生連中までおだやかでないらしく、

「あ、シカクが散歩してるわ！」

　と女の子が騒ぐと、

「何でえ、あんなサンカク野郎！」

　とケチをつける。とにかくねたまれる種の多い人で、それだけ才気も豊かだったに違いないのだが、浜辺で逢った顔見知りの外人と英語で話をするのを目撃した六代目が青くなって怒ったという話もきいた。歌舞伎の御曹子連が続々と大学を出て、アメリカやヨーロッパ公演をするより四十年も前、英語の喋れる役者は「みにくいあひるの子」だった。が、何を言われようと芝鶴は、白い麻の背広もさっそうと、すでに白鳥であるかのように、夏の浜辺を歩いていた……

となりは何を……

　隣家は長谷川さん。これこそ丹下左膳は林不忘、メリケンジャップは谷譲次、現代物は牧逸馬と三つ名前を使いわけた超売れっ子作家。わが家の応接間のソファの背に乗ると、植え込みと垣根のはるか彼方に執筆中の主人公の眼鏡が光っている。新聞の連載小説が佳境ともなると、集った悪友たちがソファに鈴なりに乗って、

「あしたの夕刊、○子さんを助けて下さあい！」

「××をやっつけて下さあい！」

「△△を早く呼び返してよウ！」

　とストーリーに注文をつける。ヒロインを結婚させろ、悪い奴を斬ってしまえ、という騒ぎはとても親には見せられない。そうこうするうち、あちらの書斎はヤカマシイとばかりブラインドがするするパタリ。こちらでは遂にソファが分解して大損害となった。

芝居小屋とホテル

鎌倉劇場というドサ廻りの小屋で鎌倉文士のチャリティ・ショーがあった。いまの文士劇のハシリで、久米正雄を座がしらに「父帰る」などをごくオーバーに面白く演じ、入口のモギリが里見弴、座布団はこびが犬養健さん。当時人気の映画スター高田稔がバイオリンを持ち出してトロイメライを弾き、途中でわからなくなって、かぶりつきの音楽学校の先生に「このあとどうでしたっけ？　エ？　難しいね。ちょっとあんた続き弾いて下さいよ」と頼み込み、美しい女性に後半弾いてもらったらさすが本職で「ああ、これなら歯が浮かない」と喜ばれた、そんな事もあった。

松林の間の砂丘に、明治の終りから海浜ホテルというかわいいホテルがあり、土曜の夜はバンドが入ってダンスがあった。ドサ廻り小屋の座頭久米正雄の令夫人は新橋出の美人、和服に分厚い草履で上品にチャールストンを踊る。いささかもすそが乱れず着くずれしないのは驚きだった。佐々木茂索夫人ふささんは対照的な断髪洋装、踊りながら人にぶつかると、

「パルドン」

というので、厭味な人だと皆呆れた。このパーティーの常連だった益田男爵の息子さんがいま横浜のホテル・ニューグランドでピアノを弾いているとか。五十年。このホテルも進駐軍の失火で今はない。

大きな螢

とは言うものの、当時鎌倉はやはり草深く、夏の夜、星野立子先生の山荘に伺って長居の果て、門まで提灯をつけて送っていただいた思い出もある。昔の夜は暗かった。門までの間に小川もあった。降るような虫の声の中から、ゆうゆうと、

「このへんマムシが出るのよ」

とおっしゃるので膝がガクガクになり、半分踊るようにして逃げ帰ったが、程なくそう言われた立子先生御自身がマムシにかまれて入院なさる騒ぎがあった。

秋の夜、月にさそわれるままに銭洗弁天あたりまで歩いた時、川べりに時期おくれの大きな螢を見つけ、

「まあ大きい螢」

「源治螢ね」

と手を出すと、

「アブナイ、蛇の目だよ！　手を出すな！」

岡山出身の楠見さん（慶応野球部の名選手）が叫び、その声に驚いて田んぼに落っこちた子がいたっけ。その楠見さんももう居ない。

山　門

「大震災の時小坪で釣をしていたんだけれど、山からガラガラ石が落ちて来るのにはたまげたねえ」

「僧籍のくせに殺生するからよ」

「あの時は本気でお経を唱えたぜ」

　東洋大仏教哲学科の学生、いまは鎌倉五山の一つ浄妙寺管主。たくましい、輝く眼の人。

「君んちのお墓どこ？」

「お墓なんかないわ」

「死んだらうちへおいでよ、どうせ長生きしないんだろ。ねんごろに葬ってやる」

「やあなこと！」

　大僧正になったその人と、もう四十年逢わない。私が生きてると知ったら何と言うだろう？　お墓は円覚寺になった。両親は塔頭帰源院に眠っている。

　帰源院は梅にあじさいに美しい寺、漱石が「門」を書き、「仏性は白き桔梗の花ならめ」と句碑を残す寺。与謝野晶子先生も御存命中、寛先生の御命日の法事をここでなさっている。

　寒からず暖かからず梅白し鎌倉山の円覚禅寺
　帰源院我亡びずて御仏に香焚く春の重なれるかな

とお歌がある。

　香焚く春は、わたしにも重なった。病んだ日々は遠く、訪れるたび鎌倉は家と車に埋まる。一日、夏の夕暮、すさまじい夕立に逢い、目と鼻の帰源院までも行きかねて、円覚寺の山門に駈け込んだ。

　雨やみの先客が一人いた。銀色の髪を乱して、するどく眼を光らせて、その人は雨を見ていた。茅の大門の外は一面にしぶきこめて、この時鎌倉は、たしかに昔の顔をしていた。

　その人はわたしも見ず、多分雨さえも見てはいない。時を超える夕方の底で、人にすぐれた文豪が聴く音は何だったのか。雨はひたすら続き、白い闇が来る。

　山門も、漱石の「門」も、茅と人手の不足から、惜しげもなく姿を変えた。そして、あの日の「雪国」の作者が、もう何が変わるのも見たくないと言わんばかりに旅立って、時が過ぎた。

　岡田美都子氏は堀辰雄とも面識があって、連れられて中原中也を訪ねたこともあるという。おかだ・えみこ氏の話によると、「大おばが日本ではじめてシングやイェーツを訳した人なので、その関係で母は鎌倉文士とも親しくしていただいたのだと思います」とのことであった。川島芳子とも面識があれば、アインシュタインが来日したとき乞われて花束の贈呈役をつとめたこともあるという。

地味井平造氏からは本書を編纂しているときにお手紙を頂いた。お元気であるのは何よりのことだと思う。氏の作品としては《煙突奇談》が代表作とされているが、東京創元社刊「日本探偵小説全集」第11巻には世評たかい《魔》が入ることになっている。

なお氏の発言にある日動画廊は美術愛好家によく知られたギャラリーであったが、建物が老朽化したため惜しまれつつ長い歴史を閉じた。

2　ルソン島に散った本格派・大阪圭吉

（一）

戦前のわたしが大阪圭吉氏の作品を読んだのは、たまたま購入した「新青年」昭和十年七月号に掲載されていた《石塀幽霊》で、読後の印象がもう一つパッとしないために、先輩作家に対して非礼ながら、わたしは大阪圭吉を二流どころの中堅としてやや軽視していた傾きがあった。

当時の「新青年」はいわゆるモダンボーイを対象に編集しており、少年のわたしが読むには早過ぎるという理由で、母から買うことを禁止された。戦前は家庭のしつけがきびしかったから別に異をとなえるわけではないが、圭吉とわたしとの触れ合いは束の間《ま》でおわったことになる。一方「ぷろふいる」は満洲の書店には出廻らなかった。こういう雑誌がでているという噂は聞いていても、わたしには発行所をつきとめるすべがなく、購読することができない。したがって圭吉と接触する機会はいよいよ乏しかったのである。

わたしが圭吉作品との再会をみたのは、戦後まもなく発刊された「新探偵小説」に遺作として発表された《幽霊妻》であり、そのコメントで圭吉が終戦直前にフィリピンで戦死を遂げたことを知った。この《幽霊妻》と、さらに数年後に河出書房版の「日本探偵小説全集」で読んだ《三狂人》によって、わたしの圭吉に対する評価は大きく一変し、決定的なものとなった。これだけ純粋な本格短編を書きつづけた作家が他に何人いたであろうか、という驚きもあった。

大阪圭吉氏の唯一の短編集（ユーモア物、スパイ物を合わせれば著書は七巻に及ぶのだが）「死の快走船」の序文で、江戸川乱歩氏は粒よりの短篇ぞろいであるといって賞揚しながらも、出発点の怪奇性と結末の意外性に欠ける点を突き、一方、甲賀三郎氏はエキサイトメントとサスペンスを重視するよう忠告している。いずれも探偵小説界のすぐれた先達であるだけに的を射た指摘であるが、圭吉はこれによって奮起したのだろうか、《幽霊妻》は三十枚程度の短いものであるにもかかわらず、発端の不可思議性、解決の合理性にも意を用いた秀作で、江戸川、甲賀両氏の注文を美事にこなしていた。私は忽ちにして大阪圭吉の愛読者になってしまい、その戦死をいたましく思うと共に、圭吉作品にピリオドが打たれたことを残念がった。

それから更に何年かたった頃、誰からともなく耳に入ったのは、残された奥さんが遺児を抱えて生活の困難と闘っているという痛ましい噂であり、わたしは圭吉小説の読者の一人として、秘かにその健闘を祈っていたのである。

後年、私は「小説推理」に《幽霊妻》の再掲と遺族インタビューを提案し、それを容れてくれた吉田新一編集長（当時）と連れだって、愛知県新城市《しんしろ》のお宅に雅子夫人と長男壮太郎氏を訪ねた。そして今回この小文を書くために、前の記憶の曖昧になった個所を確認する目的で、再度壮太郎氏を豊橋にお尋ねした。豊橋駅の前に、東京都心の書店とくらべてもヒケをとらぬほどの大きな本屋があるが、壮太郎氏はそこに勤務しているのであった。わたしは同行した島崎編集長を引き合わせてから、訊ねた。

「お母さんはお元気ですか」

「よろしくと申しておりました」

「あれから二年半になりますね」

「十月五日のことでした。あの晩、私は羽田へ行ったのですからよく覚えています」

戦死した父を供養するために、壮太郎氏はマニラへむけて羽田を飛び発ったのである。その話を聞くのも、今回の訪問の狙いであった。

（二）

大阪圭吉氏の本名は鈴木福太郎。新城で十二代つづいている「鉈屋《なたや》」の分家で、分家したのは七代目のとき。いうまでもなく旧家である。戦後の窮乏時代に、雅子夫人が女手ひとつで三人の遺児を養育するため家作や土地を手放してしまい、いまでは土地もかなり狭くなったというが、庭に立った古い土蔵が旧家にふさわしいたたずまいを見せていた。

大阪圭吉はこの家で生まれ育ち、生涯の大半をここで送った。郷里を離れたのは東京で送った学生生活の数年間と、作家となってから東京に移り住んで召集されるまでの一年間だけで、作品のほとんどすべてが新城で執筆されている。

圭吉の書斎は二階にあった。氏の短篇はいずれも精魂をこめて書かれたものだが、その一つ一つにトリックを案出するのだから苦労のほどが偲ばれるのである。締切り日が迫ると東京から速達や電報がひっきりなしに届けられる。当時は電話を引く家は数えるほどしかなく、至

大阪圭吉

急の場合はすべて速達か電報が用いられるのであった。そうなると、圭吉は目にみえてイライラしてくるという。

「主人が徹夜の原稿書きをしているうちに、暁方ちかくになって、原稿用紙をとじるために鳩目で孔をあける音が聞こえてきます。そうするとわたしも、書斎の真下の部屋に寝ていた義母《はは》も、一様にほっとしたものでした」

夫人のしみじみとした口調の述懐であった。

令息の壮太郎氏は角ばった面長《おもなが》の顔をしており、目鼻立ちも輪郭も体つきも、写真でみる圭吉にそっくりである。しかも初対面のときの氏は圭吉の行年を一つ越えたところだったから、わたしは、生きている圭吉にひょっこり出遭ったような気がしてならなかったものだ。が、これに反して夫人のほうは、娘時代の愛らしさが偲ばれる丸顔である。大阪圭吉がこの少女にひと目惚れして了ったのは当然のことだが、求婚するにあたって、決して苦労はかけぬ、台所仕事は女中にやらせるなどと誓った。

「結婚してみますとそんな甘いものではありません。家事と育児とでヘトヘトになって、夜はもう死んだように眠ります。ところが夜中に書き上げますとわたしを起して二階へ呼ぶのです。そして脱稿したばかりの作品を読んで聞かせます」

苦心のすえ脱稿した短編である、それをまず愛妻に朗

読して聞かせたいという圭吉の気持はよく解る。しかし夫人は殺人小説のようなむごたらしい話には興味が持てないのだ。それに加えて日中の疲労からついウトウトとなると、圭吉はテーブルを叩いて怒るのだそうだ。

「おいッ、いまどこまで読んだかいってみろッ」

（三）

大阪圭吉尋訪の場合もまた、問題となったのは夫人の所在であった。が、以前からわたしは、推理小説愛好家の集団である「ＳＲの会」の会員熊谷政清氏が大阪家とちかしいという話を耳にしていたので、まず同氏を探し出して、大阪家に辿りついたのだった。そうしたいきさつがあったから、わたし達を新城駅まで出迎えてくれたのは壮太郎氏と熊谷氏であり、インタビューの間中いろいろとアドヴァイスをしてくれたのも熊谷氏だった。

夫人の実家と熊谷家はともに北海道にあって金の鉱脈をさぐることが仕事であった。娘時代の雅子夫人は熊谷家に寄宿して都会の高等女学校に通っていたが、やがて熊谷家が北海道を引き払って新城へ移住するにともない、雅子夫人も同行したのである。ここで圭吉が雅子夫人を見染める段取りになるわけだが、結婚後も熊谷家との親密な交際はつづき、政清少年もしばしば大阪家を訪れては雄大な北海道の思い出を語り合った。「ぷろふいる」昭和十年三月号に発表した《雪解》や「改造」十二年五月号に掲載された《坑鬼》に見られる鉱山の描写は、こうした雑談の中から得たものであった。「ぷろふいる」の名がでたところで、同誌に発表された作品を列挙しておこう。

花束の虫（短篇）	昭和9年4月号
塑像（コント）	8月号
とむらい機関車（短篇）	9月号
我若し自殺者なりせば（エッセー）	12月号
雪解（短篇）	10年3月号
闖入者（短篇）	11年1月号
幻影城の番人（エッセー）	4月号
頭のスイッチ（エッセー）	9月号
連続短篇回顧（エッセー）	12年1月号

右のうちで《とむらい機関車》は非の打ちどころのない名篇であり、こうした作品が黙殺されてきたことに対してわたしは腹立ちすら覚えるのである。本篇はわたしが編纂した鉄道短篇アンソロジー「下り〝はつかり〟」

（光文社刊）に編入した。また最後のエッセーの題名になっている「連続短篇」というのは、その前年の「新青年」七月号から十二月号にかけて発表した六篇の短篇のことで、当時の「新青年」には有望な新人が現われると半歳にわたってつづけさまに短篇を書かせるという企画があり、圭吉は美事に重責を果たしたばかりだった。名作《三狂人》はその中の第一作として七月号に発表されたものである。

《闖入者》について作者は油絵において自信のある描写をこころみているが、これは百科辞典や絵画雑誌の引き写しではなく、圭吉自身が絵に趣味を持っていたのである。本来が画家志望であり、若い時分に東京小石川の伝通院のあたりを描いた風景画は、本名の鈴木福太郎で二科に入選しているほどなのだ。新城の自宅にいるときでも、気が向くと、台所からサンマを持ってきて描いたり、庭に咲くスイートピーを描いたりしたという。

画家たらんと願った大阪氏は、青年期に入ると左翼思想に関心を持つようになった。尤も、その頃はマルクスボーイなどという流行語があったくらいだから、インテリ青年の中に左翼思想を持つものは少なくなかったようだが、圭吉が興味を示したのはアナーキズムであったという。一説に依ると豊橋商業を中途退学させられたのは左がかった言動のためだといわれている。また別の説では、同期生二人と語らって日本脱出をはかり、名古屋駅で保護されたためだともいう。

「ブラジルへ渡るつもりだったそうですわ。ブラジルでは青少年でも大威張りでタバコがすえる、そこに憧れたのだという噂もあります」

いかにも戦前の中学学生らしい無邪気な考え方だが、そうしたところにも旧家の坊っちゃんらしい鷹揚さがある。

（四）

その頃、在京の探偵作家は月に一回の親睦を目的とする会合を持っていたが、大阪氏は、はるばる新城から上京して出席するのがつねだった。いまでこそ片道二時間で東京に到着できるけれど、当時は豊橋で急行に乗りかえていっても一日仕事である。夜の会にでれば旅館に一泊しなくてはならない。にもかかわらず、氏は一度も欠かさず熱心に参加した。甲賀氏をはじめとする先輩作家や、前後して登場した木々高太郎、小栗虫太郎氏と会うのが楽しみだったのではないかと思う。

「木々さんからは情熱的な手紙がよくきたようです。子供の頃に長文の手紙を見せてもらった記憶があるので、大人になってから親爺の文箱をさがしましたが、どういうわけか見つかりませんでした」

「木々さんというと本格嫌いの総帥という印象がつよいのですが、それは意外な話ですね」

わたしは正直な感想をのべた。すでにその時分は「ぷろふいる」誌上で甲賀氏と論戦を展開していたはずなのに、甲賀系の圭吉と手紙のやりとりをしていたというのは予想外のことだった。

「九州の夢野久作さんから新著を贈られたこともありますし、諏訪で療養中の横溝さんとは賀状の交換をしていました」

当時の横溝氏は病いを得て正木不如丘《ふじょきゅう》博士の経営する療養所に入り、後に退院してからも諏訪に居をかまえていた。新城と諏訪とは飯田線で直結しているのだが、会う機会には恵まれなかったようである。

それはともかく、圭吉は人づき合いを大切にするたちだったとみえ、先年地元の時習館高校が文化祭参加として大阪圭吉展をひらいたとき、多くの作家がアンケートに応えて圭吉の思い出をしたためている。その中の珍しいものを挙げると春田俊郎氏（甲賀三郎氏令息、高校々長）、荒木秋野氏（橋本五郎氏未亡人）、道又慶次氏（蘭郁二郎氏の親密な知人）等があり、圭吉がこれ等の物故作家と交際のあったことを示している。名古屋在住の探偵小説の翻訳家であり、同時にすぐれた評論家だった井上良夫氏とも親しかったそうだから、アンケートに返事を送った井上晴恵氏というのはその未亡人であるかも知れない。井上氏もまた、戦争の犠牲者なのである。

「死の快走船」の出版記念会その他の記念写真を見ると、圭吉はいつも和服姿で写っているのだが、筋肉質の長身には着物がよく似合ったらしく、自身も渋好みだったという。東京で買って帰った帯止めなどを見ても二十代の若者の好みとしては渋過ぎ、いま生きていたら丁度いいのではないか、と壮太郎氏はいう。

「スタイリストでしたね。着るものにやかましい人で、夏なんか明石の着物に角帯《かくおび》、絽《ろ》の羽織を着ていました。家にいるときは唐桟《とうざん》を愛用してましたが、ちょっと変ってるね」

「そうだわね」

「唐桟なんていうのは昔のヤクザが着てたものだ。三度笠をかぶって合羽を着て、パッと裏を返せば無地かなんかで……」

そういう壮太郎氏も父君の血をひいているのか、なかなか着物にくわしい。

家庭人としての圭吉は一面ではマイホーム主義者であり、また一面では失格者であったようだ。珈琲が飲みたければ自分でいれればよかりそうなものなのに、真夜中に夫人を起こして「おい、珈琲を飲ませろ」という。また、うどんが大の好物で、夜中になると夜食にうどんを作らせるのだが、豪華版にすると「おい、贅沢だぞ」と叱言をいい、手心を加えると「おい、今夜のは粗末だぞ」と文句をいう。夫人にとってはまことに世話のやける大きな子供のようなものであったろう。多分それは、好きで貰った恋女房に対する愛情の表現であり、甘えだったのではなかろうか。

ある晩、外出して帰りがちょっと遅れたら、血相を変えた圭吉に叩かれたという。

「後にも先にも暴力をふるわれたのはそのとき一回きりですが、庭のはずれの木の下のところで思い切り泣いて、いっそのこと北海道へ帰って了おうかと本気で思いました。そしたらどうでしょう、主人は畳に手をつかんばかりに平身低頭して謝まるのです。怒るなら怒るで、怒りっぱなしの人が好きですわ。まるで掌を返すようで、あんな人は嫌いです」

「君子豹変すというからね」

と、壮太郎氏がニヤニヤする。このとおり母子の仲はじつに円満で、聞いていても気持がよかった。長女の淑子さんは浜松に嫁入りし、次男の健次郎氏は豊川で事業を経営しており、戦後の苦労もいまは昔語りとなっている。まだお若い雅子夫人に老後という言葉をつかうのは失礼であり且つ不似合であるけれども、敢えていわせて頂くと、幸福な充ち足りた老後であるような印象を受けた。苦労の甲斐があったというものである。

(五)

江戸川乱歩氏もそうだったが、圭吉もまた几帳面に記録をとる人であった。いま残されているメモ帳をみせて頂くと、作品名と誌名、それに稿料がしるされていて、なにかと参考になることが多い。一例を挙げれば、先に述べた「新青年」の連続短篇の記録はつぎのとおりである。

三狂人	十一年	七月号	七十六円
白妖		八月号	八十五円
あやつり裁判		九月号	七十六円
銀座幽霊		十月号	七十三円
動かぬ鯨群		十一月号	八十二円

寒の夜晴れ　　　十二月号　七十六円

このメモに依ると、十四年には短篇二本と中篇一本を書いているが、《求婚広告》《三の次旅行会》《愛情盗難》といった題名からも想像できるように、ユーモア物である。時局の進展とともに探偵小説は当局から圧迫を受け、探偵作家は筆を折るなり他の小説分野に転じざるを得なくなる。五十年に及ぶ日本の探偵小説史のうちで最も不愉快かつ陰鬱な時代だった。

作家の中にはスパイ小説に転じたものが何人かいた。大阪圭吉氏もその一人で《間諜《かんちょう》満洲にあり》《海底諜報局》等々の作品が残されている。前者は関東軍の機関誌「ますらお」の十七年七月号に発表されたもので、稿料は九十三円也。

また、横溝正史氏が弾圧のはけ口を捕物帳に求めたように、圭吉は「にっぽん」という雑誌に五篇の捕物帳を連載している。補物小説のアンソロジーを編む人があれば、水谷準氏の瓢庵先生シリーズとともに、逸することのできない作品だ。題して「弓太郎補物帳」。

「戦地から無事帰還されたと仮定した場合、探偵小説に戻られたでしょうか」

「ぼくの考えではユーモア小説のほうに進んだのではないかと思います。探偵小説を書くときは骨身をけずる苦労をしなくてはなりませんから……」

戦局がどうにも収拾がつかなくなった頃、大阪家にもあわただしい動きがある。作家生活をいとなむ上で不便を痛感していた氏は、東京移住を決意して十七年七月にひとまず単身上京するのだが、その直前に、左翼関係の書物を風呂の焚き口に入れて焼却している。当時は大阪家と警察が向い合っていたというから、スリル満点であったろう。

秋に、小石川の借家に妻子を呼び寄せ、そこであたらしい生活が始まる。甲賀三郎氏と親しかった氏は、その推輓《すいばん》で小国民文学報国会に勤務するが、ここは一般のサラリーマンとは違って時間的に余裕があった。圭吉は念願の長篇探偵小説をコツコツと書きつづけていた。そしてそれが完成したとき、氏は一枚の赤紙に駆り立てられて戦場へ赴くのである。時に十八年六月。ただ残念なことながら、この原稿は所在不明になっている。

大曲《おおまがり》の凸版印刷のそばにあった家から、隣組の人々と行列をつくって飯田橋駅へ。ここから静岡の連隊へ向った。駅へ向う途中で、近所の人がとってくれたスナップがいまも写真帳に貼ってある。雅子夫人と並んだ圭吉は坊主刈りである。三十になったかならぬかの若さであった。

「主人は、自分が戦死したら新城へ帰って家をまもってくれと頼んで出征しました。家作も何軒かありますし、家賃や借地料などを合わせますと月々に二百円ほど入ります。当時としてはかなりの収入ですから、後顧の憂いなく発ってゆきました」

戦後の土地改革や筍《たけのこ》生活で雅子夫人が苦労することになろうとは、圭吉が予想できるわけもない。それを知らずに死んでいったのが、遺族にとってはせめてもの慰めであろう。

はじめ満洲に送られた圭吉は、一年ほど後に南方に転進させられ、終戦を目前にしてルソン島で戦病死をとげる。マラリヤと栄養失調とで体力を消耗しつくしたのであった。死の前日の夕方、圭吉の唇が真蒼だったことを心配した戦友が、翌朝圭吉の分隊を訪ねていくと、すでに亡くなり埋葬もすんだ後であったという。そして、モーツァルトの墓の位置が不明確であるように、圭吉の遺体を葬った正確な地点は不明のままである。

「ぼくは今夜の列車で上京して、フィリピンへ飛びます。できれば父の埋められた場所を確認したいのです」

その日の別れしなに壮太郎氏はそういったのだった。

（六）

「結果はどうでした？」

「滞在日数が限られているために成功しませんでした。現地はけわしい山の中なのです。フィリピンの軽井沢ともいうような町がありますが、そこで案内人をやとって山中に踏み込まなくてはなりません。今回は残念ですが、父の眠る山をとおくから眺めてきました」

書店の近くの喫茶店で珈琲をのみながら、わたし達はルソン島の土産話を聞いた。現地にはアメリカ軍の基地があり、夏期になるとフィリピン政府の要人もここに避暑に来るという。壮太郎氏は再度この地を訪れて墓所を確認したい意向であった。

「人一倍の子煩悩な父でした。歌が上手で、《この道》や《からたちの花》をよく歌ってくれたものです。座敷にリンゴ箱を持ち込んで風呂敷をかぶせると、自分は向う側に坐って、浪曲師のまねをして笑わせたり……」

壮太郎氏はそこでふと思い出したように語調を変えた。

「先頃、家を改築しましてね。何ぶん古くなりすぎましたから」

「すると、あの土蔵は……？」

「あれも取り壊わして了いました。母が、鮎川さんが見たらがっかりされるだろうと話していました」

「残念ですね、全く……」

　車で新城まで送るから家へ寄っていかないか、そうすすめられたがお断わりした。圭吉が生まれ育ち、すぐれた沢山の作品を書き、真夜中にうどんを喰べて文句をいったり、原稿を読んでテーブルを叩いたりした数々の思い出のまつわる古い家のイメージが、新しい家を見たがために薄れてしまうことを恐れたからであった。

追記

　鈴木壮太郎氏とは年に一回か二回程度、文通の機会がある。最新の連絡によると、豊橋市中央図書館において、六十年一月十日から三月二十四日まで、郷土近代文人展の第三回として圭吉の著書、書簡その他が展示されたという。わたしは機会を逸したが、熱心なわかい推理読者の山前譲氏の話では、なかなか充実した内容であったとのことである。

　大阪圭吉家を、双葉社の吉田新一氏と二人で尋ねたのは、前にも記したように、わたしにとって最初のインタビューだったということから、深く記憶に残っている。

吉田氏は身だしなみのよい温厚な紳士で、この人との旅は往きも還りも楷書の如くまじめなものであった。往路の新幹線の上で吉田編集長は飛騨高山の人の情の厚いことを語り、帰路の飯田線のなかでわたしは下校途中と思われる絶世の美しい女子学生を見た。吉田氏には教えないでわたしひとりが「鑑賞」していたのはわたしが意地悪だからではなくて、この編集長があまりにきまじめなものなので、耳打ちをすることがはばかられたせいであった。

3 深層心理の猟人・水上呂理

（一）

「新青年」昭和三年六月号に《精神分析》をひっさげて登場した水上呂理氏は、六年間にわたって五本というきわめて数少ない短篇を発表し、筆を折った。平均して一年に一作にもならぬ寡作であったから、いまの若い読者に馴染みがないのは当然のことだろう。だが、好んで精神分析に材をとった呂理は、第一作の《精神分析》をはじめとする一連の作品によって、古い読者には忘れられぬ印象を刻みつけているのである。

昭和四十五年に立風書房から「新青年傑作選」が刊行された際に、氏の作品として右の《精神分析》が採られた。中島河太郎氏の解題《かいだい》で本名が石川陸一郎であることは判っているが、「変った角度から犯罪心理を抉ろうとしながら、早く筆を絶ってしまった」わけは何か、法学部出身でありながら精神分析に興味を示したのはなぜか、呂理という変った筆名のよって来たった理由は何か等々、この作家についても解らぬことが幾つかあった。そうした疑問を明らかにするため、そして若い読者に未知の探偵作家を紹介するために、私は水上呂理尋訪を思い立った。

本来ならば居所をつきとめることでひと汗かかねばならないのだが、氏が都内に住んでおられることから、今回はダイアルを一度回転させただけでこの問題は解決した。そして氏は、その場でこころよくインタビューに応じることを約束されたのである。

訪問の日はたまたま英女王の来日と重なったため、交通規制にひっかかって、島崎編集長とわたしの乗ったタクシーは空いた道路を見つけようとして右往左往したものだから、目的地に到達するまでに一時間半もかかってしまい、車に弱いわたしは酔ってフラフラになった。そこで喫茶店で小憩して気分の恢復をまったのち、水上家のベルを鳴らしたのであった。大幅の遅刻は待つ側にとっては大変に迷惑なことであり、われわれは恐縮して階下の応接間にとおされた。明るい部屋で片側にはカバーをかけられたピアノが置かれ、窓辺のカゴの中の十姉妹《じゅうしまつ》は人見知りもせずにさえずりつづけていた。

氏は七十三歳ということだが、見るからに健康そうだった。土屋隆夫氏あるいは奇術研究家の石川雅章氏に似た顔立で、若い頃はさぞかし美青年であったろうと思われる長身痩軀の人である。「わたしは話下手ですから」と前置されて、一時間半にわたって自からを語り、われわれの質疑に答えて下さった。まことに穏やかな語り口であって、物静かで謙虚な性格の方であるような感じを受けた。帰りのタクシーの中で編集長が呂理の作品の少ないことについて、「積極的に売り込みをしなかったからかも知れないですね」と洩らしたが、あるいはそうであるかも知れず、そしてそれは氏のこうした性格からきたものではあるまいか、と思われた。それはそれとして、わたし自身も人後におちぬ口下手な男なのだけれど、この日の雰囲気にあおられて結構よく喋り、楽しい会見となったのである。

例により、人定訊問めいた質問から始まる。昨今の中間小説誌では作者名にルビをふっているが、戦前の雑誌ではそうしたケースが少なく、まずそれを確認するのが順序というものなのだ。

「ミナカミとお読みするのですか。それともミズカミでしょうか」

「ミナカミです。名前の方はロリと読みます」

「ロリというのは変った筆名ですけど、由来はなんですか」

「べつに由来というほどのものはないのですよ。わたしの本名は陸一郎《りくいちろう》ですが、陸のリ、郎の口をつないだだけの話なのです。リロでは恰好がつきませんから、引っくり返してロリとしました」

なるほど、いわれてみると簡単なことであるが、ご本人の説明を聞かぬかぎり百年考えつづけても解けない。そうした点では、地味井平造氏の場合に似ていなくもない。水上という姓のほうは、石の多い川は上流であるという考え方から生まれたものであろう。

水上呂理

（二）

氏は明治三十五年二月十八日、福島県の生まれであるが、少年時代を神田神保町で過ごした。あらためて誌す必要もあるまいけれど、神保町は書店の多い町であり、氏の住居は三省堂と東京堂のほぼ中間の、鈴蘭通りに面していた。編集長が、今日の取材にそなえて録音テープを求めた楽器店がちょうどその見当にあったものだから、しばらくは神保町の話題がはずんだ。

「懐しい町ですね。物価もやすいし住みよいところです。いまでも月に二、三回は神田へいくのですよ」

「ところで」

と、わたしは話をもとに戻した。

「中学は東京ですか」

「福島へ帰って土地の中学に入りました。その頃、福島県立病院の副院長をしていた正木不如丘氏に二、三度お会いしたことがあります。院長は後に宮中の侍医となった松永博士でした」

この正木不如丘氏は「新青年」に《赤いレッテル》《吹雪心中》などの探偵小説を発表した医博であり、そそっかしい人は、やはり医学博士であり探偵作家であった小酒井不木氏と混同する。だが、いうまでもなくこの両氏は全くの別人である。正木氏は後年、長野県の富士見高原に転じて結核療養所の所長となる。そして、その療養所では横溝正史氏が病を養ったことがあるほか、関西作家の藤沢桓夫氏も入院していた。同氏が戦後の一時期に、女子大生と刑事のコンビによる非常にさわやかな感じの本格短篇を一ダースほど発表したのも、横溝氏や正木院長の影響であるのかも知れない。さらにまた、この療養所には晩年の竹久夢二が病んだ身を寄せ、そして生を終えている。

水上呂理が会った探偵作家はこの正木不如丘氏と、後述の森下雨村氏ぐらいのもので、作家仲間のつき合いもなければ江戸川乱歩氏とも面識がなかったという。そうしたところも、先頃お訪ねした地味井平造氏と相通じる面があるようだ。

「上京して明大の法科に入りましたが、法律にはちっとも興味が持てません。学資が乏しかったわたしに、法科へ進むなら援助をしてやるという人がいたものですから、その希望にしたがったまでのことです」

昨今はあまり耳にしないが、戦前は金持ちの中にこうした篤志家がいて、同郷の子弟に経済的な援助をする例がときどきあって、家庭小説のテーマとなったりしたものである。つまり、資産家のお嬢さんがその青年を好きになって……といった恋物語だ。

「学費を得るために苦学をする必要があって、東京日日の夜間の編集部に入りました。その頃尾崎士郎さんもそこにいました」

当時は苦学生という言葉をよく耳にした。彼等は月謝をかせぐために新聞配達をしたり納豆を売ったりする。そうした姿を目にしたものは、こうした若者たちの向学心にうたれるのであった。

「いまの言葉でいえばアルバイトですが」

と氏は笑っていわれたが、昨今のアルバイト学生のようにスキーをしたり旅行をするのが目的で働くのとは違い、あくまでも学資の捻出のための手段であった。

「わたしは探偵小説が好きですからよく読んでいたのですが、それを見たのが、森下雨村氏の同郷人でした。『きみ、探偵小説が好きなのか』『はい、大好きです』といったやりとりがありまして、この人の紹介で、森下先生を訪ねることになりました」

五十年近い昔のことだから記憶もおぼろ気になるが、当時の雨村氏は井の頭のあたりに住んでいたようだという。森下雨村氏は博文館勤務、「新青年」の初代編集長として、また江戸川乱歩氏ほか多くの作家の発見者、育成者として知られ、のちに編集局長となった。《樽》やフレッチャーなど翻訳も多く、また自分でも佐川春風の筆名で創作をこころみている。土佐の出身だけに酒豪としても有名だった。この森下編集長になにか書いてみなさいといわれて書き上げたのが《精神分析》で、いうまでもなく呂理の第一作である。

(三)

ここで氏の全作品のリストを掲げてみよう。

精神分析　新青年　昭和3年6月号
蹠《あしうら》の衝動　同　8年3月号
犬の芸当　ぷろふいる　8年12月号
麻痺性癡呆患者の犯罪工作
　新青年　9年1月号
驚き盤　同　9年10月号

六年間にわたってわずか五篇というのはいかにも少ない。が、半ダースにも充たぬ寡作にもかかわらず、熱心な読者に忘れ難い読後感をあたえた功績は、やはり大としなくてはならぬだろう。

特にこのリストを見て奇異に思うのは、第一作と第二作の間隔がひらきすぎていることで、この五年にわたる沈黙の間に、記憶にのこる作家を例にとれば、米田三星氏は《生きている皮膚》をもって登場し、四篇を発表して消えていったし、似たような筆名の星田三平氏は米田氏よりも少し早く出発し、呂理の第二作《蹠の衝動》が載った号に《もだん・しんごう》を書いて退場していくのである。

なんといっても氏のこの休筆は長すぎた。そしてそのあいだに「新青年」の編集長は横溝氏から延原謙氏をへて水谷準氏に替っている。したがって、あやうく忘却の渕に沈みかけていた水上呂理を再発見したのは水谷編集長だといっても誤りではないだろう。そうして、それに応えて書かれたのがおなじように精神分析をとりいれた《蹠の衝動》であり、「ぷろふいる」の編集部がそれに目をとめ、あらためて短篇の注文をだす。《犬の芸当》はこうした経緯で執筆されたものであろう。

「編集者の中でお会いしたのは先にもお話した森下先生だけですね。第二作以降は電話で依頼を受けて、書き上げたものを郵便で送っていたように思います。としますと、あの電話の声が水谷さんだったのでしょうか」

島崎編集長が、水上氏は積極的に自分を売り込もうとしなかったと指摘したのはこの辺りのことをさしているのだろうか。しかし五年間の沈黙は、呂理にとってはそれなりの理由があった。

「大学を卒業すると時事新報に入社したのです。東京日日とおなじように現在は存在しない新聞社ですが、この仕事が非常に多忙で、小説を書きたくても書けなかったのです。それにもう一つ、まだ大学にいた時分に持ち込まれた外国物の短篇集の翻訳をやっていました。ドイルのホウムズ物ですが、これが意外に難しくて、最初はアルバイトのつもりで引き受けたのがアルバイトどころではなくなりました」

珍品をお見せしましょうといって差し出されたのが金剛社版「萬国怪奇探偵叢書」の第十四巻「ホルムスの再生」というタイトルの本だった。表紙はホウムズの顔、収録された短篇は《舞踏人形》ほか四編である。

ホウムズ探偵の表情が当時の画家としては巧みに画かれているので感心したら、この叢書の表紙はすべて原書の絵をなぞって日本の画家が作画したものである、という島崎編集長の説明であった。金剛社は、ガストン・ルルウのルレタビーユ物を全巻訳出紹介したことで、わたしも戦前から名を知っていた。しかし実物を見るのはこれがはじめてのことであった。翻訳者の名は表紙には石河陸一としてあるが、奥付では石川陸郎となっている。いずれも本名を一字ちぢめたものであることは、断わるまでもない。

この叢書の第十五巻も氏のホウムズ物で、こちらは「食堂の殺人」と題し、《六つのナポレオン像》のほかに六篇を収めている。なおこの叢書には妹尾アキ夫氏が一冊訳しているほかに、空飛ぶ円盤の研究でも知られた平野威馬雄氏が、ポーを二巻訳出していることも面白い。

「金剛社と紅玉社はおなじ出版社で日本橋にありました。社長はもう亡くなったそうですが、会ったことはありません」

こうした話の合間に、夫人がお茶とチーズクラッカーをすすめて下さる。「喫茶店で甘いものを召し上ったでしょうから」という心配りが有難かった。

(四)

自信作をお訊きすると、遠慮勝ちに、《麻痺性癡呆患者の犯罪工作》を挙げられた。作品の出来がいいことはもとよりだけれど、法律を専攻した氏がそれを作品中に活かした唯一の例であることも、気に入った理由になっているようだ。

「この犯罪工作という語は、わたしが最初に用いたように思います。これ以後、探偵小説の中によくこの言葉があらわれるようになりました」

控え目ながら、淡々とした口調の中に誇らし気なニュアンスが感じられた。わたしもアリバイ工作などという常套語をしばしば用いているが、それが水上氏の造語であるとは思いもしなかったのである。

「どうもわたしは密室物などには興味が持てませんね。エラリイ・クイーンやヴァン・ダインの書く物はあまり面白く思えないのです」

つまり根っからの変格派ということになる。

「クロフツの《樽》は、冒頭の波止場に陸揚げされた樽の中から髪の毛が……、あれは確か髪の毛でしたね？」

「いえ、女の腕ですよ」

「そうそう、腕でした。あの屍体が発見される辺りの描写がすばらしかったものですから、それに引きずられて読み通しましたが、遂にトリックが解りませんでした」

じつは、最初に読んだときのわたしも同じことであった。《樽》の面白さを理解したのは、何年か間をおいてじっくりと読み返したときのことだったのである。

「あれは読みながらメモをとらなくてはいけませんね。そうするとトリックがすっきりと呑み込めて面白さが解ります。クロフツは作中で大きなミスを犯していますから、もう一度読みなおしてそれを発見するのが第二の楽しみです」

ぜひ再読するように、とおすすめしておく。

「先頃の区会議員選挙のときに、ある左派の立候補者の事務所に立ち寄りましたら、若い運動員が《樽》を題材にしきりに論議していました」

《樽》の傑作であるゆえんを改めて認識されたようであった。

しかし、ご本人は非本格派であることを主張しておられるけれども、第三作の《犬の芸当》も、最後の作品である《驚き盤》も、じつは本格仕立てなのである。いずれも容疑者が二転三転するという凝った趣向を、限られた枚数の中で展開しているのだ。作中の主人公が奇怪な謎を追究してゆき、大きな壁につきあたる。と、そこに別の人物が登場して、その口から真相が語られるというパターンは現在でもしばしば用いられ、本格物の短篇としては非常に効果的な書き方となっているのだが、呂理は早くも《驚き盤》においてこの手法をこころみているのである。

しかし氏は、この二作については高い評価を与えようとはしない。

「わたしが無理に本格仕立てにしようとすると、こんなことになるんですよ」

と笑う。

前にも述べたように呂理はこの《驚き盤》を最後に探偵小説から遠ざかっていくのだが、それについて作者は「造り物がいやになったからでした。どれもこれも造り物です」と答えている。わたしは、地味井平造氏が「作品解説」と題したノートの中で全くおなじような言葉を綴っていたことを思い出した。

「探偵小説は人生を描くのが目的である純文学とは違います。話を面白くするためには、虚構にウエイトをおかなくてはならないと思うのですが」

島崎編集長の反論に、氏は大きく頷いた。

（五）

夫人が真赤な苺を持って入ってこられた。

「なにしろ四十何年前の話でございますから。甘いほうがお好きでしたら、お砂糖をたんとおかけになって……」

「どうぞ召し上って下さい」

そういった氏はふと思いついたように、先程の「ホルムスの再生」を取り上げると表紙をあけた。扉に「鈴へ、呂理」（傍点鮎川）の献辞が書き込んである。

「鈴というのはこの家内のことです、鈴子といいます」

それはほぼ五十年前に、まだ婚約時代に著者が婚約者に贈ったものなのであった。夫人としてもそうしたことはすっかり忘れておられたらしい。

「あらあら、どうしましょう」と、少女のように若々しい声を上げ、氏は氏で「おのろけを申してすみません」と笑われるのだった。この頃はまだ呂理を用いており、《精神分析》ではじめて呂理を名乗ったのである。

「訊き忘れましたが、作品に精神分析を用いられたのはどうしたわけですか」

「時事新報時代のことなんです。新聞社には沢山の寄贈本がきます。それを編集部員でわけるのですが、たまたまわたしの手に入ったのがフロイトの二冊の著書でした。それを読んで精神分析に興味を持ったからですよ」

「未発表の原稿はありませんか」

これは島崎編集長。

「書きかけのはありましたが、これは紛失しました。しかし目下執筆しているフランスの科学者ラボアジェの伝記小説があとひと月ほどで脱稿しますから、引きつづいて久し振りに探偵小説を書いてみようと思っています。これは四百枚になる予定ですがね」

水上呂理が四十数年ぶりでミステリーと取り組む。しかもそれは長編だというのだから、往年の呂理を知るものにとっては楽しみなニュースである。

氏が探偵小説の創作からはなれていった理由の一つは、氏自身をふくめて家庭内に病人が多く、その看病に時間をとられたからでもあった。

「わたしもいろいろな病気をやりました。痛風もやりましたよ」

おやおや、と思った。私も痛風患者であり、足の指を紫色にはらせて一ヵ月間ヒイヒイいって暮したことがある。呂理はその意味からも大先輩に当るのだった。

「胃潰瘍で入院していたとき眠れぬものですから、固い本を読むことにしたのですが、それがラボアジェとの初対面です。それからラボアジェに取り憑かれました」

しかし氏が、この王党派であったがために断頭台で処刑された不運な科学者に興味を抱いたのは、ゆえなしとしない。探偵小説の筆を折った頃から、化学工業界へと転進してゆき、いままでに百篇前後の化学論文を書いている氏なのだ。科学者の伝記に興味を持つのは当然のことだろう。氏はまた、戦後の化学工業界がまだ海外事情に飢えていた時分には「世界の化学工業界」を執筆し、関係者から歓迎を受けた。いままでのところではこれが唯一の著書だが、ほかに、平凡社の百科事典で化学の部門を担当したこともある。

「そう、探偵作家で知ったものはいないといいましたが、東横線の電車の中では、よく木々高太郎さんを見かけました。尤も、むこうはわたしのことなど知らないわけですが」

木々氏がこの私鉄をはさんで反対側のところに住んでいたものだから、こうしたことがしばしばあったという。

「一度は靴をみがかせているのを見ましたね。その間中、あれはドイツの医学雑誌でもあるのでしょうか、一心に読みふけっておいででした。旦那、もう終わりましたぜと声をかけられて、ああそうか、とはじめて気がつくといった有様でした」

本来ならば水上呂理氏は有力な文学派に属する探偵作家となった筈であり、木々氏との結びつきも強固なものとなることが想像されるのだが、筆を折るのが早過ぎたために、実現を見なかったのである。祐天寺駅の向うに水上呂理という先人がいることを、木々氏は死ぬまで知らなかったのではないか。

「ライバル作家は誰でした?」

「いえ、好敵手なんておりません。しかし角田喜久雄さんの作品にはつねづね敬服していましたし、夢野久作さんと久生十蘭さんの小説には感心させられたものです。それから小栗虫太郎さんの百科事典式な知識にはただびっくりするばかりでしたね」

「大阪圭吉さんの作品はいかがです?」

「同時代の人ですからよく読みました」

「大阪さんがフィリピンで戦病死をとげられたことはご存知でしたか」

「大阪さんがですか。……はじめて知りました。お気の毒なことですね」

一瞬、氏は暗い表情になった。まだ外は明るかったが小鳥は巣に入って眠りについたとみえ、カゴの中は静まり返っていた。

追記

水上氏もご健在である。晶文社編集部にとどいた手紙には、自分はもう八十歳を越えたとしてあった由。しかし、依然として美青年の面ざしは残されていることだろう、と思ったものである。

なお「驚き盤」というのは、映画の発明のもととなったもので、日本でも玩具として製造販売されていた。わたしは友人から現物を見せてもらったことがある。金属製の小型の盥《たらい》様の形をしていて、側面に同じ大きさの縦長の窓が等間隔にあいている。その内側の筒に、少しずつ動作の変わった影絵を描いた帯状の紙を貼っておき、オーディオのターンテーブルを利用して回転させる。光をあててスリットから覗くと、黒い馬がパカパカ歩いたり、スポーツマンが高飛びをしたりという単純な動きを、回転が停止するまで続けるのである。

4 海恋いの錬金道士・瀬下耽

（一）

戦後、名古屋で発刊された「新探偵小説」に、瀬下耽は《手紙》と題する短編を発表した。これは、昭和八年に《罌粟《けし》島の悲劇》を書いて筆を折った氏の十数年ぶりの復活だったから、昔を知る読者を大いに歓ばせたものの、「探偵実話」の二十八年新年号に《覗く眼》を掲載したのを最後に再び沈黙してしまい、以来二度とその名を聞くことがなかったのである。

《手紙》を掲載した号で、編集部は大要つぎのようなコメントをつけた。「瀬下耽という名はチェスタートンをもじったものだとする説があるけれど、これは本名である。瀬下姓は新潟県下に多い」

なるほど、瀬下耽はセシタータンと読めば、なにやら「師父ブラウン」の作者を連想したくもなろう。それはともかく、この多分に断定的な、自信に充ちたコメントはわたしの記憶にながく残り、先年の「小説推理」別冊で新旧作家の特集があったとき、瀬下作品《欺く灯》の解説にこれを引用したのである。いや、印象に残ったのはひとりわたしだけではなかったとみえ、中島河太郎氏も、立風書房刊「現代怪奇小説集」第一巻収載の《柘榴病》の解説中に、同様のことをしるしている。

しかし、今回の尋訪で明らかにされたことだが、このコメントの半分は事実であり、そして半分は編集者の独断であった。確信ありげにホラを吹かれると、人はついそれを本気にしてしまう。中島氏とわたしが欺かれたのは、その好例であろう。

さて、瀬下耽氏に辿りつくまでの道程は長かった。「幻影城」創刊の企画が生まれる以前から、わたしは氏の所在を探っていた。右に記した「小説推理」の編集部では別冊を編むにあたり、旧作家の消息が不明なまま作品を再掲したのだったが、それが各作者の目に止ったとみえ、大半の人達から編集部に連絡が入った。そして最後に残ったただ一人の作家が、瀬下耽氏だったのである。

大阪圭吉氏の項で熊谷政清氏のことに触れたが、その熊谷氏が新城駅で別れる際に、「じつは名古屋の『新探偵小説』が潰れるとき、後を引き受けて続刊してくれないかという話を持ち込まれたのですよ」といった意味の話を聞かされた。従って熊谷氏は「新探偵小説」の同人達とは親しい筈であり、熊谷氏をつうじて同人諸氏に問い合わせてもらえば瀬下氏の所在も明らかになるのに違いない。わたしは「小説推理」の吉田編集長にそう示唆した。

だが、なにしろ三十何年も昔のことだから、熊谷氏と同人達との縁も切れている。名古屋在住の服部元正、若松秀雄(いずれも、かつては「ぷろふいる」に作品を発表したことがある人達)といった旧編集者の所在を求めて熊谷氏もいろいろと苦心されたようである。そして、同人の一人だった写真家の若松氏が名古屋の中部商店会発行のPR雑誌に随筆を書いていた、ということまではつきとめてくれたものの、雑誌の正確な発行元が判らなくて、この「捜索」は打ち切らざるを得なかった。

それから半年ほど後の一九七四年の暮れのことである。立風書房編集部の稲見茂久氏が訪ねて来て雑談中に、ふと、「瀬下さんの住所が判りましたよ」と洩らした。立風書房では五年ほど前に刊行した「新青年傑作選」中で《柘榴病》を採っており、稲見氏はその頃から瀬下氏の消息を求めていたのである。

「ど、どうして判ったんです?」

と、私は意気込んで訊ねた。

この稲見青年は、学生時代から評論家の加太こうじ氏の家に出入りしていた。で、先頃「傑作選」を持って氏を訪問すると、ページをパラパラとめくっていた加太氏が「おれ、瀬下さんを知ってるよ」と意外なことを言い出したというのだ。こうして全く予期しないときに予期しない人によって、瀬下氏が柏崎市に健在であることが判明したのである。

「盆栽いじりが趣味の、悠々自適の生活だそうですよ」

「柏崎か。今頃は大雪が降っていることだろうなあ……」

わたしにとって柏崎は、柔道家で随筆家かつユーモリストとして知られ、NHKラジオ「とんち教室」の常連だった石黒敬七氏の生まれ故郷、といった程度の知識しかない。

満洲育ちのくせにわたしは寒さが苦手である。果してこの冬（一九七五年）は流感にやられ、正味一ヵ月を床の中で暮らす有様だった。そうしたこともあって瀬下氏尋訪は暖くなってから、という予定になっていたのだが、さて出掛けようという段になったとき上越線に崖崩れが発生し、乗車券は発売停止になった。それがどうやら復旧したので腰を上げようとすると、連休で切符が手に入らない。その連休も過ぎたから、今度こそはと思ったら国鉄のストにぶち当った。その度に島崎編集長は柏崎に電話を入れて了解を乞わねばならない。瀬下家にとっても、来訪が再三にわたって延期となったことは、なにかとご迷惑であったろうと思う。

瀬下耽

ともかく、こうしたいきさつがあって五月のある日、島崎編集長とわたしは、瀬下耽氏尋訪のために上野駅を発ったのである。

瀬下家へ行くには鯨波《くじらなみ》で下車したほうが便利だが、そこには急行が停まらぬため、われわれは一駅手前の柏崎駅で降りた。改札口をぬけて駅をでたところで、この多忙な編集長は胸いっぱいに息を吸い込んで「空気が旨い、こんな都会で一週間ほどゴロゴロしてみたい」といった。柏崎は人通りの少ない、まだ冬眠中のような静かな街なのであった。

駅前で車を拾う。国道を走りつづけたタクシーが海と反対側の山の谷間に入っていくと、島崎編集長は感に堪えぬように「こんな山里で暮していると長生きするだろうなア」とひとりごちた。右の山も左の山も緑一色で、聞えるのは鶯の声ばかり、往き合う人の姿もない。喧騒な東京で明け暮れするものにとって、編集長ならずともここで暮してみたくなる。

やがて車は二メートル余もありそうな崖の下で停った。左側を、春の小川が音をたてて流れている。その岸辺には一本の牡丹桜の花が盛りである。そして瀬下家は、右手の崖の上に建っているのだった。

運転手に二時間したら迎えにくるよう頼んでおいて、わたし達は石段を昇り、和風の玄関の前にたった。案内を乞うと、待っていたように声がして、痩せぎすのご主人が迎えにでた。

「ようこそ。さあ、どうぞどうぞ……」

それが幻の作家瀬下耽氏であった。

（二）

「もう滅びちゃった作家ですワ」

初対面の挨拶がすむと氏はそういって笑った。盆栽いじりの悠々自適などと聞かされるとご隠居さんを想像したくなるものだけれど、温室で洋蘭を栽培するのが趣味で、これは若い時代から凝っているのだった。例の、舌をかみそうなカタカナの名のついた、玄人《くろうと》向きの気難しい花である。

「むかしは、園芸界に名がのこるような新種をつくりだしてみたいという夢を描いていましたが、これがなかなか難しくて……」

交配して実ったタネをまき、六年目にやっと花が開く。だが親よりもすぐれた花はめったに咲かないものなのだ、と編集長が註を入れる。彼もまた洋蘭には興味があり、だから「帰りには温室を拝見させてもらおうよ」としきりに誘うのである。

「鮎川さんの後ろにあるのがそれでしてね」

ふり返って床の間をみると、青磁色の鉢にクリーム色の花が一輪。蠟細工のような厚味とにぶい光沢を持つ、見事な花であった。

「花弁の一つがスリッパの先みたいになっているでしょう？　その袋の部分にものを隠すというトリックを考えたことがあるんですが、イギリスの女流作家に先例があると聞いて思い止まりました」

氏は、トリックのオリジナリティを尊重する主義で、盗用や二番煎じのトリックには意義をみとめないようである。

「わたしが筆を折ったのは、戦争で発表の途がとざされたことも理由の一つでしたが、あたらしいトリックの案出が困難であったということもあります」

江戸川乱歩氏はその「日本探偵小説傑作選」の序文において、瀬下耽をたしかに心理派に分類していたように記憶しているのだが、その心理派の作家にしてかくもトリックの独創性を重んじるのである。わたしはそこに探偵作家の良心を見たように思った。

「ご本名は綱良《つなよし》さんでしたね?」

「そうです」

「瀬下耽はチェスタートンをもじったのだという説があるそうですが」

「いや、そんなつもりは全くありませんよ」

「どういうところから耽という名をおつけになったのですか」

前回尋訪した水上呂理氏はすすんで自分から語ってくれるので、インタビュアーにとって楽な作家であったが、瀬下耽氏はこちらから質問をしないと、二分でも三分でも黙り込んでいる。そのかわり、質ねられたことに対しては歯切れのいい口調で明快に応える、といったタイプの人であった。

「当時、オスカー・ワイルドの耽美主義的な小説に魅かれましてね、その一字をとって筆名にしたのです。探偵小説は余技で、純文芸に打ち込みたいと思っていました。心ならずも探偵作家ということになってしまいましたが、ハハハ」

その第一作が「新青年」の懸賞に投じて第二席に入った《綱《ロープ》》であり、第一席は葛山二郎氏の《股から覗く》だった。

「江戸川さんは《綱》に感心してくれたのですが、結局わたしの作品は推理味が薄いということで、葛山さんが一位になりました」

「葛山さんに対して、いい意味でのライバル意識はお持ちになりませんでしたか」

と島崎氏。期をおなじくして登場した瀬下、葛山両氏は、いずれもプロ作家とはならずに、アマチュア作家として終始した。そうした点も似ているが、戦後に復活して数作を書き、ふたたび沈黙してしまったという点も共通している。編集長はそこに興味を感じたのだった。

「そんなことは全然なかったですね」

とのこと。瀬下氏もまた、同業の探偵作家に対してほとんど関心を持たなかったようだ。したがって作家づきあいもしていない。一度「新青年」の編集部を訪ねて横溝正史氏に会ったことがあるくらいで、江戸川氏とも面識はなかった。

「横溝さんはえらいですね。病身で、七十歳をすぎてあれだけの創作をされるのですから」

病気といえば氏自身も大学を卒えた途端に肺結核にたおれ、この柏崎の家で三年間をぶらぶらして過したという。当時の結核は死病と同義語であったから、氏の挫折感がいかに深刻なものだったか想像するに余りある。

（三）

「わたしの処女作は《綱》ということになっていますがね、あれは第二作なのですよ」

思いがけぬことをいわれた。

当時、近所の文学青年がガリ版の同人誌をだしていて、それに載せた《柘榴病》が第一作で、中学五年生のときに書いたという。この作品は瀬下耽を代表する短編としていまもって高く評価され、先に述べたように立風書房から刊行された選集にも採り入れられていたのである。それが中学生の作だというのだから、おどろかされた。氏もまたかなりの早熟児だったことになる。

「東京へでて慶応の仏文に入りました。その頃、渡辺啓助さんの弟さんの温さんが、三田の校庭を風のように歩いているのを見かけたものです。眠り男セザレのように、マントを翻えしながら……」

渡辺温氏は卒業すると博文館に入って「新青年」を編集することになるのだが、瀬下氏はこの特異な風貌の青年を遠くから眺めるのみで、声をかけることは遠慮した。

眠り男セザレというのはドイツ映画《カリガリ博士》に登場する人物である。昼間は眠っているが夜更けになると目をさまして、カリガリ博士が操るままに深夜の町にさまよい出、悪事をはたらくのだ。わたしのような素人《しろうと》からみると格別すぐれた映画だとは思えないのだけれど、とにかく名作ということで評判になった。そして人々の印象に残ったのはヴェルナー・クラウス扮するカリガリ博士よりも、ミイラのように痩せたコンラート・ファイトの眠り男のほうであった。

氏は、予科を終了してからコースを変えて法学部へ進むのだが、「新青年」に発表した作品は殆どがこの大学時代に執筆されている。

「予科にいた時分は純文芸を指向していましたから、級友と同人雑誌をつくりました。一つは『水雞笛《くいなぶえ》』、そしてもう一つは『錬金道士』で、どちらも長続きはしなかったですね。この同人誌にもいくつかの作品を書いています」

「それらのなかにミステリアスな作品はありませんか」

と、島崎編集長が目をかがやかせる。

「残念ながら。しかしわたしは『新青年』にもう一つ短篇を書いているのですよ。それも匿名で……」

意外な話がでた。

「わたしは幻想味のある作品を書きつづけたかったのですが、その短篇はトリッキーであり過ぎたものですから、瀬下作品としてはちょっと面映ゆかった。それで名を秘めて発表することにしたのです。秘名生という名で……」

秘名生の正体が瀬下耽であることは、当時の「新青年」の編集部以外では誰も知るものはいない。島崎氏が後で洩らしたところによれば、今回のインタビューのなかでこれが最大の収穫だったとのことである。わたし自身にしても、この昭和三年八月号の目次を見るたびに、秘名生とは誰のことだろう、名を秘めたいならペンネームで発表すればよさそうなものにと、小首をかしげるのが常だったのである。

参考までにその八月号の創作の目次を記してみよう。

ニウルンベルクの名画　甲賀三郎
疑問の銃弾　新井紀一
四本足の男　秘名生
病院をめぐる　岩切倣郎

「先頃NHKテレビで放送された《おはなはん》の作者の林謙一君が予科時代は同じクラスでして、わたしの《海の兄弟》を読んでミスを指摘してくれたことを覚えています。水死した屍体が、あんなに短時間のうちに水面に浮き上がる筈はないというんですね。彼は建築を専攻するために早大へいってしまいましたが……」

右の話にでてくる《海の兄弟》は、潜水夫の兄弟がおなじ女性を愛したことから生じる悲劇を描いたもので、海底にもぐった兄と弟とが、沈没した客船の船窓をとおして、水死した愛人の屍体を発見するのである。クレームがついたというのはこの場面のことなのだ。しかしわたしはそうしたことよりも、潜水の技術に通じた作者の知識と海中の描写の巧みさに打たれ、作者は船員ではないかと思ったものだった。

氏の作品には《海の兄弟》に限らず、海に材をとった短篇が多い。先出の《罌粟島の悲劇》《柘榴病》もそうであり、他にも《海底》《R島事件》《欺く灯》《海の嘆き》などがある。東京で学生生活を送っている氏にとって、忘じ難いのは鯨波の浜辺であり日本海の海鳴りであったろう。その望郷の思いが凝ってこうした一連の作品が生まれたものではなかったか。

《欺く灯》は入り船の目標となる灯台の明りを消しておき、「憎いあン畜生」が乗る船を遭難させる話だが、ラストの緊迫感が効果をあげている。

「あのお作の舞台はどこですか」

「日蓮上人が佐渡から上陸したと伝えられている番神《ばんじん》岬

の灯台にヒントを得たんですワ。《海底》のほうは鯨波の近くの自害淵という高い崖を舞台にしました」

その崖から投身する人が多かったために自害淵の名がつけられた。が、もとの地名は地更淵《じがえ》であるとのこと。

鯨波海岸は夏になると海水浴客でにぎわう。来る客の大半は長野、群馬、栃木といった海のない県の人々なのである。だがその賑わいもわずか一ヵ月で終ってしまうという。日本海の海岸には、それだけ早く秋が忍びよるのだ。

「瀬下姓は新潟県に多いという話ですが……」

「いえ、この近辺に多いのです。上杉家の直江山城守の家臣が分れて鵜川《うかわ》の上流、中流、下流に住みつきまして、それぞれ瀬上《せがみ》、瀬中《せなか》、瀬下《せじも》と称したわけです。瀬中姓は数が少ないのですが」

柏崎からここへくる途中の国道で川を渡ったことを覚えている。それが鵜川なのであった。

（四）

官吏だった父君の転勤につれて瀬下少年はしばしば転校を余儀なくされたという。その中で富山市在住がいちばん長く、氏はここで中学生活の大半を送って、五年生のときに柏崎へ帰って来た。そして一年のちには上京して大学に入ることになるのだが――。

「サラリーマンになる気はありませんでした。卒業したらパリへ渡って、一生をそこで過ごしたいなどと夢想しました。それから、映画界に入りたいと思って、松竹の脚本部長だった北村小松氏を訪ねたこともあります」

「役者希望だったのですか」

思わずそう訊ねた。前号で若き日の水上呂理氏が美男子だったろうということを書いたが、瀬下耽もまた渋味のある二枚目であったことが想像されるのだ。

「いえ、脚本家になりたかったのです」

だが、そうした若者の夢が胸部疾患によって砕かれたことは、前述のとおりである。

「病気がなおった頃に、もう一度東京へでてこないかと誘われて、写真協会に勤めました。加太こうじ氏と知り合ったのはこの協会に勤務していた時分です。あの人の奥さんも新潟県の出身ですから、同郷人ということで覚えていてくれたのでしょうね」

話が途切れると、わたしはこうべをめぐらせて庭を見る。そこには紅白の芝桜が一面に咲きそろっており、若草におおわれた山からは、絶えることなく鶯の声が聞えてくる。

空襲が激しくなったために郷里に引っ込んだわけですが、停年になるまではこちらで帝国石油に勤めていました。ご存知のように、柏崎は石油の産地ですから」

しかし平穏と思える氏の人生にも波立つときがあった。戦時中の無理がたたって前夫人が胸を病み、この土地で亡くなられたことがそれである。

「恋女房でしたから」

短くいったきり、それ以上そのことに触れようとはされなかった。恋女房という一語に、氏の愛情と悲嘆が要約されているように感じたのは、思い過しであろうか。

ここで、例によって氏の作品目録を列挙しておこう。

綱	新青年	昭和2年8月号
柘榴病	同	2年10月号
裸足の子	同	3年1月号
犯罪倶楽部入門テスト	探偵趣味	3年2月号
古風な洋服	新青年	3年5月号
四本足の男〈秘名生名義〉	同	3年8月号
めくらめあき	探偵趣味	3年9月号
海底	新青年	3年10月号

「雪は積りますか」

「長岡と高田のほぼ中間ですから、ときには二メートルほど積ることもあります。しかし海に近いこともあって、高田などに比べると少ないほうでしょう」

冬は閉塞していろりを囲むほかはない。食料品を入手すること一つを考えてみても、雪国の生活は大変なものだろうと思う。だが、いまは百花が一時にひらく五月であった。うっとりと鶯の声に聞き入っていると、身は正に仙境にあるような想いがする。

「前の小川では鮎がとれます。海にそそぐあたりでは白魚もとれるのですよ。土地の人間はイサザと呼んでいますが」

「水源はどこですか」

「十分ほど奥へ入りますと公園になっている貯水池があるのですが、そこから流れてきます。海水浴と山歩きの両方がたのしめるのがここの特長でしょうか」

「その後、東京へはお出になりませんか」

「戦後、二度ばかり上京しました。しかし弟の家に一泊したきりで、早々に帰ってきました」

それは無理からぬことだった。この静寂な世界の住人が、都会の喧騒によく耐えられるとは思えない。

「写真協会に勤めていた時分には船橋に住んでいました。

R島事件　同　4年4月号
仮面の決闘　同　4年6月号
呪われた悪戯《いたずら》　同　4年9月号
女は恋を食べて生きている
　中央公論　5年7月号
欺く灯　新青年　5年10月号
海の歎き　同　6年7月号
墜落　同　7年3月号
幇助者　同　7年4月号
罌粟島の悲劇　同　8年1月号
手紙　新探偵小説　22年6月号
空に浮ぶ顔　新選十二人集　22年9月号
シュプールは語る　新探偵趣味　24年1月号
覗く眼　探偵実話　28年1月号

大半が短編だが、あらためてリストを眺めてみると、かなり多作であることがわかる。このなかで「中央公論」に載った一篇だけが中篇といってもよい枚数であった。格式たかい同誌から執筆依頼がきたという事実は、氏の作品が専門誌以外の編集者によって高く評価されたことを示している。

予定の時刻よりも早目に迎えの車が来たため、インタビューは唐突に終わり、温室を見そこねた編集長はいかにも残念そうであった。こうしてわれわれはその日のうちに、騒音の渦巻く東京という都会に戻ったのである。

追記

氏は健在である。毎年冬になるとわたしは、あの天井の高い部屋で寒さと対決するのはさぞ大変なことだろうと思いを馳せたりする。前記したように、冬は、わたしにとってもいちばん嫌いな季節であるからだ。

5　雙面のアドニス・本田緒生

（一）

戦後まもなく名古屋で発刊された「新探偵小説」誌の編集部は、読者からきた投書のなかに多々羅四郎の名を見出して、歓声を上げたという。多々羅四郎氏は、戦前の春秋社が企画した長篇探偵小説の懸賞募集に《臨海荘事件》を投じて三位に入選したアマチュア作家であったが、それ以後は創作活動を見せず、消息を絶った形になっていたからである。だが残念なことに、この投書の主は同名異人だということが判り、作家のほうの多々羅四郎氏については依然として不明のままになっている。

消息不明の作家から届いた便りをみて喜ぶのは「幻影城」編集部でも同じことである。つい先日も三十年近いむかし「宝石」のコンテストに《緑毛の秘密》一作を投じただけで消えていった乳月霞子氏からハガキが寄せられ、一読した編集長は、早速そのことをホットニュースとしてわたしに知らせてよこしたのであった。同じ号に土屋隆夫、故藤村正太、日影丈吉氏等をはじめとする新人が肩を並べ、わたしの妙ちきりんな一篇も活字となったのである。

乳月氏はその三十年のあいだに結婚し一児をもうけ、そしていまは未亡人となって子息と暮しているという。

この乳月氏の二、三ヵ月前にも、一つの似たようなケースがあった。編集部宛てに松原鉄次郎氏という読者から予約購読を申し込む手紙がとどき、自分はむかし本田緒生の筆名で探偵小説を書いたことがあると付記されていた。島崎氏はただちにダイヤルを廻わすと、わたしにそのことをはずんだ声で報告し、こうして今後も幻の作家の消息が一つ一つ明らかにされていくに違いないと嬉しそうにいうのだった。

　いまの若い読者のなかで本田緒生の名を知る人は、まずいないだろうと思う。大正十一年に《呪われた真珠》で登場した氏は短篇とコントを二十篇あまり発表した後、昭和四年の前半期に二本の掌篇を書いて筆を折ってしまい、以来われわれは、本田作品を読む機会に恵まれぬまま今日に至った。終戦直後、例の「新探偵小説」誌上で江戸川乱歩氏とのあいだに交わされた書簡体の文章を見かけたものの、再び氏は沈黙の背後に身をかくしてしまって、昨今では動静を知る手段が失われていたのである。だから氏が健在であるというニュースは、私にとっても吉報であり、その場で尋訪しようという約束ができたのだった。

　これは毎度のことだけれども、尋訪するに当っては、当の幻の作家と、島崎氏とわたしの仕事のスケジュールがからまってくるので、日程をやりくりするためには誰かが無理をしなくてはならぬことになる。このところわたしも多忙がつづいており、前回の瀬下氏訪問の前夜は三時間しか眠る暇がなかったのだが、今回は一時間眠ったきりで新幹線に乗ることになった。したがって、インタビューの最中に居眠りでもするのではあるまいかというのが、当日のわたしの心配事であった。

　普通であれば列車の振動に身をゆだねてぐっすりと眠っていくところだ。が、同行の編集長が稀代の方向音痴であるため、というよりも方向感覚が完全に欠如しているものだから、旅行中は終始このわたしが監督につとめなくてはならない。今回の旅行でも、豊橋駅で下車しそこなわぬよう、わたしは寝不足の目をパッチリと開けていた。そしてときどきいまいまし気に、かたわらで寝息をたてている編集長の横顔をにらみつけるのであった。

　本田氏の居住地は岡崎市なので、われわれは豊橋駅で名鉄にのりかえた。特急である。

「本田さんの写真が『探偵小説四十年』にでていますね」

　寝足りた男がいった。

「そうですか。記憶にないな」

　寝不足の男が不機嫌そうな声をだした。

「本田さんの家の人は、本田さんが探偵小説家だったことを知らないらしいですよ。ダイヤルを廻わして本田さんのお宅ですかといったら、うちは松原です、本田さんなんて人はおりませんといわれて、慌てちゃった」

　雑談をしていると時間のたつのが速い。あっという間《ま》に東岡崎駅に着いてしまった。

「ひるめしを喰っていきましょうか」

改札口をでたところで編集長が同意を求めるように訊ねた。この編集長は家をでる前にめしを炊いて喰い、新幹線の車中で駅弁をたいらげているのである。少食のわたしは、彼の伸縮自在な胃袋に敬意を表しながら、この申し出を辞退した。

（二）

タクシーを拾って少し走るとそこはもう郊外で、起伏のある丘のあちこちに分譲地や分譲住宅の看板が立っている。やがて車はそうした新開地の一画にあるミッション系の女子高校の前で停った。本田家はたしかその近辺にある筈なのだ。

本田緒生

車から降りると、反対側の道路際に、和服姿の男の人が人待ち顔でたたずんでいる。それが本田緒生氏であった。遠来の客が迷わぬようにという心遣いは前回の瀬下氏探訪のときにも経験したことだけれど、こうした親切な思いやりは、都会人のあいだではすでに消滅してしまったものなのである。

ゆるやかな坂道をのぼって植え込みのある庭をとおるとき、木の間《ま》から、はるか乙川《むとがわ》のあたりが望見された。後でお聞きした話では、眺望がよくて夏は涼しいが、台風がくると怖ろしいということであった。

「今日は家族の全員が出払っていますので」

その静かな座敷で、一時間半におよぶインタビューがなされた。

「名古屋の方だとばかり思っていましたが」

「名古屋生まれの名古屋育らです。空襲がはげしくなったものですから、それまで住んでいた家が大きすぎるということもあって、疎開の意味で移転しました」

この辺り、いまでこそモダーンな洋風建物が散見する丘陵地帯である。が、当時は松の木のなかに二、三軒の家があるきりで、裏の林に入ると日中でも気味がわるいくらいだったという。

「ところが、岡崎の空襲で街の半分がやられたときにここも全焼しまして、それからしばらく苦労がつづきました」

風通しのいい座敷から和風の庭が眺められる。大きな庭石のかたわらに斜めに伸びた松の木があるが、その半身は焼夷弾にやられて皮がケロイド状になっていた。

「名古屋では父の代から肥料問屋をやっていました。これが真先に統制にひっかかったものですから、食糧営団に勤めることになったわけです」

営団が戦後は公団と改称され、さらに全国各地の公団が独立して株式会社組織にかわる。停年制がない会社だったので昨年退職するまでに、氏は三十二年間も勤続したという。それだけに顔色もよく見るからに健康そのものので、事実この十年間は医師にかかったことがないそうである。

「引退したら落着いて読書ができるだろうと思って楽しみにしていました。ところが家庭に入りますといろいろな雑用が後を絶たなくて、本を読む暇なんてちっともありません」

サラリーマンは自分の細君のことを三食昼寝付だなどと軽視する傾向がある。だが主婦の仕事というのは決してそのようにノンビリとしたものではない。年中わが家で仕事をしているわたしなども作家業と主婦業とを兼ねているのだが、つまらぬ雑用ばかりが多く、好きなレコードを聞く暇もないくらいだ。氏がこぼされる気持もよく解るのである。

「子供の頃から書くことが好きでした。博文館からでていた『文章世界』に投稿して採用されたり、佳作になったりしたことがあります」

「文章世界」については島崎編集長も知るまいと思う。これは文学に憧れを持つ年少の読者にとっては必読の雑誌であり、この雑誌に作品が採用されるのは、容易なことではなかったのである。

「そのうちにルパンの洗礼を受けましてね、これは面白いというわけで全巻を揃えるほどの熱の入れようです。それがこうじて、おれも一つ書いてみようと思った。そんなふうに記憶しています」

（三）

氏はやや小柄の痩せ気味の人で、常識円満の社会人といった印象を受けた。サービス精神が旺盛というか、われわれの取材に協力的で、すすんで自からを語ってくれるのであった。

「わたしの作品は、先人のトリックを借用してみたり、内容的にはつまらぬもんです」

そこで島崎氏が用意してきた作品一覧をテーブルに拡げると、つくづく眺めて、へんな物をよく書いていますネと独語される。

「当時はナンセンス物がはやりましたから、そうした傾向のコントを書きました。この《鮭》というのも二十枚ほどの長さだったのですが、半分に縮めたほうがよくなるといわれて、十枚ばかり削ったことを覚えています」

これはわかい銀行員の山本青年がふと悪心を起して同僚の札入れから紙幣を失敬したが、弁当の塩鮭のにおいが札についたために犯行がバレるという話を、明るいユーモアタッチで描いた小品である。氏の探偵小説はこの山本青年が毎回登場するシリーズと、もう一つ秋月という青年探偵が活躍するシリーズとに大別されるようだ。

「最初に書いた《呪はれた真珠》には、一粒の真珠と秋月とが登場しますが、それ以後はこの両者が狂言廻わしとなって、さまざまな事件が起るというのが根本の設定です」

即ち《財布》、《街角の文字》などが前者に属するのであり、《美の誘惑》や《蒔《ま》かれし種《たね》》は後者に属することになる。ところで氏の作品は本多緒生（及び本田緒生）とあわぢ生の二つの筆名で書かれており、それが雑誌の違いもしくはシリーズの違いによって使い分けられているならわけが解るのだけれど、そうした様子もなく、混然とした用い方がされている。この点について質すのが今回の訪問の目的の一つになっていた。

だがその前に、氏の作品リストを記しておこう。☆印のついたのが「あわぢ生」の名で発表されたものである。

呪はれた真珠	新趣味	大正11年11月号
☆美の誘惑	同	11年12月号
財布	新青年	13年12月号
☆蒔かれし種	同	14年4月号
鮭	同	14年8月号
或る対話	探偵趣味	14年12月号
街角の文字	新青年	15年1月号
彼の死	新趣味	15年1月号
視線	探偵文芸	15年5月号
ひげ	苦楽	15年10月号
無題	探偵趣味	15年10月号
寒き夜の一事件	探偵文芸	15年12月号
書かない理由	探偵趣味	昭和2年1月号

ローマンス　同　2年3月号
鏡　探偵往来　2年3月号
夜桜お絹　苦楽　2年5月号
ある夜の出来事　探偵趣味　2年7月号
罪を裁く　苦楽　2年11月号
危機　探偵映画　2年11月号
小指　猟奇　3年10月号
街の出来事　同　4年1月号
ゐろちっく・あるふぁべっと
同　4年3月号
波紋　ぷろふいる　9年12月号

数字の魔術というか錯覚というか、大正十五年と昭和二年との間のまるまる一年間をなにも書かずにいたように見えるが、大正十五年の翌年が昭和二年になるのである。この二年間に集中して氏は十二篇を発表するという多作ぶりであった。それが翌る三年にわずか一本しか発表せず、そして四年に二本を書いて沈黙してしまったのはなんとも不可解に思えてならない。その裏面にどんな事情があったのであろうか。

（四）

江戸川乱歩氏の「探偵小説四十年」をひらくと、「探偵趣味の会」の項に、本田緒生の住所として名古屋市中区南園町、松島書店としてあり、「名古屋の本田緒生君はこれも山下君（鮎川註、山下利三郎氏のこと）と同じく初期には大いに活躍したが、後には書かなくなった作家の一人」と付記してある。本田緒生が商家のご主人という噂は東京側にも伝わっていたから、これを読んだわたしは、氏がてっきり書店を経営しているように思い込んでしまった。

「そうではありません。松島書店というのは近所の本屋でして、いまでも息子さんがやっていますが、わたしはこの先代と親しかったものですから、郵便物はここ宛てに届くようにしたのです。ただそれだけのことです」

「なぜですか」

編集長、追求がきびしいのである。

「最初からお話ししないと解って頂けないと思いますが」

冷めたい飲み物にちょっと口をつけると、淡々とした口調で先をつづけた。

「じつは、わたしは四、五歳の頃にこの松原家に貰われてきたのです。松原家の父は商人《あきんど》ですから文学趣味は少しもありません。商売第一です。この父に遠慮をして、こういうことをしたのですよ」

この述懐にひきつづいて、二つの筆名の由来が明らかにされていった。

「実家との縁は切れていましたから、わたしの本当の両親が誰であるかは知りませんでした。それが北尾家であることが解ってきたのは少年期に入ってからのことです。その後は養父に隠れて、親兄弟と外でそっと逢うようになりました。いま考えますと、わたしの小説好きは北尾の血を引いているためだと思うのです。わたしは末っ子でしたが長兄は大阪の毎日新聞社に入って部長にまでなりましたし、三男はおなじ大阪毎日の社会部の記者になりました。この兄は社会部次長のときに何を感じたか突然退職をしまして、田舎へ引っ込んで百姓をやると言い出したのですが、若死にしてしまいました。姉の息子も毎日に入って、いまは毎日系のテレビ会社の上のほうにおります。つまり、次兄を除いてあとはみんなジャーナリズムに縁があるのですよ」

この頃になって、わたしは氏の目のあたりから、ようやく若き日の面影を読みとることができた。

「島崎さん、思い出した。本田さんの写真というのは面長で頬の幾分ふっくらとした、近眼鏡をかけた美青年でしょう！　蝶ネクタイをしめて……」

「そ、そうです、そうです」

帰宅して「探偵小説四十年」をひろげてみると、蝶タイをしているのは江戸川乱歩氏のほうであったが、その隣りに並んだ本田緒生氏は白っぽい夏服に粋な模様のネクタイをきりりと結んだ、上品な美青年である。さぞかしカンカン帽がよく似合ったことだろう、と思う。

「わたしが会社の若い連中に写真をみせて、これが青年時代の自分だぞといっても、信用してくれるものはいませんでした。ハハハ」

その写真は名古屋在住の小酒井不木氏を中心にした記念撮影で、東京から江戸川乱歩氏が、大阪からは雑誌「苦楽」の編集長であった川口松太郎氏が加わっている。和服の小酒井氏と並んでいるのはこれも絽の羽織を着用した国枝史郎氏であり、この頃の国枝氏は、宿痾の療養のため名古屋に転地していたのである。

（五）

「ルパンに触発されて書き出したことはお話ししたとお

りですが、おおっぴらに原稿用紙をひろげることはできませんし、本名で発表しては面倒が起ります。で、本田緒生とあわぢ生と二つのペンネームを用いました。一つの筆名を使うよりも二つの筆名を使ったほうが発覚しにくいわけですから」

裏面には、その軽快な作風からは到底うかがい知ることのできぬ事情があったのである。

「あわぢ生というのは、少年時代に『日本少年』などに投稿していた時分に用いた、淡路《あわじ》千之助という筆名からきています」

「淡路千之助の由来はなんでしょうか」

「淡路島かよう千鳥の……から取りました」

この「日本少年」は実業之日本社から発行されていた少年誌であり、博文館の「少年世界」、講談社の「少年倶楽部」と鼎立《ていりつ》して覇《は》を競っていたものである。「少年倶楽部」を購読したわたしだが、「少年倶楽部」に比べてお説教臭の皆無な点が「日本少年」や「少年世界」の良さであり楽しさであった。それはそれとして、淡路島かよう千鳥の……からペンネームを取ったとは、隅におけないおませな少年だったことになる。

「本田緒生はオセイと読むのですか。古い『新青年』にはショセイとルビが振ってありますが」

と編集長。こういうところが編集長の編集長たるゆえんで、わたしはそこまでは知らなかった。

「どちらでも構いません。じつをいいますと、そもそもは実家の北尾をもじって木多緒生《きたおせい》としたのです。ところが《呪はれた真珠》が活字になったのを見ますと、本多緒生に誤植されているのですよ。そこで本多を本田になおして筆名にしました」

したがって、作者はどっちでもよいというのだけれど、緒生はオセイと読むのが正しいことになる。

氏の住所が南ヶ丘であることから、南丘哲の筆名で、食糧公団の機関誌に二篇のコントを発表していることが、この尋訪で明らかにされた。ただしこれは探偵小説ではなく、ユーモア物である。

「わたしが筆を折ったのは、どうしても家業をつがなくてはならぬことになったからです。しかし、もし書きつづけていたとしたら、時代物のほうに転じていったかもしれません。戦前のことですけれども、大阪の『苦楽』の懸賞に時代物を投じて入選したこともあるのですよ」

大阪圭吉氏が戦場から無事帰還していたら、探偵小説ではなくてユーモア小説を指向したのではないかというのが令息の考えであったが、本田氏もまた、探偵小説を捨てたかもしれぬというのである。

「そうしたわけで探偵小説とは自然に縁が切れましたが、読むほうはつづけていました」

「戦前に筆を折った作家のなかには、終戦と共にふたたび書き出した人が何人かおいでですが、本田さんはなぜ復活されなかったのですか」

これは島崎氏がかつてわたしにも語ったことであり、この編集長にとっては気がかりな疑問の一つであったらしい。

「戦後は本格物が中心でしたから、わたしとは肌が合わないのです。でも、全くなかったわけではなくて、勤め先で昼休みに少しずつ書いていたことがあります。百枚ぐらいにする予定でしたが、二十枚三十枚と書いてきますと、根気がなくて先がつづきません。ですから戦後の作品はないですね」

だが、戦前の「キング」（あるいは「講談倶楽部」だったかもしれぬ、とのこと）の懸賞小説として書いた短篇が三等だか佳作だかに入ったことがあって、活字にはならなかったものの、大凡のプロットはいまもって記憶している、という。

「そのうちに孫の勉強室を建てますので、そこにわたしの机も持ち込んで、本を読んだり書いたりしたいと思っています。しかし筆もなまってしまいましたから、さて、うまく書けるでしょうか」

だが、そこは昔とった杵柄《きねづか》である。この「キング」の応募作品が書き直されれば、五十年ぶりで緒生の小説に再会することになる。

（六）

「懸賞応募作品が多いのは、編集者に知り合いが少ないものですから、こうした方法に依らざるを得なかったのです」

いままで尋訪してきた諸氏と同様に、本田緒生氏もまた作家づき合いがなかった。それは名古屋という地方都市の住人だったせいもあるだろうし、家庭における遠慮ということもあっただろう。

「存じている作家は小酒井先生ぐらいのものでしたね」

名古屋からは、「新青年」の編集者となり長篇の実作もある岡戸武平氏が出ているのだけれど、この岡戸氏とも面識はなかったという。

「家内をべつにすると家庭の者でさえ、わたしが探偵小説を書いたことは知りません。家内はあまり高く評価してくれませんが、娘が近頃になって父親の書いたものを読んでみたいと言い出しました。しかし雑誌類もすべて焼いてしまいましたから、読ませるわけにはいかないのです。一人娘ですので婿をとりましたが、その婿にいたっては、わたしと探偵小説の結びつきは全く知っていません。そんなわけで、先日のような失敗をやらかしてしまって……」

お父さんが本田緒生さんなのですか、と後で大笑いになったという。

瀬下耽氏は若い頃から洋蘭に打ち込んでおられるのだけれど、本田氏はカメラに凝り、これは旦那芸の域を越えて、大きな展覧会に出品してはつねに賞を獲得していた。

「いまでもときどきカメラを手に写してみますが、写真界の事情も傾向もかわりましたからねえ、わたしの作品はすっかり時代感覚からとり残されてしまって……」

「現代作家の作品をお読みになっていかがですか」

編集長がそう質問すると、氏は躊躇を示しながら、書かない作家がこんなことをいうのはどうかと思うが、と前置をされて、プロットはよく出来ているが人物描写が薄手ではないか、と耳の痛いことをいわれた。

「多作な作家達ばかりですから無理もないことと思いますがね」

やがてテープの回転も停まりそうになっていたので、それをしおに、インタビューを終えることにした。梅雨入り宣言がされているにもかかわらず、晴れた、さわやかな一日であった。

「むかしの話ばかりで本当に懐しい思いをしました」

別れ際に氏はそう述懐されたのである。

追記

このインタビューのあと、われわれは岡崎の先まで行って、おりから菖蒲祭りが開かれている神社に寄り、夕方ちかくになって豊橋にもどった。江戸時代からつづいている菜めし屋で一杯呑もうというのがこの小旅行の副次的な狙いであった。が、探し当てたその店は生憎なことに定休日だったのでがっかりする。ようやく駅ビルの食堂で菜めしを発見した二人は、ともかくそれを喰うことにした。盆には味噌田楽がのっている。すると島崎氏はボクは豆腐は嫌いだというので、遠慮なく氏の皿にも箸をつけた。食べ物の恨みはわすれないとはよくいわれることだが、わたしは、喰い物の好意も忘れられぬたちなのである。

本田緒生氏が一九八三年五月十八日に亡くなられたことを一人娘である和子さんから知らされたのは、わたしが「週刊新潮」に《死びとの座》と題した長篇の連載を終えてからのことであった。和子さんが入院中のお父さんを見舞いにいくと、所在なげに野球中継などを見ていた本田氏が週刊誌を買ってくるようにいって、わたしの小説なんぞを読んでいたという。

氏は一旦退院をしたものの、再度の心臓発作をおこして別の病院に緊急入院をする。たまたまここの院長先生が小酒井不木氏の令息望氏と机を並べた旧友であったということが判って、本田氏もこの奇遇をよろこんだのに、またまた夜に入って発作がおこり、それが命取りとなった。

インタビューのなかで言及されている書斎はとうに出来上がっていて、その書架には、青春推理といわれる小峰元、赤川次郎氏の著書も並んでいるという。

学生時代の本田氏はつねにトップの成績であった。もっと勉学をつづけたかったろうに、養家の都合で進学を断念しなくてはならなかったのはさぞかし残念であったろう、というのがお嬢さんの述懐である。退院したら句集を編みたいというのが氏の夢であったというが、それを果し得ずして亡くなられたのは心残りであったに違いない。

探偵小説のほうでは中篇《蒔かれし種》がわたしの編纂した鉄道ミステリーのアンソロジー「シグナルは消えた」（徳間文庫）に入っている。いまのところすぐ手に取れる本田作品としては、残念ながらこの一篇しかない。

6　凩《こがらし》を抱く怪奇派・西尾正

（一）

鎌倉という土地は、どうしたわけか探偵作家にとって縁のふかいところであった。戦前ここに住んだ作家を思い出すままに挙げてみても、横溝正史、渡辺温、牧逸馬、久生十蘭、吉野賛十の諸氏がおり、そして戦後になると氷川瓏、北洋、久能啓二氏等が一時期を鎌倉で過ごした。

ストレプトマイシンやパスといった新薬が発見されるまで、結核をなおすためには都心をはなれ、空気のきれいな場所に身をおいて療養するという、消極的な療法しかなかった。西尾氏が鎌倉に住んだのは、そこが幼年時代から毎年避暑に来ていた気に入りの土地というだけでなく、闘病という目的があったのである。

江戸川乱歩氏の「探偵小説四十年」を開くと、「西尾正」の項に大要つぎのような文章がある。

西尾正君は昭和二十四年三月十日、鎌倉市材木座下河原の自宅で逝去された。会報（鮎川注、日本探偵作家クラブの会報。月刊である）の記事に「長い間病床にあった」とあるから、生来病弱の人だったのであろう。わたしは一度も会っていないように思う。文通もほとんどしなかったようだ。したがって、この人については余り書くこともないのだが、中島河太郎君の「探偵小説事典」によると、西尾君は明治四十年東京生れ、慶大経済学部卒業、昭和九年「ぷろふいる」にのせた「陳情書」が処女作とあるから、「ぷろふいる」出身作家の一人である。中島君は「骸骨」「青い鴉」「海蛇」の三篇を代表作としている。全部で短篇二十七篇しか発表していないというが、中島君によれば、「怪奇美の世界に情熱を傾けた特異な作風」で、本格探偵小説は一つも書かなかったらしい。
西尾君は戦後にも幾つか小説を書いているようで、中島君は昭和二十二年「新探偵小説」に発表した「幻想の麻薬」を挙げている。

同書のおなじページに海野十三氏の「深夜の市長出版記念会」の写真がのっているが、西尾氏とほぼ同じ時代に登場した大阪圭吉氏がはるばる豊橋から上京して顔をみせているのに反して、西尾正の姿はない。いままで尋訪した諸氏がほとんど作家づき合いをしていなかったように、西尾氏もまた、こうした社交は好まなかったのであろうか。

西尾正

それはともあれ、江戸川氏が面識もなく文通もせず、ほとんど知識を持ち合わせていなかった西尾正という作家について、わたしは以前から非常に興味を感じていた。プロの作家でありながら、「宝石」という戦後生まれの推理専門誌に一度も登場していないことも不思議であった。この人もまた「宝石」から嫌われていたのであろうか。とすればその理由は何なのか。戦後まもなく逝った西尾正は、わたしにとって妙に気がかりな作家だったのである。そして機会があれば鎌倉の材木座に住むというまさ未亡人に会って、西尾正氏について話を聞きたいものだと思っていた。

今回、編集長から尋訪の話を持ちかけられたとき、そうしたわけでわたしは、材木座に未亡人を訪ねるものとばかり思い込んでいたのである。

「それは違いますよ、鮎川さん。未亡人もとうに亡くなっていて、われわれが尋訪するのは東京におられる令息の誠一郎氏なんです」

未亡人までがすでに故人になっていると聞いて、少なからずびっくりした。と同時に、西尾正を誰よりもよく知っている未亡人にインタビューする機会の永遠に失われてしまったことを、残念に感じたのである。

後で誠一郎氏からうかがったのだが、正・まさ夫妻は恋愛結婚によるカップルで琴瑟《きんしつ》相和した仲であったという。亡夫の没後いくばくもなくその後を追うように亡くなられたことを見ても、二人の円満さが想像できるように思えたのだった。

西尾正氏は西尾商店の一族である。西尾商店といっても急には思い出せないことと思うが、亀の子印のたわしといえば知らぬ人はあるまい。令息の誠一郎氏はこの西尾商店の常務取締役をしており、あるいは九州にあるいは沖縄にと飛んで席のあたたまる暇もなく、そのため尋訪も何度となく延期になった。そして六月の下旬になって、海外への商用旅行から帰国されたという連絡を聞き、ようやくインタビューに漕ぎつけたのである。場所は板橋駅から遠くない西尾商店の一室。

誠一郎氏は、大きな目と柔和な顔付とに特長のある話上手の人で、営業マンとしては正に打ってつけのように感じた。父君が亡くなられてからすでに三十年を経ているせいか、その思い出話は客観性に富んでおり、梅雨晴れのようにからりとしていて、対談中わらい声が絶えなかった。

（二）

西尾正氏は明治四十年十二月十二日本郷の真砂町《まさごちょう》に生まれた。八人兄弟の次男であり、幼少の頃から虚弱体質であった。その頃、裕福な家では夏になると鎌倉に避暑をしたというが、西尾家もまた例外でなかった。《海よ！　罪つくりな奴》《土蔵》《青い鴉》《海蛇》などから、遺作として「黄色い部屋」に発表された《海辺の陽炎《かげろう》》にいたるまで海がテーマとなり脇役となって登場してくるのは、氏が少年時代から海に親しんだ結果であるといえよう。

本郷の市立真砂小学校を卒《お》えた氏は慶応の普通部に入り、予科、経済学部へと進んで、やがて演劇青年となって舞台に立ったり演出を手がけたりした。

インタビューがはじまって間もなく、中座した誠一郎氏は叔父の五郎氏をともなって席に戻って来た。戦前の西尾正を語る場合、少年だった氏にとって大人の世界は理解できぬことが多く、援軍の必要を感じたのであろう。

五郎氏はその名のとおり五男で、正とは十歳の開きがある。

「兄が飛行会館でやった芝居を見にいったことがありま

す。こちらがまだ少年ですから精しいことは解らなかったんですが、アヴァンギャルド的な演劇でした。舞台の中央に梯子が立ててあって、役者が客席を指さして『西尾正があそこにいる』といいますと、兄が立ち上って舞台にあがっていったのを記憶しています」

その頃から小説を書き始めた。夏休みに避暑にいった鎌倉の家でも、コツコツと暇をみて書きつづけたという。処女作の《陳情書》が「ぷろふいる」誌上に発表されたのは二十二、三歳の頃だから、五郎氏がいうのはこの作品のことかもしれない。しかし不運なことに、本篇は活字になった途端に発禁になってしまう。

現代のわれわれの目から見ると、《陳情書》のどこが当局の忌諱《きい》にふれたか理解に苦しむのだけれども、ドッペルゲンゲル現象を扱ったその内容は怪奇小説と幻想小説の境界線上にあって、三十枚に満たぬ小品ながら、作者の才能が至るところでひらめいている。

西尾正がこの発禁という処置によってショックを受けたか、逆に反発心をかきたてたかということは明らかではない。しかし、それ以後、隔月毎に作品を発表しているところから判断すると、さして打撃も受けなかったように思えるのである。三作目の《骸骨》は先述のとおり中島氏によってベストスリーに挙げられているし、《土蔵》もまたそれに劣らぬ秀作であることから見て、当局の理解に欠ける措置によって意欲をかきたてられたのではないかと思う。

「父の性格は短気で怒りっぽかったですね。推理作家とはほとんど交際がなかったようですが、鎌倉の家には若い人がよく訪ねて来たものです。ですから非社交的だったとは思えません」

「社交的だったが、人を選ぶというところはあったね」

「そうですね」

この叔父と甥とは至極うちとけ合った、むつまじい間柄のように見えた。誠一郎氏が丸顔であるのに対して五郎氏のほうは面長であり、切れ長の目の、古武士のような風格を持っている。

「西尾正氏はどちらに似ていましたか」

「それはやはり誠一郎のほうですよ」

（三）

わたしは、「長いあいだ病床にあった」という記事から、西尾正が戦前から亡くなるまでずうっとベッドに寝ていたように想像していたのだけど、これは思い違いであった。戦前の氏は逆療法によって病気を克服したとい

「いえ、一冊もなかったんじゃないですか」

「わたしがたまに訪ねても見かけたことはなかったですな」

「しかし、西尾氏が経済を学ばれたのはお父さんの希望だったのでしょう？　それが会社勤めもしないで小説家になったわけですから、お父さんに叱られませんでしたか」

「いや、怒られていましたよ。しかし兄は本質的にサラリーマンには向きませんでした。戦争中に止むなく海上火災保険に勤めましたが、性格的に合う筈がないですから、辛かったろうと思います」

五郎氏の言葉に、亡兄をいたわる響きがあった。このときの過労がもとで正氏の結核が再発することになる。

「本棚には探偵小説本が並んでいましたね。子供でしたからよくは覚えていませんが、甲賀さんや《樽》のような本格物から、江戸川さん、小栗さん、夢野さん等の著書がありました。誰の作品かは知りませんけど、原書も何冊かありました」

氏の記憶では江戸川氏とも文通したことがあるようだという。


われたほど、スポーツにも親しんでいた。

「鎌倉ではむかし裸野球という軟式野球がありました。海岸でやるんですが、父はよくかり出されてやっていました」

野球が好きだったから、作品にも《打球棒殺人事件》《白線の中の道化》等の野球に関係した作品がある。

作中にしばしば盲人を登場させる特異な推理作家であった吉野賛十氏が、生前の西尾氏と交渉があったというのも、多分、その頃のことではなかったかと思う。吉野氏の場合は子供さんが体をわるくしたため一年ほど鎌倉に転地療養をしたのである。氏が推理小説を書き始めたのは昭和二十九年のことだから、当時は作家同士のつき合いではなく、読者と作家という関係ではなかったかと想像するのだが、吉野氏がその当時の思い出を「日本推理作家協会会報」に書いているので、吉野氏のことについてたずねてみた。

「吉野さんという方が見えられたのは存じませんでしたねえ」

誠一郎氏が首をかしげるのも無理はない。その時分の吉野氏はまだ本名を名乗っていただろうから。

「専攻された経済学の本などありましたか」

と、編集長。

（四）

西尾氏が創作する前に、「ぷろふいる」に三田正の名で投稿していたことは、九鬼澹氏の文章にあるが、ほかに戸原謙《とばらけん》の筆名で演芸関係の原稿を書いていたそうである。

さて、西尾正の作品はどれも短篇だが、それを列記するとつぎのようになる。発表年代はすべて昭和である。

陳情書	ぷろふいる	9年7月号
海よ！　罪つくりな奴	同	9月号
骸骨	新青年	11月号
土蔵	ぷろふいる	10年1月号
打球棒殺人事件	同	6月号
白線の中の道化	同	7月号
床屋の二階	オール読物	7月号
青い鴉	新青年	10月号
海蛇	同	11年4月号
線路の上	ぷろふいる	5月号
めっかち	月刊探偵	6月号
放浪作家の冒険	探偵春秋	12月号
跳び込んで来た男	新青年	13年4月号
月下の亡霊	同	7月号
地球応響楽	同	14年2月号
守宮《やもり》の眼	ぷろふいる	21年7月号
路地の端《はず》れ	真珠	22年4月号
幻想の麻薬	新探偵小説	4月号
歪んだ三面鏡	新選十二人集	9月号
紅薔薇白薔薇	新探偵小説	10月号
墓場	真珠	12月号
人魚岩の悲劇	ぷろふいる	12月号
怪奇作家	新探偵小説	23年7月号
女性の敵	小説	7月号
謎の風呂敷包み	探偵と奇譚	24年3月号
海辺の陽炎	黄色い部屋	27年9月号

計二十六編となり、先に引用した「探偵小説四十年」における中島氏の二十七編とする説とは違ってくるが、そこがそれ、ミステリーのミステリーたる所以であろう。数えてみると「ぷろふいる」が八篇、「新青年」が六篇だから、世間で「ぷろふいる」系の作家と呼ばれている

のもべつに不思議ではない。ただ「新青年」と関係のあったのはすべて戦前のことであり、戦後になるとぷっつりと縁が切れている。

このリストを見てもう一つ気づいたことは、昭和十二年には一篇も書かれていないことだが、その理由については審《つまびら》かではない。誠一郎氏はまだ少年であったし、五郎氏は離れて暮していたし、お尋ねしても明確な返答は得られないのである。こうした質問になると未亡人以外に明確な返答ができないのは当然で、その点からいっても、インタビュアーにとってまさ夫人の亡くなられたことは残念であった。

もう一個所、昭和十四年から二十一年にかけての七年間にわたる空白期間があるが、いうまでもなく、これは戦争のためである。そして生活の糧《かて》を得るために、西尾氏は前述の如く保険会社に勤めることになる。

「前衛的な演劇に打ち込んだ兄でしたが、愛国的な一面もありましたね」

「在郷軍人の演習なんかのときには、平素の父に似ず率先して参加していました」

ある意味では日本的な精神の持主であったらしく、剣道の防具などはねだりもしないのに買ってくれたという。しかしこれはわたしの勝手な想像だが、剣道をすすめたというのは単なる精神主義からでたものではなく、愛児の体を鍛錬したいと希ったためではなかったろうか。西尾氏は、つねづね自分の虚弱な体質を口惜しく思っていただろうし、子供にはその轍を踏ませたくないと考えていたに違いないからである。

「戦後になると鎌倉でもあちこちの邸宅がアメリカ軍に接収されました。そうした場所には日本人の商売女ばかりでなしに、必ずといっていいくらいニヤケた日本人の男性が集ったものですが、父はそうした日本の男を非常に軽蔑していましたですね。あるいは、病人のひがみかも知れませんが……」

いや、ひがみなんぞでは決してない、とわたしは思う。おそらく健全な精神の持主である日本人の殆んどが苦々しく感じていたに違いないのだ。ときどきわたしは、こうした連中が三十年後のいま、何処でどういう人生を送っているだろうかと想像することがある。

「ですから、わたしが学費を稼ぐという名目で、バンドに加わってエレキギターなんかを弾いていますと、機嫌がわるかったですね。柔弱になるな、とよく叱言をいわれました」

誠一郎氏のバンドは優秀だったとみえて、日劇の舞台にたったこともあるという。

（五）

「父もギターが上手でした」

「兄は、おれはギターの天才だなんて広言していましたからね」

「音楽が好きで、ベートーヴェンからドビュッシーあたりまでのレコードを持っていました。仲間がやって来てはレコードを聴いたり、ギターの合奏をしたりしていたものです。一度ステージでリサイタルをやったことがあるのですが、後で、脚がガタガタふるえたよといっていました」

勿体ぶることのない、フランクな人柄であったことが想像される。

「ええ、気取りのない父でした」

「気取りはないけど変っていたね」

「作家というのは多かれ少なかれ変ったところがあるものですよ。アハアハ」

編集長がなんだか意味あり気に笑った。

「地理を知らないというか方向音痴というのか、京都へ行こうとして子供達を上野駅に集めたことがあります」

方向音痴では人後におちない編集長、居心地わるそうにモジモジする。

「静岡へ一週間ほど出張することになったときは、われわれ兄弟に向って『子供のことはよろしく頼む』といって出かけていったほどですから」

鎌倉の住人にとって、静岡は隣りの県なのである。

「嗜好物としてはどんなものがお好きでしたか」

「酒と珈琲ですね。病気になってからの父は禁酒していましたが」

「若い時分にはかなり呑んだようで、交通巡査が操作しているゴーストップの信号機に酔っ払って抱きついたことがあります。巡査からこってり油を絞られたそうですが」

当時の信号機は交叉点の真中に設置されていて、白いヘルメットをかぶった警官が笛を吹き、「すすめ」という文字の書かれた標識を「止まれ」に切り替える手動式なのであった。

「数学はダメだ、と自分でもいっておりました。しかし語学は好きで、また得意にしているようでしたね。女学校の英語の先生になろうかなあ、などといっていたのを覚えています。それから、映画の演出をするのが長年の望みでした」

「パテーベビーをよく撮っていたね」

「母なんかを女優がわりにして映したのが沢山あります」

まさ夫人にとっては甚だ迷惑なことだったろうが、亭主の好きな赤烏帽子ともいうから、そこは我慢をして映されていたのであろう。なおパテーベビーというのは戦前の家庭に普及していた贅沢な撮影機のことで、フィルムの幅は九ミリ半、真中に一つ、駒送りの小孔があいていた。

だが、そうした幸福な家庭にも、西尾氏が病床に臥すようになった戦争の末期頃から、重苦しい影が忍びよってくる。結核患者にとって栄養をとることが第一なのだが、肉や卵はおろか、主食を腹一杯にくうことすら出来ない時代であった。

（六）

敗戦とともに、探偵小説は推理小説と名を替えて復活する。懐しの「ぷろふいる」が復刊されて、西尾正氏も久し振りで筆をとると《守宮の眼》を発表し、疎開先に散らばった西尾小説の読者は、この怪奇派の作家が健在であることを知るのである。

が、その頃の西尾正氏は病状がかなり悪化していた。午後の一時間を安静の時間としてベッドに臥《ね》ているように医師から指示されていたにもかかわらず、氏は、微熱のある体で机に向っていた。

戦争中に探偵作家を弾圧した軍もすでに解体されている。《陳情書》を発禁処分にした内務省も消滅してしまい、いまはもう誰にも遠慮を気兼もせずに、書きたいことを書ける世の中になったのである。それが正氏の創作意欲をかきたてた。昭和二十二年度は発表した短篇が半ダースにものぼっているが、これは西尾氏として最も実り多い年であった。

しかし、氏を原稿用紙に向わせたのはただそれだけではなかった。農家と闇屋を除けば国中のすべての家庭が似たような事情にあったのだけれど、西尾正もまた、生活費の一助とするために働かざるを得なかったのである。しかもなお、病いをおしてペンを走らせなくてはならなかった。それが翌二十三年には二本に減り、さらに二十四年はわずか一本になる。体力の消耗が目にみえるようだ。

復員した五郎氏が無事に帰還したことを報告に行くと、西尾氏は床についたきり起き上がることもできなかった。そしてとっておきの珈琲を馳走してくれた。

「当時はまだ豆珈《マメヒー》の時代でしたからね、旨かったですよ」

豆琲というのは文字どおり大豆などを煎《い》って焦がし、それを珈琲のかわりに飲んでいたのである。勿論、カフェインが含まれているわけがない。ただ茶色の湯を胃へながし込むことによって、珈琲を飲んだように錯覚をするのであった。

「肺が犯されて酷くなると、息を吸うたびに肺臓が音をたてるらしいですな。それを、兄は文学的な表現をしたですよ、胸のなかで凩《こがらし》が吹いていると……」

西尾正は、《謎の風呂敷包み》を「探偵と奇譚」の昭和二十四年三月号に発表したのを最後に、三月十日に死去した。享年四十二という働き盛りである。鎌倉と逗子の境の山上に市営の火葬場があり、氏はそこで茶毘《だび》に付された。おりから桜が満開で、しずかに進む葬列の上に、花吹雪がしきりに舞っていたという。

追記

わが世の春とでもいった推理小説界であるのに、先般亡くなった椿八郎氏には推理小説についての一冊の著書もないということが、仲間のあいだで話題になった。ましてや探偵小説が不遇だった戦前の作家のなかに本が出なかった人がいたとしても、そう不思議がることもないかもしれない。西尾正氏もその一人であり、氏の作品を読もうとしても古本屋を捜すか大きな図書館を尋ねるほかに手段はないようだ。鮎川編「怪奇探偵小説集Ｉ」（双葉文庫）に《骸骨》が入っているほか、近い将来に編纂する予定の鉄道物のアンソロジーで《線路の上》を紹介したいと思っている。

「ぷろふいる」の中期から戦後の休刊にいたるまで、関西で編集長の任にあった九鬼澹氏に、西尾家訪問記とでもいう短い文章のあったことを思い出して、電話してみた。

「西尾さんは鎌倉をはなれないし、わたしは関西にいたので会う機会がなかったのです。東京に戻ったのでお訪ねしたのですが、ちょうど昼どきで、奥さんがポークソテーをつくって下さった。ですがぼくは臆病ですから、西尾さんと差し向いでは箸をつける勇気がなかった。いまでも悪いことをしたと思っています」。だが当時はまだ特効薬も出廻っていなかったのだし、結核は依然として恐ろしい死病なのだ。九鬼氏が躊躇したのも無理ないことなのである。「その後西尾さんが亡くなって香典をお送りすると、奥さんが東京の拙宅まで訪ねてみえて、恐縮したことを覚えています」。

いまは武蔵野の奥に住む氏だが、当時の家は、西武鉄道をはさんで角田喜久雄氏邸と反対側にあったという。

7 国鉄電化の鬼・芝山倉平

芝山倉平

（一）

カッパノベルスから鉄道短篇のアンソロジーを出そうという話がまとまった際、難なく選を突破した作品の一つに、芝山倉平作《電気機関車殺人事件》があった。一方、「幻影城」が創刊されることになったのはその後のことなのだが、島崎編集長もまた第三号におなじ作を採ろうと考えていた。これは全くの偶然の一致であり、編集長とわたしとのあいだでは何の連絡もなく進められた企画だったのである。同時にそれは本篇の優秀さを示すことにもなるのであった。それにしても、この作者の正体は誰なのかということに、われわれの関心は絞られていった。正体が判明したら何はさておき、この「幻の作家」を尋訪しようと二人は考えていたのである。

「幻影城」の第三号に芝山作品が掲載されたとき、編集部ではコメントを付して作者が名乗ってでることを求めたが、一向に反応がなかった。

「どうしたことだろう、目にとまらなかったのかなあ」

と、編集長は気がかりな様子であった。

「まあまあ、今度カッパからアンソロジーが出れば必ず応答があるさ」

カッパノベルスのほうが発行部数は多いのだから、それだけ作者の目に触れる確率は大きいのである。わたしはこのアンソロジーの刊行される日に期待をかけていた。カッパの担当者浜井武氏も「早ければ発行後一週間か十日ぐらいで反応がありますよ」と自信ありげにいうのである。

ところが、いざカッパノベルスが発売され新聞に何度か広告がでたにもかかわらず、作者からは何の応答もなく、わたし達はしきりに小首をかしげていた。作者もかつては鉄道短篇を書いた人なのだから、アンソロジーが出たことを知ったからには、書店の店頭で本を手にとりパラパラと頁をめくる程度のことはするであろう。わたしはそう楽観的に考えていたのである。

「訝《おか》しいですな」

「妙ですね」

浜井氏とわたしとは、電話で毎日のようにそうした通話をしていた。

じつは同じアンソロジーに青池研吉氏の《空を飛ぶ死人》という百枚物も入れてあり、この人からの反応も待っていたのだけれど、こちらのほうも音沙汰がない。

すると、芝山倉平について意外なところからカッパ編集部に通知がとどいた。知らせて下さったのは新潟県新津警察の富永昭海氏で、芝山倉平の正体は元国鉄常務理事、現明電舎社長の関四郎氏ではあるまいか、関氏の随筆中に「わたしは芝山倉平のペンネームで探偵小説の創作がある」と書いてあったように記憶しているが……というのである。ただ、この電話が入った頃の浜井氏は九州へ旅行中であり、受けたのが守衛のおじさんだったため内容がハッキリと伝わらず、後日とどいたハガキにより以上のことが把握できたのであった。そこで浜井氏は電話帳をひらくと、何名かいる同姓同名の関四郎氏のなかからそれらしき番号をダイヤルして、浜井氏の表現をかりれば「一発でつきとめ」ることを得た。

「夫人のお話では目下関さんは中近東へ出張中で、近々帰国されるそうです。帰られたら本と印税を持って、早速お会いしてきます」

と、浜井氏ははずんだ声で告げた。

(二)

関四郎氏の尋訪は、千代田区大手町の新大手町ビルにある本社で行われた。先方も多忙の人だから、われわれも指定された午後一時ジャストに到着して刺をつうじたのである。

まず秘書嬢によって応接間にとおされ、待つほどもなく氏があらわれた。後段でふれるように推理小説とは縁を切った実業人である関氏にとって、探偵小説誌からインタビューを受けるのは困惑以外の何物でもなかったことと思うが、そうした様子は少しも見せず、話題はスポーツから会社の事業の説明にまで及び、時間のたつのをつい忘れてしまったほどである。明電舎は一八九七年十二月に設立され、モートルの明電舎として代表的な存在であったが、最近ではコンピューター・コントロールシステムの明電舎として、海外でも広く知られているという。しかしその説明は専門語のまじることが多く、話の半分は理解の外にあったのである。

それはともかく、礼儀正しい明朗な紳士というのがわれわれの一致して受けた印象で、タバコを全く吸わないのは、ヘビースモーカーである島崎編集長といい対照でもあった。

「終戦の年の十二月といえば物資も何もない時代ですが、わたし達はその頃から上越線の電化ということに取り組んだわけですよ。電化を急いだ理由は、戦後になると石炭の生産高が低下して、質的にも劣化しますから蒸気機関車はダメで、これからの国鉄は電化するほかはないと考えたためです」

芝山倉平

専門誌「技術」第五巻第二号に関四郎の本名で発表した「我国に於ける鉄道電化問題」と題する論文がある。脱稿したのは二十年十二月三十一日のことで、その内容を（一）緒言　（二）戦時下および戦後におけるわが国有鉄道　（三）鉄道動力源となる電気と石炭の比較　（四）輸送技術上の電気運転と蒸気運転の比較　（五）電力問題と鉄道電化　（六）わが国国有鉄道電化問題　（七）結言　の七項に分けて、鉄道電化が焦眉の急であることを論じている。そのいたる処にわれわれ素人には意味の摑めない専門用語が使われいてるのは当然のことととして、これを門外漢にも呑み込めるよう、国鉄電化の必要性を面白く理解してもらう方法はないであろうか、ということが《電気機関車殺人事件》を執筆する出発点となった。

わたしには眼光紙背に徹するほどの深い読みがなかったせいか、アンソロジーの解説には「鉄道技師の手すさびの作品であろう」などと軽い気持で書いたが、どうしてそんな安易なものではなかったのである。浜井氏からの報告を受けた後であらためて本篇を読み返してみると、

「第三章・鹿湯温泉の第一夜」において、まるまる一章をついやして清水君が大演説をぶっているが、芝山倉平はじつにこれをいいたかったがために本篇を書き上げたのであった。原稿ではこれに倍する長さがあったのを、「新青年」の横溝武夫編集長によってチョン切られてしまったものらしい。作者にとっては残念だろうが、編集長にしてみれば無理もないことだと思う。

　先にしるした論文において氏は、「しかもこの一区間毎の完成は、その都度《つど》、努力の結晶として眼前に電気機関車によって牽引される列車を走らせ、その度毎に関係工事および関係機関を刺激し、ついに日本全体の活動の渦巻が回転し始めると考えることは出来ないであろうか」と述べ、上越線の電化がやがてわが国の鉄道のすべてに及ぶことを予言するという遠大な計画を描いているのである。それから満三十年をけみした今日、芝山倉平の夢はほぼ一〇〇パーセントの実現をみようとしており、それはSLが日本のすべての線から姿を消すということに表われている。

　蒸気機関車の魅力は否定できないのだけれど、SLの旅というのはまことに厄介至極で、うっかりしていると目の中に石炭の燃えかすが飛び込む、トンネルの度に窓を開閉しなくてはならない、着ている服は煤で黒くなるといったさまざまの欠点を抱えており、快適な旅を望むべくもなかったのである。

「しかし、SLを追い払った元兇はわたしなのですから……」

　氏の笑顔は明るく満足げではあるけれど、根っからの国鉄マンだったこの人が引退し解体されて姿を消すスチーム・ロコモーチヴに郷愁を感じぬはずがないであろう。心なしか、充ち足りた表情の中に一抹の淋しさがあるように思った。

（三）

「その頃の進駐軍は、電気機関車を走らせるよりも、ディーゼル機関車を走らせたがっていたように見えたフシがあります。自分の国のゼネラルモーターズの機関車を、です。だからわれわれとしても愚図々々しているわけにはゆきません。で、国鉄電化論を普及して国民に電化の必要性を認識してもらうために、あの小説を書きました。小説ばかりでなく、ほかにもPRのパンフレットをいっぱい作りましたがね」

　だが、反対者は進駐軍ばかりでなく、意外なことに国鉄内部にもいたのである。国鉄電化という大仕事はやり甲斐もあったろうが、内部の敵が存在することによって氏は一段とファイトを燃やしたことであろう。

「アメリカさんが住民の陳情によわいということは知っていましたから、まず世論を喚起しなくてはならないと考えました。いまでいえば、住民運動のハシリですかな」

「電化の考えはどこから着想されたのですか」

「それは第一次大戦後のヨーロッパからです。戦後の石炭事情が悪化したことを知っていたからです。日本は水力資源は豊富ですが、石炭は九州と北海道といった地方に偏在していますし、埋蔵量も貧弱です。燃料資源の合理的国家的利用と鉄道輸送技術の改良から大規模な電化をしなくてはならぬということは、先覚者が早くから指摘していることでもあったのです」

当然のことだが、探偵小説の話をするときよりも熱のこもった口調になる。このインタビューの狙いの一つが執筆動機を訊くことにあるのだから、話が国鉄電化問題に終始するのも止むを得ない。

「終戦直前ですが、岩波書店の岩波茂雄さんのところに出入りしていました。そして、日本が敗けること、敗けた後の国鉄再建は電化以外にないことを悟ったのです」

「小説の形でPRをなさるのなら、殊更探偵小説として書く必要はないと思いますが」

と、編集長。

「しかし、内容が内容ですから普通の小説として発表したのでは一般の読者に理解してもらえないでしょう？　探偵小説として書いて、謎解きの好きな人に読んでもらわないと意味がないと思ったものですからね」

謎解き云々という言葉がでたところから察しがつくように、氏は本格物の読者なのである。ヴァン・ダインの影響はそれほど意識してはいないというが、各章の小見出しの下に何時何分という時間の経過を示すデータが書き込んである点をみると、やはりヴァン・ダインの熱心な読者であったことは否定し得ぬように思う。

「あの当時はほかにも探偵雑誌があったのですが、『新青年』に持ち込んだわけは何でしょう」

「戦前から『新青年』を読んでいたせいですよ。ですから、書き上げると江戸川アパートに住んでいる水谷準さんのもとへ持ち込みました」

この江戸川アパートは数々の文化人が居住していることで戦前からも有名なものであった。水谷氏もまた初期からの住人なのである。

「覚えているのは、玄関のところにアメリカ製の大きな冷蔵庫がおいてあったことです。あの時分、ああしたものがあるというのは大変なことでしたよ」

わたしも、進駐軍の基地の医務室でこの種の電気冷蔵庫をみて、これが日本の家庭に普及するのはいつのことになるだろうと思い、嘆息した覚えがある。この場合の冷蔵庫は薬品を保管するためのものだったが……。

「水谷さんとはどんな話をしたか記憶にありませんね。おそらく、国鉄電化の必要性を強調してきたのでしょうな」

演説を聞かされた水谷氏もさぞかし閉口したことと思うが、作品自体の出来がよかったので、これを編集部にまわすことにしたのであろう。当時の水谷氏はパージに引っかかっていたので、直接に「新青年」との関係はなかった筈であるから、横溝武夫編集長に一読することをすすめたのではないか、と想像されるのだ。こうして《電気機関車殺人事件》は昭和二十一年の十二月号に掲載された。挿絵は探偵小説をしばしば手がけていた霜野二一彦《ふい》氏であった。

「先日、終戦直後の物価をしらべる必要がありまして、その頃の小遣い帳を見たのです。それで思い出したのですが、掲載誌を二、三回にわたって買っていますね。全部で十数冊も買い込みましたが、それをすべて宣伝用に友人へ贈ったのです。ところが訝《おか》しなことに、定価が四円というのと六円というのと、二種あるのですよ」

後で島崎氏が調べたところでは、奥付に定価四円となっていながら、ゴム印で六円と訂正されているものがあったという。四円と六円とではかなりの違いだが、その理由は高森栄次氏にでもお訊きしなくては解りそうもない。

「念のために稿料をいくら貰ったか、記録を探してみたのですが、載っていないのです。わたしはすべての収支をキチンとつけるたちですから書き忘れるということは考えられません。とすると、稿料はもらわなかったのではないかと思いますね」

この「新青年」は昔から稿料がしぶかったという話が伝わっている。稿料が少ないにもかかわらず、名のある作家が競って作品を提供したところに、この雑誌の誇りがあったものと思うのだけれど、稿料なしというのは徹底しすぎているのではないか。尤もこの時分の「新青年」は雑誌そのものが博文館から追放という形となり(勿論、それを命じたのは進駐軍であった)、つぶさに流転の苦しみをなめている最中だったから、払う意志はあっても払えなかったのではないかと思う。

（四）

「つづいて第二作をお書きになる気持はなかったのでしょうか」

と、編集長。

「あの頃から仕事も忙しくなりましてね。もともと宣伝のために書いたわけですから、所期の目的が果されれば、それでよいと思いました」

「今後はいかがです？」

「小説はこれ一本でよいですよ。二本目を書こうとは思いません」

キッパリとした答であった。

わたしは、これもまたよいではないかと考えた。「幻影城」とカッパノベルスで再評価されたことで作者も満足であろうし、一方読者もまた、長年の疑問であった芝山倉平の正体が明らかにされたことでサッパリとした気持になれた筈である。記憶さるべき作品一本を残しただけで、あのＳＬが姿を消したように芝山倉平もまた消えていく……。アマチュア作家にふさわしい登場であり退場であると思う。

「ペンネームの由来について……」

「上越線の電化が始まったころ、芝倉沢の近くに事務所をおいていたものですから、芝の字と倉の字をとって芝山倉平としたわけです。ナダレ防止の研究のため、ここで五回も越冬しました。苦労もありましたし、印象深いところです」

氏はその後も芝山倉平の筆名で二、三の随筆も発表しているという。

「毎日新聞に芝山倉平の正体が発表されたときは、あっと思ったものですけど、作者が関さんだということはどんなふうにして解明されたのですか」

編集長が訊く。この愛煙家の前におかれた灰皿は、すでに吸殻であふれそうになっている。

「鮎川さんのアンソロジーの解説文の中に、国鉄の技術者が手すさびに書いたのではないかという個所がありますが、それを国鉄の人が読みましてね、部内紙『つばめ』に推測記事をのせたのです。それがきっかけになりました。わたしの後輩の石原君がこれを読みまして、同君はわたしが作者であることを知っていましたから、このことを知人の毎日新聞社会部の佐藤さんという方に話したんですな。『つばめ』に記事がでた頃のわたしはちょうど中近東にいっておりましたから、なにも知りませんでした。帰国して、石原君に教えられたのです」

毎日新聞七月二十五日朝刊に「幻の推理作家は関四郎さん」という記事が大きくでて、関心を持つ読者をびっくりさせたのだが、つづいて八月十八日の読売新聞の「人間登場」にも「約三〇年前に書いた推理小説を〝再評価〟された明電舎社長」として芝山倉平氏の紹介記事がでている。

「カッパノベルスの編集部のほうへは、新津警察署の富永昭海氏からいちはやく連絡が寄せられたのですが、ご存知の方ですか」

「いいえ」

「記憶がいいらしく、あなたの随筆もよく覚えておられる様子ですが……」

「それが全然心当りがないのです。これはわたしの想像ですから外れているかもしれませんが、鉄道電化の計画を立てますと、まず沿線都市の警察関係、消防関係、それに地元の有力者などをお呼びして説明会をひらきます。多分、それに出席なさった方ではないでしょうか」

「ご趣味は何ですか?」

と、編集長。

「生まれが札幌で北大の電気工学の出身ですが、学生時代はスキーの選手でしてね、じつは一昨年までやっていましたよ。つまり六十四歳まで辷《すべ》っていたことになります。やめたのは、もし骨折でもしたら仕事にさしさわると考えたからです」

すべての人間にその真似ができるわけでもないが、氏のファイトには敬服のほかはない。

「スキー以外にはテニスもやります。本当のことをいうとゴルフも好きですが、会社ではゴルフ嫌いで通しています」

「なぜでしょう?」

「先日亡くなられた会長がゴルフ好きでした。つぎの社長であるわたしもまたゴルフ好きだと、社員全体が、ゴルフをやらなくてはならないと思うのではないか。それを心配して、ゴルフ嫌いで通しています。でも、毎朝起きると素振りをやっていますよ。ハンディは20です」

スポーツの話になると一段と楽しそうに声がはずむ。話題は一転して水谷準氏のゴルフ好きのことになり、二転してわかき北大時代のスキー部の懐古となり、氏の表情にはさらに輝きが加わってくる。その若々しいプロフィルを見ていると、氏が好きだという謎解き小説にもう一度挑戦して頂きたいと思う気持がしきりに湧いてくるのであった。

追記

現在の芝山氏は明電舎の相談役として健在である。

じつはここで一つ懺悔《ざんげ》をしておかなくてはならないのだが、このインタビューに出掛けたのは島崎博編集長ただ一人で、わたしは同行しなかった。身辺になにか事情があったに違いなく、しかしそれが何であったかは全く記憶にない。島崎氏は造船業に関心があり、少年の頃は実業家になることを夢みていたというくらいだから、大会社の社長にインタビューすることには一段と期待するものがあったのであろう、いそいそとして赴いたようだ。

現場にいなかったくせに、島崎氏の前におかれた灰皿は忽ちにして吸殻であふれたなんてさもホントらしいことを書いて、いけ図々しいやつだ、と冗談に非難されたものだ。そのことは記憶しているのに、発言者が誰だったのかということになると、これまたまったく覚えていない。昔はかなり細かいことまで忘れずにいたのに、トシはとりたくないものだとつくづく思う。

わたしがこの尋訪記をその場にいたように書けたのは、島崎氏がとってくれたメモが完璧であったためである。

なお文中に出てくる横溝武夫氏は横溝正史氏の異母弟であると聞いたことがある。兄さんよりも早く亡くなったそうだ。また高森栄次氏も戦後の一時期に「新青年」の編集長であった。わたしが幻想小説みたいなものを書いて投稿したところ採用にはならなかったが、また何か書いたら見せて下さいというハガキを頂いたことがある。江戸川乱歩氏によく似た達筆な文字であったことが印象に残っている。

この尋訪ができたのは、もとはといえば、富永昭海氏の光文社あての親切な電話があったからで、氏のご好意にはわたしからもお礼を述べなくてはならない。

◎探偵文壇側面史

編集長交遊録

「ロック」の山崎徹也元編集長にペラで二十五枚の原稿を書いてくれるようこちらの意を伝えておいたところ、出来上ったものは半ペラで二十五枚であった。当然誌面に大穴があくわけで、それを補う意味で同氏の思い出を書かされることになった。なお「幻影城」十月号の「探偵実話」特集号で、この雑誌の黄金時代にあたる数年間の、実り多い編集をした山田晋輔氏について一言も触れられていないのは片手落ちであると思い、同氏についても言及するつもりである。プロ作家となってから知り合った編集者は多い。が、この両氏はわたしが作家として立つ以前につき合った人なのだ。

「ロック」第五号はよく売れたという。わたしも、少し遅れて本屋にいったらもう品切れだった。二、三軒探し廻ったがどの店にもない。ここで一冊欠けてしまっては、せっかく創刊号より買い揃えていた意味がない。そう考えるといよいよ惜しいことのように思えてきて、発行所へ直接求めにいくことにした。

じつはその以前にも、やはり手に入れそこねた「ぷろふいる」(勿論、戦後に再刊されたほうである)を入手すべく、発行所へ出かけたことがあった。場所はたしか中野区鷺宮の辺だったように記憶するが、発行所名義になっている九鬼澹氏宅を訪れて、応待にでられた夫人(であろう)から縁側で雑誌を渡された。おそらく夫人はその夜帰宅された九鬼氏に、今日はコレコレシカジカの学生風の男の人が本を買いに来ましたよと伝えたに違いなく、氏がそのことを覚えているわけもあるまいけれど、それが小生だったのである。九鬼氏とはそれから十数年たった頃に、横溝正史、黒沼健氏等の還暦祝賀会の席で、ほんのひとこと語を交わしたきり、今日に至るまで話をする機会がない。尤も、社交嫌いのわたしにとっては珍しいことではなく、ほかにもそうした例は沢山ある。

話が脇道にそれてしまった。サテ、「ロック」の発行所となっている世田谷区烏山町を訪ねていくと、そこが山崎徹也編集長の自宅なのであった。「ぷろふいる」といい「ロック」といい、編集長の自宅が発行所となっていることは奇異に思えるかもしれないが、空襲で壊疑的打撃をうけていた東京には、賃しビルなんぞは一軒も残っていなかったのである。「ロック」の編集部もいうまでもなくしもたや風の個人住宅で、玄関のわきに「筑波書林」と墨書した大きな木の札が打ちつけてある。案内を乞うてでてきたのは山崎夫人で、「そういう事情でしたら余分なのが一冊ありますから」というわけで五号を頂戴した。買いそこねた号をしかもタダで手にしたのだから大層うれしかった。こうした次第で山崎氏よりも夫人のほうを先に知るといった変則的な出遭いとなったわけだが、夫人は大変に気さくで大様《おおよう》な人柄だったので、その後もしばしば訪ねてはスキヤキなどを遠慮なくパクついて、推理文壇の噂などを聞かせてもらったのである。

先日同氏から届いた私信には、「家内の記憶では、あのときのあなたは二時間余りも戸外で私の帰りを待ってくれたということですね」としてあった。当時のわたしには、推理雑誌の編集長というのがどんな生き物であるか大いに興味を抱いていたので、いいチャンスとばかり旦那さんの帰宅を待つことにしたのだろう。「上ってお待ちなさいよ」とすすめられたに違いないのだけれど、わたしは図々しく初対面の人さまの家に上り込んだりするのは大嫌いなたちだから、外で待つことにしたものと思う。

この頃の編集長氏は三十歳を出たか出ないかの若さであった。毛糸で編んだ黒っぽいベレを小粋にかぶった痩身白面の好男子だったが、口の悪い、どこか小生意気な感じのすることも事実であった。氏の回想によると、初対面のわたしが「客に対する態度がわるいぞ」と文句をつけたことになっており、どうもこの辺は創作の臭いがするので電話で確めてみたら、「ほんとだよ、フィクションならもっと面白く書くよ。あのときはほんとに驚いてポカンとしたね。同時に、こりゃ大物になるぞと思ったよ」というから、満更つくりごとでもなさそうだ。大物になれなかったのは遺憾千万だが、腹のなかで思っていることを遠慮もなくペラペラ喋ったとは若気のいたり、赤面のほかはない。昨今のわたしは客気を失ったというか、人間が練れてきたと申しますか、無礼な編集者とかち合っても罵ったりはしない。心のなかで「いい齢をしやがってこの馬鹿」と思うだけである。

　山崎氏の文章を読むと、この白面の青年は（色の白いのは山形県生まれのせいらしい。十年ほど前にちょっと会ったが、少しも変っていないのは意外だった）編集のテクニックもよく解らず右往左往していたと書いている。が、わたしに対してはそんな殊勝な様子はおくびにもださず、ヴェテラン編集長みたいな顔をして威張っていたものである。その反面、喜怒哀楽をかくさずに表面にだす人で、裏表てのない正直な性格が好ましかった。

　氏の文中に、森下雨村氏の小説が進駐軍の忌避にふれ削除を命じられた件がある。わたしが訪ねていくと、この編集長が森下氏からの詫び状をチラと見せてくれたことを覚えている。また、橘外男氏の原稿をチラと見せて（よくチラチラさせる人だ）貰ったが、欄外に、両手を合わせて拝んでいるへたな漫画が描いてあった。

　締切りを伸ばしてくれとか、稿料をアップしろとか、いずれはそんな意味のことだったのだろう。あれだけ有名な作家だからさぞかし倣岸不遜なんだろうと想像していたわたしには、これまた意外なことだった。

　そろそろ横溝氏の《蝶々殺人事件》が大詰めにさしかかる頃のある夜、山崎家を訪ねたところ編集長はまだ帰宅しておらず、夫人と雑談して待っていると、かなり遅くなって戻って来た。次期執筆者の角田喜久雄氏から構想を聞かされていたといい、微薫をおびてひどく上機嫌であった。角田氏の《緑亭の首吊男》が好評だったときも、この編集長はうきうきとしていたものである。

　この頃、成田社長と編集長とが喧嘩をしたことがある。横溝氏の稿料がおくれているので早く払ってくれるように督促すると、「そんなに慌てるな、キミは神経過敏だ」といわれ、「なにイ？　オレが花瓶ならあんたは土瓶だ！」憤然として席を蹴って家に帰ると布団をしいて寝てしまったという。つまり山崎氏はこと原稿料に関しては非常に良心的な編集長だったのである。

「ロック」では北洋《きたひろし》、紗童砂一《さわらさいち》の両新人を柱とすべく育成しようとしていた。北氏は京都の大学でまなんだ湯川博士門下の逸材だったそうで、後に鎌倉に住んだ原子物理学者であった。「ロック」とのつながりは《写真解読者》を投稿してきたことから生じた。エリート臭を感じさせる学者タイプの人であったという。

　紗童砂一という奇妙な名は、自分はサワラ砂漠のなかの一粒の砂みたいなものだ、ということから名づけられたのだという。

「そりゃちょいと変だ、アフリカのあの砂漠はサワラではなくてサハラなんだから」と、わたしは山崎氏に反論した。それが先方の耳に入ったのか、山崎氏のほうで勝手にペンネームをつくって改名させたのか知らないが、紗童砂一から紗原《さはら》砂一へ、さらに紗原幻一郎へと変っていった。

戦前のカナ使いは非常に不便なものであり、例えば「原」という字はハラ、ワラと二様の読み方があるにもかかわらず、ルビはどちらも「はら」なのである。だから戦前の国語教育をうけた者は、ハラとしるされた振り仮名をみてワラと読んでしまうケースがしばしばあった。紗原氏の誤読はむしろ普遍的なもので、なにも指摘されたからといって改名することはなかった。紗童砂一という変った名でとおすべきであったと思う。

あるとき山崎氏に会うと「昨日会社へ訪ねてきたかい？」と訊かれた。その頃はすでに大曲《おおまがり》の近くにオフィスを借りて、そこで編集をしていたのである。場所柄そこは水谷準氏の家とも近かったので、しばしば二人はキャッチボールなどをやったものだという。サテ、話をもとに戻して、「編集部の女の子が学生服を着た人が訪ねてきたというんだが、あんたじゃないのか」と訊く。その頃のわたしは背広を買うには小銭がチト不足していたものだから、つめ襟で金ボタンのついた学生服を着ていたのだ。「ボクじゃないね」「するとフーさんかな？」フーさんというのは山田風太郎氏のこと。この人はまだ医大生だったので制服を着ていたのは当然のことなのだ。何日か後に再会したときそのことに触れると、「あれはフーさんではなくて紗原さんだったヨ」という答であった。一学生の紗原氏が学生服を着ていたのも、これまた当然のことなのだ。

この紗原氏は編集部に原稿を持ってきたことから常連になったのだという。山崎氏の回想記にもあるとおり、小栗虫太郎氏に魔境物を書いてもらおうと思って果せなかったことがある。そこへ紗原氏が《魚の国の記録》を持ち込んだものだから、直ちに採用ということになったらしい。紗原氏は同時に三百枚の長編も預けていったが、これは編集長の気に入らず、とうとう陽の目をみる機会がなしに終った。

「いまでも紗原さんが好きだねえ、ニヒルな感じのするいい青年だったよ」

というのが、先頃電話で聞いた紗原砂一氏の印象である。この人は卒業と同時にＮＨＫに入って、洋楽部へ廻されたあたりまではっきりしている。そしてそれと前後して探偵小説との縁を切ってしまった。北氏と紗原氏とは京大対東大の対立意識があるわけでもあるまいが、お互いに相手の小説を認めず、ピリッとした評をくだし合っていたという。

初期の「ロック」は本号のオフセット写真を見ればおわかりのように白黒の写真版であった。それが第四号から色刷りになるわけだが、画家はシュールの作家として売り出し中の古沢岩美氏であった。編集長が表紙絵を依頼しにいった際、客間に揚げてあったのがこの絵で、古沢氏が夫人をモデルにして制作したものであった。山崎氏はそれが気に入ってしまい、無理に譲ってもらって七号の表紙を飾ることにしたのである。

わたしは何か書いてみろといわれて《月魄》というまことに幼稚きわまるものを綴った。山崎氏はなかなかキビシイ人で、新人原稿の大半は活字にならないほどであった。だが、わたしに対してはワリカシ寛大で「面白いよ、もっと書けよ」などとおだててくれた。しかしまあ小説を書く腕はなし、埋め草をやってくれないかという申し入れに渡りに舟とばかり飛びついた。その時分は日比谷公園にバラック建ての俗称アメリカ図書館というのがあって、あちらの雑誌などもひととおり並べられていた。わたしはそこへ行って「コロネット」をはじめ通俗誌や家庭雑誌をひろげては、片っ端から笑い話を翻訳した——かったのであるが、訳がつかなかったりサゲを日本語に訳すと死んでしまったりで、なかなかノルマを果すことができなかった。で、不足の分は自分でつくり上げて、山崎氏に渡すのであった。それ等のなかでいまでも覚えているのは、

「スカーレット・オハラは何病で死んだんだい？」

「インフルエンザだわ」

というやつで、「カゼと共に去りぬ」という題をつけた。翌月号をみると、これが堂々と「舶来小噺」として載っているので、さすがのわたしも秘かに赤面したものだ。だが編集長は何も気づかぬフリをして、チャンと稿料を払ってくれたのである。

「ロック」の目次には白樺虹平だとか三苗千秋といった人々の名が散見する。で、これ等の投稿家について訊ねてみると、手許に雑誌があれば思い出せるだろうが、名をいわれただけでは許に記憶に残っていないという返事であった。なにしろ三十年が経過しているのだ、思い出せないのは無理もない。

その頃、氏の家でお嫁入り前の乙女を預っていたことがあった。一夜用を思い出して訪ねてゆき、玄関に立っていくら呼んでも返事がない。「お留守ですか」などといいながら裏庭へ廻っていくと、アラ、そのお嬢さんが

行永の真最中で、盥《たらい》のなかにすっくと立ち上ったところである。わたしはオクテの箱入り息子だったので、乙女の裸形《らぎょう》なんてものを見たのはこれが最初で最後であった。魂化たわたしは思わずキャーと叫び、クルッと後ろを向いて逃げ出したが地面がぬれているので足をとられて引っくり返りそうになって、こけつまろびつ駅まで駆け戻ると電車にのって下宿へ帰ってしまった。

それから二、三日後に、その用件を果すべく山崎家を訪問して、そのお嬢さんとバッタリ顔を合わせ、「先日はどうも失礼、ポー」「あら、何のことでしょう、ポーッ」ということになったのである。このお嬢さんはやがてお嫁にいってしまい、わたしは以前のように山崎徹也氏の退屈な顔と向き合って、秋の夜長をすごすようになった。

やがて「ロック」は経営面で赤字をだすことになる。しかしわたしは最後までそうした事情には気がつかなかったような気がする。あるいは、わたしが胸を悪化させて疎開先へ帰っている間に潰れたのかもしれない。その辺の記憶が全く欠けているところから考えると、多分、わたしが東京を離れている間の出来事だったのだろう。わたしが再会したときの山崎氏は「マスコット」という翻訳中心の雑誌の編集長になっており、「ロック」と喧嘩別れみたいな別れ方で飛び出してきた氏に、余程腹が立っていたとみえ、その当時のことは決して語ろうとはしなかった。

回想文を依頼するために久し振りで電話をしてみると、氏は、「ロック」廃刊の際に、会社が土岐雄三、水谷準、渡辺啓助氏等をはじめとする執筆者、寄稿家諸氏に不義理をしたであろうことがいまだに気がかりになっているらしく、鼻ッ柱のつよいこの人にしては珍しく弱気な発言をしていた。「キミが悪いんじゃないさ、それに三十年もたってしまえば稿料のことなんぞ誰も気にしてはいないよ」といってやったが、やはり気持は晴れぬようだ。

同じ頃に「ロック」別冊誌上に懸賞入選作品が発表された。この賞金もまた払えなかったとみえ、昭和二十四年十一月十五日付の「新夕刊」の二面トップに「だまされた懸賞金」というタイトルで六段にわたってきびしく非難されている。ついでに記しておくが、おなじページに「小説月評」といったタイトルで喜劇役者の古川ロッパ氏が古川緑波のペンネームで「文藝春秋・秋の小説集」の月評をやり、当時の純文畑の作家が書いた短篇を片端からけなしているのが面白い。「総体に書けていない」「これも、ふやけた小説だ」「これも書き損いのままという感じ」といった按配。

さて「だまされた懸賞金」のほうだが、「当選小説へ十一万円、支払えぬ出版社、ロック誌の手落ち、文芸家協会が警告」といったどぎつい見出しが並んでおり「これを一冊にまとめてロック八月号の夏季別冊として七月中旬約二万五千部を発売したが四割以上の返本があったため同社はたちまち経営不振に陥り印刷代その他の支払いとともに当選者五氏に対する賞金さえ支払い不能となった。（中略）当選した岡田鯱彦氏ほか四氏はたびたび同社の責任者成田義雄氏に対し直接間接に賞金を支払うよう督促して来たが遂に現在まで一銭の支払いも受けず、この間僅かに去る十月十九日ごろ同社からの詫状一本を受け取っただけであった。（中略）なお当時の同社の責任者成田義雄氏は現在経営の表面から退き代って取締役山崎徹也氏がロック関係の整理に当っているが、負債関係などからいって当分懸賞金支払いの見通しはないといわれている」としてある。つづいて「出版界の信用に関わる、江戸川乱歩氏談」「読者へサギ的行為、文芸家協会書記局次長、松岡照夫氏談」とつづけた後に、「全く申訳がない、取締役、編集長山崎徹也氏談」の見出しとなり「当選者の方達にはまことに申訳けないが、経営不振のため税務署およびその他の債務者の差押えで手も足も出ない始末です。十月には取敢えず当選者にお詫びの手紙を出しておいたほか、こちらへ督促に来られる方にはよく事情を話しておいた、来春になれば社の整理も一応つくと思うので賞金の支払いも出来ると思う」という発言で結んでいる。

ここまで叩かれると山崎氏としては寝覚の悪い思いになるのも無理からぬことだが、その頃の彼は「ロック」を退いて「マスコット」の編集長をしていたのだから、責任を追求される立場にはいなかったのである。したがって「山崎徹也氏談、全く申訳がない」などというわけもなく、この山崎氏とのインタビュー記事は彼の関知するものではなかったのである。

再起をはかった「マスコット」も潰れ、山崎氏とて霞を喰って生きていくこともできぬから、少しレベルを下げた雑誌を発行しようと企画した。そこでまず円満居士の海野氏に相談すると「そりゃ結構だ、おやんなさい」といわれた。つぎに水谷氏の意見を訊くと「ああ、やりたまえやりたまえ、だが、オレとお前さんのつき合いはこれで終りだよ」といわれ、少し考え込んでしまった。で、最後に江戸川氏に相談すると「止しなさい」とただ一言。こうして山崎氏は雑誌界から退陣していく。

右の挿話は山崎氏から直接聞かされた話で、先日電話でたしかめてみたら記憶にないという返事だった。まだ海野氏が元気なころのことだから、年代的にみてもう少し前の話なのかもしれない。「啼くまで待とうホトトギス」の逸話みたいに、三人の作家の性格がでているように思われるエピソードなので、敢えて披露した。

その頃のわたしはまた胸が悪化して疎開先へ戻っていった。山国の病院でやってもらった気胸が効いたのか、ある一流製薬会社が売り出していた特効薬（白い粉末を添付された蒸溜水のアンプルのなかに入れて溶かしたのち、それを注射する）が効いたのか、少しずつ体力が恢復していった。再上京したわたしは、「ＳＲの会」東京支部で顔を合わせた「探偵実話」の山田晋輔編集長によって、小説発表の舞台を提供されるようになった。

山崎氏に比べるとこの山田編集長は言葉遣いが叮寧で、探偵雑誌の編集者にこんな人もいるのかとビックリしたものだ。しかし後に「オール読物」の編集者なんかに接触するようになって知ったのだが、編集者というのは元来が紳士揃いであって、山崎編集長だけが抜群の「元気者」であることが判ったのである。

記録を見ると「探偵実話」におけるわたしの登場は二十七年の後半になってからのことで、常連作家の大半が、わたしよりは二年も三年も以前から書いている。さらに精《くわ》しく眺めると、これ等の作家の多くは、その前に「宝石」に作品を発表したことのある人であった。例えば永田政雄という人は「宝石」のコンテストに《葛城《かつらぎ》悲歌《エレジ》》を発表し、それは地味ながらも記憶に残る中編だったのだが、それにしても山田編集長はこうした新人の住所をどうやって探り出したのだろうか。

先日、電話でこのことを訊ねてみると氏はこともなげに笑って、「わたしは武田さんとか永瀬三吾さんといった『宝石』の編集長たちとは仲好しでしたから、頼めば数えてくれたのですよ。『宝石』に発表した新人のなかで書けそうな人があると、住所を教えてもらって執筆を依頼したんです。永田政雄さんは奈良県の葛城在住の人で、当時は闘病生活をしていたように記憶していますね」という返事だった。

ついでに各寄稿家とのそもそもの馴れ初めについて訊ねてみたが、村上信彦氏の場合は社長の二田義雄氏が講談社の出身であり、講談社時代に村上浪六氏と知り合いだったので、その関係から原稿を頼んだということであった。村上浪六氏は昭和の初期頃まで活躍した大衆作家のトップにランクされる人であり、わたしの記憶に依ると、鬢髪《びんぱつ》小説というジャンルを開拓したのは村上氏ではなかったかと思う。信彦氏はその令息なのである。

お互いに過去のこととなると忘れ勝ちであるのは止む

を得ない、山田氏にしても、弘田喬太郎、吉野賛十といった人がどんなきっかけで書くようになったかについては、もうはっきりとは覚えていないという。だがわたしが吉野氏から聞いたところでは、木々氏の紹介で持ち込んだようであった。吉野氏は、鎌倉の拙宅にも横浜の茅屋にもあそびにきてくれたことがあるが、元来は木々派の人であり、木々氏の死去にともない日本推理作家協会を退会していったのである。「木々さんがいなくては意味がない」ということで。

話が先走ってしまったが、その時分埼玉県に住んでいた山田氏のもとに土田社長が再三足をはこんで、編集長になってくれるよう慫慂した。引き受けるべきかどうかで迷っていた氏は、「給料はたんとだせないけれど」といった土田氏の正直な発言に打たれて入社を決意したのだそうだ。

編集長となって最初にしたのは、表紙担当の画家を交替させることだった。氏の、もっと明るい表紙をという主張は容れられ、山田氏はあたらしくK画伯に注文をだす。出来上った絵を抱えて意気揚々と出社したところが、その作品は全員の反対するところとなり、編集長憤然として席を蹴って家に帰ると布団を敷いて寝てしまったという。世間には似た話があるものです。

山田氏のほうは南方戦線で鉄砲を射っていたのだろうか、色あまり白からず、ときどき横目でジロリと人を見るくせがある。ジロリをやられると何か不善をたしなめられているような気がしたものだが、他にもあの目がこわいよといっていた作家がいるから、誰もおなじ感じを受けたものだろう。

しかしこの編集長は一面では非常にきびしく、いい作品でないと受けつけてくれなかった。その頃わたしが書いた風俗ミステリイに、一人のドンホアンを主人公にした短篇がある。月曜日から土曜日まで夜毎に六人の違った女性とデートをし、日曜日を安息日にあてているというモテモテおじさんが、ひょんなことから、女の一人にその秘密を知られ、日曜日の晩にとある小公園に呼び出されて撲られ失神してしまう。そして気づいたときには、男性の享楽の根源であるところのある部分が切断されており、このドンホアン君は生きることに絶望してオイオイと泣きながら病院へ担ぎ込まれるのである。女共にしてみればもうこんな役立たず男に用はない。誰も見舞いに来ぬなかで、ひとり金曜日の女（そうだ、ミス・フライデイと名づけよう）だけが毎日のように慰めにきてくれる。いつも、手製の夕食の料理をバスケットに詰めて。病院の料理というのはまずくて喰えたものではないからである。ある日の夕方、ミス・フライデイは貝の軽揚げ《フリッター》を持って現われる。ドンホアン君が舌つづみを打ってそれを喰い終わると、ミス・フライデイはニヤリともの凄い笑いをうかべて、犯人が自分であることを告白する。「いまあなたが喰べたのは自分のものなのよ。今日まで冷蔵庫に入れておいたの。どう、おいしいでしょ」唖然としているドンホアンを残して、小気味よさそうに笑いながらミス・フライデイは去っていった……。とまあ、こんなプロットであった。一読した編集長は例のギロリとした調子でわたしを一瞥すると、「鮎川さんはシルクハットに燕尾服を着て、電柱に向ってハイセツ作用をするような人ですねえ」と、シンラツな短評をした。それだけの話である。勿論、採用にはならなかった。

「ロック」で味をしめたわたしは、山田編集長にも埋め草を売りつけてひと儲けを企んだ。内容は「世界の不思議」といったふうなもので、このときも数が足りないときは例の如く水増しをした。そのなかで唯一つだけ覚えているのは、「エクワドルには大きな土螢が生息しており、土地の人間はそれを提灯がわりにブラさげて夜道を歩くのである」といった駄ボラであった。山田氏から稿料を貰ったとき、ゆくりなくもわたしは、「ロック」に書いた「カゼと共に去りぬ」を思いうかべたような気がするのだが……。

そうだ、一口噺も書いて持っていったことがある。足柄山の金太郎こと坂田の金時が世界漫遊にでかけたところ、アフリカの土候の御前試合で敗けてしまい、投げ飛ばされて松の木にブラさがった恰好になる。土候が「あの真赤な顔をしたおかっぱは何者じゃの?」とお訊ねになると、ご家老が平伏して「ハハーッ、逆さの金時めにござります」というの。これもボツになった。文字どおり一顧だに与えられずクズ籠へ直行した。この編集長、ユーモアが通じないのじゃあるまいかと思ったものだ。

山田氏も山崎氏も、二十年たってもちっとも変っていない。中年肥りもしなければ髪も薄くはならないし、さりとてシワもできないし、昔のままである。こちらの変身がいたずらに恥しく思えてくるほど。そうした外観も似ているが、もう一つ共通しているのは、両者ともに揃って作家を育成しようという意欲を持っていたこと。山田編集長は、狩久氏を一人前の作家にしたいと考えていたようであった。サラリーマン化した編集者が次第に増えてくるという噂を聞かされるたびに、わたしは、この両氏こそ本物の編集者だったと考えるのである。

蛇足ながら、「探偵実話」の土田義雄社長ほかのスタッフは全員健在で、いまもって山田氏と連絡がある。しかし「ロック」のほうは成田義雄氏の消息は判らず、山崎氏の後をついだ市川編集長も同様だという。

追記

山田氏とはここ三年ほど音信不通の状態がつづいている。所在は判っているのだから手紙を書けばいいのに、それがおっくうで、怠けてしまう。一方、山崎氏は亡くなった。「幻影城」に思い出の記を書いた頃は元気だったのに、俄かに信じることができなかった。病気は喉頭がんだったそうで、「最後まで痛まなかったのがせめてもの慰めです」という子息の話だった。

「あの眼がこわいよ」といったのは、これも亡くなった狩氏。ふだんは優しい微笑を含んだ眼をしているが、何かの拍子でキッとした目つきをする。わたしにはその眼もこわかった。

　近頃の若い者は……というとロートルの愚痴だと早合点されそうだが、わたしはそんなことを語ろうとしているのではない。近頃の若い読者のあいだでは、的を一人の物故作家に絞って、作品と足跡を追求しようとする風潮がある。わたしが知る限りでも甲賀三郎、木々高太郎、香山滋氏らが対象となっている。わたしに三苗千秋氏のことを教えてくれたのもこうした若い人のひとりN氏で、ある歯科大学の学生であった。この人はプロのミステリー作家のことは他人に委せておいて、余技作家、ノンプロ作家に焦点を向けており、そこが変っていた。氏の教示によると三苗氏は海野十三、槇尾赤霧氏らと同世代の人で、戦前の雑誌に科学の啓蒙記事や科学小説を執筆したのだという。

　当時の雑誌を渉猟したN氏から三苗氏の短篇を幾つかおくられたことがある。コピーがすべて二部ずつあったのは、他日わたしが幻の探偵作家を尋ね歩くうちに三苗氏に遭遇したなら、往時の作品をぜひ手交して貰いたいという願いがこめられていたためである。

思い出すままに

◎幻の作家を求めて・補記

日記をひらくとそれは昨年五月十一日の日曜日のことになっている。柏崎に瀬下氏を訪問して帰りの列車が小千谷《おじや》か小出《こいで》のあたりを走っていた頃に、島崎編集長がふと話題を変えて、「来年の新年号には瀬下さんや地味井さん、水上さん達の作品を集めたいと思っているんです。オールドファンもきっと喜んでくれますよ」と、抱負の一端をのべた。雑誌の編集者というのはつねに半年先のことを考えているものなのだが、島崎氏も例外ではないのであった。私は、それが実現したらさぞかし素晴しいことだろうと答えた。つい半年前までは、これ等諸氏の消息はまったく不明であり、ましてや、この人達の新作が読めようとは想像もしなかったことなのである。島崎氏のこの企画がぜひ実現することを、そしてよい成果をあげることを、私も大いに期待していた。

その話を聞かされたときは、新年号などははるか将来のことのような気がしたものだが、うかうかしているうちに秋も深まって早くも十一月である。届けられた作品はすでに印刷にかかっているという。

インタビュアである私にとっては、作者の名を見ると、その人を訪ねたときの様子が鮮やかによみがえってくる。水上呂理氏の場合は英女王の来日で交通が規制されひどく遅刻したこと、途中で車に酔って吐き気をもよおしたこと。そして「おのろけを申してすみません」といわれた氏と「あら」とはにかまれた夫人のこと。探偵小説の筆こそ折られたが、その後も引きつづき文筆家としての活躍がつづいたことと、刺激の多い東京に居住することといった事情により、当然のことながら氏がもっとも意欲的であった。つぎは長編を書くと宣言されたのだが、戦前の短篇しか読んだことのないわれわれには、どんな長編になるのか皆目見当がつかない。早く拝見したいものである。この尋訪では、経歴がかなりはっきりとしたことの他に、呂理という筆名の由来が明らかにされ、それが収穫であった。

九鬼澹氏の新著「探偵小説百科」の瀬下耽の項をひらくと、「資産家の家庭に生まれたというのみで、経歴など不明である」と述べられてあるが、瀬下家はおじいさんの代に建てられたもので、座敷の天井がまるで吹きぬけのように高いのが印象的であった。なぜそういう設計にしたかという点については、瀬下耽氏もご存知ないようであった。話の間に「蔵」という言葉がでたから、土蔵があるのではないかと思う。

瀬下氏のところには、水上氏の場合とは違って地方居住のために、中央の雑沓もとどかぬように見受けられた。松本清張氏の作品も少ししか読んでおらぬとのことで、《点と線》のことを《線と点》というふうに言い違えられたことが、これまた印象に残っている。そして、庭の下を流れる小川、そのほとりに咲く牡丹桜、若草におおわれた山と鶯の声……。柏崎はそろそろきびしい冬と対決する季節になっているのだろうが、わたしの頭のなかにあるのはつねに新緑の柏崎である。

なお、この尋訪記で加太こうじ氏を新潟の産と書いたのはわたしの思い違いで、加太氏は純粋の江戸ッ子であり、夫人が新潟県の生まれなのであった。


ふり返ってみると、これ等諸氏を再発見する端緒が一つとして同じでないことが面白い。殊に瀬下氏のケースは、加太氏と立風書房の稲見青年とがいなかったら、まず絶望的ではなかったかと思う。

本田緒生氏の場合は本田氏のほうから名乗ってこられたので、珍しく苦労はしなかった。しかしこのときは流石の編集長も興奮を押えきれなかったらしく、電話の声もはずんでいたものである。本田家の風通しのいい座敷で、抑制された声で語られたインタビューも思い出ぶかい。その帰途、氏に地理を教えていただいて、知立神社にショウブの花を見に立ち寄ったことも忘れられない。

地味井氏を含めてこれ等の四氏は、中肉というよりも少し痩せ気味である点が共通しており、あるいはそれが健康の秘訣であるのかもしれない。わたしも見習いたいとは思うのだが、わたしの場合は小食のくせに肥るので困ってしまうのだ。

本誌が創刊されて間もなくこの尋訪が開始された。当初は雑誌もまだ知られておらず、尋訪記事の内容もまったく不明であったから無理もないことだけれど、一、二の作家からインタビューを拒否されている。そうしたときに率先して応じて下さった地味井平造氏御夫妻にも、この機会にお礼を申し上げたいと思う。

8 「蠢く触手」の影武者・岡戸武平

（一）

双葉社から、わたしの編纂で戦前に発表された怪奇小説のアンソロジーがでることになった。主として「新青年」よりピックアップしたのだが、あらためて調べなおしてみると、岡戸武平作品が意外に少ないことに気がついた。にもかかわらず氏の存在が鮮明な理由の一つは、江戸川乱歩氏の名で発表された《蠢《うごめ》く触手》という長篇の作者であるからだった。だがこの長篇についてはは江戸川氏が「探偵小説四十年」のなかで「代作ざんげ」として触れている以外には言及されることがなく、また、戦後は一度も本にならないということもあって、幻の作品といっても言い過ぎではないのである。機会があれば、この長篇について成り立ちのエピソードを訊いてみたいものだと思っていた。

だがそれを渋っていたのは、作品自体は幻の長篇であっても、氏は決して幻の作家とは呼べないからだった。つい先年までは日本推理作家協会の会員であったのだし、いまもって名古屋を中心とした盛んな文筆活動を続けているのである。市井に埋没して消息を絶った作家ではないのだから、「幻の探偵作家を求めて」という角書《つのがき》のもとでは尋訪すべからざる作家であった。

今回はからずも氏をインタビューすることになったのは、予定していた葛山二郎氏が病いに仆れるというハプニングが生じたためでもある。わたし自身、岡戸氏については知ることが殆どないので、あえてタイトルにこだわらずに、この機会に尋訪をやろうではないかという話になった。氏もまた、われわれのこの申し入れを快諾して下さったのである。

当日、例によって東京駅で落ち合うと、編集長とわたしは「ひかり」で名古屋へ向った。前日までは記録的な冬の長雨が降りつづいていたのだが、運よくこの日は快晴で車窓からクッキリと富士の嶺がみえた。その富士を眺めながら弁当を喰う。わたしにとっては朝めしであり編集長にとっては昼食である。そのチキン弁当を喰いながら、わたしが「幻影城」に書いた文中で「はつびん小説」が「びんはつ小説」になおされていたことについて文句をつける。叱言をいいながら呑むビールは殊のほか旨かった。

名古屋駅の改札口をぬけたとき、「めしを喰っていきませんか」と誘われる。「まだ喰う気ですか」と反問すると編集長しまったという顔つきになり、いまのは社交辞令なのだと慌てた口調で弁明した。この人の胃袋は底がぬけているのではあるまいか。

（二）

地下鉄を今池で下車、地上にあがってタクシーを摑えると、教えられたとおり「中京商業へ」と告げる。氏の家は、甲子園の覇者として知られたこの商業高校のすぐそばにあるのだという。ところが運転手氏はよそ者だとみえ、意外なことに中京商業を知らない。止むなくいい加減のところで降ろしてもらい、編集長と心細気な顔を見合わせたのである。

ともかく電話をかけ、和服にチャンチャンコ姿の氏が途中まで出迎えてくれたお蔭で、われわれはどうやら無事に到着することを得た。「この辺り一帯は山だったんですがねえ」といわれたが、それが信じられないくらいの静かな住宅街であった。岡戸家は、ゆるやかな傾斜のついたコンクリートの階段を十段ちかく登った崖の上に建っている。戦前の東京でよく見かけた木の門、それをくぐると格子戸のはまった玄関。和風というか大正風というか、すべてが落着いたたたずまいを見せ、戦前に逆戻りしたような懐しさを感じる。

玄関につづく和室は書斎で、崖に面した窓に向って坐り机が一机。それがキチンと片づいており、わたしの机とは正反対である。

「訪ねてきた乾信一郎君が、東京時代の家によく似ているといいました」

戦前の岡戸氏は小石川の植物園の近くに住んでいて、その家も窓の下が崖になっており、閑静であったという。

机の真上の長押《なげし》に「疊々居」の大書された扁額が、そしてそれと向い合ったところに「子不語」の額がかけられている。前者は江戸川乱歩氏の、そして後者は小酒井不木氏の筆であった。どちらも煤けてくすんだ色になっているが、それがまた渋味をそえている。江戸川氏のほうは昭和戊寅としてあるから十三年に、小酒井氏のほうは戊辰としるされているから、それより十年前の昭和三年に書かれたものである。

「わたしが上京して最初の住居となったところが二畳の間だったもので、乱歩さんがそれに因《ちな》んで書いてくれたのです。『子不語』のほうは小酒井先生が乱歩さんに贈ろうとして書いたときに、不の字のヒゲが短く書けたというのでもう一枚お書きになった。その書き損いともいうべきほうを頂戴したのですが、字の出来はこちらのほうがいいですよ」

岡戸武平

数年前に夫人を失われたので意気消沈しておられるのではないかとひそかに心配していたのだが、そうした様子はおくびにも出されない。とって七十八歳の氏は元気旺盛、談論風発、若き日の思い出を説き来り説き去り、インタビューは二時間を越えたのであった。

「わたしが死んだらこの額を譲ってくれという者がいましてね」

いずれその人も推理小説の愛好家なのだろうが、これを譲られるとは羨ましいことだ。なお氏はこの八畳ほどの書斎を疊々居と名づけ、便箋にも「疊々居箋」と刷込んである。

江戸川氏の「探偵小説四十年」によると、大阪の時事新報に入社した氏は、四、五歳年少の先輩記者岡戸武平氏からいろいろと教えられたことになっている。

「乱歩さんは半年か一年ぐらいで大阪毎日の広告部に移られましたから、新聞社時代には深いつき合いはなかったのです。そのときは乱歩さんとしてではなく、平井太郎さんとして知り合ったわけでした」

岡戸記者は胸を病んで時事新報を退社すると、郷里の名古屋に帰って療養生活に入る。やがて闘病の甲斐あって恢復期にさしかかった頃、小酒井不木氏と運命的な出遭いをすることとなる。折柄、「闘病術」の原稿執筆に際して練達な助手の必要を痛感していた小酒井博士にとって、新聞記者出身の岡戸武平は理想的な助手であった。

「あるとき先生の机に平井太郎さんの写真が飾ってあるのを見て、『平井さんをどうしてご存知なのですか』と訊きますとね、『これはきみ、有名な新進作家の江戸川乱歩だよ』といわれて、平井さんが江戸川乱歩となったことをはじめて知ったものでした」

（三）

小酒井氏は東北大学の教授に任命されながら、結局は任地に赴かずに、終始名古屋を離れなかった。氏もまた胸を病んでいたからである。そうした蒲柳《ほりゅう》の質であったためか、昭和四年の春、小酒井氏はちょっとした風邪がもとで肺炎を併発し、わずか数日床についたきりで亡くなってしまった。こうして小酒井・岡戸のコンビは短期間で終止符を打たれたのである。

「当時の小酒井先生は地元大学の医学部の学生にテーマを与えて、熱心に研究を指導しておられたのですが、なにしろ世間知らずの青年ばかりですから、先生が亡くなられてもなすべきことを知りません。ところが、わたしは新聞記者の出身です。はじめは後ろに控えていたのですけど、見るに見兼ねて乗り出しますと、各新聞社に連絡をとって先生の死を発表しました」

このニュースは東京や大阪の一流紙の夕刊に写真入りで報道され、それを読んだ森下雨村、江戸川乱歩その他の在京作家がぞくぞくと名古屋へ集まってくる。岡戸氏は葬儀の一切をとりしきって、小酒井博士の野辺の送りをとどこおりなくすませた。

その帰途の列車のなかで森下氏が「あのテキパキとした青年は何者かね？」と訊いたという。森下氏に注目されたのが、後日この岡戸青年が博文館に入社することになるそもそものきっかけとなったのである。

当の岡戸武平氏には東京の一流デパートからも口がかかっていた。月給は博文館が六十円で百貨店のほうが八十円。当時のサラリーとして六十円は破格であり、まして八十円ともなると桁はずれである。迷うのは当然であった。

岡戸青年は率直にものをいうたちとみえ、その差を真正面から森下氏にぶっつけた。

「なあに、たった二十円の違いなら博文館に入れよ。そのくらいはアルバイトで稼げるからな」

この初代「新青年」編集長は豪放に笑って答えたという。

「事実そのとおりでした。わたしは横溝正史氏が編集長であった『文芸倶楽部』の編集部に入ったのですが、社内の雑誌に書いて稿料を稼ぐということが出来ましたし、社風そのものがおおらかでしたな」

「すると《五体の積木》はアルバイトとして『新青年』に書かれたわけですね？」

「いいえ、あれは上京するとすぐに書いたものです。乱歩さんが五十円をポンと送ってくれて、これで上京しろというのですね。そこで東京にでると一週間ばかり『緑館』（岡戸注、これは江戸川氏の夫人の経営になる下宿屋）に泊って、それから本郷の『朝陽館』という下宿に移りました。《五体の積木》はそこで書いたもので、原稿を一読した乱歩さんは、自分ならもっと長いものに仕上げるがなあといっていましたね」

話に夢中になっていたので気づかなかったが、われわれの前には小皿にのせた菓子がでている。

「ひとくちそれを喰べてみて下さい。当地ではお茶を立てておもてなしをする風習があるのです」

慣れた手さばきで一服たてて、「どうぞ」とすすめて下さる。さァ弱った。こちら至って不風流な人間だし、島崎編集長は抹茶《まっちゃ》をのむよりもビールを呑むほうが得意なのである。仕様ことなく、見様見真似で茶碗を両手にささげてグイとのむ。編集長も横目でこちらを見ながらワンテンポ遅れてグイと飲む。本来ならば茶器を褒め、結構なお点前《てまえ》でございますなどとお世辞をのべなくてはならないところだが、野人に免じて省略させていただく。

（四）

七十八歳というのは、いままで尋訪した諸氏のうちでは最年長である。しかもまったくの独居だ。さぞかし不自由であろうと他人事ながら気がかりになる。五日おきぐらいにお手伝いさんが来て洗濯や掃除をしてくれるというが、室内も綺麗に片づいているし、非常に几帳面な性格という印象をうけた。べつにジロジロと家のなかを見廻わすような不躾なことをしたわけではない。だが、チラリと目に入った奥座敷には落着いた柄の布団をかけた掘炬燵が切ってあり、その横にベッドがおいてある。前にものべたように、暗さだのみじめっぽさなどは微塵もない。すべてが明るく健康的であった。

われわれのあいだに置かれたのも石油ストーヴや電気ストーヴなんぞではなく、あの懐しい火鉢であった。赤くおこった木炭がいけられ、灰が美しく掃除されている。氏はタバコ好きなので、その灰の上に見る見るうちに吸殻が並んでいく。ベッドを除くと室内は歴史の流れが停滞しているようで、対座する氏は、作家というよりも旧式に文士と呼んだほうがふさわしいように思われた。

「大抵の人が不自由だろうと心配してくれますが、べつに不自由ではないな。食事は外食したりパン食したりしています」

氏の探偵小説としての作品は「新青年」に発表された半ダースにも充たぬ短篇と、書きおろしの《蠢く触手》とがある程度だが、戦時中には講談社から伝記小説を刊行しており、戦後は名古屋の新聞を中心に現代小説から捕物帳まで発表するという活躍ぶりである。そして数年前から経済紙に「ぺンだこ」と題する身辺随想を連載中だが、これが好評ですでに二巻の本にまとめられている。そのキリヌキを貼ったスクラップブックを見せて頂いたが、これまたキチンと整理されていて、ここでも几帳面な性格という感じを受けた。几帳面というと神経質でかたくるしい人を想像しがちだけれど、氏の場合はそうではなく、むしろ磊落《らいらく》であった。なお氏は俳画もよくし、この随想の挿絵も氏自身の筆になる洒脱なものである。

「いつだったか土岐雄三君が名古屋に来て、わたしがよく行くバーに入ったところが、たまたまわたしの噂が出てねえ。土岐君がびっくりして、『え、岡戸武平はまだ生きているのか!』といったそうです」

愉快そうに大笑する。土岐雄三氏は乾信一郎氏とともに「新青年」を独特なカラーに染め上げる上で功績のあった人である。わたしは、この両氏がそろって青山学院の出身だということは知っていたが、どちらが先輩なのかは知らなかった。またわたしが読んだ限りでは、土岐氏の文章のなかに乾氏が登場したものはなかったし、乾氏がその文中で土岐氏に触れたこともなかったので、ひょっとすると疎遠な仲なのではないかと思っていた。

「いや、どちらが先輩でも後輩でもありません。クラスが同じだったからです。それに二人はとても仲がよかった。特に土岐君は成績がつねにトップでした」

昔のことを語るとき氏の顔は一段と輝やいてくる。それにつれて目も口調も生き生きとなり、聞いているわれわれも話に引きずり込まれてしまう。

「わたしが入社した頃の博文館は小石川の戸崎町にありました。若き時代の正岡容《いるる》氏とサトウ・ハチロー氏が畳敷の応接間に坐って、サイダー瓶につめた焼酎を呑んでいたのを覚えています」

博文館は関東の大地震で社屋を焼失してしまったため、

一時的に社長の大橋邸を編集部にしていたのである。

「当時の『新青年』の編集部には橋本五郎さんや渡辺温《おん》氏がいましたが、わたしはこの渡辺温チャンと気が合ってね。温チャンに連れられて横浜の本牧《ほんもく》にある岡田時彦の家に行ったことがあります。隣のチャブ屋で夕食をご馳走になったりして……」

ちょっと説明をしておかないといまの若い人には話が通じないだろうと思うが、岡田時彦は、高田稔、中野英治、鈴木伝明らとともに一世を風靡した美男俳優であった。どういうわけだか知らないが岡田にはエーパンというニックネームがついていた。後年、新進推理作家だった岡田鯱彦氏が随筆のなかで自分のことを「エーパン

最近の岡戸武平氏

(?)」と書いていたのは、鯱彦を時彦に見立てたジョークだったのだが、二十数年前の当時ですら、この冗談の通じる読者がどれだけいるか心もとなく思ったものだ。
チャブ屋というのは、西洋式吉原と思えば当らずといえども遠からず、であろう。吉原の遊女は日本髪を結っているのに対して、こちらは洋装の女がダンスと食事の相手をして……といったわけである。本牧というのは横浜の地名。先年この辺りを車で案内してもらったことがあるが、チャブ屋だったという家が現在も残っている。こういう風俗営業の面には関心がなかったせいか、いまもってチャブ屋の語源を知らない。わたしは、ちゃぶ台をはさんで店の女とめしを喰う処だとばかり思っていた。ちゃぶ台というのは座卓のことである。やはり戦前だが、中年女性から「銘酒屋がね」と話しかけられ、わたしは名刺屋のことかと考えて応答していたので話がかみ合わなかった覚えがある。このときは先方が気づいて「アラ、知らないのね」といって話題を変えてくれた。銘酒屋は泥臭く、チャブ屋はバタ臭いといった相違があったのだろう。
渡辺温氏は啓助氏の実弟で、当時の人に思い出話を聞くと、誰れも彼も親しみをこめて「温チャン」と呼ぶ。「皆に好かれた人のようですね?」

「ええ、それはもうすべての人から好意を持たれていましたね。そうした意味では実に珍しい青年だった。べつに美男子というわけではないがお洒落でね。われわれ男性からあれだけ愛されたのですから、女性にもてるのは当然のことだと思います」

温氏のことを語るときの氏は相好をくずしたにこやかなものとなる。佳人薄命というが、この好青年もそれから間もなく不慮の死を遂げてしまう。

「わたしが『文芸倶楽部』の仕事で大阪の佐藤紅緑氏を訪ねることになったとき、『新青年』の水谷氏から、ついでに谷崎潤一郎邸に寄って『新青年』への執筆依頼をしてくれないか、と頼まれた。そのときの谷崎氏は書くとも書かぬともいわずに、なま返事をしていたので、改めて温チャンが関西に行ってその話を煮つめることになったのです。明日は出張という前の晩に、温チャンをわたしの家に呼んでスキヤキで夕食をしました。当時の温チャンは茗荷谷《みょうがだに》あたりのアパートで美しい女優さんと暮していたのですが、中野のバーにもなじみの女給がいて、夕食後に温チャンにさそわれて中野に行ったんです。ところが、何で腹を立てたのか知りませんが、女給に対してえらく怒りましてね、成田さんのお札《ふだ》を、『こんなものは迷信だ！』といって地面に叩きつけると、足で踏みつけたのですよ」

女給というのはいまのホステスのこと。千葉県成田市にあるこのお寺は交通安全の祈願で知られている。現在でも多くのドライバーが参詣してお札を受けるのである。

「わたしは慌ててお札を拾いますと、そんなことをしてはいかんよといって温チャンに持たせたのです。ところがその翌日、出張先の兵庫の夙川《しゅくがわ》で乗っていたタクシーが踏切事故を起こして死んだという電報が博文館へ入ったもんだから、皆もうびっくりしてしまって……」

このときタクシーに同乗していた長谷川修二氏（当時は「新青年」の常連翻訳家として知られた。戦後、カーの《白い准僧院》その他の訳がある）は無事だったのである。

「温チャンはいい人だったなあ……」

昔を偲ぶ、しみじみとした調子の独語であった。

（五）

氏のお父さんは発明家で、しまいに永久運動の研究に凝って資産を蕩尽《とうじん》して亡くなった。すると、借金取りは、東京にいる岡戸武平氏のところまでおしかけて来たという。現行の法律では相続権を放棄すればすむことなのだが、旧法では、そういうわけにはいかなかったのだろう。江戸川乱歩氏が長篇の代作を依頼したのも、一つには、この同郷の友人に対する経済的な援助というふうにも思えるのである。

《蠢く触手》についてお訊きしようとしたが、最初のうちは口を緘して語ろうとはしない。

「すでに『探偵小説四十年』のなかで代作ざんげとして書かれているのですから、遠慮なさる必要はないと思いますがね」

そう口説くと、氏はようやくのことで渋々と口を開かれた。右の「探偵小説四十年」を読まれた人には説明不要のことだけれど、昭和七年に新潮社が書きおろしの長篇探偵小説全集を企画したものの、執筆期間が短いのと多忙であったため、江戸川氏は代作を条件に参加を承諾されたのであった。

「あれはね、思いつきだけのトリックで書いたんだが、大下宇陀児さんが『あれ面白《おもしれ》えじゃねえか』といった話を乱歩さんから聞きました。乱歩さんも、チャブ屋の茶ノ間の情景なんかなかなかいいぞなんて褒めてくれました。まあ、お恥しい作品で……」

これは謙遜である。作中のチャブ屋の描写というのは、渡辺温氏や岡田時彦と食事をしに行ったときの記憶によったものであろうか。

「例の『探偵小説四十年』をみますと、代作とはいえプロットについて岡戸君と再三相談をした……ということが書いてありますが」

「これから先をキミどうするんだ、わたしはこう考えておる、それならよかろうというふうにやっていたです。それが三度ぐらいありましたかね。あれは六百枚でした。まだ博文館に出ていた頃のことだから忙しかったね」

「乱歩さんは印税をとらなかったのですか」

と編集長。

「ええ、とらなかったです。わたしに全部くれました。わたしのほうは結婚当初から女房にだいぶ借金があったんです。だから印税をもらったときには女房に借金の額を計算させて、パーッと払って帳消しにしましたよ、ハハ」

「あの書きおろし全集のときには他にも代作させた作家がいたそうですね。『探偵小説四十年』には、他の作家に遠慮して具体的なことには触れてありませんが、誰と誰でしたか」

ちなみに「新作探偵小説全集」（新潮社）の作品名と作者はつぎのとおりである。

第一巻　蠢く触手　江戸川乱歩
第二巻　奇蹟の扉　大下宇陀児
第三巻　姿なき怪盗　甲賀　三郎
第四巻　狼群　佐左木俊郎
第五巻　疑問の三　橋本　五郎
第六巻　鉄鎖殺人事件　浜尾　四郎
第七巻　獣人の獄　水谷　準
第八巻　白骨の処女　森下　雨村
第九巻　暗黒大使　夢野　久作
第十巻　呪いの塔　横溝　正史

すべて長篇だから、例えば城昌幸氏のような短篇専門の作家が入っていないのは止むを得ないが、当時のそうそうたる第一線作家がズラリと並んだのは壮観である。それにしても代作だったのはどれとどれなのか、そして代作者の正体は誰なのか興味あるところだ。

「あ――ン……と」

長考一分間。こちら耳をすませて返事を待つ。

「……聞いたことないねえ」

知らないというのは本当かもしれないし、口の固い人とお見受けしたから、知らぬふりをしたのかもしれない。いずれにしても、これ以上追及するのは失礼になるだろう。

「戦後はずーっと名古屋ですか」

「いや、一度だけ上京したことがあります。乱歩さんが亡くなったとき……。座敷にごろりと寝て仮眠をとりました」

そのとき以外は東京に出たことがないという。名古屋では先にしるした随想集のほかに、《五体の積木》等を集めた短篇集も刊行されており、文運は盛んなのである。

「わたしの仲間三十人ばかりで一ヵ月ほど海外旅行したことがあるんですよ。最近、またチャンスがあったので二回目の外国旅行をやろうとしたんだが、心臓がおかしくなってね、脈が結滞する。医師は神経性のものだから心配ないといってくれますが、やはり気がかりなので自重しました」

いかにも残念そう。が、その心臓もいまは快調とお見受けした。わたし自身は面倒なことが大嫌いなたちだから、北海道へ行くのさえ気がすすまぬ有様なのに、氏は機会があればまた世界漫遊に出かけたそうである。

話が更にはずんで探偵作家以外の作家にひろがっていく。

「中沢巠《みち》夫君はどうしていますか？　笹本寅君は元気です

か」

　戸伏太平、真野律太といった人々の名が口をついてでる。しかし時代物の作家となると島崎編集長もわたしもほとんど知識がなく、応えることができない。

「遠路ご苦労さまでした。今日はほんとに楽しかった。昔話がたんとはずんで……」

　そういわれると、われわれもお訪ねした甲斐があるというものである。

　氏は創作の面でも意欲充分であった。ひょっとすると「幻影城」に、編集者の目から見た日本探偵小説史が連載されるかもしれない。そうなることを期待しつつわれわれは名古屋駅へ急いだのであった。

追記

　岡戸氏は明治三十年十二月三十一日に名古屋に生まれ、同地に健在である。

　著作が地元で刊行されていることは前記のとおりだが、《五体の積木》はわたしが編んだ「怪奇探偵小説集Ⅰ」（双葉文庫）でも読むことができる。

「はつびん小説」云々というのは、「幻影城」の昭和四十九年十二月号に載った拙文中「髪鬢《はつびん》小説」が「鬢髪《びんはつ》小説」に誤植されていたこと。これは「ロック」の山崎徹也編集長との交友録といった内容のもので、事情あって大急ぎでまとめ、編集部も時間が切迫していたので慌てて校正した。そのために生じたミスだったのだろう。戦前に教育をうけたわたしでも、こんな難しい字をそらでは書けない。だから辞書をひいて記したに相違ないのだが、正しくは「撥鬢《ばちびん》小説」だという。これは任侠の世界に材を求めた痛快小説であるが、彼らの髪形が三味線の撥《ばち》に似ていたためにこうした呼称が生じたのだそうだ。このジャンルの創始者は村上浪六氏で、氏の独壇場であった。因みに服飾研究家として知られた故村上信彦氏は浪六の息。余技として「探偵実話」に十篇のミステリーを書いている。

9　べらんめえの覆面騎士・六郷一

（一）

光文社からカッパノベルスの一巻として鉄道ミステリーのアンソロジー「急行出雲」が刊行されたのは、一九七五年暮れのことである。

そのなかの一篇である《夜行列車》の作者「覆面作家」の正体をつきとめようとして、編者であるわたしと編集部の浜井武氏の二人はキリキリ舞いをした。

《夜行列車》の舞台は、ある日の午後の探偵作家の会合の席である。噺家の犯罪落語が終った後で、平素は見かけぬ紳士が立ち上がって発言を求め、自分が北海道旅行中に片脚を失った事情を語った上で、その犯人がここに出席している！　といって会員の一人を指差す話である。こう書いてはミもフタもないが、この作品はビーストンふうなサプライズ・エンディングに秀れており、切れ味が鋭く、全篇にみなぎるサスペンスはちょっと比較するものがない。前に記したようにカッパノベルスから出たが、近々光文社文庫に入ることになっているので、未読の方はぜひお読み頂きたいと思う。

さてこの覆面作家は誰かという問題について、いまは筆を折った形の守友恒氏が本命ではあるまいかということになったのだが、つい先年まで推理作家協会の会員であったというのにその所在は協会の事務局でも判らず、居所をつきとめるだけでも三日間を要したほどである。だがこの守友氏も覆面作家とは無関係であることが判明し、われわれは途方にくれたものだった。

年が明けて、わたしのもとに湍浪市の読者から長文の手紙が届いた。開いてみると、それは覆面作家は木々高太郎氏ではないかという仮定に立った、小論文であった。

荒唐無稽に思うだろうが、ともかくラストまで読んで欲しいといった前置の後に、覆面作家木々説が展開されていた。さすがに推理小説の読者だけあって理路整然としており、充分に首肯し得る内容であった。しかし、この時点ですでに覆面作家の正体は割れており、木々氏でないことがはっきりとしていたのは残念だった。アンソロジーの解説に記してあるとおり、平凡出版（現、マガジンハウス）に問い合わせをした結果として、当時の関係者二氏の口から松岡輝夫氏の名が出、われわれはこの松岡氏を追及して袋小路に頭をつっ込んでしまったわけだが、もしその場に副社長の牧葉金之助氏が居合わせたならば、問題はたちどころに解決する筈であった。覆面作家と親しかったこの牧葉氏なら、作者の正しい名を即座に思い起こして、われわれに知らせてくれたに違いないからだ。

六郷一、与野にて

牧葉氏がこのいきさつを知ったのは「急行出雲」を読んだからであった。そこで氏はただちに光文社のほうに作者の正体が小林隆一氏である旨を連絡して下さると共に、作者小林氏のほうに速達を投じ、名乗りでるようにすすめられたのだった。

どの出版社でもそうだけれど、カッパ編集部でもアンソロジーを編む際には、各作家に対して文書を送り、掲載許可を求めることになっている。だが今回の覆面氏のように消息不明の場合は、止むなく事後承諾の形をとることになる。そうした事情があるから、カッパの浜井氏はその翌日ただちに小林氏を訪ねてノベルスと印税とを手交すると共に、あらためて掲載の許可を求めたのである。

「場所は埼玉県春日部の在なのですがね、片道が三時間ちかくかかりました。東京近郊に、まだこんな不便なところがあるとは知りませんでしたよ」

浜井氏のそうした電話報告におそれをなしたわたしは島崎編集長と語らって、小林氏が上京する機会をとらえ、東京でインタビューを試みようということになった。やがて小林氏とのあいだに話がまとまって年の瀬もおしせまった某日、対面の約束ができた。場所は神田神保町の喫茶店である。

（二）

約束の日の時刻に喫茶店にいくと、小林隆一氏と島崎編集長はすでに来ている。小林氏は食事をしながら、われわれは珈琲を飲みながら一問一答が始まる。というよりも、氏のほうで一方的に喋ってくれるので、われわれはその合間にちょっと補足的な質問をはさむ程度でよく、まことに世話のやけぬ尋訪となった。写真でお判りのように、この覆面作家氏は若き日の毛沢東を連想させる風貌の持主で、声はよくとおるテノール、東京は下町の本所育ちとあって巻き舌である。

まずは戸籍調べから――。

「簡単な経歴をいいますとね、ボクの親爺は衡《はかり》の製作をやってたわけですよ。それでね、木の衡がありますが、それを作っていた。腕がいいんで木桿《もっかん》王といわれていたんです」

それが関東の大震災に遭って打撃を受ける。そして同じ年に死去してしまい、生活は長男であったこの少年の両肩にのしかかってくる。明治四十三年二月十八日の生まれだというから、とって十三、四歳である。

「工場の再建にとりかかったわけですよ。ところが当時は大変な不況でしてね。ぼくは昭和四年頃の世界恐慌にはひどいめに遭ってるんです。経済学の勉強をやってませんからね、新聞の景気循環論なんかの記事を信用して、借金をしたり工場を抵当に入れたりして再建に打ち込んでいたわけですよ」

それが失敗に終ってこの若者は精神的になやみ、やがて牧師になることを決心する。そしてある牧師の学校に入ってキリストの教えを学ぶが、新福音書を読んでいるうちにキリストの死について疑問が生じ、さらにフォイエルバッハの「キリスト教の本質」などを読んでその疑惑がいよいよふくれ上がってくる。

「ボクはむかし絵描きになろうと思って同舟会という画塾にいってたことがあるんですが、商売をやりながらですから時間に束縛されて充分に勉強ができなかったんです。そこで美校を受けて画家になろうとしたんですよ。日本人はどう努力しても毛唐にはかなわないんだから、日本画をやろうと思いましてね、日本画の骨法を学んだ上で受けにいったんですが、落っこっちゃいましてね」

監督者を失ったこの若者は、ある意味では勝手気儘なことができたのである。

「その頃、『中央公論』が小説を募集していたんです。あれで出れば作家になれるってんで書いて応募したら、運悪く予選に入ってしまったんです。オレも少し才能があるのかななんて思っちゃいましてね」

そうこうしているうちに、堀辰雄氏が新進作家として現われてくる。《聖家族》などの作品に「新鮮なものを感じて、このマルセル・プルーストの影響をうけたと思われる作家を訪れるようになったんです」という。

「堀さんを一番はじめに訪れたのはボクなんだよね。その頃ボクは浅草に住んでいましたから、毎日のように堀さんが迎えに来て、『乞食』って喫茶店に行ったりしたもんです」

堀氏との交わりは二、三年間つづくが、そのうちに「堀さんの書くものには男にも女にも生殖器官がないんですよ、それで詰んなくなっちゃって……」

小林隆一氏すなわち覆面作家またの名六郷一は能弁な人であった。われわれを頭から信用してくれるのか率直に喋ってくれ、ちょっとさしさわりのある個所は「そこんとこは書かないで下さいよ」とダメを押すのである。

（三）

選外佳作となって自信をつけた頃、氏の家の近くに時代作家の土師《はじ》清二氏が越してきた。いまの読者はこの作家の名前に馴染みがうすいと思うが、昭和の初期に発表した《砂絵呪縛《すなえしばり》》という長篇は氏の文名を高からしめた傑作で、マキノプロダクション、日活、東亜キネマ、それに帝国キネマだったと思うが、とにかく四つの映画会社が映画化に乗り出し、はげしい競作となったものである。時代小説嫌いのわたしもその主人公が森尾重四郎という名であることはいまも記憶しているし、マキノ映画でこの役をやったのが武井竜三であったことまで覚えている。とにかく、人気小説であった。

六郷一はこの有名作家を訪問したいと思ったが、手ぶらでいくわけにはいかない。そこで土産がわりに八十枚の短篇を書き上げると、それをたずさえて土師家の門を叩いた。

「当時、わかき日の山岡荘八氏が『オール読物』の向うをはって『大衆倶楽部』という大衆雑誌をやっていました。土師さんはボクの短篇を山岡さんのところへ送ってくれ、この雑誌に載ることになったんです。《盗人》という題で本名で発表しました。勿論、時代物ですがね」

「あの雑誌はぼくも全冊揃いで持っています。非常に充実したいい雑誌ですね」

これは編集長。だがこの雑誌も大衆におもねることをしなかったために、やがて廃刊となってしまう。そして日本は戦争へとのめり込んでゆき、六郷一ものんびり小説なんぞ書いてはいられなくなる……。

戦時下だから当然のことでもあろうが、特高や憲兵の権力は大したものであった。だから、あの戦争中を反戦的な立場で貫きとおした牧師の話など聞かされると、その勇気と信念にはただ驚くほかはない。ある意味では六郷一もそれに似たことをした。そしてその反戦運動が発覚して、巣鴨の監獄にぶち込まれてしまう。

「政治犯は四角のなかにセと書いて、番号が打たれるんです。ボクは六五一番でした。六郷一《ろくごうはじめ》というペンネームはこれから出たんです」

いままでにも筆名の由来をいろいろと尋ねてきたけれど、こんな変ったケースははじめてのことである。

やがて終戦となって六郷一も晴天白日の身となる。さし当って問題となるのはいかにして喰っていくかということだが、文学青年だった頃の友人清水達夫氏が「平凡」の編集部に入っていて、そこから誘いがかかった。

「随分いろんなことをやりましたよ。美空ひばりの記事を書いたり、石原慎太郎氏の《太陽の季節》を『平凡』向きにリライトしてくれといわれてやったりね。そうした細々とした仕事がいっぱいあったんです」

平凡出版社の社員ではないのだから、フリーのライターということになる。

「そのうちに講談社の仕事もするようになりましたが、小杉氏には随分いじめられましたよ」

当時の小杉氏は「ヤングレディ」の編集長をしていた。

「清水の紹介でいけばよかったんですが人の世話になるよりはと思ってね、真正面からぶつかっていったんです」

このときの話は、積極性にとんだ氏に相応しいエピソードでもあるので、ご本人は迷惑顔だけれども敢えて記しておこう。

「講談社の受付に行って編集長に会わせてくれといったんですよ。そしたら、うちには雑誌はたくさんありますっていうんです。どなたに会いたいんですかと訊くんで、誰でもいいと答えたんです。どういうわけですかと訊くから、ボクはお宅で出している雑誌の仕事ならどんなもんでも出来ますって答えたんです」

これには受付嬢もびっくりしたことだろうが、いわれるままに社内電話であちこちに当ってみて、結局、小杉氏が会おうということになり、あらためて別の日に来てもらいたいと日時を指定された。

　講談社には玄関を入った左手に大きな応接間があって、同時に十組か二十組の客と応対できるようになっている。当日、そのイスに掛けて待っていると、小脇に何冊かの書物をかかえて小杉氏は現われた。

「そしたらあの人はいきなり曽野綾子さんの小説を持って来てね、この書評を四十分で願いますと。それからね、奈良林祥氏の本をだしてこれも四十分で書いて下さいという。それからね、また何か持って来てこれを五十分でやって下さい、もう一冊のほうをさし出して、こっちは四十分でやって下さい、時間ピッタリやって下さいと、こうくるんです」

　わたしもこの応接間でしばしば編集者と話をしたことがあるけれど、こんな異色の風景を眺めたことはない。

「出来るわけないっていったんですよ。そしたら小杉さんは、出来ますよっていうんです。あんたは何でも出来るっていったじゃないですか。そりゃいいましたよ、だけどこんな短時間では無理ですよって答えたら、やれますよっていうんです。そこで、小杉さん、あなたは出来ますかって反問したら、やれますともっていうんです。そんなことが出来ないでライターが勤まりますかっていわれて、コン畜生と思いましてね。やったら、それで結構ですといわれちゃって、ハハハ」

　この試験みごとにパスして、以後小杉氏にはしごかれもしたが可愛がられもしたという。

（四）

「土曜会（鮎川注、日本探偵作家クラブの月例会。覆面作家の名で発表された《夜行列車》は、この会合の席で語られた綺譚という形になっている）にはいつ頃から出入りしていたんですか」と、編集長。

「いや、ボクが顔をだしたのはただ一度きりです」

　その時分の氏は紙の返本を扱っていた。各雑誌社から氏のもとに、今月はこれこれの分量の返本があるからという情報が入ると、それを紙屋に知らせて、「××倶楽部」へ行って返本を買い込み、その帰りに「△△倶楽部」に廻るようになどと指示する。ひとくくりにして倶楽部雑誌と呼ばれたように、当時は誌名に「倶楽部」と名づけた読み物雑誌が多かった。

「その連絡が電話で『平凡』にかかってきて、黒板に書かれるわけですよ。だからボクは毎日のように編集部に顔をだしていたんです。そうした頃のある日、菊地編集長に、いまから土曜会へ行くから来ないかって誘われたんですよ。ボクも乱歩さんの作品が好きで（このRampoがドイツ語みたいな巻き舌のRで発音される）、だからついて行ったんですが、ボクの席のこっちに安吾さん（坂口安吾氏）がいたりしてね、小説に書いたとおりなんですよ。で、その帰り途にね、菊地君が、うちの雑誌で推理小説特集号を計画してるんだ、キミ書かないかっていうんです。じゃオレやってみようってんでね……」

この土曜会は八月例会だったが、《夜行列車》はすぐに書き上げられたから、氏が執筆依頼をうけたのはまず九月初旬ということになる。しかし「平凡」の特集号のほうがちょっと編集に時間がかかって、掲載されたのは新年号であった。

「しろうとですからね、ペンネームを考えるまでもあるまいってことで、鉄仮面という名にでもしてくれといったんです。そしたら、あの頃は覆面作家といった名前がちょっとはやっていたもんで、菊地君たちが覆面作家にしてしまったんです」

その後、氏は進駐軍の書記局に入ることになるのだが、六千円という約束だったのに、五百円くれたり千円くれたりという有様で、満足に給料を払ってもらえなかった。そこで小説を書いて原稿料を手に入れようと考えて、その話を菊地編集長に持ち込んだ。

「うちの雑誌には短いものでないと困るから、江戸川先生を紹介してやろうといわれて、書いたのが《白鳥の歌》なんです」

「この小説にはモデルがあるそうですが」と編集長。

「ええ。子供の頃に親爺につれられて、ライオネル・バリモアの映画を見たことがあるんです。名画家の役でね、これがチヤホヤされることに飽きて隠遁的な生活にあこがれる。そこにたまたま召使いが死んだので入れ替ってしまうんです。名画家は国葬になりウエストミンスター寺院に葬むられるんですが、ステッキを持ったバリモアはその墓の前にたたずんで感慨にふけるといったラストシーンなんです。これが子供心にも印象的で頭にのこっていて、いつか使ってみたいと思っていたんです」

ライオネルにはジョンとエセルという兄と姉がいて、三人とも名の知れた舞台出身の役者であった。兄弟のくせに、どういうわけかライオネルはジョンのように好男子ではなく、したがって渋い役柄が得意だったように覚えている。六郷一が小学四年生のときに見たこの映画について はわたしも知っていないが、加納一朗氏に訊けば、くわしいデータが判るものと思う。

「まあ大袈裟にいいますとメフィストフェレスとファウストなんですよ。芸術家が魂を売ったらどうなるかという話で、このテーマはゴーゴリの《肖像画》とかバルザックの《従妹ベット》だとかが扱ってますが、こういう味を少し入れてやろうと思いましてね」

作者の口吻から察したところでは《夜行列車》よりも《白鳥の歌》(「大衆文芸」昭和三十三年十月号)のほうを高く買っているようであった。それにしても、じつに記憶力のいい人である。あらゆる固有名詞が機関銃のように飛び出してくる。

「ところで主人公の画家は長谷川利行をちょっとモデルにしたんですよ。巣鴨の養老院で窮死しましたが非常に才能のある人なんですね。二科会で樗牛賞をもらったりしたこともあるんですが、一種の性格破綻者でもあったとボクは思うんですがね。浅草オペラの踊り子だとか淫売だとか、そんなものばかりを描いてました。ほかの人が取り上げないような人物を対象にね。この長谷川利行とアナーキストとを混ぜ合わせて書いたんですよ」

六郷一が興味をいだいたこの画家は、今年の初頭に回顧展が開かれて、ようやく世間から正当な評価を受けようとしているのである。


その後の氏は、福田赳夫農相時代に福田氏が主宰していた農政研究会から戦後日本の農政史が刊行された際、それを手伝ったり、坂田道太文相が主宰する国語国字研究会が国語国字に対する幕末以降の論文を集大成したときに、これに参画した。

「いまでもボクはいい仕事だったと思ってますがね」

(五)

雑誌「平凡」の名編集長といわれた菊地正成氏はまだ働き盛りという四十代のはじめに死去してしまったのだが、生前は日本探偵作家クラブの会員だったので、わたしは面識こそなかったが、その名をよく覚えていた。しかし当時のわたしには、芸能雑誌の編集長が畑違いの推理小説家のグループに入会している理由が呑み込めず、なんとなく気になっていたのであった。

今日のインタビューで頻繁に菊地氏の名がでてくるにつれて、菊地編集長が江戸川乱歩氏とも親しく、六郷一の作品を江戸川氏に見せたりしているので、もしかするとこの編集長は推理小説に人なみ以上の関心を持っていたのではあるまいかという気がしてきた。

「彼の口から聞かされたことはないんですよ、ボクは。

しかし土曜会のメンバーだし、個人的にはよく江戸川先生のところに行ったらしいんでね。それに進駐軍向けのポケットミステリーもたくさん読んでいたらしいんですよ。ボクにもウールリッチがいいとかディクスン・カーが素晴しいなんていってました。キミ作家になるのか。なる気があるんならうんと読んで勉強すればいいじゃないかといってやると、いやアなんて返事をしてましたけどね。彼ははっきりものをいう性格じゃなかったですから作家になるつもりだとはいいませんでしたが、本心は推理小説を書こうと考えているんじゃないかって、牧葉君と語り合ったことがあります。まずこの見方には間違いないと思うんです。一介の編集者で終わらずに、作家になってみたいという野心がですね……」

とすれば菊地氏にとって作品を一つも発表することなしに逝ったのは、心残りだったろうと思う。

六郷一のほうは少年時代から「新青年」の熱心な読者だった。発売日になると書店にとんでいったという。そのうちに「探偵趣味」が発刊された。六郷一はこの薄っぺらな雑誌も読んだということだから、根っからの探偵小説ファンだったのだろう。

だがいまとなっては貴重なそれ等の雑誌は、反戦運動が発覚したときに高輪署から特高がやって来て、一切合財リヤカーに積んで持っていったという。

「戦後は左翼運動なんかで忙しくて小説どころではなかったんですが、近頃やっと暇ができましてね、懸案の作品を書こうとして四国八十八カ所をまわる計画をたてたり、ハンセン氏病の専門病院を取材しようとしていたところに、《夜行列車》が再度活字になってびっくりしちゃったんですよ」

その後の推理小説はあまり読んでいない。クイーンの《Xの悲劇》ほかの四部作も、これから読もうとしているところ。

「日影さんはユニークな作家だと思いますね。《吉備津の釜》や《かむなぎうた》には圧倒されました。久生十蘭さんの《ハムレット》にも仰天したです、これは世界的な作家だなと。ところが、シャルル四世の何とかっていうのを書いたイタリアの戯曲家ピランデルロの完全な焼き直しではないかってことに気づきました」

このシャルルの発音が例によってものすごい巻き舌。

戦前に甲賀三郎氏を訪ねて、自作の百枚物を朗読して聞いてもらったことがある。かなり時間がかかったが、甲賀氏はじっとそれを聞き終ってから、もしそれを自分が書いたとしたなら活字になるだろうが、少々弱点があるから新人の作家では採用されまいといって、その部分を指摘してくれたそうだ。

「書き直して持って来なさいといわれましたがね、あの頃は商売をやってて、おとくいさんを尋ねて歩いたりしてたもんで、時間がなかったんです。そのうちに原稿も失くしちゃいましたが」

いまの氏は、長年住みなれた高輪を後に、前述のとおり埼玉県の春日部に転居している。ところがこの静穏な町に七本の公害道路が走ることになる。しかも町の土地の二十五パーセントまでが只取りされるという事態が生じた。

「これは封建法なんですよ、近代法じゃないんです。そこで住民運動の仲間に入って反対をしたんです」

区画整理事業はこの反対に遭って事実上つぶされてしまい、住民運動は勝利に終わる。この仕事から解放された氏は、久し振りで六郷一にもどって、自分の持ち味による探偵小説を、ボツボツと書こうとしているのである。傑作の生まれることを期待したいと思う。

追記

六郷氏の創作欲は旺盛で、江戸川乱歩賞に長篇を投じて最終予選まで残ったこともある。先日頂いた手紙には、書き溜めた短篇が半ダースばかりになったから、そのうちに自費出版するつもりだとしたためられていた。

氏との対談で印象に残ったことの一つは、《夜行列車》のラスト近くになってどんでん返しにどんでん返しがつづく個所についての、「じつはもう一つ引っくり返しがあったんですが、菊地編集長に削られてしまったんです」という発言だった。どんな引っくり返しですかというわたしの質問に対して、「会長の乱歩さんが片脚の紳士に向うと、いまの話はキミの創作ではないのかねといって、矛盾点を指摘するんです」とのことである。そのキメ手となった矛盾点が何であるかは、触れずにおくのが作者及び読者に対するエチケットであるが、これは他日「急行出雲」が光文社文庫に入れられる際に加筆されるものと思う。

文中、六郷氏が十歳前後のときに見たライオネル・バリモアの映画だが、加納一朗氏に調べていただいたところでは、年代、ストーリーその他を勘案した結果、「魂を追う影」（原題はThe Devil's Garden）ではないか、とのことである。アメリカのファースト・ナショナル社の製作で、ライオネル・バリモアの最初の細君だったドリス・ランキンが共演しているという。

10　気骨あるロマンチスト・妹尾アキ夫

（一）

昭和二十年代の後半であったと思う。その頃のわたしは、なにかにつけ新人仲間の狩久氏と行を共にすることが多かった。どちらも前座であったから原稿の注文が殺到するというわけではなく、互いに暇をもてあましていたのだ。小人閑居《しょうじんかんきょ》して不善を為すというが、われら決して不善などなさなかったところからすると、揃って大人《たいじん》だったことになる。

さて、二人の大人はある日のこと、神田神保町の古本屋巡りに出かけた。神田日活（多分そんな名の映画館だった。いまは種苗会社が入っている）の横の路地に、進駐軍兵士が読み捨てたポケット本を売る露店があって、われわれがそこを訪ねると一人の先客がいた。江戸川乱歩氏は頭を丸めた一見入道風の人で、恰幅もいいから堂々たるものであったが、古本屋で見かけたこの先客もそれに劣らぬ偉丈夫である。わたしは服飾にはまったく興味がないから判らぬが、黒の結城《ゆうき》のつむぎかなにかの上物の和服に同じ黒の羽織を着て、大きな杉の柾目《まさめ》のとおった下駄に黒いタビをはいている。片手に持った黒革の鞄はポケットブックでふくらんでいた。

この人はプロだな。そう思いながら何気なく顔を見ると、妹尾アキ夫氏によく似ている。面識はないが、戦前から同氏の訳文に親しんでいたのと、戦後になってクイーンの《災厄の町》や《フォックス家の殺人》を読んだときの面白さとで、わたしにとって妹尾氏は、忘れられぬ翻訳家の一人なのである。

「失礼ですが妹尾先生では……？」

声をかけ、自己紹介をした。

妹尾アキ夫

「よくボクだってことが判りましたね」

「いつだったか『宝石』に顔写真が載っていましたから」

「アッハッハ、頭禿げてるから」

氏は呵々大笑したものだ。このときの「あったま禿げてるから」といった口調が、いまでも耳の底で聞えるようである。二人のあいだにかわされた会話はただそれだけの短いものであったが、下駄がとても大きかったこと、タビの裏が真白だったことも記憶に鮮やかである。後で狩氏が呆れ顔で「あんたって大胆な人だね」といった。

その狩氏も、数年前に鬼籍の人となってしまった。

そうした縁があってのことか、妹尾氏からはときたまお手紙を頂いたりした。当時のわたしは茅ケ崎に住んでいたのだが、自分にとって茅ケ崎海岸はなつかしいところだから、一度遊びにゆきたいと書いてあったこともある。しかしこれは、わたしがまもなく鎌倉に転居したため、残念ながら実現を見ずしておわった。

それから何年かたち、満七十歳を迎え日本文芸家協会から表彰を受けることになった氏は、惜しくもその式の前日に亡くなられたのである。と同時に、妹尾アキ夫とわたしとの接触は、神田の古本屋における三十秒間をもって終止符が打たれたのであった。

わたしが氏の訳文に初めて接したのは昭和十年の『新青年』夏季増刊、探偵小説傑作集におけるブリットン・オースチン作《B七九号》と《巴里フロック》で、一読して妹尾アキ夫の訳文が好きになってしまった。どこといって指摘するわけにはゆかぬけれども、一緒に顔をならべた凡百の訳者に比べると一味ちがう色彩と香気とを持っていた。

このオースチンという作家は戦後は話題になったこともないから、あるいは二流作家だったのかもしれない。しかし古い『新青年』に、来朝したオースチンを妹尾氏が帝国ホテルのロビーでインタビューした記事が載っており、はるばる日本まで取材にやって来たものとするならば、故国ではかなり売れっ児だったとみてよいだろう。

おなじく『新青年』の座談会で、妹尾アキ夫氏が横浜の本牧に下宿をしていたことを知ったのも、戦前のことである。女中と口をきくのが面倒なものだから、用件をメモした紙片を障子の破れた穴からヌーッと突き出して用をたすのだそうで、その無口な性格もさることながら、なぜ本牧という特殊な場所に下宿していたのかということが、わたしにとっては小さな疑問であった。そうしたことを訊き出さぬうちに、氏は忽然として逝ってしまわれたのである。

戦争が激しさを加えるにつれ、東京から地方へ疎開をする人がふえていった。横溝正史氏は岡山県へ、渡辺啓助氏は群馬県へ、そして妹尾アキ夫氏もまた岡山県の津山へと居を移す。その頃の「新青年」をみると、院の庄の怪談などが載っているが、津山と院の庄とはほんの目と鼻の先なのである。

（二）

東横線の新丸子駅で下車。駅前の商店街をぬけて東京寄りにバックする。住宅街にさしかかったところで編集長ふと足を止め「なにか喰っていきましょうか」とニヤニヤする。毎度喰い気のことで叩かれるものだから、口惜しいのである。

妹尾家は枯れ芝の庭を持った、南京下見を白いペンキで塗った洋風の二階家で、そのモダーンな造りは翻訳家の住居《すまい》にふさわしかった。わたしは戦後の建築だろうと思っていたのだが、後で未亡人からうかがった話ではそうではなくて戦前に建てたものであった。妹尾アキ夫はこの家を残して津山へ疎開したのであり、留守宅は運よく空襲で焼けることなく、無事だったという。

「主人の書斎は二階にあります。いまは長男夫婦が使っていますが。主人はちょっと外出するにもカギをかけますので、一体どんな秘密が隠されているのだろうかと思いました。後で知ったことですけど、書きかけの原稿を見られるのがいやなのですね」

これは意外な話であった。推理作家の殆どのものが奥さんに清書をさせるのが常であり、かつて江戸川未亡人からうかがったところでは、乱歩氏もそうであったという。妹尾アキ夫という人は照れ屋というか、はにかみ屋の一面が多分にあったようだ。

「妹尾家は津山藩士で、長兄は職業軍人でした。そんなわけですから家風もきびしくて、主人が音楽学校の声楽科を受験しようとしたときは、父から、そんな柔弱なことをやってはいかんと強硬な反対を受けたそうです。本来は作曲をやりたかったと申しておりました」

先年眼科の手術を受けられたという未亡人は、いまでは健康を完全に恢復して見るからにお元気そうである。今日は子息夫人も外出中で家のなかは静まり返っており、聞えるものは応接間におかれたガスストーヴの音だけ。妹尾アキ夫が亡くなられた後、弔問に訪れた江戸川乱歩氏もこのソファに坐って語ってゆかれたという。

推理作家のなかにもクラシック音楽の好きな人は何人もいる。わたしにしてもその一人なのだが、音楽学校を受験しようとしたのは妹尾氏ぐらいのものだろう。しかも時代は明治、ところは中国山脈にほど近い津山という山間の小都市である。あるいは音楽の教師に触発されたのかもしれないが、氏が根っからのロマンチストであったことも解ろうというものだ。

「音楽は好きでございました。毎年避暑にいくときも、ポータブル蓄音器はかならず持ってゆきました」

横溝正史氏も沢山のSPレコードを持っていたというし、水谷準氏と光石介太郎氏にはマンドリンの作曲があるし、浜尾四郎氏は《殺人鬼》のなかでパパハマンとパデレフスキーのレコードについて演奏の比較論を（ごくあっさりとではあるにしても）展開しているのだが、妹尾アキ夫氏の音楽熱はそれに劣らなかったようだ。

「四十をすぎましてから、声楽家の処に通いましてレッスンを受けたことがあります。照れ性ですから家のなかでは歌いませんが、散歩にでかけまして誰もいない場所にさしかかりますと、大きな声で発声練習をしていました」

あの大柄な体つきの氏が人目をはばかりながら発声練習をしている様子を想像すると、なんとなくユーモラスな感じさえする。

「長兄が亡くなると津山の母が主人のところに身を寄せることになりました。そのために一室をたたみ敷きに改造しましたが、それまでは全部が洋式でした。その後、その和室は女中部屋になりまして、いまではわたしの私室になっています」

その女中さんが二・二六事件の検問にひっかかったことがある。

「主人は鳩の肉が好物でした。ひと駅むこうの肉屋さんが鳩の焙り肉を売っているということを聞いて女中が買いに出かけますと、立哨中の兵士に呼びとめられまして。旦那さんの好きな鳩のローストを買いに行くのだと申しましたら、兵隊さんがビックリしていたそうです」

　私が編纂した双葉社刊の怪奇小説アンソロジーに氏の《恋人を喰う》が入っているのだが、作者はそのなかで上海航路の船の食堂のメニューとして炙腎臓《デヴル・ド・キドネ》、煮牛尾《スチュード・オクステイル》、麺粉脳《ブレイン・オグラタン》といった凝った料理を並べている。事実氏は美食家で、毎晩のように銀座を散歩（当時の流行語でいえば銀ブラだ）しては、帝国ホテルをはじめあちらこちらのレストランで美味珍味を探求したという。

「最初の何年かは子供が生まれませんでしたので、夏になりますと茅ケ崎や平塚に家を借りて避暑をしました。茅ケ崎では海岸の近くの南湖《なんご》に別荘風の小さな独立家屋がたくさんあるものですから、三年つづけてそこへ参りました」

　南湖には有名な肺結核の療養所があって、たしか国木田独歩もここで生を終えた筈である。

「田舎町に似ず肉屋の御用聞きが料理にくわしいんです。今度はこういう詰め物をつくったらどうだなんぞといいます。三年目の夏、その人が、旦那さんは丈夫そうな体つきをしていなさるがまだお悪いのですかと訊ねられて、結核患者と間違えられていたことを知りました。そして同時に、この別荘風の小住宅が結核患者の療養のために建てられたものであることにはじめて気がついたのです」

　肺結核が死病とみなされていた頃は、結核患者の住んだ家には病原菌がバラまかれていて、感染するおそれが多分にあった。

「びっくり致しまして、翌年から平塚のほうに鞍替えしたのです。そうした事情がありましたので、茅ケ崎の海岸をなつかしんでいたわけでございますよ」

　なるほど、と私は納得した。

　私が住んでいた頃の茅ケ崎はすでにベッドタウン化していたが、戦前は避暑地であったらしく、近くに団十郎の別荘と称する建物が残されていた。駅のそばに養生館という肉屋があり、買いに行くたびに変った屋号だなあと思ったものだが、いまのお話でその疑問が氷解したのである。料理通の肉屋の小僧がいたのも、こうした口の奢った人々の注文をとって歩いたせいだろう。

（三）

　音楽学校に進むことでは父君の反対に遭ったのだが、早大の文学部に入学することでは賛成を得た。そして卒業すると共に親が決めておいてくれた会社に入る。が、

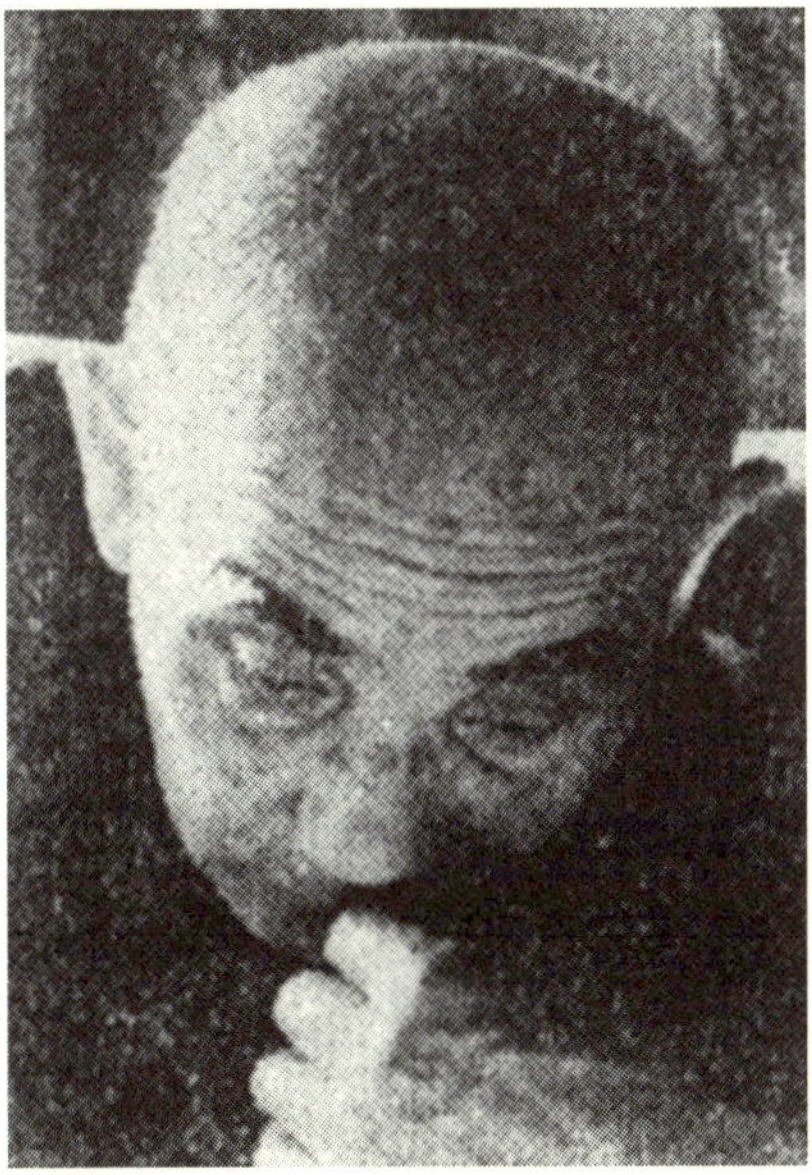
妹尾アキ夫氏

妹尾アキ夫はそこをたった一日で飛び出してしまう。地道で窮屈な会社づとめが余程膚に合わなかったのだろう。

学生時代から探偵小説の面白さの虜《とりこ》となっていた氏は、翻訳家として立つべく横浜に下宿をする。場所は例のチャブ屋で知られた本牧であり、港に近接したところであった。私は流行歌には興味はなく、大晦日の紅白歌合戦などは一度も見たこともないが、「窓を開ければ港が見える」というブルースぐらいは知っている。この歌も本牧での印象を作詞したものだということである。

「横浜に移り住んだのは独身時代のことでして、一日も早く洋書を手にしたいという気持からでした。いまは航空便で取り寄せることができますけど、戦前は船便ですもの」

障子の穴から手をだしたというエピソードはこの時分の話なのである。

「延原謙さんが訪ねてゆかれたとき、ウイスキーの空瓶がズラリと並んでいたというので、主人がお酒好きのように思い込んでいらしたようですが、平素は呑みませんでした。亡くなった後で書斎にウイスキーを見つけましたけど、これは徹夜仕事をしたときの睡眠剤がわりに呑んだものと思います」

煙草はふかしたが酒は呑まなかったという。

氏は翻訳家として知られた存在だったので、創作はその陰にかくれてしまった形であるが、「新青年」に発表されたものだけでもざっと数えて一ダースちかい数にのぼる。但しいずれも短篇ばかりで、体質的には短いものが向いていたように思う。

☆十時　大正14年12月号
　スイートピー　昭和2年6月号
　楠田匡介の悪党ぶり㈢　2年9月号
☆凍るアラベスク　3年1月号
☆恋人を喰う　3年5月号

壜から出た手紙　4年12月号
夜曲　5年9月号
高い夜空　6年5月号
アヴェ・マリア　7年3月号
深夜の音楽葬　11年7月号
黒い薔薇　12年2月号
密室殺人　12年9月号
カフェ奇談　13年1月号

それから後も引きつづいて《戦傷兵の密書》《Uボートの魚雷》などの短篇を書いているが、これ等は探偵小説が圧迫された頃の作品であるからオミットしてもよいだろう。なお☆印のついたものは本名の妹尾韶《あき》夫名儀で発表されたものである。

（四）

疎開した先は津山の生家であった。二階には中学時代の勉強部屋が残っていたという。

「畠をたがやしたり本を読んだりの生活で、晴耕雨読だといっておりました」

だが情況がきびしくなるにつれ、晴耕雨読などとノンビリしてはいられなかった。職のない人は強制的に徴用されて工場その他に送り込まれるようになったからである。肉体労働をしたことのない氏にとっては、工場で働かされるのは脅威だった。

「職を探しても、特技といえば英語だけですから、戦争中では何の役にもたちません。ところが戦後米軍が進駐してくると、主人の英語が重用されることになりました」

米軍から迎えられて毎日オフィスに通うようになる。十時に紅茶、おひるには厚いビフテキ、三時にはおやつが出るといった結構なお勤めで、近所の人に「お宅のご主人はお弁当を持たずにステッキ一本で出勤なさいますね」と、不思議がられたそうだ。だが、東京で「宝石」や「ロック」などの探偵小説誌が創刊されると、矢も楯もたまらなくなって、この恵まれた職場を後に帰京する。

雑誌が創刊され復刊されたとはいっても、用紙事情がわるくていずれも頁数が少なかったから、訳稿が片端から活字になるわけではない。止むを得ず妹尾氏はアルバイトとして中央郵便局で私信の検閲といった仕事にたずさわった。そして偶然なことに、わたしもそこで氏と文字どおり背中合わせに働いていたのである。尤もそのことを知ったのは二人とも退職した後のことであったから、当時の氏のことは何一つ覚えてはいない。

「延原謙さんも津山の生まれですけども、岡山県にいた時代からおつき合いがあったのですか」

「おなじ津山でも生まれた場所はちょっと離れていたそうです。それに延原さんご一家は延原さんが小さい頃に東京に移転されたので、主人と知り合ったのは翻訳家になってからのことだと聞いておりますけど」

この両氏は年齢も同じであれば出身大学も同じである。妹尾氏はクリスティを、延原式はドイルを専門に訳したが、その合間に短篇の創作を試みた点も共通している。

「主人はこの本牧の下宿で関東の大地震に遭います。本人は慌てて飛び出したから無事でしたが、下宿屋はつぶれてしまったそうです。震災後に、列車や汽船が無料で被災者をのせてくれました。その汽船にのって横浜から神戸へ上陸しますと、上海行の船に乗り替えて中国へ向ったのです」

前述の《恋人を喰う》は上海を舞台にしており、わたしは空想で書いたものとばかり思っていたのだが、そうではなかった。

「主人の姉の夫が日本郵船の上海支店長をしておりましたから、そこに厄介になったのです。東京から稿料がとどきますと、小さい姪をつれてレストランへいったり洋服を買ってやったり無駄遣いをするものですから、義姉《あね》が見かねて、稿料はすべて貯金されてしまったそうです」

つまり、哀れ準禁治産者になったわけ。

この姉さん夫婦はやがて帰国すると妹尾家の近くに土地を買い、同じく純洋風の家を建てる。

「立派なマントルピースもついておりまして、うちよりもずっと立派な本式の洋建築でございましたわ」

いまこの原稿を書いていてふッと思い出したことがある。旧「宝石」で一時期月評を担当していた小原俊一氏の正体は妹尾アキ夫だという噂が囁かれていたのだが、当時の新人であった梶龍雄氏が短篇《愛鼠《あいそ》チー公》のなかでマントルピースについて描写したら、小原氏にミスを指摘されたそうで、のちに狩久氏に向かって「恥かいちゃったよ」と苦笑していたことを覚えている。そのときわたしは、小原氏がマントルピースについての知識を持っているのは西洋探偵小説を多読しているせいだろうと想像したものだが、ほんとうは、義兄宅でしばしば目にする機会があったからではあるまいか。

月評といえば、戦前の「新青年」で胡鉄梅の仮面をかぶり、辛辣な批評の筆をふるった匿名子の正体もまた妹尾氏であるということが、当時を知るもののあいだでは定説となっている。わたしは、氏がなぜこのような中国風の変名を用いたのか理解できずにいたのだが、上海に数ヵ月滞在したという話を聞いて初めて納得がいったのである。

「主人が外出するときは、わたしがついて行かないと機嫌がわるいのです。いつでしたかその理由を訊いてみましたら、自分で電車の切符を買うのが面倒だからだって申しました」

ものぐさもここまでくるとユーモラスである。

「するとかなりワンマンだったのですね?」

「はあ、典型的な明治人でした。ですからわたしも昨今の若い男性をみますとおかしくって……」

明治生まれの男性には気骨があった。だから夕食の後で女房と並んで皿を洗うような、卑屈な真似はしなかったのである。

「息子に訊いてみますと、こわかったと申します。その反動でしょうか、それとも幼い頃の可愛がられたかったという気持の代償でしょうか、息子は男の児と一緒になって遊んだりしておりますわ」

「妹尾氏のお子さんは?」

「四人です。三人が女でこれはすべてサラリーマンにかたづきました。わたくしには文筆業の辛さが骨身にしみておりますから、息子もサラリーマンに致しました」

偶然かどうか知らないけれども、三人のお嬢さんは三人とも理数系の技術者を旦那さんとしている。

「お金で苦労するのは毎度わたくし一人で、主人は超然としておりました。博文館に稿料を督促にいったこともございますし、大晦日に銀行へいって、夜になるまで待たされたこともございます」

大体がノホホンとかまえているご亭主だったらしく、その生き方は我等男性からみると羨望にたえないものがある。

「むかしはよく引越しをしました。散歩にでて気に入った空家が見つかりますと、オイ、あそこを借りようということになるんです。あるときなんぞは、銀座に遊びにいったきり帰って来ませんので、わたくし一人で運送屋さんを呼んで転居したことがございます」

誰でも経験があることだけれど、家財道具を梱包するのが何よりも億劫なものなのである。

「後で聞いた話ですが、銀座から戻って参りますと家の前に荷車が停っているものですから、手伝わされてはかなわないというわけで、また銀座へ出かけたそうです」

天晴れというか図々しいというか議論のわかれるところだが、そうした我儘がまかりとおったのは、素直な性格の夫人がいたからではないだろうか。

「文芸家協会から記念品をもらうということを喜んでおいででしたか」

と、編集長。

「はあ、それは大変に喜んでおりました。それが思いがけないことになりまして……。平素はとても丈夫でしたのに、倒れてまる一日は意識がございました。そこへ『宝石』の編集者が仕事のことで見えられまして、主人にそのことを伝えますと、必要な書物は書棚の何段目の左から何冊目にあると申します。探してみますとまったく主人のいうとおりで、案外キチンとしたところもございました」

「写真を拝借できませんか」

「何分にも写真嫌いでしたから……」

「追悼号に載った写真があると思いますが」

「あれは盗み撮りでございます。嫌がって写させないものですから雑誌社の人が隙をみて写しました」

「それで結構です、お願いします」

編集長しきりに粘るのである。

氏はE・A・マーチの「推理小説の歴史」を「宝石」に訳載中に亡くなった。当時はまだお子さん達も結婚しておらず、それだけに未亡人は途方に暮れたという。

「四国の森下雨村さんから弔文を頂いたものですから、ご返事のなかにそうした不安をのべますと折り返しまた手紙がとどいて、近くにいればなにかと力になれるが離れたところに住んでいるのが残念である、しかし困ったことができたときは遠慮なく相談してくれるようにと書いてありました。その森下さんも亡くなられてしまいました。また弔問に見えられた江戸川さんも「宝石」の稿料の遅配を心配されて、早く支払うように伝えておきますとおっしゃってくれました。原稿料はまもなく届きましたけれど、あれは江戸川さんがポケットマネーを送って下さったのだろうと思っています」

話が終った頃、フランス窓の外にはたそがれが忍び寄っていた。枯れ芝も黒ずんで見える。

「まあ、お話に夢中になって……」

未亡人は立ち上がると電灯のスイッチを入れて下さった。

妹尾アキ夫、明治二十五年三月四日に生まれ、昭和三十七年四月十九日に没す。

追記

数年前のことだが、民放でイギリス製と思われるテレビ映画のシリーズを放映したことがある。ホスト役はヒゲづらで知られたオーソン・ウェルズではなかったかと思う。英米のテレビ映画でよくやる怪奇物のシリーズであった。世間一般の視聴者はどうでもいいこととして見過してしまうだろうが、わたし共のような推理作家ともなると、役者や演出者なんぞはどうでもよく、原作者の名前を見落すまいとして眸をこらす。そうした次第でブリットン・オースチンの名を発見することができた。インド駐在のイギリス武官の話だから時代設定は戦前ということになり、ベースはブリットンの戦前作品なのではないかと思う。それはともかく、日本ではまったく忘れ去られた彼が故国イギリスでは必ずしもそうでないことを、わたしはこのテレビ映画で知ったのである。

　妹尾氏の創作リストのなかに《楠田匡介の悪党ぶり㈢》というちょっと変ったタイトルの短篇がある。これは昭和二年の七月号から十二月号にわたって六回連載されたもので、毎回作家が交替するという凝った趣向をとっていた。すなわち第一回が大下宇陀児、第二回が水谷準、三回目が妹尾アキ夫、以下角田喜久雄、山本禾太郎、延原謙氏という豪華メンバーであった。戦後いち早く登場した推理作家楠田匡介氏が、筆名をここから借用したことはよく知られている。

　妹尾アキ夫氏の短篇でいま容易に読むことができるのは《人肉の腸詰《ソーセージ》》で、これは中島河太郎氏の編纂した「日本探偵小説ベスト集成・戦前篇」（徳間文庫）に入っている。もう一つ《恋人を喰う》がわたしの編んだ「怪奇探偵小説集Ⅰ」（双葉文庫）に収めてある。

11　錯覚のペインター・葛山二郎

（一）

戦前の春秋社について二つの思い出がある。

春秋社は音楽図書の発行にも力をそそいでいて、中学生のわたしが所持していたシューベルトの「美しい水車屋の娘」や「冬の旅」などの楽譜はこの社から出たものであった。その頃のわたしは、趣味としてある程度のピアノ曲をひけるようになりたいと念願していた。もし上達することが出来なければ。ピアノをひける女性を妻にしたいと思っていた。だからモーリス・ルヴェルの短篇のなかの、ピアノの上手な優しい美人の細君がでてくる一篇はわたしの憧れであり、羨望の感をもって読んだものである。

いうまでもないことだが、ピアニストになりたいなどという大それた夢は抱かなかった。小曲がひけ、和声が解ればそれで充分だったのである。そうしたわけで、図書館で春秋社版のピアノ小曲集の楽譜を見るや欲しくてたまらず、まだ楽器も買わぬうちに出版社に問い合わせたところ、版権切れでない曲はカットしてあるがそれでよろしければ、という返事をもらった。わたしはそれで結構だからといって注文をしたのだが、その前に、春秋社の返事にあった版権云々についてちょっと触れておきたい。

日本が万国著作権条約に加盟したのは昭和二十九年だそうだから、少々話がむずかしくなるのだが、ことリサイタルや楽譜の出版に関する限り、音楽関係者は版権というものに対してごくおおまかな解釈をしていたらしいのである。そこに現われたのがドイツ人のプラーゲという、前身は旧制高校のドイツ語の教師だとか噂されていた男で、これがヨーロッパの音楽著作権組合のお目付みたいな地位に任命されて、東京に設けたオフィスに乗り込んで来た。そして苛斂誅求《かれんちゅうきゅう》を地でいくようなやり方で、著作権の使用料をビシビシと取り立てたのであった。これが血も涙もない非情な印象をあたえ、音楽界は騒然(あるいは蒼然)となった。わたしの記憶では自殺した音楽家もいたと思うが、ジャーナリストはこれを「プラーゲ旋風」と呼んだものである。

プラーゲにしてみれば任務に忠実であったに過ぎないのだろうが、屍体をあさる禿鷹みたいに片々たる楽譜まで見逃さずに文句をつけてくるさまは、まるで狂人のようであったという。そして、わたしもまたプラーゲの被害者の一人なのであった。春秋社から届いた楽譜(厚表紙のついた大型の書物である)をワクワクしながら開いてみると、無残なり、半分近くが切り取られていた。わたしが弾きたいと思っていたマイナー作家の作品は軒なみにカットされており、残っているのは版権切れのハイドンだのモーツァルトだのの曲ばかり。こうした人々の作品はほかの楽譜屋でも売っているからどうでもよいのだ。滅多に手に入らぬ無名作曲家の曲だからこそ欲しかったのである。以来わたしは、プラーゲの名を聞くと消化不良を起すようになった。

同じ春秋社から探偵小説の本がぞくぞくと出版されるようになったのは、社主の神田豊穂氏が謡曲をたしなむため夢野久作氏と親しく、それが縁で探偵小説の出版をするようになったのだそうだが、いずれも箱入り厚表紙の四六判で、昨今では滅多に見られない立派な本であった。翻訳物も出たし、懸賞募集をして《船富家の惨劇》を世に送り出すなど、その功績は大きかったのである。

ただ残念なのは、巻末の広告ページに葛山二郎短篇集の予告が載ったきり、発刊を見なかったことであって、戦前のわたしは遂に氏の作品を読む機会がなかった。いや、戦後になっても大半の短篇は目にする折りがなく、《股から覗く》や《杭を打つ音》などを読んだのはつい最近のことなのである。春秋社から短篇集が出なかったのは時局がら探偵小説が当局の弾圧をこうむった結果であろうと想像したわたしは、この作家の不運に同情したものだった。爾来今日に至るまで、氏の作品集はただの一冊も出ていないのだから、これが唯一の機会だったことになる。

(二)

そうしたわけで、わたしはこの作家と作品に多大の関心を持っていた。昭和三十年代に河出書房から「日本探偵小説全集」が発刊されたとき、わたしの《赤い密室》が氏の《赤いペンキを買った女》と一緒になったので、来訪した編集者に早速この作家のことを訊ねると「世田谷で養鶏業をやっておいでです」という返事であった。それが氏の消息を聞いた最初にして最後であり、その後は絶えて噂を耳にすることもなかった。

それから二十年。講談社で久し振りに氏の作品の一篇が再録された。早速担当者に動静を訊ねてみると、神奈川県の伊勢原に健在だという返事である。同じ神奈川県に住んでいながら、わたしは伊勢原という土地には全く

葛山二郎

知識がなく、わずかに猪料理が名物であるという話を聞いている程度であった。随分辺鄙なところに住んでおいでだな、というのがそのときの印象だったが、同時に健在であるのは何よりのことだと思った。だから「幻影城」が創刊され尋訪の企画がまとまったとき、氏は最初からそのリストに載っていたのである。

瀬下耽氏のインタビューが何回か延期されたように、葛山二郎氏の場合も、氏が肺炎で入院するという予期せぬ事態を招いたため、尋訪も延ばさざるを得なくなった。そしていよいよ訪問をしようという頃に葛山家の親類筋に不幸があり、氏は子息の運転する車で大宮へ出掛けることになった。われわれの尋訪も、場合によっては埼玉県で行われることが予想されていたのだが、それはともかく、伊勢原から大宮まで車で往けるほどに氏の体力が恢復したことを知った島崎編集長とわたしとは、胸中ひそかにほっとしたのである。

予定よりも早く氏が自宅へ戻られたので、われわれは伊勢原のほうへ赴くことになった。葛山家は伊勢原駅からタクシーで五、六分行った明神前というバス停留所のすぐ近くにある。伊勢原は小さな町だから、二分も走るともう郊外へでてしまうのだが、空気はきれいで東京のようにコセコセしたところがなく、民家の庭には色とり

どりの花が咲いていて、正に別天地の感がする。ときは四月の下旬。ところどころに蒼空をバックに鯉のぼりが泳いでいて、まことに気分爽快だった。この日れんげ畑を見かけたのは二十数年ぶりのことであり、そして若き編集長にとってはこれがはじめての経験である。旅にでてれんげ畑を見たいというのが十年来の「悲願」だったわたしとして、この対面は感激ですらあった。

指定されたバス停でタクシーを捨てる。編集長があらかじめ電話でメモをとっておいた略図を読み違えたため、われわれは反対の方角をウロつく結果となったのだが、それを庭で望見しておられたのだろうか、夫妻で迎えに降りて来て下さった。肺炎を患ったというから何となく病身のひとを想像していたのだけれど、氏は意外に肉づきのいいどっしりとした感じで、どう見ても病後とは思われない。じつは以前に手紙を一度さし上げたことがあるので親近感を持っておられたのだろうか、氏も夫人も最初から打ち解けた口調で、初対面のときに感じる固苦しさは全くなかった。

先にわたしは「望見」としるしたが、葛山家は小高い丘の上の果樹畑と隣り合ったところにあり、庭一面に紅白の芝桜が満開であった。爽やかな季節の訪問ということから、われわれはタクシーの中で一年前の瀬下耽氏の尋訪のことを話題にしていたのだけれど、瀬下氏宅の庭にも芝桜は満開だったのである。加うるに葛山家はバス通りをへだてた向うに螢でも飛びそうな川が流れ、背後にはウド、ワラビ、ゼンマイの採れる山を控えていて、その点も瀬下家に共通したものがあった。

（三）

葛山二郎氏の経歴その他については先に権田萬治氏が触れていたように思うので、重複することを避けて、ここでは氏が心にうかぶままに語った話をそのまま並べてみることにする。わたしはこの人が旅順育ちということは知っていたが、それは少年時代の一時期であって、社会人となってからの生活の本拠は内地においていたものと想像していた。ところがそうではなく、終戦後までは撫順にいたというから、前半生を満洲で過した大陸人なのであった。念のために記しておくと、旅順はいま旅大市と呼ばれているそうで、関東州庁や工科大学などのある落着いた雰囲気につつまれた小都会であり、撫順は石炭の露天掘りで知られた小都市だった。露天掘りというのは坑道を掘らずに、地表に露出した石炭層を掘るやり方なのである。

「わたしは単なるアマチュア作家です。皆さんにお話をするなんておこがましい」

開口一番、そう謙遜された。

「上京したわたしは小石川の駕籠《かご》町に下宿をしたのですが、その頃はヴァイオリンを聴くのが好きでしてね、あるとき演奏者のだす音を文章で表現してみたいと考えて、クライスラー、エルマン、ハイフェッツの違いを綴って、当時近所に住んでいた菊池寛さんの家の郵便受けに投げ入れたのです。菊池さんが『文藝春秋』を創刊した時分でした」

その頃から氏は図書館に通って海外の探偵小説を読みふけるようになる。そして「新趣味」が探偵小説の懸賞募集をしていることを知り、ひと晩で三十枚を書き上げたのが《噂と真相》なのであった。青年葛山二郎はこれを投稿すると、一時撫順に帰っていく。そして夏の終りに再度上京して来る。

「東京に着いたのが大正十二年の九月一日の朝でした。雨のなかを下宿にたどりつきますと、掲載誌がとどいていました。ところがその数時間後に、まだ荷物もほどかないうちにあの大地震が起ったのです。幸い、下宿は無事でした」

ろくに目を通していない掲載誌が焼けてしまわなかったのは何よりだ。尤も、考えてみるとわたしも巣鴨で地震に遭ったが、さいわいに大したことはなく、近くのエゾ菊の花畑に、蚊帳を吊って野宿した。地割れにそなえて地面に張り板を敷いたものだが、いまの人には張り板といっても何のことだかわかるまい。

被害が酷かったのは主として下町で、小石川あたりは家が傾いた程度であった。夜になると、銀座の方角の空が真赤に染っていたことを、子供心に覚えている。

「東京の人達のところには地方の親戚や友人知人から見舞いの食料、衣類がとどきますが、わたしの許には何も来ません。お金は持っていますが品物を売っていないから役に立たないのです。そこで芝浦から出る船にのって早々に撫順に帰りました」

氏は満洲へ「帰る」という表現をする。向うに生活の本拠をおいた人々は日本を『内地』と称し、満洲こそわが故郷といった考え方をしていた。

「わたしが罹災者第一号でしたが、次第に東京から脱出して来るものがふえて、やがて十人ぐらいになりましたがね」

撫順の令兄のもとに難を避けていた葛山二郎氏は、やがて又も東京へ向けて発っていく。

「その頃、クライスラーが慰問に来て、焼跡や劇場でリサイタルを行っていました」

　フリッツ・クライスラーはオーストリヤ出身の不世出の大ヴァイオリニストと称された人であった。ミシャ・エルマンはエルマン・トーンといわれた甘美な音の持主であり、ヤシャ・ハイフェッツは抜群の技巧派として評判だったのである。二人とも、白系ロシヤ人であった。

「ある日の夕方、窓の下で『二郎、二郎……』と呼ぶ声がします。わたしを二郎と呼ぶのはわたしの後見人であり医事新聞を発行している叔父しかいないので、ハイと返事をしながら首を出しました。ズングリとしたところは叔父そっくりですが、叔父の頭は禿げているのにこの人の頭にはモジャモジャの毛が生えています。そこで降りていきますと、これが菊池寛さんでした。勿論、初対面です。これから帝劇にクライスラーを聞きに行くから、キミも袴をはいて一緒に来ないかという意外な誘いでした。大喜びで身仕度をととのえると、車の助手席にのせてもらったのですが、後部座席にすわった菊池さんは連れとしきりに語り合っています。その会話を聞くともなく聞いていたわたしは、多分これは谷崎潤一郎氏ではないかな、と見当をつけました」

　菊池氏は郵便受けに入れてあった原稿を読んで、葛山二郎の筆力に感銘をうけたのである。そして、ああいう固い物ではなしに小説を書いたらどうか、ボクが出版社に紹介してやろうという親切な申し出をしてくれた。まだ書生ッぽに過ぎなかった葛山二郎を文壇の雄であった菊池氏がリサイタルに招待した事実は、この青年の才の並ならぬことを見抜いたからに相違ないのである。だがその頃は、専業作家になったからといって、それでめしが喰えるという時代ではなかった。葛山氏は賢明にもそれに気づいて、アマチュアの余技としての姿勢を貫くことにしたのである。

（四）

「わたしの父は中野学校出のコチコチの職業軍人でした。小説なんか書く人間にろくなやつはおらん、といった考え方をしています。この父が、わたしの《噂と真相》が載った『新趣味』を書店で読んでしまったのです。しかも折り悪しく、有島武郎氏の情死事件があった直後ですから、わたしとしては引き続いて創作するわけにゆきませんでした。それに兄も反対します。わたしよりも五歳年長ですから、この兄には頭があがらなかったのです」

　有島武郎は、「婦人公論」の美人記者との関係を清算するために、軽井沢の別荘で心中をしたのである。この婦人記者には夫がいて、それが一件を裁判沙汰にするといって有島武郎を脅迫した、という事情もあったようだ。有名な文士と美しい人妻記者が情死をとげた事件は天下に喧伝され、職業軍人たる父君は、当然のことながらこれを苦々しく感じていたのであろう。

葛山二郎はあらためて建築を学ぶために神戸へ行って、高等工業学校を受験するが失敗したため、県立病院の病理研究所が助手を募集していることを知り、試験を受ける。採用人員はたった二人という難関をパス、京都で六ヵ月の研修をすませてから、血糖の検査を受け持つことになる。そこに谷崎氏が糖尿病で入院して来たので、

葛山二郎氏

「先生とは二度目の対面ですよ、最初はこれこれしかじか……」と話すと、この文豪は奇縁にびっくりしていたという。

落ちたと思った高等工業のほうが補欠でとおったため、研究所の勤務時間をやりくりするのだが、結局は中途退学ということになる。

「例の《股から覗く》はその頃の作品ですね？」

「ええ。採用された員数が二人だったことはいまお話ししたとおりですが、わたしの同僚となったのが外科医夫人の弟で、カミヤ・マサオという青年です。小説のほうでは文字を変えて加宮真棹としてありますが」

この青年がときどき実験用の猿を抱いて腕を噛ませ、「痛いなア、痛いなア」と気持よさそうに独語している。その被虐的な性格と、やることなすこと一風変っているのを見て、モデルにしたのだという。

「のちに日本ビクターに入社しましたが、彼ならば股覗き遊びぐらいはやりかねないなあと思ったのが執筆の動機でした。9を6に錯覚したのは、前に権田さんにお話ししたように、盲腸炎をやって入院していたときの経験です。幾日もトロトロと眠っていたものですから、目をさましたときは何日間ねむりつづけていたか見当がつきません。そのことと、日めくり暦を下から見上げたためとで、6日と9日とを錯覚してしまったのです」

その五十年前の看護婦とのやりとりを面白そうに再現してみせる。非常に記憶力のいい人だという印象を受けた。

さてここで葛山二郎の全作品のリストを掲げておこう。

噂と真相	新趣味	大正12年9月号
利己主義	同	12年10月号
股から覗く	新青年	昭和2年10月号
赤光寺	同	3年11月号
偽の記憶	同	4年7月号
赧顔の商人	同	4年9月号
杭を打つ音	同	4年11月号
赤いペンキを買った女	同	4年12月号
霧の夜道	同	5年4月号
骨	同	6年1月号
影に聴く瞳	同	6年8月増刊号
暗視野	同	7年5月号
染められた男	同	7年10月号
古銭鑑賞家の死	同	8年1月号
蝕春鬼	同	8年8月号
慈善家名簿	同	10年6月号
情熱の殺人	同	10年11月号
花堂氏の再起	同	23年1月号
紅鬼	富士	23年4月増刊号
雨雲	東京	23年8月号
後家横丁の事件	ロック	23年11〜12月号

（五）

葛山氏が東京の田無にあった東京自動車学校に入って三年の過程を終え、車の修理や古タイヤに生ゴムを貼りつけるヴァルカナイズの技術をマスターしたのは、撫順に帰ってお兄さんの事業を援助するためであった。南満工専の電気科出身の令兄は、露天掘りの機械を造り、葛山二郎は建築の技術を活用して宿舎を建てたり、総務関係、銀行管理などの事務を一手に引き受けて働いていた。

因みに《影に聴く瞳》は、「兄の電気の本を読んでいて仕込んだネタです」とのことである。

「春秋社より短篇集を出すから作品をまとめておくように、そういう連絡が江戸川さんから届きました。ところがわたしは会社の草創期で多忙をきわめているときで、過労から肺炎になってしまったのです。六日間ほど人事不省でした。そのあとの半年間は体調がもとに戻らなくて仕事もできない状態でした。そうしたわけで春秋社の話も中絶してしまったのです」

わたしが想像したものとは違い、この時点ではまだ探偵小説の出版が圧迫されてはいなかったことになる。

なお葛山氏兄弟の経営する工場はかなり大規模のもので、従業員五百人、そのうち日本人が百二十名いたという。

「敗戦のときは暴動が起りました。家族を屋上に避難させて工場の様子を見にいったのですが、守衛としてロシヤ人を六人おいといたせいかこちらは無事でした。そこで引き返そうとすると、道路は暴徒でいっぱいです。この掠奪で、掲載誌もすっかり失いました」

終戦後、技術者ということで中国側に徴用された葛山二郎氏は、一般人よりも二年遅れて内地の土を踏む。そして品川のお寺の寮に押し込められていたときに書いたのが、《花堂氏の再起》ほかの短篇であった。花堂氏とは氏の戦前からのシリーズキャラクターで、弁護士という設定になっている。

「帰国するとまず水谷さんをお訪ねして、水谷さんから江戸川さんに電話をかけて貰って、江戸川さんにお会いしました。大下さん、横溝さん、城さんなどとは、戦前に面識があったのです」

江戸川氏は《赤いペンキを買った女》を高く評価していた人だが、葛山二郎の顔を見ると、「キミは続編を書くつもりだろう」といったそうである。

「じつはその気でいたのです。この作品が未完であることを見抜いたのは後にも先にも江戸川さんただ一人で、偉いものだと感服しました。しかし、プロ作家となるのは止したほうがいいのじゃないかといわれたときは、ギャフンとなったものです」

「続編を書き上げたらウチの雑誌に発表させて下さい」と、編集長が商売気をだす。

氏には満洲を舞台に長編を書きたいという年来の夢があり、また旧作《偽の記憶》をリライトしてもっと長いものにしたいという希望もあり、すべてにおいて意欲的であった。ただ長年にわたって書痙《しょけい》に悩まされていて、字を書くことに非常な苦痛を伴う。それがネックになっているのである。

「わたしが筆を折ったのは戦後の新人に伍してついて行けないと思ったためでもありますが、書痙のためでもあるのです。書けなくてイライラしたものでした」

先頃テレビで催眠術による治療法を見、自分も実験してもらおうかと思っている、とのこと。これが効いてくれるとよいのだが——。

「この前テレビでエッシャーの版画を見ました。眼の錯覚を利用した非常に面白い絵です。この騙し絵が探偵小説に応用できないものかということも考えています」

正に意欲十分というところである。先に記憶力がいいと書いたが、瀬下耽氏や水上呂理氏の作品についてもよく覚えている。

「なんといっても瀬下さんは一緒に当選した方ですからね。あの方はわたしとは逆の立場にいました。わたしは本格めいた物から出発して、ますます本格化してゆきましたが、あの方は変格的な味で勝負をなさる。変格オンリーといった印象を受けています」

氏が「新青年」の懸賞で一位に入選したとき瀬下氏もまた二位で選に入っている。本格と変格の相違はあるが、この両氏はかつて島崎編集長が指摘したように、同時に出発し、余技作家として終始し、戦後に数篇を残して退場していくという共通した面を幾つか持っているのである。お互いに会ったこともなければ文通したこともなく、「ライバル視したことなんかありません」とのことであった。が、心なしか、未知の僚友瀬下氏について述べるときの葛山二郎の口調は、熱っぽく、そしてはずんでいるように聞こえた。

追記

一つの疑問を確めておきたいと思って、ある晩ダイヤルを廻した。すぐにお元気そうな声が伝わってきた。夜分の長電話はなにかと迷惑であろうから、挨拶もそこそこに質問に入った。わたしの知りたかったことは、《赤いペンキを買った女》の続篇についてであった。一体それはどんな構想のものか、江戸川名探偵は何を根拠に続篇が書かれることを喝破したのか等々。

わたしなどは以前に書いた自作の短篇だの長篇をだしぬけに話題にされると、ハテそれはどんな内容だったろうかととまどうのが毎度のことだが、葛山氏の記憶力はすばらしく、唐突なわたしの問いかけにもかかわらず即答されたばかりでなしに、わたしが用意していたメモの条項すべてを、先方から語って下さったのであった。

「わたしの《赤いペンキを買った女》には女主人公が出て来ません。江戸川さんはそこに疑問を持たれたのですね。そして、今度は続篇で登場させるに違いないと考えられたのです。そのとおりで、続篇に出て来るヒロインの正体は中国人でして、盗まれた宝石の犯人を追及するため後を追って日本にわたったという設定です。この続篇の狙いは、その一年後にわが国で実施される筈の陪審制度を、前以って読者に紹介しようという点にありました。尤も外国と違って日本では永続きしませんでしたが」

　陪審はご存知のように欧米諸国ではあまねく実施されており、法廷に法律家以外の市民が参加する制度である。大正十二年に制定されたものの不慣れなためか効果があがらない。費用もかかりすぎるために昭和十八年に廃止されている。しかし戦後はいろんな意味で情勢が変化したから、いずれは復活するのではないだろうか。

「近頃は死刑を宣告された人がつづけさまに再審で無罪になっていますが、陪審制度があったなら、ああした誤りも起こらなかったのではないかと思います」

　わたしは同感である旨を答え、数年ぶりの通話を終えたのであった。

12 暗闇に灯ともす人・吉野賛十

（一）

いまはこうした呼称はなくなったが、かつては本格派に対して文学派と称する一派があった。よくは知らぬけれども、木々高太郎氏を中心に集った人々の謂いで、探偵小説は文学であらねばならぬ、文学になり得るという考え方をし、トリックを重視する本格派に批判的な見解を持つ作家が多かったように思う。

吉野賛十は木々氏と親しく、氏が死去すると、木々さんがいなくては意味がないからといって推理作家協会から退いていったほどであった。それでいながら、どういうわけか本格派のわたしとはウマが合い、鎌倉の家にも来てくれたし、一時わたしが別に世帯を持って横浜に住んでいたときには、そちらへも遊びに来てくれた。志向するところが全く異っていたのだから、トリック論をたたかわせたわけでもあるまい。いまとなってみると何を話題にしたのか全く記憶にないのだが、お互いに楽しく語り合ったことは確かである。さもなければ、二度も訪問してくれる筈がなかろう。

氏とわたしが何をきっかけにして親しくなったかということも、いまでは完全に記憶から消えてしまっている。しかし、推理作家協会の会合に出席して、その席上で言葉をかわしたのがそもそもの「馴れ初め」だったのだろう。他の多くの推理作家とも、そういうふうにして知り合ったのだから。

わたしは元来ひとの名を覚えるのと顔を覚えるのが不得手で、パーティなどで話しかけられても最後まで相手の名を思い出すことができず、止むなく「あなた、あなた」と代名詞を連発して誤魔化すことがある。その伝で、

吉野賛十

吉野氏と朝山蜻一氏（ＳＭ風な小説にミステリーの味つけをした短篇が多く、本名で純文学を書いた）の顔をとり違えることがよくあった。二人並べてみれば間違うわけもないのだけれど、だしぬけにポンと背中を叩かれ、振り返った鼻先でニコニコと笑っていたりされると、サテこの人はどっちだったかいナと十秒ほど考えた上で返事をしなければならなかった。

いつだったか吉野氏にそのことをいうと、「ぼくは似てるとは思わんですがね、朝山さんが『ぼくの叔父とあんたはそっくりだよ』といってました」という返事だったから似ている要素はあったわけで、必ずしもわたしがそそっかしいせいでもなかったようだ。

先にしるしたように氏が退会してわれわれの前から姿を消してしまってからは、会う機会もほとんどなかったように思う。しかし細々ながら文通はつづいていたし、たまにわたしの書きおろしが出たときは贈呈したこともあったように記憶している。氏の随想のなかに、青年の頃クロフツの《樽》を読んだという個所があったので、わたしの長篇にも興味を持ってくれるだろうと思ったからだった。そしてまれには電話で消息を訊ねることもあった。

最後の電話のときは氏の舌がもつれて発音が不明瞭になっていたため、通話中に何度となく訊き返さなくてはならなかった。とんちんかんの受け答えをするのも失礼だし、といって最初から終りまで問い返していては、氏に、オレの舌はそれほどもつれているのかと思わせることになる。それやこれやを考えて、以後は電話することをさし控えた。御子息の慧氏から年賀欠礼の挨拶状が届いたのは翌年の暮れのことで、わたしははじめて不幸を知るとともに、いつぞやの通話が最後になったことを思って暗然としたのである。

（二）

池袋から西武池袋線で保谷《ほうや》へ向う。

どういうめぐり合わせか知らないが、戦前戦後をつうじてこの電車に乗ったことは数えるほどしかない。そうしたわたしにとって、保谷ははじめての土地であった。駅前からタクシーを走らせると、人家の切れたところに黒い土を掘り返した畑が見えたりする。先月尋ねた伊勢原ほどではないにせよ、まだこの辺りは緑が多い。

タクシーが停まると前方に立っていた若い男女が走り寄って「島崎さんですか」と訊く。これが長女の多香子さんと次男の匡氏なのであった。到着時刻を知らせたわけでもないのに、待っていて下さったのは恐縮。匡氏は手にヴァイオリンのケースをさげていた。

吉野家は昨今はやりの洋風のドアではなく、昔風の格子戸のついた和風の構えで、玄関に入ると英子未亡人が迎えて下さる。いずれも初対面だけれども、わたしの噂は前々から聞いておられたとみえて、座談は初めからインチメイトな雰囲気のなかで行われた。

「鮎川さんから最後のお電話をいただいたときは、主人はたいそう喜びまして、よほど嬉しかったのでしょうか、涙をうかべておりました」

と聞かされて、思わず胸があつくなる。そんなに喜んでくれたのなら、もっと頻繁に手紙を書いて慰めて上げればよかった、と思う。

「ずいぶん沢山お便りを下さいましたね」

そういって見せられたのはわたしが書いたハガキの束であった。普通だったら破り捨てる筈の郵便物を、こうして保管しておいてくれたところに、吉野賛十という人の律儀な人となりがうかがえて、ありし日の氏の風貌を懐しく思いうかべた。

「あれが晩年の父ですの」

お嬢さんにそう教えられてふり返ると、長押《なげし》に、額入りの半身像が微笑をふくんでいるのだった。それは三人の子供さんを育て上げ、大学教育を受けさせて社会に送り出した父親の、責任を果たしたとでもいうか、充ち足りた表情をしたものであった。

「拙宅に見えた吉野さんは闊達に喋り、天井を向いて呵々大笑なさる人でしたが」

「いや、家庭内における親爺は無口でしたね。学校から帰って一杯呑んでくつろぎますと、壁によりかかって黙ってノートをひろげて、コツコツと小説を書いていました」

「その無口の主人でしたけど、江戸川さんに原稿をみて頂いたときは、帰って来てめずらしく『今日はさんざん叱られたよ』と申しました。キミの小説にはどこにも推理がないじゃないかといわれたそうで……」

江戸川乱歩氏にとって吉野氏は同学の後輩にあたる。だから遠慮することなくピシピシと批評したのだろう。

「でも、小説のことを離れますと優しく親切な方だと申しておりました」

（三）

吉野賛十氏は明治三十六年一月二十五日、東京で生まれた。のち父君が関西の銀行の経営陣に参加したため、小・中学校を大阪で卒《お》え、関西学院で学んでから、上京して早大の商学部に入る。学生時代の氏はバンカラで、六大学の野球を応援するときも塀を乗り越えて球場に入ったことを自慢にしていたそうである。

社会人となって森永製菓の経理部に入るが二年後に健康上の理由で退社。その頃から創作を始め、本名の東一《とういち》郎《ろう》を二つに分けて、東《あずま》一郎の筆名で『新青年』に投稿、二度ばかり入選したことがあるという。若くして涙香小史の翻案物を愛読したそうだから、推理小説を愛好する下地はできていたわけで、長じてポーを好んで読んだ。その一方ではトルストイ、ゴーゴリ、モーパッサン、バルザックに親しんだというが、ドイツの作家が一人もでてこないところが面白い。

大学を卒業した頃に「麺麭《パン》」の同人となり詩人の北川冬彦氏等と親しみ、また「風土」の同人となったときにはグループに石川達三氏がいた。後年、山形県に疎開して天童高校の教師となった頃には、結城哀草果氏とも親交を結んでいる。

三十二歳で英子夫人を迎えた氏は、やがて長男慧氏をもうけるのだが、この嬰児が弱かったために、ある年の秋から春にかけて鎌倉に転地をする。

「ぼくのどこが弱かったのですか」

「あなたが肺炎をやったのよ。だから……」

といった問答が慧氏と英子未亡人の間で交わされる。

この半年間の鎌倉時代に吉野賛十は西尾正氏と交わるようになったのだが、かつて氏に向って「西尾さんを知ってる推理作家はあなたぐらいのものだから、何か思い出を記録として残しなさいよ」とすすめたことがある。それに従って「探偵作家クラブ会報」三十八年八月号に寄せた一文があるので、参考までに掲げることにする。

西尾正のこと

吉野賛十

推理作家協会の名簿をみると、物故作家の所に西尾正の名があり、未亡人が今に鎌倉に住んでいられることが記してある。気にかけ乍ら、お訪ねしてみることもなかったが、尤も果して僕を記憶されているかどうか、昔日のことになって了った。僕の長男がひ弱かったので、材木座に一と冬を過したその時大へん親しくしていた。亀の子タワシの御曹子で慶大の出身、多芸多才で演劇はやる、小説はかくといった具合。一面スポーツなども好きで詳しかった。淡谷のり子が好きで、ある時鎌倉から日比谷公会堂迄お伴をした。五月だったが僕の額の汗をみて「羨しいね。僕のような病気は汗が出ないんだ」といったのなんか憶えている。親しかったくせに、当時僕の関心が探小から離れていた関係で彼の作品を一つも読んでいない。西尾の作品を好きだったという人も何人か知っている。本になっていないばかりにそういう作家のものをよむこともできないのは残念である。

文中「探小から離れていた」というのは純文学に傾斜していたことを指すのだろう。この時代に前記東一郎の筆名で「彼の小説の世界」及び「出発」という二巻の短篇集を上梓している。

(四)

吉野氏は戦争がきびしくなった二十年五月初旬に家族を酒田市の遠縁に疎開させ、単身東京に踏みとどまったが、二十五日夜の大空襲で中野区の自宅を焼かれてしまう。このときの空襲は主として山ノ手一帯を狙ったもので、戦前の探偵作家のなかにも被害に遭った人は少なくない筈だ。

止むなく都落ちした氏は、その翌年から山形商業に勤務するのだが、これが吉野家が教育界につながりを持つきっかけとなったのであった。その後の氏は一貫して教師の道を歩み、いま長女の多香子さんは中村中学に、次男の匡氏は入間中学に職を奉じているのである（いずれも当時)。

山形時代の吉野賛十氏は山形商業に二年つとめた後、将棋の駒で知られた天童高校勤務となる。天童近辺はひなびた温泉地だが、温泉好きの氏は、雪の降る日も子供の手をひいて入湯にでかけていった。そして好物の鰯に湯豆腐で一杯やるのが何よりの悦びであったという。空襲、罹災、疎開、そして敗戦後の混乱……。天童時代の氏は何年ぶりかで取り戻した静穏な日々をしみじみと味わっていたようだ。

教師としての吉野氏はほとんど生徒を叱ったことのない優しい先生であったそうだが、ただ一度だけ、大きな雷鳴りを落したことがある。それがこの天道高校のときで、何人かの女子学生が授業をエスケープして映画を見にいったからであった。優しい先生というのはいついつまでも記憶に残るものだけれども、永田東一郎先生もそうだったのだろう、氏の没後、天童から焼香に来てくれた教え子もあったという。

晩年の吉野賛十氏

昭和二十四年、一家を挙げて懐しい東京に帰ってくると、台東区吉野町に居を定めて、千葉県立盲学校高等部へ通勤する。片道二時間を要したというから、天童時代とはうって変った辛い毎日であったろう。ここで氏は校歌を作詞し、これを宮城道雄氏に贈った。作曲をして貰いたかったからだろうし、特に宮城氏を選んだのは、氏が盲目の楽人だったからであろう。

木々高太郎氏を知ったのはこの頃で、その推薦の辞をそえて「探偵実話」に発表されたのが《鼻》であった。吉野賛十というその筆名は吉野町三十番地に居住していたことからだという。以後断続して二十篇に及ぶ短篇を発表するのだが、盲人世界に材をとったものが多いのは、いうまでもなく盲学校の教官をしていたためである。盲人探偵を活躍させた外国作家にはアーネスト・ブラマやジョン・ケンドリック等がいるが、彼等の盲人に対する理解度は必ずしも深いとはいえないようだ。

さて、この辺りで作品リストを入れておこう。

鼻　探偵実話　昭和29年4月
顔　同　6月号
耳　同　11月号
指　宝石　11月号
声　探偵実話　30年1月号

二又道	同	4月号
不整形	探偵倶楽部	4月号
落胤の恐怖	探偵実話	6月号
悪の系譜	同	8月号
北を向いている顔	探偵倶楽部	10月号
五万円の小切手	宝石	31年2月号
それを見ていた女	探偵実話	7月号
レンズの蔭の殺人	同	32年3月号
犯人は声を残した！	同	33年8月号
宝石	同	36年8月号
三人は逃亡した	読切特撰集	12月号
盲目夫婦の死	探偵実話	37年2月号
蛇	同	7月号
走狗（遺作）	幻影城	51年8月号

三十一年頃から作品が減っているのは、わたしの推測に依れば河出書房の懸賞に応募するために、長編を書きおろしていたためであろう。その《黒死体事件》は仁木悦子氏の《猫は知っていた》および多岐川恭氏の《氷柱》につづいて第三位に入った。が、出版社の倒産に遭ってこの企画は流れてしまい、後に仁木、多岐川氏の作品はそれぞれ講談社から出版されたけれども、吉野賛十の長編は遂に陽の目をみることなしに終った。そうした点からも、不運な作家という印象を拭いきれない。

なお今回の尋訪で遺作の存在が明らかとなった。《走狗》はその一つである。

（五）

「無口で賭け事の嫌いな親爺でしたが、将棋だけは好きでしたね。天童で奉職していたくせに本物の駒は持っていないので、いつも紙に書いた桂馬だの金だのを切りぬいて勝負をしたものです」

途中から長男慧氏の夫人も加わって思い出話がなごやかにはずむ。この家は慧氏夫妻の住居となっており、多香子さんはお母さんと一緒に隣の東久留米市に住んでいる。今日のインタビューのために、わざわざ長男宅に来て下さったのであった。次男の匡氏にしても同様である。

「将棋のほかに主人の好きなものといえば音楽でしたわね。関西学院の高等部にいた頃は、朝礼のときにオルガンで讃美歌の伴奏をやらされたそうです」

「日本橋の三越本店にパイプオルガンがあるでしょう。ぼくらを連れていっては演奏を聞かせてくれたものでした。ですからぼくはヴァイオリンを弾くようになって、いまは市民オーケストラに参加しています」

　氏は音楽の教師であると同時に、清瀬管絃楽団並びに市川交響楽団の団員で、このあと練習に馳せ参じることになっているという。匡氏はみずから「親爺に似ている」というだけあって、吉野賛十氏の面影を彷彿させるものがあり、話していても初対面という感じがしない。

　長男の慧氏は勤務先の鹿島建設から急いで帰宅して途中から参加して下さったのだが、ほっそりとした顔立で、お母さん似のようであった。趣味も父ゆずりの将棋だけだという。

　多香子さんは東京学芸大学の国語科に在学中から童話作家を志していたというから、文筆の才は、やはりお父さんから受けたものだろう。

「家庭における親爺は小説の話なんかちっともしなかったですね。ただ子供のときに漱石の《猫》を買ってくれて、この本は何度も読め、大きくなるにつれて受け取り方がかわってくるから、といわれたことがあります。わたしも若い頃は小説の勉強をしましたが、姉と違ってあきらめてしまいました」

　そのお姉さんのほうは児童文学者の後藤楢根《ならね》氏に師事していた。そして講談社が児童文学の新人募集をしたときに、それに応募しようとして、学校勤めの合間をみて書きつづけた。

「枚数は二百枚です。いよいよ締切日の前の日はとうとう徹夜をしました。すると父がごくさり気なく『それだけ一生懸命やっているんだから、何かにはなるよ』って一言だけ申しました」

　その作品は百数十篇の応募作のなかで最後の八篇の中に残ったものの、入賞は逸した。が、『そのとき父が文学のことで一言だけではありましたが励ましの言葉をいってくれましたわけで、わたくしの胸のなかに深く根ざすものになりました』という。それを語るときの多香子さんの表情は父親に対する思慕の情に充ちた、いきいきしたものであった。

「父の何気ない口調のあの言葉は、一生忘れられないだろうという気が致しております」

　多香子さんはその後の精進が実をむすんで、第十回児童文学者協会新人賞を受け、童話作家日野多香子の地位を確立することになる。

（六）

　吉野賛十氏は盲学校の校長になろうなどという野心はひとかけらも持たなかった。しかも、恩給がつく前に勇退を求められ、退職している。ここでも不遇な人という印象を否定し得ないのだが、しかもなお、氏は盲人教育のために半生を捧げたことについては悔いたことはなかった。否、内心誇りにしていたに違いないと思う。

通勤の不便を解消するために吉野町から小岩に転居した氏は、退職したあと、武蔵野の一郭に家を建てて、これをついの棲家とする。大好きな庶民の町浅草から遠く離れることが、ただ一つの不満であった。

その頃から氏は高血圧のため運動神経をおかされ、足許や言葉が不自由になってくる。だが、病状は進行してきても愚痴をいったことは一度もなく、日中は危っかしい足取りで散歩に出、夜は辞書を片手に英語の原書を読んでいた。わたしが贈呈した本はいつも机上にきちんとのせてあったということである。

拙ないものだがといって示された夫人の歌を並べることに依って、吉野賛十の晩年の様子を語って頂こうと思う。

黒きバラもとめて歩むに従ひて
　寂しき性《さが》なる夫とぞ思ふ（深大寺バラ園にて）
のめりつつ歩む夫に従へば
　手を振りて拒むは悲しかりけり

耳元に口寄せ呼べばいらへして
　静かに眼閉ぢ給ひぬ
欲のなき一世を終りて安らかに
　笑顔を見せつつ逝きしわが夫

この尋訪をしめくくるに当って、日野多香子氏の著書「闇と光の中」（理論社刊、第十回児童文学者協会新人賞受賞作）から「あとがき」の前半を引用させて頂く。本篇は盲学校を舞台に、盲目の少年少女を主人公として、作者のあたたかい筆で綴った童話である。

父が千葉県立盲学校の高等部に勤めていたため、少女時代の私の家には、よく、盲目の人たちが遊びにきました。彼等は、七人、八人と群れをつくり、少しみえる人が全盲の人の手を引いてみちびいてくるのですが、路地を曲ると、もうその声が家までとどくほどなのです。そして、わが家へあがりこむと、さっそく、家全体がゆれるほど大きな笑い声があたりをつつみます。

（目が不自由な人たちって、なんて明るくて元気がいいのだろう！）

私はおどろきの目をみはりました。そしてひとりひとりの手に、湯のみやお菓子を手わたしてあげることに、ある喜びをおぼえたりしました。

私の家では、今でも、途中失明のQさんが作った本だな、Kさんがこしらえた机が、りっぱに役立っています。

長い寮生活のあとの休暇で帰省していくとき、この人たちが何よりものぞんだのは、担任の先生に泊りにきてもらうことだったようです。そんなわけで、父は、夏休みにはいると、あちらの教え子の家に一泊、こちらに二泊と、泊り歩いたものです。

利根川でとれたといって一メートルにあまるうなぎの白やきを、おみやげにもらったこともありました。父が、大利根の川原に腰をおろして、盲目の一青年と、夏の一夕を語りあかしたであろうこともしのばれて、いまではなつかしい思い出です。

＊

さて、私が、この盲目の人たちの別の面、すなわち、もっと深い内面生活を知るようになったのは、父の遺稿となった《白い杖の人々》という手記を読んだときからです。そこには、あの、楽天的で冗談ずきな彼等のうしろにかくれた、もっときびしい心が、ありました。……

吉野賛十、本名永田東一郎。昭和四十八年十月十五日死去。享年七十。

追記

吉野賛十氏の夫人英子さんが歌をよむことは前にしたとおりである。晩年の吉野氏を偲ぶ切々たる思いの歌は、一読して胸が熱くなる。その夫人の和歌を集めた立派な本がとどき、遺稿集と記入された文字を眼にしたときに、わたしは吉野未亡人もまた故人となられたことを知って、わずか一度であったがお会いして話をかわした日のことを思い出した。島崎編集長やわたしを迎えるために正装しておられたこと。令息たちとのあいだで交わされる暧昧にみちた会話。落着いた上品な物腰。……まさかそれから数年後に亡くなられるとは思いもしなかった。

先般、眼科医の椿八郎氏が死去されたあと、氏を知る人々のあいだで推理小説の著書の一冊もなかったことが話題になった。その点は吉野氏も同様で、戦前の東一郎名儀の作品集をべつにすれば、推理作家としての著書は一つもなく、したがって吉野賛十作品を読むためには図書館にでもいくほかはないのだが、近い将来わたしが編む筈になっている本格物のアンソロジーのなかに、《鼻》が入る予定ではある。

お嬢さんの多香子さんは教職を辞して児童文学の執筆にいそしみ、いまでは沢山の著書を持つ著名作家となられた。

文中の写真は、多香子さんからの手紙によれば、「晩年の父をほうふつさせてくれて好きなのです」とのことである。

余計なことかもしれないが、吉野賛十氏のこの顔写真は少し若すぎてふっくらとしていて、わたしのイメージのなかの吉野氏とはちょっと合わない。インタビューに伺った際に壁にかかげてあった写真のほうが、わたしの頭のなかにある氏の面影と一致する。この写真だと、いくらわたしが粗忽者であっても、朝山蜻一氏と間違えることはあるまい。が、多香子さんの証言通り、晩年の吉野氏はかえって若々しくなっておられたのだと思う。

13　含羞《がんしゅう》の野人・紗原砂一

（一）

「今度は紗原さんを尋訪したいね」

と編集長がいう。それには本名と所在を明確にしなくてはならないわけだが、こと紗原砂一に関しては、探り出せる自信があった。

で、早速もと『ロック』の編集長山崎徹也氏の勤め先に電話をかけ、紗原砂一の本名を訊ねることにする。

「ロックの特集を読んだけどよ、少しひどいじゃないか。全力をつくしたがあれだけの雑誌しかつくれなかったんだ。そのことをおれは、つねづね恥ずかしいと思っているんだよ。それを遠慮会釈もなくまな板にのせて料理するなんて……」

機嫌がわるいのである。

「まあ、そう怒るなよ」

なだめる。

「お前さんの『戌神はなにを見たか』を読んだぜ」

「そうかい、ありがとう」

「先日《サムソンの犯罪》も読んだが、あれはお粗末だったなあ」

人間だれでも自分が叩かれると怒るが、他人を叩くのはいい気持のものなのだ。わたしはひたすら隠忍自重、忍びがたきを忍ぶ。紗原砂一の本名を訊き出すまでは、堪忍袋の緒をきってはならない。

「全く、あれはお粗末だったよ。ところで紗原砂一さんの本名を知りたいんだがな」

このもと編集長、若き日のことはすっかり忘れたといっているのだから、いずれは自宅に帰って古い手帳をひろげなくては思い出せまいと思っていたのだが、そうではなかった。

「本名は高橋成一というんだよ。NHKへ入ってからは縁が切れたけど、ナイーヴないい青年だったなあ……」

即座に三十年前の記憶を呼び起したところをみると、よほどこの学生作家が好きだったらしいのである。

礼をのべて受話器をかける。

さて、巨大な機構を持つNHKに埋没してしまったからには簡単に探し出せそうにもないのだが、幸いなことに昨秋この放送協会から退職した渡辺剣次氏がいる。そして氏のもとには大冊の職員名簿があるにちがいない。そう見当をつけて渡辺家にダイヤルすると、はたして思ったとおりであった。早速しらべて連絡するから、電話を切って待っててくれという。

その電話は、三、四分後にかかってきた。

「高橋成一さんという人は二人いますねえ。一人は新潟の局に勤めていて料金徴収の係です。もう一人は渋谷の資料センターに勤務しています。多分、後者でしょうなあ……」

紗原砂一が放送料金を徴収して歩くわけもないから、資料センターの高橋成一が紗原砂一であることはまず間違いない。NHKに入ったきり消息を絶ってしまったこの人は、わたしにとって三十年間にわたる幻の作家であったのだが、それが受話器の前にすわったきりで、わずか三十分とたたぬうちに所在を確かめることを得たのである。電話の便利さを痛感しながら、編集長にダイヤルして情報を伝えておいた。

それにしても往年の美青年も中年となれば下腹はつき出たろうし、髪も白くなるか薄くなるかしたことだろう。ナイーヴな大学生も、社会の荒浪にもまれれば変身しないほうがおかしい。そうしたことをあれこれと考えて、わたしは紗原砂一との対面を楽しみにしていたのである。

（二）

「資料センターの高橋さんが紗原砂一氏であることは確認しました。しかし紗原さんは、若い頃に書いた小説については何一つ覚えていないそうですよ」

「そんなはずはない。それはポーズだな。上手に訊き出せばきっと語ってくれますよ」

といって編集長を安心させたものの、サテ、わたしは口下手なたちだから、上手に訊き出すなどということが可能な筈はないのである。インタビューにはいろいろと技術があって、相手がどうしても喋ってくれぬ場合には、彼が蛇蝎の如くに嫌っているライバルの名をちらつかせたり、その人物を持ち上げたりはては故意に当人の逆鱗にふれて相手をカッカさせたりして、怒った相手が思わずもらした本音を急いでノートにとるといった作戦もあるのだが、わたしはプロのインタビューアーではないのだから、そこはあくまで紳士的にゆきたい。忘れました、存じませんなどといわずに、若き日のことをいろいろと思い出して語ってくれなくては困るのである。

「無手勝流でぶつかるほかはないですよ」

その当日、放送局へ向うタクシーのなかでも、そういって編集長をはげましつづけた。

受付で来意をのべ、ソファに坐って待つ。ヘビースモーカーの編集長がタバコを半分ほど灰にした頃に、廊下の彼方から白いワイシャツ姿の瘠せた男性が近づいて来た。

「あ、紗原さんだ」

島崎氏にとっても初対面の相手なのだから、解るはずもないのだが、そこが編集長としての勘なのだろう。

三十年前に筆を折り、以来ようとして消息を絶った紗原砂一は、いまわたしの眼前に立っていた。親しげに目をほそめてニコニコと笑いかけているのは、元来がそういう顔つきなのか、それとも三十年前の同志に親愛感を抱いたからか。氏は、わたしが胸中ひそかに考えていたような中年肥りもせず、濃い黒髪は芸術家かなんぞのように波を打っている。その開放的な服装からみて、自己を飾ったり気取ったりしない人だなと判断したが、それは外れてはいなかったようだ。

「喫茶室で話をしましょう」

先に立って長い廊下を右折し左折し、しまいには方向が解らなくなる。その途中にイスが並べてあるので静かなこのイスの上で対談をしようと申し入れたのだが、紗原砂一にすれば、それは失礼に当ると思ったのであろう。まず二階の喫茶室に連れ込んでくれたが、出演待ちのタレントなんかで満員である。そこで急行エレベーターに乗って地上十何階とかの喫茶室にいくことになった。

「帰り途がわからなくなった」

と、同行の編集長が心細気な声をだす。この人は生まれつき方向感覚が狂っているらしく、先に瀬下耽氏を尋訪した帰途も反対の方角行の列車に乗るといってきかないのである。

「おれ達は鳥取へいくんじゃないんだぞ」

いいきかせるのだが頑として応じない。そこへ上野行の急行が入ってきてくれたので、どうやら無事に帰京できたという前歴がある。心細がるのも無理はないのだ。

「大丈夫です、玄関まで送って上げますよ」

紗原砂一にそういわれて編集長は愁眉をひらく。

だが、代々木の森に面して眺望絶佳をほこるこの喫茶室も満員で、ワイワイとガヤガヤの話し声が混然となり、ともすると対談者の声も消され勝ちである。大体においてて紳士たるものはたしなみを持っているから馬鹿でかい声は出さないものだが、紗原砂一も声が小さく、あるいは正確に聞きとれなかった個所がないとも限らない。テープを聞いてみると、ときどき朗らかな笑い声が起り、紗原砂一が明るい性格の人であることを示すようでもあるが、もう一度聞きなおしてみると、それは隣のテーブルの人の笑い声であったりする。なにしろ混声のまっただなかの問答だから、聞き取れぬ個所も二、三にとどまらぬのである。

（三）

初めに紗原砂一の作品リストを挙げておこう。

魚の国記録　『ロック』　22年2・3月号
鉄の扉（連作）　〃　22年5月号
神になりそこねた男　『ミステリイ』　23年3月号
熱情殺人事件　『スリーナイン』　25年11月号

こう並べてみると意外に思うほど寡作である。しかも、第一作が紗原砂一名義、《神になりそこねた男》が紗原幻一郎名義、そしてあとの二編が紗原砂一の名義というふうに、一作ごとに筆名を変えている。それにもかかわらず『ロック』の読者に強烈な印象をのこしたのはどういう理由によるものであろうか。

「紗原さんは韜晦《とうかい》趣味というか、『ロック』時代から本名を出したがらない傾向があったようですが、なぜですか」

「照れくさいからですよ。それがぼくの性格じゃないですかね」

「社会人になったら筆を折った、というふうに考えていたのですけど、中島河太郎氏の『戦後推理小説総目録』をみると、二年半後に思い出したようにポツリと書いていますね」

「いや、それは他の人の作だと思います。『ロック』以外には書いていない筈ですが」

ひと呼吸おいて、断固として否定する。

「書いてはいません。筆を折るといわれると大袈裟ですが、どっちかというとまあ、才能がねエんじゃないかと思ったんですよ」

どうもこの人は、わずか半ダースにも充たない作品しか書かなかった自分がインタビューされることに、一種の気恥ずかしさを感じているのではないだろうか。ときどき思い出したようにベランメエ口調になるのも、その照れかくしではないかと思うのである。

「照れくさい気持も半分あったと思います。その半面、とうてい満足なものは書けねエんじゃねエか、そう考えて筆を捨てたのが本当じゃねエかと思いますね」

ウエイトレスが飲み物を運んでくる。わたしは好きでもない珈琲を、あとの二人はアイス珈琲を飲む。カップ越しに入口を眺めていると、ブラウン管で馴染みの酒井アナウンサーが入ってくる。意外に赤い顔をしている。ハワイへでも往って来たのかな、それともドーラン焼けかな、などと考える。

「NHKに入ったから止めた、というんじゃないと思いますよ。書くことが好きだったらつづけていたでしょうからね」

ここでアッハッハが入るのだけれど、これが紗原砂一の声だか隣のテーブルの人だか判然としない。

「好きじゃないというのは当らないな。好きだからこそ、照れながら書いていたんでしょうからね」

「読むほうはどうでした？」

と編集長。

「社会人となってからは一頃SFを読みましたね。推理物を読んだのは戦前です。小学生時代の後半から中学の時代ですね。ヴァン・ダインだとかの本格物をね、アッハハ」

これはホンモノの笑い。紗原砂一の笑い声のトーンやリズム、会話のイントネーションや声の質、ベランメエ口調になるところなど、不思議なことに『ロック』の編集長にそっくりである。目をつぶっていると山崎氏と対談しているような錯覚を起す。

「読んだのはヴァン・ダインで書いたのは冒険物というのはどういうわけですか」

これも島崎氏。

「そんな理詰めのものは書けやしねエですよ。それはそれで、本格専門の作家がいますから、ハハハ」

本格専門というのはどうやらアタシのことらしい。で、わたしもニヤニヤする。

「もう一度書き始めるという気持はないですか。あの頃の人は小説では喰っていけませんから、大半が本職を持っていたのです。それがいまや管理職になって余裕ができ、定年を迎えて余暇を生じるという年代になっています。すると、好きな探偵小説をまた書きたいという気持になる人が多いのですが……」

しかし紗原砂一は編集長の誘いにはのらなかった。自分の推理作家としての再出発には慎重であり懐疑的であるように見えた。

「若いときからの継続が必要なんじゃないですか。一般の人はしばらく遠ざかっていると、なかなかカムバックは難しいんじゃないでしょうか。ぼくはね、会話が書けない。会話によって人間性がはっきり描写できないというところに問題があるんですよ。とてもそうした才能はねエと感じています」

「紗原幻一郎の筆名になってから《第二の運命》を書きましたね」

「あれは前半をほかの人が書いて、ボクの解釈でケツをくっつけるという話じゃないかなあ」

わざと下品な単語を用いるのは、やはりテレ性のせいか。島崎編集長がこの連作についてじゅんじゅんと説明して聞かせると、このNHKの紳士は破顔一笑する。

「アッハハハ、そんなのがあったんですか。記憶ねエなあ、オレ」

しかし天真爛漫というか、この言葉遣いにちっとも嫌味が感じられなかった。

（四）

学生時代に江戸川橋のあたりにアパートを借りにいったことがあるという。話の様子から察すると、どうやらそれは有名な江戸川アパート（水谷準氏もそうだが、安部磯雄、坪内志行その他の文化人諸氏が住人だったことで知られている）のことらしいのだけれど、管理人が資格審査で七面倒くさいことをいうものだから、話がまとまらなかった。

「このことを思い出すと、大曲にあった『ロック』の編集部を連想するんです。尋ねたのは後にも先にも一度きりですが」

このとき生憎《あいにく》なことに山崎編集長が外出中だったことは、十二月号に書いたとおりである。

「当時は駒込林町の親戚に下宿していたんです。団子坂を上がった右手のところでした。森鷗外の観潮楼も焼けてしまって、一面の焼野原です。わずかに肴町《さかなまち》のほう、漱石の旧家のあたりが残っていました」

わたしもこの近辺に下宿したことがあるので、氏の話が手にとるように解った。但し年代的には二、三年のずれがあるらしく、わたしが住んだころはほとんど家が建っており、焼跡といった感じはなかった。なおこの団子坂を舞台にしたのが江戸川乱歩氏の《D坂の殺人》である。

「すると《魚の国記録》は林町で書いたことになるのですか」

「いえ、あれは郷里の新潟で書いたように思いますね。昨今とは違ってあの時分は、夏休みが終ったからといってすぐに出席しなくてもよかったんです」

つまり講義をサボって処女作を書いたということになる。

「なぜ『ロック』に発表したのですか」

これは編集長。他に『宝石』などがあったのに、殊更《ことさら》この雑誌をえらんだ理由を聞かせてくれ、という含みなのだろう。

「わかんないけどね、懸賞をやってたんじゃないですか」

「あの雑誌が懸賞をやったのは事実です。鮎川さんが《蛇と猪》で応募してるんだから。ですが紗原さんはその前に活字になっていますよ」

「記憶というのは前後がこんぐらかりますからね。ボクは懸賞に応募したような気がしてならないんだがなあ。ひょっとすると、雑誌のケツに『投稿歓迎』と書いてあったのかなあ。いまでいえば『新人募集』というところですかね」

「外国を舞台にしたところは北洋さんに似てますし、香山さんにも通じますが、北さんにはライバル意識を持ったですか」

「べつにそんなことはありませんね。山崎さんに向って北さんの作品評をやった覚えもないんです。ひょっとすると、山崎さんあての手紙のなかで触れたかもしれないですが」

「香山さんから影響を受けましたか」

「あの人の作品はあまり読んでいないんです。影響を受けたとすれば少年時代に読んだ小栗さんの魔境物かな？」

推理作家の間でも小栗信者が少なくないようだが、わたしは法水物《のりみず》にはほとんど興味が持てなかった。が、折竹孫七の登場する魔境物には魂をうばわれて愛読したものである。それはさておき、小栗氏の作品を掲載しようとして急死に遭い、無念の涙をのんだ山崎編集長の前に、作者みずから影響を受けたとする《魚の国記録》が送られてきたのだから、喜んでとびついたのは無理もないことだ。いま読み返してもよく書けた中編であり、素人っぽいところ、うぶな個所が散見するのは当然として、書ける新人だという印象を否定することはできない。紗原砂一が照れたりはにかんだりする必要はないのである。

話が『スリーナイン』に掲載された短篇にもどる。この雑誌はさすがの島崎氏も目にしたことがなく、発行所も判らなければ雑誌の体裁も判らず、何号まで出して潰れたのかという点も不明なのである。

「紗原さんの作品は冒険小説ばかりと考えていいのですが、熱情殺人事件というのは題名からみても本格物を暗示していると思うんです。どんな内容だったか思い出せませんか」

島崎氏に追及されて小首をひねる。

「……もしかしたらねえ、その作者の紗原幻一郎というのは違う人じゃねエかな」

「……？」

その時分、『妖奇』という雑誌（これはわたしも覗いたことがない）に香山滋と山田風太郎両氏のペンネームを足して割ったような、香山風太郎という筆名で書く人がいた。そういう時代であったから、紗原幻一郎の筆名を盗用するものが現われても不思議ではないのだが……。

「それは別人ですよ、調べてごらんなさい。おそらく人が違うよ」

次第に口調が確固としたものになる。

先頃、宇治の山村美紗氏と話をしていたら、自分は旧『宝石』をほとんど読んでいないという話になった。

「妙ですな、たしかコンテストに応募していた筈ですが」

「それについて二、三の人から指摘されたことがあるんです。そのときの文章のほうが上手でしたね、なんて……。でも、あたくし本当に読んだことがありませんのよ。変ですわねえ」という次第で、わたしも狐につままれた思いであった。後で旧『宝石』をとりだして見ると、ある年のコンテストの第二次予選通過者名のなかに間違いなく《歪んだ相似形》山村美紗（宇治）と記されているではないか。山村氏自身が応募したことを全く忘れてしまったのか、周辺のだれかが山村氏の名前と住所を無断借用して投稿したか、考えられるのは二つのケースしかない。紗原砂一の場合も山村氏の場合も面妖な話としかいいようがないのである。

（五）

「資料センターというのはどんな仕事をするセクションですか」

編集長はＮＨＫの機構に大きな興味を感じたものらしかった。一方、紗原砂一もとたんに舌の回転が早くなった。嫌なインタビューから解放されてホッとした面持である。

「放送に使うあらゆる資料を調達するんです。レコード、録音したテープ、画面にだす写真、印刷物、ありとあらゆる資料を扱います。将来はコンピューターに組み込んで、必要なものがひと目で判るようになります」

本人は意識していまいが、話が推理小説から外れると、きれいな言葉遣いに一変する。どこから見ても端麗で紳士的な、典型的なＮＨＫマンであった。

島崎氏はこのあとホテルで人と会わなくてはならぬ用事があるので、対談は四十五分で終了した。いままでの最短記録であり、それに応じてこの尋訪記もいつもより短いものとなった。

約束どおりに、紗原砂一は迷路のような廊下を先導して玄関ホールまで送ってくれた。そしてわたしを振り返ると人なつこい笑顔で、三十年ぶりで山崎さんに会ってみたいな、鮎川さんと三人で呑みませんかと誘うのであった。

◎探偵作家尋訪記追補

今月号も北洋氏の御家族が旅行中で不在のため時間切れになったので、この機会に先月号の「スリーナイン」についてその後明らかになったことを誌しておきます。前号の「紗原砂一氏尋訪」のなかではこの雑誌が島崎氏の手許にもない珍品であることを書きましたが、京都に本拠をおく「SRの会」の長老河田隆村氏のご好意でかなりはっきりしたことが判ったのです。「スリーナイン」の誌名は、ロンドン警視庁の一一〇番にあたる999からとったもの。昭和二十五年十一月号が創刊号に当り、縦が十八糎、横が十糎の、いうところの新書判で、八六ページという薄いものです。紗原砂一作《熱情殺人事件》はこの創刊号に載った八〇枚の純本格物。ほかに水谷準氏が西洋犯罪実話を、宮野村子氏が《哀しき錯誤》という短篇を発表しています。

当時、酒の粕から絞りとったというカストリ焼酎なるものが出廻っていました。私は呑んだことはありませんが、酒好きの人はこうした闇の酒を呑んで憂さをはらしていたものです。このカストリは三合呑むと酔い潰れたそうで、ここからカストリ雑誌という呼称が生まれました。三合(三号)で潰れる、との洒落です。「スリーナイン」が創刊号から三号を発行して潰れたのかどうかは知りませんが、長続きはしなかったようです。

さて問題は紗原砂一作《熱情殺人事件《パッション・マーダー・ケース》》です。NHKの紗原砂一氏は「そんなの書いた覚えはねェよ、オレ」というので私はいささかの興味を以って眼をとおしました。理づめのものは書けないと称する紗原氏の作品にしては、ヴァン・ダインふうの純粋本格小説といった内容は違和感があり過ぎ、やはり氏がいうように同名異人の作とみなしたほうがよさそうです。

これから先は私の想像ですが、作者は水上幻一郎氏ではあるまいかという気がします。この頃、短篇でヴァン・ダインのものを書いたのは水上氏以外にはないからです。ではなぜ作者の名を間違えて記載したのか。これも私の憶測ですけれど、編集部では水上幻一郎と紗原幻一郎とをとり違え、さらに紗原幻一郎のもう一つの筆名である紗原砂一名儀にしてしまったのではないでしょうか。この頃は宮下幻一郎という作家もおり、幻一郎が氾濫していたときでもあったのです。水上氏は「妖奇」の二十四年九月号に書いた《幽霊夫人》を最後に筆を折ったことになっています。が、その一年後に発表した本編が最終作品ではなかったか、と思うのですが……。

「スリーナイン」の奥村を見ますと、編集者は江口雅夫氏となっています。そこで東京の電話帳を引いてみますと、同姓同名の人がただ一人載っているのです。もしこの江口氏がこの雑誌のもと編集長であったなら、一切の謎は電話一本で解決してしまうわけです。

そこで早速ダイアルを回転させてみました。その結果は同姓異人というご返事でした。

14 〈不肖〉の原子物理学者《ニュークリアーフィジシスト》・北洋

(一)

推理専門誌「ロック」が廃刊となった後も、北洋は日本探偵作家クラブの会員であった。わたしは当時まだ入会していなかったから、会員の誰かに会員手帳を見せてもらってそのことを知ったのだろう。北洋はすでに発表舞台を失い、ただ名前だけの探偵作家として名簿の上に残っていたのである。

それから一、二年後のある夜、新宿の古本屋の店先で探偵作家クラブ編の年鑑を手にとり、うす暗い電灯の下で巻末の作家住所録をひらいてみたわたしは、この人が物故作家の欄に編入されていることを知ってびっくりした。「ロック」の山崎徹也編集長の断片的な話から判断したかぎりではまだ若い人の筈であり、これからの活躍が期待される新人であった。信じられぬ思いがすると同時に、惜しいことをしたというのが偽わらざる感想であった。

北氏が鎌倉の住人だったことを知ったのも、そのときである。京都在住とばかり思っていたわたしには、それも意外なことの一つだった。わたしは長いこと探偵文壇のアウトサイダーであったので、親しい作家仲間がいるわけでもなく、北洋氏については幾つかの知りたい疑問を抱いていながら、これを訊ねる相手もいなかった。

わたしが同じ鎌倉に住むようになったのは、それから二十年ほど後のことになる。そしてどうやら土地の地理にも慣れ、そのうちに北氏の旧居でも探しあててみたいと思っているうちに、ご多聞にもれずこの古い小さな都市でも地番が改称されてしまった。往年の年鑑をみて大体あの方角であろうという見当はつけられても、どの家であるかをつきとめることは容易ではなくなった。

　北洋という筆名から、わたしは漠然とではあったが、この作家が東北地方の生まれではないかと想像していた。甚だ無責任なことではあるけれども、山形県か秋田県の産であるように思い込んでいた。だから北洋氏の未亡人は北国の亡夫の郷里に帰って、ひっそりとした生活を送っているものと想っていたのである。その所在は京都の大学に問い合わせてもおそらく判るまいし、北氏のご遺族を訪問することはまず絶望的なのではないか、という考え方を持っていた。だから「幻影城」が「ロック」の特集を組んだすぐ後に、「北さんの弟さんの居所が判ったですよ」という連絡が島崎編集長から入ったときには、平凡な表現ながらわが耳を疑ったのであった。

北洋

（二）

「ボクはお天気男だ」

　というのが編集長の自慢である。

「ボクが外出する日に雨が降ったことがないです」

　しかし統計的にいうと雨の降る日よりも降らぬ日のほうが多いのだから、自慢するほどのこともないのだし、この話を聞かされるほうにしても、べつに感心する必要もないのである。

　だが、こと北家尋訪についてはこの自慢も自慢とはならず、島崎編集長の面目丸つぶれとなった。最初の予定した日は記録的な豪雨で延期となり、数ヵ月後にようやく実現の運びとなった日も雨天であった。小田急線の海老名駅前でタクシーを拾うわずかの間に、われわれは頭から濡れてしまった。

　北氏は男ばかり四人兄弟の長男で、次男も七年前に病没し、三男と四男が健在である。これから尋訪しようというのはこの三男に当る彬《ひとし》氏のお宅なのであった。海老名駅から二キロほどいったしずかな住宅街に鈴木家は建っていた。この辺りはまだ空気もきれいで住むには快適な場所である。その二階の一室で母堂をまじえた四人が、北洋の思い出を語り、そして聞いた。

　鈴木氏もそのお母さんもどちらかというと小造りで、声域がたかい。生前の北洋も、やはりこうしたタイプの人ではなかったかと想像する。壁に軍服姿の大きな写真が飾ってあるが、これは職業軍人であった父君のものだった。

「ぼくはあまり探偵小説に興味はないんです。それが本屋に立ち寄って何気なく『幻影城』をひらいて『ロック特集』ということを知りまして、手にとってみたんです。そしたら兄のことが出ていたもんで……」

「三十年もたったいまになって洋の小説を載せていただいて、びっくり致しました。なにぶん過去の人ですから……」

　と、お母さんもうれしそうであった。北氏の作品は引越しやなにかで散逸してしまい、現在手許にはほとんど残っていないという。

「四男は東京教育大学をでて昨年一年間ほどカナダに留学しましたが、これが先頃『兄さんの小説を読んでみたい』と申しておりました」

　だが、そうは思っても「ロック」の古本などは滅多に手に入らず、弟さんとしてもこれを再読する機会はなかったのである。最近にいたって「幻影城」で《失楽園》が、そして山村正夫氏のアンソロジーにもこの一篇が収録され、氏が残した作品を読めるようになったのはよろこぶべきことだろう。

　ここで北洋の作品リストを掲げておく。発表誌のほとんどが「ロック」であり作品は短篇ばかりである。

写真解読者	ロック	昭和21年10月号
ルシタニア号事件	同	22年3月号
失楽園	同	5月号
無意識殺人	ロック別冊	8月号
天使との争い	新探偵小説	10月号
死の協和音	ロック	12月号
異形の妖精	同	23年1月号
こがね虫の証人	新探偵小説	2月号
清滝川の惨劇	同	2／3〜4月号
展覧会の怪画	ロック別冊	3月号
盗まれた手	影	創刊号

（三）

「兄の探偵小説は物理的あるいは化学的なキーによって事件が解決するように思いますが、そこに特色を持たせようとしたんですね。しかし、在米中の湯川秀樹博士から『カストリ雑誌に書いた』といって叱られたように聞いています」

れっきとした推理専門誌をカストリ雑誌といわれたのでは、「ロック」を盛りたてようとして努めていた山崎編集長も面白くあるまいが、当時の探偵雑誌の大半がカストリ雑誌だったのだから、間違えられても仕方がなかろう。

「軍人の息子でありながら兄は戦争が大嫌いでした。ですから父にとっては不肖の子だったと思います。大学院へ進んだのも戦争が嫌だったからでしょうね」

「そればかりじゃないのよ、湯川先生を慕っていたからよ」

「それもありますけど、戦争が嫌いだからですよ」

ほほえましき論争が起った。

「ぼくはまだ小学生で幼かったもんですから陸軍幼年学校を志向していました。すると兄が軍国少年のぼくに『お前ほんとにいく気か』と何度も何度も訊ねました」

それが軍人の父君の耳に入ったら叱られたろうが、父親は五年間も戦地にいて家庭に帰ったことがないという。

「二番目の兄もおなじ大学にいましたが、やはり徹底した軍人嫌いでしたね」

敗戦色が濃くなるにつれ、当時の大学生のあいだでは戦争批判論がひそかにたたかわされていたものだが、軍人の子弟がこうした考え方をしたというのは珍しいことのように思う。

「息子は大学院に入る前の二十二、三歳で、実験物理をやっている先輩の妹さんと結婚しました。そして大学院を卒業しますと、横浜国立大学の助教授として鎌倉に住むようになりました」

「探偵小説を書いたのは京都時代です」

当時、横浜国立大学の教養学部が鎌倉にあり、だから鎌倉に移って来たわけである。

「黒沼健さんのお宅の裏木戸をでると、すぐそばでした。亡くなった名大の坂田昌吉先生の親御さんの家なんです」

戦前の一家は東京の北区赤羽に住んでいた。

「ところが復員した主人が病死をしまして、赤羽の家を人手にわたしして鎌倉へ参りました。洋が亡くなったのはそのあくる年です」

北洋の本名は鈴木坦《ひろし》。だからいままで母堂がヒロシと呼んでいたのは、すべて坦の字を書くべきなのである。

「兄の死は唐突でした。喘息が持病でしたから毎年季節のかわりめには悩まされていたのですが、そのときの発作はひどくて、心臓にひびいたものと思っています」

やはりわたしが想像していたように、その死は予期しない突然のものであった。それは助教授となって一年目の、昭和二十六年九月十五日のことである。生まれたのが大正十年七月二十三日だというから、満三十歳の短い生涯であった。

「嫁は籍をぬきますと、孫をつれて再婚いたしました」

「そのお孫さんはお父さんが探偵小説を書いていたこと、ご存知でしたか」

と編集長。

「いえ、小そうございましたから何も解らなかったと思います」

このお孫さんもいまは成人して、先般結婚されたという話を島崎編集長から聞かされた。だからわたしは、おばあさんがお孫さんの花嫁姿を見られたものと思っていたのだが、それはわたしの作家的空想のしからしむるところであり、実際には何の連絡もなかったという。

（四）

「兄が探偵小説を書いたわけの一つは、やはり原稿料が欲しかったからだと思います」

「しかしあの頃の探偵雑誌がいい稿料をくれたとは思いませんが」

「ですから協立出版の科学誌に啓蒙的な記事を書いたり、朝日から『アトム君の冒険』という、例の『不思議の国のトムキンス』の向うをはったような児童物を出したりしました。武蔵高校時代は文学青年といいますか、同人誌にロマンチックな小説を発表しています。ですから当時の学友は、兄が文科系にすすむものとばかり思っていたそうです」

「北洋という筆名はどこから出たのですか」

「北区の鈴木坦《ひろし》だからです」

「わたしは東北の生まれだと想像していたんですが」

「それもございますの。あの子の父親が青森県の十和田湖の近くの出ですから」

「大体、兄は北方志向だったという気がします。それやこれやであのペンネームが誕生したのでしょうね」

わたしの想像も多少はあたっていたことになる。

「遺作はございませんか」

「ないと思います。探偵小説を書いていたのは京都時代で、鎌倉へ来てからは書いていませんから……」

その頃すでに「ロック」は潰れていたから、発表する舞台もなかったものと思う。もし他誌が注文をだしていたなら、北氏の作品数も少しはふえたに違いなく、それが残念であった。

掲載誌の「ロック」も殆ど散逸してしまったというが、母堂がわれわれのために出しておいて下さったのは一冊の探偵作家クラブの会員名簿と、新聞記事のキリヌキであった。

「この名簿は息子が亡くなったあとで届きました」

それは薄っぺらな手帳ほどの大きさのもので、現在の日本推理作家協会が会員に配布している推理手帳に比べると、なんともお粗末なものである。

キリヌキのほうは黄色く変色している。

「これは江戸川乱歩先生が京都においでになって、坦と会われたときのものです」

そこにはベレー帽をかぶった江戸川氏が北洋をはじめとする当時の新人について語った談話が載っていた。だがその江戸川氏はいまのわたしよりも若く、そして北氏が夭折しなかったら、とって五十五歳になっている筈である。そうしたことを思いながらキリヌキに目を落すと感慨なきを得ない。

「写真を拝借したいのですが……」

と、編集長。だが、戦後の物が不足していた時代のせいか、成人してからの北洋の写真は数が多くない。湯川博士達と並んだものはあっても、北洋ひとりの姿は、横浜国立大学の助教授時代に写したものが、それもたった一枚あるのみである。

「大切に扱いますから」

といって借用して来たのがこの写真であった。「ロック」の編集スタッフを除けば北氏と会ったものは殆どない筈だから、これは珍しい一枚ということになる。令弟の彬氏は眼鏡をかけているが、それをはずせばこの写真そっくりである。氏は長兄次兄とは違って東京大学で美学をおさめた。

彬氏は保土ヶ谷の高校の英語教師であり（当時）、わたしも三年間ほど保土ヶ谷に住んだことがあったので、権太坂について話がはずんだ。「佐野の馬、戸塚の坂で二度ころび」の川柳はこの権太坂のあたりのことをいったものであり、氏が奉職する高校もそのそばにあるのだ。そして坂談義が一段と発展しそうになったとき、窓外でクラクションが鳴った。頼んでおいたハイヤーが到着したのである。こうしてわれわれの尋訪は、瀬下耽氏の場合と同様に、唐突に終ったのであった。

追記

北洋氏もまた、推理小説の作品が一巻の書物にならなかった不運な作家のひとりである。本稿が載った「幻影城」七六年十一月号に《写真解読者》が掲載されているから、ぜひとも読みたいという人はそれを古本屋で見つけられるのが近道だろう。

北氏の写真のバックになっているのは、奉職していた鎌倉の横浜国大の付属小学校か中学校の教室だと思う。この校舎は畠山重忠の邸跡のすぐそばで、鎌倉を訪ねた編集者とぶらぶら歩きをして運動場の横をとおるたびに、北氏が写真にうつったのはあの辺りの窓ではないかなどと説明して聞かせるのがわたしの習慣になっている。彼らが北作品を読んでいないことは承知の上で……。

最後の作品と思われる《盗まれた手》を載せた「影」は二十三年七月に創刊号を出したきりで潰れた。京都の映画関係者たちが作った（山前譲氏）というから、北氏と知り合いの人がいたのかもしれない。

15 アヴァンチュウルの設計技師・埴輪史郎

（一）

旧「宝石」が百万円コンクールと称して長篇中篇短編の三部門に分けて原稿をつのったのは、もうふた昔前のことになってしまった。わたしも長篇と短篇を一つずつ投じているので、このコンクールから出た人々については同期生に対するような親愛感を抱く場合が少なくない。

中篇部門では十六人の新人が書いた十六篇が活字になり、一冊の本として発売されたのだが、そのなかの十人以上の人が引き続いて「宝石」を中心に創作活動を行った。

この十六人のなかで半ダース以上の作品を書いた人を数えてみると、丘美丈二郎、永田政雄、岡田鯱彦、角田実氏等々の名が挙げられる。そして、今回尋訪をした埴輪史郎氏もそのうちの一人なのである。ことのついでに誌しておくと、これらの新人も時代の推移とともにひとり減りふたり減り、プロ作家として執筆をつづけたのは川島郁夫氏（のちに本名の藤村正太となった）だけである。いささか淋しすぎる現状だけれど、この中篇コンクールに予選でおちている矢島喜八郎氏がこれまた西村京太郎と名を変え、元気で書きまくっているのは頼もしい。

これら十六人の消息はある程度つかめている。だが埴輪史郎氏だけは現役時代から正体がはっきりしなかった。SFとミステリーで味つけした伝奇ロマンをこれだけ書いていれば、「宝石」のグラビアに顔写真が載ってもよかりそうなものなのに、経歴はおろか本名すら紹介されたことがない。いうなれば氏は、その活躍中からしてすでに幻の作家だったのである。

その幻の作家がほんとうの幻の作家となってから十数

年が経過し、昨今では名を知る読者も少なくなってきた。しかしわたしの心のなかでは、機会さえあったらこの消えた作家を尋訪してみたいと考えていた。このような場合、旧「宝石」編集部に備えてあった寄稿家住所録があれば簡単に所在が判るのだけれども、宝石社の解散とともにこうした書類も四散してしまったらしく、当時の作家の住所を知ろうとしても容易なことでは判明しないのである。

この春、ふとしたことから埴輪氏が「科学小説」の同人であったという話を耳にした。「科学小説」は渡辺啓助氏の主催する同人誌で、わずか二号で終刊を迎えたとはいえ、ＳＦ界に寄与するところが少なくなかった。同人のなかには現在のＳＦ界の有力作家たちが気鋭の新人として参加していた。またその一方では、すでに中堅推理作家として認められていた潮寒二、丘美丈二郎、夢座海二氏等も名をつらねていたのである。とするならば、渡辺啓助編集長にお訊ねすれば埴輪史郎の居所が判明するのではあるまいか。

そこで早速ダイヤルを廻わすと、

「日立製作所に勤務していたことは知っていますがね、最近の住所までは判りません。しかし、ボクの弟が日立で医者をやってますから、弟を通じて調べてもらいましょう。丁度いいことに、ボクの書の個展が日立で開かれることになっているので、近々あちらへ行かなくてはならないのです。そのついでに訊いてみます」

いささか虫のいい願いではあったけれど、ご好意に甘えることにした。と同時にわたしは埴輪史郎が日立の住人であることを、この電話ではじめて知ったのである。なお渡辺氏の書展というのは東京の青山で開かれたときに拝見したが、氏の書には飄々《ひょうひょう》とした味わいがあり、書だの骨董《こっとう》などに趣味のないわたしにもよく解るもので、また俳画ふうの洒脱な鴉の絵なども面白かった。

日立で医者を開業する渡辺医博は故温氏の兄にあたる人で小説の創作もある。京都の大学で独文を、さらに岡山の大学で医学をおさめたのだが、それ以外は生まれ故郷の日立を離れたことがなく、いわば生粋の日立っ児だ。それだけに日立人士のあいだに知り合いも多いのである。

数日後に、日立から帰京された渡辺啓助氏によって情報がもたらされた。埴輪史郎は本名が平楽《たいらく》太郎、現在は日立製作所を退職して設計事務所を開いている。電話番号はこれこれしかじか……。で、わたしは折り返し島崎編集長にそのことをつたえ、尋訪の打診をしてもらった。

尋訪するに当ってわれわれは、㈠場所は近所の喫茶店で結構、㈡時間は一時間程度、㈢答えたくない質問に対してはノーコメントで構わぬから、という三条件を提示し、諒解を求めることにしている。平楽氏からは二、三日前に連絡してくれるならいつでもお待ちしますという返事が戻ってきたのだが、こちらも多忙つづきで、梅雨が過ぎ夏が終ってもなかなか暇ができない。これでは余り失礼になると考えて、十月のはじめに、思い切って出かけることにした。

埴輪史郎

（二）

十月三日は日曜日であった。上野駅十時発の原町行特急「ひたち2号」に乗る。埴輪氏の住所は日立市であるものの、下車駅は日立の手前の常陸多賀《ひたちたが》。特急でいけば一時間半とちょっとである。喋ることに夢中だった編集長は上野駅で買った弁当に箸をつける暇がなかったほどだ。

片手に「幻影城」の十一月号を持って改札口をぬける。雑誌を見て接近してくる人があれば、これぞ正《まさ》しく埴輪史郎ということになる。われわれの車輛から下車したのは二人だけだったけれど、それでもいっときは小さな駅のなかが降車客でいっぱいになった。その群れをかきわけて近づいて来た人を一目みて、「あ、埴輪さんだな」と直感した。そこは以心伝心というか、目印なんぞを見なくとも互いにピーンとくるのである。

駅の近くの喫茶店で話をしたいと申し入れたが、自宅で昼食の仕度がしてあるからといってタクシーに乗せられた。われわれは特急の座席券が思うように手に入らず、結果として正午到着という便になってしまったのだが、これは本意ではなかった。以後、注意すべきことと自戒する。

車は国道を水戸の方角へむかって走る。日立という都会を四日市なみの公害都市と想像していたわたしは、空が蒼く空気がすんでいることに意外感を抱かされた。「日立製作所は煙をださないのですよ。ですから四日市などとは違って公害はありません。夏は涼しいし冬は暖かですし、大きな河川がないから氾濫《はんらん》の心配もないというわけで、非常に住みよい町なのです」

そういう自賛の言葉を聞かされると、老後はここに引退しようかなという気になってくる。

車は町なかをぬけ郊外にさしかかった。埴輪家は、とあるバス停から二〇〇メートルほど奥に入った落着いた住宅地の小高い丘の一角に建っている。まだ民家が建てこんでおらず、まことに閑静である。氏が設計事務所を開いているという話を聞いていたわたしは、市中の大通りに沿った住宅兼用のオフィスを想像していたのだけれど、この空想は大きくくずれていた。事務所は、敷地内につくられたプレハブの別棟であった。

「仕事はふたりでやっています。土曜日曜が休みで、そのほかに朝起きてなんとなく気分がすぐれないときは、休みます。なにぶん老年ですので無理は出来ません」

まことに自由気儘な仕事ぶりとお見受けした。サラリーマンたるもの、定年退職をした後はこのような気楽な勤めをしたいだろうが、現実はなかなかきびしく、相変らず満員電車にもまれて通勤しなくてはならないのである。そうした点からいえば、設計技師平楽太郎氏は非常にめぐまれている人であろう。

設計事務所というから漠然と建築の設計だと思っていたのだが、そうではなかった。

「機械の設計です。日立製作所では電車のモーターをやっていましたが、基礎の勉強をしていればどんな機械の設計でもできます。考えることが楽しいですね。ただし、余り急な日限を切られる仕事はおことわりすることにしています」

まことに羨しい話である。わたしもサラリーマンなら停年を迎えている年齢だから、短篇の依頼はすべて謝絶して長篇一途に取り組みたいのだが、なかなか思うようには参らず、いまもって締切りに追われてヒイヒイいっているのだ。

（三）

以下は夫人と美しいお嬢さんのサービスで食事をしながらのインタビューということになる。わたしは服装に無頓着なたちなので、帰宅してから気づいたのだが、この日は左右ちがった靴下をはいて行き、しかも買ってから二度しかはかないというのに、片方の靴下には孔があいているという始末であった。夫人やお嬢さんの目にとまらなかったのは天佑と申すべきか。

例によって人定尋問の如きものから始まる。

「生まれたのは明治四十五年の一月です。半年おくれて七月に生まれれば大正っ子になるところでした」

「平楽というのは珍しい姓ですね」

「祖先は平家の出だそうで、源氏に敗けてさんざん苦労を重ねましたから、これからは楽をしようというので平楽の姓をつけたのだそうです」

平家とは懐しい。わたしの母方のほうも平重盛の末裔で、水戸に落ちのびたという話である。

「わたしの祖先は平将門の残党とされています。まだ父が健在だった時分、新聞記者がそれを聞いて記事をとりに来たことがあるんですが、戦前の将門は逆賊ということになっていましたから、気短かな父は怒って追い返してしまいました。その後で、こんなものがあるからいかんといって、系図を燃やしてしまったのです」

埴輪氏の語り口はおっとりとしたもので、激して早口になることもなければ、興至って呵々大笑するということもない。

「いつでしたか静岡県あたりで前科何犯の平楽某という男がつかまったテレビニュースを見ておやおやと思いましたが、これはわが家とは関係ありませんから。アハハ」

声をたてて笑ったのはこのときぐらい。

「埴輪史郎というペンネームの由来は？」

「友達に、お前の顔はハニワに似ているといわれたことがあったもので……」

元来男性というのは顔の造作のことなどは話題にしないのだけれど、遠慮のない問柄だと、ときには口を辷らすこともある。氏の顔をハニワに見立てればさしずめ武人であろうか。武人の埴輪というのはまた無表情のうちに気品をたたえ、どうしてなかなかいいものだ。

（四）

「生まれは上州の安中《あんなか》ですが、父を早く亡くして仙台のおじのもとで育ちました。わたしの身についた整頓好きの性格はこのおじに躾《しつけ》られたものです」

古い写真や古い作品などキチンと整理してあるとみえ、身軽にちょいと立ち上っては隣室からとって来てくれる。

「わたしが日立製作所に入社するとき、名前を売れ、目立つような人間になれとこのおじが励ましてくれたのですね。そうしたわけではありませんが、『パンポン』という社内誌を創刊したり、はじめのうちは誰も執筆してくれませんから自分で書いたりしました。そのお蔭で離れた土地にあるわが社の工場を訪ねたときなども、ああ『パンポン』の平楽さんですかといわれて、そこから話がほぐれていくことがしばしばあったものです。名前を売れという言葉が、ここではじめて理解できました」

ちなみにパンポンというのは中間にネットを張って勝敗をあらそう球戯で、日立独特のゲームである由。その名をとって社内誌のタイトルにしたのである。この雑誌は珍しく長命で先頃二百号を迎えたという。

「いまでもOB特集号などに書くことがあります。創作ではなくて随筆のたぐいですが……」

若き日の平楽氏が入社した頃、独身寮の同僚に文学青年がいて「改造」や「中央公論」にしきりに投稿をし、しかし活字になったことがなかったという。平楽青年はそれを見ていて思うことがあり、文学書や小説作法などをつとめて読むようになった。「新青年」も戦前から読んでいたというから、《海底の墓場》を書く下地ははるか以前から培われていたことになる。

「会社で各部対抗の演劇大会があったのですが、そのときお前プロットをつくれといわれて筋を書きました。それが一等に入ってから自信がつきまして、人が書けるなら自分だって書けるという気持で書きました」

初《はつ》の他流試合は「新青年」で実話物であった。

「昭和十年頃のことです。樺太の監獄部屋の生活を経験した人がいまして、その人から聞かされた話をもとに書いたのです」

この監獄部屋というのは土木屋の荒くれ男どもが人夫を強制的にこき使って暴利をむさぼり、酷使に耐えられなくなって脱走する者がいると私刑を加えるという、樺太開拓史のなかの恐怖の一頁として忘れ得ぬものなのである。羽志主水《はしもんど》氏の《監獄部屋》はズバリそのものを描いた短篇であり、わたしが小学生の頃に読んだ佐藤紅緑作の少年小説にも、監獄部屋に捕えられたクラスメートを救出する友愛冒険物語があった。

話が佳境に入る。平楽氏は手をポンと叩いて「おい、ビール！　おい！」という。奥さんをおいと呼ぶのは正しく明治の人間である。

「戦後になって胸をわるくしたもので特効薬で治療したのですが、そのために副作用が肝臓にでて、酒が呑めなくなりました。無理に呑むと気分がわるくなります」

その前は呑めるクチであったらしい。

「例のコンクールの選に《海底の墓場》が入ったもので、仲間が前祝いをやれといって一晩呑んだことがあります。ところが賞金がなかなか届かなくて……」

やがて送金して来たものの岩谷書店も経営が苦しかっ

たため全額ではなく、「前祝いで足をだしてしまいました」ということになる。

「これはボクの想像だけど、一般には岩谷書店が雑誌『天狗』を創刊したところが売れなくて、その結果コンクールの賞金を払えなくなったといわれているのは事実と逆ではないかと思うんです。すでにその時分に経営が悪化していたので、『天狗』を出して挽回しようとした狙いが裏目にでたんだろうと考えるんです。自分で雑誌を出してみて、小出版社の苦労というものがはじめて解ったんです」

あるいは島崎説が正しいのかもしれない。わたしは

埴輪史郎氏

「天狗」を手にとったことがないので何ともいえないが、広告を見ただけで食欲が引っ込むような内容だったように記憶している。尤もこれは、わたしが時代小説嫌いというプリズムを通して眺め、感じたことであるのだが——。

「当時ちょっとした借財があったものですからね、できれば賞金でその穴埋めに当てようと考えたんですよ」

この《海底の墓場》は日本人の潜水夫が高額の報酬にひかれて南米の海底にもぐり、第二次大戦中に自爆をとげたドイツの潜水艦グラーフ・シュペー号をめぐるミステリアスな出来事に遭うという話で、高額の報酬にひかれて云々といった個所は、執筆当時の作者自身の気持を代弁していたのかもしれない。

本篇で埴輪史郎の筆名が誕生したわけだが、後にある週刊誌の編集長から、本名のほうが、変っていて覚えられ易くて有利だ、といわれたそうである。しかし、一々ルビを振らなくてはならない名前というのも困るのではないか。

（五）

「宝石」編集部からの注文で、埴輪史郎はミステリーの

味づけをした冒険物を書くようになる。

「《ヒマラヤの魔神》は、やはり今度の大戦の最中に、日独の飛行機がヒマラヤで会って連絡をとり合った話をもとにしました。よくわたしのことを外国旅行の経験があるように思う人がいますが、すべて地図と百科事典を頼りに書き上げたのです」

いうなればこれが創作の秘密なのだけれど、奔放《ほんぽう》な空想力がはばたかなければ、あのような面白い作品にならぬことはいうまでもない。

「筆を折られたのはどういう理由です？」

「仕事が多忙になったからです」

その多忙なポストで停年を迎えた氏は、埼玉県熊谷市にある系列会社に勤め、そこで八年を送った。

「安中の近くではないですか」

「でも熊谷は夏暑く冬が寒くてやりきれない土地でした。日立という町を離れてはじめて日立の良さが解ったのですよ。それに友人知人もたくさんいることだし、また戻って来ました」

「上京はなさらないのですか」

「たまに出て国電や地下鉄にのると、モーターの音が気になります。日立のほかに東芝など五社のモーターが入っているのですが、音がおかしいと、どこか悪いんじゃないかとそんな心配ばかりします」

電車の乗客のなかにこのような人が混っているとは、迂闊なことながら、わたしは考えたこともなかったのである。

話は前後するが旧「宝石」に《海底の墓場》を投じる前はもっぱら戯曲を書き、戦争中に《鍋釜談議》によって日本厚生文化賞を得たのを皮切りに、NHKや、遠くは西日本新聞社の募集に応じそれぞれが入選していた。しかし推理小説では右の中篇が最初の試みになる。

話の途中でひょいと立ち上った埴輪史郎は、すぐに一葉の写真を手にしてテーブルについた。

「《海底の墓場》の後ですが、『週刊朝日』のコンテストに原稿を送ったら入選しましてね。松本清張氏の《西郷札》が一位になったときで、松本氏は当時九州に住んでおいでだったのでここには写っていません。写した場所は朝日新聞社の会議室あたりだと記憶しています」

白い布をはった長いテーブルを前に、一列に並んだ顔を眺めると、これが若き日の埴輪氏であり南條範夫氏であり五味川純平氏なのである。当時の南條氏は道之介と名乗り、五味川氏は純平ではなしに淳を名乗っていた。ほかに氏名不詳の男女ふたりが坐っているが、これは帰京してからの編集長の調査で深安地平、森富子氏と判明した。本文の冒頭でわたしは、埴輪史郎の人相風体のほども不明だと書いたのだけれど、それはわたしの目が届かなかったためであった。

「その作品は推理小説ですか」

と、編集長がひと膝のりだした。

「推理物ではありません。復員した兵士のすさんだ心を描いたものです。活字にならなかったんですが十万円を送ってくれたものですから、これで借金を払いました」

戦後の日本人はごく一部の闇成金をべつにすると、ほとんどすべての者が貧乏していた。したがって懸賞小説に応募した人々は、まず大半が賞金に期待をかけたといっても言い過ぎではないだろう。

さて、ここで埴輪史郎作品の推理小説リストを掲げておこう。

海底の墓場	別冊宝石	昭和25年2月号
異常嗅覚	宝石	26年2月号
ハルピンの妖女	探偵実話	27年3月号
南赤道海流	宝石	5月号
ヒマラヤの魔神	別冊宝石	6月号
緊褌殺人事件	宝石	12月号
極南魔海	同	28年6月号

右のうち《緊褌《きんこん》殺人事件》は編集部の注文で書いたユーモア物であり、《ハルピンの妖女》はスパイ物である。この北満の都市に転属になった日本人の若き将校の間から裸体凍死事件が続発し、裏面にロシヤ美人が情報スパイとして活躍する話だが、ハッピーエンドになっているため読後感がいい。《海底の墓場》も《ハルピンの妖女》も、背後から聞えてくるのは戦争否定の和音である。

「ハルビンにいらっしゃったことがあるんですか」

「いえ。しかし本溪湖《ほんけいこ》には一ヵ月間ほど出張しました」

本溪湖は奉天（いまの瀋陽）から安東へ至る安奉線の、数えて八つ目の駅で下車したところにある有名な鉱山だった。

「ドイツから採掘機械の半分が届いたのですが、残りの半分が敵側に没収されたとみえて到着しないのです。そこで内地から出張して、未着の部分を設計して日本で製作することになりました」

若い頃から「新青年」を読んでいた氏は葛山二郎氏の作品にも触れていたことと思うのだが、その葛山氏が直線距離にして六十キロはなれた撫順市に住んでいたことを、知る由もなかったであろう。

「自信作はどれですか」

編集長に訊かれて首をかしげる。

「……自信作はと訊ねられると返答に困ります。しかし《海底の墓場》が当選したときの喜びはいまも忘れられませんね。ＳＦに対しては現在でも興味があります。機械の設計というのはゼロから出発して一つのものをつくり上げるのです。わたしはそこに喜びを感じます。小説もゼロから出発することは同様で、一つの人生を設計するわけです。わたしにとって創作は喜びでもあったわけですよ」

雑談をまじえて一時間半に及ぶインタビューが終わり、われわれはバス停まで送られて挨拶をかわし、水戸へ向った。

この日は大安吉日とあって水戸駅からも沢山のカップルが特急で新婚旅行に出発した。その熱っぽい雰囲気にあおられながら、編集長はひとり冷え切った上野駅のトンカツ弁当を喰っていた。そして箸を休ませると、

「ぼくにはあんな時代はもう来ない」

淋しく独語したのである。

追記

わが家の庭はどうしたわけか花が育たない。酸性土壌のせいかと思い中和剤をまいたが効果なし。つぎの年はネマトーダのせいだろうと考えて消毒薬を散布したがいっこうに効き目がない。県花でもある山百合の球根はとろけてしまうし疎開先から持って来たオレンジとクリーム色のつつじも枯れた。いまは花の栽培に絶望して雑草の生えるがままにしている。こうした事情のあるせいか、よその家に咲いている花々を見るとそれがひとしお美しく見え、いつまでも印象に残る。埴輪氏をお訪ねしたときのことを回想すると、国鉄の駅に咲いていたコスモスの花が浮んでくる。秋を代表するこの花はわたしの大好きなもので、いつだったか信州の土屋隆夫氏からタネをわけてもらったが、丈夫な性格のこの植物ですらわが家の庭には育たなかった。

埴輪氏は礼儀正しい人とみえて、必ず賀状を下さる。そしてそれが二人をつなぐ細いけれども丈夫な一本の糸になっている。現在の氏は「設計の仕事からも手を引きました」ということだ。

埴輪氏のミステリー作品は十本に充たない数で、プロ作家でなかったためだろう、本になったものはない。氏の書くものはコンクールに投じた第一作が中篇であったように、中篇が得意であったらしい。かつてわたしが双葉社からアンソロジーを編んだ際に氏の作品を採らせて

頂きたかったのだが、どれも長すぎるために断念せざるを得ないといういきさつがあった。これはいまでもわたしの心のこりとなっている。

なお文中の羽志主水氏について、すでに令息とのインタビューをすませてあるので、もし本書の続篇が出版されるようになれば、そこに編入したいと考えている。

16　夢の追跡者・南沢十七

（一）

中島河太郎氏はその推理作家作品リストの中で南沢十七を「ミ」の部に入れている。当然、ミナミザワ・ジュウシチと読むことになる。一方島崎博氏はこれにナンザワ・トシチというルビを振っている。電話帳でひくと圧倒的にナンザワ姓が多い、加えてナンザワ・トシチのほうが語呂がいい、というのが理由であった。わたしも後日東京の電話帳を開いてみたが、圧倒的どころか南沢姓の加入者はすべて「ナ」の部に入れられており、ミナミザワ姓のものは一人もいないことを知った。

先般、双葉社から「怪奇探偵小説集」を出したとき、第一巻に南沢十七作《蛭》を採ったのだが、作者名にルビを振る段になって編者であるわたしは中島説をとるべきか島崎説をとるべきかで頭を抱えてしまった。こうした場合、作者自身に、あるいは作者の近辺の人に訊ねれば疑問はたちどころに氷解する。だが、昭和三十年代半ば頃に筆を折って以来、南沢十七の消息は杳として判らないのである。こころみに氏が少年科学小説を何冊か刊行したというポプラ社に電話をして貰ったところ、「二十年余り昔のことだから解りかねる」といった返事で、期待したような収穫は得られなかった。だからわたしは一応島崎説にしたがってルビを振っておきながらも、「作者に訊ねればミナミザワ・ジュウシチと読んでくれなくては困るといわれるかもしれない」と記したのである。

それから半年ほど経った九月二日のこと、立風書房の稲見茂久氏（所在が判らなかった瀬下耽氏を発見してくれた人である）と雑談をしているうち、談たまたまポプラ社の話になったところ、ボクは同社の若い編集者を知っている、この人が南沢氏を知っているかもしれない、というのである。そこでわたしは、稲見氏をつうじてその若き編集者に再度南沢氏の消息を確認してもらうことを思いついた。稲見氏が話を持ち込んでくれれば、もう少し親身になって探してくれるかもしれぬ、という期待を抱きながら……。

　一週間後に稲見氏から電話が入った。ポプラ社の返事によると南沢十七氏はすでに亡くなられ、未亡人が都下の小金井市に居住……という内容である。わたしは氏に

南沢十七

直接インタビューする機会の失われたことを残念に思いながら、折返しその旨を島崎編集長に伝えた。

　それから二日後に、ポプラ社の未知の堀信《ただし》氏より速達のハガキが届いた。先に南沢氏が死去しているといったのは調査のミスであり、氏は健在であるとの至急連絡だった。一読したわたしはこのグッドニュースをただちに島崎編集長に知らせると、尋訪スケジュールを立ててくれるよう依頼したのである。

　確たる理由もなくわたしは、氏が筆を折って隠居しておられるのではないかと想像していたのだが、それは飛んでもない思い違いで、小金井のお宅からお茶の水にある製薬会社に通勤しているばかりでなしに、厚生省を連日のように訪ねたり、月に二度は群馬県の高崎市まで出掛けるという、出不精なわたしなんかとは比較にならない多忙さであった。そうしたわけでインタビューをしようにもスケジュールの調整が容易につかない。ようやくのことで話がまとまり、九月の下旬に録音機をひっさげて上京したところ、急用が出来《しゅったい》したとかでキャンセルになった。忙しい人だから無理もないのである。

　氏とのあいだに二度目の尋訪の約束ができたのはそれから更に三週間のちのことで、午後三時という指定の時刻きっかりに、お茶の水駅前の喫茶店の扉をあけた。マ

ンモス喫茶店というのであろうかバカでかい店で、客の大半は学生である。何処に誰が坐っているか一瞥しただけでは判るものではない。そこで予め教えられていたとおりマイクで呼び出してもらう。

「南沢《なんざわ》十《と》七《しち》さん、おいでしたらレジの処までどうぞ……」

(二)

南沢十七氏はどちらかというと小造りの、ベレと白いセーターがよく似合う人であった。本名は川端男勇《まさお》。

「ボクの筆名についてよく訊かれるんだけれども、十七《じゅうしち》というのは十七歳のときに親爺を失ったからなんですよ。親爺は蔵前の高工をでると新橋の鉄道に勤めたのです」

蔵前の高工というのは浅草の蔵前にあった東京高等工業のこと。いまの大岡山に移った東京工大の前身である。この学校に非常に高い煙突があって東京の名物になっていた。その頃東京に住んでいた漫才師の横山エンタツは、背がヒョロ長いことから蔵前の煙突のようだというわけで、エントツのニックネームをつけられていた。後年大阪で芸人になったときに、それを関西風に変えてエンタツと名乗ったのだという。

仇しごとはさておいて、若きエリートはこれまた国鉄の前身である新橋の鉄道院に職を奉じる（鮎川註、鉄道院はのちに鉄道省となった。いまの運輸省の前身である）。

「ぼくが一歳のときに親爺は部下を引きつれて満洲へわたると満鉄に入って、大連《だいれん》から奉天《ほうてん》までの鉄道を敷設したんです」

大連というのは現在の旅大市のこと。そしていま瀋陽となっているのが昔の奉天である。これは満洲の大動脈にあたる鉄道で、日本でいえばさしずめ東海道本線ということになる。

「しかし男ばかりで暮していると気がとげとげしてくる。仲間同士で喧嘩を始めたり部落の女性を襲ったりする。そこで親爺が東京に残った妻子全員に移住してくるように提案したわけです。そうした事情で赤ン坊のぼくは玄海灘を越えて大連に上陸しました」

大連で少年時代の一時期をすごしたわたしは、大連と聞くとひと膝のりだしたくなる。

「住んだ所は？」

「ロシヤ町《まち》です」

正確には露西亜町と書いた。大連という近代的な街を建設したのはロシヤ人であったが、彼等は日露戦争で敗れると都市の経営を日本人の手に委ねて引き揚げていった。その、彼らが住んでいたヨーロッパ風の住宅地域を、後から来た日本人達は露西亜町と命名したのである。大連駅からも近い一画であった。

「すると入学したのは日本橋小学校ですか」

「いえ、入ったのは沙河口《さかこう》小学校です」

沙河口は大連の西のはずれにあって、鉄道でゆけば一つ目の駅に当る。ここは自称東洋一という鉄道工場で知られていたから、氏のお父さんがこの満鉄工場勤務だったことは改めて訊くまでもない。因みに、拙作《ペトロフ事件》に登場する主人公もまた、沙河口警察署勤務という設定になっている。沙河口の名は、わたしにとってひとしお懐しい響きを持つのである。

「中学は関西の三田《さんだ》中学。のちに東京外語に入ってドイツ文学を専攻しました。同期生にフランス語をやった玉川一郎君がいます」

玉川氏もまた戦前の「新青年」の寄稿家の一人で、一般にはユーモア作家として知られているが、「新青年」に載せたフランス物のユーモアコントの翻訳が面白かった。多分それはフランスの雑誌を渉猟して傑作を選んで訳出したのだろうから、面白いのは当然であろうし、同時に玉川氏の軽妙な訳筆がものをいったのである。この「新青年」で活躍した両氏がクラスメートであるとはわたしも知らなかった。

（三）

「いまでこそ新聞社は主な外国に支局をおいていますが、その時分はなかった。ぼくはその必要を痛感して、修得したドイツ語を活かしてドイツで活躍したいと思っていました。ところが父を十七のときに亡くして母一人子一人なのです、その母から東京にいてくれ、外国に行ってしまうなら縁を切るといわれるとむげに断わるわけにもいきません。結局渡独の夢ははたせなかったが、でもぼくは親孝行ができたと思っています」

実現をみることなく終った夢を、氏は、子息をアメリカの医科大学に留学させることに依って果したのである。

「ペンネームの十七の由来はわかったのですが、南沢というのはどこから命名したのですか」

と編集長。

「出身が仙台の南沢という土地だったからですよ。あちらの地名はナンザワですが、ぼくの筆名はミナミザワと読みます」

ようやくのことで筆名にまつわる疑問が氷解した。

ドイツ渡航をあきらめたこの青年は東京市の衛生試験所に勤務する。そしてアルバイトとして書いた文章が雑誌社の目にとまり、やがて「新青年」にも執筆するようになった。因みに当時花柳《かりゅう》小説の作家として知られた米田華紅は氏の叔父さんにあたるという。

「この叔父からお前は小説を書く男ではないと思うが、頼まれた以上はやってみたらどうか、といわれました。海野十三氏だってもともとは文学青年ではなかったのですからね」

この辺りから話題は交友関係に移ってゆく。氏は、こちらが黙っていても協力的に語ってくれるタイプなので、インタビュアーにとっては非常に楽であった。用といえば時間を計って、満タンになったテープを反転させるぐらいのものである。

「江戸川乱歩さんとはじめて赤坂で会って呑んだときに、川端さんは薬学のどの方面を専攻したのか、と訊かれました。わたしは薬学ではなくて生物学である。生物学と毒物とは関係ないのですが、江戸川氏から毒薬の話をしてくれないかといわれて、クラーレ、昆虫毒、細菌毒、植物毒などについて語ったことがあります。植物毒のなかには花に触れただけでしびれる毒もあるんです」

氏が生物学に精しいのは東京外語に入る前に長崎の大学で専攻したからで、衛生試験所に勤務したのもべつに不思議ではない。

「海野さんとは、彼が電気試験所に、わたしが衛生試験所に勤めていた時分からの知り合いです。海野さんの奥さんはよくできた人でねえ……」

「その頃『新青年』の編集部へは顔をだされたのですか」

と編集長。わたしは海野夫人の話を聞きたかったのに……。

「ええ、ときどき訪ねました。水谷準、乾信一郎、横溝正史……、いや、横溝さんは『講談雑誌』の編集長だったかな。ぼくもこの雑誌に沢山書いてね。『新青年』ばかりを発表舞台にしているとマンネリズムに陥るのではないかと思ったものだから、『講談倶楽部』『面白倶楽部』『少年倶楽部』などにも書きました。内容にも幅を持たせて……」

ひとしきり友人知人の思い出話がつづく。本位田《ほんいでん》準一氏（江戸川乱歩氏の若い頃からの友人）の名などもでてくる。そうした仲間の作家の話を聞くと、南沢十七は幻の作家でも何でもなくて、ただ面識のなかったわれわれのほうで勝手に消息不明にしていたことが判るのであった。

「木々高太郎を発見したのもぼくらなんですよ」

これは意外な話であった。木々氏に探偵小説を書かせたのは海野、水谷両氏であるというのが定説だったのだから――。

「海野さんが『川端君、慶応の林先生はどうだろう』と言い出した。『いいね、指導如何に依っては相当なものになるよ』というのがそもそもの始まりです。水谷編集長がこれを採用して最初は生理探偵を書いていたんですが、そのうちに《幽霊水兵》とか何とかを書き上げた。われわれは、これはいけるぞと話していたんです。いけるどころか忽ち第一線に躍り出てしまいました。勘のいい人でしたからねえ」

一段と懐しそうな口調になる。

「作家的センスも医学的センスも大したものでした。脳細胞に栄養を摂取させようとしても普通の肪《あぶら》は浸透しない。深海魚からとった低温脂肪がいいと唱えたのは木々さんで、これは今になって実現しているんです」

話が《海底牧場》になり一転して金星と火星の生物論に脱線する。「新青年」に書いた氏の作品は怪奇探偵小説と銘打ってしかるべき内容だが、同時に、科学小説と呼んでいいものも混じっている。

「最近のＳＦをお読みですか」

「……ＳＦ？」

「戦前の科学小説のことです。中学生や高校生のあいだで非常に人気があるのですが……」

しかし反応がなかったところから判断すると、近頃のＳＦには関心がないように思えた。

「ジョーショーコーとも呑みましたな」

一瞬、誰のことか判らずポカンとした顔になる。

「いくら酔ってもあの人は乱れない。いかにも武士のような格調たかい呑み方でした」

そういわれて城昌幸《まさゆき》氏のことと気がつく。

「大酒を呑んではいけないのですが、全然呑めない男というのも退屈でね」

編集長、わたしの顔をチラと見る。わたしはビールの小瓶をもてあますこともあるので、酒好きの島崎編集長にしてみれば一人前の男とは思えないのだろう。

「女の話ができないような男もまた退屈だね、ハッハッハ」

編集長いっそう嬉しそうな顔になる。わたしは女の話というものをしたことがないからだ。たまに珍しく女を話題にすると、それは仲間の女流作家の作品論に限られている。

「こんなことをいっては申し訳ないですが、海野十三、甲賀三郎、大下宇陀児……、酒を呑まない人のほうが早死にしてしまった。やはりほどほどに呑んで朗らかにやるのがいい。陰にこもるのはいけませんね」

（四）

マンモス喫茶店の欠点は混声が大きいことである。一人一人はセーヴした声で喋っていても、それが五十人百人となると唸るような音になる。われわれがときたま発する質問も氏には聞きとり難かったようだし、そのコンフュージョン・ヴォイスに邪魔されて氏の発言が満足に聞えないこともある。わたしは珈琲にちょっと口をつけ、テーブルの上に耳をつき出す。

「南沢さんには別名が幾つかあるはずですが……」

わたしは知らなかったけれど、島崎氏の調べに依ると、南沢十七はほかの筆名を用いて実話物などを書いているという。

「ええ、巳貴千尋というペンネームを使いまして読み物も書きました。また、『世界知識』で、名を知られた人を取り上げた人物評論をやったことがあります。女関係から内に秘めた野心まであばいて……。川端の本名で発表したのですがこれは好評でしたね」

しかし戦時中に池上本門寺の居宅を焼かれたため、蔵書の大半は烏有に帰した。作家にとって、血と汗の結晶である単行本や掲載誌を失うことは苦痛のきわみだったろう。

「代表作というと何でしょうか」

「戦争中に『大陸新報』に連載した《金鉱獣》でしょうかね。伊豆の金鉱を舞台にしたものです。それまで金を掘るところの実体は一般人には見せなかったのですが、取材にいってそれを描きました。ある程度科学味を持たせてあります。好評だったですね」

「探偵小説としての自信作は？」

「報知に書いた《スパイ劇場》です。百回に近い連載で、これは単行本になっていますよ」

百回連載というと三百枚を越える量だから、長篇である。

氏は前述のようにはじめに衛生試験所に入り、ここでは先代の舞踊家西崎緑氏のお父さんである西崎厚太郎《こうたろう》所長に可愛がられて、媚薬の研究をする。のち伝研に転じると、陛下宛の郵便物を無菌にする研究に従事したが、その文才に注目したのが報知新聞の文化部で、三転してここに迎えられたのである。当時の報知は二・二六事件でめざましい報道活動をするなど、有力紙であったという。

「現在、創作の筆は折られたわけですか」

「いえ、そうじゃありません。いま書きたいと思っているのは昆虫の世界を描いた探偵小説です。虫を主役に自分で挿絵を描いてね。彼等は意志の伝達をするばかりでなくスパイをやったりする。すばらしい世界ですよ。虫の会話を録音し増幅し、コンピューターで分析すると面白い結果がでるのではないかと思います」

眼をかがやかせ身を乗り出して語る。

「かつて報知にこのような分野の小説を書いたことがあるんですが、そのときは漫画家の小野佐世男氏が絵を描いてくれました。よかったですよ」

いまの読者のなかには小野氏を知らぬ人もいるだろうと思う。現役のマンガ家でいえば小島功氏に似た色っぽい絵を得意とした、その頃の人気作家であった。亡くなったのは戦後で、日本劇場の楽屋でストリッパーか何かをスケッチしていたときに心臓発作に襲われたのである。

「単行本は幾冊ぐらいありますか」

この質問は島崎編集長。本の虫である彼は、本のことになると目の色が変わる。

「ざっと十五冊。翻訳は三十冊あります。翻訳はほとんどが科学者の伝記ですね。ディーゼル、パスツール、キュリーなどの……。コッホ伝は文部省から賞をもらいました」

それを聞いていたわたしは、ゆくりなくも水上呂理氏のことを想起した。はじめに探偵小説を書き、のちに探偵小説から離れてラボアジェの伝記や科学書を訳出するようになった点が、南沢十七によく似ているからである。

「水上呂理氏をご存知ですか」

「ウーン、名前は聞いた覚えがありますが、お目にかかったことはないですね」

という返事だった。戦前の探偵作家は、プロをべつにすると概して横の連絡はなかったようである。

（五）

氏は社会派推理小説のことを「社会探偵」という。木々氏の作品を「生理探偵」と名づけているくらいだから異とするに足らぬことかもしれないけれど、なんとなく浮世ばなれをしているように思われて、聞いているほうの顔には微笑がうかんでくる。そういえば瀬下耽氏も松本清張氏の《点と線》のことをしきりに《線と点》と呼んでいたっけ……。

「社会探偵はつまらんです。江戸川乱歩系統の小説には夢がありますが、社会探偵はそれだけのことです。江戸川氏の夢は掘り下げれば掘り下げるほど魅力が湧いてきます」

「本格物はどうですか」

「ボクはまじめなやつは嫌いでね、ハッハッ」

一言のもとに否定される。それを聞いた編集長、わたしをチラと見やってニタリとする。

少年の頃、氏は自分で詩をつくり曲をつけて、学芸会で歌ったことがあったそうだ。長じてピアノ音楽に興味を持ち、一方では都山流の尺八を習得した。作曲といえば、水谷準氏にも詩人の萩原朔太郎氏にもマンドリンの作品がある。前者は凸版の譜を見たことがあるし、後者は専門のマンドリニストの演奏を聞いた覚えがあった。総じて戦前の作家はロマンチストだったのだろうか。

「晩年の海野十三ですが、書いているものを読むと仏座だの地獄極楽なんて言葉が目につくんです。おかしいな、と思っていた。それから、ある日彼の家を訪ねていくと、庭で飼い犬と話をしている。それが、もうそろそろお別れだな、なんていってるんです。死を予知していたのでしょうかね」

「ところで、この名刺に株式会社Hの顧問としてありますが、どういう会社ですか」

編集長は学生時代に銀行経営論を専攻し、実業家を夢みたことがあるだけに、こうしたことには人一倍の興味を抱くものらしい。

「そうそう、それで思い出したんですがおみやげを用意して来たんです。あなた達にではなく奥さん方へのおみやげです。これはわたしの夢の一つで、わたしが力を入れて考案したものです」

市販価格は二万から三万もするという。何だろう？

「医療関係の会社で、その仕事で毎週厚生省へ出かけます。それから隔週の金曜日には高崎の原子力研究所へ行って、息子の家に泊ります。いま倅は東大の耳鼻咽喉科に移っていますが、家は向うにありますから」

まことに矍鑠《かくしゃく》とした活躍ぶりである。昨秋わたしのインタビューが急拠キャンセルされたのも、高崎へ赴くためなのであった。

「創作は止めませんよ、一生つづけます。いま休んでいるのはエネルギーの蓄積中だと考えて下さい。創作するのがわたしにとってはいちばん幸福ではないでしょうか」

氏もまた意欲充分なのであった。昭和三十五年前後に筆を折り、プツリと書かなくなった氏を、引退したものと思ったのはとんでもない早やとちりということになる。

「寝てもさめても、こういう問題をいかに解決すべきか、こういう問題をテーマにしたらどうか等ということを考えています。そしていちいち記録にとっていますが、将来小説の注文が来たとき、これが役に立つと思うんです。ストックがないといざ書いてくれといわれた場合に時間がかかりますからね」

なるほど、これがエネルギーの蓄積ということなのだな、と納得する。

「旅にでて列車に乗っているときでも詩や歌をつくったり、女の人の横顔をスケッチしたりしていますよ、ハハハハ」

朗らかに高笑いすることによってこの尋訪はしめくくられたのである。われわれは頂戴した品を浦島太郎みたいに小脇にかかえると別れを告げて、このマンモス喫茶店から秋風が吹きぬける夕暮れの通りにでた。

さてその玉手箱というのは——。おや、残念ながら紙数が尽きた。

追記

今回この尋訪記を一巻にまとめるに際して、晶文社の島崎勉氏とわたしとが互いに手分けをして各作家もしくはそのご遺族に連絡をとり、再録の諒承を求めた。大半の方々から好意的な返事が届いたが、ただ一人紗原砂一氏だけ同意を得るに至らなかった。これとはべつに、連絡をとりたくても所在が不明で苦労したのが南沢十七氏である。電話をかけると別人がでる。手紙を投じると戻ってくる。令息が東大の耳鼻咽喉科勤務と聞いていたから島崎氏に電話をして貰ったが、なにぶんにも医局は所帯が大きすぎて簡単には判らない。島崎氏が南沢氏の勤務していた会社Hに問い合わせの手紙をだしてくれたものの、梨の礫であった。最後の手段として島崎勉氏が旧住所の市役所に寄ってくれ、その結果、南沢氏がすでに亡くなっていることが判明して、七年前のあの元気な面影が瞼にのこっているわたしはにわかに信じることができなかった。

さて、南沢氏のおみやげというのはポータブルのビデであった。新聞でこうした携帯用の製品が実用化されたことは読んだ記憶があるが、それが南沢氏の考案したものので、氏が勤務する会社で製品化されているとは知らなかったのである。だが生憎なことにわたしは独身で、これを頂戴してよろこぶような女房がいなかった。のみならず、女房のいないわたしがこうした器具を持ち帰っては、家人の目に触れた場合説明のしようがない。一方、島崎編集長は武蔵野に奥さんと二人の子供さんをおいて都心のマンション暮しの、いわば長期にわたる単身赴任の形であった。身辺に女ッ気はまるきりないのである。「どうしたらいいかな……」われわれはその処置にあれこれ思い悩みながら帰途についた。

花柳小説の「花柳」は李白の詩句から出たらしい。遊里を舞台に、遊女や芸者、遊冶郎などを描いた軟文学であった。ポルノ全盛のいまからは理解できにくいことだが、「遊蕩文学撲滅論」が起って、長田幹彦、吉井勇、久保田万太郎、後藤末雄、近松秋江氏らが槍玉にあがったという。花柳小説の代表的な作家であった長田氏は、戦後になって心霊術の研究に凝った。

晶文社の島崎勉氏が吉子未亡人に手紙を投じると、わたしの書いた旧稿を一読して元気な頃の南沢氏を思い出して懐しかったということで、わざわざ社をお尋ねになったのだそうである。ペンネームの署名として遺されているのは色紙に書かれた「南沢」とあるのが唯一のものであり、それを届けて下さったのだという。島崎勉氏が未亡人から伺ったお話によると、会社を退かれた氏は本を読んだり絵を描いたりの日常であったが、青年時代に交通事故で頭を打ったことがあり、その後遺症だろうか頭痛と体の不調を訴えるようになって、ある日卒然として逝かれた。死因は脳出血であった。わたしの記憶に生きている氏は小柄ながらバイタリテーのかたまりのような人だった。こんなに早く亡くなるとは思いもしなかった。

南沢氏の推理短篇は総じて空想科学小説に分類されるように思える。しかし氏の想像力が奔放でありすぎたためであろうか、同じSFといっても海野十三氏の足が地についた作品とは一線を画したものであった。現在読むことのできる短篇としては、冒頭にしるしたとおり、わたしが編んだ「怪奇探偵小説集Ⅰ」（双葉文庫）に《蛭》が入っている。

南沢十七氏、本名は川端男勇（勇男と誤植されることが多いが、男勇が正しい）。明治三十八年三月十日仙台市に生まれ、昭和五十七年九月二十六日小金井市で没す。

17 ミステリーの培養者・米田三星

（一）

この尋訪の企画をたてた当初から、島崎編集長とわたしとのあいだでは、米田三星、星田三平両氏の所在が判明したらば何はさておいても飛んでいこう、と言い合っていた。両氏ともほぼ同じ頃に「新青年」に登場し、半ダースほどの短編を発表したのちに、申し合わせでもしたように前後して筆を絶っていったのである。加うるに筆名が酷似しているためにしばしば混同されることもあり、そうした意味からもわれわれは両氏をペアとして記憶していた。なんとかして消息を摑みインタビューをしたい。編集長もわたしもそう強く念願していたのであった。

先に立風書房から刊行された「新青年傑作選」の第三巻に米田三星作《蜘蛛》が入っており、最近ではわたしの編になる双葉社刊「怪奇探偵小説集Ｉ」には氏の処女作《生きている皮膚》が編入されている。にもかかわらず氏からの連絡は絶えてなく、われわれは次第にあせりを感じていた。

そうしたある冬の一日、立風書房の稲見氏が鎌倉を訪れた。いまさら紹介するまでもないことだが、瀬下耽、南沢十七両氏を発見するきっかけとなったのがこの稲見氏であり、「幻影城」にとってもわたしにとっても、彼はまさにホウムズの如き名探偵なのであった。

稲見氏とわたしは町なかの喫茶店で雑談をしていた。当時わたしの長篇選集が立風から刊行されていたものだから、稲見氏と顔を合わせ打ち合わせをする機会が多かったわけである。

さて珈琲カップもからになり、そろそろ話題がなくなりかけた頃、わたしは話のつなぎにふと思いついたことを訊ねた。

「どうです、『新青年傑作選』に入った消息不明の作家のなかで、その後名乗りでた人はないですか」

「ないですねえ」

「米田三星さんはどうです」

「あ、米田さんからはつい先日連絡が入りました。奈良県の吉野郡に住むお医者さんで、本名はたしか庄三郎さんといったと思います」

米田三星は医師なのではあるまいか、という説は中島河太郎氏などによって以前から唱えられていた。それが、いまの稲見氏の一言で事実であることが判明したのである。それにしても、奈良県吉野郡というのは予想もしない土地であった。反射的にわたしは、子供の頃に見た吉野山の桜の実写映画のことを念頭に思いうかべた。マキノプロダクションの常設館で上映された映画だからマキノの製作だろうと想像するのだが、全山が桜で埋められた吉野山の眺めは、なにしろ白黒の無声映画の時代だったから、ただ灰色に塗りつぶされたすこぶる退屈なものでしかなかった。

「くわしい住所は会社に戻ってから調べます」

稲見氏はそう約束してくれた。その後でわたしはこの青年を誘って冬の鎌倉山までバスで行くと、そのあたりをブラブラと歩いて廻ったのだが、わたしの頭のなかにあるのは米田氏尋訪のことばかりで、稲見氏に話しかけられても、ともすればピントはずれの返事をしていた。

後刻、帰社した稲見氏から折り返し電話が入り、米田氏の正確な住所と電話番号とを教えてくれた。交通は近鉄吉野線下市口駅で下車すればよく、そこは吉野山にのぼる入口にあたる処なのだという。わたしは駅から山へ向って伸びている幅のひろい観光道路を心に描いてみた。駅前には何台かの窓の大きな観光バスが停っており、バス道路は四車線である。そしてそのゆったりとした上り勾配の道の右側に建っている平屋の建物が、米田庄三郎氏の診療所兼住宅なのであった。わたしは空想になかば酔いながら、米田三星発見の第一報を島崎編集長に伝えた。

（二）

ただちに飛んでいくという約束ではあったが、互いに多忙な生活がつづき容易に暇な時間ができない。それに、真冬の吉野郡はいかにも冷えて寒そうであった。極寒の満洲で育ったくせに、わたしは人一倍さむさが苦手とき

米田三星

ている。せめて桜が咲く頃にいこう、いや、桜の季節は混むだろうからその前後にしようなどといっているうちに半年が過ぎた。そうしたある日のこと、いきなり編集長から電話がかかってきた。切符も買った、旅館は米田さんが心配してくれる、さあ出掛けようというのである。島崎氏がしびれを切らせた気持も解るけれど、出し抜けに誘われてもおいそれと家を留守にできない事情がわたしにはあった。で、残念ながらこのときはキャンセルして貰うことにした。それ以後はふたたび両者のスケジュールの調整がつかぬままに日が流れた。島崎氏は雑誌の経営に余念がなく、尋訪の機会は遠のいていった。

昨年の十二月のこと、わたしは牛込の角川書店の近くの喫茶店で、わたしを担当してくれている文庫編集部の青木誠一郎氏と話をしていた。わたしが「野性時代」に書く予定の長篇についての打ち合わせが主題であった。そのとき、奈良県に取材旅行をこころみ、ついでに米田氏を訪問してはどうかということを思いついて、青木氏にもちかけると、彼も即座に賛成してくれた。角川文庫でも「新青年傑作集」を編み、その第Ⅳ巻に米田三星作《告げ口心臓》を採ったおりでもあるので、この機会に作者にご挨拶をしておきたいと青木氏はいうのであった。こうして話はとんとん拍子に進み、青木氏が米田氏に電話をかけて都合を問い合わせた結果、その週末に訪問するという約束ができた。「幻影城」の場合と違い、それはあっという間《ま》にまとまってしまったのである。さいわいなことにこの年は暖冬であったから、吉野の寒さもそれほどのことはないだろう。ともかくこうした次第で今回の尋訪は島崎氏とではなく、角川の青木氏と同行することになった。

数日後の土曜日の朝、われわれは新幹線で東京を発った。車中の話題がもっぱら推理小説だったことは、島崎氏の場合と同様であった。名古屋駅で近鉄に乗りかえる。《戊神は何を見たか》で舞台にした名張市をもう一度車窓から眺めたい、というわたしの希望に沿ってこのコースを選んだ。

その名張を過ぎ桜井を過ぎると、まもなく八木駅につく。ここで十文字にクロスするおなじ近鉄の吉野線に乗りかえて下市口で下車すればいいわけだが、この日の米田氏は八木の近辺まで所用で外出するので、駅のフォームで待ち合わせしようと提案して下さった。そこでわれわれは降りたフォームを手分けして歩き廻り、米田氏の姿を求めたのだがこれが容易に見つからない。都合がわるくて外出ができなかったのだろう、われわれはそう解釈して探すことをあきらめ、吉野線に乗って下市口まで行こうということになって階段を降りた。

下のフォームの端に立ったときに、わたしはちょっと気にかかったことを耳打ちした。

「階段の下にたたずんでいた年輩の紳士に気づかなかったですか。もしかするとそれが米田さんかもしれない」

目印に角川文庫を手にしている約束だったのだけれども、小さすぎてわれわれの目に入らなかったようである。

「訊いてきます」

青木氏は青年らしい気軽さで引き返し、その人と何やら語り合っているふうであったが、ほどなく「鮎川さーん」と呼ぶ声がした。わたしは自分の直感が当ったことを悟った。こうして、戦前の「新青年」にわずか四本の異色短篇を発表したきりで消息を絶った幻の作家米田三星氏と、待望の対面をしたのである。

（三）

前記の角川文庫の裏表紙に、米田氏の顔写真が載っている。それが非常に若いものだから、数十年前の古い写真を提供したものだろうと思っていた。途々、現実の米田氏はもっと老《ふ》けているに相違ない、と勝手に考えていたのであった。ところが、初対面の米田三星はじつに若々しく、正直のところ意外な感に打たれた。一方米田氏はそれとは逆の感想を抱いたとみえ、開口一番「鮎川さんはもっと若い人かと思いましたよ」といわれた。ショックである。よく話を聞いてみると、どうやらカッパノベルス版《鍵孔のない扉》の写真をみてわたしを青年（？）の如く錯覚していられたようであった。あの写真は本になった当時から、仲間うちで「若く写っとる」「怪しからん」といったやっかみ半分の声が上っていたのである。

「吉野を案内して上げましょう」

島崎氏の場合と同様に、青木氏が東京から電話した際も好意を見せて下さったそうだが、できるだけ迷惑をかけまいというのが尋訪するに当っての心構えでもあるので、これは謝絶した。が、八木駅前からわれわれを乗せたハイヤーは下市口へ直行せずに、車首を東南へ向けた。米田氏は気さくな知名士であるとみえ、運転手ともかるい口調で世間話をしている。

車は市内を通り村落をぬけ、やがて小高い丘の上で停った。降り立って前方を見たとき、われわれの視野に飛び込んできたのはこれまで書物でしかお目にかかったことのない巨大な石舞台古墳であった。当時の土木技術でこれだけの巨石をどうやって運搬し構築したのか、葬むられたのは誰だったのか、多くの謎に充ちた墓である。しかしこうした機会でもなければ、ものぐさなわたしなどは生涯見ることなくして終ったかも知れない。その意味でも石舞台に案内されたことは大変に有難かった。

ふたたびバックして今度は国道を一路南下する。これが橿原神宮、あの丘の向う側が高松塚古墳、左側の建物が奈良医大……と車窓から説明される。奈良市までは三度ほど来たことのあるわたしだけれど、県南部に足を踏み入れたのはこれがはじめてだから、興味あるものばかり。それでいて神宮にしろ医大にしろ古墳にしろ、名前だけは平素からイヤというくらい聞かされているのである。

これも名前だけは熟知している吉野川を渡ると、そこが下市町だった。

かつてわたしが心に描いたものとは違い、米田医院は本町の大通りの左側に面した二階建てである。道幅は二車線で車が輻輳していた。医院の前にたたずんだ米田氏とわたしをカメラにおさめるべく通りの向う側に渡った青木氏は、車が絶え間なくとおるためにシャッターチャンスを掴むことができなくて、五分ちかくも立ちつづけなければならなかったほどである。わたしの空想と現実とが合致していたのは、住宅と診療所とが一緒になっていたことだけであった。

（四）

石段を四、五段のぼって入口の扉の前に立つ。ドアのガラスに白い文字で「米田医院、内科、呼吸器科、レントゲン科」としるされている。板の間のホールに上って左手の扉をあけると診療室。右手の扉を開ければ洋風の応接室になっている。わたし達はそこに招じ入れられ、夫人をまじえて話をうかがった。

「まあこれを喰べてごらんなさい」

とすすめられたのが柿の葉ずし。じつは途中の車のなかからこのすしの看板を目にとめて、ハテ面妖なすしであることよ、一体どんなものであろうかなどと思ったものだが、初対面早々の米田氏に喰い物の質問などをすると、こちらの喰い意地のはっているところを見すかされる心配もあり、敢えて沈黙を守っていたのであった。で、早速賞味することになる。柿の葉でサバずしをくるんだもので、味のなれた、なかなか美味なものである。

「サバを濃い塩味でしめたものです」

「交通不便な山国の夏祭りのご馳走でした」

という夫妻の説明であった。

往々にして古い探偵作家のなかには、探偵小説に対しての情熱も興味も失っている人がいるものだ。なにかのゆきがかり上そうした人と対座することがないではないが、シラけた気分になることは否定できない。しかし米田氏は、わずか四篇を書いただけで退場していった米田三星はそうではなしに、現在もなお意欲的に新人作家の小説を読んでいる様子であった。

「読むことは熱心に読むのですが、作者の名も内容もすぐに忘れてしまいますな」

しかし忘れるからこそ再読に耐える作品もあるのだ。クイーンの長篇にしても、《Yの悲劇》や《レーン最後の事件》は犯人の意外性が強烈であるために記憶がうすれることはないのだけれど、他の長篇は犯人の印象が稀薄だから、犯人が誰であるかを完全に忘れている。わたしなどもそこに再読する楽しさを見出しているのである。

「そうそう、息子に頼まれましてね、ひとつ著書に署名してもらえませんか」

そういいながら傍らのボール紙の箱からわたしの本を取り出した。四六判、新書版、文庫本が出てくるわ出てくるわ。

「わたしが買ったのもあれば倅が買ったものもあります」

わたしはそれ等のなかのいちばん綺麗なハードカバーの書物にサインをした。

「鮎川さんの小説にはベッドシーンが一つも出てきませんなあ」

などという感想を聞かされた。

「ところでよく似た星田三平氏という作家がいましたが、星田さんはあなたの筆名をもじってああしたペンネームを作ったのではないでしょうか」

「それは違います。『新青年』ではたしか星田さんのほうが先に登場しているんですから。じつはわたしの長男も三平という名前なのですよ」

ただしこの名前は坪田譲治氏の「善太と三平」シリーズからとったものである。「米田三平という文字は裏側から読んでも米田三平ですから」とのこと。これはまさしく探偵小説的な発想でもあるのだった。

若き日の三平少年は上京して予備校に通っていた。

「一度わたしも東京に出て、吉祥寺の下宿屋に息子を訪ねたことがあります。小さな部屋を借りて勉強していました。のちにK大の医学部を受けて第二次試験をパスした時点で、親に面接したいという通知がきました。試験は息子が受けるものであって親が出る必要はない。そう考えてわたしは通知を無視したのですがね」

つまりこれが寄付金の要請であったわけだが、大阪帝国大学の医学部出身の米田氏には、私学の寄付金のことなどピンとこなかったのだろう。

「長男はこちらに戻って奈良医大を卒業しました。現在は医局で働いています」

立風書房の「新青年傑作選」に《蜘蛛》が入っていることは米田氏も知っていたが、当時の氏は敢えて名乗り出ることはせずに放っておこうと思った。

「ミステリー作家だからミステリアスに正体を秘めておくのもいいと考えまして……」

立風書房の編集部に連絡をとったのは米田氏ではなく、令息の三平氏のほうであった。だがその結果、長年正体不明だった米田三星の所在が判明し、わたしもこうやって尋訪する機会を得たのであるから、お父さんを釈伏して立風に名乗り出た三平氏の労を多としなければなるまい。

「立風書房がすなおに信じてくれたから問題は発生しませんでしたが、倅は『米田三星の偽者があらわれたと思われたら困るな』といっていました。『そういわれてみると確かにそうだ、オレがオレであることを立証する手段は何もないんだからな』とわたしも答えました」

このときは笑い話として終ったのだが、わたし等がアンソロジーを編むたびに一人か二人の消息不明の作家が入るものだから、いまの米田氏の語ったことが現実の問題としてクローズアップされてくる。幸いなことに目下の処はトラブルが生じるに至っていないけれど……。

氏の次男もまた医師だが、こちらはアメリカに留学してアメリカ婦人と結婚し、そのまま彼の地にとどまっている。米田氏も幾度となく渡米して青い眼のお嫁さんとも会っているのであった。

マントルピースの上に若きカップルが微笑んだ写真が飾ってある。

「嫁と会話するためにも英語を勉強する必要があると考

えまして、昨今は寝る前に《ルーツ》を翻訳しています。ひと月に一章ずつ訳していくとほぼ一年で訳し終えますが、そのときには自分の訳文と専門家の訳したものとがどう違うか、比較してみるのが楽しみです。とにかく、久し振りで字引きをひく喜びを味っています」

（五）

米田三星氏は明治三十八年二月十二日に下市町で生まれた。旧制中学校を卒えると大阪帝国大学医学部に進み、昭和七年に卒業。専攻したのは内科であった。

「ところで米田三星のペンネームの由来は何ですか」

星田三平氏が昭和五年頃に現われ、あくる六年に米田三星が登場、九年頃には黒田米平氏なる作家まで出てくる始末である。読者に混乱を招かずにはおかぬ筆名がどうして出来たのであろうか。

「伝説ですが祖先に高取藩の祐筆をしていた人がありまして、殿様の不興をかってこの土地に隠棲したのです。そして味噌、醤油、酢の醸造を始めたのですが、この酢のトレードマークが三星印《みつぼし》なんです。ペンネームを考えるのも大袈裟だし面倒くさかったので、それを借りたわけですよ」

高取藩は禄高が二万五千石、飛鳥《あすか》のすぐ南にあたる三方を山々に囲まれた土地で、芋《いも》峠を越えれば吉野に出る。壺坂寺のそばといえば解りやすいだろう。

「あの《生きている皮膚》は阪大の医学部学生の頃に書かれたのでしょう？」

「ええ、しかし三星の筆名を用いたのはずっと前のことです。大正の末か昭和のはじめ頃、まだ旧制中学生だった時分に『受験と学生』という受験雑誌に短い小説まがいのものを投稿して活字になりました。そのときに使ったのが最初です」

これは意外な話だった。わたしは《生きている皮膚》を書いた時点で筆名が誕生したものとばかり思っていたのである。

この「受験と学生」はわたしも購読していた雑誌で、受験勉強の記事を読むよりも、巻末に載っている読者の投稿を読むほうがはるかに楽しかった。そこに掲載された掌篇のなかにはなかなか旨く書けているのがあって、わたしなどはただ感心して読んだものだった。自分が推理作家になるとは夢にも思わなかった頃のことである。

「話を戻しますが、《生きている皮膚》が阪大時代に書かれたとなると、舞台は大阪なのですか」

まことに勝手な読者だけれど、わたしは莫然と、この短篇に書かれた場所を東京の代々木やお茶の水あたりに想像して読んでいた。

「大阪です。昭和五年秋の医学部五年生のときでした。卒業試験までまだ間《ま》があるし、暇はありすぎるし金はなさすぎるし、仕方なしに下宿の二階でゴロゴロしているときに、円本の小酒井不木集をみているうちに何だか書きたくなってヘンなものを書いたんですねン。題だけは凝って《生きている皮膚》とつけましたけど……」

米田氏は声の調子がやや高く、早口である。標準語だがところどころに関西風のアクセントがつく。話のなかにある円本というのは昭和初頭に各社から競って発行された定価一円前後の全集本のこと。

「サテ何処へ持っていこうかと思ったのですが知ったところはないし、ふと『新青年』のことを思いついて森下雨村さんに送りました。先頃中島河太郎さんからご教示頂いたものによれば、当時の編集長は水谷準さんだったそうですが、わたしはどう思い違いをしたか森下岩太郎氏あてに投稿したのです。以来、約二年間のせてもらいました」

作品はすべて森下氏あてに送っていた。そうした縁で、後に森下氏が夫人同伴で阪大の医局に米田三星青年を尋ねることになるのである。

《生きている皮膚》は、若い医師がカルテにしたためたドイツ語から物語が始まる。

「あれは編集部でちょん切られてしまったのですよ。わたしの原稿では、医局員がまちがったドイツ語でカルテに記入したのを教授が訂正するという形になっていたのです。ところがその辺を削られて、間違ったドイツ語の部分だけが一、二行残されてしまいました。どうにも恥かしくてねえ」

この《生きている皮膚》は昭和六年の「新青年」新年号に載せられた。同誌が企画した新人十二カ月と銘打ったシリーズの第一走者となったわけである。

「それにしても作品が四篇きりというのは少ないですね。筆を折られたわけは何ですか」

息をつめて返事を待つ。それはわたしにとって長い間の疑問であった。この異色ある短篇作家がプッツリ筆を絶った事情はそも何であったのだろうか。

「それはまあ席をあらためて……」

ということで青木氏ともども案内されたのは、米田家の真後ろにあるお鮨屋称助という料亭であった。歌舞伎で知られた、「義経千本桜」は吉野一帯を舞台にしたものだが、例のいがみの権太がいたのがこの料亭だったのである。

（六）

この家の自慢は吉野川でとれた鮎料理だという。十二月の半ばともなると鮎のシーズンは終っている筈だが、われわれはさまざまな鮎の料理を賞味しつつ、質問をつづけた。氏自身はビールにちょっと口をつける程度で、料理には殆ど手をださない。

「四篇を書いた頃から阪大の医局勤務が始まりました。今村内科へ入ったのです。同時に非常に多忙がつづいて書いている時間がなくなった。そのうちに召集されて軍医として北支へ渡りました」

各地を転戦しているうちに病を得て帰国。のち堺市の健康相談所（いまの保健所）長、県立奈良医専、いまの奈良医大の教授を経て、二十三年四月から内科医院を開業した。

「つまり一つは執筆する余暇がなかったのと、もう一つは自分の文章に鼻持ちならない体臭を感じて自己嫌悪に陥ったため、書く気を失ったのです。いまではもう風化されて、べつに何とも思いませんが……」

余程のうぬぼれ屋をべつにすれば、まず殆どの書き手が自作に対して自己嫌悪を感じるものである。米田氏はアマチュア作家だから筆を折った。一方われわれ職業作家はめしを喰うためには書きつづけざるを得なかった、ということになるのだろうか。

「そのうちに木々高太郎氏が出てきました」

米田氏は高太郎《たかたろう》をコウタローと発音する。

「わたしは医者ですから、あの《網膜脈視症》にはガツーンときました。それでもってへたばってしまったわけですがね」

われわれ読者からすれば米田作品と木々作品とは全く別物であって、優劣を比較すること自体が無意味のことと感じるのだけれど、当の米田三星氏にしてみればそうはゆかなかったのだろう。

「向うはパヴロフの条件反射を研究する若き助教授、こちらはまだ一介の副手でしたから……」

そういって米田氏はカラカラと笑った。

その頃、森下雨村氏から米田三星にあてて「新青年」に六本の連続短篇を書かないかという要請があった。これは将来を嘱望される新人作家のみに与えられるチャンスなのだが、右にしるした多忙につづく出征で実現をみずに終った。そして前記のように何年かたったある日のこと、雨村氏は阪大の医局にこの青年医師を尋ねる。想像するに、作者の才能を惜しんで再起をうながすためであったろうが、生憎なことに米田氏は留守で会えずじまいになった。

「博文館をやめられて、郷里の四国へ引退されるときではなかったかと思うのですがね」

米田三星が不在だったことは森下氏を失望させたに違いない。が、後年、米田氏は四国旅行の途次、悠々自適している森下氏を訪問することになる。隠棲した森下氏を訪れた作家としては他に夢座海二氏を数えるぐらいだから、この「雨村尋訪」は貴重な資料になるものと思う。

米田氏は人生を語り医療行政の問題点を語り、尽きることを知らなかった。ふと窓外に目をやると日はすっかり暮れてしまい、料亭自慢の岩庭も闇に呑まれている。青木氏とわたしは慌てて長居したことを詫びて立ち上がった。そして再び車で近鉄の下市口駅まで送られて、別れを告げた。

追記

この本を編むにあたり米田氏にお手紙をだしたが、筆まめの氏にしては珍しく返事がこない。さては健康を害されたのかなと嫌な想像をした。昨春から秋のはじめにかけて六ヵ月間の入院生活を送ったわたしは、自分の体力に自信を失っているせいもあって、何かというと物事をわるいほうに解釈しがちなのである。

米田氏からの返書は間もなく届いた。旅行のため家を留守にしていた、と記されていた。お元気であることを知ってほっとすると共に、旅行というのは在米の令息に会うためかな、などと勝手な想像したりする。米田三星氏は傘寿を迎えられたそうで、旅の途次空港のスタンドで求めたThe ScoopやFloating Admiralを、辞書片手に読んでおられるという。古い形のタンテイ小説のほうが自分にはピッタリ来ます、とのことである。

後日お宅に電話をする機会があったものだから、右の旅行について訊ねてみたら、やはりアメリカに往かれたとのことだった。令息が居住するのはミネソタ州とのことである。

なお、章末に掲載した「森下雨村さんと私」は数多い米田氏の文章の一つで、わたしの尋訪記に通じる処もあり、乞うて預かり持ち帰った。執筆されたのはかなり以前のことで発表のあてもなしに綴ったものである。この達意の文章を読むと、氏が早くして筆を捨てられたことが改めて惜しく思われてくる。

森下雨村さんと私

米田三星

(一)

高知市の近郊佐川町に隠棲の雨村、森下岩太郎氏を訪ねたのは、昭和三十七年の三月末か四月の初旬だったと記憶している。

たまたま横溝氏の『悪魔の手毬唄』が本になった頃で、大阪で仕入れてきた紙装本を読み耽っていて、ひどく海が荒れたことを甲ノ浦を過ぎるまで知らなかった記憶がある。(この定期船は大阪の天保山を日昏れに出て、ほのぼの明けに高知に着く。)

森下さんの知遇を受けて以来既に三十年になり、度々お便りを貰いながら、かけ違って面接の機を得ていなかった。二・二六事件の一月程後で、吉祥寺のお宅へ私が伺った時は御不在。其後昭和十八年頃、阪大病院へ私を訪ねて下さった時は退出後。事務的な用件がある訳でないから其のままになってしまっていた。

高知市内の所用を済ませてから、鄙びた宿をとって、森下さんの住所を確認するために、(というのは所書きがいつも「佐川町」とあるだけで、佐川には「佐川駅」と「西佐川駅」と二つあるので、どっちで降りたらよいか判らなかったから)土地の新聞社に電話を入れて学芸部の人を呼出してもらったが、ご存知ない様子。

「森下さん、さあ、どんな人です?」

「博文館で長い間編集長をやっていた雨村、森下岩太郎先生ですよ」

暫く周囲と相談していたようだが結局わからず仕舞い。地方紙とは言いながら、仮にもその方面の担当者が、と思ったが、午後九時という時刻と、新聞という職場を考え合せると、これは私の無理解というものだったのだろう。

佐川駅前のタクシー屋さんは流石に知っていて、「ああ、あのギョロ目玉の御隠居さんとこだよ」と運転手に指示してくれた。車は二粁ばかり田圃道を走って、旧家らしい構えの生垣の前で停った。広い屋敷はひっそりと静まりかえって、ひとの気配がない。格子戸を開いて、「ごめん下さい」と声をかけると、声に応じて、短軀ながら精悍の気に溢れた老人が現れて、大きい眼玉で私を睨みつけた。円い頭蓋、鋭い目差し、広い額、いかつい口もと——瞬間私は初対面のこの人が、写真で見た田中貢太郎に何となく似ている、と思った。田中氏も確か土佐生れの筈。

慌てて「奈良県の……」と言いかけると響に応ずるように、「ああ、米田さん――?」と言われたのには驚いた。私はこの訪問を予報していなかった。唯年賀状の端に、年度末に高知へ行く用事がありますので、機会があったらお目にかかりたいものです、と追記しておいたのだ。

通されたのは濡れ縁のついた八畳だった。家自体が何の変哲もない六間取りの有りふれた田舎造りで、部屋の中には装飾のかけらも見えない。一隅に粗末な机と本棚があって、薄っぺらな紙表紙の読物や雑誌が雑然と置かれている。

主人公はズボンのポケットから、皺くちゃの「響」の袋を取出して、スパスパ吹かしている。炯々《けいけい》たる眼光を除けば全くの好々爺。直ぐに色の白い、年配の婦人が、サントリーの瓶を載せた盆を持って現れた。少し病的と思われた程白いお顔の色だった。

「米田さんだよ。それいつかの――」

夫人は無言でにっこりして、盆を置いて、またひっそりと部屋から消えた。森下さんはグラスを私に押しつけて、御自身は生《き》のままで、ぐいっと咽頭にほうり込んだ。私が提げて行った塩昆布をみて、

「ほう、山崎さんとこのですね」と言った。(山崎豊子さんの忌わしい事件が起る以前で、脂ののりきっていた頃だった。)

土佐ッポは酒が強いというが、森下さんは豪快にグラスを乾しつづける。語っては乾し、乾しては語る。私より一めぐりは年長の筈だから、もう古稀だと思われるのに、酒の弱い私など到底お相手の勤まるスピードではない。

「血圧? ううん、だいたい二百位だそうですが、なあに元気なものです。気にするのが一番いけない」

「ずっと晴耕……じゃなく晴チョウ雨読という格好です」

「晴チョウですって?」

「釣ですよ。磯でも沖でも、どっちも来い。雨さえ降らなきゃ海へ出ていますよ。雨読の方はあんまり買いかぶってはいけません。第一この所読むに値するようなものがありますか?」顔には出ないが、舌は段々なめらかになる。

話が回顧に及んで、私が「『新青年』のような垢抜けした雑誌が、どうして消えてしまったのでしょう。戦争末期は致し方がないとしても、ぼつぼつスマートなもの

が復活してもよい頃ですが」と言うと、「長い間活字に飢えてきたものだから、その反動で、こまかい活字がぎっしり詰った持ち重りのするものでなければいけないのですよ。現にこれだって（と書架から落ちかけている「文春」を指さして）こう厚くちゃ、寝ころんで読むわけにいかない、直ぐに疲れてしまって……これが半分程の頁数だったらなと思いますよ。横溝君のこれ（と机上の『悪魔の手毬唄』を手に取って）だって、まだ読んでいません。六、七百頁もありますからね。全く厚い本というのは老人泣かせです」

夫人が後から後から肴を運んで下さる。鯛の煮付けがうまかった。

つづいて探偵作家論。小酒井さん、乱歩さんの挿話から、終戦前の、雨村さんが手塩にかけて育てた作家達、その作品の解説やら観察——だが流石は名編集者、探偵小説の保母さんだけあって、辛辣ではあるが愛情に溢れたものだった。

因みに、話の中に「探偵小説」と言葉は何回となく出たが「推理小説」という言葉はあまり出なかった。雨村さんが意識してそうしたのか、それとも唯使い馴れた言葉を使っただけなのか、私に判断がつかない。実を言うと私も「探偵小説」が好きだ。「探偵」が「推理」になったのは、「偵」の字が当用漢字から外されたことのほかにも、「文学的に」（こんな言葉を私は好まないが）本質的な大義名分があることを私も聞いてはいるが、寸分の隙も見せない理詰めの構成の偉容をみせる「推理小説」に較べて、「探偵小説」の方は、何処となくのんびりと間が抜けていて、荒唐無稽で不合理な作品というニュアンスがあるのは否定出来ない。それにも拘らず——いやそれ故にこそ、一種の、メルヘン的な情緒が、私に迫ってくる。こんな感慨は私の頭脳の老化現象——所謂「恍惚」のくり言だと思っていたのだが、近頃読んだヒュー・グリーン編集のアンソロジー The Rivals of Sherlock Holmes とその姉妹本 Cosmopolitan Crimes の序言で、やはりガス灯の朧ろな霧のロンドンを馬車でゴトゴトゆられて行く情緒を懐しんでいる。同好の士もあるものだと意を強くした。もう一つ、字引をひくと「探＝モトメル、キワメル」「偵＝ウカガウ、ヒソカニ様子ヲサグル」とあるが、これに対して「推理」ということばにはアクションがない。

（閑話休題）

森下さんは、ホームズ物の翻訳を日本語に定着させた延原謙氏が、一つの冠詞、一つの代名詞の解釈に、時としては苦吟数日、その汗と脂があの名訳に昇華していると話して、「その延原君も今中風で臥っているそうです。」と、詠嘆的な感傷のかげを、その鋭い目に漂わせた。

翻訳の苦心談は、森下さんが周旋して最近（昭和三十七年初頭）博友社（博文館の後継社の一つ?）から出版に漕ぎつけた西谷退三氏に及んだ。森下さんの話によると、西谷退三氏（筆名）は近村の素封家で、札幌農大在学中に十八世紀の自然文字に魅せられて、ギルバート・ホワイトの The Natural History of Selborne の翻訳に文字通り一生を捧げた人だそうである。原著の雰囲気を肌で味わうために、現地（南イングランド）に二ヶ年住んでみて、原稿に推敲を重ね、一九四四年（昭和十九年）以後だけでも、一千枚に及ぶ草稿を浄書すること三回に及んだという。私のように本職の医者の仕事さえ、万事いい加減で済ませている生活態度などは、承ってまさに愧死に値する話だった。一九五八年七十三歳で没した遺稿を、森下さん等が尽力して、この年版に附したのだという。

「一冊上げましょう」と書架から取って下さった。それを私が置き忘れたものと見える。後から郵送して下さった。

（森下さんからの来信――ハガキ両面ぎっしり）あの時、あの本の話を申上げながら、お立ちの時、すっかり忘れ、後から老妻が思い出して差出した次第。仰せの通り寝ころんで、時折読むと面白いところもあり、英国の有名な古典というだけで、興味はあの本を五十年もかかって訳した点であります。田舎へひきこもって、友人もなく、かれがたった一人の心友でした。死なれて寂しさの限りに存じあります。でも彼は死花を咲かせました。文部省とＮＨＫの推薦図書になり、もう三版を重ね、小生も亡友へのつとめを果した気持です。

当地も寒波でおくれながら、花もすみ、急に世間が静かになってホッとしました。吉野の桜も一度は見てみたいと思います。まだしばらくは命もありそう。そのうちご案内をたのみましょう。　一寸

四月十六日（昭和三十七年）

談論風発、森下さんがそう言うタイプの人かどうか、初対面の私に判断がつきかねたが、兎に角その場はそうだった。或は閑暇をもて余していた時に私が行き合わせたのかも知れない。ふと気がつくと既に午後二時を廻っていた。午前十時前から正味四時間あまり、ウイスキー

を流し込むほかは、息をもつかずというお話し振りだった。聞き惚れていた私だったが、夕方の飛行機を予約していたので其の旨を告げると、「残念だな」と言いながら、自分で時刻表を操って、「大変だ、遅れる」と直ぐに自動車を呼んで御夫婦で門外で見送って下さった。

佐川から高知への汽車中、酒の廻った頭の中で、私は状景を反芻した。どこかに同じようなシチュエイションがある……それは半七老人の昔話を聞く綺堂の「私」の姿だった。

（二）

私は退屈すると荷風全集を引張り出して「断腸亭日乗」を拾い読みして肩の凝をほぐすことにしている。此の日記は小説より面白い。こちらの気分によっては荷風大人の小説よりも面白い時がある。

昭和二年四月六日の所に森下さんが登場している。

「此夜又太牙楼（註参照）にて松平泰（松本泰の誤？筆者）博文館編輯員森下某なる者を紹介す。挙動粗暴にして言語又甚野鄙一見政党の壮士の如き男なり、近年雑誌の編輯記者に斯くの如き者多し、余此等の輩と言語を交る毎に文壇操觚の士となりたる事を悲しまずんばあらざるなり。」（岩波書店、荷風全集、第二十巻一二八頁）

思うに精悍の気に溢れた森下さんの写楽張りの面魂と、炯々人を射る眼つきとが、耽美派で下町情緒礼讃家の美男子、荷風氏の体質に合わなかったのだろう。そう言えば日記の其の前後に述べられている菊池寛、近藤経一、山本改造社長、小島政二（原文のまま）、川口松太郎諸氏の描写もさんざんだ。江戸ッ子荷風さんは、「田舎者」がお嫌いだったらしい——と言うよりは、「田舎者」の持つエネルギーに半ば反撥し、半ば恐怖したのではないだろうか？　森下、菊池両氏や、小島さん、川口さんは、酸いも甘いも噛みわけた「通人」であることは間違いない所だが、その「通人」の奥底にやっぱり田舎者のもつ一種の土根性らしいものがある。尤も「荷風日記」というものは、先人の指摘にもあるように、単なる自己の備忘録ではなく、公表を予定して書いたと思われる節があるとすれば、読者に対するサーヴィスとして、フィクションとまでは言えないが、筆勢の誇張があると思って差支えあるまい。それに此時荷風五十歳を過ぎ、（雨村は四十前）あの「あめりか物語」「ふらんす物語」に横溢した稚気、衒気、覇気が漸く沈潜し始めて、「つゆのあとさき」に至る過程にあたり、荷風自身が若かりし日の己《おのれ》に少々嫌悪を催していて、訳もなく若い人々の持つエネルギーに反撥したのではないだろうか？――こんなことを、ずぶの素人が考えるのは、僭越至極だとは思うが、医者のはしくれとして、フロイドを生噛りすると、ついこんな勘ぐりをしたくなる。

註。太牙楼。カフェ・タイガー、銀座に現れたカフェの草分け、妙齢の美女が白いエプロン姿で客の接待に当った。これを「女給」と呼んだ、「キャバレー」、「クラブ」の大正版で、「女給」はホステスの前身。従って「女給」は当時の風俗小説のヒロインであった。「タイガー」を「虎館」としたり仮名書きにしない所が荷風散人流。

㈢

昭和五年の秋、私は医学校の三年生だった。卒業試験までは間があって、暇は有り過ぎるし、金は無さ過ぎるし、仕方なしに下宿の二階でごろごろしていた私は、読み飽きた円本の小酒井不木集の頁をまさぐっている中に、思いついて不木ばりのへんてこな文章をものした。六、七十枚のものだったが、題だけは「生きている皮膚」と乙に気取ったものだった。書き上ると活字にしたくなるのが人情、と言っても不木さんに見てもらうのは気がひける。と言うのは面識はないが、不木さんの著書「闘病術」に就いての私の質問に、多忙な不木さんが数枚に亘る叮嚀な教示を下さったことがあるし、それに不木さん自身が御自身の筆のもつ体臭（？）に少しうんざりしていらっしゃるのじゃないか――理由もなくそんな気がしていたので、エピゴーネンのコピー等嘔気を催されるのが関の山だろう。

ふと読みさしの「新青年」に気付いて奥附を見ると、編集発行人森下岩太郎とある。未知の相手なら恥もかき捨てだと、目をつぶる思いで、汚い草稿を同氏宛に送ったのが十月のかかりだった（と思う。）

どうした風の吹き廻しか、昭和六年新年号の「新青年」に「新人十二ヶ月その一」と肩書つきで掲載された。新聞広告に自分の名前がでかでかと出ているのを見た時は、全く夢心地だった。目のさめるように鮮やかな表紙の掲載誌を貰い、次いで「玉稿を賜わり誌上に錦上花を添え……云々」と裏書きのある振替を手にした時は、頬をつねるという言葉が、形容詞でなく、実感そのものだった。汚い文字の原稿も、活字になってイラストが入ると見違えるばかり、文章まで光って見えた。

それに味をしめて、二年ばかりの間いい気になって数篇を送りつづけて森下氏を煩わした。或日、突然、私の心に奇妙な現象が起った。何のきっかけもなしに私は自分の体臭——鼻もちのならぬ悪臭が、自分の文章に瘴気のように立ちこめているのに気付いたのだ。私は甚しい自己嫌悪に陥ちた。そうなると一行だって書けるものではない。その上恰度卒業が重なって、医局へ入ると身体の方も少々忙しくなって、何時となく徹夜でペンを握る習慣とは疎遠になった。かてて加えて、林髞（木々高太郎）という大才能の出現だ。今で言う超大型新人。「網膜脈視症」をはじめとする一連の「大心池もの」には全く「目から鱗のおちる」思いがした。林さんとは生理的年令にはたいした相違はないが、先方は「条件反射」の御大、パヴロフ直系の大脳生理学のホープ。当方は検査室で糞便と取組んでいるばかりで、教授の回診に金魚のうんちみたいに繋ってお供をするだけで、満足に患者にも触れさせてもらえない新米副手。劣等感に打ちひしがれたのも無理でなかろう。

　森下さんから書いたものがあるなら見てやろうと一、二度便りも貰ったが、書いたのは謝り状だけというテイタラクに終った。そして日支事変。見習士官、野戦病院付軍医として北支中支を彷徨した挙句、白衣を羽織って帰還した。

(四)

最近読んだサミュエル・ローゼンバーグのエッセイ Naked is the Best Disguise（素顔こそ最良の変装だ、と訳して、英語屋さんからNakedを素顔とするのは行過ぎだと叱られている。）この本の中で著者は作品を通じてのコナン・ドイルの心理分析を試みている。

　ドイルが「緋色の研究」に続いて書いた「シャーロック・ホームズの冒険」が、英語圏の読書界を沸騰させ、広汎な名声と共に、厖大な印税が彼のポケットに流れ込み始めた一八九一年十一月十一日の母親宛の手紙で、早くも彼は、ホームズを十二篇で打切るつもりだと報じている。プライベートな自伝「冒険と回想」でも同じことを繰返している。しかも「やめる」とか、「中止する」とか、「終らせる」とかいう言葉ではなく、「殺す」killというどぎつい表現を使っている。「たとえその為に私の銀行預金がゼロになろうとも、彼をキルするつもりです」

　ホームズ物の第一作「緋色の研究」があちこちの出版社に持込んで拒絶の憂き目に遭い、最後にウォード・ロック社に屈辱的条件を呑まされたのが一八八六年だから、その間五年しか経っていない時期である。そしてスイス旅行中に出会った激流岩を嚙んで、水泡沸騰するライヘンバッハの滝壺こそ、彼の英雄と彼の財布の埋葬する格好の墓穴としたのだった。八年後にホームズを「復活」させたがこれはアイドルを殺された愛読者の囂々《ごうごう》たる非難に答えただけで、決してドイルの本意ではなかった。――少くとも彼は自分ではそう思っていた。（或はそう思っているふりをしていた。）その上やっぱり金も欲しかったのだ。（と、Naked の筆者はその腹話人形のアンドリウブ夫人に語らせている。）

ドイルの言い分は、ホームズ物が自分の他の高尚で真摯な文学作品の業績を覆い隠すものだとして、憤懣と憎悪を公表している。

俺は単なるStory teller や Writer でなく小説家(Novelist) という芸術家なんだと言いたいのだろう。

だがこれは同時に、ドイルがシャーロック・ホームズを自分の一分身だと自覚していた証拠ではないだろうか？　そしてそこに出てくる自分の体臭に嫌気して反撥したのではなかろうか？（たとえ意識域下だとしても）。

試みにホームズと相棒のワトソン、此の二つのドイルの分身を捏ね合せてみると、どんな塑像が出来るだろうか？　ワトソンの属性は上品で重厚、慎重で頑固な保守伝統家、ホームズは敏捷でいくらか狡猾でスマートな気取屋。しかも二人に共通するものは信頼するに足る何等かの存在を第三者に印象づける騎士的なマナー――世に言う「ヴィクトリア王朝気質」そのものの人格化ではないか？　これこそドイルの求め望む理想像であろう。ドイルが口で何と言おうとも、意識下にホームズを愛し惹かれていたに違いない。愛憎不二。一旦殺してしまった憎いホームズを苦労して生還させ、四十年に亘って書き続けた真相の秘密がここにあるのではないだろうか？（金が欲しかったことも勿論大きな要因ではあるが。）

ここにローゼンバーグの論を長々と引用したのは、私が探偵小説の筆を折った理由を尤もらしく格付けしようとするのではない。（私の場合は何と言っても根本的には天分の欠除が最大唯一の理由であることは諸君の考える通りである。）いくら私が自惚屋だと言っても狂気でない限り、コナン・ドイルという大才能を比較に取って弁解を試みているのではない。唯個々の人間という微小な存在として眺めた場合に、同じ生物として、自己嫌悪という同じ生活反応が起ったとしても不思議でないことを言いたいのだ。要するにドイルには自己嫌悪を克服する偉大性があり、私にはそれに打ちのめされる卑小さしかなかったのだということだ。（こんな比較を試みる私の身の程知らずを笑わないで下さい。）

森下さんの知遇を蒙って三十年の間にお会いしたのは、始めに述べた四時間だけだが、それでも七十年に余る私の生涯の数少い知己の一人だと私は思っている。たとえ荷風の描いたのが、雨村さんの若き日の姿の正確なスケッチであったとしても。又終戦の前に四国の田舎へ引込んでしまった森下さんの心境や環境は全く知らないが、私は私の「森下雨村」を持っている。

（附記）

最近中島河太郎氏から頂いた御教示によると「新青年」の編集は、昭和四年半ばから水谷準氏に代っている由。とすれば本文記述の森下岩太郎の名前を雑誌の奥附で見たというのは私の思い違いということになる。だがそうだとすれば雨村氏の本名を無縁の私が知ったのは何に拠ったのだろうか？

18 一人三役の短距離ランナー・橋本五郎

（一）

「探偵随想」は大阪の秋田稔氏が銀行勤務のかたわら、こつこつと編集し発行している個人雑誌である。この人が岡山在勤時代に書いた随筆のなかに、当地にいるあいだに橋本五郎未亡人をお訪ねしたいと思うという個所があった。わたしはその訪問記が掲載されるのを待っていたが、やがて秋田氏はふたたび大阪へ転勤になってしまい、訪問記が誌面をかざることはなくして終った。

後年、秋田氏あての手紙のなかで右の件がなぜ実現をみなかったのかと質したことがあった。もしかすると未亡人がそうした煩しいことを嫌われたのではないか、と想像していたのである。すると秋田氏はわざわざ拙宅へ電話をかけて、その理由を説明してくれた。岡山市から

牛窓町《うしまどちょう》の橋本家を尋ねるためにはバスに乗らなくてはならないが、じつは自分は車酔いをするたちなので、つい一日延ばしに敬遠するうちに機会を逸したとのことである。

わたしは未亡人が社交嫌いでないことを知ってまずは安心した。

「それは残念でしたね。チャンスがあったらわたしが代って訪問しましょう」

「ぜひそうして下さい」

こうした問答があって、この未知の探偵小説愛好家は、橋本家の所在と電話番号とを教えてくれたのである。

だが、この尋訪もなかなか実現する運びとはならなかった。なんといっても岡山県ともなると遠すぎる。日帰りでちょっとというわけにはいかないからだ。が、これが思いもかけぬことから急に実現することになった次第

は、前回の米田三星氏尋訪にしるしたとおりである。米田氏と別れたあと、われわれは大阪まで行って、角川書店が常宿にしているホテルに一泊。そしてその翌朝、食事もせずにチェックアウトすると新幹線で岡山へ向った。

わたしが今度の尋訪でいちばん期待をかけていたのは、橋本五郎こと荒木十三郎が戦後名乗った女銭外二という奇妙な筆名のいわれを訊くことにあった。わたしのことをいえば、さんざん頭をしぼった揚句に、じょせん・がいじと読んでいた。それを、めぜに・そとじと読むことを教えられたのは、数年後に疎開先から東京に帰って来てからのことだった。

そもそも作家がペンネームを用いる理由としては、本名があまりにも平凡である場合か（例えば江戸川乱歩氏の本名は平井太郎であった）、本名が読みにくい場合か（例えば甲賀三郎氏の本名は春田能為であった）、本名を人前にさらすのはどうも気恥かしいといった三つのケースが一般的とされている。だが女銭外二とはこの常識論にさからった奇妙な名であり、そうした意味では久生十蘭氏と双璧をなすといってもいい。その疑問が、あと数時間のうちに解けようというのである。大阪駅で買った弁当が旨かったのはわたしが上機嫌だったせいかもしれない。

（二）

岡山駅で赤穂《あこう》線に乗り替えると、姫路へむけてバックする。むかし、《偽りの墳墓》という長篇を書くために単独で日生《ひなせ》まで取材に来たことがある。そのときは姫路から赤穂線に乗った。したがって今回は二度目だが、岡山から行くのははじめてであった。

秋田稔氏も鉄道を利用すれば酔うこともなかったろうに、などとのんびり考えていると、四つ目の邑久《おく》という駅で同行者に強引に腕をとられ、降ろされてしまった。橋本家は牛窓にあるのだから牛窓駅で下車するものとばかり思っていたのである。

「牛窓なんて駅はどこにもないですよ。ボクは乗越料金を精算してきますから、鮎川さんは先に出て下さい」

そういわれて駅の構外にでると、スラックス姿の若い女性が近づいて鮎川かと訊く。

「わたくし荒木戒子《もり》と申します。橋本五郎の娘です」

お嬢さんが迎えに来てくれるとは知らなかったから、少々あわて気味に挨拶をする。

「もっとお若い方かと思いましたわ」

昨日、米田三星氏に言われたこととおなじ感想を聞か

橋本五郎

され、ショックを受けた。ダブルパンチである。しかし考えてみれば一昨年が還暦だったのだ、ショックを受けるほうがどうかしている。

戒子さんは運転歴がながいのだろうか、ハンドルさばきは鮮やかなものである。じつをいうと、以前に水上呂理氏の項でも書いたとおり、わたしは車酔いのするたちで、昨日も米田氏の案内で石舞台古墳へ向ったときは終始吐気におそわれ、氏には失礼なことながらハイヤーのなかでなま欠伸《あくび》ばかりしていた。ところが今朝はどうだろう、運転者が若き女性のせいか気分すこぶる爽快であり、あくびなんて只の一度もでないのである。

車は丘のふもとを抜け畑のなかの一本道をつっ走ること十五分余り、やがて漁村に入る。瀬戸内海が汚れたといわれて久しいけれど、右の車窓から眺める海はむかしと変ることなく蒼くて美しかった。あと二週間で正月だというのに、風もなく春を思わせる暖かさであった。

やがて車首を山側に転じて少し入ったところで停る。橋本家は低い丘陵の裾の、南に面した小高いスロープに建っている。左手のおもやは家族の住居、それと並ぶ右手の建物は託児所だった。戒子さんは友人と託児所を経営し二人で保母さんをつとめているのである。その前にはブランコと共にコンクリート製の怪獣が寝そべっている。水玉模様に塗られたブロントザウルスであった。この日は事情があってお休みだが、いつもならば幼児の元気な声があたり一帯にひびいている筈である。

招じ入れられた居間は、サンルームのような暖かさだった。わたしが秋野未亡人と挨拶をすませると、青木氏は角川文庫の「新青年傑作集」全五巻のうち、既刊の四冊を鞄からとりだして贈った。その第三巻推理編に、橋本五郎作《地図にない街》が入っているからである。それを手にした戒子さんは、帯に印刷されたお父さんの写真に視線をおとすや、「まあ若い！」と声をはずませた。

われわれは秋野夫人がたてて下さった抹茶を頂戴したのち、「尋問」にとりかかった。まず、最大の謎である女銭外二の由来について。

「それが解りませんの。江戸川乱歩さんが、男が女性とおかねを愛するのは解るとして、外の二つというのは何だろうという随筆を書いていらっしゃいましたが……」

長年抱いてきた疑問が不発に終ったことは、わたしを非常に失望させた。しかしわたしには、未亡人にお会いしたらお訊ねしようと思っていたもう一つの質問があった。それは妹尾アキ夫氏に関することである。

妹尾氏が旧「宝石」に発表した幾つかの短篇のなかでも最も世評のたかかったのは《リラの香のする手紙》であった。その小説はつぎのような書き出しで始っている。

牛窓から岡山へむかう、内海通いの小蒸気船のなかだった。(中略)緑色の服の紳士が、彼と並んで長々と畳のうえに寝そべって、頭上の明りとりから差しこむ光線で、外国雑誌を読んでいる。短く刈りこんだ髪の毛は、半ば白髪まじりで、てっぺんが薄くなり、耳の下から顎にかけて、むくれあがったように肥っている。よく見ると、左手に雑誌を持ったまま、右手を時々ポケットに突込んで、ポケットのなかで南京豆の薄皮をむいて口にほうりこんでいるのだ。(下略)

この紳士が作者の自画像であることは一読すれば解る。牛窓で誰を訪ねたのかという点については一行も触れていないけれど、かねがねわたしは、訪問先が橋本家ではあるまいかと推測していたのである。橋本五郎氏は博文館で「新青年」の編集にたずさわったことがあり、一方妹尾氏はその寄稿家であったから、東京時代に接触していたに相違なく、共に岡山県の出身とあれば何かにつけて話が合ったことと思われる。

「お見舞いに来て下さったのです。妹尾さんは主人が亡くなった後も、ときどきお手紙を下さいました。横溝正史さんからは、岡山県に疎開しているのだから行こうと思えば訪ねて行くことができたのに……というお手紙を、主人が亡くなったときに頂戴しました。横溝さんとは独身時代からのお知り合いだったそうです」

この答によって、わたしの想像は外れていなかったことが判明した。《リラの香のする手紙》をもう少し読み進むと、妹尾氏が船に乗りおくれて、オーイオーイと呼び戻したことがしるされている。

橋本五郎氏が独身だった頃に、神戸の横溝氏から一書が届けられた。「新青年」の水谷準氏が下阪する、ついてはきみも出て来ないかという誘いの手紙である。

「行こうと思ったがお金がなくて、ようよう旅費をつくって神戸へ行ったら、水谷さんは東京へ発たれた後じゃったので口惜しかった、と話しておりました」

神戸へ向かうにはまず岡山まで船でいって、そこから列車に乗らなくてはならない。若き橋本五郎がやっとの思いで金を工面し胸をはずませて神戸へ飛んで行き、しかし遂に水谷氏に会えなかったときの無念さは、われわれにも想像がつこうというものである。

（三）

氏は明治三十六年五月一日に、この牛窓町の関町で生まれた。本名は荒木猛。大正十五年に「新青年」の懸賞に橋本五郎の名で《レテーロ・エン・ラ・カーヴォ》を、荒木十三郎の筆名で《赤鱏《あかえい》のはらわた》を同時に投じて両者とも入選。唯一の長篇は《疑問の三》であった。聞くところによるとレテーロは英語の letter に、エン・ラ・カーヴォは、in the cave に当り、洞穴の中の手紙を意味するエスペラント語だという。戦後は前記の女銭外二の名で若干の短篇を執筆し、昭和二十三年五月二十九日に牛窓のこの家で亡くなった。

氏が処女作を書いた頃、未亡人の秋野さんはまだお嫁に来ていなかったので精しいことはご存知ない様子だけれど、二つの筆名のうちでは荒木十三郎の方を先に使っていたようである。なんでも友達がつけてくれた名で、橋本五郎よりも評判がよかったというから、当時は時代小説でも試作していたのだろうか。マゲ物の場合は、橋本よりも荒木のほうが強そうに見える。

雑誌「探偵文学」が当時の探偵作家数氏に「処女作の頃」というテーマで随筆を書かせているが、橋本五郎はその時分をかえりみて、郷里の友人と呑み歩いていたとか山寺の和尚さんと碁を打っていたとか、屈託のない話を綴っている。が、秋野夫人のお話によると、何もせずにブラブラしている作家志望のこの青年に対して、周囲の眼はかならずしも好意的なものではなかったらしい。

博文館の森下雨村氏は、二作がそろって入選したことでこの若き作家の卵の筆力を評価したとみえ、上京してわが社に入る気はないかとすすめてくれた。その手紙を受け取った橋本青年がいかに欣喜雀躍したかは想像するに難くない。それが昭和二年頃のことである。

入社するとまず「朝日」の編集部に廻わされ、翌年に秋野さんを迎えて結婚した。ついで「新青年」に転じて水谷編集長のよきアシスタントとなる。大阪ですれ違いを演じたあの無念さも、はるかに遠い昔話になってしまった。しばらくして「文芸倶楽部」の編集部に移るが、やがてこれを最後に退社して筆一本の生活に入る。これが昭和七年十二月のことだから、博文館勤務はほぼ五年でしかない。

名編集局長だった森下氏が博文館を去る際に行を共にしたのかと思っていたのだが、未亡人に伺ったところでは、それよりも一年早く退社したとのことであった。上京後の住居は杉並の馬橋、中野区の上高田、野方といったふうに移転しており、《疑問の三》は上高田時代に執筆されている。

氏が東京から郷里に帰ったについてはどのような理由があったのだろうか、これもお訊きしたいことだった。何といっても「隠遁」するには若過ぎるのである。

「この家は祖父が病気をしまして静養するためのものですが、その祖父が急に亡くなりました。残された祖母は東京で暮すよりも牛窓にいたいといいますので、親孝行のつもりで帰って参りました」

この祖父というのは戒子さんからみての祖父のこと。正確にいえば秋野夫人の舅さんであり、橋本五郎のお父さんのことである。それにしても東京における作家生活を打ち切って帰郷するというのは、よほどの母親思いでなければ出来ないことであったろう。

「やがてはまた上京するつもりでおりましたが、そのうちに戦争が始まりまして……」

（四）

昭和十二年七月に出征、二年後に帰還。この間《かん》に肋膜炎を病む。そして二年のちの昭和十六年十二月に、徴用されて南方へ赴く。当時、報道班員という名で多くの作家が従軍させられたのである。

「あちらでは小栗虫太郎さんや山本周五郎さん達とご一緒だったそうです」

とのことだから、右を見ても左を見ても知らない顔の他人ばかり、といった心細さは味わなかったわけだ。先般死去した海音寺潮五郎氏なども一緒だったのかも知れない。

無事帰還したのは十八年の十二月である。敵の潜水艦に魚雷攻撃を受けなかったのは好運というほかはない。

だが、その冬にひいた風邪がなかなか恢復せず、医師の診察を受けると肋膜炎が再発しているようだといわれた。そしてそれ以後、薬餌《やくじ》に親しむようになる。

「女銭外二というペンネームは寝ているときにつけたように思います。寝たり起きたり、仕事をしたりしているうちに、何か感じてつけたのかも知れません。何て読むのかなと思ったことは覚えておりますが、意味を訊くようなことはしませんでした。わたしには台所の仕事が、食糧を集めるという仕事があってそれに夢中でしたから」

この辺りでも喰べ物を手に入れるためには苦労しなくてはならなかったらしいのである。

「お嬢さんに伺います。どんなお父さんでした?」

「無口なほうでした。九歳のときに亡くなりましたが、寝ている父のことしか記憶にありません。覚えているのは、騒いで叱られたことぐらいですわ。母から写真を見せられたり思い出話を聞かされたりする程度です」

病気が結核であったと聞いて、反射的にわたしは、はるか東方の相模湾のほとりで病いを養っていた西尾正氏のことを連想した。両氏のあいだに交友があったかどうかは知らない。だが短篇を得意とした点でも、同じ結核を病んだという点でも、戦後数篇の作品を遺したという点でも共通したものを持っている。西尾氏のほうが四年あとに生まれ、そして十カ月遅れて生を終えているのである。

この尋訪はわずか三十分余りですみ、戒子さんはふたたびわれわれを車に乗せてくれると、背後の山の頂にあるオリーヴ園に案内して下さった。季節はずれでオリーヴの果実は見られなかったが、指呼の間に眺める瀬戸の海は絶景だった。その後で牛窓の町にくだり、船着場まで送って頂いて別れた。そこに佇んだわたしは、水谷氏に会うべく胸ふくらませて岡山行の便船に乗り込んだ橋本五郎の若き姿を想い、病床の氏を見舞った妹尾氏のあたふたと連絡船に駆けのぼる姿を心に描いていた。

追記

追記として綴るほどの情報は持っていないが、未亡人もお嬢さんも健在である。

19　乱歩の陰に咲いた異端の人・平井蒼太

（一）

平井蒼太《ひらいそうた》氏は本名平井通《とおる》。明治三十三年八月五日、名古屋市で生まれた。江戸川乱歩氏の次弟であり、若いころ末弟の敏男氏と共に本郷の団子坂で古書店「三人書房」を開いた。それが「新青年」大正十四年一月増刊号に発表された《D坂の殺人事件》の母胎となったことはよく知られている。場所は団子坂をほぼ登りつめたあたり。下から順にまず右手に菊人形で知られた飲食店があって、つづいて左手が鷗外の観潮楼のあと。さらに登っていくと右手に駒込電話局があり、灯台もと暗しというとおり、この建物の外壁にとりつけられた公衆電話がこわれていて、料金を入れなくても通話ができるという便利なものだったので、貧窮の底にいたわたしはわざわざここまで行って、狩久氏に電話をかけたものだった。三人書房はこの電話局の先にあり、推理小説評論家黒部龍二氏宅にも近い。

平井蒼太氏はアングラ物とでもいうのだろうか、風俗文献の蒐集《しゅうしゅう》と研究で同好の士のあいだでは知名の存在であった。執筆活動も盛んだったらしく十前後のペンネームを持ったそうだが、風俗小説を書くときは《嫋指》の場合がそうであるように、平井蒼太あるいは薔薇《ばら》蒼太郎を名乗ったようである。

一説に、江戸川作品の中のあるものは蒼太の代作だといわれているそうだ。はなはだ興味ある意見なので、今回わたしの知人の誰彼に訊ねてみたところ、すべての人がたちどころに否定した。代作説の根拠となったところのものを、わたしも知りたいと思っている。

右にしるしたように、蒼太氏が生涯をかけて追究した

平井蒼太

アングラの分野は、わたしのような推理作家にとっては全く無縁のもので関心を持ち得ないが、例えば女角力《ずもう》の研究一つを取り上げてみても、こうした興行物が殆ど絶滅してしまったいまになってみれば、貴重な仕事だったことになる（現在も女角力はストリッパーかなにかによって行われているそうだが、蒼太氏が研究の対象にしたのは戦前の、男の力士のように肥満した女によってたたかわれたものである）。しかしこの小文の対象とされるのは、ミステリー作家平井蒼太なのだ。

　戦後まもなく発刊された風俗雑誌「あまとりあ」に、蒼太氏は断続して五本の短篇を書いている。即ち、

①花魁《おいらん》少女　昭和27年1月
続花魁少女　27年2月
②蒼白《あお》ざめた色ごと　27年10月
続蒼白ざめた色ごと　27年11月
③秘楽幻術
——伊豆荘斐子《いずのそうあやこ》の開華——　28年10月
④肉身曼蛇羅
——続伊豆荘斐子の開華——　29年1月
⑤嫋指　30年8月

がそれである。《嫋指》は一連の作品の中でもっともミステリーに近いとされ、同時にまた創作としては最後の作品とみなされている。題名は嫋《たお》やかな指を意味していることはいうまでもないが、「じょうし」と読むものと思う。

　五篇が載ったことから判断すれば、読者の評判もよかったのだろう。四作目と五作目のあいだで乳房への賛美をしるした「滑らかな脂丘への妄執」という読物記事を書いている（昭和二十九年四月）が、小説に大きな空白期間があるのは、作者の本業である風俗書の売買、もしくはサイドビジネスとでもいうべき豆本製作で多忙だったためではないかと想像される。

　この豆本の中には、江戸川氏の短篇に池田満寿夫氏の

江戸川乱歩の葬儀の日の平井蒼太（前列右から３番目。左上に拡大）。その左隣は乱歩未亡人と長男・平井隆太郎氏。右隣は本堂敏男氏

版画を添えた珍しい物があって、昨今は莫大な値がついているそうだ（この辺の事情については、一時期池田氏の夫人であった富岡多恵子氏の「壺中庵異聞」に詳しい）。当時の推理専門誌「宝石」に、江戸川氏の短いPRの文章があったことを、わたしは思い出す。豆本に興味のないわたしはそれを求めなかったのだけれど、いまにして思えば購《あがな》っておくべきであった。先見の明がなかったといわれても仕方あるまい。それはともかく、蒼太氏の創作が五篇で止んだのは「あまとりあ」が休刊になったためである。

風俗文献のほうで活躍した氏は、作家としてはその姿を白日下に現わすことがなかった。ミステリー作家ではないのだから、日本推理作家協会（その時分は日本探偵作家クラブだったが）に加入することもしなかった。

われわれの仲間で蒼太を知る者といえば、甥の松村喜雄氏、それに実兄の江戸川氏ぐらいのものでしかない。中島河太郎氏が「推理文学」に書かれた一文を読むと、乱歩氏死去の際、通夜に集った推理作家たちから離れた片隅に、独り坐っている老人の姿を見かけたが、いまにして思えば、それが平井蒼太だったという回想がある。氏を知る推理作家というとその程度のものでしかない。なおこの中島氏の文章は、推理小説のサイドから蒼太を取り上げ、その正体に迫った唯一のものとされている。

　さて、平井通氏を知る人としては松子未亡人はじめ何人かの関係者がいるわけであるが、いろいろな事情があって会うことができず、結局、母方の従弟である岩田豊樹氏および末弟の本堂敏男氏のお二人にインタビューを試みることとなった。

（二）

　わたしが荻窪駅前の喫茶店へ向ったのは春のおだやかな日の午後のことで、同行者は「問題小説」編集部の真矢正弘氏（当時）。長身でおしゃれ。そのせいか女流作家に評判のいい人である。

　駅前の店に入ると、すでに岩田氏と松村氏が珈琲を飲みながら待っていて下さった。早速岩田氏と初対面の挨拶をかわす。だが「ルパン」の読者は、かつてこの両氏が誌上で中島河太郎氏をまじえて「裸の江戸川乱歩――その知られざる素顔」と題して鼎談《ていだん》したことを記憶されているだろうから、改めて紹介するまでもない。一言つけ加えれば、岩田氏は古地図の研究と蒐集で知られ、講談社その他の出版社からだした何冊かの著書がある。長身でお洒落の似合いそうな、若い時分にはさぞかしダンディーであったろうと思われる人だ。

　話題の中心は平井蒼太であるべきなのに、ついつい江戸川乱歩氏のことになってしまう。そうしたところから見ても、平井通氏は存在感のうすい、乱歩氏の陰にかくれた人なのだなという印象を否定し得ない。

「太郎さん（乱歩氏のこと）は親切なたちでしてね、ウェルズを英訳で読んで年少のわたしに話してくれたこともあるし、大阪毎日時代に訪ねていったときには、一流の料亭でもてなしてくれた。初期の短篇は本になるたびに送ってくれました。それが講談社の通俗長篇を書いた頃から変った。本はくれなくなったし、訪ねていっても応対してくれるのは亡くなった隆子夫人だけで、太郎さんは書斎にこもったままでした」

　江戸川氏が《黄金仮面》や《魔術師》などの通俗長篇を書き始めたことについて、仲間の作家から批判もあったそうだけれど、誰よりも当人がそれをはずかしがっていたことが、このエピソードからうかがい知れる。

　松村喜雄氏が生まれた江戸川橋の家は今の江戸川アパートのある新宿区新小川町にあって、もと徳川家の旗本が住んでいたとか。敷地が広大で池があり築山があり、家も大きく台所は別棟になっていたという。戸主は岩田氏のお父さんで、日本美術協会に属する大和絵派の画家である。この家に、若き日の平井兄弟が同居したことが

兄たちの思い出を語る本堂氏（左）と筆者

あった。

「まだわたしが子供の頃で、太郎さんと通さんの三人で浅草へ遊びに行ったことがあります。わたしがいちばん小さくて、太郎さんはもう少年でした。祖母が太郎さんに十銭玉を、通さんとわたしに五銭玉を一枚ずつくれたので、それを持って出かけたのです」

当時の十銭というと一日分のお小遣いとしてはかなりの額になる。

「活動写真を見たり、太郎さんが買ってくれたアンパンをたべたりしたことを覚えています」

「下の敏男さんとは仲よしだったのでしょう?」

「同年輩だから、よく遊びました。二人で立川文庫を集めて自慢し合ったものです。頸から本を入れたズダ袋をさげて……」

平井一族にはものを集めるという共通した性格があるようだ。岩田氏は年少にしてすでに地図に対して興味を持ったという。敏男氏が蒐集癖を失ったのは、父君の事業の失敗でそれどころではなくなったためと想像されるが、岩田氏は古地図の、乱歩氏は探偵小説本や絵画の、そして松村氏はフランス・ミステリーの、そして蒼太は風俗文献のコレクターとなる。但し蒼太氏の場合は生計をたてるために、折角集めたものを仲間に売らなくてはならなかった。蒐集家として好きな物を手放すのは辛いことだったろうと思えた。

（三）

それから一週間ばかりして、埼玉県内に本堂敏男氏宅をお訪ねした。東武線の駅から車で二十分の、あたらしく造成された住宅地である。

前記のおばあさんが本堂家の血筋が絶えることを心配して養子をとろうとした。そのとき候補にあがったのが敏男氏と、前述の岩田豊樹氏であった。つまるところ敏男氏が本堂姓を名乗るようになったわけだが、後年になって岩田氏は長兄を失ったため、養子にゆかなくてよかったということになる。

インタビューは本堂家のこざっぱりとした明かるい和室で行われた。敏男氏は長兄の乱歩氏に比べるとずっと小柄で、その点は通氏も似たようなものだったそうで、乱歩氏だけが大柄であったという。

このときも、ともすると話は江戸川氏のほうにそれてしまう。われわれのことは岩田氏から電話連絡があったらしく、敏男氏は最初から打ちとけた態度で、蒼太、乱歩両氏のことを腹蔵なく語って下さった。

「名古屋で父が事業をやっていた頃のことです。兄が探偵小説の雑誌をつくりまして、わたしは電柱にポスターを貼る役目でした。なかなか好評で、読者から会社に頻々と電話がかかってきます。これで父が雑誌のことを知りまして、兄は目玉がとびでるほど叱られました。ハハ」

乱歩氏の「探偵小説四十年」には、少年時代の氏が活字に魅力を感じて、しまいには活字を買い集めて印刷の真似事をした話が描かれている。しかしお父さんに叱られたことは省筆されているので、今回はじめて知ったのだった。

「平井家は父が事業に失敗したため、忽《たちま》ち貧乏になり兄（乱歩氏）は大学に入って苦労をしました。いまのアルバイト学生のような気楽なものではなくて、ちびた下駄をはいて真っ黒になって働いていたものです」

こうしたことも「探偵小説四十年」には出てこない。「団子坂で三人書房をやっていたときに兄は《D坂の殺人事件》を書き上げたのですが、『新青年』に送ったのに編集部からは何ともいってこない。そこで取り返して名古屋の小酒井不木さんに読んで貰い、それがきっかけで世に出られたのですから、小酒井さんの恩を忘れたことはなかったですね」

この三人書房は、乱歩氏が創作に熱中したため、経営を通、敏男両氏にまかされた。

「兄（蒼太氏）とわたしで相談をして、銀座に夜店をだしたら売れるだろうということになりました。店を開いたのはいいのですが兄弟喧嘩を始めまして、怒ったわたしは兄を残して電車で帰ってしまいました。兄が古本を積んだ重たい大八車《だいはち》を引いて、ふうふういいながら真夜中に帰って来たことを覚えています」

「わたしも、ほんの一時ですが団子坂の近くに住んだことがありますよ」

「そうですか。懐しいなあ、もう一度いってみたいなあ……」

心底から懐しそうな口調であった。だが松村氏が友人から聞いた話によると、三人書房のあとは拡張された道路になってしまい、いまでは跡形《あとかた》もないとのことである。

「兄が鳥羽造船所に勤めていた頃、われわれ下の兄弟もみかん山の麓の借家に住んでいました。ある夜、町の若い衆の造船所に対する反感が爆発して、ピストルをぶっぱなす事件が起りました」

造船所の職員が高給をとっている、しかも購買組合でものを安価に買っている、といったことが原因だったようである。

「ピストルの音を聞いたわたしはびっくりして裏のみかん山へ逃げ込んだのですが、兄（蒼太氏）は家の中の火の始末をしてから、遅れてやって来ました。そのときわたしは、やはり兄だけのことはあるなあと感じたものです」

造船所を退社した乱歩氏は大阪に移って大阪毎日新聞の広告部に入り、一方蒼太氏は大阪電気局に勤め、のちに近江の素封家の娘さんと結婚する。この短い期間が氏にとって最も幸福なときではなかったか、と思う。

「電気局時代にもいろいろと面白い話があるのですが、間もなく嫂《あね》は結核にかかり、一方兄もカリエスを病んで、ギプスをはめられた闘病生活に入ります」

蒼太夫婦は妻の実家で静養するが、一女を産んで奥さんは死去し、葬儀をすませた蒼太は嬰児を残して愛妻の家を後にしたという。その心境はいかばかりであったろう。

「兄の性格が一変したのはギプスをはめられてからです」

性格が暗くなったとしても当然のことだ。

「そのお嬢さんはどうなりました?」

「成人して嫁にゆき子供もできて、平穏な日を送っています」

それを聞かされてほっとする。

「兄は結婚運のわるい人でした。その後二、三度結婚離婚をくり返します。わたしには兄嫁が沢山いたことになる」

敏男氏は淡々と語り続ける。

「わたしたち兄弟の末っ子の玉子は、結核で亡くなりました。静養している家に見舞いに行くと、わたしは、妹と同じ湯呑みで水を飲みました。当時の結核は絶望的な病気でしたから、感染を防ぐために用心しなくてはなりません。わたしは若い頃からいつ死んでもいいと思っていたので、ちっとも恐くなかったのです。妹はそれをとても喜んでくれましてねえ」

お会いするまでは、末弟の敏男氏とはどんな人だろうと思っていたのだが、やさしい心情の持主なのであった。

昭和六年、平凡社から刊行された江戸川乱歩全集は金色に輝く厚表紙の立派なもので、氏自身いろいろな宣伝のアイディアを出したことが「探偵小説四十年」に記されている。

「いまお話ししたように、命を惜しむ気はありませんでしたからね。わたしが黄金仮面をかぶって表紙と同じ金色レザーで作ったマントを着て、飛行機から落下傘で飛び降りることを提案しました。さすがの兄も、これには賛成してくれませんでした。しかし兄の長篇も今となってはテンポが遅くて、若い読者向きではないですね」

敏男氏は乱歩氏に対しては敬意を、通氏に対してはいたわりの思いを抱いているとみえ、言葉の端や口調にその感情がこめられていた。

晩年の蒼太氏は、東横線元住吉駅近くの蟹ケ谷に一居を構えた。終《つい》の棲家となったところであり、前記の豆本も数本の短篇もここでつくられた。

「水が豊かな土地ですから女手一つで井戸が掘れます。一メートルも掘れば水が湧くのですから」

一枚の写真を見せられた。乱歩氏の葬儀の際のもので、残された平井兄弟が並んで坐っている。兄弟だけあって面影はよく似ており、特に眼のあたりがそっくりだ。しかしこの蒼太氏も、数年後に乱歩氏の後を追うようにして亡くなった。秋口に一週間ほど入院して死を迎えたのだった。

つねづね主人はことあるごとに俺はもうだめだと申していましたから、今回もその調子かと軽く考えて、入院したこともお知らせしませんでした……。そうした内容の手紙が未亡人から届いたという。

「小さな家で、弔問《ちょうもん》に集ったのは風俗文献関係の人が大半でした。家に入れないで外に立っていた人もいたほどです」

われわれがこの未亡人に会えなかったのは、いま病床にあるという噂を聞いたからであった。

後日、岩田豊樹氏からのハガキに誌《しる》された戒名は釈通願信士。昭和四十六年七月二日没。

追記

いまとなっては平井蒼太氏の小説を読むことも難しく、わずかに《嫋指》一篇がわたしの編んだ「怪奇探偵小説集Ⅱ」（双葉文庫）に入っているにすぎない。が、この本も初刷の部数を売り切ってしまうと再刷はしない方針に決っているから、お読みになるならお早目に、ということになる。

このアンソロジーの解説を書く際に、第三者の蒼太観を訊きたいと思い、「あまとりあ」元編集長の中田雅久氏に電話取材を試みた。その次第は右の文庫本にも記してあるが、《嫋指》執筆当時の平井蒼太氏は後楽園野球場に勤務しており、中田氏は原稿ができるたびにスタジアムまで受け取りにいった。ときには「試合をみてゆきませんか」と誘われて見物したこともあるという。初老の温厚な勤め人タイプというのが氏の受けた印象で、その後人柄が変ったのならともかく、世間でいわれるような変屈な人間とは思えなかった。ときには冗談もいうことがあって、むしろ飄逸な人という感じを持った、といったお話であった。

いずれにしても、一貫して不遇な人生を送った気の毒なひとという感想を否定することができない。

20　豪雪と闘う南国育ち・蟻浪五郎

（一）

わずかな数の作品を残して消えていった作家はたくさんいる。わたしが消息を求めている岡沢孝雄氏だとか本間田麻誉《たまよ》氏などもそうした人々であり、後者は数年前に死去したという情報も摑んでいるのだが、そのニュースソースがどこの誰だったかということになると、事情通の山村正夫氏に訊いても判らない。退場していった推理作家を追跡し調査することは、決して簡単にはゆかぬのである。

　今回とり上げる蟻浪五郎は、岩谷書店の「宝石」に中短篇をあわせて三本を書いたきりで消えていった、寡作な作家の一人であった。その頃、僚誌「ロック」の懸賞に投稿して活字になった《飛行する死人》の作者青池研吉も蟻浪五郎と同一人物である、という説が一部の人々のあいだでささやかれていた。しかし「ロック」はこの直後に休刊となり、一方「宝石」は引き続き発刊されていったが、蟻浪氏もまた右にしるしたように三作を書いたきりで筆を折ったため、事実を確かめるすべが失われた。多くの投稿作家がそうであったように、氏の略歴も判らなければ写真一枚のこされてはいなかった。

　話が前後するけれど、氏の作品のタイトルと発表誌を列記するとつぎのようになる。

雨の挿話	宝石	昭和24年5月号
花粉霧	同	24年12月号
火山島の初夜	同	25年10月号
飛行する死人	ロック・別冊	24年8月号

くどいようだが《飛行する死人》は青池研吉名義であり、しかしこの作者が蟻浪五郎と同一人であるか否かを判定する証拠はない。本篇は鮎川編光文社刊の鉄道ミステリー第一集「下り〝はつかり〟」に収録されているので、関心のある読者はそれをお読みいただきたいのだが、こちらは蟻浪作品とは違い、思い切り大胆なトリックを使用した本格物で、同一人の発想とは思えぬくらいである。

蟻浪五郎を正体不明の作家と書いたけれど、当時をふり返ってみると決して幻の作家でもなんでもなかったことに気づく。というのは、氏とわたしとが数回にわたってハガキのやりとりをしたことがあるからである。そのハガキに、新潟県北蒲原郡長浦村字上土地亀、相沢誠としるしたゴム印が、みどりのスタンプインクで押されていたことも記憶の底辺に残っている。この文通がもう少し長期にわたってつづいたなら、氏の正体も若干は判ってきただろうに、光文社版アンソロジーの《飛行する死人》の解説にも触れたとおり、「ロック」に雪のトリックを利用して書いた青池研吉という作家がいる、もしかするとあなたと同一人ではないのかと訊ねたのを最後に、プツリと返事が来なくなった。まるでそれは、わたしの質問を迷惑がっているように思えた。あるいは、あんな作家と一緒にされては沽券にかかわるとして、怒っているようにも思えた。そして、それと前後して創作の筆も絶ってしまったのである。

推理専門誌「幻影城」誌上に、わたしは消えていった推理作家を再訪する「尋訪記」を連載した。忘れられた作家を発掘し訪問して話を聞くことは、わたしにとって楽しみだったし、「幻影城」の島崎編集長にとっても同様であった。二人のリストのなかには蟻浪五郎があがっており、発見されるとしたら場所は新潟県内だ、即刻訪ねようという約束ができていた。わたし共は柏崎在住の瀬下耽氏を日帰りでインタビューしたのであるが、「蟻浪さんの所在が判っていたら宿に一泊して訪問するところだがなあ」などといいながら、上越線の列車にゆられていたものである。

（二）

もしカッパノベルスの「下り〝はつかり〟」を作者の青池研吉が読んだら、何とか連絡があるのではないかという淡い期待感が裏切られたころ、わたしは新潟県内で病院を経営しておられる読者の浅利譲氏に、北蒲原郡長浦村字上土地亀とはどんな土地であろうかとお訊ねした

蟻浪五郎

ことがある。数ヵ月後に氏から、あの辺りをドライブで通過した、現在は市制がしかれ豊栄市となっている旨の返信が届いた。地名が変更されたと知って、私は蟻浪五郎再発見の道が一段とけわしくなったように感じた。

「週刊新潮」に長篇の連載をすることになったとき、若い担当編集者の村田博志氏にこれから始まる《死びとの座》の概略のストーリーを話して聞かせたあとで、旧名長浦村字上土地亀、現在の豊栄市に取材をさせてもらいたい旨を申し入れ、快諾を得た。実は取材にかこつけて蟻浪五郎の足跡を発見できたら、というのが真の狙いであった。上土地亀をこの脚で歩いてみたかったのである。

「本名は何というのですか」

「相沢誠さんです」

「調べてみます」

そういって別れた二日後に、村田氏から連絡があった。

「判りましたよ、いまは豊栄市の白新町にお住いで、蟻浪さんはきわめてお元気です」

さすがは週刊誌の編集者だと感心した。やることがテキパキとしている。

「なに、大したことではありません。ダイヤルを二度まわしただけの話ですから……」

こともなげな返事であった。

改めて三十年振りで相沢氏に手紙を書き、インタビューに協力してくれるよう依頼すると直ちに返信があって、新潟駅まで出迎えに行く、自分は大男であるから人目にたち易い、すぐに判る筈だとしるされていた。

われわれは数日後に新潟駅のフォームに降りると、改札口へ向った。いち早くこちらを見つけて手を振っているのが蟻浪氏であった。見上げるほどの偉丈夫かと思って内心おそれを抱いていたのであるが、同行の村田青年とほぼ同じくらいの身長であったので、まずはほっとする。

われわれははじめからフランクに打ち解け合った。そ

当時の思い出を語る蟻浪氏（左）と筆者

れは多分、蟻浪氏の気取りもてらいもない性格からくるものだったろう。駅の食堂で簡単な昼食をすませたのち、三人はタクシーを拾って豊栄市の上土地亀へ向った。わたしとしては氏が奉職していた小学校や、半ダースにも満たぬ作品を書いた旧居も見ておきたかった。

豊栄市の町はずれまで来かかったときに、日本海までさえぎるもののない畑地を指さして、蟻浪氏は感慨ぶかげに、この一帯をシベリヤおろしの風がまともに吹きつける、台湾育ちの自分にはそれが人一倍にこたえた、と語った。蟻浪名義の第三作《火山島の初夜》が台湾を舞台にとっていることから、作者が台湾育ちであることはわたしも前々から想像していたのである。

「そんなときは雪のなかを、ブレーキをかけたままで自転車のペダルを漕ぐのです。そうすると力を入れるから、多少なりとも体があたたまってきます」

車はほどなく小学校の入口に停った。二階建ての、いかにも村の小学校といったおもむきの校舎であったが、来年は廃校となり、市の中心にある葛塚小学校に併合されるのだという。廃校になるのはさびしかろうが、暖房施設のととのった新校舎のほうが快適に勉強できることは確かだ。

校庭の外側にちょっとした雑木林のような空地があり、

その向うに道路に面して裕福そうな日本家屋が見える。われわれは蟻浪五郎の後につづいてその空地に入っていった。

「あれは長年にわたって校医をつとめるお医者さんの家です。昔、この敷地のなかに二軒長屋の家作が建っていて、教員の住宅に当てられました。その一軒にわたし達一家と、やはり引き揚げ者の親戚一族が同居していたのですから大変です。わたしは身をちぢめるようにして小説を書きました。そして暑さで眠くなると、井戸端にでて頭から冷たい水をかけたものです」

いまはもう跡形もない旧居のあった場所にたたずんで、蟻浪氏は当時を回想した。そのとき話題になった小説というのは、二つの雪のトリックを用いた《飛行する死人》のことである。

「真夏に冬の小説を書いたのですか」

「新潟県人はいつでも冬のことが書けます」

そこで氏は、ふと思い出したように一枚の紙片をわたしてくれた。烏口で引いたとも思われるきれいな平面図である。

「これは《飛行する死人》を書いたときに想像した現場で、そこに見える校医さん宅の離れがモデルです」

話が具体的になってきた。東京を出る前にカッパノベルスの編集部に電話をすると、わたしを担当してくれている浜井武氏から、相沢さんが青池研吉であるかどうか確かめて来てもらいたいと頼まれていたのである。光文社側にしてみれば版を重ねたあのアンソロジーの作者に、溜っている印税を支払わなくてはならない。

そのことを持ち出す前に、蟻浪五郎のほうから問題の核心に触れてきたのであった。

「青池というのは誤植です。わたしはですね、青地という姓が好きでした。青地晨氏の青地姓が……。だから青地研吉と書いたのですが……」

筆名を誤植され、それが一般化した作家としては先に本田緒生氏の例がある。編集サイドからいわせれば、幾度となく原稿と照合して校正をしても、得てして大きな活字のミスは目に入らぬものなのだ。編集者を責めるわけにもゆくまい。が、このエピソードを聞いた瞬間にわたしは、青池研吉イコール相沢氏であることに間違いないと確信した。

後日蟻浪五郎から聞いた話では、カッパノベルスに名乗りを上げた際の浜井氏との電話のやりとりは次のようなものであったという。

「相沢誠さんですね？」

「ハイ、そうです」

「蟻浪五郎さんですね?」

「ハイ、そうです」

「では青池研吉さんですか」

「ハイ、そうです……」

そして同時にどちらからともなくウハハハと笑い出したという。浜井氏も、長年預っていた印税を払えるということで、肩の荷がおりたのだろう。

（三）

校庭では秋の陽差しをいっぱいに浴びながら、学童がはしゃいでいる。彼等には、あと数ヵ月で廃校になると

教員住宅跡地で自作の現場想像図を説明する蟻浪氏

いった感傷は全くないようであった。その昔、蟻浪五郎が教師として勤務していた頃の小学校の同僚だった先生も、話の仲間に加わる。

「じつは蟻浪名義で四作目を書くと、大坪砂男さんに送って読んでもらったのです。たぶん、第一作の《雨の挿話》に感心してくれたのではないかと思いますが、新作を見せてくれといわれたからです。そしたら一言のもとに不潔也と否定されてしまって……。それでがっくりきました」

氏は体こそ大きいが気のやさしい人なのである。教員時代も、成績のいい子悪い子の隔てなく、ともに可愛がったという。

「どんな内容の作品ですか」

「性の転換をテーマにしたものです」

「主題がわるかった。わたしだってそんな小説には好意が持てませんからね」

とわたしは笑った。

寡作の氏が、蟻浪五郎のほかにもう一つの筆名を用いたのは損ではないか。わたしは前々からそう考えていた。「宝石」のライバル誌に投稿するに当り、「ロック」の編集部を刺激しないよう、あたらしい名を用いたのかも知れぬ。こんなふうにも想像していた。

「いえ、そんなことはないです。なにしろああした時代でしたから、別途収入を狙って書いたのですが、教員の世界では原稿書きをしていることがわかるとうるさいですからね、目立たないように、べつのペンネームを用いた、これが真相です」

この点もまた、本田緒生氏の場合に似ている。

われわれは校庭の端のベンチに坐った。

「蟻浪五郎の筆名はどこからつけたのですか」

「あの頃の村に精神薄弱の三人兄弟がいましてね、これに火葬場の番人のような職を与えて、生活できるようになっていたのです。この辺では番太郎というのですが、それが蟻浪という姓だったのですよ」

この兄弟は仲がわるく、互いに鍋釜夜具を盗まれまいとして背中に負うと、別行動をとって村のお堂などに寝とまりしていたという。蟻浪五郎というのは覚え易く理想的な筆名だと考えていたのだけれど、命名の裏面にはそうしたエピソードがあったのだ。

「それともう一つ、当時阿知波五郎という新人がいたでしょう。この名前からもヒントを得ました。蟻浪にしようか蟻波にしようかで迷ったことを覚えています」

その時分、わたしも似たような筆名の人が揃ったもんだと思ったことがある。後で判明したのだが阿知波はアチバと読み、京都在住の医師であった。

上土地亀小学校に別れをつげたわれわれは、隣村である横越村大字沢海にある豪農の旧居を案内してもらい、三楽亭と名づけられた正三角形の茶室という珍しいものを見せられた。《三角館の恐怖》を書いた江戸川乱歩氏にも見せたかった、と思った。

その後、新潟市のはずれにある、日本海に面した護国神社へ廻った。境内の松林のなかに幾つかの文学碑がたてられており、蟻浪氏はそれをわれわれに見せようとしているのであった。わたしがひときわ興味を持ったのは白秋の詩碑で、有名な「砂山」の歌詞が彫られている。ひらがなで書かれてあるのは、学童にも読めるようにという、白秋の配慮からだそうだ。中山晋平、山田耕筰両氏のほか宮原禎次、成田為三氏らが曲をつけている。とりわけ冒頭の二氏の作品はよく歌われており、歌の好きなわたしは大半のレコードを所持している。だが、「ぐみはらわけて」という個所を「ぐみはら」と歌う人と、「ぐみわら」とうたう歌手に分れている。旧カナづかいには、こういう不便さがあった。

われわれが碑のかたわらにたたずんでいたときに、日は暮れかけていた。佐渡は見えなかったが、そして子供の声一つ聞こえてこなかったが、あたりのたたずまいは白秋が童謡に書いたとおりであった。夕方という時刻をえらんでここに到着したのは、蟻浪氏がたてた綿密なスケジュールによるものではないか、とわたしは思った。

暗くなってから新潮社側で用意しておいてくれた有名な料亭で夕食をとった。大柄な体に似合わず蟻浪五郎はアルコールに弱く、たった盃一杯の酒でたちまち酔いがまわり、饒舌になってしまった。わたしはテープレコーダーを卓上にのせて改めて質問を切りだそうとするのだが、氏はほとんど料理もたべずに、教員生活の思い出、特に山の小さな小学校に勤務した頃のつらい思い出を語った。雪との闘いに明け暮れる毎日の生活は壮烈そのもので、しかも夜は話し相手にも乏しく、学芸大学を卒業した教員が理想をたかくかかげて赴任して来るものの、何人かの若き教師がノイローゼになってしまうという。雪国の冬のさびしさには想像を絶するものがあるようだ。

その間に断片的に聞いた蟻浪語録はつぎのとおりである。

自分は小栗虫太郎作品が好きだった。筆名に蟻の字をつけた理由はその辺にもある。

自分が校長を停年退職して公民館に勤めていた頃、建物の改築で蔵書の一部が席の背後に並べられていた。そのなかにカッパの「下り〝はつかり〟」があったことは知っているが、自作が入っているとは夢にも思わなかった。

自分は一つの事に集中する性格であり、一時は「新潟日報」の川柳欄の常連であった……。そういってキチンと整理されたスクラップブックを見せてくれた。火山至《ひやまいたる》の名を用い、打率はかなり高い。後日わたしにわたしの似顔絵を送ってくれたが、そういっては悪いけど何をやっても器用な人のようである。川柳の代表作を掲げておこう。

うめさくらほどは匂わず風媒花
月はまんまるねと影ふたつ
東京の花へ故郷の雪便り
愛いくつテールランプのように消え
名月が先に来ていた露天風呂
剣山の痛みこらえて花匂う

蟻浪氏は敗戦後の混む列車に乗って、稿料をもらうためにはるばる「宝石」の出版元を訪ねたという。場所も会った編集者も記憶にはないが、取り巻きをつれた和服姿の意気揚々たる文士の姿だけは覚えている。たぶんあの人は柴田錬三郎氏ではないかと思うのだが……。

独演会はなおもつづき、温厚な村田氏は盃を含みながら相槌を打っている。蟻浪五郎は楽しそうであり、うれしそうであった。

相沢誠氏、大正三年五月十五日の生まれ。趣味は読書、壮健である。

追記

阿知波五郎氏について少し書いておこう。この人も尋訪したかったのだが、島崎編集長が電話で申し入れをしたところ、どういう理由からか拒否されたという。したがってわれわれは尋訪のリストから外した。外科医だという話を聞いたことがあるがくわしくは知らない。旧関西探偵作家クラブの会員だったこともあるそうだから、あちらの人にとっては「幻の作家」でもなんでもなかったのだろう。

阿知波五郎は本名だったらしく、ほかに楢木重太、楢木重太郎の筆名を用いて半ダース前後の短篇や随筆を書いた。先般中島河太郎氏からお聞きしたところでは、昭和五十八年二月に七十八歳で物故されたとのことである。

21 ロマンの種を蒔く博多っ子・赤沼三郎

（一）

講談社文庫の白川充氏が、あるときふと、仕事でなしに鮎川さんと旅をしてみたいと洩らしたことを、敏感な聴覚の持主であるわたしは決して聴き逃しはしなかった。老来記憶力が衰えているくせに、こうした一言は二年たとうが三年たとうが忘れることはないのである。まことに勝手と申すべきか。

その講談社文庫から福岡県に住む石沢英太郎氏の推理短篇集「空間密室」が刊行され、著者贈呈本の十冊を抱えて担当編集者の白川氏は空路北九州へ飛ぶことになった。

「わたしもね、以前から北九州の推理作家をインタビューしたい考えがあったのです。ご一緒しましょうか」

前記の一言を憶えているわたしは、白川氏が二つ返事で承知するものと踏んで話をもちかけたのだが、狙いあやまたずというか、即座に快諾してくれた。

切符の購入からホテルの予約にいたるまで面倒なことの一切はあちらに委せようという、ずるい考えもある。

「どなたをインタビューするんです？」

「赤沼三郎さんと蟹海太郎さん。帰途に四国へ立ち寄って星田三平氏のご遺族にお会いする予定です」

「よろしい、四国までおつき合いしましょう。赤沼さんたちの所在は判っていますか」

問題はそれなのである。島崎博氏がいたときはすべてのお膳立てをととのえてくれた上で、さあ行きましょうということになる。その熱心な相棒がいなくなって以来、わたしは孤軍奮闘の連続だった。こうしたら旨くいくのではないかというアイディアは浮かんでも、それを実行に移すにはなにかと不都合があって、ついつい一日延ばしになってしまう。

「赤沼さんが同学の後輩にあたるからだと思うのですが、大下宇陀児さんが親しかったようですから、大下さんのお嬢さんに訊ねれば判るのではないですか」

かねてから考えていた案をだす。白川氏は最終的にはそうなるかもしれないと答えた。ところが、会社に戻って著作権台帳を開いてみたらそこにちゃんと赤沼氏の名前が記載されていたので、問題は一挙解決ということになった。氏はただちに博多の赤沼氏宅に電話をかけ、氏は快くわたしの訪問を聞き容れて下さったのだった。

赤沼三郎

考えてみると、立場を逆にして、わたしが出しぬけにインタビューを申し込まれたと仮定したなら、元来が素直とはいえぬたちの男だから、大した理由もなしに、その場で断乎としてことわるに違いないのである。したがって他人のことをどうこう批判するつもりはないが、かつて島崎博氏を失望させた関西の人達のように、あっさり首を横に振るようなことはして頂きたくないのだ。そうした次第で、赤沼氏の快諾を得たときは正直の話ほっとしたのである。わたしとしては余技作家として終始した人々のナマの声を記録しておきたいだけで、他意はない。迷惑かもしれないが、今後訪問を予定している作家あるいは遺族の方々の好意的な協力をお願いしたいと思う。

石沢氏の短篇集が本になるのと同時に、松村喜雄氏の訳になるピエール・ボアローの本格長篇《殺人者なき六つの殺人》が講談社文庫から出ることになっていた。ナルスジャックとコンビを組んでからというもの、ボアローはせっせとサスペンス物を書いている。が、ナルスジャックと知り合う前のボアローは幾つかの密室物を含む長篇を発表しており、右の長篇はそのなかの一つなのである。ついでにいうと、「独身時代」のナルスジャックもまた複数の本格物を書き、《死者は旅行中》など密室物にも意欲を燃やしていたという。

さてそうした次第で白川氏は頻繁に松村氏と接触していたであろうし、雑談のなかで鮎川と九州旅行をすることも話題にのぼったことだろう。とたんに松村氏がひとひざ乗り出して、わたしもゆきたいといった。そうしたわけで「三人旅」が実現することとなった。

出発の何日か前に、松村夫人と電話で話をする機会があった。うちの主人は海外生活が長いわりに国内のことはあまりよく知らない、なにぶんよろしく頼むという主旨である。

「なに、わたしが教育します。帰宅するまでには日本通にして差し上げますよ」

わたしは胸を張ってそう答えたのだが、夫人のこの一語はもっと留意して傾聴しておくべきであったことが、後になってよくわかったのである。

三月十一日、旅立ちの朝はこの冬はじめての降雪だった。えらいことになったなとぼやきながら飛行機に乗る。だがさすがは南国九州というべきか、到着した博多は曇ってこそおれ、雪なんてひとかけらも降っていなかった。

われわれはホテルに荷をおくと太宰府に直行して、小高い丘の上の石沢家を訪ねた。

（二）

一夜あけて、いよいよ赤沼氏インタビューの日となる。わたしが戦前に読んだ氏の作品は長篇では《悪魔黙示録》、そして戦後は推理小説の専門誌だった「宝石」に載った《翡翠湖の悲劇》ほかの短篇であった。《黙示録》のほうは図書館の黒いレザー張りのイスに坐って読んだのだが、たぶん氏の唯一の長篇ミステリーではあるまいかと思われるこの作品の読後感は、正直にいわせて貰えばなんとなく喰い足りないな、というものだった。

いま当時の目次を読んでみると、それは「新青年」昭和十三年の四月号と五月号とのあいだに発行された別冊「特別増刊新版大衆小説傑作集」と銘打った号で、この尋訪記に登場した作家に限って誌してみると、大阪圭吉氏が《ペガサス繁昌記》を、西尾正氏が《跳び込んで来た男》を、岡戸武平氏が《刺青太鼓》をそれぞれ書いているほかに、推理畑からは黒沼健氏、時代物の作家では谷屋充、笹本寅、奥村五十嵐、山手樹一郎氏などが執筆しており、その他にユーモア小説として金譲治氏も加わっている。当時の人気作家を集めたなかなか賑やかな顔ぶれだった。「新青年」は探偵小説の専門誌ではなかったといわれているが、それはこの執筆陣をみればよく解る。しかし多くの探偵作家が「新青年」から登場したこと、力作ミステリーの多くが「新青年」に発表されていることを考えると、「新青年」ぬきで戦前の探偵小説を語るわけにはゆかぬのである。なおわたしの記憶に残っている徳川夢声氏の短文によると、金譲治氏は韓国の生まれではなく、その顔が英国のキング・ジョージに似ていることからつけた筆名なのだそうである。仇し言はさておいて、この増刊号のなかで、わたしが図書館で読んだのは《悪魔黙示録》一本だけだったから、いまにして思うと赤沼作品に大きな期待を抱いていたことが解るような気がする。

その赤沼氏がわざわざホテルまで訪ねて下さるということだったので、われわれは二階のロビーに陣取って、エスカレーターに視線を注いでいた。三人が三人とも赤沼氏の風貌については知るところがない。わずかに白川氏だけが受話器をつうじて氏の声を聞いているのみである。

そのうちに白川氏が、もしかすると赤沼さんではと言い残してエスカレーターの昇り口へ急いだ。そしていま階上に上がったばかりの年配の紳士に声をかけ、すぐに二人してロビーへ戻って来た。それが赤沼氏であることはもはや明らかであり、わたしはベテランの編集者の勘たるや大したものだと感服したのである。

九州人は「九州男児」ということを自慢にする傾向があるようだ。九州男児というのがもう一つよく解らないのだが、しいて関東勢の抱くイメージを記せば、西郷さんの銅像によく似た頭の大きな胸幅の厚い、その胸にはちぢれた剛毛がモジャモジャと密生している、といったのだろう。だが赤沼氏は東京の人間みたいに華奢な紳士で、物腰から風体、口調にいたるまで温厚篤実そのものであった。わたしは名刺なんて持っていないが、あとの二人とのあいだで名刺交換と初対面の挨拶がされると、氏はすぐに打ち解けて、興いたるとハッハッハと明るい笑い声をたてるのであった。

声はテノールで言葉は標準語である。今回の北九州と四国の旅行をつうじて気づいたのは、ホテルの従業員から交通関係の人々をふくめて、土地訛りを聞く機会が殆どないことだった。これはテレビやラジオの影響が大きいと思うが、ある意味ではローカルカラーが失せて淋しいことでもあった。いま啄木がふるさとの訛りを聞こうとして上野駅へいったなら、必ずやがっかりして帰って来るに違いない。

白川氏は電話による一応の「面識」があるので、まず同氏が口火を切る。

「大学のほうはもうお辞めになられたのですか」

「いえ、福岡大学では七十歳が停年ですから、三月までは教授として勤めます。その後は非常勤講師になるんです。大学院でも教えていますが、こちらは五年延長されて停年が七十五歳です」

「週に一度とか二週間に一度とか上京されるという噂を聞きましたが」

と、わたし。これは島崎博氏から聞いた話だった。島崎氏は情報通であり地獄耳でもあったので、珍しいニュースを聞かせてくれること再三だったが、赤沼氏上京の話もその一つなのである。それは好都合だ、九州まで往かなくとも済むから東京でインタビューをしよう。わたしはそう応じたのだが、話はそれきり立ち消えになってしまったといういきさつがある。だからわたしは、赤沼氏が東京の大学にも講座を持っているのではないか、などと想像していた。

「ずっと前のことですが大学院をつくるときに、月に二、三回上京していました。大学院ができてからは年に二回か三回です」

「文部省ですか」

「ええ。ほかにスタッフと打ち合わせをしたり」

どうやら氏が上京していたのはずっと以前の話で、その時分はまだ「幻影城」は創刊されていなかったのである。さすがの島崎氏の情報も、この件に関しては正確ではなかったことになる。

「赤沼さんは福岡のお生まれですか」

と、白川氏が訊く。

「はい、福岡生まれの福岡育ちで、勤務したところもまず一貫して福岡です」

「創作が活字になったのは『サンデー毎日』がはじめてですか」

「はい、昭和八年だったと思いますが、海音寺潮五郎さんのちょっと後です。それ以来、毎年のように懸賞に応じて投稿しました。一年間あいたときは、次の年の春季と秋季の二度にわたって発表しています。第一作は推理物です」

島崎博氏ならば「サンデー毎日」時代の赤沼作品のすべてをそらんじていることだろう。だがわたしは覗いたこともなかったので、白川氏と赤沼氏とが話し合っているあいだは、もっぱら聴き役になっていた。

（三）

「毎年毎年わたしが入選していては工合がわるいと思いまして、大下宇陀児さんの紹介で『新青年』の水谷さんに送稿したのです」

われわれの前には珈琲とクラッカーが配られている。朝食をすませたばかりだからクラッカーをかじるのは喰い気の旺盛な一人の例外をのぞけば誰もいない。

「その間のいきさつを少し精しく話しますと、戦前の春秋社が……戦後も春秋社という出版社はありますか」

「ございます。ずっと続いております」

白川氏が即答する。戦前の昭和十年頃から十五年頃にかけて春秋社がハードカバーの立派な探偵小説本を出したこと、長篇のコンテストを行って蒼井雄氏の《船富家の惨劇》、北町一郎氏の《死の本塁打》、多々羅三郎氏の《臨海荘事件》を世に送り出したことなど、戦前のミステリー界に大きな貢献をしたことは忘れられないが、これについては葛山二郎氏の項に記したとおりである。

「その春秋社が、続けて第二回目の書きおろし長篇を呼びかけたので、わたしは《悪魔黙示録》を書き上げて投じました」

春秋社が二回目の募集をしたことは、このときはじめて知った。なお黙示録の読み方について、モクシロクとする人が多いようであるが、赤沼氏はモクジロクと発音する。

「わたしの《黙示録》は入選が決定していました。ところがパルプ事情の関係でしょうか、出版計画が中止になってしまったのです」

そこで「新青年」に持ち込むことになったという。

「大下さんは春秋社のコンテストの選者でした。わたしの原稿の作者略歴のところに九大卒と書いてあるのをみて後輩であることを知った、そういうことでしょうね」

わたしが想像していたことも、まんざら見当違いではなかったようだ。

「あの長篇は四百枚あまりだったのですが、雑誌に載せたいなら半分に縮めてくれ、といわれました。四百枚を削って二百五十枚にしたのでは果して本来の面白さがだせるであろうか甚だ疑問で、わたしも随分考えました。やっとのことで切り詰めて送ったのがあの《悪魔黙示録》なんです」

なるほど、とわたしは合点《がてん》がいった。四十年前に図書館でこの作品を読んだときに、なんとなく物足りない印象を受けた理由がこのエピソードで解ったのであった。

「戦争が始ったのちに、わたしが書いた菅沼貞風の伝記小説が博文館から本になりました。すると今度は出版文化協会の、あれは何という方だったでしょうか、その人からなにか書いてみないかといわれて《カラチン抄》を書き上げました。やがて赤紙が来て入隊しましたので、兵営生活の記録を書く。講談社からも注文があって雑誌に書きました」

わたしが知っているのは探偵小説作家としての赤沼三郎であったから、それ以外の分野で執筆活動をしたことを知ったのも、このときがはじめてだった。

赤沼氏の談話のなかで自作が映画化されたことがあり、主演女優は田中絹代だったというが、その原作が《カラチン抄》なのである。喀喇沁《カラチン》とは内蒙古の興安嶺《こうあんれい》の近くにある王国の名だそうで、親日家の王が城内に女学堂を開き、日本人の女性教師を求めていたときに、下田歌子の推薦で河原操が赴任する。この若き女教師を描いたノンフィクションで、映画の監督はマキノ正博であったという。

「講談社からは野間文芸奨励賞を山手樹一郎氏や檀一雄氏と一緒にもらいましてね」

どうして、なかなかの活躍ぶりだったのである。いまは飛行機でひと飛びすれば東京に到着する時代だが、当時は列車に一昼夜ゆられなければ上京できなかった。しかも東京駅のフォームに降り立ったときは蒸気機関車の煤煙をあびてすすけた顔になっているのだから、授賞式に出席するだけでも大変だったろう。にもかかわらず東京に出て作家を志すような気持にはならなかった。文筆活動はあくまで余技であったからだ。

「終戦後も伝記物を一、二冊だしました。岩谷書店の『宝石』にもいくつか書きましたね。戦前戦後をあわせて、わたしの作品は中短篇で六、七十篇でしょうか。でも、純粋の推理小説は少ないです。スリラー、サスペンス物を入れて四十篇から五十篇ぐらいですか。きちんとしているものもありますし、なかにはおざなりなものも。ハハハハ」

その「宝石」に載った短篇《翡翠湖の悲劇》のなかにヒルタミンという新物質がでてくる。あの軟体動物のヒルが汚水のなかに棲んでいられるのは、外皮をヌルヌルした体液によって保護しているからではないか。そうした発想から作中の学者はそれを研究し、抽出した物質をヒルタミンと命名するのである。この作品を読んだときわたしは、作中の挿話は赤沼氏が専門とする農芸化学の研究のなかからヒントを得たのではないかと想像していた。

「そうですそうです、ハッハッハ」

「最後に、ペンネームの由来は？」

氏は本名を権藤実という。七人兄弟の五番目で明治四十二年五月十七日の生まれだ。

「はっきりとした理由はございません。赤沼は北海道にあって枯れ葉が沈んで水が赤く見えます。落葉松《からまつ》にかこまれて静寂そのもので美しい。わたしはそこにミステリアスなロマンを感じたんです。五男だから五郎でもよさそうなものですが、三郎という名の響きがぴったりした感じで」

昨今はあまり例をみないが、戦前の探偵作家には郎の字をつけた筆名が多く、それぞれが決った印象を与えたものだ。葛山二郎、甲賀三郎、浜尾四郎、そして橋本五郎……。読みにくくて覚えにくいこの頃の新人たちの名前よりも、単純明快でずっとよろしい。

ここで赤沼氏の推理小説作品リストを掲げておく。「新青年」を中心に沢山書いているが、純粋のミステリーに絞ると、作品数はそう多くはない。

解剖された花嫁	サンデー毎日秋季増刊	昭和8年
悪魔黙示録	新青年春季増刊	昭和8年4月号
夜の虹	宝石	21年5月号
天国	同	22年5月号
お夏の死	探偵よみもの	23年5月号
楽園悲歌	別冊宝石	23年7月号
目撃者	ロック	23年9月号
密室のロミオ	探偵趣味	24年1月号
まぼろし夫人	探偵よみもの	24年1月号
やどりかつら	推理ストーリー	24年2月号
人面師梅朱芳	探偵よみもの	24年6月号
日輪荘の女	宝石	24年11月号
翡翠湖の悲劇	同	25年3月号

先に記した《カラチン抄》は昭和十八年に博文館から刊行された。十六年の《菅沼貞風》は出版文化協会、文部省推薦図書となり、十九年の《兵営の記録》は野間文芸奨励賞を受けた。《悪魔の黙示録》を含め著書は六冊にのぼる。

（四）

高座の真打ちが最後にのっそりと出てくるように、このときの松村氏も真打ち然として、おもむろに発言した。

「涙香はお読みでしたか」

「読みません。中学一年生のときに樗牛の《瀧口入道》を読んで大きな感銘を受けました。わたしの初期のものはかなり影響を受けています。しかし探偵小説としては江戸川乱歩さんが好きでした。それも世間の人がよく挙げるような《二銭銅貨》なんかではなく、《芋虫》だとか《人間椅子》が好きですね。《二銭銅貨》はそれほど面白いとは思いません」

「ということはつまり」

これは松村氏の口癖。この人と長電話をしていると、二度や三度はかならず「ということはつまり」が出てくる。

「ということはつまり、ロジカルな小説はあまりお好きではない……」

「はい、好きなのはロジカルな物よりも幻想的なものです。理屈っぽいものはどうも……」

理科系の人にしては矛盾した発言のようだが、こうした例は他にもあって、早大の理工科出身の延原謙氏の書くものは本格物からはほど遠かったし、同じく海野十三氏はクロフツの《樽》を好んではいなかったようである。

「乱歩さんとはお会いにならなかったのでしょう?」

「いえ、会っています。中島河太郎さんや椿八郎さんにもお会いしています。戦後になって熊谷さんのかもめ書房から《悪魔黙示録》を出させてくれというので承知しました。それがきっかけでお会いしたんです。本になったのは戦前の『新青年』に載った縮少版のほうです。このときタイトルが《悪魔の黙示録》になりました。あの頃ですから仙花紙ですがね」

これにはミスプリントが散見するそうだが、今日にいたるまでカットなしの完全版が出なかったことは、作者として残念だろうと思う。

どういうわけで仙花紙という名称がついたのか知らないが、戦後は紙の統制で思うように本がつくれず、統制外の仙花紙が幅をきかせていた。再生紙なのでパルプ不足には関係がなく、自由に手に入ったことが重宝がられたのである。そのかわり紙質が悪いので、いたる処に穴があいていて二ページ先の字が読める。再生される以前の紙が充分に溶けていないために、前の雑誌の文字が残っていたりする。なお熊谷さんというのは戦前の推理小説専門誌「ぷろふいる」の社主のこと。

「ところが印税がなかなか払ってもらえません。たまたま学会で上京した機会に電話をしますと、明日土曜会に顔をだすからとのことです」

土曜会は土曜日に開かれていた推理作家及び同好者の月例会のことであり、いまの日本推理作家協会の母胎になったことは前に記したとおりである。

「あれは同潤会といいましたか」

「いや、同潤社ビルです」

このビルは銀座に焼け残った数少ない建物の一つで、商社マンがスポンサーとなっていたものだという。探偵作家たちはここでしばしば会合を持ったとされているが、その月その日の事情によって、あるときは講談社の別館を借りたり、「宝石」出版元の岩谷書店が間借りをしていた川口鉄砲店の一室を借りたりといった工合に、会合一つを開くに際しても苦労があったらしいのである。わたしが加入した時分は虎ノ門の中華料理店の「晩翠軒」に落着いていた。ところでは、脱線ついでにもう一つ記せば、「覆面作家」名儀で発表された六郷一氏の《夜行列車》の舞台も、この同潤社ビルの会場ではないかと思う。

「その会場で江戸川さんにお会いしましたし、中島さんにも紹介して頂いたのですよ」

「ははあ、するとそれは第二回以降の会ということになりますね。第一回の会には中島氏は出ていない筈だからです。当時はまだ入会していませんから」

さすが真打ちだけあって松村氏は古いことをよく知っている。白川氏もわたしもただ黙々として拝聴するばかり。

「三十年も昔のことになりました。最近ではほとんど小説は読みません。読むのは随筆のたぐいと、バイブルです」

「バイブルは宗教書としてだけでなしに、文学として読むと面白いですね」

「そうです、そうです」

やがて約束の一時間が過ぎた。赤沼氏は立ち上がってわれわれと挨拶を交わすと、ふたたびエスカレーターに乗ってその姿を消した。これから大学へ出勤されるのである。

（五）

この旅でわたしが心はずませていたのは、いまが白魚のシュンだからであった。しかも博多は魚の旨いことで定評がある。ここでとれた白魚を生きたまま胃の腑に送りこむ、いわゆる踊り喰いは天下の珍味として喧伝されている。箸にはさまれた白魚がピクピクと身をくねらせるから、踊り喰いといわれるのである。はるばる北九州まで来たからには、今夜はぜひともこれを賞味したい。

その夜バスを使ってさっぱりすると、わたしは跳ねるような足取りで白川氏の部屋の扉を叩いて、踊り喰いにいくべく誘った。

「ぼかァそんな残酷な料理は嫌いです」

一言のもとにことわられたが落胆はしなかった。白川氏がいやなら松村氏と二人きりで出かければいい。

松村氏は、わたしの話を中途でさえぎると、眉をしかめて答えた。

「食事は落着いた雰囲気のなかでとるというのがわたくしの考えです。踊りながら喰うなんて、だいいちホコリがたって不衛生ではないですか」

ここでもニべもなく拒否されると、わたしの鼻先でドアは音をたてて閉じられてしまった。

わたしは啞然として立ちつくすのみ、言葉もない。そして、松村氏の日本音痴が桁はずれなものであることを知って、ひとり長嘆息していたのである。

22 せんとらる地球市の名誉市民・星田三平

（一）

米田三星氏とよく似た名前の星田三平氏は、米田氏と前後して「新青年」及び「ぷろふいる」に数本の短篇を発表し、そして米田氏と前後して筆を折ると、読者の記憶の底に埋没していった。先年、《せんとらる地球市建設記録》と《エル・ベチョオ》とを収録したアンソロジーが、立風書房と角川文庫からそれぞれ刊行されたが、なにぶんにも星田氏の消息が不明のため印税を送ることもできずに、作者から名乗って出るのを待つほかはなかった。

引退した力士のなかには相撲界にのこって活躍する人もいるのに反して、拒絶反応とでもいうのだろうか、テレビの中継を見るのもいやだといってそっぽを向く人もいるのだそうだ。その気持は何となくわかるような気もするのだが、退場していった探偵作家のなかにも似たような現象がみられ、ミステリーには殆んど関心を示さないという人も間々あることはある。そのせいだろうか、わたしの乏しい経験からすると、本人の眼に活字になった自作が触れて、出版社の呼びかけに応じて名乗り出るケースはむしろ少ないくらいである。わたしが編んだアンソロジーでいえば角免栄二氏が書店で、水上幻一郎氏が入院中にたまたま手にとって、それぞれが自作の採られていることを発見して出版社に連絡してきたという、わずか二例にとどまる。そうした次第であったから、星田氏もしくはその家族の方が名乗ってくることはまず期待できなかった。

星田三平氏の発表誌は「ぷろふいる」よりも「新青年」のほうがずっと多い。で、もしかすると名編集長といわれた水谷準氏がなにかご存知かもしれない。片々たることでもいいから手がかりが欲しい。

そう考えて、編集者（それがどこに出版社の誰であったか、いくら考えても思い出せない）を介して尋ねてもらった。やがてわたしの処にもたらされた報告によると、古い住所録がないのでくわしいことは判らないが、星田さんは四国の人だったと記憶している、というのが「J・M」編集長の返事であったそうである。ほう、星田さんは四国の生まれだったのか。わたしは何か安心したような気になり、そして溺れる者がするように、この一語にしがみついた。

「探偵随想」を発行している秋田稔氏についてては、橋本五郎氏の項でも触れたことだが、この人の書く物を読んだわたしの独断によれば、秋田氏は乱歩ファンであることのほかに、多分に懐古趣味の持主でもあるということであった。もう記憶がうすれてしまったが、もしかすると「探偵随想」を送ってもらったお礼のハガキに、星田三平氏の所在を探している旨を書いたのだろうか。やがて氏から、「新青年」の初代編集長だった森下雨村氏のお嬢さんが神戸に嫁いでおられる、そのお嬢さんが土佐の実家に帰省したおりにでも、お父さんの古い住所録を覗いてくれるようお願いしてみる、といった内容の連絡を受けた。星田三平氏の所在をつきとめるにはこれが唯一の手段なのだ、わたしは気ながに待つことにした。

立風書房刊「新青年傑作選」は全五巻から成るハードカバーの立派な本である。その第二巻「怪奇・幻想小説編」に前記のとおり星田氏の《せんとらる地球市建設記録》が採られていて、中島河太郎氏が作者紹介に当っているのだが、「本名は飯尾辨次郎か」と疑問符をつけ、「経歴不詳」としてある。少しくどくなるのを承知の上で中島氏が星田三平氏の本名を飯尾辨次郎ではあるまいかと判断した次第を記せば、それはつぎのとおりになる。

そもそもこの《せんとらる地球市》は最初から完成された中篇ではなかった。「新青年」が探偵小説のプロットと冒頭の書き出しを二十枚にまとめることを条件に、原稿募集したことがあり、その際に星田氏は一位なしの三位に入選した。そこで氏はあらためて加筆して、完成した作品を編集部あてに送稿したもののようである。この、三位に入ったときの作者の住所が松山市の飯尾辨次郎方としてあったのではないか、というのがわたしの推測だ。そうしたことでわたしの「捜査の網」は四国から愛媛県の松山市へと絞られたことになった。

森下雨村氏のお嬢さんは土佐に帰省する機会がないのだろうか、それとも雨村氏の手帳が見つからないのであろうか、心待ちにしている吉報はなかなかもたらされなかった。そしてそろそろ諦めかけた頃のある夜、秋田氏からひょっこり電話がかかってきた。自分は松山市に居住する星田姓の人をチェックしているのだが、最後まで残った「星田氏」がふたりいる。この両家には何度ダイヤルしても誰もでないため確認のしようがないというのであった。星田三平発見の陰の功労者として、秋田氏の名を逸することはできない。

星田三平

（二）

その頃前述のように角川文庫から中島河太郎氏の編で五巻にのぼる「新青年傑作集」が出た。玉井ヒロテル氏の装画はどれもすばらしく、収録の短篇はつぶぞろいであったが、売れゆきが期待したほどではなかったのだろうか、あっさり絶版にされてしまった。文庫本の主たる読者層は二十歳前後の若者にあるという。彼らが、この戦前のミステリー作家の遺産に冷淡だった理由がわたしには理解できない。

愚痴をこぼすのはこれくらいにして、この選集には米田三星、瀬下耽、地味井平造といった余技作家の顔写真がずらりと並んでいるのだが、桜田十九郎氏と並んで星田氏の欄は空白で、大きなクェスチョンマークがしるされ、「筆者の顔写真は現存しておりません」とコメントしてある。その後桜田氏の所在は判明したものの、依然として星田氏の消息はつかめずにいた。そうした折でもあったので、わたしの連絡を受けた角川書店の青木誠一郎氏が何度か四国の両星田家に確認のための長距離電話をかけてみたが、秋田氏のいうとおり虚しくベルが鳴るだけで、遂に目的を果すことはできなかった。

やがて夏になった。寒さの苦手なわたしにとって大好きな季節である。そうしたある日、松山市在住の読者から暑中見舞い状を頂戴したわたしは、その返事に添えて星田三平の消息を求めていること、手がかりは松山市の住人でもしかすると本名は飯尾辨次郎かもしれぬこと等を書いたのである。するとその反応はびっくりするほど早くあらわれた。星田三平氏はすでに物故しておられる、しかし未亡人は健在でこれこれしかじかの所に住んでいらっしゃる、長男の住所氏名はこれ、次男の住所氏名はこれというふうに、完璧な報告であった。中島河太郎氏をまどわした「飯尾辨次郎」は星田氏の本名ではなく、お父さんの名であることを知ったのもこのときだった。発見のいきさつについて簡潔にふれられたところによると、電話帳に記載された飯尾姓の家に片端からダイヤルして六軒目で目ざす星田氏の未亡人を発見した、もし間違っているといけないので代表作について質問すると、即座に、エル・ペチョーだという答えがかえってきた云々とある。電話で聞いたのだから微妙な聞き違えをするのは無理もないが、それが角川文庫版に採られている《エル・ベチョオ》であることはいうまでもない。この確認をとってくれたことで、文中の未亡人が星田三平の遺族に相違ないという確信を持てた。長年の謎であった星田三平発見の直接の功労者は何といってもこの松山の読者なのであるが、ご本人の希望によって名を明かすわけにゆかないのはまことに残念である。まあ、大正生まれの女性であるぐらいのことは書いてもいいだろう。

早速角川書店に連絡をとって本と印税を送ってくれるように頼むと共に、暖くなったらインタビューのためにお訪ねしたい旨を申し入れたのだが、肝心のわたしが春を目前にして病気にかかったためにこの約束は延期せざるを得なくなった。そして福岡で赤沼三郎氏にお会いした翌々日に、空路松山入りをしたのであった。

（三）

タクシーが松山空港から市内へむけて走っているあいだ、講談社の白川氏はいろいろと質問する。「運転手さん、松山の名物料理にはどんなものがありますか」といった調子である。するとよせばいいのに、喋ることの大好きな村松氏がしゃしゃり出た。

「運転手さん、とるたというのはどんな喰い物ですか」

「とるたねえ、わたしも土地者じゃないもんで、とるたという料理はまた喰べたことがありませんなあ」

「有名な料理らしいですがね。どの電柱にも広告がでている」

「あれはタルトですよ、アハハ」

笑われて赤面したのは気の毒だった。

タルトとはすしにおけるのり巻みたいなもので、カステラで餡を巻いたうまい菓子なのである。

松村氏は大正ひと桁の生まれだからいうまでもなく戦前の教育を受けている。いま思うとまことに奇妙なことだが、戦前は右から左へと横書きして怪しむものはいなかったのである。昨今でもトラックのボディの右側には社名や店名を右書きにする例があるが、当時はすべてがそうだった。だから習い性となるというように、明治や大正生まれのOBのなかには、「発作的」に右から左へ読む場合がないでもない。諧謔《かいぎゃく》小説（いまふうに書けばユーモア小説）の大家といわれた佐々木邦氏の小説に、海上ビルデングをグンデルヒ・上海《シャンハイ》と読み違えるエピソードが出てくるが、これは氏一流のユーモアであるにせよ、誤読する人がいても不思議はなかった。なにしろ不自然きわまりなき書き方なのだから。だが、それは横書きの場合の話であり、縦に書かれた文字を下から上へ読んだ人の例をわたしは知らない。

赤村氏の赤面が常態にもどらぬうちに、タクシーは助六という中華料理店に着いた。これを指定して下さったのは長男の飯尾潔氏で、事前に何度か手紙で打ち合わせをするなど協力を惜しまれなかったのである。

長男の潔氏のすぐ後に次男が誕生したがこの人は夭折してしまった。三男の集氏と潔氏との年齢差が十歳ちかく開いているのはそうした事情のせいである。

われわれ三人が車から降りるのと、氏が扉を排して迎えに出られたのは同時であった。氏は電々公社勤務で民間移行を控えて大層多忙のときであったが、時間をさいてセキヨ未亡人の助っ人を買って出られたのだった。

慌ただしく自己紹介がかわされ店内の席に案内される。そこにはすでに未亡人が坐っておられ、改めて自己紹介をする。小柄で笑顔のきれいな婦人であった。

わたしがこれまでにお訪ねしたすべての人々に共通したことだが、初対面にもかかわらずすぐに打ちとけてフランクに発言して下さる。それは今回も例外ではなかった。

いつもならまず生年月日から訊き始めるところ、潔氏から一切の必要事項がコピーにとってわたし宛てに送られていたので、その必要はなかった。星田三平氏は本名を飯尾傳《つとう》といい、大正二年二月二日に松山市出渕町で生を受けた。辨次郎の長男である。

中島河太郎氏によると「昭和五年から九年にかけて『新青年』に六篇を発表しただけで筆を絶った」とし、《せんとらる地球市建設記録》のSF的なユニークな発想が当時は理解されにくかったらしく、乱歩氏も理智派探偵作家に分類しているが、「その枠にとどまる作家ではなかった」としている。だが、今度の尋訪で明らかになったのは、星田三平氏は決して余技作家で終わる気はなくて、職業作家として立つべく故郷をあとに横浜へ向うと、そこの友人のもとに旅装をといて創作に打ち込んだのだという。そして書き上げたものを携えて上京すると水谷準氏に見せていたが、運わるくいずれも没になったため旗を巻いて松山に戻った。氏はそれまでに「ぷろふいる」にも書いているのだから作品数は六篇を越えている筈で、中島氏が「理智派の枠にとどまる作家ではなかった」と評価するように、才能にめぐまれていた。しかし旅先で借用した机に向ったのでは落ち着いて構想をたてることもままならなかったろうし、従って水谷編集長の眼鏡にかなう作品ができなかったのも無理はなかろう。

やがて戦争。星田三平氏も応召して戦地へ赴くが、《せんとらる地球市》懸賞募集の際のライバル大庭武年氏が北満で戦死をとげたのに比べれば幸運にも命ながらえて故郷に生還することができた。ただし二年遅れの帰国だったそうだ。

「家の二階には誂えて作られた一間の書棚がありました。本が重たくて下から鉄棒で支えるような。主人は本が汚れるというてわたし共にはさわらせなんだ。セロファンでくるんで大切にして……。それが空襲で全部焼けてしまったことを知ったとき、これはもうがっかりして……」

蔵書は疎開させていたものとばかり思っていたのだそうだ。それを全巻失ってしまったものだから、氏の落胆と失望がいかばかりか察しがつこうというものだ。

「新聞社に復職しましたが戦地でかかったマラリヤが再発したために退社しました。しかし遊んでいるわけにもゆきませんから、わたしの姉が嫁いだ九州の焼酎の醸造所へいって手伝いました。姉には子供がいないので、わたしの娘が養女になっているのです」

全く偶然にも、わたしもその頃おなじ町に疎開して、《黒いトランク》という長篇をこつこつと書き綴っていたのである。人口が二千人あるかないかの小さな町であったから、消息を絶った星田三平氏と、それとは知らずに何回となくバス通りのあたりですれ違っていたことだろう。

「造り酒屋の仕事というのは肉体的にも大変だったでしょう」

「ええ、そのうちに体をこわして松山に戻りました。それから亡くなるまでの八年間、床についたきりの生活がつづいて……」

病気はマラリヤかと思ったら、持病の心臓弁膜症であったという。

「生きとるあいだいいことなしでした。ほんとに可哀想な一生だったと思います」

（五）

星田氏が九州の働き先から長男の潔氏にあてた書簡が残されている。子供に宛てて書いた手紙だからでもあろうが、きちんとした文字である。当時評判だった本を「借りて一巻を通読した。（中略）三百頁を一晩かかって、読んでみたが、読後に残ったものは落莫とした空虚感と、映画のシナリオを読むようなスピード感と、新聞のスポーツ解説記事のような文章……」といった、少年には難しそうな個所もある。この後に忌憚のない作品評がつづき、「週刊朝日の新平家物語は毎回愛読していたが、四月二十九日号から作家の病気のため休載となったのが」残念だと結んでいる。

二伸で、「揚げひばり古りし都のしのばれてあがるをみても落つる涙は」と詠んだ彦根の豪族飯尾彦左衛門が祖先だとし、中学時代の教科書にこの和歌が載っていたら「傳《デン》の先祖かとみんなにひやかされたことがあった」と少年時代を懐古している。愛称はデンであったらしい。

「それからしばらくして、わたしがわたしの父の辨次郎さんと協力して古典や実地の調査を行った結果」まさしく彦左衛門こそわが飯尾家の祖先であったことが判明したという。江戸幕府の末期に井伊大老が水戸浪士のテロの犠牲となって彦根藩は揺れに揺れ、一族は離散の憂き目をみたとあるが、わたしの母方の祖父のいとこが襲撃した側の一人で、小塚原で処刑されたというのだから、奇縁というべきか。

手紙は「九州くだりまできて言葉もろくに通用しない。松山へかえりたい。かえりたい」とくり返されて終っている。その気持はわたしにもよく理解できる。わたしも列車の汽笛を聞くたびに、この列車に乗って帰京する日のことばかりを思い描いていたのだから。

「写真を見ると痩せ型ですらりとしていらっしゃいますね」

と松村氏が訊ねた。角川文庫では現存しないといわれた星田氏の写真だが、辛うじて二枚だけが星田家に残されている。そのうちの印刷に向いたほうの一枚を拝借した。

「父は一八〇センチありましたから当時としては長身のほうだったでしょう。いまでは高校生にも大きな人がいますけど」

　長男の潔氏は五十歳だそうだが、どう見ても三十代の半ばとしか思えない。同世代だという白川氏も「お若いですなあ」をくり返す。

「どんな性格の方でしたか」

「主人は気分のやわらかい人でした」

「あの時分の小学校の教科書は二人で一冊の本を使うという有様でしたが、父は先生から国語の教科書をひと晩の約束で借り出しますと、それをワラ半紙に清書して、自家製の読本をつくってくれたものです」

「一行の字数まで教科書のとおりに。几帳面なたちでしたから」

「応召されて何処へ派遣されたのですか」と、松村氏。

「最初は牡丹江です。その後で南方戦線へ向う途中で輸送船が沈められて海に投げだされました。カナヅチでしたがいざとなれば水に浮かぶことができるのでしょうね。台湾に上陸して、終戦もそこで迎えました」

「それはようございましたね。終戦後の日本の兵隊さん達は、ビルマなんかでは大変苦労をしていました」

　松村氏は戦前戦後をつうじてビルマ、ヴェトナムなど東南アジアに大使館員として勤務したことがあり、その方面に明るいのである。戦後の混乱のなかで消息を絶った辻正信氏を描いた長篇情報小説の創作もあるほどだ。しばらくのあいだ南方戦線の話がつづく。

「……主人のカナヅチのことになりますけど、わたしは水泳が得意なのです。あるとき二人で泳ぎに参りますと、主人は小舟のまわりを何度も廻ってみせましたが、よく見ると片手で舟べりを掴んで、いかにも泳いでいるように見せかけています。泳げるふりをして、格好のいい処を見せたかったのでしょうね」

　一同声をたてて笑った、セキヨ未亡人も潔氏も、明るい笑顔になった。

「父は《坊ちゃん》で有名な松山中学の出身で、同期生には俳優として、また俳人として有名な大友柳太朗さんがいます」

「もう一人は外科の野村さん。お元気なのはこのおふたりぐらいかしら」

「わたしも父の真似をして小説を書いたことがありますが、父は旧制中学の三年か四年の頃に、十七歳で創作しているんです。《エル・ベチョオ》がそれですが」

「十七歳で？」

　思わず訊ね返していた。代表作の《エル・ベチョオ》が十七歳のときの創作だとは、ずいぶん早熟である。反射的にわたしは、瀬下耽氏の代表作として幾度かアンソロジーなどに採られた短篇《柘榴病》を想起せずにはいられなかった。《柘榴病》もまた瀬下氏が旧制中学生のときに発表した作品だからである。

「話が前後しますが、横浜にはどのくらい滞在されたのですか」

「半年間ぐらいでした。乱歩先生を頼って上京したのですが」

「それは職業作家を目ざしてですか」

松村氏が質問をはさむ。

「はい、長男が二歳で、つぎの子が生まれるというときのことでした」

「作品が不発ではがっかりなさったことでしょうね」

「それはもう。しかし筆を折ったのはそのせいではありません。試作は戦争になるまでつづきました。リンゴ箱と石炭箱に、原稿や書きかけのものがいっぱい詰っていました。それらはすべて空襲で焼かれてしまって。主人にとっては二重のショックでした」

惜しいことをしたものだと思う。身辺が落着いてから読み返して加筆すれば、幾篇かの佳作秀作が世にでたことであろうに。

ここで星田氏が残した作品と発表誌をしるしておこう。すべて短篇ばかりである。

せんとらる地球市建設記録　新青年　昭和5年夏季増刊号
探偵殺害事件　同　6年2月号
落下傘嬢殺害事件　同　6年12月号
エル・ベチョオ　同　7年夏季増刊号
もだん・しんごう　同　8年3月号

インタビューは一時間に及んだ。一巻のカセットテープが回転し終えたそのときに、わたしの質問も終ろうとしていた。

「では最後に一つ。星田三平というペンネームの由来をご存知ですか」

「菊池寛氏の初期の短篇に登場する人物の名を、少し変えて使ったのだと聞かされたことがあります。わたしは菊池さんの小説は少ししか読んでいないので、どの短篇かわからないのですが」

それはわたしにとっても同様だった。わたしが読んだ短篇は不勉強にして《忠直卿行状記》ぐらいなものである。

星田三平、昭和三十八年五月三十一日、松山市中村町にて没す。

（六）

再び店の外まで送って頂き、タクシーを停めてホテルへ向う。食堂街にでてすしで夕食をすませるが、まだ喰い足りないという声があって、うす汚い中華料理店に入る。わたしにはまずい中華そばだったが松村氏はしきりに旨い旨いという。

ホテルで汗を流したあと、松村氏の部屋に集ってＥ・クイーン原作の日本映画をテレビで見る。初見である。白川氏はトロンとした眠そうな眼をしていたが最後までつき合った。わたしも退屈で、ラストまで見ているのが苦痛でさえあった。「単なる謎解き」といわれる本格物を映像化することがいかに困難であるかがよく解る、そういう映画だった。

◎『幻の探偵作家を求めて』の作者を求めて
鮎川哲也氏に聞く

（取材・構成　東　雅夫）

鮎川哲也氏は、今回の特集にぜひとも御登場を願わねばならない作家のひとりである。といっても、氏自身が異端作家だというわけではない。それどころか、ミステリ作家としての鮎川氏は、当代稀にみる正統的なスタイルの本格派であるといえるだろう。氏と異端文学とのかかわりは、創作以外の分野において顕著なのだ。

まず、『怪奇探偵小説集』をはじめとするアンソロジストとしての業績がある。昭和五十一年二月に双葉社から刊行された同アンソロジーは、好評だったものとみえて〈続〉〈続々〉と巻をかさね、現在は双葉文庫に収録されている。編者みずから「それらのなかの何作かは、今後とも再録されることはないのではないかと思われる」と断言するほど、歳月の彼方に埋もれていた珍しい作家たちの佳作・怪作を意欲的に収めたこのシリーズは、『新青年』という雑誌のもうひとつの素顔を、われわれ読者の前に初めて明かしてくれた。

もうひとつ忘れてならないのが『幻の探偵作家を求めて』である。かつて雑誌『幻影城』に連載されて話題を呼んだこの作家尋訪記は、昭和六十年十月に晶文社より単行本として刊行された後、現在も続編が『ＥＱ』誌上に連載されている。記憶に残る作品をものしながら、作家として大成することなく探偵小説界のステージから退場していった幾多の作家たちの消息を求めて、粘り強い探索と尋訪をくりかえす鮎川氏の姿には、誰しも敬服させられるだろう。本書によって貴重なプロフィールが明らかにされた作家たちの中には、瀬下耽、西尾正、妹尾アキ夫、米田三星など、怪奇ファンには忘れられない名前も多い。

さて、インタビュー依頼の手紙を投函してから数日後、八九年の年の瀬もほど近い昼下がり、編集部の電話が鳴った。

「もしもし、鮎川です。お手紙拝見しました。私はインタビューをするのもうまくありませんが、されるのはもっと苦手なんです。おそらく、収録されても使いものにならないと思いますが、それでもよろしければ……」

　これから鎌倉の喫茶店で、編集者と打ち合わせをすることになっているので、よかったらその後でインタビューを、とのこと。急な話に、慌てて録音機材やカメラ、それに『幻の探偵作家を求めて』をカバンに詰め込み、横須賀線に飛び乗った。

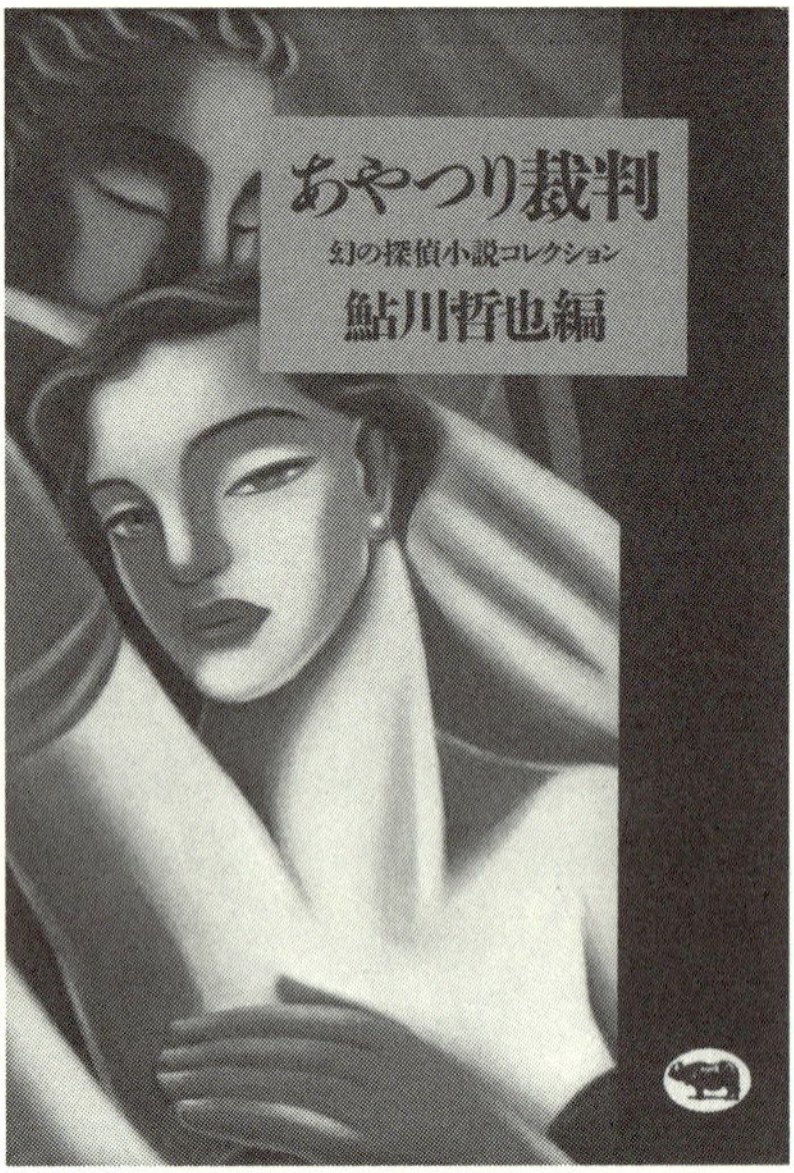

晶文社版『あやつり裁判』

　面会場所に指定された小町通りの喫茶店「イワタ」は、若き日の澁澤龍彦が、白いスーツ姿でたたずんだこともある歴史の古い店だ。鰻の寝床のように細長い店内のいちばん奥まった席に、それらしい二人連れを見つける。鮎川氏がインタビューの介添役にと指名された東京創元社の編集者T氏とは、筆者も面識がある。型どおりの挨拶がすんで、そろそろ本題に入ろうかという矢先、やおらカメラを取り出された鮎川氏は、筆者に向かってパチリ。聞けば、編集者の顔と名前を一致させるべく、初対面の際には撮影を欠かさないのだそうな。なにやら毒気を抜かれた感じでインタビューに移る。

　まずは『怪奇探偵小説集』を編まれたきっかけから。実に画期的な内容のアンソロジーだったわけだが。

「せっかく評価していただいたところで、味気ない真相を明かすのはマイナスですけれども、これは最初、出版社の方からこういうものを編んでくれないかという話がきましてね、マイナー作家のものを中心に入れるという方針は私のほうから提案したんですが。まあ、それでも嫌がらずに続けて出してくれたんですから、そこそこの売れ行きはあったんでしょう。ただ、第二巻、第三巻になると、私のほうから積極的に売り込んだように記憶しています。というのは、やはり第一巻だけでは収めきれずに残ってしまった作品があったので、それらもぜひ機会をみつけて一冊にまとめたいと思ったわけです」

編纂にあたっての基本姿勢は。

「それはごく単純に、私の好みの反映といいますか、無名作家の埋もれた作品をこういう機会に紹介して、読んでもらいたいという、それだけでした」

編纂の過程で特に苦労されたようなことは。

「それはまったくありません。ただもう楽しくて、楽しくて。前々から思ってるんですけど、こういう仕事を喜んでやるような人間というのは、多分にお人よしなんですよ。つまりはっきり言えば一文にもならないような仕事でしょ。いや、五文くらいにはなるかな（笑）ともかく勘定高い作家だったら、そんなことしませんでしょう。で、考えてみるとやっぱり、私はお人よしな性格なんですね」

双葉新書版『怪奇探偵小説集・続』

「ですから、編纂しているときは本当に自分も興が乗ってね、自分の書いたものが本になって出るよりも、アンソロジーが出るほうが楽しいんです。ただ、本が出て三日くらいは表紙を撫でたり眺めたりしているんだけれど、そういう状態が過ぎますと、何が入ってたというのも忘れちゃいますね。だって私、自分の長篇のタイトルすらいまほとんど忘れてしまって、ましてや内容がどんなだったか覚えていませんから（笑）」

本格ミステリの書き手である鮎川氏が、このアンソロジーではきわめつけの変格物ばかり選んでいるのは何故？

「やはり自分の書けないものに対するあこがれみたいなものがあるんでしょうね。それに尽きると思いますけれども」

以前からそういう傾向のものが好きだった？

「外国のものでは、たとえば『プラーグの大学生』ね、あれなんかは完訳で読んでみたいなと思ったものです。それから戦後まもなく、ドイツ怪奇短篇集とかいうのがまとまって翻訳紹介されたことがありまして、まだセンカ紙本か何かの時代でしたけれども、それを書店に注文して送ってもらい、かなり熱心に読みました」

戦前の変格物には、瀬下耽の『柘榴病』をはじめとして、やはりE・A・ポオの影響が大きいようだが。

「そうでしょう。江戸川乱歩先生よりもポオでしょうね。私は谷崎精二さんの翻訳でもっぱら読んだんですけれど、どうしてもポオは好きになれませんでした。せいぜい『マリー・ロジェの謎』ぐらいでしょうか。恐怖小説とか、怪奇小説が好きだった若い頃の私にしては、いま考えてみると何故あまり乗り気になれなかったのか不思議なんですが。『マリー・ロジェの謎』が好きだったのは、やはり理詰めでいくところがあるからでしょうね」

それでは怪奇幻想小説方面で、特に印象に残っている作家というと。

「アメリカに、メキシコの戦争に従軍して行方不明になった作家がいたでしょう……アンブローズ・ビアーズですか、あの人のもの。もう三十年ぐらい前に、どこかの雑誌で好きな作家は？　というアンケートを求められたときに、私はビアーズの名を挙げたんですね。そうしたら同じ号に〝いまさらビアーズでもあるまい〟って書いている人がいましてね（笑）」

ビアーズは日本でも早くから紹介されて、『新青年』などにも翻訳されている。

「ええ、私が知ったのも『新青年』あたりからでしょうね。ちょっと話が外《そ》れますけれど、あの頃の『新青年』ではオーモニアという人を非常に褒めていましたね。ステイシー・オーモニアというイギリスの作家。私が読むようになったときには、もう亡くなった後で、私は一篇も読んでいないんですが。それからモーリス・ルヴェルのものも評判になりましたね」

ここでT氏いわく、「ビーストンなどもあの当時よく出ていますね。日本人好みの作風だったのか、たんに編集者が好きだったのか、よく分かりませんが」

「いや、ビーストンは私も面白かったから、やはり大いに受けたんでしょうね。最後の一行でストーンと落ちますからね、書くほうはさぞかし大変だろうなと思いながら読んでいましたけれど」

戦前の作品について積極的に調べ始めたのはいつから。

「中島河太郎さんが、そういう私の癖《へき》について、非常にうまい表現をしてました。あの人はボキャブラリーが豊富ですから。一言のもとで、まったくそうだなと思うような言い方をしてましたけれども……やっぱりもとから、私にはそういう癖があったんでしょうね。まだティーンエイジャーの頃に、江戸川先生の『鬼の言葉』を読みまして、巻末に収められた「日本の探偵小説」の項に〝作家と作品〟としていろいろ作風によって分類紹介されているでしょう。理化学的とか社会的とか、怪奇派・幻想派とか、乱歩好みに分類をしましてね、あれが私には非常に面白くて、いったいこれはどういう人々だろうというのが、妙に興味の対象になりました」

「昔の文部省唱歌の作者というのは、名前が公表されなかったでしょう。いまになってやっと少しずつ分かってきたんですけれど、その遺族の方に会って、作者はどういう人間でありましたか、というようなことを、最近、聞いて歩いているんです。十日ばかり前にも、『田舎の四季』という唱歌のルーツをさぐるために、このTさんと二人で四国まで行ってきたんですが、そういう追跡調査というんですか、自分が探偵になったような感じでね。ミステリの読者はみな多少はそういう探偵願望があるんじゃないかと思いますけれども、私はそれを身をもって実行しているわけです」

その成果ともいうべき『幻の探偵作家を求めて』は、『幻影城』で連載が始まってから今年で十五年目という息の長い仕事になった。

「『幻影城』の編集長だった島崎博さんも、やはりそういう方向に興味があったとみえまして、これは随筆に書きましたけれども、いちばん最初に彼から電話で、今度探偵小説雑誌を始めるからと挨拶があったときに、それはいいチャンスだと思って〝こういう企画を温めてるんですが〟と言ったら、即座に乗ってくれましてね」

目指す作家にたどりつくまでの経緯が、また面白い。

「小学生に遠足の綴り方を書かせると、朝、校庭を出発するところから書き始めるでしょう、私の文章のオープニングが毎回あれに似ている気がして、また書いてるよ、と思われやしないかと、自分で書きながら苦笑したものです」

「戦前の作家というのは――いまもそうかもしれませんが――ごく少数の人間としかつきあいがないでしょう。だからなかなか消息がつかめないんですね。ひとつには、地方でこつこつ書いている人が結構いたということと、それから当時のミステリというのは、白い目で見られていましたからね。あまり周囲の人に、自分がそういうものを書いていることを話したりしなかったんじゃないでしょうか。本当のプロ作家になると、お互いのつきあいも親密になっていたようですが、それ以外の人は、孤独に徹している。早い話がインタビューの度に〝江戸川乱歩氏とお会いになったことがありますか〟と訊くんですが、〝いや、ない〟と言う人が大半でした」

孤立していたことと、途中で筆を折ってしまうことの

晶文社版『幻の探偵作家を求めて』

間には何か関係があるのだろうか。

「そうですねえ。……ぽっと出の新人には刺激と励ましが必要だと思うのです。私事を申しますと、第一作が活字になった当時は疎開先の山奥にいたもんで、同好の士と友達になりたくて仕様がない。ですから似た傾向のものを書く遠藤桂子氏や宮原龍雄氏に私の方から手紙を書きました。両氏からすぐに返事が来たときは胸をときめかせて何度も読みましたね。誰にしても独りぼっちでいたのでは自信を失っていくのではないでしょうか」

意外にも、インタビューするのが苦手とか。

「ええ、喋るのが苦手ですから。たいていの場合は若い編集者と同行するわけですが、そうすると編集者のほうは初対面の人に向かっても、ちゃんとツボにはまった質問をしてますよ。それで三分の一くらい進んでやっと私にエンジンがかかって、質問を始めるんですけれど、それがまたはっきり言ってしどろもどろでね（笑）」

今後もこの企画は続けて？

「ええ、『幻影城』のときは島崎さん本人が乗り気になって協力してくれたでしょう。今度の『ＥＱ』の担当の方も、おおいに乗ってくれてるみたいですよ。二人の息が合わなくては、この仕事は成功しませんからね」

〝インタビューは苦手〟と言いながら、筆者の繰り出すとりとめのない質問に対して、鮎川氏はつとめて誠実に、言葉を選びながら答えてくださった。おまけにインタビュー終了後は、小町通りの中華料理店にＴ氏と筆者をともない、労をねぎらってくださったのである。現在、書き下ろしの長篇小説を少しずつ書き進めていらっしゃるという（Ｔさんの用向きとは要するにそのことだったのだ。このインタビューのために、貴重な時間を費やしていただいた氏にも、あらためて感謝をささげます）。

鮎川氏のさらなる健筆を願って、本稿の結びとしたい。

（Ｈ１・11・17）

鮎川哲也　アンソロジー解説集1

下り〝はつかり〟解説

エラリイ・クイーンの『短編探偵小説——その百年史』（田中純蔵《たなかじゅんぞう》氏訳）によると、「鉄道短編小説二十五選」というタイトルで、犯罪物、冒険物を含めたアンソロジーが、一九〇九年にニューンズ社より出版されている。この社からは他《ほか》にも探偵本がでているので、ミステリーに関心を持つ出版社だったのかもしれないといった程度の想像はつくのだが、このアンソロジーの内容については何一つわからない。が、それはともかく、さらに六〇年が経過した今日のアメリカでは、鉄道推理小説もかなりの数にのぼっていることだろう。

ひるがえってわが国の鉄道短編に目を向けると、残念ながら、戦前戦後をつうじて三十編あるかないかの寥々《りょうりょう》たるものでしかない。作家の絶対数が少ないせいであろうか、それとも鉄道に関心を持つ作家が多くないせいであろうか。しかし数こそ少ないが、そこには本格物あり変格物あり、ＳＦのショートショートまであるという多様性が見られる。そのバラエティに富んだ面では、よその国に比べて決してひけをとるものでない。わたしはそう考えて自賛するのだけれど、これが編者の己惚《うぬぼ》れであるかどうかの判断は、本書を読まれた賢明な読者諸氏におまかせしたいと思う。

なお、文中頻繁《ひんぱん》にあらわれる旧「宝石」というのは、岩谷《いわや》書店（のちに宝石社）から発行されていた推理小説専門誌のことで、現在光文社から出ている「宝石」とは別の雑誌である。混同を避けるために前者を旧「宝石」と呼ぶことが慣行化されており、本書もそれに従った。

カッパ・ノベルス（75年6月）

ジャマイカ氏の実験＝城　昌幸

本名稲《い》並《なみ》昌幸《まさゆき》、明治37年、東京の神田に生まれた。『若さま侍捕物帳』で一世を風靡する。

人間が空中に浮かんだり宙を歩いたりした実見談は、記録されているものだけで二百近くあるという。その不思議な術者は、あるときには聖者であったり、またあるときは超能力者であったりする。そうした話を聞かされると眉に唾《つば》をつけたくなるものだが、イギリス十九世紀の著名な科学者W・クルックスのようなれっきとした証人がいる以上、一概にナンセンスだとして笑殺することもできかねるのである。現代の科学では重力を否定することが不可能だと信じられているだけに、空中浮揚の術はわれわれの胸を妖《あや》しくかき乱してやまない。編中の「私」もその一人であり、ふとしたことから垣間《かいま》見た奇現象に魅せられた顚末《てんまつ》が、この一編の物語となった。

本編は雑誌「新青年」昭和三年三月号に《ジャマイカ氏の実験》として発表された。当時の「新青年」は横溝《よこみぞ》正史《せいし》編集長の提唱でモダニズムを標榜《ひょうぼう》していたということだが、そうした編集方針に沿ってであろうか、この一編も、きわめて洗練されたスタイルで書かれている。疑問符にルビ（振りがな）をふったのも、その端的なあらわれと見てよいだろう。

作者は純粋な謎《なぞ》解き小説には関心を示すことがなく、夢幻的な物語のみを、いまでいうショートショートの型式で書き続けてきた詩人で、本編も二十数枚の短い作品である。「私」とジャマイカ氏とが大まじめで演技をすればするほど、なんともいえぬ可笑《おか》しさと滑稽《こっけい》さとがこみ上げてくる。その辺の計算には一分の狂いもなく、氏の作品中でも初期の代表作とされている。

押絵と旅する男＝江戸川　乱歩

本名平井太郎。明治27年、三重県名張の生まれ。代表作無数。私の好みでは本編を挙げたい

昭和二年の初め、作者は書き上げたばかりの《一寸法師》と《パノラマ島奇談》の出来がよくなかった（事実はそうではないのだが）ことから自己嫌悪《けんお》におちいり、休筆を宣言して一年余におよぶ当てどない旅にでた。信州、新潟、魚津《うおづ》から房総半島、紀伊半島を一周し、京阪を経て名古屋へむかった。名古屋では耽綺社《たんきしゃ》（注一）の会合があるので、それに出席するのが目的であった。

　本編はこの彷徨《さすらい》のさなかに書かれた。もっと限定した言い方をすれば、京都から名古屋に至る一ヵ月余の間に執筆されたのである。休筆中ではあったものの、親友である「新青年」の横溝編集長に請《こ》われてことわりかね、ついに執筆することを約束したのだが、その間《かん》のいきさつについては江戸川乱歩著『探偵小説四十年』および横溝正史著『探偵小説五十年』にそれぞれの立場からの記述があるので、少し長くなることを承知ねがって引用してみる。

　まず『探偵小説四十年』のほうから――。

「押絵と旅する男」はこの年（注二）の「新青年」八月号にのった。この話は、昭和二年の放浪中魚津へ蜃気楼《しんきろう》を見に行ったのがもとになって心に浮んで来たもの。昭和二年の末に一度書いて見たのだが、どうも気に入らなくて、名古屋の大須《たいす》ホテルの便所へ捨ててしまったのである。

　そのとき、「新青年」の編集長横溝正史君が耽綺社の座談会を採るために名古屋に来て、大須ホテルで、私と枕を並べて寝《ね》ていたのだが、私はたえず同君から原稿を責められていて、寝物語はいつかその方におちて行く。私はウッカリ、一つ書いたのがあると、口をすべらせてしまったように記憶している。仕方がないので、その好ましからぬ原稿を、鞄の中からソッと取出し、横溝君の寝息をうかがって便所へ行き、そこへ破り捨ててしまった。そして、翌朝、ゆうべ話した原稿は、実は便所へ捨てたと白状して、横溝君をくやしがらせたものである。その同じ着想を一年半の後、更《あらた》めて書いたものが、この「押絵と旅する男」であった。

　つぎに『探偵小説五十年』からの引用。事情をのみ込んでいただくために、少し前の部分から再録する。

（前略）その年の『新青年』の増大号で、私はズラリと探偵小説を並べたいと思った。それにはしかし江戸川さんに書いて貰《もら》わなければなんにもならないのだが、当時、江戸川さんはぴたっと筆を絶ってしまって何も書かなかった。しかも私がこういう企画を立てているころ、江戸川さんは京都へ旅行中だった。一晩、水谷準君（注三）のところで酒を飲みながら、私が苦衷を打明けたところ、水谷君が、

「それじゃ、すぐに京都まで追っかけてごらん。あんたがわざわざ出向いていったら、乱歩さんだっていやとはいうまい」

と、小遣いのなかから旅費まで貸してくれたので、（あの時の旅費返したかな）私は、その足で京都まですっとび首尾よく宿屋に寝込みを襲ったのである。何しろ帽子もかぶらず着流しで、ふらりとやって来たのだから、あの時は江戸川さんもびっくりしたらしい。しかし、なかなか書こうとはいわなかった。それを二、三日京都にネバって、なだめつ、すかしつ、おだてつ（注四）、おどしつ、あらゆる手段をつくした揚句《あげく》、

「それじゃ、こうしよう。僕はこれからまだひと月ほど旅をするつもりだが、帰りには名古屋の小酒井氏のところへ寄るつもりである。君もそこへ来てくれ。旅行中に書いておいて渡すから」

ということになって、私は鬼の首でもとったようなつもりで東京へ引きあげた。ところが打合わせしてあった日に、名古屋まで赴いて小酒井先生のところで落合うと、何んと、とうとう書けなかったという返事、その時の私の失望落胆ぶりを御想像下さい。それに当時の社（注五）では、一人の作家を追っかけて、編集主任たるものが、京三界まで旅行するとは以ってのほかであるという空気もあった。私はしばし沈思黙考、長大息をしたことだが、思案にあまった揚句、こういう事をいい出した。

「僕も今度の号に小説を書いている。自分の口からいうのはなんだが、それほどの愚作とは思えない。それをあなたの名にしてくれないか」

（あゝ、冷汗が出ますな）何しろ締切はとうに過ぎており、それ以上口説いて書いて貰うひまがなかったので、こういう窮余の策を思いついたのだが、小酒井先生も私の立場に同情して下すって、しきりにそれをすすめて下さる。江戸川さんもとうとうそれを承諾してくれたので、すぐに小酒井邸から長距離をかけて、留守を守っている渡辺温君（注六）にその旨を通じたのである。そこまで

はまだいい。そのあとがもっと冷汗ものなのである（注七）。その晩、江戸川さんと二人で名古屋の宿屋へ泊ったのだが、枕《まくら》を並べて寝ていた江戸川さんが、むっくり起きて鞄《かばん》の中をゴソゴソ探していたが、やがて便所へいった。そして再び部屋へかえって来て曰《いわ》く。

「実は僕、書いていたんだよ。しかし、あまり自信がないから小酒井さんのまえで出しかねたのだ」

私は驚喜して布団からはね起きた。

「それじゃそれを下さい。さっきのことは電話をかけて取り消すから」

「ところが、今便所の中へ破って捨てゝ来た」

ところが諸君、その時、江戸川さんが便所へ捨てた小説というのが、後に乱歩ファンを驚喜せしめた「押絵と旅する男」なのだから、私はいまでもこのいきさつを思い出すと、穴へ入りたいのである（注八）。


まことに諸事のんびりとした時代であった。それにふさわしく人情もこまやかで、現代のわれわれから見ると羨《うらや》ましいことばかりだ。

ところで未亡人からうかがった話では、意外なことに、作者は必ずしもこうした作風のものを好いてはいなかった。『探偵小説四十年』によると、かつて、夢野久作氏が《あやかしの鼓《つづみ》》を「新青年」のコンテストに投じて入選した際、選者の中で自分だけが幸い点をつけたとしてあるが、その理由については触れられていない。しかしありようは、夢野氏の応募作品が自分の好まぬ作風であったから、言い替えると《押絵と旅する男》と同じような傾向を持っていたがゆえに、いい点をつけ得なかったということであった。

だが、後年になると好みもかわり、自作に対する考えにも変化が生じたとみえ、「この小説は発表のとき、大した反響もなかったが、私にとっては後になるほど味のよくなる作であった。ある意味では、私の短編の中でこれが一番無難だといってよいかもしれない」という、控え目ながらも自信にあふれた評価をくだしている。

《押絵と旅する男》は「新青年」昭和四年六月号に掲載された（注九）。ついでに記しておけば、同じ号に当時の映画スター（戦前はいまと違って美男子でなくてはスターになれなかった）鈴木伝明《すずきでんめい》の《幽霊嬢》と岡田時彦《おかだときひこ》の《偽眼《いれめ》のマドンナ》が併載されているのだが、後者は渡辺啓助氏の筆になる代作で、氏の輝かしい第一作であるとともに、代表作の一つになったのだった。

注一　耽綺社は合作によってより優れた作品を創ろうとする目的で結成された。メンバーは小酒井不木《こさかいふぼく》、長谷《はせ》川伸《がわしん》、国枝史郎《くにえだしろう》、土師清二《はじせいじ》、それに江戸川乱歩の五氏。

注二　昭和四年。

注三　のち四代目の「新青年」編集長となる。名編集長の名が高く、編集後記の末尾に記された（J・M）のイニシャルを見ただけで読者の胸が高鳴るほどであった。

注四　『探偵小説五十年』によると「かれはじつにおだての必要な作家であった。つまり乱歩はシャーロック・ホームズなのである。つねにワトソンから『わっ、素敵だ、ホームズ、そいつは素晴らしい考えだよ』と、おだてられていないと淋しくなり、自信を失い、クサり、そして厭人《えんじん》癖におちていくのである」と書かれている。

注五　博文館。

注六　渡辺啓助《わたなべけいすけ》氏の令弟。先年、薔薇十字社から全集一巻が出た。非常にダンディな青年記者で、シルクハットにタキシードを着用して出社したという。

注七　『探偵小説四十年』には「横溝君はそういうが、こっちこそ何倍も冷汗ものであった」としてある。

注八　同書には、「こっちが穴に入りたいのである。横溝君は知らなかったが、そのときの原稿は、後の『押絵と旅する男』とは比べものにならない愚策であった。いくらはにかみ屋の私でも、後の『押絵』だったら決して便所へ捨てたりはしない。それにしても、便所へ捨てただけで黙っていればよいものを、『実は書いたのだが』などと、思わせぶりなことを喋《しゃべ》ったのは、何とも冷汗の至り、私のサディストみたいなものがちょいと顔を出したのかも知れないが、それだと一層穴がほしいのである」と記されてある。

注九　『探偵小説四十年』に「新青年」八月号とあるのは、作者の記憶ちがいであろう。

人を喰った機関車＝岩藤雪夫

本名岩藤俤《いわとうてい》。明治35年横浜生まれ。『鉄』などで、プロレタリア作家として知られる。

戦前の探偵雑誌には、来る者を拒まずとでもいうか、多くの作家に紙面を提供するおおらかな態度がみられた。佐々木俊郎、前田河広一郎《まえだがわこういちろう》、小堀甚二《こぼりじんじ》、葉山嘉樹《はやまよしき》氏などの左翼作家が「新青年」に登場したのも、門戸開放主義ともいうべき編集方針があったからであろう。《人を喰った機関車》の作者もまた、作品の内容から想像できるように、昭和初期のプロレタリア文学の作家だった。

氏の回想によれば、葉山氏らに刺激され、「新青年」の編集長に紹介されて持ち込んだのが縁であったという。

この短編は探偵作家の手になったものではなかったから、探偵小説的な面白さが希薄であることを非難する人がいるかもしれない。だがわたしは、そうした批判的な読み方をするよりも、作者が発表誌の性格を考慮して、非専門作家でありながら、探偵小説に一歩でも近づいたものを書こうとした努力を評価したいと思う。その苦心の痕《あと》は、十年むかしの殺人事件の真相が割れていく過程の描き方や、それをより効果的なものとするための筋立ての工夫などに読みとることができる。作者が、左翼作家としての主義なり主張なりを物語の背後に引っ込めているのも賢明だし「飯屋のおじさん！」という呼びかけをくり返させているのも、些細《ささい》なことながら巧みである。

岩藤雪夫はこの作品のほかに《貯金をしたボーイ》、怪談コント集ともいうべき《海の伝説》の三作を、昭和六年の「新青年」に発表した。本編はその第三作目にあたり、十月号に掲載されたもので、当時しだいに激しくなっていくプロレタリア作家に対する当局の弾圧のため、作者もこうした作品をじっくりと書いていることができなくなり、「新青年」との縁はこれを最後に切れた。探偵小説の世界では、第一作の出来がよくても、書くにつれて内容の落ちていくのが一般的な現象とされている。が、岩藤雪夫の場合は逆に、最後に発表した一作によって多くの読者から記憶されるという、珍しい例となったのである。

同じ十月号には海野十三《うんのじゅうぞう》氏の《省線電車の射撃手》が載った。

なお、戦後登場した本格派の推理作家、藤雪夫《ふじゆきお》氏は、岩藤氏と別人である。念のため。

とむらい機関車＝大阪圭吉

本名鈴木福太郎。明治45年、愛知県生まれ。代表作としては、もちろん本編を推したい。

作者は昭和二十年七月、終戦を目前にしてフィリピンのルソン島で戦病死をとげた。推理小説の著作としては、ぷろふぃる社刊「死の快走艇」一巻があるきりだが、他にほぼ同量の短編が残されている。出征直前に脱稿した長編も所在がさだかではなく、先年、桃源社から戦前の探偵作家の復刻版が刊行された際も、圭吉作品は漏れており、ますますもって不運な作家であった。

本編は探偵小説専門誌「ぷろふぃる」昭和九年九月号に載り、のちに「死の快走艇」に収められた。列車を舞台に、乗り合わせた旅行者が語り手と聞き手になって物語を進行させる形式は、江戸川乱歩氏の《押絵と旅する男》のほかにも数編の例がある。しかしそれらの大半はいわゆる変格物であり、この《とむらい機関車》は本格仕立てであることが珍しい。周到にしかれた伏線、巧みに隠蔽《いんぺい》された動機、変化に富んだプロット、薬味の効いたペーソスとサスペンス、犯人の意外性等々まことに贅沢《ぜいたく》で凝った味付けがされている。わたしは本編を、戦前戦後をつうじてわが国の本格短編のベスト・テンに入る秀作だと考えたいのである。

圭吉の鉄道短編にはもう一つ《気狂い機関車》がある。こちらは青山喬介《あおやまきょうすけ》という名探偵が登場して謎を解く純粋な本格物だが、この名編に比べると見劣りするのはやむを得ない。

大阪圭吉はべつに大坂とも書く。本名は鈴木福太郎。愛知県新城市《しんしろ》の旧家「鉈屋《なたや》」の分家に生まれた。土蔵のある家に住んだ探偵作家は、後にも先にもこの大阪圭吉と江戸川乱歩氏ぐらいのものだろう。次弟圭次氏が大阪に住んでいたころ、兄にあてた手紙の末尾に「大阪より圭次」と記してあったことから、大阪圭吉の筆名ができた。

当時、在京の探偵作家の間で月に一回の会合が持たれていたが、雅子夫人の談によると、圭吉はそのたびに豊橋駅で急行に乗り換えて出席していたという。のち、その不便さを解消するために東京に転居、大曲《おおまがり》に住んだがわずか、一年足らずで招集を受けた。

探偵小説＝横溝正史

本名おなじ。明治35年神戸生まれ。鮎川は、『蝶々殺人事件』に誘われ推理界に迷いこんだ

戦時中、国策小説や軍事小説を中心に編集をつづけた「新青年」は、戦後その責めを問われて博文館から追放という形になり、社名を転々と変えてようやく博友社に落ち着いたのだが、そうなるまでにはさまざまな憂《う》き目に会った。一方、看板雑誌の「新青年」を手放さなくてはならなかった博文館も、ひきつづき発行を許されたのは日記ぐらいのもので、往年の老舗《しにせ》の面影は見られなかった。こうしたことから「新青年」は立ち直りがおくれてしまい、それがのちのちまで尾を引いたようである。「新青年」が推理小説の専門誌らしい編集ぶりを見せたのは、「探偵小説特大号」と銘打った二十一年十月号からであった。試みに九月号の目次をみると、

貞女　大林《おおばやし》清《きよし》
青春再び来らず　玉川《たまがわ》一郎《いちろう》
こんなカチューシャ　南《みなみ》達彦《たつひこ》
巷色　田岡《たおか》典夫《のりお》
湖畔の提灯《ちょうちん》　鹿島《かしま》孝二《こうじ》
鏡の中の男　花園《はなぞの》守平《もりへい》
第一夜　土岐《とき》雄三《ゆうぞう》

となっており、ユーモア小説が大半を占めている。これが十月号になるとユーモア作家が大幅に退場し、一転して探偵作家が中心となった。

幻燈　大仏《おさらぎ》次郎《じろう》
ハムレット　久生《ひさお》十蘭《じゅうらん》
山のおぢいちゃん　水谷《みずたに》準《じゅん》
鶯《うぐいす》を盗む話　渡辺《わたなべ》啓助《けいすけ》
灯　亀谷競三
盗み得たもの　土岐雄三
結婚の顔　風間《かざま》十郎《じゅうろう》
怨魂　城《じょう》昌幸《まさゆき》
青空通信　乾《いぬい》信一郎《しんいちろう》
父性　木々《きぎ》高太郎《たかたろう》

探偵小説　横溝正史

戦後の荒廃した人々の心にうるおいを与えようとして、ユーモア小説にウェートをおいた編集の意図はよく理解できる。しかし当時はユーモア作家も空《す》きっ腹をかかえていたのだから、会心の作が書けるような状況ではなかったろう。編集方針を探偵小説中心に切り換えたのは、裏面にそのような事情があったのではないかと憶測するのだが、それはともかくとして、この「探偵小説特集号」は充実した内容で大きな話題を呼んだ。ことに本編と久生十蘭氏の《ハムレット》は力作中の力作であり、それぞれの作家を代表する短編ともなったのであった。当時の編集長は横溝武夫氏。横溝正史氏の令弟で、これは兄弟して同じ雑誌の編集長をつとめた、稀《まれ》な例でもある。

推理作家には得手不得手の分野があって、変格物の作家はどう努力をしてみても、本格物が書けないとされている。しかし、戦前はどちらかというと非本格のサイドにいた横溝正史は、戦争終結を期に別人のような純本格の作家に生まれかわり、優れた長短編を陸続として発表しているのである。これを、作者が第二期から第三期に入ったというふうに考えるのは容易だけれど、突如として本格物の作家に変身した謎《なぞ》を解くことは簡単ではない。作者自身は、閉塞《へいそく》中に原書で幾冊かのカーを読み、その面白さに触発《しょくはつ》された、という説明を試みている。だが、カーによって純粋本格物に対する興味を掻《か》きたてられたことと、日本じゅうの読者を熱狂させる作品を書くということとは、おのずから別の問題なのである。変貌の秘密は依然として、少なくともわたしにとっては不可解な謎なのだ。

本編は発表された時期からみても、作者の脂《あぶら》がのりきったころの作品である。ドイルにも似たようなトリックを用いた短編があるけれど、あのホウムズ譚《たん》はドイルとしては凡作に属するもので、トリックを充分に活《い》かし得ず、中途半端な出来に終わっている。それに比べると《探偵小説》はプロットにひねりを効かし、小道具にも工夫をこらし、ラストにはショッキングなオチまで用意してあるという、考えぬいた極上の作品になっている。これはアームチェア・ディテクティブの変形といってもいいと思うが、ともすると単調になりがちな安楽椅子探偵物の欠陥を、複数の探偵を登場させることによって回避したテクニック、あるいはまた、論理の上の試行錯誤をくり返しながら、読む者を最後までひきずっていく腕の冴えは見事である。加えてこの語り口の巧みさはどうであろう。大正、昭和生まれの作家にはちょっと真似《まね》ができないのではあるまいか。

初めにのべたように、本編は数年前に故人となられた横溝武夫編集長の依頼に応じて発表されたものである。だが原稿はそれ以前に書き上げられており、作者は十枚ちかく削って指定された枚数に合わせたのだった。旧稿のほうがはるかに出来がよかったという。

電気機関車殺人事件＝芝山倉平

経歴その他一切不詳。

終戦によって推理小説はふたたび陽《ひ》の目をみるようになったわけだが、「新青年」の二十一年十二月号にはいち早く新人の芝山倉平が登場し、読者の注目を浴びたのである。

事件は、上越線を念頭において設定したと思われる架空の線で発生する。言ってみれば一種の密室物だけれども、いかにして密室の謎が解明されるか、いかにして密室が構成されたかということよりも、読者の興味は、もっぱら素材の珍しさに向けられていく。その作風は新人らしいフレッシュネスに欠けるかわりに、鉄道に技術屋が手すさびに書いたとでもいうふうな堅実さが特長となっている。

作者にはこれ以上ものを書く気がなかったのか、その後三年にして「新青年」が休刊となり発表舞台を失ってしまったためか、一作を残すにとどまった。しかし本編は、作者自身が考えているであろうよりもはるかに強烈な印象を、読む物の胸中に刻みつけたのである。

作者については知るところが全くない。「週刊新潮」の掲示板を借用して問いかけてみたが応答はなく、また、横溝武夫編集長は先に物故されたため、確かめるすべが絶たれた。当時の編集局長であり、横溝武夫氏につづいて「新青年」の編集責任者となられた高森栄二氏（時代小説の作家を育成したことで知られている）にお訊《き》きしてみたが、直接の担当者でなかったせいもあって記憶にはない由《よし》。断定的な発言は避けたいけれど、ひょっとすると「芝山倉平」という名は、編集部がつけたペンネームであるかもしれない、とのことであった。

＊

本書が発行された後、新潟県新津《にいつ》警察の富永昭海氏からの連絡で、芝山倉平の正体は、元国鉄常務理事、現明《めい》電舎《でんしゃ》社長の関四郎《せきしろう》氏と判明。一方、毎日新聞社会部も独自の推理を駆使して本人を捜しあてた。本書の初版発行当時、関氏は海外出張中であった。

氏は早くから国鉄電化を唱《とな》え、そのPRの意味を含めて本編を書きあげると、水谷準氏の許《もと》に持ち込んだという。雪崩《なだれ》防止の研究のため、清水《しみず》トンネル付近で五度《たび》越冬したので、谷川岳芝倉沢《しばくらさわ》から筆名をとったという。

飛行する死人＝青池研吉

経歴その他不明。


本編は推理小説誌「ロック」の懸賞募集に応じて書かれ、昭和二十四年八月、同誌の別冊に発表された。この雑誌の発足は、旧「宝石」よりもひと足早く、したがって戦後の推理専門誌の中では先輩格であった。

編集長は山崎徹也氏。たまたま疎開先の信州から上京中の小栗虫太郎《おぐりむしたろう》氏を、海野十三氏邸に尋ねて長編連載の約束をとりつけたのも、氏の急死に遭《あ》って岡山県に急遽《きゅうきょ》横溝正史氏を訪れ、代打を懇請したのも、すべてこの編集長が一人でしたことである。当時の列車事情は、角田《つのだ》喜久雄《きくお》氏の《沼垂《ぬったり》の女》に描写されているとおりで、列車の旅は大変な苦痛を伴うものだった。彼は、死去する直前の小栗氏に会った数少ない編集者だが、二十数年前に聞いたその思い出話によると、長編の執筆を乞われた小栗氏はジャーナリストに媚《こ》びる様子など少しもみせず、毅然《きぜん》と構えていたという。一方、中央の事情に飢えていた横溝氏は「もっと東京の話を聞かせろや」としきりにせがんだそうである。こうしたいきさつがあって《蝶々《ちょうちょう》殺人事件》が誕生したのだが、この雑誌も二十四年になると経営難からくる編集方針の変更（つまり、経営者はピンクがかった雑誌にすることを主張した）で意見の対立が生じ、編集長の交替という事態を招いた。懸賞発表がなされたのは、ちょうどその頃のことであった。

このコンテストの選には故江戸川乱歩、横溝正史、およびこれも故人となった坂口安吾《さかぐちあんご》の三氏があたり、一席が岡田鯱彦《おかだしゃちひこ》氏の《噴火口上の殺人》で、二席を本編と藻《も》波逸作《なみいっさく》氏の《新当麻《たいま》寺縁起》とが頒《わか》ち合った。この《飛行する死人》については江戸川氏の「トリックの斬新を採る。前人未使用のトリック発言が非常に困難なことを思えば、トリックの斬新は探偵小説評価の大きなファクターとなる。この作では除雪車のトリックがそれに当たる。西洋探偵小説でもこのトリックは使われたことがないと思う。しかもそれがかなり思い切った扱い方で、ちょっと現実から飛躍していたと記憶するが、こういう飛躍を探偵小説の重要な興味と考えている私には、これがやはり魅力であった。但しその飛躍が最善の方法で描かれていたかどうかは問題である。この作について私のノートには三つのトリックの手控えのほかに『筋ややあっけなし。また拵《こしら》えものの感じを免れず、トリックは面白い』と書いてある」という感想が委曲《いきょく》をつくしている。

本編を一読した人には、大坪砂男《おおつぼすなお》氏の《天狗《てんぐ》》を連想せずにはいられないであろう。《天狗》のほうが二、三年早く書かれていたことを思うと、《飛行する死人》がそれに着想を得たとみられてもやむを得ない。だが、雪という自然現象を最大限に活用して、《天狗》とはべつの面白さを出している点は正当に評価すべきだと思う。

前にも記したとおり「ロック」は間もなく廃刊となり、青池研吉は本編一作を残して消え去った。この解説文を書くにあたって、「週刊新潮」の掲示板を借りて呼びかけてみたものの、ついに応答はなかった。

わたしがこのように書いて小文を締めくくったちょうどそのころ、探偵小説の書誌学的研究者であり、探偵雑誌「幻影城」の編集長でもある島崎博氏と電話で話す機会があった。その際に、たまたま青池研吉のことに触れると「青池さんは蟻浪《ありなみ》五郎さんと同一人だ、たしか中島河太郎氏が作品リストの中でそう分類していた」という。これは初耳だった。と同時に、ことの意外さに少なからずびっくりもしたのである。というのは、島崎氏の記憶に間違いがないとしての話だが、わたしは正体不明の青池研吉と、相手が青池研吉とは知らずに文通をしていたことがあるからであった。

もう二十余年も昔のことなので、どんなきっかけで蟻浪五郎氏とハガキのやりとりが始まったかは覚えていない。が、はっきりと記憶しているのは、「青池研吉はあなたの変名ではないのか」と訊《たず》ねたのを最後に、プツンと便りが途絶えたことだ。わたしがそう質問したのは然るべき根拠があったからではなく、青池研吉が、その作品から判断して雪国の人であると思われることと、蟻浪氏が新潟県の住人であることから、全く当てずっぽうの想像をしたに過ぎなかったのである。

この蟻浪五郎という人は旧「宝石」の中編コンテストに《雨の挿話《そうわ》》を投じて入選し、二十四年五月号の誌上に掲載されたのを第一作として、同年十二月号に短編《花粉霧《かふんむ》》を、翌年の十月号に同じく短編《火山島の初夜》を発表したのを最後に、三作きりで筆を絶った。二十余年前の読後感だから曖昧《あいまい》であるのはやむを得ないが、三作ともロマンチックな色彩が濃く、作品の質を比べただけでは青池・蟻浪同一人説にはすんなりと同調することができなかった。

しかし、後日になって中島河太郎氏に質《ただ》したところでは、氏の分類記録にはやはり同一人となっているそうで、なにぶんにもふた昔も前のことだから詳細な点までは覚えていないが、自分が同一人であると記したからには、そう判断するに足るはっきりしたデータがあったものと思う、といった説明であった。これで青池研吉イコール蟻浪五郎であることは、まず間違いないものと考えていい。

二十余年前のあるカクテルパーティの席上、中島氏とわたしとの間で「蟻浪さんは小学校の先生だそうですな」「ええ、村の小学校に勤めているようですね」といった短い会話が交わされたことを覚えている。わたしがそうしたことを知っていたのは、多分、先方からきたハガキに書いてあったからだろう。それはともかく、青池研吉はこの一編によってわたしの記憶に長く残った人であった。

いまでは青池研吉氏の正体は明らかになっている。氏の所在をつきとめてくれたのは「週刊新潮」編集部の村田博志氏で、私といっしょに新潟市におもむき青池氏と会ったことは拙者『幻の探偵作家を求めて』（晶文社刊）にくわしく記した。この青池研吉が青地《あおじ》研吉の誤植であること、教育界では小説を書いて別途収入をはかることに批判的な空気があり、なるべくばれないようにと考えて蟻浪《ありなみ》、青池ふたつのペンネームを併用したことなども、述べてある。本編のラストを読むと作者がいかにも呑ン兵衛であるかのような印象をうけるが、ほんとうは一滴も呑めない。

　文庫入りにあたっては若干の加筆訂正を行なった。とくにそれは終章においていちじるしい。

下り終電車＝坪田　宏

本名米倉《よねくら》一男。明治41年名古屋に生まれ、昭和29年死去。『勲章』など発表作は少ない。


　旧「宝石」二十四年七月号に《茶色の上着》で登場した坪田宏は、五年間にわたって本格物の中短編を発表したのち、二十九年二月に死去した。わたしは心臓の手術中に亡くなったと伝え聞いていたのだけれど、山村正夫氏の「推理文壇戦後史」によると肝臓疾患であったという。今回、未亡人にお尋ねしたところ、山村説が正しかった。

　坪田宏は広島県在住の地方作家であったため、東京側の推理作家とはほとんど面識がなかったらしく、氏の周辺については知られていることが乏《とぼ》しい。未亡人の話では、戦前は朝鮮の京城《けいじょう》で鉄工所を経営、戦後は広島の病院で事務局員として勤務した。坪田宏の短編に、朝鮮からの引揚げに材をとったものがあったので、かねがね朝鮮在住の経験をもつ人ではないかと想像していたのだが、この推測ははずれていなかったようだ。

《下り終電車》は旧「宝石」二十五年十二月号に載った。この年は坪田宏としては珍しく作品の数が多く、五本におよぶ短編を発表している。思うにこの作者は地味な性格だったと見え、書くものもスタンドプレーを嫌《きら》った、足が地についた内容の小説ばかりであった。

　本編を執筆中の作者の脳裡《のうり》には、ドイルの《急行列車の消失》があったものと想像される。だが、単なる換骨奪胎《かんこつだったい》ではなくて、独創的な力作となっている点に注目していただきたい。また、修理工場の存在を前もって提示しておかないのはアンフェアだ、という読後感を抱かれるのではないかと思うが、もともと本編は読者と推理を競い合うことを目的として書かれたものではない。したがってそうした批判は当たらないのである。

古田三吉は他の坪田作品にも登場する探偵で、格別に頭の切れる名探偵として描かれているわけではない。ではボンクラかというと、さに非ず、つねに当局を出し抜いて事件を解決しているのである。おそらく作者は従来の名探偵物を否定したかったのだろう。が、このシリーズが派手な人気を得られなかったのは、こうした古田三吉の曖昧《あいまい》な性格づけが裏目に出たせいだと思う。本人もそれに気づいたとみえ、本編のつぎに書いた《勲章》では、あらたに「黒牛」というニックネームの、鈍重でねばりづよい刑事を創造している。

夜行列車＝土屋隆夫

本名おなじ。大正六年長野県立科生まれ。今も同所に居住。『影の告発』で推理作家協会賞。

戦前の土屋隆夫は東京に住んでいたが、戦後は郷里の長野県に腰をすえ、ほとんど出京することがない。山田風太郎、島田一男氏らにつづく旧「宝石」の懸賞小説の出身者で、同期生の大半が脱落し沈黙してしまった昨今も、地道な執筆活動を続けている。どちらかというと寡作な作家だが、それだけに発表される長短編は磨《みが》きがかけられてあり、良心的なものばかりだ。熱烈な土屋ファンがいるのも当然なことだろう。

わたしは「本陣」という言葉を横溝正史氏の《本陣殺人事件》によって初めて知ったのだが、土屋隆夫の本家は中仙道筋の本陣なのである。そして分家である土屋家もまた、同じ街道に面している。わたしはこの作家を訪れるたびに、門の前を通り過ぎていく北国の大名行列を思い、京から江戸へ落ちのびていく近藤勇の尾羽《おは》うち枯らした姿を想像する。

土屋家の裏庭にはクルミの大木が枝を伸ばしており、その梢《こずえ》の下に建っているのが仕事部屋なのである。《危険な童話》も《影の告発》も、そして《夜行列車》もまたここから生まれた。

本編は初期に属する作品で、旧「宝石」二十六年四月号に掲載された。あたえられた三十枚という枠《わく》では書きづらかったことだろうと同情したくなるのだけれど、かつて演劇青年だった作者は、緊迫感にあふれた一幕物に仕上げてしまった。

本年（一九八六年）の五月にひさしぶりで土屋家を再訪した。残念だったのは仕事部屋を再築するときにあの美事なクルミの木が伐《き》られていることだった。

沼垂の女＝角田喜久雄

本名おなじ。明治39年神奈川県に生まる。代表作は、編者の好みでは『奇蹟のボレロ』。

　こういう言い方をしては礼を失することになるかもしれないが、本編の作者は、横溝正史氏とおなじように、十代で登場した早熟児であった。処女作は大正十一年に「新趣味」（博文館発行）の懸賞に投じた《毛皮の外套《がいとう》を着た男》で、旧制中学の二年生のときである。（一等には呑海象《どんかいしょう》作《血染めのハムレット》が入選し、《毛皮》は二等。本田《ほんだ》緒生《おせい》作《呪《のろ》われた真珠》が選外佳作）。そして角田氏も横溝氏も、ともに推理小説ばかりでなく時代小説でも活躍しており、そうした意味からいえば好敵手であったのかもしれない。「角田喜久雄氏華甲《かこう》記念分集」に寄せられた横溝氏の一文は、戦時下、海軍報道班員として南方に徴用された作者からの好意に満ちた軍事郵便を回想した、友情にあふれたものである。

　角田、横溝両氏の作品の相違は、前者の場合は伝奇的な時代小説が圧倒的に多いことで、決定版とうたってある講談社刊「角田喜久雄全集」をみても、全十三巻の中で推理小説はわずか一巻を占めるだけである。もっともこの全集には《奇蹟のボレロ》《虹男》《黄昏《たそがれ》の悪魔》が省かれており、これらの長編を加えれば推理小説の巻数はまだふえるはずだけれど、それにしても、時代小説に比べると作品量ははるかに少ない。

　作者の年譜をひらくと、「昭和二十一年、四十歳」の欄に、「九月以後、『怪奇を抱く壁』をはじめとする推理短編を続けて発表」とある。これはわたしの憶測だが、時代小説が米軍司令部によって禁じられたためでもあるだろうし、横溝氏の旺盛《おうせい》な創作活動に刺激をうけたためもあるのだろう。しかし、そこは昔とった杵柄《きねづか》であった。加賀美《かがみ》警部を主人公とする本格シリーズをはじめ数々の長短編を書いて、読者に「推理作家、角田喜久雄」を再認識させたのである。

　やがて時代小説の禁が解かれると、作者はふたたび伝奇小説の世界へとはばたいていくのだが、爾後《じご》もおりにふれて推理短編をこころみた。本編は二十九年の旧「宝石」別冊、江戸川乱歩還暦記念号に掲載されたもので、作者は日本人が戦争から受けた心の傷を二人の女性に託し、ミステリーの形を借りて描いてみせたのである。

　この短編もまた、発表当初から好評をもって迎えられた。

笑う男＝多岐川恭

本名松尾舜吉《まつおしゅんきち》。大正９年、福岡生まれ。『濡れた心』で乱歩賞、『落ちる』で直木賞受賞。

《落ちる》《黄色い道しるべ》などを、旧「宝石」のコンテストに投じて登場、さらに《澄んだ眼》や《ある脅迫》を書きつづけてきた白家《しらが》太郎（私の憶測では、毎日新聞社在職中、若白髪《しらが》であったことから生まれたペンネームではないか）が、推理作家として立つ決意をあらたにしたのだろうか、筆名を多岐川恭とあらためた。そのときの作品が本編である。これが旧「宝石」三十三年七月号に発表されるに際して、江戸川乱歩編集長はつぎのような紹介記事を記した。

近日河出書房から多岐川恭という新人の長編推理小説「灰色の序曲」（仮題）が単行本として出版される。この力作短編はその新人多岐川恭さんの作品である。しかし新人といっても本当の新人ではない。（中略）その元の名がだれであるかは、やがて、読者に自然にわかるときがくるだろうと思う。会話の少ないこの作は、五十枚が八十枚に感じられるほど、重々しい迫力を持っている。犯罪者の心理が自《おのず》からこの境にあるが如く描かれているので、読みながら芯《しん》が疲れ、脂汗がにじむ。（後略）

いつもながら対象物を的確に捉《とら》えた名解説である。

さて作者は、作中において松本清張《せいちょう》氏の《張込み》に言及していることからも想像がつくように、この短編に触発されるところがあったのではなかろうか。このころの多岐川作品には多少とも意識して「推理」小説を書こうとした節《ふし》が見え、《笑う男》にもそうした傾向が指摘されるのだが、本質はあくまでも多岐川恭独自のものであった。

特に本編を一読して面白く感じるのは、語る者と聞く者というパターンを踏襲したと見せかけておいて、ラストで鮮やかな背負い投げをくわせる件《くだり》である。読者をあッといわせようと企むのは稚気のなせるわざであり、多岐川恭にもそうした微笑《ほほえ》ましい時代があったことになる。

下り〝はつかり〟＝鮎川哲也

本名中川透《なかがわとおる》。大正３年（一説に昭和３年）東京生まれ。鉄道ものでは『黒いトランク』など。

アンソロジーにヌケヌケと編者自身の作を加えるのは、少なくともわたしの感覚からすると、きわめて見苦しいことのように思う。この一巻に収録すべき作家と作品について、編集部との間に意見の食い違いが生じたことも、ないではなかった。その食い違いはつねに一方が譲歩することで簡単に解決がついたのだが、わたしの短編を入れる件では最後まで話がまとまらなかった。とどのつまり、外国のアンソロジーに先例があれば考え直そうということになり、編集部を介して、海外推理作品の専門家である田中潤司《じゅんじ》氏に訊《たず》ねてもらった。ところが氏は、たちどころに幾つかの例をあげてみせたという。

さて、この短編は「小説中央公論」の三十七年一月号に発表された。自作だから遠慮のないことをいえるが、全体に余裕がなく、トリックのためのトリック小説といった印象をぬぐいきれない。一生懸命に書いたにもかかわらず、力足らずして凡打に終わったものである。

最終列車＝加納一朗

本名山田《やまだ》武彦《たけひこ》。昭和3年、東京生まれ。『歪んだ夜』などがある。映画研究でも知られる。

加納一朗の特色を一言でいえば、非常に守備範囲のひろいことであろうか。本格物からSFまで、それもコメディタッチの物からシリアスな内容のものまで、そして大人《おとな》物から少年物までをこなすことができる。

本編は異次元ミステリーとして書かれた。だが、発表当時これを正当に評価してくれたのはSF畑の作家たちであり、推理作家からはほとんど無視されたという。掲載誌は旧「宝石」三十七年六月号。主人公のとまどった心理が入念に描《か》き込まれていて、それがラストのさげに対応する伏線になっているのはさすがである。似たような題材を扱っていながら、星氏の《泥棒と超特急》がドライな客観描写に終始し、そこに巧まざるブラックユーモアが生まれているに反して、こちらは読了したときの哀愁が胸を打つ。持ち味の違いというべきであろう。

温厚な紳士である加納一朗は、温厚すぎるために損をしているのではないかと思う。先ごろ独仏に取材旅行したとき、パリ滞在が一ヵ月程度のものでしかなかったのに、帰国する際には、カフェーのおやじやおかみさんが別れを惜しんで送りに来てくれたという。それも作者の人柄のせいだろう。

加納一朗の本名は山田武彦。明治の自然主義作家山田美妙《びみょう》は祖父にあたる。

泥棒と超特急＝星　新一

本名星親一《ほししんいち》。大正15年東京生まれ。昭和43年『妄想銀行』で日本推理作家協会賞受賞。

このショートショートは交通公社の旅行雑誌「旅」の三十九年十一月号に発表された。同号は新幹線の特集号であったから、それを踏まえたうえで執筆されたものであろう。題名がまた何やら落語的であり、ユーモラスな感じがして面白い。伏線に意を用いた点も本格推理小説的であるし、徐々にふくれ上がっていく恐怖感の描写も申し分なく、短い枚数の中に凝縮されたサスペンスは強烈で、文章もまたキビキビとしていて無駄がない。ショートショートの常として余分の描写を削り捨て、のこされた数行で謎を説明してみせるのだが、手慣れたものである。

なお、本編は後年文庫本に収めるにあたり、《逃走の道》と改題された。

浜名湖東方15キロの地点＝森村誠一
――新幹線爆破計画

本名おなじ。昭和8年熊谷市生まれ。昭和44年『高層の死角』で江戸川乱歩賞受賞。

江戸川乱歩《えどがわらんぽ》賞を獲得した新人作家は、まず「小説現代」に短編で受賞第一作を発表するのがしきたりになっているが、それに先だって「小説宝石」の依頼で書いたのが本編であり、文字どおりの「受賞第一作」である。編集部としてはまず短編を書いてもらって力量をはかり、それにパスすれば、改めてカッパ・ノベルスの長編の執筆を依頼しようという心づもりであったらしい。森村誠一はなんなくこのテストに合格して《新幹線殺人事件》を書き上げ、一躍ベストセラー作家となったのである。そうした意味で本編は、森村誠一当人にとっても、またカッパ・ノベルス編集部にとっても、忘れ難い記念碑的作品になった。掲載されたのは四十四年十二月号である。

この作者にはほかに《剝《は》がされた仮面》や《殺意の接点》といった鉄道短編があって、ことに、前者はトリックにも無理がなくて、いい作品なのだが、右の事情からあえて本編を選ぶことにし、作者の希望で数ヵ所の加筆訂正が行なわれた。ラストの強烈なスリルの設定は類をみない。

二十秒の盲点＝斎藤　栄

本名おなじ。昭和8年東京生まれ。昭和41年『殺人の棋譜』で江戸川乱歩賞を受賞。

斎藤栄の長編を初めて読んで、こんな面白い推理小説があったのかと感嘆の声をあげた読者がいたそうだ。あれだけ多作していながら、どの作品もプロットに工夫を凝らし、読者サービスをおろそかにしていないのは大したものである。これはわたしの無責任な想像だが、彼はハードボイルドにおける大藪《おおやぶ》春彦《はるひこ》氏をお手本に、本格派の雄たらんと希《ねが》っているのではあるまいか。

森村氏がそうであるように、斎藤栄もまた近くの仕事部屋に日参し、そこで執筆に励んでいる。昼食の時間になると好物の餅を焼いて食い、お茶をいれる時間が惜しいので水を飲んですませてしまう。自宅で書いていると「つい、好いた女房とお喋《しゃべ》りをしたりするんで、能率があがらない」のだそうだ。

本編は「小説ＣＬＵＢ」五十年四月号に載った。この一巻の中では最もあたらしい作品である。宝石盗難事件の顚末《てんまつ》が、ときにはリアルに、ときには軽いタッチで、場面場面に応じて変化をみせながら、はずみのついた快適なテンポで語られていく。構えた内容ではなく、作者自身が心にうかんだアイデアを楽しみながら展開し、サラサラと鉛筆を走らせて書き上げた、といった趣きの一編だ。読者がストレス解消のために求めているのは、深刻ぶったものではなくて、こうした娯楽性に富んだ作品であることを心得た上で執筆するのである。そこに、多くの読者に歓迎される斎藤作品の秘密があるように思う。

先般《せんぱん》、ミステリーを書き出して四十周年をむかえた氏は、それを記念して親しい編集者、高校時代のクラスメイト等々を招待し一夕《いっせき》の宴をはったという。

編纂《へんさん》を終えて

冒頭にも記したとおり、鉄道短編は現在までに三十編ほど書かれている。しかしそのすべてを収録することはページ数の制約からいっても不可能であり、大半は割愛せざるを得なかった。それらの中でも特に惜しいと感じたのは葛山《くずやま》二郎氏の《股《また》から覗《のぞ》く》と海野《うんの》十三氏の《省線電車の射撃手》の二作であった。双方とも戦前に発表されたこともあって、いまとなっては読みたくとも読むわけにはいかない。掲載誌そのものが稀覯《きこう》本になっているからである。

葛山氏の作品は、鬱屈《うっくつ》した半生を送った主人公が股覗きの面白さのとりこになってしまう。そしてある日、鉄橋の上で列車に追いつめられたこの青年は、日ごろの奇癖を発揮して、迫ってくる列車に向かって股覗きをするという話。

一方、海野氏の作品は山手《やまのて》線の電車の中で発生した連続射殺事件を、科学探偵帆村荘六《ほむらしょうろく》が解決する話であって、凸版の図面入りである。

戦前の鉄道短編としてほかに岡本綺堂《おかもときどう》に《指輪の秘密》がある。また「探偵文芸」に牧逸馬《まきいつま》作《夜汽車》が、「ぷろふいる」に伊東利夫《いとうとしお》作《急行列車の女》が載っているが、前者はコント風の実話物であって創作とはいいがたく、また後者は数人の作者による怪盗物の連作のなかの一編で、独立した短編ではない。

戦後の作では大谷羊太郎《おおたにようたろう》作《ひかり号で消えた》および、旧「宝石」に掲載されたアマチュア作家の五編が記憶にのこっている。この五作は余技として書かれたもの。しかし着想はそれぞれ変わっていて面白い。参考までに題名と作者名を記しておく。

自動信号機一〇二号　角免　栄二
急行電車殺人事件　藤岡索太郎
昇華した男　迫　羊太郎
殺人列車　渡島　太郎
N駅着信越線九時三十分　坂井　薫

なお、このアンソロジーを編むに当たって、平井りう子、横溝正史、黒部竜二の諸氏からご協力をいただきました。また編纂のきっかけを作ってくださったのは日本交通公社出版事業部図書編集部（当時）の荻野玉次郎氏でした。各位に深甚《しんじん》の謝意を表します。

急行出雲　解説

初めに

先の「鉄道ミステリー傑作選」（『下り〝はつかり〟』）が好評であったため、乞《こ》われて続編を編むことになった。編集部は二巻をもってまとめたい意向なので、編者はここに収めた倍の数にのぼる作品の取捨に苦心をした。洩《も》れた分については巻末に題名を並べてご参考に供したいと思うが、よい出来の作品をオミットする気持ちは残念とも無念とも言いようがない。

　ご覧のとおり本巻には、現役として活躍中の作家のほかに、ほぼ同数のめずらしい顔ぶれの人々を揃《そろ》えた。そのなかには昨今の推理小説界の趨勢《すうせい》に飽《あ》き足らずして筆を折ったものもいれば、久しい年月の沈黙の後でフェニックスのように再起した人もいる。また、いまとなっては掲載誌がどこにもないため読めぬ作品もある。内容的にみても本格物ありSFありメールヘンあり、風俗物もあれば奇妙な味のものもあるし怪談もあるというふうに、きわめてバラエティに富んでいる。どれをいちばん面白いと思われるかは読者の個性と好みによるのだけれど、前巻に劣らぬ傑作揃いであることは自信をもって断言できる。

　編者としては、本巻もまた好評をもって迎えられんことを希《ねが》うのみ。

この間然するところのない短編が二十六歳のときに書かれたのには驚くほかはないが、同時に、探偵小説の作法を身につけていることでも驚かされるのである。作者がそれを意図して書いたとは思えぬけれど、歴史的な事実として信じられているものが二重否定される論理の魔術、あるいは最後のオチの意外性などは、結果的にみて、探偵小説的手法を先取りしたものと考えられるのだ。

なお、作中、二等車とあるのは、いまのグリーン車に相当するわけだけれど、グリーン車ほど大衆的あるいは庶民的な車両ではなかった。一介《いっかい》の大学生が簡単に乗れるような車両ではなかったはずで、それがやっとすわれたほどの混《こ》みようだったということであろう。

このアンソロジーの前巻でも述べたことだが、列車に乗り合わせた人物が、語り役と聞き役になって一編の物語が形成されていく形式の探偵小説には、江戸川氏の《押絵と旅する男》、葛山《くずやま》二郎氏の《杭《くい》を打つ音》、大阪圭吉氏の《とむらい機関車》、それに多岐川氏の《笑う男》などが数えられる。しかし本編はそれらのなかでも最も早く発表されたもので、そうした意味からもきわめて貴重な一編となるのである。

カッパ・ノベルス（75年11月）

西郷隆盛＝芥川龍之介

本名おなじ。明治25年東京生まれ。幾多の好短編の中には推理小説的手法の作品も多い。

芥川龍之介の作品のなかで《開化の殺人》《藪《やぶ》の中》などに探偵小説的な味わいが濃厚であることは多くの人が指摘しているし、また、児童物にも探偵小説的興味に重点をおいたものがある。しかし本編については、われわれの間で論じられる機会がなかったように思う。比較的人目に触れない作品として、本編の存在を大西巨人《おおにしきょじん》氏から教えられた。

一枚の切符＝江戸川乱歩

本名平井太郎。明治27年、三重県名張生まれ。代表作無数。編者の好みは『押絵と旅する男』

「新青年」の森下雨村《もりしたうそん》編集長によって《二銭銅貨》が誌面を飾ったのは大正十二年のことになる。それについては改めてここにくどくどしく書くまでもないであろう。だが、作者が森下編集長に送った原稿はほかにももう一本あり、それがこの《一枚の切符》だった。発表されたのは三号おくれた同年七月号である。

いうまでもなくこの二編はごく初期のものだが、とくに本編では早くも明智小五郎《あけちこごろう》の原型があらわれていて興味深い。また一読してお気づきのように、問題の切符が石の下敷きになっていたことから凶行時間の幅がせばめられてくるという、いわゆる限定手法が用いられているところに、作者の初心が論理小説にあったことが窺《うかが》えるのである。

なおこの《一枚の切符》は山下利三郎氏の《小野さん》と肩を並べて目次を飾っている。山下氏の処女作がいつごろ発表されたのかは審《つまび》らかにしないが、少なくとも「新青年」では江戸川乱歩と期を同じくして、つまり四月号に《頭の悪い男》をもって《二銭銅貨》と一緒に登場しており、第二作でふたたび顔を合わせることになったのである。さらに十一月号（この年は九月に関東大震災が起こったため、そのあおりを受けた「新青年」は十二月号の発行を欠いている）では新人の甲賀三郎《こうがさぶろう》氏の《カナリアの秘密》とともに、江戸川乱歩の《恐しき錯誤》と山下氏の《或る哲学者の死》とがみたび並んだ。編集部には江戸川、山下両氏を揃って売り出そうという意図があったらしいのだけれど、結果においては、山下氏が江戸川乱歩の引き立て役を演じることに終始したのは不運であった。

ことのついでに記しておくと、山下利三郎氏は京都に住む探偵作家で、本編執筆当時の江戸川乱歩は大阪に居住していた。期せずして関西在住の二新人が出現したわけであった。

夜行列車＝成田　尚

本名おなじ。明治27年札幌生まれ。長年札幌逓信局に勤めた。昭和44年12月31日死去。

この百十枚の中編は雑誌「新青年」の懸賞に投じて二位に入り、大正十四年の四月号に掲載された。一位に入選したのは、おなじ号に発表された、あわぢ生作《蒔《ま》かれし種》である。すでに二年前の大正十二年に、江戸川乱歩氏は同誌上に《二銭銅貨》と《一枚の切符》を発表しており、日本人の筆になる創作探偵小説の前途に明るく力強い灯がともされていた。そして翌十三年には、甲《こう》賀三郎《がさぶろう》氏が氏の代表作ともいえる《琥珀《こはく》のパイプ》を発表し、探偵作家としての地位を確立している。おそらく「新青年」は第二の乱歩、三郎を紹介したい下心で、この懸賞募集の企画をたてたものであろう。

作者については一切が不明である。作品の内容から推し量って、北海道の国鉄勤務の人ではあるまいか、という漠然《ばくぜん》とした想像しかできないのは遺憾であった。作品もこれ一本きりしかない。

いまの作家は、小見出しをつけずに数字（その数字が漢字あり算用数字あり、ローマ字もあるという賑やかさで、そこに作家の個性が覗いているのは興味深いことだが）を振るのが慣習になっている。それになれた現代の読者の感想からするならば、本編は小見出しのついているのが珍しく、さらに、その表題のつけ方が、いかにも古色蒼然《そうぜん》としていて、それが遠くなった大正時代を偲《しの》ばせるのである。

文中に現われる「最大急行列車」について交通博物館に教示を願ったが、はっきりとしたことは、わからなかった。現今の特急を指すのではないかと思ったが、大正末期の北海道には、特急は走っていなかった。また、「緩《かん》急車」とあるのも、現在のように運転手がブレーキをかけると各車両の制動装置が一斉に作動する〝貫通制動システム〟になる前の話である。機関車のブレーキは機関車だけにしか利《き》かず、これを補助する目的で、最後尾の車掌車に設けられた手動の制御ハンドルを車掌（制動手）が回転させ、機関車のブレーキを側面から援助する方式がとられていた。この車両をいうのだそうである。

なお、終章の小見出し「小酒井博士の明言を！」にでてくる小酒井氏は本名が光次、不木《ふぼく》と号した東北帝大教授の医博で、余暇に探偵小説に関する随筆や研究評論を発表し、のちにはみずから長短編の創作をこころみた人である。

ついでに説明しておくと、オペラバッグというのは、本田緒生氏の作中にもでてくるが、今日のハンドバッグに当たる女性の持ち物であり、色柄の布製の袋にセルロイドの柄《え》のついたものが一般的だった。一時代昔の風呂敷に比べると非常にモダーンな感じがし、大正年間にもてはやされた。

＊

本書の初版発行後まもなく、東京在住の子息龍彦氏から編集部あてに連絡が入って、成田尚の経歴が判明した。生年及び没年については別掲のとおりだが、作品の内容から作者を国鉄マンとみたわたしの想像は見事にはずれ、昭和三十年に退官するまで一貫して札幌逓信局勤務であったという。

街角の文字＝本田緒生

本名は松原鉄次郎《まつばらてつじろう》。明治33年、名古屋の産。探偵小説傑作選に『呪われた真珠』収録。

本田緒生は大正十一年から昭和四年にかけて、本多緒生、あわぢ生《せい》の筆名を用いて探偵小説およびコントを発表したのち、ある日忽然《こつぜん》として退場していった。江戸川乱歩氏の「探偵小説四十年」にも、「名古屋の本田緒生君はこれも山下君（鮎川注、利三郎氏のこと）と同じく初期には大いに活躍したが、後に書かなくなった作家の一人」としるされているように、一時期は盛んに創作活動をした人である。筆を折ってから以後は五十年間にわたって消息不明の状態がつづき、今年の春になってはからずもその健在が知れた。

氏は名古屋に生まれ育った生粋《きっすい》の名古屋っ子で、作品の舞台となっているのもすべて名古屋市内かその近辺である。本田緒生の短編は、本編のように山本青年を主人公としたユーモア味のあるシリーズと、不吉な真珠と青年探偵秋月とが狂言まわしとなって物語を展開させるシリーズとに大別される。後者に属する《蒔《ま》かれし種》にも列車を舞台とした一場面がでてくるが、これは百枚を越す分量なので、本書では《街角の文字》を採《と》った。主人公の山本くんは新妻と愛の巣をかまえたばかりという設定になっている。そこには、作者の新婚生活が色濃く投影していたのであった。

大正も末期になると、それまで翻訳物にウェイトをおいていた「新青年」にも日本人の筆になる作品が載り始めた。いうなればわが国の探偵小説界の過渡期であって、本編の題名の上にも、わざわざ「創作」という文字がしるされているほどで、それがいまのわれわれの眼にはなんとも奇異に映るのである。そうした時代背景を念頭においてお読みいただきたいと思う。

いったん胸中に疑心暗鬼を生じると、見るもの聞くもののすべてが怪しく思われて、冷静な判断を下すことがむずかしくなる。作者はそのことについて、辷《すべ》るようなタッチの筆で一つの物語を提示して見せたのであった。主人公の山本くんには、散歩中の紳士にもう一人の紳士が近寄ってきてタバコの火を借りるといった日常的な出来事までが怪盗団の街頭連絡のように見えてくるし、「お火を拝借」「さあ、どうぞ」といったありきたりの会話までが秘密指令の伝達であるかのように思えてくるのだ。

この作者が筆を折ったのは、肥料問屋の若主人として店の責任を委《ゆだ》ねられたために、創作する余暇がなくなったからであった。

本編は大正十五年の「新青年」一月号に掲載された。因《ちな》みにこの筆名は、氏が第一作の《呪われた真珠》を書き上げて送稿する際に、実家の北尾姓をもじった木多緒生の名を記入したのが、「新青年」の編集部によって本多緒生と誤植されたことからでた。以来、作者は本多を本田に改めてペンネームとしたのである。前出の《蒔かれし種》のほうはあわぢ生名義になっているが、これは作者が少年時代に「日本少年」などに投稿していたころの筆名だった淡路千之助からとったものでこの名は、「淡路島かよう千鳥の……」によっている。

なお文中にでてくる「とてしゃん」とは大正末から昭和初頭にかけての流行語であって、しゃんというのはドイツ語の schön の訛《なま》ったもの。したがって「とても美しい女」の意になる。「すごしゃん」というのは聞いたことがないから作者の造語かもしれない。それとも、名古屋地方ではこうした言葉がはやっていたのかもしれない。

なお、本編の最後の十行分は、このアンソロジーに収録するにあたって、作者が加筆したものである。五十年ぶりの手入れというのも、珍しいことではなかろうか。

夜行列車＝覆面作家

正体不明。

戦前の探偵小説読者から歓迎された短編作家のなかに、イギリスのＬ・Ｊ・ビーストンがいる。ストーリーがサスペンスに充ちているばかりでなく、どの作品にもラストに鮮やかな逆転場面が用意されてあって、読者はビーストンのどんでん返しに触れることを大きな楽しみとしていた。こうした物語を書きつづけたビーストンが、機知に富んだ頭脳の持ち主であることは間違いないのだが、どういうわけか現役時代から正体のはっきりとしない人で、そのせいかどうか、現在では英米の作家辞典からも洩れているという。

戦後になると、日本では拵《こしら》え物の小説は主流からはずされてしまった。ビーストン風の引っくり返しは軽視され、リアリズムが幅をきかせるようになったのである。そうした点からするならば、この《夜行列車》は珍重すべき一編だといってもよいだろう。文中にビーストンの名がでてくることから、この覆面氏もビーストンの洗礼を受けているのは明白だが、五十枚に充たぬ短い枚数のなかで二度の逆転をこころみ、それが見事に成功した手並みは鮮やかというほかはない。

本編は「土曜会」の席上で語られた綺談ということになっている。この会は、戦後まもないころに江戸川乱歩氏の提唱によって、探偵作家、編集者、読者などが毎月の第二土曜日に集《つど》い合ったもので、会場は京橋《きょうばし》の焼け残ったビルの中のレストラン「東洋軒」であった。第一回の会合は昭和二十一年六月十五日。そして第二回目の七月の会合の際に「土曜会」と命名された。提案者は大下《おおした》宇陀児《うだる》氏であったという。

やがてメンバーがふえたため「土曜会」は発展的解消をとげ、「日本探偵作家クラブ」となって会場も虎ノ門《とらもん》の「晩翠軒《ばんすいけん》」に変更されるのだが、土曜日の会合はその後も長くつづいた。作中で覆面作家も語っているとおり、「土曜会」では毎回ゲストを招いて講演を聞かせたり奇術を見せたりしていた。それは「日本探偵作家クラブ」となってからも引き継がれ、そのころに入会したわたしにとっても、このゲストの出演が非常に楽しみなものであった。「土曜会」は、親睦団体の性格が濃かった「日本探偵作家クラブ」が社団法人「日本推理作家協会」となるとともに消滅してしまった。

「平凡」が大衆相手の芸能雑誌として一世を風靡《ふうび》したことは、大方の読者がご存知のとおりである。だが、同誌創設者で、平凡出版社社長の岩堀喜之助《いわほりきのすけ》氏の記録によると、スタートしたころの「平凡」は、芸能誌ではなくて、初めの二年間は小説を中心に編集をしていたという。その方針を変えて芸能記事にウェイトをおくようになってから爆発的な売れ行きを示し、ついには百万部を売るという記録的な営業成績を打ち立てるようになった。本編が掲載されたのは昭和二十三年の新年号だから、まだ小説が中心の時代だったことになる。

さてこの作者の正体だけれども、手慣れた筆遣いや巧みな構成から判断すると、編集者や新聞記者の余技でないことは明らかである。そして、ビーストンの影響を受けていることから推し量れば、ある程度の年期の入った、中年あるいは壮年の人であり、戦後になって書きはじめた若い新人でないことも明白だ。新人といってもまだこの時分には、島田一男《しまだかずお》、山田風太郎《やまだふうたろう》、高木彬光《たかぎあきみつ》といった諸氏は登場してはおらず、楠田匡介《くすだきょうすけ》氏がいるくらいでしかなかった。

その文体や、ビーストンに対する関心あるいは傾倒度などから勘案すれば、覆面氏の正体は江戸川氏でも大下氏でもなく、また水谷準《みずたにじゅん》氏や渡辺啓助《わたなべけいすけ》氏などはビーストンの影響は蒙《こうむ》っていない。こうしてチェックしていくと、的《まと》は、戦前から書いている非主流派の作家か、ビーストンを好んで紹介した翻訳家の数氏に絞られてくるのである。わたしが辿《たど》り着いたのはそのような条件に当てはまる某氏で、これこそ覆面作家であって、この人以外にはあり得ないと思った。

さて、断わるまでもないことだけれども、覆面作家は固有名詞ではないのだから、探偵小説の世界ではほかにも幾人《いくたり》かの覆面作家氏がいる。そのなかでも著名な例は戦後の「新青年」に「寝呆け署長」シリーズ十編を連載した山本周五郎《やまもとしゅうごろう》氏であった。後年になって正体が判明したときにはあッと思ったものだが、考えてみると、この人は戦前にも探偵小説の創作がいくつかあるのだから、それほど意外だったわけでもない。また、「豹助《ひょうすけ》探偵」シリーズで知られた九鬼澹《くきたん》氏も覆面作家のマスクをかぶって四ヵ月にわたる連載をこころみている。しかしこの場合は誌名が「仮面」であったから、それにひっかけて覆面作家を名乗ったものとも想像されるのである。その他にも、戦前戦後をつうじて覆面作家は何人もおり、本編の作者もそれらのなかの一人ということになるのであった。

では、彼らはなぜお面をかぶるのであろうか。その理由としては、編集部が読者の好奇心を煽《あお》る目的で作者の正体を伏せる場合もあるだろうし、作者が奥さんに内証でこっそりとヘソクリを溜めるためでもあろうし、人によってさまざまなケースが想定される。が、その根底にあるのは探偵作家の稚気だと思う。「わかるもんなら当ててごらん」という、あの稚気である。

といった次第で、斯界の事情にくわしい島崎博《しまざきひろし》氏と顔を合わせたときに、この推測を披露してみせた。ところが、某氏と面識のある島崎氏は言下に首をふると「そうじゃないですね」とニベもなく答えた。

「あの人は反主流派だから『土曜会』には出席するはずがないです」

まことに自信に充ちた断定であり、わたしの覆面作家某氏説は一挙にけし飛んでしまったのである。だが「出席しないはず」と「出席しなかった」との間にはおのずから違いがあった。いかに事情通の島崎氏でもときには見当違いの意見を吐くこともあるだろうと思い、心のなかで、某氏がマスクをとったりかぶったりしながら独りニヤニヤしている姿を想い描いていたのである。
「土曜会」の記録を借覧する機会を得たのは、それから一週間ほど後のことであった。何はさておき第十五回目のページをひろげてみると、それは昭和二十三年八月二十二日に開かれていた。いまその記録を引用するが、会の模様は覆面作家が作中で述べているとおりである。なおこの一文は楠田匡介氏が書いたものと想像されている。

第十五回土曜会記録

第十五回土曜会は八月二十二日、午後一時から京橋第一相互ビル東洋軒にて開催、出席者は江戸川、大下、木々、角田、水谷、城、大倉燁子《おおくらはなこ》（注、戦前からの女流探偵作家）、守友、保篠龍緒《ほしのたつお》（注、ルパンの翻訳家として著名）坂口安吾、高木卓、戸川貞雄（注、菊村致氏厳父）などの諸作家。双葉十三郎、二宮栄三、稲木勝彦（注、W・ハーリヒの邦訳あり）の翻訳関係者。新顔では大阪の辻久一（野上徹夫）氏、往年の「新青年」の寄稿家羽志主人《はしもんど》氏、満州より引き揚げられた作家葛山二郎氏。また「サロン」「ロック」「平凡」「自由出版社」「東書房」「つかさ書房」「朝日新聞」「時事」「大阪」「世界」「新夕刊」の各社代表および名誉会員の浅田一博士、橋本検事等々あわせて七十余名で、日照りつづきの暑さを忘れる盛況であった。なお今回は正岡容《まさおかいるる》氏の講演（注、犯罪落語考といった内容だったという）につづいて柳家小さん師の来演が予定されていたが、事故によって小さん師に代わり落語界の中堅春風亭柳枝師が「星野屋」を語った。

正岡容氏は落語の研究家であり、当時すでに「日本探偵作家クラブ」の会員であった。柳枝は下品なくすぐりをしないため安心して聞ける人で、もう故人となったが、「出来心」（通称「花色木綿《はないろもめん》」）がおはこで、「何がルパンだ。アンパンみてえなツラをしやがって」といって、客席を笑わせたものだった。「星野屋」はどんでん返しがリズミカルに連続する噺《はなし》で、その意味ではビーストン的でもある。
さて問題は、当日出席した探偵作家の顔ぶれにある。このなかに目ざす某氏が混じっていればわたしの推理は的中したことになるのだが、何度読み返してみても氏の名は見当たらなかった。わたしの推理は敢《あ》えなく潰《つぶ》れてしまったのであった。

わたしの第一の説は崩壊していったけれども、それにしても覆面作家氏は文中で友人Kに誘われて出席したといっているのであるから、当日の来会者のなかに加わっていることは確かだという前提は捨て切れない。前にのべた理由でそれが第一線のプロ作家でないことは推察できる。前述の理由で江戸川氏ほかの職業作家を除外すると、犯人は、イヤ失礼、覆面氏は大倉、守友、保篠、羽志、葛山の五氏のなかに潜《ひそ》んでいなくてはならない。

このうち翻訳家の保篠龍緒氏はルパンが専門であってビーストンには関係がないのだから、オミットしてもよいだろう。大倉氏の作品は一編も読んだことがないので文体の点では何ともいえぬけれども、総じて女性というのはユーモア感覚や稚気を先天的に欠いているものなので、覆面作家たるわけがないのである。葛山氏は戦前派であってビーストンがもてはやされた時代に探偵作家として出発した人だ。が、その作風からするとビーストンにはほとんど関心を抱かなかったことがわかる。

このように不適格者を除いていった後に、守友氏と羽志氏とが残った。

羽志主人氏は先年物故された医師で、作品としては戦前の「新青年」に発表した三作があるきりだが、そのなかの《監獄部屋》というショッキングな短編によって忘れられぬ作家となっている。氏のハシ・モンドという奇妙な筆名から、わたしはこの人の本名は橋本であって、ペンネームはそれをもじったものではあるまいかと秘《ひそ》かに推測していた、だが、最近にいたり本名や経歴が明らかになったことによって、ようやく見当がついた。すなわち、松橋紋三という本名から松の字をとり、残ったハシ・モンゾーに似かよった音《おん》の漢字を当てはめ、羽志主人が誕生したらしいのだ。

徒言《あだしごと》はさておいて手元にある《監獄部屋》と《夜行列車》とを比べると、一見して文体の相違は明らかとなった。違いの一端を示せば羽志氏は「である」調は一切使っていないし、会話のあとに「と言った」とつづけることは一度もしていない。羽志氏と覆面氏とを同一人だと判断することはできなかった。

では、守友恒《ひさし》氏はどうか。これも書棚にあるただ一編の作品《死線の花》と本編を比較した結果、わたしはそこに多くの共通点を発見して、何度も自分の目をこすったのである。文体について論じると、くどくなるから省くとして、瑣末《さまつ》な癖《くせ》を列挙すれば、守友氏の「腰をおろさせて載きます。」と覆面氏の「私はかつて一人の無縁の人物を殺害したからであります。」のように、会話の終わりとカギカッコとの間に句点を入れること、守友氏の「知ってるのか?」と覆面氏の「何しに行くのですか?」といったふうに疑問詞の後に疑問符を重複させること、また「言う」としないで「云う」の文字を用いることも同じである。会話のつぎに「と云った」とつづけるのも、「と」と「云」の間に読点《とうてん》を打たないのも共通している。さらに、ドキドキ、ハラハラなどのモノマトピアを片仮名で書く点、傍系の人物の名をO博士、A検事というようにイニシャルですませる点なども双方に見られる癖なのだ。これらのことからわたしは、覆面作家の正体は守友氏に相違ないという結論に達した。

さきほどの某氏に比べると登場が少し遅れているにせよ、守友氏もまた戦前から戦時中、戦後にかけて書きつづけてきた作家なのだ。ビーストンの洗礼も受けている。そこで早速、編集部を介して往復ハガキの速達便を投じてもらい、息をひそめてその返事を待っていた。

守友氏からの返信は一日おいた翌日とどけられた。そしてそれには、自分は《夜行列車》の作者ではない旨《むね》が短い文章でしるされてあったという。期待が大きかっただけに、その報告を聞かされたわたしは打ちひしがれて肩を落としてしまった。

しかし、打つ手がないわけではない。直接に平凡出版社へ電話を入れて、当時の「平凡」の編集者に訊いてみればよいではないか。そこでただちにダイアルすると、今日もなお平凡出版社に勤務しておいでの方が二人いた。その両氏に薄れた記憶を補い合って思い出していただいた結論は、これまた意外なものであった。

「守友さんには執筆をお願いしたことはなかったように思います。問題の覆面作家は松岡君というライターではなかったでしょうか」

松岡……?　わたしは首をひねってしまった。あとにも先にも、松岡姓の探偵作家はいないのである。

「松岡君は『平凡』の菊地編集長と仲好しでして、『土曜会』に入会したのも一緒だったように記憶しています。連れ立って出席していたと覚えていますがね」

なるほど、小説のなかでも「Kに誘われて出かけた」と書かれているKというのは、菊地編集長のことだったのか。さて、話がこうなってくると、当の菊地氏に問い合わせれば疑問はたちまち氷解するわけだけれど、残念ながら氏はすでに故人となっており、訊《たず》ねることはできないのである。

「松岡君の名はテルオといいました。輝く夫と書きます」

礼をのべ、浮かぬ顔で受話器をおいた。

このときのわたしは、二つのことに引っかかっていたのである。その一つは松岡氏が作家ではなくてライターであったということ。そしてもう一つは、ミステリーに関係のある松岡姓の人をどこかで耳にしたこと。もしかするとこれはペンネームではなくて本名だったのではあるまいか。そう考えた途端に、都筑道夫《つづきみちお》氏が松岡姓であることに気がついた。急いで手近かの書物で調べてみると、果たして本名は松岡巌《いわお》となっている。ひょっとするとテルオというのはイワオの記憶違いなのではあるまいか。

都筑氏がいくつかの筆名を使いわけ、年少のころからいろんな雑誌に書いていたという噂を聞いたことがある。元来がよい意味での器用人だから、文章のスタイルを変えることぐらいは朝めし前であろう。書架にある氏の《風見鶏《かざみどり》》という短編を引き出して《夜行列車》とを引き比べてみる。一見して別人の書いたものであることがわかる。しかし作者が都筑氏である場合に限って、これは決め手とはなり得ないのだった。

今度こそ間違いない、と思った。即刻ダイアルを回転させる。電話口にでた都筑氏は夏風邪をひいたとかで意気あがらなかったが、わたしの問いに応えて「ボクもテルオという筆名を使ったことは確かにあります。でもそれは昭和二十三年よりも後のことです。それに、ボクは覆面作家という名で書いたことは一度もないのですよ。お役に立てなくてすみません」と、折目正しい口調で編者をがっかりさせてくれたのである。

こうなった以上は、片っ端から松岡輝夫氏に電話するほかはない。そう考えたわたしは、編集部をつうじて、電話帳に記載されている松岡輝夫氏のほかに輝男、輝雄、照夫、照男、照雄……といった松岡家に問いかけてもらった。だがその労もむなしく、「土曜会」の会員であり探偵小説を書いたことのある松岡氏はついに発見できなかったのである。最後の手段として「日本推理作家協会」の会報誌上で同業作家に問いかけてみたが、結果は同じことだった。覆面作家は正体をあらわすかと見せて、土壇場になると、ひらりとマントをひるがえして闇のなかに溶け込んでしまうかのようであった。あの黄金仮面か怪人二十面相みたいに……。

＊

本編と同じように催眠術によって殺人を犯させる趣向の短編として、久生十蘭《ひさおじゅうらん》氏の《予言》がある。こちらは列車ではなくて、汽船の上が舞台になっている。

本書の初版発行後、覆面作家の正体が割れた。「平凡」に本編が発表された当時、関係者たちは、覆面作家の正体を前述の菊地編集長もしくは同社現副社長の牧葉金之助《まきばきんのすけ》氏に擬していた。それに対して両氏は否定も肯定もせず、ただ黙ってニヤニヤしていたという。

本書編纂中、わたしが電話で問い合わせた際に不在だった牧葉氏は、このアンソロジーを手にして初めて覆面氏探求のことを知り、編集部と当の作者の双方に連絡をとってくださった。そのお陰で一切が判明したのだが、作者小林隆一は堀辰雄氏に私淑する文学青年で、のち三菱重工に入社、戦後出版関係のライターに転じた人であった。現在は夫人の健康のため高輪から春日部の在《ざい》に移転し、地元の住民運動などにタッチしている。

土曜会には作家として出席したわけではなかったので、会の記録にも名が載らなかったわけだ。はじめ、鉄仮面と名乗ろうと思ったが、菊地氏の示唆で覆面作家にした由《よし》であった。

後日わたしは氏にインタビューを試み、その詳細は『幻の探偵作家を求めて』（晶文社刊）で読むことができる。氏には六郷一《ろくごうはじめ》というれっきとした筆名があるが、今回は覆面作家のままにしておいた。六郷氏の回顧によると、本編のラストにはもうひとつのひっくり返しがあったそうで、菊地編集長によってその部分を削られたのだという。文庫本に収めるに当たって加筆されることを期待していたのだが、作者は編集部の問いかけに対して「その気はない」という返答をしたそうである。わたしはインタビューに際してカットされた内容を聞いているので、それをご紹介しておこうと思う。脚の悪い神士が着席すると、それを待っていたように江戸川乱歩氏が立ち上がって発表を求め、「いまのキミの話はフィクションだね」といって出席者をびっくりさせる。「なぜかというのかね、それは簡単なことだ、函館本線のあそこにはトンネルなんてないからだよ……」というのだそうである。

汽車を招く少女＝丘美丈二郎

本名兼弘正厚。大正7年大阪生まれ。秀作が多いが強いて代表作を挙げれば『左門谷』か。

昭和二十四年末の旧「宝石」に《翡翠《ひすい》荘綺談》をもって登場したこの作者は、翌年の同誌二月号に《二十世紀の怪談》を発表して、怪談作家としての筆の冴えを読者に印象づけた。いままでの怪談はロマンチシズムの産物のように思われていたが、氏は、科学的な手法と姿勢で怪談を書こうとした最初の人である。

怪談を創作するには、すぐれた空想力と文章力とが必要であることはいうまでもない。丘美丈二郎は余技作家でありながら、この双方を兼ねそなえていた。

これは二十余年前に聞いた話だけれど、関西の推理小説愛好家たちが同地在住時代の氏を囲んで怪談を聞く会をひらいたことがある。ところがその凄さにふるえ上がったマニア諸公は夜半にトイレへ立つことができなくなり、寝ている奥さんをゆり起こして同行をたのんだという。丘美丈二郎が文章力ばかりでなしに、話術にも長じていることが判《わか》る挿話である。

氏は単なる怪談作家ではなくて、その本領は、むしろSFの面にあったと見るべきであろう。昭和二十八年に発表した《鉛の小函》は、日本SF界の創草期に書かれたSF長編として記念碑的な意義を持っている。だが、その一方では《左門谷》《竜神吼えの怪》《ワルドシュタインの呪》といったおどろおどろしい題名の怪談を書きつづけた。

丘美丈二郎の創作活動は昭和二十四年に始まっており、二十編ちかい短編と一本の長編を書いて余技作家としては旺盛な筆力を誇示したが、昭和三十三年になると筆を絶ってしまい、以来一編の創作も発表していない。

何年か後になって、氏が岐阜県の各務ヶ原《かがみがはら》で飛行学校の教官をしているという話を聞いたことがあり、元来が鳥人だったのだろうと想像した。それからさらに幾年かたったころ、氏が飛行機事故を起こして負傷したという噂を耳にした。そうした情報を伝える人も聞く人も、心のなかでは、丘美丈二郎が二十余年前にみせた創作活動を忘れることができなかったのである。

本編は「探偵実話」昭和二十七年七月号に掲載されている。科学論文でも読むような硬い文章は怪談には不向きのように思えるのだけれど、それが逆に効果をあげていることに丘美怪談の特長がある。本編も、読むものをさんざんこわがらせておいて、その隙《すき》にさり気なく伏線を敷き、ラストにおいて一切の謎を解いてみせるのは心憎いばかりである。

戦前のすぐれた探偵小説の翻訳家であり評論家であった故井上良夫氏の「探偵小説の本格的興味」と題する論文中に、「探偵小説の特殊な面白味にはミステリイの面白味がある。不可解に出くわして生ずる興味である。これは探偵小説独特の、また欠くべからざる面白味の大きな部分に違いない。しかし探偵小説の場合では、怪談と違って、単にそれはミステリイとしてだけの面白味ではない。そのミステリイの背後には必ず論理的な解決が伴っているのである。つまり、探偵小説のミステリイの面白味は、それが必ず約束しているところの論理的な面白さに外《ほか》ならないだろう」としてあるが、丘美氏は怪談においてこれを実践したことになる。

先年、いんなあとりっぷ社が「宝石傑作選」中に《左門谷》を採ったとき、行方を明らかにすることができなくて、丘美丈二郎は消息不明の作家の一人にかぞえられていたが、今回岐阜の自衛隊基地に問い合わせた結果、現在は藤沢《ふじさわ》市に居住していることが判明した。本来ならば二十年前に面識を得てしかるべきであったこのＳＦ作家と、わたしは初めて電話で語り合ったのだが、昨今は創作意欲がしきりに湧いており、ふたたび筆をとりたいということであった。

なお英文学者で鉄道マニアでもある小池滋氏は、氏独特の視点から本編を評価している（岩波文庫『ディケンズ短編集』）。

悪魔の下車駅＝渡辺啓助

明治34年、秋田生まれ。〝悪魔派の詩人〟の代表作は『偽眼（いれめ）のマドンナ』を挙げたい。

氏の鉄道物には一九四八年版の「探偵小説傑作選」（いまの「推理小説年鑑」に当たる）に収採された《桃色の食欲》および「読切倶楽部」昭和三十三年四月号に発表した《悪魔の下車駅》の二本がある。作者自身も私も後者を採りたかったのだが、残念なことに雑誌が氏の手元から散逸していた。こうなると、読み捨てされることを前提に編集したといわれるクラブ雑誌を保存する人はまず見当たらないので、やむなく入手をあきらめて、《桃色の食欲》を収めることに内定していた。ところが、たまたま国会図書館へいったときに、リストのなかからこの雑誌が合本となっていることを発見し、初志のとおり本編を収録するに至ったのである。

なんといっても平素は利用者の少ない雑誌だから倉庫の奥にしまい込んであり、他誌のように申し込んでもその場で閲覧するわけにはいかない。署名捺印したカードを提出しておき、指定された日に再度出かけていくのである。しかもこれは合本になっているから、綴じ目のいたむことを恐れてコピーにとることは許されない。そこでまた撮影許可願いを出して、後日ふたたびカメラ片手に図書館を訪ねるといった面倒な手続きを踏んだうえで、ようやく《悪魔の下車駅》を手にすることができた。だがこの埋もれた作品を紹介するためには、苦労をいとう気持ちは少しもなかったのである。なおついでに記しておくと、とかく軽視されがちなクラブ雑誌ではあるが、この「読切倶楽部」の掲載号は大物作家をそろえた充実した内容で、読み捨てにするにはもったいないという印象を受けた。

戦前の渡辺啓助は「薔薇《ばら》を愛する悪魔派の詩人」と称されていた。それは氏がバラの栽培を趣味としたことのほかに、作品の題名に好んで薔薇と悪魔を登場させたために名づけられたものであった。すなわち《薔薇と蜘蛛》《黄薔薇の麗人》《毒蝶と薔薇》《薔薇薔薇事件》などは前者の、《焼跡の悪魔達》《悪魔のブランコ》《悪魔の窓》《悪魔の洋裁師》《一日だけの悪魔》《悪魔島を見てやろう》そして《悪魔の下車駅》などは後者の例になる。

渡辺啓助は、ちょうど城昌幸氏がそうであったように、本格物には関心を示さず、主として短編を書きつづけてきた作家である。日本探偵作家クラブ（現在の日本推理作家協会の前身）の昭和二十五年二月号の会報に、「私はこう思う」と題した小文を書いているが、そこから渡辺啓助の作風なり創作の姿勢なりがうかがえるように思えるので、引用してみる。

現在のところ、わが探偵小説の多くがもっぱら、その取材を、いわゆる「日常性」をもった手近かな身辺から求められがちである。小栗虫太郎は、かつていい意味でも悪い意味でも、彼自身が「日常性」の作家でない理由を私に（個人的にではあるが）語ったことがあった。それが虫太郎の作品の最も著しいバックボーンであり、彼を比類なき存在たらしめた理由でもあった。むろん、私は小説的な取材による探偵小説にも、いいものが幾らだってある。それはそれでいいのであるが、たまには探偵小説が放胆な大風呂敷をひろげて欲しいと思うことがある。（後略）

この文のなかで作者は小栗虫太郎《おぐりむしたろう》氏を語りながら、同時に、自分をも語っているものとみられる。そしてわが国の推理小説界は氏の警告とは逆の方向に傾斜してゆき、この傾向にあきたらぬ多くの作家が筆を折っていった。そして二十五年が経過したいま、ようやくその反動が起こりかけ、若い読者からロマンの不在を指摘されているのである。

なお、氏は、夭折《ようせつ》した渡辺温氏の実兄である。

急行出雲＝鮎川哲也

本名中川透《なかがわとおる》。大正3年（一説に昭和3年）東京生まれ。鉄道ものでは『黒いトランク』など。

当時のわたしは神奈川県の茅ヶ崎《ちがさき》に住んでいた。東京にでるには国鉄の湘南電車にのるほかはないのだが、その電車が大船《おおふな》駅に入ったとき、フォームを距《へだ》てたはるか向こう側に、鳥取方面行きの急行〝出雲〟がとまっていた。この目撃が本編の核となった。掲載誌は旧「宝石」昭和三十五年八月号である。だが、わたしの体質は長編向きであって短編は不得手なのであろうか、本編も平均点を越える出来にはなれなかった。強《し》いて拙作の特徴をあげるならば、これは、アリバイを破る従来の型とは違って、アリバイをさがす点にあるだろう。海外に例を求めれば、W・アイリッシュの長編《幻の女》およびカーター・ブラウンの中編《踊るサンドイッチ》くらいしか思いうかばない。これらはいずれも邦訳が出ている。

踏切＝高城　高

本名は乳井洋一《にゅういよういち》。昭和10年函館生まれ。短編『ラ・クカラチャ』『淋しい草原に』が代表作。

作者は、旧「宝石」誌昭和三十年一月増刊号（つまり短編コンテスト）に《X橋附近》を投じて一位に入選し、以来十五年余にわたって断続的に短編を発表してきた。河野典正氏が登場するまでは、正統派ハードボイルドの書き手としては唯一の存在だったのである。

《X橋附近》が仙台を舞台にしているのは氏がここの大学の学生だったころに書いたからであって、北海道に還《かえ》って北海道新聞に入社して以後は、もっぱらこの土地を背景とした短編を書きつづけた。その高城高も、ここ数年間はほとんど創作を発表していない。が、これは作者の本職（弟子屈《てしかが》支局長）が多忙のためだろう。これだけの筆力を持っているのだから、いずれまた機会をみて現役に復帰するものと思う。

この一編は旧「宝石」昭和三十五年十一月号に載った。すでにハードボイルド作家としての地位も固まり、ハードカバーの作品集『微かなる弔鐘』（光文社刊）も刊行されて、一段と大きな飛躍を期待されていたころの作品である。作者の自信が行間ににじみ出ている。

なお、高城高には、おなじ函館《はこだて》生まれの推理作家として水谷隼《みずたにじゅん》、谷譲次《たにじょうじ》（牧逸馬《まきいつま》、林不忘《はやしふぼう》と同一人）、久生十蘭《ひさおじゅうらん》、地味井平造《じみいへいぞう》といった先輩がいる。このエキゾチズムにあふれた港町に推理作家が輩出したのは奇妙な現象のように思えるけれど、満州《まんしゅう》の入口にあたる大連《だいれん》（いまの旅大市《リユイター》）からも大庭武年《おおばたけとし》、山口海旋風《やまぐちかいせんぷう》、島田一《しまだかず》男《お》、宮野叢子《みやのむらこ》、それにわたし（鮎川）等の推理作家がでた例もある。霧笛の音が、人の子をして推理作家に指向させるのであろうか。

磯浜駅にて＝小隅　黎

本名柴野卓美。大正15年金沢生まれ。創作『超人間プラスX』。訳書『原爆は誰でも作れる』

わずか三枚半という典型的なショートショートである。一読された人は、前巻所収の加納一郎《かのういちろう》氏と星新一《ほししんいち》氏の作品を連想せずにはいられないことと思う。列車という舞台と、そこに登場する「その他大勢」の脇役の存在は《泥棒と超特急》に似ているが、話の内容は異次元怪談であり、その点では《最終列車》に通じるものがある。しかし作者がラストに用意した結末は、この二作とは全く異なったものであった。そしてこの驚きに現実味を付加する目的で、磯浜駅と浜谷駅という具体性のある駅名を用いたものと思われる。

これは旧「宝石」昭和三十五年十二月号に載った。《最終列車》が三十七年、《泥棒と超特急》が三十九年に書かれているのだから、発表された年代順からいえば本編がいちばん早いことになる。作者は高校教諭。創作のほかに長編ＳＦのほかの訳書がある。一方で氏は本名でＳＦ同人誌「宇宙塵」を編集発行しており、筆名よりもむしろこちらのほうでＳＦ界では知られた人になっている。ＳＦ小説振興の旗手でもあり世話好きな人でもあるので、氏によって売り出されたＳＦ小説の新人作家はかなりの数にのぼるという。

機関車、草原に＝河野典生

本名おなじ。昭和十年、高知市の生まれ。代表作は『ゴウイング・マイ・ウェイ』ほか。

ある推理小説好きのお嬢さんと話をしていたときに、

談たまたま本編をアンソロジーに加えることに及ぶと、一瞬、彼女は黒い眸をキラリとかがやかせて「うれしいですわ」と声をはずませた。「あの loneliness がとてもいいんですの」本格物の好きなお嬢さんが河野典生《てんせい》の作品にしびれたように熱い吐息をしたのはいささか意外でもあった。が、同時にわたしは、わたしの選択眼をちょっぴり自慢したく思ったものである。

　この作者は昭和三十八年に発表した長編《殺意という名の家畜》で日本推理作家協会賞を受ける。だが四十年になるとにわかに沈黙してしまい、まる一年間を、ジャーナリズムに背を向けて過ごした。この間、あたらしい文体を模索しているという消息を耳にしたことがあったが、正確にいうと一年二ヵ月におよぶ雌伏ののち、ふたたび以前にもます旺盛な創作活動を開始した。ハードボイルドの代表的な作家であった氏がSFに筆を染め始めたのは、それから間もなくのことであり、以来かなりの数の作品を書いている。

　本編の曠野《こうや》と化した東京の描写は、そこに登場するひとにぎりの人物とともに、まさにローンリネスそのもので、ことに爆撃でやられた東京を知る人々には悪夢をみるような思いがするだろう。少年たちがかわす会話もその背景にふさわしく乾き切ったものだ。しかしそこにも作者のゆきとどいた神経が張りめぐらされており、特に「軽いな、やけに軽いな」「行ってやるか、ぶら下がってやるか」「熱いぜ、熱い」といったくり返しが面白い。

　河野典生はモダンジャズの理解者として、つとに知られた人である。その作風なり文体なりから考えてみても、クラシックを聞いているのではサマにならない。ヒゲを撫でながら好きなドライジンをなめ、ビートのきいたダンモに耳傾けているところに、河野典生らしさがあるように思う。というよりも、そうした沃土から河野作品が芽生え、育っていったように考えるのである。

剝がされた仮面＝森村誠一

本名おなじ。昭和8年熊谷市生まれ。『新幹線殺人事件』をはじめ鉄道ものの傑作も多い

「小説宝石」昭和四十五年三月号に載ったこの百枚物は、森村誠一としては数えて八本目の作品に当たる。多忙になるにつれ、トリック中心の純粋本格物の創作が減っていくのはやむを得ないことだが、本編は初期の、じっくりと案を練るだけの余裕があった時代の作である。この、中途から列車に乗り込むというパターンには前例があるにしても、スイッチバックを利用したのは氏が最初のことだと思う。

本編が掲載されたときに、本格物にきびしいことを要求する評論家として知られた田中潤司《たなかじゅんじ》氏は、「意外性をもりこんだアリバイくずし」というタイトルで、つぎのような一文を寄せてこの新人を励ましている。


（前略）難攻不落とも思える犯人のニセ・アリバイをいかにして打ちくだくか——そこに、この形式の推理小説の全ウエートがかけられている。何人かの容疑者を途中でただ一人にしぼり、その人物の固すぎるアリバイをコツコツとくずして行く過程がたんねんに描かれるわけである。


それだけに、この種の作品は、へたをすると、無味乾燥になりやすい。

ふつうの推理小説とちがって、犯人の正体が途中でほぼ明らかにされるため、その意味での結末の意外性は期待できないうえ、アリバイくずしの捜査はどうしても地味になりがちだ。

そこで、犯人のニセ・アリバイには、明らかに不可能を可能にしたかのような不思議さが要求されるし、それを解き明かして行く地味な捜査のつみかさねにしても、ある一点で、アクロバットを見るような推理の飛躍が必要となる。

要するに、犯人の意外性や動機の異常性にかかわるべきなにかの発見が、アリバイくずしの大づめで読者に与えられなければならないのである。

犯人が、単に、ややこしい乗りものの乗りつぎだけでどれほど余分な時間を浮かすことができたとしても、ただそれだけではアリバイくずしの面白さは生まれない。いかに実在する時間表をひねりまわし、現実に実行可能なアリバイ・トリックを作り出しても、それはそれだけのこと。

推理小説とは実現可能なアリバイ作りの教科書ではなく、なんらかの驚きを読者に与える娯楽読みものであることを忘れてはならないだろう。（後略）

まさしくこのとおりであって、これが長編ともなると、いかにして読者を最後まで引きずっていくかという点に作者の腕の見せどころもあるわけだが、森村誠一はこの短編においてさえ、そうした箇所に意を用いている。わたしはかねがね、鉄道利用のアリバイ物を短編で書くことは不可能に近いという考え方をしてきた。しかし、本編と天城一《あまぎはじめ》氏の時刻表物という優れた例を見せられると、わたしのこの主張もゆらがざるを得なくなるのである。

ある崩潰＝大西赤人

本名おなじ。昭和30年東京生まれ。「辺境」に『善人は若死にをする』を発表、注目を浴びる。

大西赤人は大西巨人《きょじん》氏の令息である。編集者とわたしがこの父子について語る場面、互いに「巨人さん、赤人くん」という言い方をする。会ったこともない人を気やすく呼ぶのは礼を失したようにも思えるが、「大西さんと大西さん」では話が混乱してしまうからだ。その「赤人くん」もいまや二十才を越えた青年になった由、これからは「赤人氏」と呼ばなくてはならないだろう。

梅田俊英氏のミステリー漫画を思わせるこの掌編は、雑誌「辺境」に載《の》ったもので、十六歳のときの作品集『善人は若死にをする』につづく第二の作品集『人にわが与うる哀歌』に収められた。「赤人くん」時代の、昭和四十四年の作である。

作者は、小市民的サラリーマンのどうにも身動きならない鬱屈《うっくつ》した状況を、満員電車という日常的かつ不快な環境を借りて、一編の消失ミステリーに封じ込めた。その鮮やかな手腕に、この青年作家が内部にもつ一種のたくましさを発見するのは、わたしだけではなかろう。

子供のいる駅＝黒井千次

本名おなじ。昭和7年東京生まれ。『冷たい工場』など、新しい企業小説として注目される

この掌編は「問題小説」昭和五十年九月号に発表された。同誌では「大人のメルヘン」という角書《つのがき》のもとに各作家による童話的発想のショートショートを連載していた。本編もまたそのなかの一編なのである。作者は「新日本文学会」に属する純文作家であってミステリー作家でもSF作家でもないのだが、一方ではたとえば《穴と空》のように、SF的な思考に依った作品もある。これは、あるいはSF好きの令息に感化されたせいかとも思えるのだけれど……。

この一編がもし平凡な作家の手になったとすると、彼はまず少年の蒸発事件を真正面からとりあげて、大人の世界から描いていっただろう。その駅までの乗車券を買ったまま、理由もなく消えてしまった少年少女がまだ他にたくさんいることが明らかにされるにつれ、世間は大騒ぎとなる。テレビ局は、ＳＦ作家を出演させて四次元世界と消失ミステリーについて論じさせるだろうし、易者は辰巳《たつみ》の方角がなんとなく怪しいなどということを、もったいぶって語る。凡人作家はそこまで書いてきたところで筆をおき、さてこの物語にどんな結末を与えるかで頭を悩ますことであろう。
黒井千次はそうした方法をとらずに、裏の側から事件を眺めることにした。その着想の妙が、世俗的な言葉でいえば、勝負どころだったのである。

特急夕月＝夏樹静子

本名出光静子。昭和13年東京生まれ。昭和48年『蒸発』で日本推理作家協会賞受賞。

作者については改めて紹介するまでもあるまい。森村《もりむら》誠一《せいいち》氏と江戸川乱歩賞を争って逸したものの、推理作家協会賞のほうは一緒に受賞し、以来めざましい執筆活動をつづけている。
本編は別冊「小説宝石」五十年九月号に掲載された。時期を同じくして「問題小説」にも《山陽新幹線殺人事件》を発表しており、こちらは列車アリバイの本格物なのだが、枚数が八十枚に近いことから、短い本編のほうを採った。
この作品は夏樹静子としては珍しくコメディタッチで描いたものであって、アナウンスがあるたびに犯人が赤くなったり青くなったりするという設定は軽喜劇を見ているような笑いを誘う。しかしその構成はガッシリとしており、トリックにはいささかの誤魔化《ごまか》しもなく、作者の才能の冴えを示している。ユーモラスで絶望的な幕切れも効果的だ。

急行《さんべ》＝天城　一

本名中村正弘、大正8年東京神田の生まれ。代表作は『高天原の犯罪』など。

天城一は大阪教育大学の数学教授である。氏の出発は早く、戦後まもない昭和二十二年に旧「宝石」に発表した《不思議な国の犯罪》（注一）を第一作とする。翌二十三年に「旬刊ニュース」（注二）が「新人コンテスト」と銘打って、当時のニューフェイスたちの短編を集めて特輯《とくしゅう》を組んだときに、岩田賛《いわたさん》、香山滋《かやましげる》、島田一男、山田風太郎《ふうたろう》と轡《くつわ》をならべて参加し、その《高天原《たかまがはら》の犯罪》は本格物の愛読者から高く評価された。
おなじ年の毎日新聞学芸欄に江戸川乱歩氏の「探てい小説の新人群」（注三）と題したエッセイが載っているので、そのなかから天城一に触れた箇所を抜粋してみる。

新人育成に最も力を注いだのは城昌幸の主宰する「宝石」誌であった。昨年この雑誌から香山滋、島田一男、山田風太郎、岩田賛、飛鳥高《あすかたかし》（その後書かず）（注四）、独多甚九（死去）（注五）、天城一が登場したほか、最近「宝石選書」（注六）の長編で高木《たかぎ》彬光《あきみつ》が紹介せられた。「宝石」についで山崎徹也時代の「ロック」が新人発見につとめ、北洋（注七）、紗原砂一（注八）などを登場せしめたが、その他の探てい雑誌ではまだこれという新人を生んでいない。（中略）

天城一は普通の意味の小説道にははなはだ未熟ではあるけれども、一種異風の性格を持つ作家で、コンテストの「高天原の犯罪」にもこれがよく現われている。未知数。（中略）

この五人（注九）の作風を通読して感じられることは小栗《おぐり》虫《むし》太郎《たろう》の影響力である。五人の内香山、島田、天城の三人にそれぞれ変った形であるけれども、多かれ少なかれ小栗的なものが感じられる。この事は長く書かぬと意を尽せないが、よい意味でも悪い意味でも一つの問題を提供しているのではないかと思う。（後略）

本格物の短編は書くのが困難であるといわれながら、当時の天城一は数学者の余技という姿勢で、間歇《かんけつ》的に、チェスタートン風の逆説に天城一独特の皮肉を効《き》かせた、省略の多い文章による短編を発表していたが、昭和二十九年の旧「宝石」に掲載された《明日のための犯罪》を最後に、筆を絶ってしまった。その後同人誌などに朗読劇《レーゼドラマ》その他の試作を発表したことはあるにせよ、実質的には引退したも同然だったのである。

この夏、氏からの私信に、本棚を整理していたところ昭和三十八年の列車時刻表がでてきた。パラパラとページをめくっているうちにトリックを思いついたので何か書いてみたい、ということが記されてあった。これまでの天城一はもっぱら密室物と取り組んでいたので時刻表物を書くということは珍しく、わたしはその成果を心待ちしていたのである。

それから二週間ほどして届けられたのが《寝台急行月光》とこの《急行さんべ》の二作だった。いずれも五十枚の短編で、一週間に一本という早いペースで書いたことになる。この数学者は、研究につかれた頭を休めるために推理小説を書くのであった。

　列車物となると氏の特徴である逆説と皮肉は姿を消すが、偽アリバイの真相が割れかかっては否定されていくというくり返しは、時刻表トリックを愛する読者にとってはたまらない魅力なのである。原作には半ダースほどの時刻表が貼付されていたのだけれど、それを一つ一つ凸版にして印刷するだけのスペースがないため、作者の了承を得て省いた。興味をお持ちの読者は、昭和三十八年五月の時刻表と対照しながら読まれるようにおすすめしたい。

《寝台急行月光》とは違って本編は当局側の敗北に終わる。が、犯人の告白を三つに分けて挿入した手法は効果的であり、成功していると思う。以上のような事情により本編は書きおろし封切り版ということになった。

　なお島崎警部は天城作品に登場する常連であり、場合によっては摩耶《まや》という名探偵（どうやら作者自身をモデルにしているらしい）が主役をつとめる。

　天城一とは十年余り会っていないが、最近の氏はすっかり肥ってしまい、鼻下にヒゲを蓄えればチェスタートンそっくり、とのことである。

注一　いんなあとりっぷ社刊の「宝石傑作選」では《不思議の国の犯罪》に訂正された。
注二　東西出版社発行の月刊誌。探偵小説の専門誌ではなかった。
注三　「探てい小説」となっているのは「偵」の字
が漢字制限にひっかかっていたためである。この不便さを解消する意味から、木々《きぎ》高太郎《たかたろう》氏が制限に抵触しない「推理小説」の名称を提唱、たちまちのうちに一般化した。後年、松本清張《まつもとせいちょう》氏が動機に社会性を持たせることを主張し、それに共鳴する新人作家が続出して「清張以後」のキャッチフレーズが現われるに及んで、古い人たちの作品を探偵小説、新しい人々に依るものを推理小説と区別して呼ぶ曖昧《あいまい》かつ奇妙な風習が生じた。本書の解説でも便宜上この呼び方にしたがったが、木々氏の発想からすれば、われわれのすべてが探偵作家であると同時に推理作家なのである。
注四　本職はセメント技師、工学博士。その後は断続して書いている。なお天城一は理博。
注五　作品内容からみて若い眼科医だったらしい。「独多」という筆名はいうまでもなくドクターからきているものだろうが、それにしては「甚九」の意味が不明。わたしは長年この人の正体を追っているのだけれど、依然として判明しない。ところで、独多甚九氏の唯一の作品《網膜物語》を高く評価している天城一氏から、この件に関して独創的な見解が寄せられたので、それをご紹介しよう。氏の説によると、「甚九」は俗謡の「甚句」ではないか、という。力士の社会に「すもう甚句」があるように、独多氏が属する大学の医学部にも、医学の徒の哀歓あるいは風刺を唄《うた》った「ドクトー甚句」なるものがあったのではあるまいか、というのである。そして、作者が作中において戦後の大学の荒廃したさまを鮮やかに描写したため、医学部内で問題となり、不本意ながら筆を折らざるを得なくなったのではなかったか。独多甚九が死去したというのは、作者自身が広めた噂《うわさ》であって、独多氏本人は健在ではないのか。さらに天城氏は、独多甚九氏の文章力と描写力とから推《お》して、執筆当時の作者は年配者であり、一般に考えられているように作中の若き眼科医が独多氏ではなくて、脇役の復員呆《ぼ》けした元軍医のほうが作者なのではあるまいか、と推理するのである。

注六　長編を一挙に掲載しようという目的で岩谷書店から発刊された雑誌。長続きはしなかった。

注七　少壮原子物理学者。半ダースほどの短編を発表してまもなく死去した。

注八　学生時代に紗童砂一、紗原幻一郎などの筆名でやはり半ダース前後の中短編を書き、社会人になるとともに筆を折った。

注九　天城一、岩田賛、香山滋、島田一男、山田風太郎の五氏。

現在ではドクトー甚句氏の正体について百パーセント判明しているが、来年秋（昭和六十二年）をめどに晶文社から『幻の探偵作家を求めて』の第二巻を刊行する予定だが、ドクトー氏をとりあげることももちろんである。天城探偵の推理が当っているかどうか、来年秋までのおたのしみというところ。

終わりに

島田一男氏のブン屋物の短編に、小田原《おだわら》の男が東京で殺人をおかし、鉄道利用のアリバイを盾にとってシロであることを主張するものがある。わたしのアンソロジーにそれを是非とも加えたかったのだけれども、あいにくなことに、題名がどうしても思いうかばない。一方、多作家の島田氏も記憶がなく、氏の秘書嬢に調べてもらったがついにわからずじまいになった。

蟹海太郎氏の《或る駅の怪事件》は「妖奇」という通俗誌に載ったため雑誌の発見がむずかしくて、友人知人の好意のリレーでようやくコピーを入手することができた。切符の売上げ金を拐帯《かいたい》して失踪した駅長の行方を、県警と市警が分離していたころの田舎巡査が追っていく話で、本格物としてでなく風俗物として面白く書けている。いまは筆を折っているこのアマチュア作家の作品を紹介するのにちょうどいい機会だと思ったのだが、ストーリーの一部がいかにも穢《きたな》いために、残念ながらオミットするほかはなかった。

この機会に、わたしの選択基準をしるしておくと、①野卑でないこと②残酷でないこと③不潔感のないこと④通俗物でないこと、以上の四点につきる。近ごろは箱入り娘の数も減ってしまったそうだからどうでもいいようなものだが、一読した父親が娘に読ませるにあたって躊躇《ちゅうちょ》をみせるような、そんな内容であっては困る。また、読者のなかにはサンドイッチを食べながら、食欲と読書欲の双方を充足しつつ、至福にひたる人もいることだろう。そうした読者が眉をひそめて本を投げ出すような話も避けたいのである。

もう一つ残念だったのは戸板康二《といたやすじ》氏を採れなかったことなにか氏によい作品はないかと思い、ようやくのことで《青い定期入れ》を捜し出してみたが、これは政治家の孫娘の純情なエピソードを描いた内容であって、鉄道とは全く関係がない。やむなくあきらめたところに《グリーン車の子供》が発表されたのである。これは本アンソロジーにぴったりの上質の短編なのだけれど、いかんせんすでに収録作品のリストアップが済んでいたために、割愛せざるを得なかった。

錫薊二《すずけいじ》氏の《盗まれたレール》、小島直記《こじまなおき》氏の《片道特急券》および海渡英祐《かいとえいすけ》氏の《強制列車》はそれぞれ寓意《ぐうい》的な題名であり、鉄道物ではない。この錫氏もまたアマチュア作家として終わった人で、たしか京都在住のように憶えているが、チェスタートン風の皮肉と逆説を得意としていた。その意味では天城一氏に似ていなくもないのである。

飛鳥高《あすかたかし》氏の《東京駅四時三〇分》は麻薬密輸にからむスパイ・アクション。また《線路のある街》はジュニア小説として書かれたもので、鉄道とは関係がない。藤雪夫氏の《C一六四一》は一見したところ機関車の名称のように思えるがそうではなく、動力否定の方法を発見した科学者が主人公の純然たるSFである。

ユーモア物としては徳川夢声《とくがわむせい》氏の《伊那節》と南達彦《みなみたつひこ》氏の《模範踏切警手》および宇井無愁《ういむしゅう》氏の《踏切の悪魔》があった。各氏ともベテラン作家として戦前から知られた人々である。徳川氏の短編は、氏のほかの作品に比べると練りが不充分というか、ひと味足りぬような気がする。終戦直後の車両不足だった時代を背景に、連結器にのった大学生が同行したライバルの級友を転落死させる話で、かたわらに乗り合わせていた第三者もそれが殺人であることに気がつかないという、一種の完全犯罪物。南氏の作は昨今の用語でいえばブラックユーモアに当たるのだろうか。頑固者であるがゆえに規則を守ることに懸命で、かつて事故を起こしたことのない警手が主人公。この親爺さんが禁を破って一世一代のサービスをしたがために大事故を起こしてしまうという皮肉なサゲ。わたしのようなユーモア小説にありきたりのハピーエンドを期待する読者には、突き放した幕切れが残酷すぎて後味がよくなかった。

序文でも触れたとおり、この選集に洩《も》れた秀作が一ダース以上もある。これらの作品を収録し得なかったことについては、編者としても寝覚めのわるい思いがするのだ。ここにその題名を列記することによって、心優しきわたしの、せめてもの償いとしたい。女性から始めるのは、わたしが推理小説界きってのフェミニストだからである。

夏樹静子氏の《山陽新幹線殺人事件》については解説文中で言及しておいたので省くとして、他に藤木靖子《ふじきやすこ》氏が《夜汽車の人々》を、井口泰子《いぐちやすこ》氏が《森林鉄道みやま号》を書いている。前者は、夜行列車のおなじボックスに乗り合わせた四人の男女の明暗が、最後にいたって逆転する庶民的なドラマ。O・ヘンリーを連想させる好短編である。後者は木曾《きそ》の山中を走る森林鉄道を舞台に、乗客の人物描写や風景描写を達者な筆で点綴《てんてつ》して、かるいミステリー仕立てにしたもの。どちらも殺人もなければ盗難事件もなく、それでいて読者を最後までひきずっていく。

さて男性では、一貫して怪奇小説を書きつづけた故西尾正《にしおただし》氏に《線路の上》がある。鎌倉《かまくら》の住人だった氏にはこの土地を舞台にした短編が多く、本編もまた鎌倉と逗子《ずし》を背景にした、轢屍体にからまる因縁話である。《吹雪の夜の終電車》は怪談を得意とする倉光俊夫《くらみつとしお》氏の作。ただ一人の異様な風体の客をのせた終電車が雪の相模《さがみ》平野をつっ走る。吹雪の夜のガランとした終電車の雰囲気《ふんいき》が書き込んであるために、読んでいると体のしんまでが冷えてしまう。

　吹雪を描いた短編にはほかに山田風太郎氏の《吹雪心中》がある。遠出をしたよろめき男女が雪に降りこめられて宿に足止めされるが、吹雪がおさまって鉄道が通じたとき、愛が憎しみに変わっていた彼らは自滅への途をたどることになる。白一色の雪景の描写がすぐれているので、これもまた、読んでいるうちに目が眩《まぶ》しくなってくるほどだ。

　山田、島田氏と並んで「五人男」の一人だった香山滋《かやましげる》氏は《観光列車V12号》を書いている。アフリカのビクトリア湖畔を走る観光列車の上で、日本青年の山師とイタリア女のペテン師が対決する話。メヌエットあるいは行進曲などに見られるA—B—Aの形式を借り、そのAに当たる部分が観光列車の場面である。作者が得意とした怪奇な生物はほんのチョイ役の登場でしかないが、香山氏の列車短編は珍しく、全作品を見まわしても本編ぐらいしかない。

　夢座海二《ゆめざかいじ》氏は《はと列車の忘れ物》と《消えた貨車》の二作を書いた。二つのなかでは、リンゴを積んだ貨車をまるごと抜きとるという詐欺事件を扱った後者が面白い。もう少し枚数を費やして、呑《の》み込みやすいように書いてくれたらユニークな一編になったことと思う。貨物列車の操車場が舞台になっているのも珍しかった。

　都筑道夫《つづきみちお》氏の比較的あたらしい作品に《四十分間の女》がある。「むかし硬骨いま恍惚《こうこつ》」のキャッチフレーズで知られた退職刑事が、息子の現役刑事が持ち込む難事件を解いてみせるというシリーズ物のなかの一編で、夜ごとに終列車で地方の都市にやって来ては、わずか四十分の後にふたたび上り終列車に乗って帰っていく若い女の不審な行動と、その死をめぐるミステリーが、老刑事の冴えた推理で論理的に解明される物語である。ほかに《終電車》というショートショートもある。

　川辺豊三《かわべとよぞう》氏の《最終列車》は風俗推理だ。東京から終列車で熱海《あたみ》へ帰っていくと叔父を、極道者の甥《おい》がひそかに尾行していって、すべての乗客が途中で下車して無人となるころあいを見計らって殺してしまう。だがこの遺産相続を狙った完全犯罪も、犯人が予想もしなかったことから崩れていく話。加納一朗《かのういちろう》氏の同題の一編と読み比べてみるのも面白い。

佐野洋《さのよう》氏には《一等車の女》と《お連れの方》がある。どちらもこの作者独特の都会的なセンスにあふれた、機知縦横とでもいった好短編。ことに後者は作者としても自信作ではないかと思う。

江戸川乱歩氏の《鬼》はあまり知られた作品ではないが、横溝《よこみぞ》氏の《探偵小説》と同様にドイルの《ブルース・パーティントン設計図》のトリックからヒントを得ている。本編が書かれたのは戦前だけれど、その意味から競作と呼ぶこともできるだろう。わが国の両大家がおなじ種子を蒔《ま》いてどんな大輪の花を咲かせたか、二つの作品を比較してみるのも、推理読者にとっては楽しみなことである。なお《指輪》という会話体からなるショートショートもあることを付記しておこう。

夢野久作《ゆめのきゅうさく》氏にも、短編とよぶには少し長いが《木魂《すだま》》という鉄道物がある。神経衰弱者の回想だと思わせておいて、ラストでそれが現実だったことを明らかにする一種の残酷物ともいえる好編。A・ビアースのある短編を連想したくなるような、ドキリとしたオチになっている。

ついでに述べておくと戦前の甲賀三郎《こうがさぶろう》氏は《急行十三時間》という短編を残している。東京—大阪間を十三時間で走る夜行列車を舞台に、寝苦しい夜汽車の雰囲気がよく描写されているのだけれど、通俗物であるのが残念だった。

以上のほかに岡本綺堂《おかもときどう》氏の怪談《停車場の少女》を加えれば、戦前戦後のめぼしい鉄道短編にはあらかた触れたことになる。

本巻を編纂《へんさん》するに際して河田陸村、島崎博、田中潤司、早川節勇、平井りう子、古屋浩並びに渡辺剣次の諸氏からご協力をいただきました。筆をおくに当たりそのご好意に深くお礼を申し上げます。

怪奇探偵小説集　解説

はじめに

戦前作家を主とする怪奇小説を中心に、一巻を編んだ。掲載誌はその大半が「新青年」であり、それも大正の末期から昭和十一、二年の間に発表されたものである。それ以降になると戦争の影がさしかけてきて、探偵小説も内容に制約を受けるようになり、当然のことながら作家の空想力は萎縮してくる。こうした状況のもとでは秀作が生まれるわけはなく、「新青年」の黄金時代は終わりを告げることになる。

目次を見ればお解りのように、再続する機会のとぼしかった珍しい顔ぶれの作家をそろえた。これ等のなかの何作かは、おそらく今後とも再録されることはないのではないかと思われる。そうした意味で本巻はユニークな怪奇もののアンソロジーになった。

本巻には渡辺啓助氏の《悪魔の指》を入れるつもりで準備をすすめて来たところ、氏の作品集「地獄横丁」が桃源社から刊行され、そのなかに本編も入っているので、残念ながら収載をあきらめる他はなかった。また水谷準氏の《恋人を喰べる話》も、掲載誌を発見することができず、同様に収録をあきらめた。

なお、現在の社会通念からみて問題になりそうな箇所は、トラブルの発生を避けるためにも削除もしくは伏字にさせて頂いた。

双葉新書（76年2月）

《悪魔の舌》村山槐多

明治二十九年九月十五日、横浜市で生まれる。京都一中時代にすでに戯曲を発表した早熟児であった。上京して絵を勉強し、才能を発揮するが同時に奇人振りをも発揮して、かなり無茶苦茶な生活を送ったらしい。大正八年二月十七日没。それも戸外に寝て凍死をしたのだという。

槐多はわずか二十二歳で生を閉じた才能ある画家だったが、詩歌などの文芸方面にも興味を持った。この多才な青年の作品をあつめた全集が彌生書房からでている。探偵小説の分野では三本の怪奇短編がある程度でしかない。これ等はいずれも大正四年の「武侠世界」に発表されたもので、本編はその第二作にあたる。いまの眼の肥えた読者からすると必ずしも練達の文章だとはいえぬかもしれないが、当時の作者は十八、九歳の青年だったことを思うと、非難するわけにもゆかぬだろう。主人公が人肉嗜好に傾斜していくあたりの描写は迫力があり、凡庸な作家ではないことを示している。他の二作は《殺人行為》と《魔猿伝》である。

なお村山槐多の一連の作品は江戸川乱歩氏によって紹介されたもので、私も氏の随筆を読んで槐多を知った。

《白昼夢》江戸川乱歩

本名は平井太郎。明治二十七年十月二十一日、三重県名張《なばり》市に生まれ、昭和四十年七月二十八日没。一日おいて面識のあった谷崎潤一郎が死亡している。戦前は日本の探偵小説界を代表する作家であり、戦後は海外推理小説の紹介につとめた。あらゆる意味で第一人者であるとともに、長谷の大仏のような巨人であった。

この作者の作品のなかには記憶に残る数々の名作があ

る。それに比べると本編は枚数が少ないうえに、物語そのものも平板であるためか、それほどは印象に残ることがない。私にしてからが本編の題名を正確に覚えていず、《白日夢》だと思っていたのである。が、それでいながら何かの拍子にふッと頭の隅にうかんできて、筋も登場人物もまったく朧気《おぼろげ》であるにもかかわらず、もう一度読み返してみたくなるような、なんとなく懐しい思いのする作品である。そして十枚に充たぬ短い内容であるにもかかわらず、いわゆる乱歩好みの味わいが濃厚にでているところが面白い。

大正十四年七月号の「新青年」誌上に、《指輪》と並べて「小品二編」として発表された。

《怪奇製造人》城　昌幸

本名は稲並昌幸。明治三十七年六月十日、水谷準氏よりも三ヵ月おくれて東京神田の練塀《ねりべい》町に生まれた。祖父《おじい》さんが徳川の御家人であったというが、生まれた練塀小路というところもまた、歌舞伎で有名な河内山宗俊の住んだ町であった。探偵作家の松本泰氏が主宰する「探偵文芸」の大正十四年四月号に《秘密結社脱走人に絡まる話》を書いたのが第一作だから、その登場は非常に古く、長老的存在である。

城昌幸は、多くの読者にとっては先刻ご承知のことだと思うが、城左門の筆名で知られた詩人でもある。そして若き日のこの詩人は、一巻の詩集が刊行されたら死んでもいい、と思ったという。一方で氏は本編のような短くて洒落たセンスに充ちた小説を、それこそ星くずのように沢山書きつづけた。

本編もまた若き日にものした作品の一つで、そこは泥臭さを軽蔑する詩人であるから、怪奇を製造しようという場合でも、墓を掘りかえすの人肉を食うのといったおどろおどろとした恐怖とは無縁の、人工の怪奇現象を設定して、それを洗練された文章でつづっていくのである。

発表されたのは「新青年」大正十四年九月号。

《死刑執行人の死》倉田啓明

経歴不詳

昨年（五十一年）の夏「小説会議」の同人石井富士彌氏のご好意で新劇人の同人誌「俳優館」第八号のご恵贈を受けた。この雑誌に、役者の松本克平が《倉田啓明追跡失敗談》を書いておられるのだが、そのなかからほんの一部をピックアップすると、つぎのようになる。

倉田啓明は明治の中葉に日本橋の薬種問屋に生まれた。が、家業の没落にあって家を出、文学修業や忍術の研究をする。やがて作家となって「中央公論」「三田文学」「ARS」「太陽」などの一流誌に作品を発表。氏には当時異端視されていたホモ文学の作品が多く、後に博文館に長田幹彦氏の偽作原稿を持ち込んで発覚するなどの奇行があったために、文壇から追放されたという。

この人もまた経歴がはっきりとしていない。「新青年」の大正十五年一月号に本編を発表したのみで二度と書かなかったが、その後は主として「犯罪公論」「サンデー毎日」等に幾つかの作品を発表した。現在では完全に忘れ去られた作家であり、氏の創作を読むこともまた困難になっている。そうした意味で本編は珍品といってもよいだろう。

いまでこそSM雑誌が書店の店頭にならべられているし、サド趣味マゾ趣味の人が大手をふって歩いているが、戦前は恥ずべき変態として、人目から逃れようと努めたものである。そうした時代であるにもかかわらず、「犯罪公論」はSM的な記事がよく載ったものだった。一説によると倉田啓明はその方面の研究者ではないかという。

《B墓地事件》松浦美寿一

経歴不詳

この作者は「新青年」の昭和二年二月号に本編をもって登場し、六年二月号の《アリバイの哀しみ》を最後に退場した。その活躍期間は四年間という短いものであるが、厳密にいうと昭和四年には一作も書いていないのだから、正味は三年間になる。作品数は《蔦の家》《蔦の家後日譚》など計七編にしかすぎず、いまでは名を知る人もまれになってしまった。

本編は第一作であるため筆慣れぬ箇所が目立つのは無理ないことと思う。が、さすがにその時代の人だけあって候文は達者である。

松浦美寿一というのはいかにも素人《しろうと》っぽい名であり、到底ペンネームだとは思えない。筆名を用意しなかったところからすると、本人は作家となる気はなく、アマチュアの余技として書いていたのだろう。氏の作品が再紹介されるのは今回が初めてのはずである。

《死体蠟燭》小酒井不木

本名光次、明治二十三年十月八日、名古屋市に近い蟹江に生まれた。医者から探偵作家となった人は多いが、小酒井氏はその典型的な例であり、「新青年」の編集長として、また作家として知られた森下雨村氏のすすめによって探偵小説の筆をとるようになった。その後は病弱な肉体に反比例して大量の犯罪研究、翻訳、創作を発表し、昭和四年四月一日に没したが、死後編纂された個人全集（改造社）は十七巻にのぼった。

不木の作品としては《闘争》《恋愛曲線》などが有名になりすぎたため、ほかの作品が忘却されることにもなりかねない。長編は通俗味が勝っていて私としてはあまり好きにはなれないのだが、短編にはまだまだ秀作がいくらもある。

医学を専攻した氏はイギリスに留学し、帰国して東北帝大の教授に任命されたが胸の痼疾《こしつ》のため赴任せず、名古屋の自宅で療養をつづけるかたわらドゥーゼの長編探偵小説を幾つか飜訳したり、犯罪に関する随筆を書いたりした後、「新青年」の森下雨村氏のすすめで創作に筆を染めた。

この作品は同誌の昭和二年十月号に載ったコント風の短いものだが、短いことが緊迫感を盛り上げるうえでプラスに作用している。和尚の告白が嘘であったこと、賽銭泥棒がひそんでいたこと、そして兇器だと思ったものが扇子であったこと等々、意外性が重複して読者を圧倒するのだが、作者がそれに対応してあらかじめ伏線を敷いている点に、注目していただきたいと思う。

《恋人を食う》妹尾アキ夫

本名韶夫《あきお》。明治二十五年三月四日、岡山県津山市に生まれた。同じ年に、おなじく探偵小説の翻訳家として知られた延原謙氏が津山で生まれているのは奇遇である。戦争中は津山に疎開して美作《みまさか》近辺を舞台に短編をこころみたりしたが、終戦後まもなく上京、クイーンの《災厄の町》その他を翻訳紹介して推理読者をよろこばせた。昭和三十七年四月十九日、川崎市で没。

妹尾氏はクリスティの飜訳家として知られていた。戦前は、例えばドイルは延原謙氏、セイヤーズは黒沼健氏というふうに訳者が決っていたのである。そして、昨今の飜訳家は決してそんなことはしないけれど、戦前の「新青年」系の訳者は、仲間の作家の作品を読んでいるうちに乃公《だいこう》も一つと思ったのだろうか、多くの人が創作に筆を染めた。妹尾氏はそれ等のなかで最も成功した人の一人である。作品の数はそれほどたんとはないが、《凍るアラベスク》《アヴェマリヤ》など半ダース前後にのぼり、戦後も《リラの香のする手紙》を発表した。

この一編は「新青年」昭和三年五月号に掲載されたものだが、《悪魔の舌》の人肉食いに比べるとさすがに洗練されていて後味がよい。ちょっと渡辺啓助氏の世界を思わせる短編である。

《五体の積木》岡戸武平

明治三十年十二月三十一日名古屋市に生まれた。博文館の雑誌「文芸倶楽部」の編集長をつとめ、現在は名古屋市に居住し、地元の新聞に健筆をふるっている。

木編は「新青年」の昭和四年八日号に載った。博文館に勤務していながら「新青年」に探偵小説を書いたという点では橋本五郎氏と似たケースだが、元来が寡作だったらしく、短編の数も多くはない。「新青年」にも二、三作を発表しただけであり、そうした意味からも、本編は珍しい作品だといえる。

本編が発表された当時、江戸川乱歩氏が「キング」や「講談倶楽部」に通俗長編を書いて大衆から圧倒的な歓迎を受けていた。この短編中にみられる製氷工場という舞台、あるいは美女を氷詰めにする設定はいかにも乱歩好みであり、その影響をうけたものと考えてもいいのではないかと思う。あるいは、その逆であるかも知れぬけれども。

それはともかく、この作品は陰惨な結末を予想させておいて、明るいハッピーエンドにしたところが後味よろしく、また題名の基となった活字の積木が面白い。探偵小説のみにゆるされた遊びである。

なお作中の探偵作家松尾章夫は「新青年」の表紙を担当し挿絵を描いた松野一夫氏の名をもじったものではないかと思う。ただし、掲載誌で本編の挿絵をつき合ったのは山名文夫氏であった。

《地図にない街》橋本五郎

別名荒木十三郎、別名女銭外二《めぜにそとじ》、本名は荒木猛。岡山県牛窓で明治三十六年五月一日に生まれた。大正十五年「新青年」の五月号に第一作を発表し、昭和三年から

「新青年」の編集部に勤務する。のち新潮社の書きおろし「新作探偵小説全集」に《疑問の三》をもって参加した。これが氏の唯一の長編であって、本来は短編作家とみるべきだろう。昭和二十三年五月二十九日、牛窓町で没した。

この作者は「新青年」の懸賞に橋本五郎の筆名で《レテーロ・エン・ラ・カーヴォ》を、荒木十三郎の名で《赤鱏《あかえい》のはらわた》を投じ、「新進作家号」と銘を打たれた大正十五年五月号にそろって発表された。昭和七、八年頃に円本ブームが起こって、各出版社が競って日本あるいは海外探偵小説の小型本による全集を出したことがある。そのなかで日本作家の作品ばかりで編纂したのが改造社であった。橋本五郎はその一巻に加えられていたのだから、若くして認められたことになる。

「新青年」の編集部に入った氏は二つの筆名を使いわけてなおも幾つかの作品を発表するが、戦争が始まると報道班員として前線に派遣された。

終戦後は郷里の牛窓（岡山県）に住み、創作をつづけたものの、間もなく病没した。

本編は「新青年」昭和五年四月号に載った。一人の不運な男の不思議な体験談をつづると共に、貴族社会のエゴをチクリと突いたものである。

《生きている皮膚》米田三星

経歴不詳

五十二年十二月、著者について、次のことがわかった。本名庄三郎。明治三十八年二月、奈良県に生まれた。大阪大学医学部卒、内科医を開業、現在にいたる。

米田三星もまた経歴のはっきりとしない作家の一人である。昭和六年に「新青年」が一年間にわたって新人を一人ずつ紹介していこうという企画をたてたことがあったが、米田三星はトップバッターとして、新年号に本編をもってボックスに入った。そして《蜘蛛》《告げ口心臓》などを発表したのち、七年四月号の《血劇》を最後に筆を折った。医師の余技ではないかといわれているのは、作品に医学的な知識が点綴《てんてい》されているからである。

犯人の告白がいささか新派悲劇調であったりして、全体的に素人っぽいのは第一作だから止むを得まい。なお、医師の夫人が誘拐される件りは、当時さかんに読まれていたルパン物の影響とみて誤りではないだろう。

文中のイットというのは英語の it のことで、文字どおり「それ」「あれ」のこと。つまり口にだしていうと顰蹙《ひんしゅく》を買う言葉、つまり「性的魅力」の意味である。その頃、アメリカから同じタイトルの映画が入ってきて、日本でも流行語となった。肉体派の女優、クラーラ・ボウが主演した。

《謎の女》平林初之輔

本名同じ。明治二十五年十一月八日、京都府下に生まれ、昭和六年六月十五日に留学先のパリで死去。初めは左翼文学の評論家として知られていたが、後には探偵小説の創作にも手を染めるようになった。そして昭和四年五月からスタートした改造社版「日本探偵小説全集」に、橋本五郎氏と一緒に一巻に編まれた。が、戦後は再評価される機会にとぼしく、《予審調書》が再録されたにとどまる。その作品は本格物のサイドに立ったものが多い。

早大の文学部の助教授となった氏は、フランスに留学するがまもなく四十歳という若さでパリで客死してしまう。それが昭和六年のことであり、死後、留守宅の机のなかから発見された書きかけの短編が本編なのである。「新青年」編集部は、翌七年の新年号にそれを掲載するとともに、読者に呼びかけて続編の原稿を募集した。その結果、集まった原稿中からえらばれたのが冬木荒之助の作であって、三月号に掲載された。

本編は未完の遺稿であった。作者が書きつづける興味を失ったために未完となったのか、帰国してから完結するつもりだったのが、異国で客死したために未完に終わったのか、いまとなっては知るすべがない。謎の女と新聞記者との交情がクライマックスに到達したところで筆がおかれているのだが、作者が後半をどう書きつづけてどんな結末へ持っていくつもりだったか、それも謎として残された。

本編が昭和七年新年号に掲載されるにあたって、「新青年」の編集部は、読者に対して左のように呼びかけた。

『本編は平林氏の遺稿として最後に発見されたるもの。未完ながら充分の興味を読者に与えるであろう。ついてはこの続編を我と思わん士に書いて頂きたいのである。左の規定により奮って応募願いたい』

入選一篇。枚数三十枚前後以内。
〆切十二月二十四日。発表三月号。
宛先、東京、小石川、戸崎町博文館、新青年
　「謎の女」係

番地が書いてないところなんぞは自信満々だ。天下の

博文館といった自負が顔をだしているようである。

《謎の女（続編）》冬木荒之助

経歴不詳

新年号の予告どおり三月号に発表されたのがこの一編であり、編集部は冒頭につぎのようなコメントを付した。『平林初之輔氏の未完成の遺稿「謎の女」を一月号に掲載し、その続編を募集したところ五十編の多数にのぼりました。その中からこの一編を選定して発表することに致しました』

前編はミステリーの加味された恋愛小説であって、どうひいき目にみても怪奇小説とはいい難いが、冬木荒之助の続編になると、俄然怪奇小説に一変するのである。つねにマスクをかけ、他人の前では素顔を見せたことのないという荒木惣平の人物設定には乱歩氏の影響が濃厚だが、三十枚という枠のなかではプロットを展開するのが精一杯であったのだろうが、作者にこの夫の人間像を充分に書き込む余裕がなかったのは残念である。この三十枚物から判断するとかなり書き慣れた人であって、ズブの素人だとは思えないが、正体はわからない。会話が垢ぬけており、平林氏に比べるとハキハキしているところからみて、まず東京の下町生まれの人ではないかと思う。

《蛭》南沢十七

本名が川端男勇であることはわかっているが経歴は未詳。一説に薬学の出身ではないかという。

昨年（五十一年）十月、ポプラ社編集部の堀信氏からの連絡により作者について明らかにすることが出来た。明治三十八年三月に東京で生まれ、幼児の頃に満洲に渡って成人。国立長崎医科大学薬学部を卒業後、東京外語でドイツ語を専攻し、新聞記者となる。いまも健在である。

近頃の雑誌のなかには作者の名にルビをふってくれる親切なものも散見するけれど、戦前は全く不親切だったのである。読者がどう読もうと、そんなことは知るもんかいといった高飛車な態度がうかがわれた。私にしても、久生十蘭氏の名をヒサオ・ジュウランと発音することを知ったのは、戦後になってからであった。

本稿の作者は一般に、ミナミザワ・ジュウシチと呼ばれているが、ナンザワ・トシチとする説もある。電話帳によると、ナンザワと読むほうが圧倒的に多いそうで、本書でも後者の説にしたがった。語呂からいってもこのほうがスッキリとする。しかしあくまでこれは仮説であって、ご本人に訊けば、ミナミザワと呼んでくれなくては困るといわれるかも知れない。

　南沢十七は昭和七年の「新青年」三月号に本編をもって初登場する。ひと月おいた五月号に《水晶線神経》を書いていることから、編集部がこの新人に注目し、育成しようとしたことが想像されるのである。そして二ヵ月の間をおいて八月号に《夢の殺人》を、翌八年の新年号に《人間剥製師》を発表する。この作品は読者投票で横溝氏の《面影双紙》および甲賀三郎氏の《アラディンの洋灯《ランプ》》についで第三位に入るという華華しさであった。そして八月号に《氷人》を書くと急に沈黙してしまい、満五年後に《暗黒大陸の血書》で返り咲く。「新青年」との間に気まずいトラブルでもあったのではなかろうかという想像もできないではないが、その間に《盂蘭盆自動車》と題した怪談コントを書いているところを見ると、そうしたわけでもなさそうである。おそらく作者の身辺多忙というのが理由だったのだろう。こうした点からも、余技として執筆していたことが推測されるのだ。氏の作品の多くは、例えば《水晶線神経》が超音波による殺人を、《人間剥製師》が医大研究室内においての鉄球アイロンによる殺人を扱っているように好んで理科学的な道具立てを用いており、そうした意味からするとＳＦ作家に分類してよいのかも知れない。本来ならば海野十三氏に比べられるべき存在であるにもかかわらず、そのような声を聞かないのは、一つは寡作であったことと、もう一つは作中に発生した事件を充分に説明せずに、曖昧なままで投げ出しておくという創作姿勢が、読者の不満を買ったためではないだろうか。作者にしてみれば、これは本格物ではなくて怪奇小説なのだから、すべてを解明する必要はないと考えていたのかも知れないが……。なお堕胎は、戦前は今とちがって非常にきびしく取り締まられていた。

　この作者は戦後もいち早く筆をとって短編を発表していたが、三十年頃から作品を見かけることがなくなった。「新青年」の寄稿家としては無視することのできない、不思議な魅力を持つ作家なのである。

《恐ろしき臨終》大下宇陀児

本名木下龍夫、明治二十九年十一月十五日、長野県に

生まれた。村山槐多におくれること正味二ヵ月である。職業作家となる前は農商務省窒素研究所に勤務していたというが、甲賀三郎氏もまたここの出身なのであった。戦後の大下氏はＮＨＫラジオの「二十の扉」で全国的に親しまれた。しかし創作活動をおろそかにすることはなく、長編《石の下の記録》のような後世にのこる作品を発表した。昭和四十一年八月十一日死去。

戦前のことだけれど、この作者は江戸川乱歩、甲賀三郎両氏とともに、探偵小説の三羽鴉と称された人気作家であった。江戸川氏におくれること一年、友人の後を追うようにして亡くなってから早くも十年が過ぎた。だが、江戸川、甲賀、木々氏の全集がでたのに比べると、大下宇陀児はまだ刊行されておらず、不運というほかはない。

この一編は良い意味でも悪い意味でも大下宇陀児の持味がよくでた、典型的な大下作品ということができる。良い意味というのは例えば達意の文章がそれであり、悪い意味というのは推理の面白さが稀薄なことである。しかし氏は、元来が謎の論理的な解明などには大した関心を示さぬタイプの作家なのであった。宇陀児という奇妙な筆名は歌子夫人の名をとったもの。

掲載されたのは「新青年」昭和八年十月号である。

《骸骨》西尾　正

本名同じ。明治四十年十二月十二日、東京に生まれ、昭和二十四年三月十日鎌倉で死去。作品はすべて短篇で、それも怪奇小説一本槍であった。戦前は「ぷろふいる」と「新青年」を主たる発表舞台とし、前者の昭和九年六月号に載った《陳情書》が第一作である。これは離魂病の妻を殺した夫が死刑にしてくれるように陳情する簡易体の小説であり、すでに完成した文体を持っていた。もっと評価されてしかるべき作家である。

この作品のなかで作者はかなり客観的に自分のことを述べているので、あえて私が説明を加えるまでもないと思う。少し敷衍《ふえん》するとＫ大は慶応大学のことであり、西尾正が新劇の役者として舞台にたったことも事実である。お坊チャンの世間知らずということも、まずそのとおりであったようだ。また、のちに胸を病んで鎌倉に転居したことも（少年時代から避暑にきていた）事実なのである。ある特許を受けた商品というのは「亀の子だわし」のこと。現在も令息が営業部長の地位にある。

西尾正は怪奇小説の作家として終始した人で、当時の雑誌が短編を歓迎し、若い作家には長編を発表する機会がとぼしかったせいか、長編小説が体質に合わなかったせいか、作品は短編ばかりで計二十七編にのぼる。本編は「新青年」昭和九年十一月号に載った。
宿痾《しゅくあ》の胸部疾患のため死去。

《舌》横溝正史

本名同じ。明治三十五年五月二十五日、神戸の生まれ。戦後まもなく発表した《本陣殺人事件》と《蝶々殺人事件》というすぐれた本格長編によって日本推理小説界に大きな影響をあたえたこと、昨今ふたたび横溝ブームを捲き起こして若い世代に圧倒的な人気のあること等いまさら記すまでもない。しかし戦前は本格物よりも怪奇小説その他の方面で活躍をした。

これは昭和十一年七月号の「新青年」に、阿部鞠哉《あべまりや》名儀で掲載されたものだという。同誌上で再三この名を見かけた私は、掌編専門の作家であろうぐらいに思っていたので後年に至ってその正体を知ったときは、オヤオヤと意外な感に打たれたのである。

余談になるが、近頃も類似した筆名で（例えば阿部鞠哉が安部毬也になったというふうな）雑文を書いている人がいるそうだが、いうまでもなく別人だろう。これもまた余談だけれども、戦前に、相良武雄《さがらたけお》と書いて I love you にひっかけた名の作家がいた。戦後になっておなじ筆名を使う人がいるので同一人物かと思ったら、なんと全くの他人なのだそうだ。同じ筆名を踏襲する場合は、ペンネームの下に「二代目」と記入したほうが、初代に対しても読者に対してもフェアというものだろう。

十枚にも充たない本編は、短いだけあって隅々まで作者の神経がゆきとどいている。例えばラストに近く「女は静かにわたしの方を振りかえって」とあるが、この静かにの一語で凄味が一段とでてくるのである。作者はこの女の動きに合わせたように一貫して静的な叙述で押しとおしており、いまもいったとおり、それによって恐ろしさがいっそう強調されることになる。江戸川氏の《白昼夢》が真昼の夢を描いているのに対して、本編は蒸し暑い陰気な夜に見たまぼろしを回顧したものであり、どこか共通した味わいのあるところも面白い。

《乳母車》氷川　瓏

本名は渡辺祐一。大正二年七月十六日、東京に生まれ

る。体が頑健でないためと、書きとばすことをしないため、寡作である。作品はほとんどが短編で、それも幻想小説に限られている。どぎつい描写を避け、すべてに控え目だから迫力感あるいは恐怖感とは無縁だが、それだけに則《のり》を越えることのない上品な作品ばかりである。

氷川瓏は戦後に創刊されて間もない「宝石」二十一年五月号に本編を発表し、以後、断続的に《睡蓮夫人》《風原博士の不思議な実験》などを書いたがやがて沈黙する。そして昭和五十年になって探偵小説専門誌「幻影城」に《陽炎の家》及び《華胥《かしょ》の島》を載せて若々しい情熱が一向に衰えていないことを立証してみせた。

この《乳母車》は怪奇小説ではなく、その親類筋にあたる幻想小説である。本編が掲載されたころの「宝石」の執筆陣はほとんど戦前作家によって占められており、そのなかに混じったこの掌編は、当時の読者に非常に新鮮な感じをあたえたものである。

《飛び出す悪魔》西田政治

本名は同じ。明治二十六年八月三十一日、神戸で素封家の息として生まれた。青年時代から横溝正史氏とは切っても切れぬ縁があり、終戦後もめぼしい外国長編の原書を読んでは疎開先の横溝氏に送ったという。おっとりとした作風は、氏のめぐまれた環境からくるという説がある。関西探偵作家クラブの初代会長をつとめた。

本編の作者の登場は非常に早く、すでに大正時代の「新青年」に八重野潮路《やえのしおじ》の筆名でコントを投じている。勿論、ほかにも投稿家はいたのだけれど、ほとんどの人が間もなく戦列から落伍してしまった。尤も氏の場合は作家としてよりも飜訳家として有名になり、ビガース作・西田政治訳《消ゆる女》等は大変に楽しく読んだものである。

氏は花園守平の別名で諷刺の効いた探偵小説評をやったり、探偵川柳をつくったりで忙しく創作の数は少ないが、本編はその珍しいもののなかの一つで、戦後創刊された「宝石」昭和二十二年二、三月号合併号に掲載された。古めかしい語り口でつづられる物語だがその淡々とした口調になんともいえぬ味がある。

《幽霊妻》大阪圭吉

明治四十五年三月二十日、愛知県新城市に生まれ、日支事変で応召して北満にわたり、のちにフィリピンに転戦して終戦直前に戦死をとげる。本格派の中堅として期待されていた人だけに、その死は多くの作家や読者から惜しまれた。没年月日は、昭和二十年七月二日となっている。甲賀三郎、評論家であり翻訳家であった井上良夫、ガボリオやルヴェルを専門に手がけた田中早苗氏等もこの年に亡くなった。いずれも戦争の犠牲者といえよう。

　本項のデータは令息および愛知県の大阪圭吉研究家杉浦俊彦氏の記録によった。


　戦後まもない昭和二十二年四月に、名古屋の探偵小説愛好家で「ぷろふいる」系の作家でもあった福田昭雄、若松秀雄、服部元正氏等が創刊した「新探偵小説」というマニア好みの雑誌があった。本編はその第二号に、圭吉の遺作として発表された。すでにそのとき氏はマニラのルソン島で戦死をとげていたのである。

　大半の怪奇小説は怪奇な物語をのべるだけで終わるが、本編は前半の怪談に後半で合理的な解決をあたえている点が特長で、それというのも大阪圭吉は本格物の作家として前途を嘱望された存在だったからだ。怪奇な現象の数々が一つ一つ解明されていくいわゆる絵解きの件りは、圭吉の独壇場というべきだろう。死後三十年を経て、近年この作家を再評価しようという動きが出てきたのは、当然のことながら、慶賀すべきことだと思う。

怪奇探偵小説集・続　解説

はじめに

先に刊行された「怪奇探偵小説集」が予想外に好評であったので、この続編をまとめることになった。

本巻でも「新青年」に発表された作品が六編を占め一番多いが、残余は「探偵趣味」「ぷろふいる」戦後に世《せ》文《ぶん》社から出ていた「探偵実話」岩谷《いわや》書店（のちの宝石社）から発行された推理小説専門誌「宝石」などからピックアップした。その結果、第一巻に劣らない異色の短編を集めることができた。

目次を一覧すればお分かりのように、これまた大半が幻の作家による幻の作品なのである。なお両巻を通じて同じ作家を採ることは努めて避ける方針にしたので、それだけにバラエティーに富んだ顔ぶれが並んだ。

編者は「不思議小説」と銘打たれた三橋一夫氏の上品な味の短編にも注目していた。しかし近く氏の全作品が春陽堂から出版されると聞いて、今回は残念ながら遠慮せざるを得なかった。

これとは逆のケースになるけれど、第一巻を編むに際して収載をあきらめた水谷準、渡辺啓助両氏の作品を採ることができたのは、幸運であった。

《踊る一寸法師》江戸川乱歩

明治二十七年十月二十一日、三重県の名張市で生まれた。本名は平井太郎。戦前は純粋探偵小説と通俗長編小説の作家としてその名を喧伝され、戦後になってからは、海外推理小説紹介ならびに研究の第一人者として重きをなした。昭和四十年七月二十八日に死去。

虐待され軽蔑され酷使された弱者が、やがて意想外の手段で復讐する。こうした話がエドガー・アラン・ポーの《ちんば蛙》に描かれている。先頃、ジェイムズ・アンソールの展覧会に行ったところ、同題の絵が眼についた。ポーの短編の挿絵とも思える図柄であった。アンソールも、この作家を好んで読んだという。

江戸川乱歩もまた《ホップ・フロッグ》に魅《ひ》かれた一人で、それが本編となって結実したのである。初出誌は「新青年」の大正十五年一月号であった。影絵が踊るラストシーンは、ポーから脱却して氏の世界のものになっている。

双葉新書（76年7月）

《悪戯》甲賀三郎

明治二十六年十月五日、滋賀県蒲生《がもう》郡日野町に生まれる。春田能為《よしため》が本名。和歌山市の由良《ゆら》染料株式会社、農商務省の技師を経て、専業作家となった。処女作は大正十二年の「新趣味」に発表した《真珠塔の秘密》である。戦前は江戸川、大下氏と並んで三羽鴉と称された本格派の人気作家だった。昭和二十年二月十四日没。

本格派の甲賀三郎にしては珍しい作品である。一般に本格物の作家は文章力が落ちるとされているが、殺人犯の心理を克明に描き出した氏の筆力は、当時の変格派の作品に比べて決して劣るものではなく、逆に勝っているように思う。ことに死体を掘り起こす場面は、筆を押さえることによって効果を上げており、凡手でないことがよく分かる。

文中にでてくる手洗鉢《ちょうずばち》とはトイレに近い軒下の台においた瀬戸物の鉢で、大きさはすり鉢ぐらい。なかに水がたたえてあり、木のひしゃくで水を汲んで汚れた手を洗ったものである。いまの水道とは違い水の量も少なくて、衛生的であるとはいえなかった。当時の人はトイレに入ることを「手洗場《ちょうずば》へ行く」といったものだ。
本編は「新青年」の大正十五年四月号に載った。

《底無沼》角田喜久雄

本名同じ。明治三十九年五月二十五日、神奈川県横須賀に生まれるが間もなく東京の浅草に移って、そこで成人する。いわば生粋の下町っ子である。処女作は旧制中学四年生のときに「新趣味」に発表した《毛皮の外套を着た男》で、《底無沼》を書いたのは二十歳の頃であった。のち、海軍水路部に勤務しながら《妖棋伝《ようぎでん》》ほかの長編時代小説を発表して、昭和十四年から専業作家となった。

登場人物が二人きりの一幕物のドラマである。犯罪のベールが徐々に剝がされてゆき、それにつれて緊迫感は最高潮に達する。だが作者は一向に手綱をゆるめようとはせず、読者をカタストロフィーにぐいぐいと引きずっていく。作者の筆力は処女作の頃から完成されたものだったといわれるが、本編はその好個の見本である。
「新青年」大正十五年五月号に発表。

《恋人を喰べる話》水谷　準

本名は納谷三千男《なやみちお》。明治三十七年三月五日、北海道函館市に出生。学生時代に秀才であったこと、少年の頃から探偵小説を書いたことなど、角田喜久雄氏に共通した面がある。早大に在学中はやくも探偵雑誌の編集にタッチし、やがて卒業すると博文館に入社して、雑誌「新青年」の名編集長としてその名を謳われた。

ショッキングなタイトルとは逆の、哀しいほどにロマンチックなお話である。後年、作者はユーモア探偵小説を提唱して、みずからも《われは英雄》などの作品によってその主張を実証し、アンチ本格派の立場を鮮明にした。が、若き日の氏はロマンチストだったとみえ、《お・それ・みお》《空で唄う男》等々、ペーソスにみちた短編を幾つも書いた。本編もそうした傾向の一つで、二十歳前後の頃の作品である。大正十五年の「探偵趣味」十月号に書かれたものだが、ラストにおける主人公の抑制された絶叫が効果的だ。

《赤い首の絵》片岡鉄兵

明治二十七年二月二日、岡山県芦田郡芳野村に生まれ、昭和十九年十二月二十五日に死去。大正七年に関西で新聞記者となり、《舌》で作家としての地位を確立。十三年に横光利一、川端康成、中河与一氏等と「文芸時代」を創刊して新感覚派の論客として知られたが、同時に、左翼作家として「文芸戦線」の同人でもあった。昭和七年に検挙されて転向、のち従軍記者として前線へ派遣された。

片岡鉄兵は探偵作家ではなかったが「新青年」のモダニズムに共感したのだろうか、他に《死人の欲望》《椅子の脚の曲線》などを書いている。

作者はこれを大人の童話として書いたのだろう。お坊ちゃん育ちの画家が、アメリカから連れ帰った美しい細君を旧友に紹介するに当たって、精一杯のお話をひねり出してあっといわせようとする。その効果をあげるために、彼は大急ぎで赤い首の絵を書きなぐっておいたのである。こうした画家の稚気は微笑ましく、さらに、机に向かってこのような物語を考えている作者の姿を想像すると、これまた微笑がうかんでくる。

なお、ビリーは説明するまでもなく男性の名前ウィリアムの愛称であり、これを作者が女子名として用いたのはどういうわけだろう。あるいは、男まさりの姐御《あねご》だから男の名をつけたのかもしれないが——。文中に×××××とあるのは伏字《ふせじ》といって、内務省の検閲にひっかかる恐れのある場合にとった手段なのである。編集者が原稿を読んで伏字にするケースと、作者自身が伏字にするケースとがあったが、なかには作者が面白半分で××××××××とやることもあり、雑誌社はこうした原稿に対しても稿料を払わなくてはならなかった。本編のケースは格別の意味はなくて、伏字にすることによって探偵小説めかしく見せかけようとしたのではないかと思う。二年おくれて発表された江戸川乱歩氏の《虫》なんかは、半分近くが伏字になっていたのだから。

掲載誌は「新青年」の昭和二年二月号。

《父を失う話》渡辺　温

本名同じ。明治三十五年八月二十六日、北海道上磯《かみいそ》郡谷好《たによし》村（函館の西）に生まれ、三歳のときに東京の本所区に転居。ここで下町の庶民感覚を植えつけられたという。長兄太郎氏は機械技師、そして次兄圭介氏は推理作

家啓助氏である。この一歳違いの兄に刺激を受けて、温は中学生の時分から習作を始めた。やがて成人すると博文館に入り、横溝正史編集長のもとで「新青年」の編集にあたるが、昭和五年二月十日、不慮の事故で死去。享年二十七。


　氏の作品は大半が掌編あるいはコントと称されるもので、本編も例外ではない。この作者はおそらく気立てのやさしい性格だったのだろうか、社会の矛盾をつこうとする場合でも、《可哀想な姉》のように、メルヘンとして処理していた。そうした意味で渡辺温は、成人向けの童話作家でもあったのである。

「探偵趣味」昭和二年七月号発表。

《決闘》城戸シュレイダー

別名城田シュレーダー。経歴不詳。


　昭和六年度の「新青年」は「新人十二ヶ月」のタイトルのもとに、一年間にわたって新しい探偵作家を紹介していこうという企画をたてた。このアンソロジーの第一巻に再録された米田三星氏の《生きている皮膚》は新年号に載ったものであり、つづいて二月号に発表されたのが本編であった。

　読者は、本編を三分の一ほど読みすすんだあたりで、不貞の妻にそそがれる夫の視線を意識して、やがて彼女に加えられるであろう残酷な制裁を想像し、不吉な予感をいだかされる。この時点で読者は、怪奇小説として受け取っているわけである。それが三分の二を越した頃になると、三角関係から生じる悲劇的な結末を予想して、通俗小説でも読まされたような不満を覚える。だが作者は、ラストに意外な幕切れを用意しておいて読む者をあッといわせるのであった。この作品は怪奇小説だとはいえぬけれども、サゲによって非常に気のきいたものとなっているので、敢えて紹介することにした。

　作者は「犯罪実話」などにも橘外男ふうの人獣交婚の怪奇譚を書いているが、正体は不明である。《決闘》の掲載誌の編集後記によると作者はドイツ人だと記されているが、ハテ、これはどうであろうか。シュレイダーというドイツふうの個有名詞は姓であって名前ではあるまい。城戸リヒャルトとか城戸プリッツとでもしてあればともかく、日本人の姓とドイツ人の姓とを結びつけたのは不自然という他はない。

　一方、作中のフランス人ゴウモンに、ハミルトンというアングロサクソン系の名をつけたのも奇妙だし、仮にハミルトンと名づけたとしても、フランス人なのだからアミルトンと発音されなければならない。また、ヨランダはラテン系の女子の名であって、それをヒゲづらの男性の姓にしたのもおかしい。こう考えてくると、バタくさい筆名を使っているくせに、この作者は西洋の事情につうじていないことが分かる。それやこれやで到底ドイツ人だとは思われないのである。

片岡鉄兵氏の作例にもあったように、当時の作家はこと西洋人の名に関するかぎり、無知といって悪ければ、至極おおまかな神経を持っていたようだ。

《奇術師幻想図》阿部徳蔵

本名同じ。戦前は奇術の研究家として知られた人で、古今東西の奇術師の伝記にもくわしかった。奇術に関する随筆を書いたほか、大衆雑誌「キング」その他に奇術小説などを発表。推理作家の大坪砂男氏は甥だと聞いたことがあるが、確認してはいない。明治二十二年東京に生まれ、昭和十九年死去。


本編は十五枚程度の短いもので、とりたてて怪奇な事件が起るわけでもなく、作者の筆も淡々としているのだが、新しい奇術の考案に苦慮する奇術師の気持は、トリックの案出に苦悩する本格派の作家に一脈つうじるものがあって、編者としてはそれが面白かった。

マンゴーの術というのはインド奇術として知られたもので、奇術師が観客の前でマンゴーの種子をまくとそれがみるみるうちに成長して結実するといった内容である。しかし事実はそうではなくて、術者はマンゴーの種を鉢に蒔き、布切れでカバーしている間に双葉がでたべつの鉢とすり替える……といったように幾つかの鉢が替えられていくうちに、実をつけたマンゴーが出現するのだといわれている。

ロープで天に昇る術もまた有名なインド・マジックだが、これは誤伝であって実際には存在しないものだとされている。が、一説によると必ずしもそうではなく、観客は洞穴のなかに坐らされ、奇術師は穴の外で演ずるのだともいう。当然なことながら観客の視野はせばめられるわけで、その視界からはずれた死角を利用して術者がトリックを使うのだそうである。

本編の掲載されたのは「犯罪実話」の昭和七年二月号であった。

《幻のメリーゴーラウンド》戸田　巽

本名は大阪善次。明治三十九年五月三日、神戸市に生まれる。現在は神戸で発刊されている随想誌「少年」の同人。戦前の「新青年」「ぷろふいる」に幾つかの短編を書き、戦後も復刊した「ぷろふいる」その他に作品を載せたが、二十七年以来は沈黙している。

本編は「ぷろふいる」昭和九年八月号に発表された。戸田巽は同誌に《目撃者》《隣室の殺人》《相沢氏の不思議な犯罪工作》など計八編の作品を載せており、のちに「新青年」にも進出した。

この作家は鬼面人をおどろかすということは好まぬ性格とみえ、〝血も凍る恐怖!〟などとは無縁の、日常的な出来事にミステリーで味つけした短編を書きつづけたのである。

《霧の夜》光石介太郎

別名青砥《あおと》一二郎。本名は光石太郎。大正五年六月九日、福岡の産。昭和六年の「新青年」に「新人十二ヶ月」のメンバーの一人として《十八号室の殺人》を発表した。

これが第一作で、のちに「ぷろふいる」にも幾つかの短編を書いている。後、純文学に転向。戦後は「宝石」に一編発表したきりで消息を絶っていたが、先頃「幻影城」に旧作が再掲されたのを機に探偵小説の創作活動を開始した。茨城県在住。

標的にした女が次第に縮んでいってゼロになるという話は幻想小説ふうであるが、作者がラストにさり気なく用意しておいて紙包みを開く段になると、一瞬にして怪奇小説に変わるといった凝った趣向が面白い。

戦前の話だが、北満のある都会で、黒い布切れの包みを胸にしっかり抱いて、宙を見据えてさまよいつづける狂人を見かけたことがある。街を歩いていると、日に何度かこの男とすれ違った。彼はやせた三十歳前後のロシヤ人で、ピッタリと身についた黒ずくめの服を着ていた。私は映画「カリガリ博士」に登場する眠り男セザレを連想して、ひそかにこのロシヤ人をロシヤふうにツェーザリと名づけていた。噂によると愛児を失って以来気がおかしくなったのだそうで、黒い包みは亡き愛児の遺骸のつもりなのだという。本編を読んだ私は、ゆくりなくも四十年前に見た哀れな父親ツェーザリを思い出した。

掲載されたのは「新青年」昭和十年の新年号である。

《魔像》蘭　郁二郎

別名林田葩子《はなこ》。本名は遠藤敏夫。大正二年九月二日、東京の生まれ。平凡社から「江戸川乱歩全集」が刊行された際の付録雑誌「探偵趣味」に投じた《息をとめる男》が第一作に当たる。これが昭和六年のことであり、やがて同好の士とはかって同人誌「探偵文学」を発行することになる。戦争中に報道班員として南方前線へ赴く途中の昭和十九年一月五日早朝、搭乗機の事故のため死去する。享年三十二。

本編は昭和十一年の「探偵文学」五月号に発表された。別記したとおり同好者が集い合って発刊した同人誌で、大慈《だいじ》宗一郎、中島親の諸氏が仲間であった。同人誌の例に洩れずこの雑誌も一年ほどで廃絶するのだが、蘭郁二郎に創作活動の場を提供したということで記憶される価値がある。

蘭郁二郎はSF初期の作家の一人であった。そのため海野十三氏からも好意をもって見られていたというが、海野氏が帆村荘六探偵を主人公に本格物とSFの融合をはかったのに比べると、郁二郎は論理による謎解きにはほとんど関心を示すことがなかった。

《画《マスク》》横溝正史

本名同じ。明治三十五年五月二十五日、神戸に生まれた。一時期「新青年」の編集長をつとめ、垢ぬけした青年雑誌としての性格をつくる。その後、大患を克服して専業作家となった。戦後の本格派としての創作活動が後進に大きな影響をあたえたことは、周知のとおりである。

戦前、作者が好んで書いた怪奇物である。殊更に奇をてらうでもなく、力むでもなく、淡々とした筆致で綴られた物語は、小声で語られているにもかかわらず、ガランとした展覧会場の壁に反響して、恐ろしさが一段と増幅されるようだ。

昭和十一年六月の「週刊朝日」に載った。

《壁の中の男》渡辺啓助

本名渡辺圭介。明治三十四年十月二十日、秋田市長野《ながの》下新町《したしんまち》で生まれる。処女作は昭和四年の「新青年」に書いた《偽眼《いれめ》のマドンナ》だが、これは人気のあった映画俳優岡田時彦の名で発表された。当時の氏は九州帝大の学生であった。のち旧制八女《やめ》中学に教師として職を奉じる。伝記小説作家小島直記氏、スパイ小説作家中薗《なかぞの》英助氏はこの頃の教え子であった。また、本書のカットを担当した渡辺東《あずま》女史は氏のお嬢さんである。

渡辺温氏がリアリズムに背を向けてロマンを追求した作家であるとすれば、弟思いのこの実兄は、ロマンを描く手段としてリアリズムをこき使った、といってもよいだろう。氏の作品の大半は短編だが、そのどれを読んでも総合商社のエリート社員などの人間ばなれした人物は登場してこない。主役や脇役を演じるのは、つねにアパートの隣室に住んでいそうな小市民ばかりである。本編の主人公もそのような、いわば啓助小説の常連なのだ。だが、主役がありふれた平凡人であることによって、彼の遭遇する怪奇の物語は、より切実な恐怖感を伴ってわれわれの心臓に爪をたてるのである。

昭和十二年の「モダン日本」八月号に発表された。

《喉》井上　幻

経歴不詳

終戦とともに数多くの探偵小説誌が発刊されたが、探偵公論社刊の「真珠」もそのなかの一つであり、昭和二十二年四月に創刊号を出して計六冊を読者の手に送った。本編は二十二年十二月号に発表されたもの。他の人はどういうか知らないけれど、私にとっては「真珠」のなかで最も印象に残った作品であった。

怪奇小説と銘打たれたこの一編は動きが少なく、主人公である〝わたし〟の心理描写に終始している。その点から推測すると作者は戦前の文学青年であって、この短編もまた戦前に書かれていたのではないかという気がするが、井上幻のことは何一つ分かっていない。当時の編集長だった橋本善次郎氏にたずねてもらったけれど、氏も本編の作者については記憶に残るものがないそうだ。

探偵小説専門誌「幻影城」の島崎編集長にこの話をすると、自分は水上幻一郎氏の変名の一つではないかと思う、という意外な説を吐いた。なるほど、双方の筆名に共通した文字が幾つかあることを考えると、島崎説を一笑に付するわけにはいかない。この水上氏は戦前から甲賀、小栗、海野氏達と交わりのあった人で、井上幻と同時に、つまり二十二年十二月号の「ぷろふいる」に《Sの悲劇》を発表しており、両者は登場した時期もピタリと一致するのである。ただ水上氏はヴァンダインふうの純本格を書いた人だから、井上幻とはあまりにも作風が違いすぎる。これが島崎説にすなおに同調できかねる理由なのだ。

その水上氏が「幻影城」に書いた近作を読んでいるうちに、意外な発見をした。それは、この中編に登場する稲本善次郎という人物の姓が、先にしるした「真珠」の編集長橋本善次郎氏と一字違いであることであった。ともすると作家は無意識のうちに友人知人の名を作中人物につける傾向があるもので、ときどき思わぬ失敗を招くのだけれど、その伝でいくと、水上氏は「真珠」の編集長を知っていたのではないかと考えられるのである。だが生憎なことに、目下のところ水上氏は所在が不明なため、残念ながら島崎説を確かめるすべはない。

なお、二百八ページ下段初めから九行目の「脳裏」は、雑誌では「頭裏」となっていたもの。誤植と思われるので訂正したことをお断わりしておく。

ついでにもう一つ記しておくと、野呂邦暢氏の近作に、《喉》とは逆に被害者の立場から描いた《剃刀》という小篇がある。殺人魔の正体を悟ったとき、客の背後には犯人の床屋が剃刀を持って立っていたという恐怖譚である。

《葦》登史草兵

本名は斎藤草兵だという。大正十年山形県に生まれたこと以外は何一つ分かっていない。昭和二十七年に登場して短編を三本書いただけで、早くも二十九年には筆を折っている。

掲載誌は「探偵実話」昭和二十八年三月号。氏の作品としては本編のほかに《蟬》とか《鬼》とがあるだけで、余技作家というよりもアマチュア作家と呼んだほうがふさわしいのだが、しっかりした筆力から判断するとズブの素人だとは思えない。この人もまた、正体不明の謎の作家なのである。

《眠り男羅次郎》弘田喬太郎

関西の産らしいが、経歴不詳。本姓は岡田氏か。「宝石」「探偵実話」「探偵倶楽部」などに二十編ほどの短編を執筆し、昭和三十五年十二月十九日死去。

先に経歴不明と書いたけれども、推理作家の会で顔を合わせれば仲よく談笑したのである。「弘田さん」「鮎川さん」と呼び合っていたのだが、さて弘田喬太郎が本名かどうかという問題になると、正面切ってたずねたこともないし、なんともいえない。当時在京していた二人の妹さんが揃って岡田姓だったことから、これが氏の本姓ではないかと想像するわけで、大した根拠はない。

また関西の産と考えるのも、もう一人の妹さんが大阪居住ということであるのと、本編の作者がかすかに関西訛りの言葉を喋ったように記憶するところから、そう推測したに過ぎない。

「日本探偵作家クラブ会報」の三十六年一月号に「クラブ会員弘田喬太郎氏が暮れに死去された」旨の訃報が載っており、二月号に中島河太郎氏による追悼の言葉が掲げられているが、本編の作者について語られた文章はこれが唯一のものである。それをそっくり引用するわけにはいかないから要点をピックアップしておく。

作者の没後、中島氏が妹さんに故人の経歴について問い合わせたところ、返書にはその点については何も触れられておらず、死に至るまでの様子がしるされてあったという。その年の夏頃から執筆の意欲が失せたとこぼしていたが、十年前に患った胸の病気が再発したとみえ、やがておし迫った十二月に入院したものの、半月後の朝ひっそりと息をひきとったということである。

妻子のない氏にとって、最後をみとるものがなかったのは気の毒というほかはない。温厚な性格の持主だったというのが、氏に接した人々の共通した印象になっている。

「宝石」昭和二十九年七月号に載った。これは氏の第一作である。

《蛞蝓妄想譜》潮　寒二

後年になって寛二の筆名を用いた。東京の産で本名は飯田武州《たけす》。生年も経歴も未詳である。「幻影城」の島崎博編集長の調査によると、昭和七年の《逃げた死体》が処女作だというから、筆歴はかなり古いことになる。戦時中を除き、昭和三十年代の後半まで書きつづけた。

後年になって寛二の筆名を用いた。東京の産で、本名は飯田実。生年も経歴も未詳である。「幻影城」の島崎博編集長の調査によると、昭和七年の《逃げた死体》が処女作だというから、筆歴はかなり古いことになる。戦時中を除き、昭和三十年代の後半まで書きつづけた。

五十一年十月、本書を見たといって、作者から次の略歴を送ってきた。
〈俗称を武州《むしゅう》。明治四十三年八月十五日、東京新宿の外れで産声をあげた。法政大学に学んだが、月謝が納められず中退。何度か職を変え、昭和七年、怪奇探偵小説《逃亡した死体》を発表。これが処女作。以後少年読物を書く。応召二回。二十四年春より第二次文筆活動に入り、探偵小説、時代小説等を書き、三十年後半に筆名を寛二に変えたが、間もなく文筆稼業から遠ざかり、今は勤めながら銭にならない原稿を書いている〉

潮寒二の作品には香山滋のような秘境物もないではないが、大半は怪奇味の濃い短編で、編者もどれを選ぶかで苦労をした。本編は「探偵実話」昭和二十九年九月号に載った典型的な潮作品であり、氏独特のねっとりとした筆で、陽のあたらぬ陰湿な世界を描いている。本編以外にも《蛆《うじ》》だとか《蚯蚓《みみず》の恐怖》だとか《蟇《がま》》だとか、いやらしい虫を主題にしたものが何本かある。

この作家とはただ一度だけパーティーの席で顔を合わせ、挨拶をかわしたことがあった。二十年前の私の微かな記憶によると、色白で小造りの人だったように思うのだが……。ともかく、互いに書く物の傾向が違いすぎるため、親しく口をきく機会もなかった。

《窖地獄》永田政雄

昭和二十五年に初登場。一ダース前後の短編を発表して三十三年に筆をおく。経歴不明。大阪在住の人だという。

五十一年十一月、八王子市在住の作者の旧友村田弘氏からのご連絡で、作者の健在であることがハッキリした。しかし作者の希望によって本名その他を明らかにすることは遠慮しなくてはならないので、本人に問い合わせて届いた略歴をそのまま誌しておく。
〈岡山県に住む。病院勤務の公務員。昭和七年生まれ。定年後は再び創作の筆を取る気持あり……〉

この作者の第一作は、昭和二十五年二月の「別冊宝石」のコンテストに投じた中編《葛城悲歌《かつらぎエレジー》》である。葛城山麓の別荘を舞台に、私立探偵が失われた宝石を捜すおっとりとした物語であった。当時の名探偵が氾濫する風潮のなかで、この探偵は人間味のある非スーパーマンとして描かれており、そうした意味で記憶に残っている。だからこの人が第二作《人肉嗜食《ししょく》》でグロテスクを追求する怪奇作家に変身したときは、別人ではあるまいかと眼をこすったものだ。本アンソロジーでは《悪魔の舌》

を初めとして人喰《カニバリズム》いをテーマとした作品を集めてきたので、永田小説としては右の第二作を採りたかったのだが、八方手をつくしたもののテキストが発見できずに断念した。

本編の掲載誌は「探偵実話」昭和三十二年四月号。

《人肉嗜食《カンニバリズム》》永田政雄

この作者の第一作は、昭和二十五年二月の「別冊宝石」のコンテストに投じた中編《葛城悲歌《かつらぎエレジー》》である。葛城山麓の別荘を舞台に、私立探偵が失われた宝石を捜すおっとりとした物語であった。当時の名探偵が氾濫する風潮のなかで、この探偵は人間味のある非スーパーマンとして描かれており、そうした意味で記憶に残っている。だからこの人が第二作《人肉嗜食《カンニバリズム》》でグロテクスを追求する怪奇作家に変身したときは、別人ではあるまいかと眼をこすったものだ。

本編の掲載誌は「探偵実話」昭和二十六年五月号。

＊　＊　＊

〈追記〉『怪奇探偵小説集❷』所収の城戸シュレイダー氏作《決闘》の解説で、外国人の姓や名の記述が少々無神経に過ぎるようだと記した。しかしあの原稿には後半があって、それが読者の目に触れることにより首尾一貫した内容になる筈《はず》だった。滅多に発生しないミスによって、肝心のその部分が届いていなかったことを、私は第二巻を手にしたときに初めて知った次第である。そこでこの度その部分を追加して、改めて第三巻に掲出してもらうことにしたのである。

さて、某日のことだが、山前譲氏から電話があった。話の内容が何であったかは忘れてしまったが、通話を終えて送話器をかけようとしたとき、ことのついでにちょっとした質問をしようという気になった。世代の違うこの人が、期待する返事をしてくれる確率は極めてゼロに近いことは重々承知の上であった。

私が尋ねたのは、戦前に城戸シュレイダーという投稿家がいたが、その正体を知っているかねということだった。ところがこの人は予想もしない返事をして私を喜ばせてくれたのである。山前氏はこともなげにこう答えた。城戸シュレイダーさんは城戸禮《れい》氏と同一人ですよ、と。一作か二作を書いただけで消えていった謎の作者の正体が城戸禮氏のたわむれの別名であったとは、指摘されてもなお信じることができなかった。

「ボクも、城戸禮氏にくわしい人から聞かされたばかりなんですが」と山前氏はつづけた。それによると城戸禮氏はすでに故人となったが、死の直前まで月に一編というペースで長編を書き上げ、その原稿は同じ出版社から刊行されていたのだそうだ。ところがどうした手違いからかA紙にもB紙にも氏の死亡記事が出なかったので、そうしたことを知らぬ読者から出版社に対して、次回の長編はいつ発売になるのかという問い合わせが相次いだ、とのことである。

通話が終わり受話器をかけたあと、私は暫《しばら》くの間ぼんやりと頬杖《ほおづえ》をついていた。とその瞬間、思いがけなく城戸シュレイダーという筆名に秘められた謎が解けたのである。

若き日の城戸氏が筆名をシュレイダーとしたのは不注意からくる誤記ではなくそこには然るべき理由があってのことだった。犯行現場にA・Nのイニシャルを残したアルセーヌ・ルパンの故智に倣《なら》ったか否《いな》かはさておいて、城戸氏もまた筆名におのれの正体を示す手掛りを残していたのである。城戸シュ禮ダーと名乗ることによって……。

《逗子物語》橘　外男

《ナリン殿下への回想》で直木賞をとったこの人は、自分が探偵作家に分類されるとは夢想もしなかったことと思うが、本編《逗子物語》あるいは《蒲団《ふとん》》のようなすぐれた恐怖小説、怪奇小説を残したことを考えれば、卓越した才能を持つミステリー作家に相違ないだろう。

推理小説誌の「ロック」はライバル誌の「宝石」よりも一ヵ月はやく創刊された。かつて同誌の編集室をたずねた私は、編集長に無理をいって、作家の原稿というものを見せてもらった。そのなかの一つが橘氏の短編で、最後の一枚の余白に自画像が描かれていた。武骨で大きな手を合わせ、稿料を早くたのみますといっているマンガである。

小説の文体からみると若干気むずかしげな作者のように想像されるが、この意表をついた戯画はなかなか効果的かつ印象的で、五十年を経過した今日でも記憶に残っている。

作者は明治二十七年に金沢市で生まれ、昭和三十四年に東京で没したということだ。

本編は昭和十二年の「新青年」八月号に発表された。

今回は日本推理作家協会々員の早川節勇氏と「幻影城」の島崎博編集長からテキスト提供の面でご協力をいただいた。また《恋人を喰べる話》について二人の読者の方からテキスト提供の申し出を受けた。四氏のご好意に対して厚く謝意を表します。

怪奇探偵小説集・続々　解説

はじめに

先に出版した「怪奇探偵小説集」は「正編」「続編」ともに好評で、ここに「続々編」を出すことになった。冒頭の二編は江戸川、横溝両氏がおなじテーマによって書き上げた、いわば競作ともいえるもの。これらの作品は個人全集もしくは選集に収録されたことはあるが、肩を並べるのは本巻が初めてのケースになる。そのほかに、左頭弦馬氏をはじめ、昨今では名を聞くことも稀れになった作家の珍しい秀作をとるべく努力した。

推理小説の世界では、記憶にのこる一編を書いて消えてしまった作家が何人かいるし、また通俗雑誌上で発表したため作品そのものが通俗味の濃い安っぽいものと見なされるという、損なケースもある。編者はつとめてそうした方面にも眼をむけたつもりでいる。と同時に、現役で活躍している作家の作品は避けることにした。この人達にも力作秀作はたくさんあるが、それらはまたあらためて紹介する機会があることと思う。阿刀田高氏の近作《わたし食べる人》はほんとうに人肉を食ってしまう話で、ＳＦとユーモア小説と怪奇小説とが混然として一体になったユニークな一編だが、新作という理由で見送らねばならなかったのは残念であった。

《双生児》江戸川乱歩

この筆名はいうまでもなくアメリカの作家であり、推理作家の鼻祖と称されるエドガー・アラン・ポーの音《おん》を日本風に綴ったものである。習作時代には藍峯の字をあてたという。本名は平井太郎。明治二十七年十月二十一日に、三重県名賀郡名張町（いまの名張《なばり》市）に生まれた。大正十年に《二銭銅貨》を発表して以来、一貫して推理小説の振興につとめた。昭和四十年七月二十八日卒去。

この短編は《一枚の切符》で一躍探偵作家としての地位を確立した氏の五本目の作品にあたり、「新青年」大正十三年十月号に発表された。

自分にそっくりの兄弟がいたらばさぞかし愉快だろうとは誰しも想像することであって、少年時代の私も双生児の友達をみて大変にうらやましく思ったものだ。そして成人してからは、ふた児の父親になりたいと念願した。近頃は排卵剤を利用すれば比較的容易に双生児が生める時代だから、私がもう少し若かったら女房にこの薬をのませて、念願のふた児のおやじになれたものをと、残念に思う。

しかし双生児兄弟にしてみれば、自分に瓜二つの兄なり弟なりがいることは、場合によっては迷惑であろうし、うっとうしい思いがするときもあるだろうし、ときには強烈なライバル意識の対象として憎悪を感じるようになるかもしれない。だが元来が仲のいい兄弟なのだから、憎悪感を抱くようになるのは、一方が敗者となった場合に限られる。作者はそうした双生児の心理の動きを踏まえたうえでこの一編を書いた。

なお氏はレンズや鏡に人並み以上の興味を持っていたらしく、後年《湖畔亭事件》や《鏡地獄》などを発表しているが、その萌《きざ》しが本編にあらわれているのも面白い。

ついでにもう少し説明しておくと、この小説が書かれた頃は一万円あれば一生利喰《りぐ》いをして遊んで暮せる時代であった。当時はまだ丹那トンネルが貫通していなかったため、東海道線はいまの御殿場線経由で、山北、御殿場をとおって沼津にでたのである。

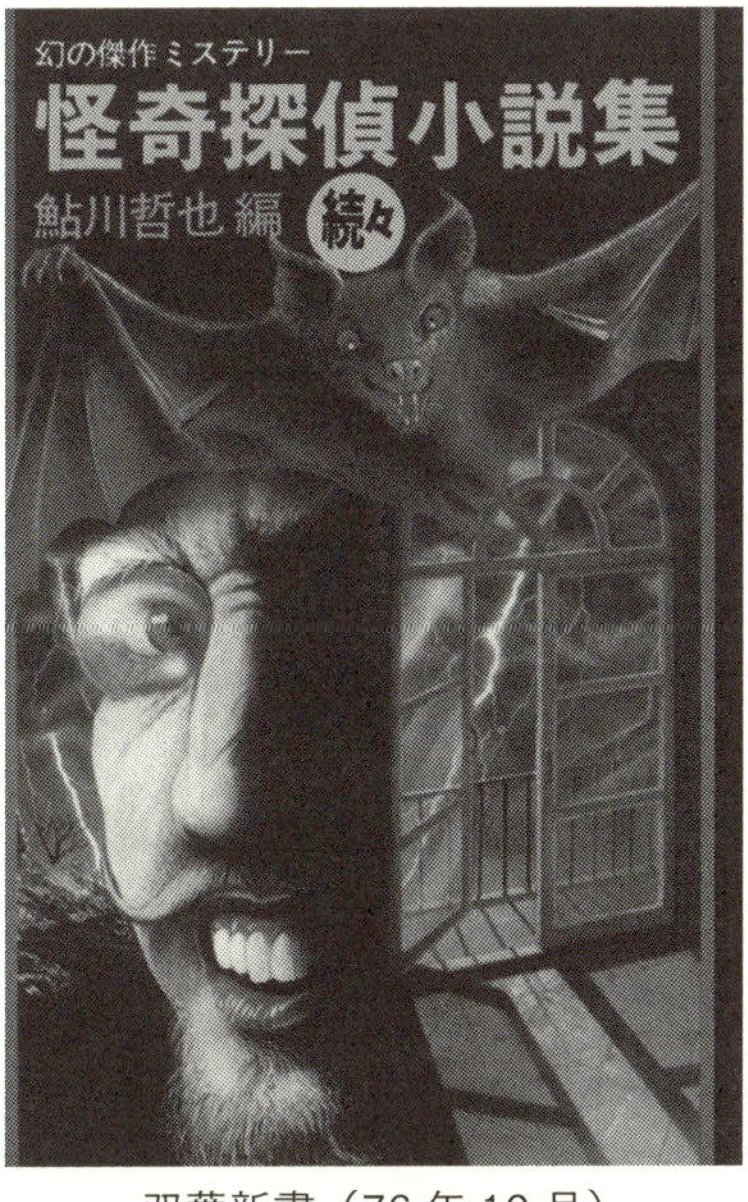

双葉新書（76年10月）

《双生児》横溝正史

本名はまさしと読む。明治三十五年五月五日、神戸市に生まれた。昨今の横溝ブームによって若い読者層に本格物の面白さを認識させたことは、知らぬものがない。いまさら紹介の必要もない第一人者である。

初出誌は昭和四年二月の「新青年」新春増刊号である。つまり、江戸川氏の同題の作品に遅れること四年という計算になる。

江戸川乱歩氏の《双生児》では、入れ替わった弟が細君に少しも怪しまれずに結婚生活をつづけたことになっているのだが、本編の作者は、そこに疑問を感じたのではないだろうか。夫に密着していた妻である以上、外形はそっくりであっても違和感を覚え、怪しみだすのが自然だ。江戸川氏も作中でしるしているように、特に閨房《ねや》において発覚する公算が大きいはずである。作者はそこに焦点をあて、疑惑を抱いた妻に視点をおいて、物語をふくらませていった。

一般に探偵小説は結末が分かってしまうと読み返しがきかないといわれている。が、本編は再読することによって一段と興趣が増すという、凝った構成をとっている。それがこの一編の大きな特長であると思う。

《踊り子殺しの哀愁》左頭弦馬

経歴不詳

これを怪奇小説として本巻に加えるには異論のある向きがいることと思う。だが、左頭弦馬の作品に触れる機会は滅多にないので、敢えて紹介することにした。左頭弦馬については「幻影城」の昭和五十年七月増刊所載の光石介太郎氏の随想がくわしい。それによると左頭弦馬は京都の「ぷろふいる」編集部で編集者として勤めたあと、上京して、東京側のわかい探偵作家のグループに加わった。イギリスの怪奇俳優クリストファー・リーを醜くしたような大男で、初対面の誰もが圧倒されたという。だが、こと志と違って東京ではかなり窮迫した生活を送ったらしく、ときには囚人が喰うようなもっそうめしで飢えをしのいでいたそうだ。やがて京都に帰って親類の家に厄介になっているうちに、脚気衝心《かっけしょうしん》で死去する。どうやら昨今の推理作家からは想像もできぬほどのすさまじい生活を送った模様で、死病となった脚気はビタミンBの不足によって生じるのだが、それもまた東京の無茶苦茶な食生活からきたものではなかったろうか。

左頭弦馬の作品といっても、「ぷろふいる」の編集をしていた時代にものした数編しか残されてはいない。それ等のタイトルを見ると、どれにも花びらとか匂いだとか月といった文字がついている。悪漢小説の作家が悪漢であるとは限らぬように、ロマンチックな小説の作者がロマンチストだとは断定できないけれども、性格破綻者といわれる左頭弦馬の心のなかには、花を見ても星を見ても涙するやさしさが隠されていたのではなかったかという気がする。

掲載されたのは「ぷろふいる」昭和八年九月号。一九三三年六月五日脱稿としるされている。

《皺の手》木々高太郎

本名は林髞《たかし》。医博、慶大教授をつとめた。探偵小説芸術論を唱えて甲賀三郎氏に論戦を挑んだことは有名。戦後は文学派の総師であった。明治三十年五月六日、山梨県西山梨郡山城村に生まれ、昭和四十四年十月三十一日、東京で死去。

これは怪奇小説というよりも怪談と呼ぶべきものだと思うが、先年個人全集もでたことであり、有名な作品は多くの読者の眼にふれているであろうと考えて、比較的なじみの薄い本編を紹介した。探偵小説芸術論をとなえた氏の作品としては、必ずしも好個のサンプルではない。しかし結末近くの看護婦の独白の前あたりから、いわゆる木々ぶしになっている点に興味を感じる。「月刊文章」の昭和十一年八月号に発表。

《抱茗荷の説》山木禾太郎

本名は種太郎。明治三十一年二月二十八日、神戸市に生まれる。西田政治氏と共に関西探偵文壇の長老であったが、東京側には情報が乏しく、海洋測器製作所支配人から探偵作家となったという程度のことしか伝っていない。戦前の長編《小笛事件》は甲賀三郎氏の《支倉事件》と並んで犯罪実話に取材した秀作として知られた。昭和二十六年三月十六日死去。

山本禾太郎が「新青年」に登場したのは夢野久作氏と一緒であった。すなわち、同誌の懸賞募集に応じて禾太郎は《窓》を、夢野氏は《あやかしの鼓》を投じ、ともに入賞した。その後もこの二編は両氏の代表的な短編として、しばしば全集や選集にとられているのである。

　この二人は生まれも同年であったが、夢野氏がはなばなしく書きまくって忽然として逝《ゆ》いたのに対して、禾太郎はむしろ寡作家で、ゆっくりとしたテンポで書きつづけ、戦後も新聞あるいは雑誌の連載をこころみている。

　第一作の《窓》がそうであったように、山本作品としては法律分野に材をとったリアリスティックな内容のものが多いのだけれど、その反面《二階から降りて来た者》のような怪談、あるいは本編のような幻想小説ふうな作品も手がけた。

　山本、夢野両氏は作風において両極端に位置するようだが、その違いを端的に示すものとして、擬声語の使用度がある。夢野氏がドンドン、ピョンピョン、プリンプリンといったオノマトピアを頻用するという、一般常識の逆手をとって独特の効果をあげているのに対して、禾太郎はその使用を極度に押さえている。これは一方の他に対するライバル意識からでたことではなく、最初の作品からしてそうなのである。

　本編は氏の短編中出色のもので、細かに読んでゆくと、ぼやかしが目立ち、矛盾もあるようだが、この内容を子供がよく見る怖い夢と見なせば、充分許されることであろう。「ぷろふいる」昭和十二年一月号に発表された。

《怪船『人魚号』》高橋　鐵

本名同じ。後年は性風俗の研究家として著名な存在であった。明治四十年十一月三日に東京の芝で生まれ、昭和四十六年五月三十一日に死去した。


　性風俗の研究で名の高かった氏に、怪奇小説の創作のあったことを知っている読者はさほど多くはないだろう。

　高橋鐵は、「オール読物」の昭和十二年十一月号に発表した本編を皮切りに、十編にのぼる短編を「モダン日本」や「新青年」に書きつづけた。曰く《去脳人間》曰く《明笛魔曲》曰く《野獣秘事》等々。そして十五年の「オール読物」新年号に発表した《太古の血》を最後に未練もなくプッツリと筆を絶ち、以後は二度と小説を書くことがなかった。その間の事情についてつまびらかにされていないため、読者の間には筆を折った理由について幾つかの憶測がなされているけれど、私見をいわせていただけば、要するに、ありもせぬ絵空事をでっち上げる作業に嫌気がさしたという、至極単純なことが動機ではなかったかと思う。すべての作家がそうだとはいえまいけれど、作家のなかには、自分の書くものに虚しさを覚えるものがいないわけではない。にもかかわらず筆を捨てないのは、小説を書かなくては食っていけないという事情があるからだろう。だが高橋鐵の場合は、幸いにして性関係の文献の蒐集も多く、その面で食べていくことができた。探偵小説の筆を折った理由は、ただそれだけのことと思うのであるが……。

《生きている腸》海野十三

別名丘丘十郎《おかおかじゅうろう》、本名は佐野昌一。十三を「じゅうざ」と読む人もあるが、正しくは「じゅうぞう」だという。この点については作者の生存中から混乱していた。氏がそれについて終始沈黙していたところをみると、どちらでもかまわぬ微々たることなのだろう。

代々医家だったが本人は電気工学を専攻し、その知識を活かして数多のSFを書く一方では、本名で科学書も出版した。

明治三十年十二月二十六日徳島市に生まれて昭和二十四年五月十七日、東京の世田谷で没。

海野十三は多作家であり作品の大半がSFであるため、怪奇小説のジャンルに入るものはそれほど多くはない。

本編の掲載誌は「X」の昭和二十四年二月号である。戦後間もない二十二年に「Gメン」という誌名の探偵雑誌が発行されたが、十冊を出して二十四年の一月号から改名された。それが「X」なのである。この雑誌の創刊当時は旧作の再録が多かったから、ひょっとすると《生きている腸》も戦前に発表されたもののアンコールであるのかもしれないが、いまのところ確証がつかめてない。

海野氏が敗戦によって受けたショックは他の探偵作家以上のものがあったらしく、一家の自殺を考えていたといわれている（ちなみに、大下宇陀児氏もおなじことを考えていたらしい。氏の場合は、用意しておいた青酸カリが毒性を失っていたため、自殺を思いとどまったと聞いている）。海野氏の戦後の作品が生彩を欠いているのは、栄養不足からくる体力の衰えと痼疾の悪化のためとされているのだけれど、わたしは敗戦から受けた打撃が大きすぎたためではないかと考えている。そうした事情を考えに入れてみると、本編に漂っている飄々《ひょうひょう》としたユーモア、あるいは敗戦直後の荒廃した描写が皆無な点からみて、執筆されたのは戦前ではなかったかという気がするのである。だからといって、戦前の雑誌に発表したものを、戦後の「X」に再掲したとはかぎらない。戦前に書いたものの活字にする機会がなくて筐底《きょうてい》に秘めておいた作品が、戦後になって「X」誌上で陽の目を見たというふうにも解釈できるからだ。さらにまた、わたしが戦前の作品ではないかと考える根拠の一つは、「X」に発表されたときの題名が旧カナ遣いで《生きてゐる腸》となっているからでもあった。昭和二十四年という時点ではすでに新カナが普及しているから、当然なことながら《生きている腸》とされなくてはならないのである。

《呪われたヴァイオリン》伊豆　実

経歴不詳

戦後まもない頃に国際文化社から雑誌「新日本」が発行されているが、本編が掲載された「探偵よみもの」はその別冊であった。

推理作家のなかには幾つかのペンネームを使いわける人がいるから安易に断定することは禁物だけれども、本編の内容から判断した限りでは伊豆実はアマチュア作家であって、作品はこれ一本だけのように思う。当時すでに「宝石」では新人による短編コンテストが始まっており、二十二年には島田一男、山田風太郎、香山滋氏等が、二十四年には岡田鯱彦氏等が登場していた。推理作家を志すものは、まずこちらに応募して力量をためすのが普通であるのに、伊豆実がことさら「探偵よみもの」（昭和二十五年八月号）に本編を投じたことから見ると、推理作家になろうなどという野心は一片だに持ち合わせていなかったことが分かる。

わが国にヴァイオリンが伝えられたのは宣教師に依ってであり、当然のことながらコンサートを目的としたものではなく宗教音楽を奏するためであった。年代も、渡来した土地が九州であることも、作中で語られているとおりである。したがって本編の作者はクラシック音楽、それも宗教音楽に興味を持つ男性であろう、ということが考えられる。もしこれが女性の筆に依ったものであるならば、ホモに触れられることはまずあるまい。また、音楽にくわしいことから本物の音楽家の筆のすさびという想像もできるが、音楽を業とするものにはアマチを破壊するような残酷なことは書けないだろうし、原文には新カナの誤用が散見するので、書くことに慣れた音楽好きのジャーナリストの作であるとも思えない。そうした次第で私は、美学を専攻した高校の音楽教師あたりではないかと想像するのだけれど……。

《天人飛ぶ》朝山蜻一

本名は桑山善之助。明治四十年七月十八日、東京の日本橋に生まれる。発明家として数々のアイデアを生む一方では、本名で純文学の作品集を上梓している。

「宝石」の短編コンクールに投じた《くびられた隠者》（昭和二十四年）が朝山蜻一の第一作である。これは、頸部を締められることによって恍惚感を味わおうとした男が、度が過ぎたために死んでしまったいきさつを、お手伝いさんの手記の形で綴ったもの。作者はその後も引きつづきサジズムあるいはマゾヒズムをテーマとした短編を発表し、その数は八十編に及んだ。が、やがて推理専門誌である「探偵実話」「宝石」「探偵倶楽部」などが廃刊となる頃から作品の数が減り、筆を折った。しかし、ほぼ十五年の沈黙の後、最近の「幻影城」に作品を発表するようになった。

　この短編は数えて九番目のもので、「宝石」昭和二十八年五月号に発表された。

《くびられた隠者》朝山蜻一

「宝石」の短篇コンクールに投じた本篇（昭和二十四年）が朝山蜻一の第一作である。これは、頸部を締められることによって恍惚感を味わおうとした男が、度が過ぎたために死んでしまったいきさつを、お手伝いさんの手記の形で綴ったもの。一読して私は江戸川乱歩好みだなと思ったものだが、直接作者にそれをいったことはなかった。氏はその後も引きつづきサジズムあるいはマゾヒズムをテーマとして短篇を発表し、その数は八十篇に及んだ。やがて推理専門誌である「探偵実話」「宝石」「探偵倶楽部」などが廃刊となる頃から作品の数が減り、筆を折った。しかし、ほぼ十五年の沈黙の後、「幻影城」に作品を発表するようになった。そしてそれは雑誌が休刊になるまでつづいた。

　氏と私とは、日本推理作家協会の前身である「日本探偵作家クラブ」の月例会に出席して言葉をかわす程度で、私交は全くなかったから、その人となりについては知識を欠いている。何でも当時は、いまでいう新宿歌舞伎町のどまんなかに住んでいたというから、いかにもSMに関心のある作家らしい話だと思っていたが、その家を二、三度尋ねたことのある松村喜雄氏の記憶によると、青線地帯のなかにあるとはいえ玄関のついたちゃんとしたしもた家で、主人は酸いも甘いも嚙みわけた学者タイプの、実直な人柄だったという。また、朝山蜻一と親交のあった氷川瀧氏の話では、本職を版下書き（書物の背文字などを書く）とする人で、明朝体の字を得意にしていた。本名で純文学を書き、氷川氏等と語らって同人誌「文学造型」をつくったりしたが、よく話し合ってみたら、二人とも戦時中に統合された「新作家」の同人であったことが判明したというから、根っからの文学青年だったのだろう。朝山蜻一はミステリーを書くときの筆名である。これは私もはじめて知ったことだが、身すぎ世すぎのためでもあろうか、社交ダンスの先生をしたこともあるそうで、鮮かなステップを踏んでみせたという。

「宝石」の発行元である宝石社が解散すると共に、多くの推理作家がペンを折ることになったのだが、氏もまたそうした作家のなかの一人であった。そして後に「幻影城」の島崎編集長のすすめで再びミステリーを書き始めるまでの十数年間を、好きな哲学（事実、哲学に人並み以上の関心を持ち、笑いをテーマに論文を書いたともいわれている）の研究に打ち込んだり、一転して画期的な性能を持つスピーカー（特にオルガンの音が理想的に再生されるという噂だった）の発明に凝ったりした。

「幻影城」に発表舞台を与えられた氏は毎月新作を書いていたが、やがてこの推理専門誌も休刊を迎えることになる。と同時に、朝山蜻一は再度ミステリー作家としての筆を折らなくてはならなかった。

《嫋　指》平井蒼太

江戸川乱歩氏には二人の弟がいた。末弟が敏男氏。そして次弟が通《とおる》氏。すなわち本篇の作者平井蒼太である。古地図の蒐集家、研究家として知られた岩田豊樹氏は平井兄弟のいとこに当り、私はこの岩田氏にインタビューを試み更に敏男氏にお会いして平井蒼太の人物像を掴もうとした。が、ともすると話題は若き日の乱歩氏のことになってしまって、平井蒼太については語られることが少なかった。岩田氏と同席してくれた松村喜雄氏が、「いざ話をまとめようとすると、何も残っていないでしょう」といったことがあるが、正にそのとおりであった。

平井蒼太は薔薇蒼太をはじめとして十指に余るペンネームを持っている。女角力《おんなずもう》の研究のときはこれ、川柳を発表する場合はこれ、といったふうに、それぞれの筆名を使いわけた。鬱屈した心情を叩きつけたような川柳には氏でなければつくれない独特の味があると思われるのだが、川柳ばかりでなく、小説の面でも独自の風俗研究の面でも才能を発揮したようである。

本来ならば小説家として一本立ちできる人であったろうに、実兄の乱歩氏が大きすぎたためにその陰にかくれてしまったのかも知れない。かくれたというよりも、何を書いてもかなう筈がないという諦念があったのだろう。私の知るかぎり、蒼太名で発表された小説は限られた数でしかなく、そのなかでも本篇はもっとも出来のいいものとして衆目の一致するところとなっている。戦後創刊された性風俗誌「あるす・あまとりあ」三十年八月号に掲載された。

「あるす・あまとりあ」の編集長をつとめた中田雅久氏は温厚な紳士であるが、その中田氏に電話で平井蒼太の印象をうかがってみた。深いつき合いはないから表面的な感想しかのべられないが、という前置で、つぎのような話をされた。当時の平井蒼太は後楽園球場に勤務していたので、毎回そこに氏を尋ねて原稿をうけとった。ついでに見てゆきませんかといわれて、スタンドに坐って試合を見物したこともある。後年の平井蒼太を変屈な人間のように書いた文章もあるが、当時の氏は実直でおとなしい感じで、老けた勤め人といった表現がぴったりくる人だった。ボソボソとした語り口で話をし、変り者という印象は全くなかったという。

本篇のタイトルである《嫋指》の読み方について誰もが頭をひねるのであるが、これは「じょうし」であろうということで大方の意見が一致している。中田氏の記憶では、原稿のタイトルにもルビが振ってなかったそうである。

巷間、江戸川乱歩氏の短篇には通氏の代作が混っているのではないか、と臆測する声が聞かれる。が、これについては松村氏も中田氏も言下に否定された。蒼太の文体が違いすぎるから乱歩氏の文章に似せて書くことは不可能だという点で、両氏の意見は一致している。江戸川氏が明らかにした代作による乱歩名義の長短篇があるが、これらにしても文体の相違は指摘されるまでもなく明らかである。文体模写は、ことほどさように困難なのだ。

平井蒼太は夏の終りに風邪をひき、それをこじらせて入院すると、一週間ほどして亡くなった。そのときの未亡人からの手紙によって、末弟敏男氏ははじめて兄が病気だったことを知ったのだった。

《くすり指》今日泊亜蘭

別名宇良島多浪、本名は水島行衛《ゆきえ》。大正元年七月二十八日、東京の下谷根岸に生まれる。推理小説及びＳＦの執筆は余技であり、したがって寡作である。

今日泊亜蘭は、水島爾保布《におう》画伯の子息だという話を耳にしたことがある。この作家はのちにSFの世界に進出していったので、なおさら顔を合わせる機会はなくなってしまい、ことの当否をただせぬまま今日にいたっている。もしこの噂が事実であるとするならば、私は今日泊亜蘭よりも、水島画伯のほうに馴染みがあった。この日本画家は版画作家としても知られた人だったが、私が親しんだのは氏の描いた漫画のほうなのだ。小学生の頃に買いあたえられた岡本一平編の漫画集のなかに、水島画伯の作品も入っていたからである。

今日泊亜蘭が推理小説専門誌だった「宝石」に今日泊蘭二の名で《夜走曲》を書いたのは昭和二十九年のことだから、もうふたむかしも前の話になる。氏がSFを指向したのはそれから間もないことであり、したがって本編のような探偵小説のジャンルに属する作品は少ない。その頃の作品として人狼伝説をテーマにした《白き爪牙》という好編もあるが、アンソロジーに入れるには少し長過ぎることから《くすり指》を選んだ。作者自身も米軍基地で働いた経験を持つのであろうか、その辺りの事情が克明にしるされており、怪奇小説としてばかりでなく風俗小説としても興味をそそられる。

掲載誌は昭和三十年の「探偵倶楽部」五月号であった。

《壁の中の女》狩　久

別名、貝弓子《かいゆみこ》。本名は市橋久智《ひさあき》。大正十一年二月十日、東京の高輪に生まれる。十年間に及ぶ作家活動ののち姿を消したが、最近の「幻影城」に一、二の作品を発表。CM映画制作に従事。

カリ・ヒサシではなく、カリ・キューと読む。昭和二十六年十二月の「別冊宝石」上のコンテストに《落石》を投じて三位に入選したのを皮切りに新鮮な感覚の作品を書いて注目され、二十九年には一ダースに及ぶ短編を発表して、才子ぶりを発揮した。作者は研ぎすまされた神経（といっても、いわゆる神経質とは違う。神経質の人間というのは言葉尻を気にかけがちのつき合いにくいものが多いが、狩久は社交性にとんだ、軽妙なジョークの巧い人だった）と都会的なセンスの持主であり、作品にもそれが反映して華麗な文体と洒落た味つけが特長となっていた。

本編もそうした好例の一つであって狩久の才能をうかがわせるに足る作品なのだが、才気にみちた作者は、この程度の短編などは一晩で書き上げてしまうのが常だった。だから狩久の小説はどれをとってみても苦渋の痕《あと》がない。

多作家狩久も、十年たった昭和三十六年には短編の数が二本という寂しいものとなり、三十七年に《落ちた薔薇》一本を発表して消えていく。推理作家の退場には、持っているものを燃焼しつくした場合もあるだろうし、作品の傾向が時流に合わなくて筆を折る場合もあるだろう。が、狩久には果たしてどんな事情があったのであろうか。

作者は昭和二十一年から胸を病み、一時は絶望を宣告されたというが、幸運にもその後に現われた特効薬のお陰で病状は好転し、七年に及ぶ闘病生活にうち勝つことができた。この《壁の中の女》はその頃体験をかなり忠実にとり入れたものである。発表された当時、「これはきみの《ヰタ・セクスアリス》だろう」と言ったら急に黙り込んでしまったことを覚えている。

「探偵実話」の昭和三十二年二月号に掲載された本編の原題は《壁の中》であった。

《呪われた沼》南　桃平

経歴不詳

「探偵実話」の昭和三十二年十月号に本編を発表した南桃平については、経歴をものがたる何等の資料もない。その作品も（他の筆名を用いていれば話は別だが）本編一本だけしかないのである。当時の編集長だった山田晋輔氏にたずねてみたけれど、作者についての記憶はないということだった。この雑誌の編集部では、地方作家から郵送されてくる原稿にも入念に目をとおしていたそうだから、《呪われた沼》もそうした投稿の一つだったのかもしれない。文章の達者なところは、「続編」所収の《葦》あるいは《喉》を連想させるものがある。

この一編は二十年前に書かれたにもかかわらず、漢字の使用を極力おさえている点では現代作品と変わるところがなく、いかにも書き慣れたプロの感じである。それやこれやで茨城県在住の、その土地の新聞記者ではないかと想像している。

《墓地》小滝光郎

経歴不詳

本名は光男。昭和八年一月二十五日、函館に生まれた。シナリオ・ライター。シナリオ作家協会会員。

ことわるまでもなくショート・ショートである。息づまるような怪奇小説を読みつづけた後では、こうした掌編で息抜きをし口直しをするのもいいだろう。この小説の主人公は完全に死んでいるくせに、埋葬されることに異論をとなえるという往生際《おうじょうぎわ》のわるい男なのだ。あるいはポーの《早過ぎた埋葬》の読みすぎかとも思うのだが、これは傍観者的な感想であって、当人にしてみれば笑い事ではないのかもしれない。その点、いずれは火葬に付されるであろうわれわれはこうした恐怖を味わなくてすむのだから、身の幸運に乾盃すべきであろう。

この小編は「宝石」の昭和三十六年六月号に載った。小滝光郎の作品としてはほかに《殺人者》があるだけである。なお、作者の名の正確な読み方は不明。あるいはオダキ・ミツロウとすべきかもしれない。当時の編集者に尋ねてもらったが、分からなかった。

《マグノリア》香山　滋

本名は山田鉀治《こうじ》。明治三十八年七月一日、東京の神楽坂で生まれた。死去したのは昭和五十年二月七日。行年七十。

香山滋は中途にして創作活動を止めたため、昨今の若い読者には「ゴジラの香山さん」といわなくては通用しなくなった。しかし、戦後間もない二十二年の「宝石」四月号に《オラン・ペンデクの復讐》をもって登場した氏は、その特異な題材と大衆好みのエロチシズムとに依って、あっという間に流行作家となったのである。

翌二十三年の作品数をざっと拾ってみると、それは三十五編の多きに達しており、月平均三本という当時としては桁はずれの量産であった。だがこの人気作家も、社会派の抬頭に反比例して作品の数が減ってゆき、三十五年には五本、三十六年と三十七年には創作がゼロという、十年前とは打って変わった寂しさとなる。そして五十年の春まだ浅い頃に、人々は氏の訃報を聞いて耳を疑ったのであった。

本編は昭和四十三年の「推理界」四月号に書かれたもの。この年の創作はこれ一本だけであり、氏の作品の終りから数えて三番目にあたる。いわば晩年の作品なのだが、それにもかかわらず少しも枯れたところがなく、作者の筆はみずみずしく且つ冴えている。氏が得意とした濃厚なエロチシズムの筆もこの作品ではセーブされていて、こうした描写のきらいな私などにとってはむしろ好意の持てる一編となった。香山滋がまだまだ書ける作家であったことは本編を一読すれば明らかであり、いまとなっては氏が筆を折ったことがなんとも残念に思えてくる。

《死霊》宮　林太郎

本名四宮学《しのみやまなぶ》。明治四十四年九月十五日、徳島市に生まれる。内科医で、東京目黒区の四宮医院院長。現在、「星座」「小説と詩と評論」などの同人、全国同人雑誌作家協会常任理事。

舞台は人里離れた一軒家。住んでいるのがブルジョワの息子に生まれた厭人癖のある洋画家とくると、類型的だ！　と非難されそうな気がする。だが恐ろしい事件が起こる場所としては銀座のまんなかなどよりも人里離れた土地のほうが効果的だし、そうした不便なところに住む人間はサラリーマンや商人では話にならない。そこはやはり自由業者ということになるが、自由業者のなかでも弁護士や医者は依頼人や患者との関係があるから、山里に引っ込んでいたのでは仕事ができない。加うるに彼等は血色がいいので凄味がでず、怪奇小説の登場人物としては失格なのである。となると、画商からも無視されているような、偏屈者の画家が一番の適役となってくるではないか。

この作品、冒頭の精神病院の伏線もよく効いており、優等生が書いた怪奇小説の感がある。昭和四十五年の「推理界」六月号に載った。

＊　＊　＊

「正編」所収の松浦美寿一氏の《B墓地事件》について、児童文学作家の小寺佐和子氏から、岡本綺堂作《兄妹の魂》及び田中貢太郎作《雀が森の怪異》とストーリーが似ているというご指摘を受けた。じつをいうと、講談社系の探偵作家木蘇穀《きそこく》氏の《小指の怪》も同趣向のもので、各作家とも中国の同一の怪奇小説から着想したようである。本稿を書くに際して「捜神記」「西陽雑記」「稽神録」その他を開いてみたが、出典は分からなかった。おそらく「剪灯新話」あたりではないかと見当をつけている。それほど面白い話だとも思えぬものに、四人の作家（もっといるかも知れない）が創作意欲を触発されたわけが私には理解できないのだが……。

本巻の資料は島崎博、早川節勇、故渡辺剣次の諸氏並びに日本推理作家協会事務局から提供して頂きました。筆をおくに当たって各氏のご好意に厚くお礼を申し上げます。

鉄道推理ベスト集成　第1集　解説

中編と短編、あるいは中編と長編のボーダーラインをどこに引くか。それを厳密に規定することはできないし、またそうしたことは必要でもないのだけれど、まず常識論からすれば百枚以下を短編、三百枚以上を長編と呼ぶべきだろう。つまり中編とは、百一枚から二百九十九枚にわたるものの謂《いい》ということになる。

鉄道物と限らず短編はアンソロジイなどで再読される機会にめぐまれている一方、長編は単行本として刊行されるから、これまた比較的容易に眼にふれるチャンスがある。だが、ここに憐れをとどめるのは中編で、帯に短し襷《たすき》にはなんとやらのたとえのとおり枚数が中途半端である点がわざわいして、アンソロジイからは敬遠され、といって一巻の本にまとめられることもない。

この一聯の鉄道アンソロジイでは、主として中編に力点をおいて編むことにした。自賛すればわが国では初めての試みであり、大半の読者にとっては初めて触れる作品であろうと思う。

「蒔かれし種」——本田緒生

別名あわぢ生。本名は松原鉄次郎。明治33年4月、名古屋の産。この一巻中では最年長の作家になる。大正末の名古屋には医学者で探偵作家の小酒井不木、伝奇小説作家の邦枝史郎氏などが旺《さかん》な文筆活動をしており、それに触発されて本田緒生も「新趣味」「新青年」に探偵小説を発表するようになった。本編は氏の作品としては長いほうに属するもので、所有者に不吉な事件が起るという呪われた真珠と、青年探偵秋月とが織りなす連作の、第三作に当っている。「新青年」の大正14年4月号に掲載された。岡崎市居住。

発表時の筆名はあわぢ生であったが、本田緒生名儀に統一したいという作者の希望によって訂正した。本田氏は幼少にして養家へ貰われたため、商売第一の養父の眼をぬすんで創作しなければならなかった。ペンネームはあわぢ生と本田緒生の二種あるわけだけれども、筆名を二つ用いればそれだけ発覚する危険は少なかろうという苦肉の策だったのである。

緒生という奇妙な名前にも由来があった。投稿するに当って実家の北尾姓をもじって木多緒生と記入したところ、活字となった作品では本多緒生に誤植されていたので、それを本田緒生に改めて用いたのであった。

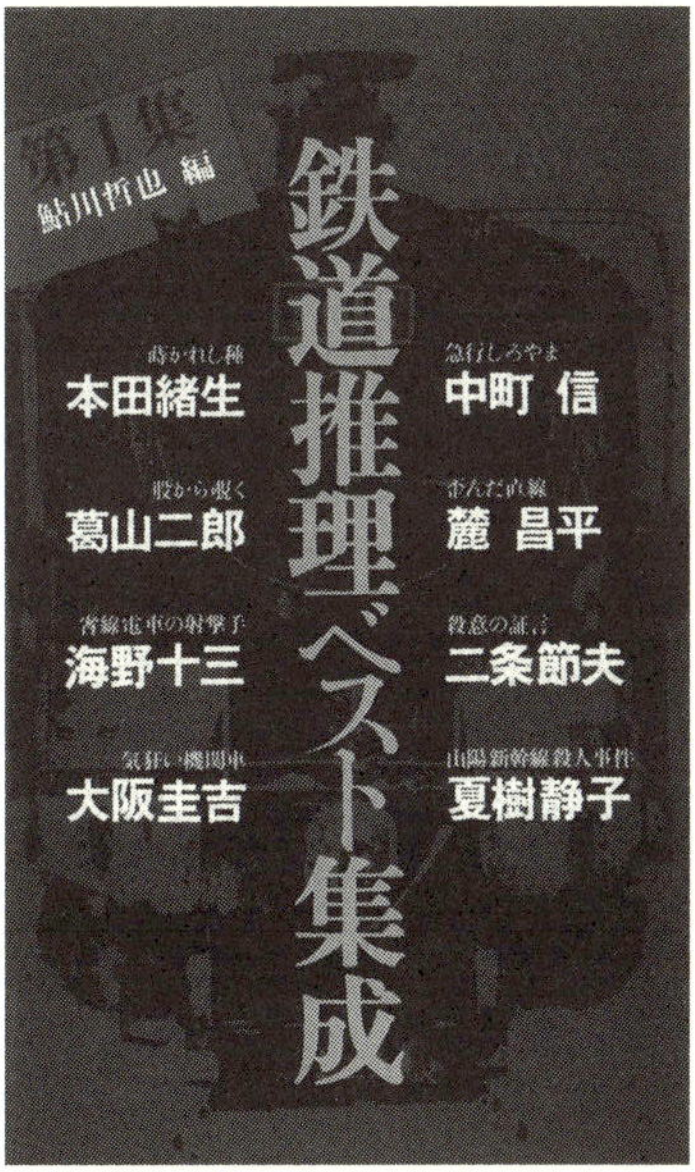

徳間ノベルズ（76年11月）

処女作は《呪われた真珠》と題する短編で、資産家の令嬢の変死体が発見され、髪にさしていた真珠のかんざしが紛失して、恋人の青年秋月圭吉が不利な立場に追い込まれるが、独特の推理の才能を発揮して真犯人を破滅させる話。

つづいて発表された第二作《美の誘惑》では、前作に登場した令嬢の妹百合子にあてた秋月圭吉の書簡の形で事件が物語られていく。このしろうと探偵の友人に永井という楽天家がいて、彼の美人の細君が殺される。その指輪にはめられていたのがあの不吉な真珠であったという設定で、作者には呪いの真珠と秋月探偵を狂言廻わしとしてシリーズ物を書く意向があった。本巻に収載した《蒔かれし種》はその三作目に当るもので、氏の作品としては最も長い。

氏はさらに《或る夜の出来事》（これには秋月は登場しない）を「探偵趣味」に書いたが、最後の《三つの偶然》はプロットをまとめた段階で止っている。若き作者は肥料問屋の経営を委されたため、それ以後は創作する余暇を失って筆を折ったのである。

それから五十年。全く消息不明だった氏の健在がひょんなことから明らかとなり、編者もインタビューのためにお尋ねしたことがある。この十年来医師にかかったことがないという元気さであった。なおアラ・ナジモヴァ(alla Najimova)はロシア生まれのアメリカ女優で、無声映画時代に「椿姫」や「サロメ」に出演してスターとなったという。

「股から覗く」――葛山二郎

本名おなじ。明治35年3月28日、大阪に生まれる。のち関東州の旅順で少年時代を過し、成人して撫順市で工場の経営にあたるが、敗戦のため一切を放棄して帰京した。大正12年の《噂と真相》を第一作として昭和10年まで断続的に短編を書き、戦後は三編を発表したきりで筆を折った。そしてその後二十年間にわたって消息不明の状態がつづいたが、最近になって伊勢原市に健在であることが判明。どの作品にも本格物にプラスしたアルファがあり、本編で奇癖の青年がそれに当る。「新青年」昭和2年10月号に発表された。

若き日の作者は、当時の三大ヴァイオリニストだったクライスラー、ハイフェッツ、エルマンの音の相違を論じた一文を草して、これを菊池寛氏に送ったことがある。その文才をみとめた菊池氏は、谷崎潤一郎氏と帝劇のクライスラー演奏会へいく途中わざわざ葛山二郎の下宿先を訪れて、リサイタルに同道したのであった。

後年、葛山二郎は神戸高工を受験するために西下したが失敗し(のち補欠でパスした)、止むなくある病院の研究所に入ってアルバイトに励む。尤も戦前はこうしたドイツ語は一般化していないから、その頃の表現を用いれば「苦学」をしたことになる。この病院で、たまたま入院した谷崎氏とパッタリ顔を合わせて、「キミがあのときの青年……、ほう」といったことになるのだが、この同僚に、実験用として飼われているサルを抱いて、自分の腕を咬ませたりして恍惚感にひたる若者がいた。作者は、この友人の被虐趣味に焦点をおいたら面白いものが書けるのではないか、と考える。

このアルバイト時代に、氏は急性盲腸炎となって入院し、手術を受ける。やがて麻酔が切れてパチリ眼を開けたが、どう努力をしてみても、自分がどのくらい眠りつづけていたか見当がつかない。そのときふと頭の上の壁に貼られた日めくり暦に眼をやると、9の数字が出ていた。「もう九日になったんですか」とびっくりする氏に、掃除のおばさんが笑って「今日は六日だわよ」と答えた。6の数字を下から見上げたために生じた錯覚である。本編の作者はこの経験談を盛り込むことによってストーリイに味をつけ《股から覗く》を書き上げたのであった。

　先にもしるしたように氏の文才は菊池寛氏をして「こんな固い論文ではなしに小説を書きなさい、雑誌社はボクが紹介するよ」といわしめたほどであったし、それとはべつに、ひと晩で書き上げた三十枚の《噂と真相》が「新趣味」（博文館発行の探偵雑誌）の懸賞で一位に入選したこともあり、筆力については自信を持っていたものと思う。そこで《股から覗く》も「新青年」（おなじ博文館から「新趣味」と並んで発行されていた雑誌）の懸賞に投じ、みごと入選したのであった。作者にとっては《噂と真相》《利己主義》につづく第三作にあたる。

　本編はオールドファン達の多くに忘れ難い印象を刻みつけているのだが、それは主人公である青年のいっぷう変った人物設定と、その描き方にあると思う。しかし本格物として読んだ場合は、必ずしも完璧な作品とは言い切れず、そこに小首をかしげる人がいるようである。偽アリバイの証人の出現は全くの偶然に依るものであって、もしこのマラソン青年が通りかからなかったら、犯人のアリバイは成立しないことになるからだ。

　そうしたわけで、本編の投稿に対して選者達がどんな見解を示しているかまことに興味のあることなので、左記に引用してみる。

　なおこの懸賞に一位に入ったのが葛山氏で、二位はこれもまた往年の探偵読者に記憶されている瀬下耽という作者の処女作《綱《ロープ》》であった。引用文中、瀬下氏の作品に関する件りは省略するとして、まず掲載順に江戸川氏から――。


〈偶感――江戸川乱歩〉

　一二等とも従来ありきたりの型を出ていないのが、これこそ探偵小説の新傾向だと思わせるほどのものを含んでいないのがものたりない。とはいえ、従来の型としては両者ともかなり優《すぐ》れた作といえよう。これまでの懸賞当選作にはなかったものだ。

　好きからいえば、私は二等のほうが好きだ。あれを読んだ時には、「これは」と思って横溝君に手紙を書いたほどだ。谷崎潤一郎氏の「不幸な老婆」（であったか）の味やチェスタートンのブラウン物の味などが思い出され、何かしらデリケートな感じが好きであった。書き方も大人だ。

　一等のほうは前《まえ》振《ぶ》れが大き過ぎたせいか、あとで読んだせいか、いいなと思ったのは、いうまでもなく、股から覗く味だ。僕の好きそうなことであまりほめるのもおもはゆいが、汽車の下から胴だけが、見えるところだとか、鉄橋でせまって来る機関車の正面を向いて股をのぞき、エクスタシイに死ぬところだとか、正直をいうと、とても好きでたまらないのだ。不満のほうは、落ちがあまりあっけないことだ。股から覗くということと、6と9の間違いということは、誰でもすぐ連想すると思う。一番初めに数字が出た時、アアあれかと思い、結末が案の定それなので、非常にものたりない。折角股から覗く味が、減殺されるのじゃないかと思う。この落ちは、もっとずっと短いものには思いつきだが、重い前半に比してあまりに手軽く、失望を感じさせるようだ。

いろいろ言えば言えるが、この二篇ぐらいのものなれば、既成作家（探偵の）の従来の作品に比して、少しも見劣りはしない。ひょっとしたら勝っているかもしれない。

昨年の新進作家号の時にも感じたことだけれど、僕は近ごろ自分の旧作の校正をやって、いやでも古いものを読まされているが、読みながら感じるのは、後から来る人は損だということだ。僕の評判のよかった作などに比べて、この当選二篇、勝りこそすれ劣っていない。それが僕達だけ買い手に不自由せず、稿料が高くなっているなんて、妙なものだと思う。ということは、あとから来る者は、やっぱり前人未踏の地を開く外はないということにもなる。

未踏の地といえば、既成作家は既成作家でやっぱり悩んでいる。僕なんか新しい興味が発見出来ないで、いつまでも書けないでいる。現在の探偵小説では、もうひきつけられない。何か新しいものが出なければ（誰かが出してくれればいいのだ）これきり探偵小説と縁切れになるのじゃないかと思っている。

だがこれは、読者というものはつぎつぎ変わってゆくのだし、作者のようには飽き飽きしていないだろうから、一般的のいい方ではないかもしれない。

〈面白くは読んだけれど――大下宇陀児〉

「股から覗く」は、題名がまず面白い。私自身、題名の下手《まず》いのが気になっているせいか、この題には少なからず感心させられた。で、読後感をいうと、総括的にいって確かにいいものである。さすがに五百有余篇中から選び出されただけのものは充分ある。文章のつながりがややぎごちない感じもあるが、加宮君の妙な趣味を面白くも書いてあるし、殊に、鉄橋上の場面など、読んでいて肌《はだえ》に粟を生ずるほどの描写でもあった。でしかし、これほど面白く読ませて貰いながら、いざ批評をするということになると、いやでも多少の非難をしなければならぬというのは、それはこの作に、かなり多くの書き落しがあるからである。編集室での批評では小さいことを珍らしくよく考えてあるとのことだったが、そしてそれにちがいないのだが、またそれだけに書き落しが大分気になるのである。たとえば、これは誰でも気のつくことであろうが、結末のところが非常に書きたらない。私などは、最初あの乞食の証言を読んだ時に、作者が推理しそこなったのじゃないかな、と思ったくらいである。浦地君が番号札を二度貼りかえたこと、乞食が見たのはその二番目であったこと、そのくらいは証明してあったほうがよくはなかったろうか。また、日吉町と衣笠通りとの辻にいた通過証を渡す人が、何故浦地君の溝の中へ飛び込む姿を見なかったかということも、どこかで証明して欲しかった。三つの道路によってなされる直角三角形の斜辺三門筋の溝が四分間で走り抜けられるという点から考えて、例の辻から溝までの間はかなり遠い距離で、その間に種々の邪魔物があったのだろうと思われるが、読者は決してつねにピタゴラスの定理を応用しながら探偵小説を読むものではないのである。先頭を切っている浦地君の走る姿を、辻に立った男は必らず眺めていたにちがいない。それならば何故、溝の中へ飛び込むのが見えなかったか、とこう疑うことになるのではないか。それから、これは私一人の感じかもしれないが、話の筋が二つに割れているとはいえないかしら。加宮君の奇妙な性格を――それが大変に面白かったが――詳しく描写してあるために、興味は加宮君の行動の方へより多くかかっていって、それがために本筋のほうの話がややお留守になっていはしまいか。つまり、あれほどよく考えた筋が、少しく殺された気味のあるのを、私は非常に惜しく思うのである。が、しかし、それにしても作者、葛山氏はいい頭の持ち主である。

後略

〈難《かた》いかな本格探偵小説――甲賀三郎〉

懸賞当選作に「股から覗く」と「綱《ロープ》」とを得たことは大なる喜びであります。両者ともその文章その構想ともに既成作家の水準《レベル》を十分に突破しています。

「股から覗く」を第一位、「綱《ロープ》」を第二位におくこともおそらく誰人《たれびと》も異論ありますまい。

「綱《ロープ》」は総括的にいえば新味にとぼしい、形式的にもまた内容的にも。ただしかなり手堅い作品です。

「股から覗く」は股から覗くところの変態的な人間を巧みに描き、巧みに駆使している。われわれの興味は殺人事件そのものでなく、むしろこの変態的人間の身の上にある。殊に汽車に追われながら往生を遂げるところは実に巧みです。

ただ、探偵小説的のトリックになると遺憾ながら両者ともかなりの破綻を見せています。それは本格探偵小説がいつでもそのトリックの上で非難されるごときものではあるが、両者ともに脳漿《のうしょう》を絞って水も洩らさぬように仕組まれたものが、なおかつかくのごとき破綻があるとすると、もって本格探偵小説のいかに作り難きかを嘆ずるの外はないでありましょう。

中略

「股から覗く」のマラソン中の殺人のトリック、あれは私は全く不可能事《ふかのうじ》だと思います。こういうと作者はさだめし腹を立てられるだろうが、そして限られたる紙面では委細を尽くすことは出来ないが、異論があるならば改めて議論をしてもいいと思います。けれどもこのことは決して全篇的にいたって致命的な打撃ではありませぬ。たとえば江戸川乱歩君の「屋根裏の散歩者」の殺人も断じて不可能事なのでありますから。そしてあの作が傑《すぐ》れたものであることは異論がないのですから。

まず通関証の係りの人が先頭の一人が到着して走り行く後姿をいつまでも眺めないということもありますまい。またそのあたりに他は猫一匹いないということはありますまい。神戸全市に大きなセンセーションをあたえた催しでありますから。

が、かりに通関証係を欺くことが出来たら、立派なアリバイを生じたのですから、何を好んで危険をおかしてマークをひっくり返す必要があります。

考えてご覧なさい。彼のなすべきことは通関後岐路に入って、人知れずマークを引っくり返し、線路の向うへ出ると、ちょうど犠牲者が駆けて来て、しかも汽車が走って来る。嫌疑をかけるべき第二の犠牲者は踵を接して走って来る。この第二の犠牲者があまりに離れて走っていれば嫌疑をかけることが出来ません。彼もちょうど汽車の通過する時分に踏切の近所に来ていなければなりません。

彼は犠牲者を汽車の下敷にした後、ふたたび岐路を取りマークを引っくり返し、何くわぬ顔をして順路に出る。その時には嫌疑をかけるべき犠牲者は彼に接近して走っている。（接近して走っていなければ嫌疑をかけることは出来ません。）こんなきわどい芸当が、しかも彼と第一および第二の犠牲者の関係的位置が踏切を汽車が通過すべき瞬間において必ず一定であらねばならぬといったようなことが出来ましょうか。

のみならず、何故《なにゆえ》彼は危険をおかして（現に人に見られて、）二度までも溝の中に入りマークを引っくり返す必要があったのでしょうか。マークを引っくり返しても人が見てくれなければ何にもなりますまい。彼は殺人の現場で人に見られることを予期しましたか。彼は殺人の現場では人に見られることを予期して、二回の溝の中の仕事では全然人に見られないことを予期したのでしょうか。マークを引っくり返して嫌疑を他に向けるというのもあまりに幼稚なトリックではありませんか。

　と書きたてると、まるで攻撃をこととしているようですが、決してそうではありません。私はただ殺人の計画が不自然すぎることを指摘したので、それは本格探偵小説がいかに作るに難いかということの例証としたかったに過ぎません。

　前にものべたとおり、「股から覗く」一篇は殺人の手段の如何によって価値に影響するところははなはだ少ないのです。股から覗くなる人間が殺人事件の渦中に投じて、自ら笛を吹き自ら躍り、ついに宿命的な死に方をするのがまことに面白くしかも巧みに書けています。

　繰り返して申しますが、当選にこの二作を得たことを深く喜んでおります。

〈ちょっと生意気に——水谷準〉

　いつも思う。私は元来批評のできる人間ではないのだ。この烏滸《おこ》の沙汰をあえてやろうというそもそもは、私が「探偵趣味」で毎月投稿の感想をのべなければならぬ立場にあるためだが、今ふたたび考えてみるのに、作家たらんとする時代の人々の作ならばともかく、すでに発足した作家のものなどを、いちいちあれこれと、新聞の純文学月評程度なみにつついてみるというのは、それほどの効用を持っているかどうか、はなはだ疑わしく思うのである。たとえば現在の探偵小説が、変にゆとりのないものとなったというのには、確かにこの日本人特有の小姑《こじゅうと》式な月評気分に禍《わざわい》されたからだと私は信ずるのである。そのために、作家は始終動揺しなくてはならない。そして動揺のあまり、伸びるものまでが途中で折れてしまったり、また妙な方向に歪んだりした実例は、決してすくないことではあるまいかと思う。

　われわれはもっとはればれと歩いて行くべきである。そして世に容れられなかった作家達は公然と陥落すべきである。その時代においての陥落は必ずしも次の時代の埋没を意味しはしない。同時に、はればれと歩いて行く途中には、必ず末梢神経的ではないよき友達よき批評が得られるであろう。

さて、私は月々「探偵趣味」でやっている感想の程度で、「綱《ロープ》」と「股から覗く」の読後感をのべる。

中略

「股から覗く」――読む前から筋を聞いていて、ひどく感心していた。そして読んで見て、その書きぶりが、宛《えん》然《ぜん》小乱歩といったふうなので、「やったな」と思った。感心していた筋には、打ってつけだと考えたからである。

作者は余程乱歩党なのであろう。文字の選び方や文章の句読の打ち方なぞは、実際真似や思いつきではできないほどの心酔ぶりである。ただこの小乱歩は、本当の年はどうか知らないが、恐らくまだ若いように感じさせる。だからひた押しに押し切ってしまうところに、どこか力のたりない気持を味わわせる。たとえば、中心人物の加宮君の奇嬌ぶりは、読者に知らしめんがための作者の意図であることを、折々あからさまに感じさせるところがありはしないだろうか？　それ故、実感がいま少しの所で足を踏みはずしてしまうような不安が、たとえわずかにしても感じられるのである。だがこれは、乱歩氏と対照しての話のことだ。私はこの加宮君が、折々明智小五郎式な探偵ぶりを発揮するのをみて、何ともいえず微笑んだ。これは「綱《ロープ》」の語り手が探偵するのに比較して、実に自然だからである。

筋は実によく考えている。これはなまじっかに考えてみたところで、容易に浮かびだせるものではあるまい。しかし強いて難をいうならば、作者があまり筋を考えすぎたという点が、この作品の効果をいくらか弱めていはしないだろうか？　股から覗けば、6が9に見えることは読者の予測のうちにある訳だから、おしまいまで隠していることは無理な努力といわねばなるまい。そして、最後に犯人が9を倒《さか》しまにして6の番号に替えたくらいなのだから、このトリックを充分成功させるためには、むしろ途中で6が9に見えたことを割ってしまったほうが、そして何か別な方法で読者をひきずったほうが、かえって面白くはゆかなかったかと思う。しかしそれでは加宮君の素晴らしい死の場面が書けないかもしれないが、これはこれで独立した場面として書いてもいいわけだ。

なんかんと言うことは言っても、現在これだけの物語をさがし出すことはとうてい望み得べきではないように思う。その点で「綱《ロープ》」はたいてい作家には書けるものかもしれないが、この作だけは、今度の懸賞における唯一の収穫であったと揚言し得るであろう。

さすがは新時代の息が吹きかけられたか、この両者とも、期せずしてスポーツを中心としていたのは、見捨ててはならない現象のように思われる。

終りに、私が「探偵趣味」で毎月投稿を見ているから一言しようと思うのであるが、これは誰でもそういう感じに捉われるにちがいあるまいと思う。すなわち、これから出て来る探偵作家達は、みな文章があまりにも練れすぎている嫌いのあることだということは、その文章が折角の筋をまったく台なしの感じにするということが、投稿原稿等においては、あまりにも再々のことなのである。文章が練れすぎているがために、筋を壊《こわ》してしまうというのは、詭弁《きべん》のようにきこえるかもしれないけれど、部分的に実に光ったところはあっても、それが大局から見ては実に邪魔である場合があるものだ。私自身においてもしばしばそれを感ずるのだから局部的な文章のうまさなどは、これからの作家達にとっては、第二義のことだと一言してもいいように思われる。

〈懸賞小説読後感――小酒井不木〉

自分が取り扱おうと思って扱いかねていた題材を、他人が巧みにまとめているのを読むほど羨ましいことはない。「綱《ロープ》」も「股から覗く」も、偶然にも、私が取り扱おうと思って、扱いかねていた題材だったので、不思議な感じがした。ことに「股から覗く」は、その表題を見ただけではっと思ったくらいである。そうして二つとも、巧みにまとめられてあるので、私は羨望を禁じ得ない。

中略

股のぞきは私の子供の時分から好きなことなのである。拙著「少年科学探偵」のはじめに「菜の花や股のぞきする土手の児等《こら》」というまずい句を入れたのも、「股のぞき」に一種のあこがれを持ったからである。でやはり「股のぞき」を題材としたいと思っていたが、実を言うとこの題材は江戸川兄向きのもので（江戸川兄怒って下さるな）自分にはとても扱い得ないものだとあきらめていた。ところが今度「股から覗く」を見せられて、しかも股からのぞいた世界を、心ゆくままに示されて、すっかり嬉しくなった。この場合には、羨ましいというよりも、むしろ嬉しいのである。私がどんなに努力してもこれ以上にはまとめることが出来ぬからである。トリックそのものは、それほど奇抜とは思わぬが、汽車を持ち出したのは驚嘆に値する。そうして風呂だとか、溝だとか、何物を叙するにも、作者のこまやかな感覚が行き届いていて、一種の言うに言えぬ美と恐怖の世界を描いている。ただ結末に近づくにしたがって、作者が疲れたのか、または紙数に制限されたのか、いささか、河へはまって、衣服の裾を濡らしたという感じがないでもないが、とにかく、心地のよい作品である。

だが、六百篇近く集まった応募原稿から選ばれたものとしては、多少ものたらぬ感がないでもない。サンデー毎日の懸賞募集にもずいぶん沢山探偵小説は集まるらしいが、選ばれたものには傑作は乏しい。

「綱《ロープ》」も「股から覗く」も比較的よくまとまり過ぎているかもしれない。もっと荒削りでもよいから、がっしりした作品は出ないものであろうか。いずれにしても、大方の諸子に、一般の努力を望むものである。

「省線電車の射撃手」――海野十三

うんの・じゅうざとも読む。本名を佐野昌一といい、早大出身の理学士であった。初めは逓信省の電気試験所に勤めていたが、やがて《壊われたバリコン》を発表して本業作家に転進した。理学の徒にふさわしく作品は科学的な知識に裏づけされたものが多く、戦前における空想科学小説（いまのＳＦ）の第一人者だった。その一方では本格探偵小説も執筆し、帆村荘六という「科学」探偵を創造した。本編は昭和6年の「新青年」10月増大号に載ったもので帆村探偵の名声がまだ普遍的なものになる前の手柄話である。


省線電車とは、いまでいう国電のこと。略して「省線」と呼んだ。省線の前は「院線」といったそうだが、それはわたしの年代よりももう少し以前の話になる。因《ちな》みに院線とは鉄道省が鉄道院だった頃の謂である。

海野十三は科学小説（その時分はＳＦという名称はなかった）と探偵小説の双方で活躍した人で、その探偵小説も、ほかの作家に比べると科学的な味わいの濃いものであった。

ＳＦとしては《地球盗難》であるとか、少年時代のわたしが雑誌の発売日を待ちかねて読んだ《崩れる鬼影》などが、そして探偵小説としては《赤外線男》が記憶に残っている。

理学士だから数学が好きなのは当然のことなのだろうが虫喰い算にも興味を持ち、《暗号数字》という短編は全編が虫喰い算から成立しているほどである。

そうなると、探偵小説のなかでも論理的な理屈っぽいものが体質に合うだろうし、ひいてはクロフツの《樽》などは大いに感激して読んだ筈だが、豈計《あにはか》んや、こういう退屈な小説は大嫌いだそうだから意外だ。尤も、かくいう編者自身にしてからが、クロフツの理屈っぽいところに魅せられて、自分も似た傾向の小説を書いているくせに、虫喰い算などにはまるきり興味を持てないのだから、他人のことをとやかくいえるわけもない。

ところで、海野十三の諸作に登場する帆村荘六探偵のことだが、十三という筆名の読み方が混乱しているように、帆村の名前もソーロクと読む人とショーロクと読む人に分れている。作者はこれについても強いて訂正することをせず、読む者の自由にさせておいたようである。

それはひとまずおいて、考えてみれば帆村という姓も滅多に見かけない珍しいものだ。

作者がこの由来についてどんな説明をこころみていたか知らないが、わたしは、かのイギリスの名探偵シャーロック・ホームズの音《おん》を借りたのではあるまいかと想像している。戦前はホームズ（正確な発音はホウムズのほうが近いと思うが）と呼ぶ人と、綴りどおりにホルムスと呼ぶ人が相半ばしていた。同様にファイロ・ヴァンスはフィロ・ヴァンスとして紹介され、それを信じて筆名を廣播州《ひろばんす》とした翻訳家がいたように、外国人の氏名はかなりいい加減に発音されてしかも怪しまれることのなかった時代だったのである。だから海野十三はホルムスに当てはめて帆村とし、シャーロックに似かよった荘六の字を選んだのではないか。もしそうだとすれば、荘六は当然ショーロクと読まれなくてはなるまい。

ホウムズの例を持ち出すまでもなく、探偵作家にはそれぞれお抱えの名探偵がいる。そして大阪圭吉の場合、話を《省線電車の射撃手》に戻すが、作者は犯人の正体をカバーするために怪しい登場人物を何人も登場させて読者の眼をくらまそうと努める一方では、伏線を敷くことによってフェアプレイに徹しようとしている。読了してから、改めてそうした個所をチェックするために再読するのも、探偵小説を楽しむための一つの方法なのである。

「気狂い機関車」――大阪圭吉

出版部が大阪家に問い合わせたところに依ると、作者は明治45年3月愛知県新城市に生まれ、昭和20年7月にフィリピンのルソン島で戦病死をとげた。本名は鈴木福太郎である。昭和7年に甲賀三郎氏の推輓で「新青年」に発表された《デパートの絞刑吏》を第一作として陸続として本格短編を発表、戦前における数少ない本格派の旗手として将来を嘱望された。この《気狂い機関車》は昭和9年の「新青年」1月号に掲載されたもの。殺人トリックを理解するために、腰をすえてお読み頂きたい。

それは青山喬介なのだ。といっても喬介が登場するのは初期の数編であって、それ以後は名探偵なしで謎解き小説を書いている。

さてこの喬介は第一作の《デパートの絞刑吏《こうけいり》》で初めてお目見得するわけだが、冒頭で作者はこの名探偵について大略つぎのように紹介している。喬介は某映画会社の異彩ある監督として特異な存在であったけれど、あまり凝った作品をつくるので一般観客の支持を得られず、利潤を追求する映画会社の経営方針と意見が合わなくなって退社すると、一個の自由研究家になる。自由研究家の意味ははっきりしないが、勤勉で粘りづよくゆたかな想像力の持主でもあったので、犯罪事件に首を突っ込んで成功をみるのである。

本格物に登場する名探偵は、多くの場合、読者と知恵を競い合うように描かれている。例えばアメリカのエラリイ・クイーンあるいはベルギーのステーマン等は巻末近くで読者に挑戦をこころみ、犯人を推理するためのデータは十二分に提出しておいたから、この辺でホシの正体を指摘してみろというのである。こうした稚気を持ち合わせていない作家でも、最後の章をひらく前にじっくりと推理をすれば、おのずから謎が解けるように組立てている。しかし本編は名探偵が登場しているにもかかわらず、読者はそうした謎解きを楽しむようには出来ていない。もっぱら喬介のお説を拝聴して、なるほどそうであったかと感服するのだ。

大阪圭吉は調べて書く作家だといわれている。現在では取材をした上で執筆するのが当り前になっているけれども、戦前では珍しかったのである。作者のそうした特長は本編でも遺憾なく発揮されており、作者の正体を知らぬ読者は、大阪圭吉が国鉄マンだと思い込まぬとも限らない。この作品にしても、駅に行って取材しているうちにこうしたトリックを発見したのか、あらかじめトリックを設定したプロットを立てた上で取材に行ったのか、おなじ推理作家のわたしにも判断がつきかねる有様だ。

なお、第一の殺人の際のメカニズムは読み流しをすると解りにくくなる恐れがある。本編の面白さを理解するためにも、ぜひじっくりと読んで頂きたいと思う。

大阪圭吉には別に《とむらい機関車》という短編もあって、これも優れた作品である。ご一読をお願いしておく。

「急行しろやま」——中町信

本名は中町信《あきら》。昭和10年6月、群馬県沼田に生まれる。

医学図書の出版社に勤務し、推理小説を書くのは余技である。江戸川乱歩賞にも何度か応募して、そのたびに最終の選まで残りながら入賞を逸している。不運だともいえるが、同時に安定した筆力の持主であるということもいえるだろう。本格物が好きだから、書くものはすべて本格物に限られている。なお本編は「推理ストーリー」（いまの「小説推理」の前身）の44年８月号に掲載された。この作者の中編《偽りの群像》もまた鉄道物で、上野駅の小荷物預り所を舞台にしたトリックは出色である。

中町信は不愉快な上役とともに仕事をすることに耐えられなくなって、敢然と辞表を叩きつけると、しばらくの間は浪人生活を送ったことがあるらしい。その間に推理小説に親しみ、やがてみずから習作するようになった。その後、江戸川乱歩賞に応募すること数回、いつも最終回の選まで残りながら入賞を逸するという不運な思いを味わった。こうしたエピソードを紹介するのは作者を侮辱しようというのではなく、並ならぬ力量の持主であることを示すことになるのである。ここ一、二年は身辺多忙のため長編を創作する時間的余裕がなく、したがって乱歩賞に原稿を送っていないが、「今年は中町さんから投稿がないけどどうしたのでしょう」と文芸部長に心配させるほどの優秀な常連でもあるのだ。

本格物の作家は少年時代からの探偵小説好きで、長じて推理作家となるケースが多く、したがって長い歳月をかけて推理小説の骨法をマスターしたわけだが、中町信の場合はかなり短期間のうちに技巧をおのがものとしてしまった。つまりそれは本格物の書き手としての才能の素質にめぐまれていることを示すものであって、殊に本編は氏の快心作ではないかと考える。

中町信もすでに十年選手となった。余技作家であるためと毎年長編を一本ずつ書いていたため作品の数は必ずしも多いとはいえないけれど、それらのなかでも特に《偽りの群像》は上野駅の手荷物預り所を舞台にしたトリックに新味があり、秀れた本格中編となっている。いずれ機会があれば紹介したいと思う。

「歪んだ直線」――麓　昌平

本名は吉田昌八。耳鼻咽喉科医である。いまは廃刊となった推理小説誌「推理界」が企画した新人コンテストに投じて一位なしの佳作に入選したもので、同誌の昭和44年８月号に発表された。作者はこれよりも先に「宝石」の37年６月の増刊号に中編《濁ったいずみ》を投じており、八年ぶりの再登場であった。その後は同人誌「推理文学」に年に一本のペースで短編を書いていたが、本職の医業のほうが多忙なためか、ここ数年来筆をとることがなく、最近になって久し振りに《折れた首》を探偵小説専門誌「幻影城」に書いた。大正15年8月、福島県に生まれ、現在は横浜在住。

偶然ではあるが、本編は中町信氏の前作とタイミングを合わせるようにして同じ年の八月号に発表された。但し作者紹介欄にしるしたように中町氏のほうは「推理ストーリー」に、そして《歪んだ直線》は「推理界」のコンテスト入選作として掲載されたのである。

懸賞募集やコンテストに応募する人々は、まずその大半が何等かの職業についているのだから、いざ当選した場合に余技作家のレッテルを貼られるケースが多いのは当然のことになる。そして本編の作家も例外ではなかった。

その頃の雑誌にでたグラビア写真を見ると、作者は川崎の病院の耳鼻科に勤務していて、沢山の美人看護婦にかこまれていかにも幸福そうに見受けるのだけれども、推理小説を書きたいという気持はもっと前から持っていたらしく、「宝石」昭和37年の6月増刊号に《濁ったいずみ》を発表している。そして七年間の空白の後に書いた第二作がこの《歪んだ直線》になるのであった。その後は「推理界」に一編書いただけで同誌の廃刊に遭い、「推理文学」に《跛行《はこう》の影》ほか一編を発表するが、この同人誌の休刊とともに筆を折っていた。

最近に至って、探偵小説専門誌と銘打った「幻影城」に《折れた首》を載せたが、編集部より執筆依頼の電話をうけて初めてこの雑誌の存在を知ったという話だから、このところ氏の推理小説熱はいくらか醒《さ》め気味であるのかも知れない。が、この最近作は三年間に及ぶ休筆の後で書いたとは思えぬ達者なものである。

いまの麓昌平は横浜市南区六ツ川に自宅兼診療所を新築したそうだから、川崎の病院は退職したものと思うが、以前は国鉄保土ヶ谷駅からさして遠くないところに住んでいた。わたしがそのことを知っているのは、一時わたしも近くに仮寓して、毎日の散歩のついでに氏の家の前をとおったからである。門柱には本名と並べてこの筆名が掲げられており、その表札がかなり古びていたことから、わたしは、麓昌平が「宝石」に推理小説を発表するよりもずっと以前に、他の小説分野に筆を染めていたのではあるまいかと「推理」したものだ。

近年その辺りを通りかかったついでに寄ってみたが、

もう氏の旧宅は跡形もなくとりこわされ、別の家が建っていた。

「殺意の証言」――二条節夫

雑誌「推理界」の昭和44年9月号に掲載された。この作者はそれよりも七年前の「宝石」37年6月増刊号に第一作を書いている。本編執筆当時の氏は富山県の敷島紡績笹津工場に医長として勤務していた。本編について作者は「推理小説はなんと言っても第一にトリックですが、物的トリックはすでに考えつくされています。新しい道は心理的トリックの開拓にあるかと思います」と書いており、それが作者の姿勢である。二条節夫、本名は竹島丞次《じょうじ》。大正12年2月4日、東京の生まれ。

前掲の麓昌平氏とおなじく「推理界」の新人作家募集のコンテストに応じた作品で、《歪んだ直線》より一カ月おくれて九月号に発表された。このときは一位なしの佳作入選という結果になったが、勝負は時の運によって左右されるものである。あるいは、たまたまきびしい採点をする選者が顔をならべたために、非運に泣くというケースもないではない。「推理界」のコンテストがそうであったというつもりはさらさらないけれど、読者諸氏が選者の立場にあったらどんな点をつけるであろうか。本編と《歪んだ直線》をじっくりと読み比べた上で採点するのも楽しいことではないかと思う。

本編は鉄道ミステリーともいうべき前半と、被疑者たる高校教師と捜査官の攻防をえがいた二部仕立てという凝った構成になっている。こころみに前半だけ読んでページを閉じても、出来のいい鉄道ミステリーと触れ合った快い読後感が残るのである。

この作者が麓氏とおなじコンテストで甲乙を争ったことについては先にしるしたとおりだけれど、両氏は医師であるという点でも共通したものを待っている。そればかりでなく、推理小説を書き初めた時期までが同じだという浅からぬ因縁があるのだ。

麓氏が《濁ったいずみ》を投じた「宝石」の中編コンテストで、二条節夫もまた《第三の犠牲》をもって応募している。これは京都のある大学病院を舞台に、教授、助教授、講師間の暗闘をテーマとした本格推理だが、一方《濁ったいずみ》もまた、医大のボスである悪徳教授の非行を追及していく本格物で、どちらも医学界に材をとっていることが面白い。

作者紹介の欄に書いたように、《殺意の証言》を執筆した頃の作者は富山県下に住んでいた。今回、作品提供の許可を求めるべく電話をすると、数年前に退職しており現住所は判りかねるという返事である。アンソロジイを編もうとする場合、こうした事態にしばしば逢着するものだが、出版部としても編者としても出来るかぎりの手段を講じて作者の発見に努めなくてはならない。だが、東京都内ならばともかく、富山県ともなると安直に出かけていって調べるわけにもゆかず、困り果てた。

そうしたときに編者の頭にひらめいたのは、二条節夫夫人が児童小説の作家小寺佐和子女史と高校時代のクラスメートだったという、二条節夫の随筆で読んだ断片である。幸いなことに小寺女史と編者とは多少のつながりがあるので（女史は推理小説のきびしい読者である）、長野県在住の小寺家に電話を入れて尋ねてもらった。その結果、作者の現住所は容易に判明したのだが、意外にも鎌倉市内に転居していたのである。二条節夫と麓氏とは、同じ神奈川県に住むという共通点をも持っているのだった。

「山陽新幹線殺人事件」――夏樹静子

別名夏樹しのぶ、本名は出光静子。出生地は東京だが現在は名古屋市に居住している。夏樹しのぶの前名時代はいかにも世をしのぶといった感じの存在であった。が、江戸川乱歩賞に投じた長編《天使が消えてゆく》が上梓されて以来、別人のように大きく成長した。殊に昨今の活躍ぶりは流行作家のそれと変るところがない。元来、女というものは論理的な思考を不得意とする動物だと称されていた。だが、この説が女性蔑視論者のいわれなき偏見にすぎぬことを、作者はその作品で立証しているのである。本編は「問題小説」の50年10月号に掲載された。

この作家は森村誠一氏と乱歩賞を争って惜しくも賞を逃したことがある。そのときわたしは、二人受賞という前例があるのに、なぜ夏樹静子を入賞させなかったのかと強い不満を抱いたものだったが、スタートのつまずきに気をくさらせることなくつぎつぎと力作を発表し、いまや女流のホープとなったのは実力プラス根性の然らしむるところだろう。

乱歩賞から数年を経ずして、今度は森村氏ともども日本推理作家協会賞を受けることになった。この両人は推理作家きっての美男美女であるので、ライトを浴びた受賞者の上気した表情はまことに美しく、お祝いのスピーチのなかで菊村到氏が「花婿と花嫁みたいだ」といったときは参会者全員が声をたてて笑い、励ましと暖い拍手を送ったものである。

さて、本編を書いた頃の作者は本格物の作家に特有の稚気を発揮して、一連の作品に、同僚作家の筆になる有名作品の題名を借用し、これをもじって自作のタイトルとすることにした。本編の《山陽新幹線殺人事件》という題は、いうまでもなく森村氏の長編《新幹線殺人事件》のパロディなのである。

執筆当時の作者は北九州に住んでいたから、営業を開始して間もない山陽新幹線にもしばしば乗車する機会があったであろう。その経験が本編に活かされていることは説明するまでもない。なお雑誌に発表した原作には警察関係の記述に不正確な点があったとかで、その筋の人からアドヴァイスを受けて加筆訂正したものが本稿である。

見えない機関車　解説

はじめに

第一巻にあたる『下り〝はつかり〟』を編んだとき、その緒言《しょげん》において編者は「わが国の鉄道ミステリーはせいぜい五〇編しかない」と大見得《みえ》を切った。切ったのはいいが、その後になって鉄道短編が出てくるわ出てくるわ。大上段に振りかぶったダンビラの始末に困って編者はあわてざるを得なかった。しかしこれはうれしい狼狽《ろうばい》でもあったのである。

『下り〝はつかり〟』『急行出雲《いずも》』とつづいたこのシリーズは、本巻をもって締めくくりにするけれど、右にのべたとおり、タネ切れどころか、収録作品はどれも上々の物ばかりとなった。わたしがこうしたことを書くと、仲間からお前は楽天家だとみえて自慢ばかりしているといわれるが、事実をのべているのだから仕方がない。

加えて本巻の特長の一つとなったのは、女流の作品を集めた点にある。世間の男性は口ではチヤホヤしているものの、腹のなかでは女性を蔑視して、やれ感情の動物だのやれ毛が三本足りないのと勝手な陰口をきいている。フェミニストのわたしとしてはそれがいかにも口惜《くや》しいので、女性の名誉を挽回する意味からも、この特集をこころみたのである。これら諸作に見られる柔軟な筆遣いや発想には、男の作家の及びもつかぬものがあり、そこにとくとご注目いただきたいと思う。男性推理作家諸君は、これをしも編者の自画自賛だと非難するのであろうか。

カッパ・ノベルス（76年11月）

指環＝江戸川乱歩

本名平井太郎。明治27年名張市生まれ。明智《あけち》探偵初登場の『D坂の殺人事件』も好きだ。

これは大正十四年の「新青年」七月号に「小品二篇」という角書《つのがき》をつけ、《白昼夢》と並べて発表された。本編のような切迫した場面では、地の文でながながと心理描写をしていたのでは興を削《そ》ぐ結果になる。それを計算に入れたうえで、セリフだけの掌編としたものだろう。作中で蜜柑《みかん》の袋が大きな役をつとめている。この袋に読者の注意を集中させておき、その陰でダイヤを隠すというやり方は奇術師が用いるミスディレクションの応用であって、本格物にこの手法を上手に使うと面白味が一段と増すのである。これはその好個なサンプルともいうべき一編。

汽車の切符＝小酒井不木

本名は光次《こうじ》。明治23年愛知県生まれ。昭和4年死去。療養中犯罪随筆を発表。代表作は『闘争』

小酒井不木は医学者であると同時に探偵作家であった。単に年長だという理由ばかりでなく、処女作《二銭銅貨》を高く評価してくれた同郷の先輩という意味で、江戸川乱歩氏が兄事していた人である。小酒井不木は、まず探偵小説界が多くの読者を獲得することに目標をおいて執筆したため、なかには通俗味の濃いものも混じっている。本編もそうした例の一つで、これをもって作者の本領を云々《うんぬん》するのは早計であろう。

編者はなんとかして氏の作品を紹介したいと考えていたが、格好の鉄道ミステリーがなく、題名に魅《ひ》かれて本編を採ることにした。おそらく読者は作中に鉄道がまったく姿を見せないことに意外感を抱かれたものと思う。だが、あえて強弁すれば、その意外感こそ探偵小説の醍《だい》醐《ご》味《み》を生む要素の一つなのである。

なお文中に登場する女刑事は作者の空想だろう。婦人警官がわが国に現われたのは戦後の昭和二十一年のことであり、戦前の名古屋にだけこういう結構なお巡りさんがいたとは思えない。もしそれが事実だったとしたら、名古屋は犯罪天国になったに違いないのである。

同時代におなじく医家でありながら探偵小説を手がける正木不如丘《まさきふじょきゅう》氏がいた。筆名が似ていることから混同するそっかしい読者がいるけれど、まったくの別人。

汽笛＝佐左木俊郎

本名同じ。明治33年宮城県生まれ。昭和8年死去。探偵小説としての代表作は『恐怖城』

佐左木俊郎は新潮社発行の「文学時代」の編集長であるとともに、一方では農民文学の作家でもあった。戦後、その作品が不当に忘れられがちであるという点においては、「探偵文芸」の編集長であり、同時に探偵作家でもあった松本泰氏に似ていなくもないのである。

農民文学のほうでは《熊の出る開墾地》など一連の長編で知られているが、「新青年」そのほかの雑誌にも一ダース前後の探偵小説を書いた。さらにまたこの人の仕事として忘れられないのは、氏の肝《きも》入りで当時の探偵作家十名に長編を書かせ、新潮社から書きおろしの長編探偵小説十巻を発行したことだろう。浜尾四郎氏の代表作《鉄鎖殺人事件》や夢野久作氏の《暗黒公使》はこの全集のために書かれたものである。だが不幸にして氏は、自作《狼群》が配本となるひと月前に胸の病気で亡くなったのだという。

氏の短編集は凝った装丁の本をだすことで知られた赤《せき》炉《ろ》閣《かく》書房から刊行されており、本巻でもそれをテキストとした。《汽笛》は二十枚程度のみじかいものだけれど、なまじいに作者が探偵小説の技巧を弄《ろう》していないがゆえに、かえって悪ずれのしない新鮮な印象を残すことになった。

氏の鉄道短編には、ほかに《機関車》もあるが、こちらも淡いミステリーの味つけをしたもので、左翼作家の余技とでもいった内容である。いずれも氏独特のペーソスが忘れられぬ読後感となる。

急行列車の花嫁＝海野十三

本名佐野昌一。明治30年徳島市生まれ。昭和24年死去。編者は『赤外線男』が好きだ。

逓信《ていしん》省電気研究所を経て小説家となった海野十三は、一般には科学小説の作家として知られているが、探偵小説の作品も多い。

わたしが生まれて初めて書いた推理小説に《ペトロフ事件》という長編がある。その作中で舞台にした満州の夏河家子《かかかし》という海岸では、夏になると海浜図書館が開かれた。わたしはここで翻訳長編《トレント自身の事件》と短編《急行列車の花嫁》とを読み、前者の凡作にがっかりしたことを覚えている。

今般わたしのアンソロジーに《急行列車の花嫁》を入れたいと思ったものの、なにしろ四十年前に一読したきりであったから掲載誌名はもとより正確な題名も記憶にはない。そこで知恵を借りるべく『13の密室』（講談社刊）の編者である渡辺剣次氏に電話をすると、その場で資料をしらべて題と掲載誌が博文館発行の「講談雑誌」であることを教えてくれた。このときからわたしの「花嫁探し」がはじまったのだが、これが国会図書館にも日比谷図書館にも中央図書館にもなく、穴場といわれる成田図書館にもない。博文館の図書の一切を引きついでいるという三康図書館にも二度足を運んだが発見することができなかった。そこで海野十三未亡人に掲載許可を求め、そのついでに借覧しようとしたが、これも失敗に終わった。海野家では敗戦とともに一家の自殺を決意していたから書物の保管などは念頭になく、書庫は水を浴びて蔵書の大半が判読不可能の状態になったというお話である。

締切りは迫る。いよいよあきらめる他《ほか》はないのかと思ったときに、フト思いついたのは海野氏の郷里である徳島の図書館のことであった。名張市立図書館に江戸川乱歩氏の全作品が所蔵されているように、徳島市立図書館には海野十三の著書が集めてあるだろうから、ここにコピーの提供を申し入れればよい。それには現在横浜在住の徳島出身の作家、佃実夫《つくだじつお》氏に紹介をお願いするのが早道だ、と考えた。佃氏はかつて徳島市立図書館に勤務したことがあり、同地に海野十三の碑を建てることに奔走したばかりでなく《毛唐の死》という推理小説の作品も発表している。ともかく佃氏が残された最後の頼みの綱となった。

ダイアルした後は予想もしないほどトントン拍子にことが運んだ。「講談雑誌」は持っていないが《急行列車の花嫁》を含めた単行本『深夜の市長』(春秋社刊)が手許にあるからそれを貸そうという返事だったからである。こうして本編は佃氏のご好意でデッドライン直前に入手することができた。いまにして思うと、わたしが海浜図書館で読んだのもこの春秋社版だったに違いない。《トレント》もまた春秋社の発行だったからである。

海野十三は小酒井不木氏と似て、探偵小説はたくさんの読者を摑《つか》むことが先決問題だという考え方をしており、それに準じてやさしい文章で通俗味のある作品を書いた人であった。この単行本の後書に作者自身が自作について語った部分があるので、参考までに引用してみよう。

――『急行列車の花嫁』は、昭和十一年正月号の「講談雑誌」に載ったもの。作者の意図は、居ながらにして千里を走る列車というものの魅力と疾走中の列車は、出入口のない密室同然だという特殊条件に狙いをつけたのであるが、力量が足らず、遂《つい》に思うようには成功しなかった……。

なお走っている列車上から乗客を消すというテーマは、四十年後に赤川次郎氏が《幽霊列車》において再度使用し、間然するところのない秀作を書いた。併読されるようおすすめしておく。

海野十三をジューザと読むかジューゾーと読むかについては、断定するに足る決め手がない。この作家がマージャンの勝負について「運が十さ」と語ったことが筆名の由来であるとして、だからジューザとすべきだという意見もある。しかし、氏はサービス精神の旺盛な人であったらしく、己れの筆名の縁起についても、訊《たず》ねられるたびに新説を披露して読者をケムに巻いていたようだ。西洋人が不運を招くといって忌み嫌った数を故意に用いたという説もあれば、徳島の海を眺めていたところ十三隻の帆掛け舟が眼についたので、これを筆名にしたという説もある。また、古い自筆の油絵にローマ字でJUZOの署名があるからジューゾーが正しく、ジューザというルビを初めて振ったのは江戸川乱歩氏であったという説もあるが、作者は故意に確答を避けてニンマリとしていたようである。

この人の短編には信濃町《しなのまち》駅のプラットフォームを物語の発端とする《階段》もある。だが舞台の大半は研究所になっており、研究所員の間に生じたトラブルを描いた内容なので、鉄道物のアンソロジーにはちょっと不向きのように思う。

その佃氏は昭和五十四年三月九日、亡くなった。新聞の報じる所では、徹夜仕事の無理がいけなかったようである。

蒸気機関車殺人事件＝海野詳二

本名海野昇一。明治43年、静岡市に生まる。本編は国鉄名鉄局の電気部に在職中の作。

海野詳二はもと国鉄職員であり、この一編は昭和二十一年に業界紙「運輸日報」に掲載されたが、作者の手許から資料が散逸してしまったため、改めて作者にお願いして書き直してもらったものである。シチュエーションは『下り〝はつかり〟』所収の岩藤《いわとう》雪夫氏作《人を喰《く》った機関車》と酷似しているが、まったく異質の作品となっている点が面白い。改めて、両者を併読したわたしはひとしお興趣を深くした。

作者が意図したのは一般人には知られることの少ない機関車運転の実態を紹介し、同時に国鉄魂をPRするところにあったようだ。そしてそれは成功をおさめたと判断してよいだろう。助手と機関士との交情は感動的に描かれているし、特筆すべきはその動機で、いまだかつてこうした動機に基づく「殺人」は書かれたことがなかったものと思う。この作者にはやはり国鉄職員を主人公とした《二人目《め》の石原氏》という「準」探偵小説もある。

作中〝走る貴婦人〟と呼ばれたC57機関車に対するマニアックな描写は、名鉄局に在ったころ、機関士に頼んで「特急さくら」の牽引車にもぐりこんで、名古屋から浜松まで走ったことなどが役立っているのであろう。また、国鉄職員として在職中、『下り〝はつかり〟』所載の《電気機関車殺人事件》の作者関《せき》四郎氏が上司だったこともある。そのころから劇作家故額田六福《ぬかだろっぷく》氏に師事して幾本かの脚本を書いた。なかでも《双親雛》は新派によって上演された代表作である。したがってこの人の推理小説の執筆は余技のまた余技ということになる。

機関車は偽らず＝島田一男

本名同じ。明治41年京都の産。短編「殺人演出」が特に印象深いのは処女作のせいか。

島田一男は、少年時代に大連《たいれん》にわたり長じて地元の新聞社に入社、社会部記者として活躍した。

この短編は講談社の看板雑誌だった「キング」の、昭和三十年十月にでた別冊誌上に発表された。作者はこれをシリーズとして書きつづけるつもりであったらしく、おなじ青年医師を主人公とした鉄道短編《蜉蝣《かげろう》機関車》など数編が残されているが、残念なことに同誌の休刊とともに中絶した。しかし正義感にあふれた快活明朗な青年というのは作者の理想像の一つと思われ、その後も形を変え、さまざまな作品に登場するのである。さらにまた旅行好きなこの作者は当然のことながら鉄道好きでもあって、やがて鉄道公安官を活躍させる数多くの長短編を書くに至った。

見えない機関車＝鮎川哲也

別名那珂川透《なかがわとおる》、中河通、青井久利《あおいきゅうり》、佐々木淳子《じゅんこ》、薔薇小路《ばらのこうじ》棘麿《とげまろ》、Q・カムバア・グリーンなど。


これは江戸川乱歩編集長の求めに応じて旧「宝石」昭和三十三年十月号に書いたもの。旧題は《二ノ宮心中》であった。しかし、それでは本巻のタイトルとしては締まらないということから改題し、同時に小説そのものを書き改めた。小林久三氏の《みえない電車》を連想させる題であるけれども、これは偶然による符合である。『急行出雲《いずも》』の標題作となった拙作《急行出雲》と同じようなケースだが、本編のトリックは、当時住んでいた茅ヶ崎《ちがさき》から上京のたびに通過するトンネル「品濃隧道《しなのずいどう》」からヒントを得た。しかし作者自身は、車輌の型についてはそれほど深い知識は持っていないので、旧作に手を加えるに当たって鉄道マニアの数学者天城一《あまぎはじめ》氏から教示を受けた。天城氏については『急行出雲』所載の《急行さんべ》をご参照いただきたい。

この貨物専用のレールの上を、現在は横須賀線の電車が走っている。したがって執筆当時とは、いささか事情が異なっていることをご承知願いたい。

夜汽車の人々＝藤木靖子

本名石垣靖子。高松生まれ。旧「宝石」に『女と子供』が入選。近作短編「憎悪の微笑」は秀作

本編は「旅と推理小説」の昭和三十七年八月号に発表された、作者初期のユーモア小説的作品である。この雑

誌は旧「宝石」の発行元岩谷書店から刊行された大型誌で、いくばくもなく休刊となった。編者自身もおなじ年の六月号に《古銭》という短編を書いているが、雑誌についてはほとんど記憶がない。「宝石」に比べると影のうすい存在であった。

ジュニア作家としても著名な藤木靖子は、美男子の旦那さんを獲得したということで周囲からやっかまれたのだけれど、独身時代の彼女は勤め先の休暇を溜《た》めては、両親の顔を見るために四国へ帰省した。その時分はいまと違って新幹線がないから、岡山までは寝苦しい夜行列車で揺られてゆかなくてはならない。この楚々《そそ》たる容姿の乙女が固いシートに身をゆだね、懸命に眠ろうとつとめるさまは、はたから見てさぞかし可憐であったことだろうと思う。だがこの少女は推理作家の卵であったから、胸中に隣りのシートと前の席に坐っている旅客を登場させて一編の物語をつくり、ひそかに夜汽車の憂さを忘れようとしていたのだった。

本編を読んでからというもの、わたしは列車や電車に乗った場合、つとめて美女の隣りに坐《すわ》らぬことにしている。いつどこで花下伸太なんぞと命名され、滑稽《こっけい》な登場人物にさせられるか知れたものではないからだ。美しい薔薇《ばら》にはトゲがあるという。君子たるもの危うきに近寄らぬが賢明であろう。

森林鉄道みやま号＝井口泰子

本名同じ。徳島市生まれ。『東京ハイウェイバス・ドリーム号』で「サンデー毎日」新人賞受賞。

数多くの探偵雑誌や推理雑誌が生まれては消えていった。しかし寡聞にして井口泰子以外に女性の編集長のいたことを知らない。このひとが編集した「推理界」はなかなか意欲的な内容であり僚誌に比べるとハイブラウですらあったのだが、出版社の抜打ち的な倒産によって、女流編集長はあわれにも憂き世に投げ出されてしまう。だがこのお嬢さんは小柄なくせにファイト満々で、たちまち作家業に転進し、あっという間に雑誌「小説サンデー毎日」の新人賞をとった。

いまの彼女は「文学界」「小説現代」「オール讀物」「サンデー毎日」の新人賞を受けた作家九人によって結成された「非売品作家一三人の会」のメンバーである(「現代用語の基礎知識」一九七六年版に依る)。いずれは脱皮して、さらに大きな成虫となって注目を浴びることと思う。

この短編は昭和四十七年の「小説サンデー毎日」九月号に発表したもの。本編もまた犯罪らしき犯罪も起こらず、血なまぐさい殺人ドラマぬきでも推理小説が書けるという好見本の一つなのである。旅行好きな彼女が実際にこの小さな列車に乗った経験を下敷きにしたものと思うが、乗車客が綾《あや》なすミステリアスな雰囲気《ふんいき》の淡々とした描写も手慣れているし、女性作家特有の細やかな風景描写も巧みである。

最終列車＝川辺豊三

別名足柄左右太《あしがらそうた》、菱形伝次《ひしがた》。本名浅沼辰雄。大正2年小田原生まれ短編『蟻塚《ありづか》』が代表作。

本編は雑誌「推理」（双葉社発行の「推理ストーリイ」の後身でのちに「小説推理」となった）の昭和四十七年十二月号に載った。形式から分類すれば倒叙物になるけれど、元来この作者は本格派ではないのだから、この短編においても氏が狙《ねら》ったのは本格物としての面白さではなくて、風俗推理にあったのだろう。

現在の川辺豊三は小田原市民だが、数年前までは東京電力社員として湯河原に住んでいた。しかし湯河原にしろ小田原にしろ推理小説について語り合う友人はいないから、東京に出て気の合った作家仲間と呑《の》めばついつい時間がたつのを忘れてしまう。とどのつまりは毎度終列車の厄介になるわけで、いうなれば気心の知れた愛用車でもあったのである。だが、酔ったりといえども川辺豊三は推理作家であった。なみのサラリーマンのように居汚なく眠りこけたりなどはしないで、藤木嬢がそうであったように、ほんのりと桜色に染まった脳細胞をおだてたりすかしたりしながら、一編の推理作品を編み上げたのである。この両氏の情熱にはわたしもあやかりたいと思っている。

大衆と暴力者＝大西赤人

本名同じ。昭和30年東京生まれ。作品集『善人は若死にをする』（光文社刊）で反響を呼ぶ。

本編は、週刊「朝日ジャーナル」（1973・2・2号）に発表された。同誌に作者が六回にわたって連載した掌編小説中の一編である。

都市に住む者なら誰もが体験させられるはずの小（？）暴力を扱っていながら、むしろこの短編の力点は、大衆というものの恐ろしさを描くことにあるのではないか。見て見ぬふりをしている大衆の一人でありつづけることができずに、暴力男をこらしめた主人公は、いまや、あらたなる大衆にとっては、一介の暴力男にすぎぬのである。

非力と臆病な点では、わたしも人後に落ちぬつもりであるが、血友病を病む作者にとって、暴力に対する嫌悪感は、その比ではあるまい。

作品の評価は、作者の個人的状況によって毫《ごう》も左右さるべきものではない。が、一方、作者の個人的状況が優れた作品をつくりあげる要素になることを、防げるものではないのである。本編はそのよい例証であろう。

グリーン車の子供＝戸板康二

本名同じ。大正4年東京生まれ。歌舞伎評論家として著名。編者の好みは「安いトンカツ」

第二巻の『急行出雲《いずも》』の巻末でこの作品に触れた際、定員オーバーのために収載できぬことを嘆じたものだが、思いがけず第三巻を編むことになったので、本編をご紹介する機会に恵まれた。

「小説宝石」昭和五十年十月号に発表されたこの一編は、同年度の日本推理作家協会賞（短編部門）を受けたものであり、その際に、選者の佐野洋、島田一男、土屋隆夫、中島河太郎の諸氏が異口同音に「短編の見本」のようなすぐれた作品だと評し、横溝正史氏は「好個の短編」と賞した。殺人が起こらぬ点では《夜汽車の人々》や《森林鉄道みやま号》と似ているが、大きな違いはこちらが本格物であることである。作者は五十枚にも充《み》たない枚数のなかで伏線を敷き解明のデータを並べ、そのうえで読者に挑戦した。そうした意味を含めていうならば、これは「本格短編」の好見本と言い直さなくてはならないだろう。

なお《グリーン車の子供》という題名は一見平凡のように見えるけれども、推理小説をよく知らない推理作家だと《グリーン車の少女》とやりかねないところである。だが「少女」としたのでは読者を騙《だま》すことになるのであって、これを「子供」としたところにも、フェアプレーでいこうとする作者の姿勢があらわれている。

山手線殺人事件＝夏樹静子

本名出光静子。東京の産。本格物からサスペンスまで枠《わく》を

広げる。代表作はやはり『蒸発』

夏樹静子の《特急夕月》（鉄道ミステリー傑作選『急行出雲《いずも》』所収）は多くの読書から好評をもって迎えられたばかりでなく、同じ巻に名をつらねた男性作家たちの間でも評判がよかった。本編はそれにつづいて書かれたものであり、「週刊小説」の昭和五十年十二月十二日号に載った。作者が住みなれた福岡から名古屋へ居を移したときに執筆したものである。

夏樹静子は東京の産であるから東京の山手線には愛着があったことだろう。まして東京を離れた異郷にあれば、何かにつけて思い出したものだろう。その山手線を舞台に一編の推理小説を書く気がおこったのも、当然のことと思う。

作者は本編より少し遅れて中編《ローマ急行殺人事件》を書いた。編者の好みとして、異郷を舞台としたものや外人を登場させた小説には関心を持てないので、あえて《山手線》を採ったのだが、《ローマ急行》を執筆直後の彼女がヨーロッパに取材旅行をこころみ、実地にこの急行に乗ってみたところ、小説中の描写と違っていたのは床の色だけであったという。

幻の指定席＝山村美紗

本名同じ。京都生まれ。乱歩賞に投じた『マラッカの海に消えた』は好評。代表作『花の棺《ひつぎ》』

山村美紗は本格物が書ける数少ない女流ということばかりでなしに、その純粋性において、並みいる男性の本格派の作家に一歩もヒケをとらない。クリスティやセイヤーズ以来のイギリスがそうであるように、わが国でもようやく女流本格の時代が到来した。

さて本編は「小説宝石」昭和五十一年六月号に「豪華ミステリー六人衆」の中の一編として掲載された。冒頭から犯人の正体を明かしたいわゆる倒叙物であり、その百パーセント難攻不落と思われる偽アリバイが思わぬことから崩壊する経過を、動揺する犯人の心理と並行して描いた力作である。こうした種類の小説はつねにそうだが、じっくりと味読することによって犯人の（つまり作者の）苦心がよく理解でき、興味は二倍にも三倍にもなるものだ。時間をかけてお読みいただきたい。

みえない電車＝小林久三

本名同じ。昭和10年茨城県古河《こが》市の産。映画プロデューサー兼職。代表作は『暗黒告知』

小林久三は《暗黒告知》で第二十回江戸川乱歩賞を受賞する以前から推理小説に深い関心を持っていたらしく、当初は、推理専門誌「推理界」の月評を担当した。作品を見る眼は、往年のペンネーム、冬木鋭介の名のとおりなかなか鋭く、それにちょっぴり気取ってもいて、筆者の才能をうかがわせるに足るものであった。ひとさまが叩《たた》かれた例を引いてはさしさわりがあろうから、拙作《鍵孔《かぎあな》のない扉》評より引用すると、面映《おもは》ゆいほめ言葉のあとで、「重要な舞台になる蔵王や碓氷《うすい》湖の描写はつまらなかった。同時に犯行の割れるキッカケは新鮮だが、偶然にたより過ぎているという印象をまぬがれなかった」といった按配《あんばい》。わたしは旧作を読み返すだけの度胸もないが、推理小説、ことに本格物において偶然性の利用は最も非難さるべきことで、ここに、偶然の積み重ねによってプロットを面白くする大衆小説とは根本的な相違がある。したがってそのタブー（それもごく初歩的の）を作者が犯していたとすれば、大いに恥入らねばならぬことなのであった。

さて本編の盲点となった幽霊電車の着想自体はとりたてて云々《うんぬん》するほどのものでもなかろうが、この作者はプロットにひねりを効かせ、謎解き小説とサスペンス物の融合をはかるという冒険をして見事な成功をおさめた。そこに、小林久三が単なる本格作家に甘んじまいとする姿勢がうかがえ、今後の活躍に期待がかけられるのである。「小説推理」昭和五十一年七月号に発表。

汽笛が響く＝南部樹未子

本名南部キミ子。東京の産。「流氷の街」で女流新人賞。『乳色の墓標』を代表作としたい。

現役の女流のなかでいうと南部樹未子の出発は早かったが、作品がどちらかというと地味で大衆におもねることをしなかったためか、不遇であった。しかし純文学的な作品としては昭和三十四年に「婦人公論」の女流新人賞を受けた《流氷の街》のほかに、《青い遠景》《火刑》《永い暗い夜》《閉された旅》などを上梓《し》しており、推理小説の長編としては《乳色の墓標》《砕かれた女》がある。

作者の書く普通文学の作品のいずれにも人間の死が描かれている。それに着目したのは東都ミステリーを担当していた講談社の原田祐《ゆたか》氏で、そのアドヴァイスで推理小説にも筆を染めるようになった。《乳色の墓標》は東都ミステリーの一巻として書きおろされたのだが、さすがに人間を見詰める眼はするどく、作中の登場人物の一人は十五年たった今日でもわたしの脳裡にくっきりとした残像を結ぶほどだ。

先般、同女史からハガキが届いたので何事ならんと眼をとおすと、東京から釧路《くしろ》に転居した通知であった。本編は氏の北国における第一作で、同時にまたこの一巻中唯一《ゆいいつ》の書下ろし最新作となった。女流新人賞をとった人にふさわしく、虐《しいた》げられた老女の心理描写は的確であり、その点を充分に掘りさげて書いてあるために、未必《みひつ》の故意《こい》とも思われる殺人事件の後味はすこぶる爽快となる。なお作者が長野県を舞台としているのはそこが彼女の愛着を持つ土地であって、過去にしばしば訪れたことがあるからである。

おわりに

前にも記したように本巻をもって鉄道選集《アンソロジー》に終止符を打つ。三巻というのは数もいいし、止めどきであると思う。

戦前の探偵小説作家松本泰《まつもとたい》氏はその夫人恵子《けいこ》氏と協力して探偵小説雑誌を発行したり、創作や翻訳の面でも活躍した人だが、この作家が昭和九年の「オール読物」に《四五一列車の冒険》を書いている。松本氏に冒険小説があったとは……と胸ときめかしながら一読したところ、案に相違して西洋の実録物であった。松本泰氏の作品を紹介するいいチャンスだと気負っていた編者にとっては、まことに残念なことだった。

残念といえば赤川次郎氏の《幽霊列車》を採れなかったこともその一つである。これは他日べつの社から赤川次郎短編集として刊行される予定になっているため、本巻に収載することは遠慮せざるを得なかった。鉄道短編として出色の作品であるだけに、編者の落胆は大きかった。

なお、本書の伊藤憲治《いとうけんじ》氏デザインによるカバー写真の機関車は、海野詳二《うんのしょうじ》氏の短編に登場しているC57である。

貴婦人にたとえられた容姿を、とっくりご鑑賞いただきたい。

三巻のアンソロジーを編むに際してよき助言者であった渡辺剣次氏が夏の終わりに、短い入院生活ののち不帰の客となられた。氏自身も「13の密室」をはじめとする数巻のアンソロジーを刊行しており、聞くところでは「海外13の密室」の編纂《へんさん》を意図していたという。これが完成すればサンテッソンの「密室傑作撰」の向こうを張る秀《すぐ》れた選集となったに違いなく、氏の早過ぎた死を残念に思うのである。

本巻のテキストはその一部を島崎博《しまざきひろし》、佃実夫《つくだじつお》両氏と双葉社から提供していただいた。付記して謝意を表します。

鉄道推理ベスト集成　第2集　解説

「急行十三時間」——甲賀三郎

　甲賀三郎は戦前の本格派を牛耳った人気作家で、江戸川乱歩、大下宇陀児《うだる》氏とともに探偵小説の三羽鴉と称された。初め農商務省の窒素研究所の技師をしていたが、大正12年に処女作《真珠塔の秘密》を「新趣味」に投じ、昭和2年「読売新聞」に《支倉《はぜくら》事件》を連載、翌年専業作家に転じた。後年探偵劇にも筆を染め、戦争中は日本少国民文化協会事務局長となる。本名は春田能為《よしため》。明治26年10月滋賀県に生まれ、昭和20年2月没。この一篇は「新青年」大正15年10月号に載った。

　いまは廃刊した「推理界」という推理小説専門誌が甲賀作品を再録することになり、当時の井口泰子編集長が諾否を問い合わせる手紙をだしたが返事が来ない。そこで直接に訪問してOKをもらうべく出かけたところ、午前中歩き廻ってついに甲賀家を発見できず、午後になってようやくつきとめることを得たという。甲賀家は戦前から今日まで一貫しておなじ場所にあるのだが、町名番地を改称されたため、編集長は数時間に及ぶ無駄足を踏まされて了ったのである。

「品のいい、白髪の老婦人でしたワ」

　というのが、どんな夫人かと訊ねたことに対する井口女史の感想であった。わたしがそのような質問をしたのは、かつて甲賀夫人の随筆を読んだことがあり、そのなかの一行が四十年後の今日まで頭の隅に残っているからだった。その随筆は「主婦之友」に載ったもので、同誌に夫君の作品が連載されるに当って、読者に夫人の目でみた甲賀三郎観を紹介しておくことが狙いのように思えた。わたしが覚えている一節は、深夜目ざめた夫人が書斎のイスのきしむ音を耳にし、またトリックが泛ばないのだな、まだプロットが出来ないのだなと、背の君の苦労を思いやる個所であった。少年のわたしは夫人のあたたかい夫婦愛に心を打たれると同時に、たとえ身をかたいに落とすとも金輪際探偵作家にはなるものではないと考えた。その頃からわたしの胎内には怠けの虫が棲んでいて、楽をして人世を送ろうと思っていたらしいのである。

一方、甲賀三郎の短文で記憶に残っているのは、たしか「東京日日新聞」の文化欄だと思うが、大下宇陀児氏との作品をめぐっての応酬であった。このときは江戸川乱歩氏が仲に立って一応の結論を出したように元来が論争することを得意とした人ではないかと思う。

「ぷろふいる」という探偵雑誌上で当時新人だった木々高太郎氏とやり合った「探偵小説は芸術となり得るか」をテーマとした議論は特に有名だけれど、わたしが住んでいた満洲ではこの雑誌が売られていなかったため、残念ながら読む機会を逸した。

氏の随筆でもう一つ印象に残っているのは、これも「東京日日」だったと思うが、省線電車の中で大学時代の旧友と顔を合わせ、遠慮のない学生言葉で話しかけたところ、後日その相手から手紙が来て、お互いに社会人となった以上は紳士らしい言葉で会話しようではないかとたしなめられたエピソード。幾ら古い知り合いだったからだとはいえ、狎れ狎れしくお前呼ばわりされれば不愉快に感じるのは当然で、相手の非常識を咎めたくもなるだろう。しかし同期の桜ともなると、ざっくばらんな貴様オレといった態度で語り合ったほうが心がかようものだ。多分その友人は少しばかり気取り屋だったのだろう。

この《急行十三時間》は、大金を届けにいく青年と彼の懐中を狙っている悪漢とがおなじ座席に坐って旅をつづける話で、これを密書を携えた密使とそれを奪い取ろうとする敵側のスパイというふうに置き換えれば、ル・キューかオッペンハイムの冒険スパイ小説となる。というよりも本編はこれ等のイギリスのカビ臭いスパイ物を当世風に料理したものと考えたほうが当っているだろう。主人公の「わたし」にしてみれば、大金を狙う悪人がどの男だか判らぬだけに気の休まる暇がない。しかも同席者かいずれもひと癖あり気で、それぞれが怪しい動きを示すものだから、若者の緊張はたかまるばかりである。その辺の設定はいかにも老練だ。いまの読者の眼からするならば、編中に変装した人物が登場するのは目ざわりかも知れない。だが戦前に書かれたもののなかには、こうした非現実的なお話が少なくなかった。ガボリオの作品にもドイルの作品にも、そしてわが江戸川乱歩氏の作品にも変装した人物がしばしば登場し、読者は大して不自然にも思わなかったのである。これは現代のミステリイには見られぬことで、「探偵小説」と「推理小説」の違いを強いて探すとするならば、こうした点もその一つに数えられるであろうと思う。

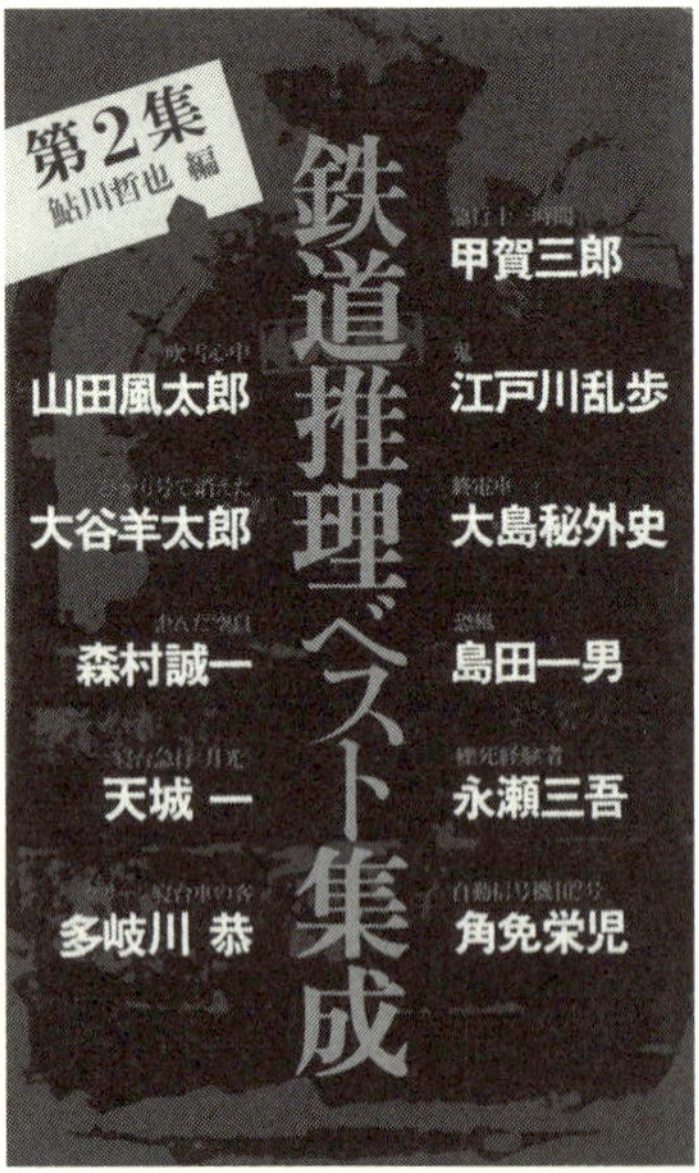

徳間ノベルズ（77年4月）

　甲賀三郎は戦前の本格派の堯将《ぎょうしょう》といわれた人である。また氏は本格至上主義者であったために論陣を張ることも多かったが、実作は通俗味がかったものが大半を占め、本編も例外ではない。その理由は、海野十三氏や小酒井不木氏の場合と同じく、当時の読者レベルを無視するわけにはいかなかったためと考えられる。氏にはクロフツの長編《英仏海峡の秘密》の翻訳もあり、海外の純粋に論理的な作品にも触れていたのだから、いずれは自らもそうした小説を書くつもりでいたのだろうが、戦争が始って探偵小説は逼塞するの止むなきに至り、執筆どころではなくなった。そして別記したように公務で九州へ出張した帰途、急性肺炎のために不帰の客となられた。わたしはその死亡記事を満洲の新聞で読み、不測の死に暗然とした思いに打たれた。

　氏の令息は高校の校長を勤めていて、専攻した昆虫学についての啓蒙的な著作もある。高校生を相手に、ヒマラヤの蝶について語ったテレビ番組を、わたしも見たことがあった。また仄聞するところでは、お嬢さんが推理小説の試作をしているということだ。推理作家のジュニアが推理小説を書く例は珍しく、推理読者の一人として、秀作の生まれることを期待したいと思う。

　ついでに触れておくと甲賀三郎は写真嫌いだったということで、裏表紙の写真も、ご遺族の方がやっと探し出して下さったものであった。

「鬼」――江戸川乱歩

別名、小松龍之助。本名は平井太郎。江戸川乱歩はいうまでもなく探偵小説の始祖 Edgar Allan Poe をもじったもので日米戦争下ではアメリカ人の名を下敷としたこの筆名も当局に対して遠慮せざるを得なくなり、別名を用いた。その間のことについて作者はくわしく言及していないが、必ずしも愉快な思い出ではなかっただろう。しかも戦時中は探偵小説が弾圧を受けていたから、この別名は時代小説の執筆に際して用いられた。《鬼》は昭和6年の大衆雑誌の王様「キング」の11月号から翌年の2月号にかけて分載された。筆力最も旺んな頃の作品である。

この作者については今更しるす必要もないだろう。戦前の氏は大変な厭人癖の持主であったとか。雑誌記者が訪ねていっても居留守を使って会わなかったという話が伝わっている。しかしそれは同時に、氏に探偵作家としての絶大な自信があったことを意味しているのであり、わたしなんぞはかつて一度も門前払いを喰わせたことがない。それだけの自信と度胸を持ち合わせていないからである。ある年の冬、ただ一ぺんだけ扉を開けずに帰ってもらったことがあるが、そのときのわたしは酷い流感でまる一ヵ月間臥床していたからで、悪感にふるえながら応待したのであった。

戦後の氏は一変して社交家となり、当時のわかき新人達を引き具してバーを梯子したなどという逸話が残されている。わたしが知遇を得たのはずっとのちのことだからよくは知らないが、後年健康をそこねて亡くなられたのは、その頃に呑んだ酒がいけなかったのではないかという人もある。

戦前の作家は身を持することがきびしくて、女道楽などはしなかったという。ある純文作家がその方面でだらしがなかったために、結局は文壇から追放されて了った話を聞いたこともある。だから女を描写しようとする場合、知っている女性は自分の奥さんだけということになる。江戸川作品に出てくる婦人は殆どが未亡人をモデルにされたものだそうで、「大下さんの作品も奥さんがモデルだったのよ」ということを江戸川夫人からお聞きしたことがあった。大下さんというのは大下宇陀児氏のこと。

本編は作者が「キング」「講談倶楽部」など講談社（その当時は大日本雄弁会講談社といういかめしくて長ったらしい社名だった）の雑誌に通俗長編を連載して圧

倒的な好評をはくした頃の、息抜きというか、つぎの長編を書く間のつなぎの中編であった。

列車に屍体をのせて移動させ犯行現場を誤認させるというトリックは、コナン・ドイルの《ブルース・パーチントン設計図》で初めて用いられた。本編はそれを応用したものであったが、同じ用例としては横溝正史氏の《探偵小説》が著名で、長編ではわたしの作品に同趣向のものがある。

本編は講談社版「江戸川乱歩全集」をテキストとした。文中にタバコのピースの名が出てくるが、これは誤値でも何でもない。世間の多くの人々はこのタバコの名が英語であることと、その意味するところから、戦後に発売されたものと思い勝ちだけれど、じつは戦前のほんの一時期に、正確にいえば大正9年3月から10年9月にかけて売り出されたことがあった。作中に記されたのはいうまでもなくその戦前のピースのことになる。

「終電車」――大島秘外史

この人の名は「ひとし」と読むものとばかり思っていたが、「ひがし」と呼んでいたという。「探偵文学」昭和11年12月号に掲載された掌編である。この雑誌にはアマチュア作家の投稿とでもいった短い枚数の探偵小説が散見するので、大島秘外史もまたその一人であろうと思っていた。が、聞くところに依ると「新青年」にも書いたそうだから、本編のほかにも創作があるのかもしれない。作者について「探偵文学」の同人だった大慈宗一郎氏にお訊ねしてもらったものの、残念ながらはっきりとしたことは判らずじまいであった。

戦前の探偵小説同人誌としてはガリ版の「13」と活版の「探偵文学」が知られた存在だった。「探偵文学」は昭和10年3月号で創刊され、ほぼ1年半にわたって発行をつづけたのち、11年12月号で終刊を迎えた。同人は大《だい》慈《じ》宗一郎、中島親、泌尿科医の荻一之介、科学小説作家として頭角をあらわしかけたものの、戦時中に軍の飛行機事故で死去した蘭郁二郎氏等であった。

この「探偵文学」は読者から短編を募ることがしばしばあって、掲載された短編（その多くは掌編と呼んだほうが当っている）のなかで鉄道を舞台にしたものとしては本編のほかに米山寛氏の《その夜の駅》の計二本がある。後者はサナトリウムに入院した青年と許婚者、美人看護婦をめぐる三角関係と悲劇的な終決をつづったもので、S駅（上諏訪駅か下諏訪駅であろう）の待合室を舞台にした六、七枚のショート・ショートである。が、探偵小説味は稀薄で恋愛小説の味わいが濃く、鉄道ミステリイに入れるには躊躇を感じることから、《終電車》をとった。なお米山氏は《乱歩漫筆》という随筆も書いている。

肥った男の死の予言と、その死が鉄道で起ったという二つの点で、牧逸馬氏が死去する前に発表した翻案短編《都会の怪異七時〇三分》を連想させるが、大島作品は純然たる創作である。別記のとおり発表されたのは昭和11年であって、すでにその頃から国電のドアが自動式になっていたことが判る。わたしが小学生の時分はまだ手動で、発車するときはフォームにいる駅員が駆け寄って外側からドアを閉め、錠をかけるという大変に面倒で危険な作業がくり返されていた。

「新青年」や「ぷろふいる」もそうであるけれども、いま「探偵文学」を所持している人は滅多にいない。本編の掲載誌も大慈氏がわざわざ編集部まで届けて下さったのだが、当の大慈氏も戦災ですべてを焼失して了い、戦後古書展などでボツボツと買い求めたものの、全号を揃えるまでにはいっていないとのことである。なおこの同人誌発行の資金は、進歩的な考え方をする母堂から出たそうで、さもなければ若い同人達だけで雑誌をつくれるわけもなかったろう。

作者大島秘外史の名はヒトシと読むものとばかり思っていたが、編集部内ではヒガシと呼んでいたという。この作者について大慈氏に依ると、「新青年」にも人外魔境小説を書いていたとかで、初めは翻訳家だと思っていたそうである。とにかく正体については知るところが全くないとのこと。

片々たる掌編を残して消えていった大島秘外史。その正体をつきとめる作業は、かなり難航するものと予想していた。この人については大慈氏も面識がなく、「その後『新青年』にもいくつか書いていた」という氏の発言を唯一の便りにバックナンバーを調べてみたが、わたしの見落しか大慈氏の記憶違いか、大島秘外史の名はどこにも見出せない。そこで再度大慈氏にうかがうと、「たしかに書いていました。それも海外の秘境物です」という自信にみちた返事である。そこでまた「新青年」をひっくり返してみたのだけれど、結果は前回とおなじで発見できずに終った。

「なんでしたら『ぷろふいる』編集長だった九鬼澹氏に訊いてごらんなさい」という助言にしたがって、編集担当のＭ女史に電話するよう依頼しておいた。数日後にもたらされた報告に依れば「大島秘外史の本名は大島得郎氏といったように思う。この人はべつに十九郎とも書いた、昭和23年ごろまでは上野の御徒町に住んでいたように覚えているけれど、それから後のことは判りかねる」とのことであった由。ただし、氏もまた大島秘外史とは面識がなかったという。

大島秘外史といった奇妙な名も人外の秘境物を書くために用意されたペンネームではなかったか。そう考た瞬間にわたしの脳裡にひらめいたのは「モダン日本」に《鉄の処女》を書き、「新青年」に移って《髑髏笛》《めくら蛇》《女面蛇身魔》《蛇頸竜の寝床》等々数十編にのぼる冒険小説を発表した桜田十九郎氏のことであった。消息不明となっているこの人こそ大島得郎氏ではないのか。しかも桜田氏の「モダン日本」登場は昭和12年であり、《終電車》が「探偵文学」に書かれた翌年のことだから、時間的にも合うのである。これで大島秘外史が桜田十九郎であり大島十九郎であり、最終的には大島得郎氏であることはもはや間違いはなさそうであった。

ところで、大島得郎氏の名は、わたしにとって初めて聞いた名前ではなかった。共に「日本探偵作家クラブ」（現在の「日本推理作家協会」）の会員であったし、おなじ鎌倉市の住人だったからである。また、氏が数年前に物故されたことも聞き及んでいた。

ここでまたM女史の大活躍となり、鎌倉の市役所へ電話をいれてご子息の住所をつきとめ、一転して勤務先の放送局にダイアルした。ところが、父君が島海彦の名を用いたのと「新青年」に書いたことは聞いていたが、秘外史や桜田十九郎を名乗ったことは知らないという返事であった。あわよくば大島秘外史の経歴が判り、写真を入手できるものと張り切っていたわれわれは、正直のところいささかがっかりした。そして最後の手段として、やはり「日本推理作家協会」のメンバーであり、「新青年」その他に作品を発表された鎌倉在庄の作家、黒沼健氏に電話をしてもらったところ生憎なことに急病で入院されたとのこと。

こうした次第で、大島秘外史の正体はついに判明することなく終った。ミステリイ作家である以上、その正体がミステリアスであるのもいいではないか、というのは編者の負け惜しみである。

「恐風」――島田一男

本名同じ。明治42年11月、京都の産。のち大連市（いまの旅大市）に渡り、社会人となって土地の「満洲日報社」に入社。この新聞社は僚紙「大連新聞」を併合して

「満洲日日新聞」と名称を変えるのだが、作中の新聞社名を東京日報としたのは、若き日の「満洲日報」を偲んだものと解される。東京支社在勤中に終戦を迎え、社は解散する。それが推理作家島田一男を生むきっかけとなった。

本編は岩谷書店発行の推理小説専門誌「宝石」の26年7月号と8月号に分載された。89頁のリストを参照しながら、じっくりとお読みいただきたい。

この作家はわたしがまだ少年であった頃、すでに満洲で新聞記者活動をしていた。ハルビンで発生した白系ロシア人の二人組ギャング事件の記事がいまもってわたしの記憶に残っているが（犯人がイワン・ブリゴート及びアプラモヴィチであることも覚えている）、それを書いたのも氏であった。後年、偶然のことからそのことを知ったわたしは、「へえ、あれが島田さんの記事……」とただ唸るばかりだった。若き作者は、当時ハルビン支局詰めだったのである。

古い読者ならば冒険小説作家山口海旋風《かいせんぷう》氏の名が記憶に残っていることと思う。戦前の「サンデー毎日」や「新青年」「新小説」などで筆を振るった人である。

その頃のある雑誌の編集後記をみると、「編集部あてに山口海旋風氏について問い合わせがくるが、われわれも氏の正体は不明である」といった意味のことが記されている。が、正体不詳といわれた山口氏は「満洲日日新聞」社員であって、島田一男はこの先輩記者からみっちりとしごかれたのだそうだ。また当時の「新青年」や「ぷろふいる」に本格短編を発表していた大庭武年氏も満洲在住の公吏で、面識があった。島田一男が戦後推理作家となった裏面に、右の両氏の影響があったことは否定できないと思う。

さて本編に話を戻す。屍体を容器につめて移動させ、そうすることに依ってアリバイを造り上げる趣向の推理小説には、長編に《蝶々殺人事件》《黒いトランク》、短編に《三つの樽》《木箱》などがある。が、《恐風》は屍体が一歩も動いていなかったという着想がすぐれている。他の作家が屍体を移動させることにのみ知恵を絞っているのに反して、その逆を突いた思いつきがズバ抜いて巧みだったのである。

なお夏時間とはサマータイムのことで、76年版「現代用語の基礎知識」に依ると「昭和二三年五月二日の午前零時を期して実施された夏時間。夏季の一定の期間、時間を一時間だけ繰上げること。夏の夜長を楽しめるわけだが、いつまでたっても日が暮れず、食糧不足のおりなのにもう一食欲しくなったり、また結局、寝不足をきたしたりしてあまり評判かよくなく、昭和二七年四月廃止された」とある。アメリカの真似をすることに汲々としていた当時の日本人が拒絶反応を示した珍しい例となった。作中、デパートが九時開店となっているのは作者の誤記ではなくて、サマータイムを実施していた頃の話だからなのである。

「轢死経験者」――永瀬三吾

本名同。明治39年9月、東京に生まれる。浅草オペラ華やかなりし頃、ペラゴロの一人であった由。義太夫に熱をあげた連中を「どうする連」と称したように、「ペラゴロ」とは浅草オペラの熱烈なファンの謂《いい》である。後年氏は北支に渡って新聞社の経営にあたるも、敗戦に遭《あ》って事業を失い帰国する。そして、短編《軍鶏《しゃも》》をひっさげて「宝石」に登場、常連作家を経て編集長に迎えられ、それは江戸川乱歩編集長に替るまでつづいた。

この一編は僚紙「探偵倶楽部」の昭和27年11月号に発表され、作者自身がすっかり忘却していたものである。


永瀬三吾はヒゲの似合う人だった。ヒゲといっても昨今の青年が生やしているようなむさくるしいものではなく、チャップリン髭もしくはチョビ髭などと称される粋なものである。「ナントカのない珈琲なんて……」といったＴＶコマーシャルを聞いたことがあるが、同様に「ヒゲのない永瀬さんなんて」わたしには考えられなかった。

永瀬三吾が旧「宝石」の編集長をしていた頃、わたしはこの雑誌とは無縁だったので、編集長対作家としては触れ合う機会もなく、わたしが知っている永瀬三吾は推理作家としての永瀬三吾なのである。氏はわたしよりもずっと年長だったから（たしか、城昌幸氏と同年ではなかったかと思う）、推理作家としての出発はわたしのほうが先輩だが、年長者に対する遠慮が邪魔をするのか、親しく語り合ったり胸襟をひらいて語り合うといったことは一度もなく、カクテルパーティで顔を合わせれば、儀礼的に挨拶をかわす程度の仲であった。わたし自身は喋ることを苦手とする男だが、氏もまたペチャクチャと喋りまくるタイプではないように思う。

いまから六、七年以前になるだろうか、日活国際ホテルのパーティで久し振りに氏と合った。その若さにおいても元気さにおいても、「宝石」編集長時代に見かけた永瀬三吾とは少しも変っていないにもかかわらず、どこかが変っていた。マストのない軍艦みたいに、なにかが足りない。

「永瀬さん、ヒゲをどうしたんです！」

と、わたしは叫んだ。

「ヒゲ？　もう二、三年前に剃ってしまいましたよ」

今頃なにをいっとるのか、といいたげに永瀬三吾が答えた。われわれはそれほど同席する機会がなかったのである。その頃から氏の作量は減ってゆき、作家仲間の集会でも姿を見かけることもなくなって、賀状の交換をするほかは無沙汰がつづいている。そしてわたしの脳裡にある永瀬三吾は、依然として昔懐しいヒゲをたくわえた永瀬三吾なのだ。

前にも記したようにわたしが氏を知っているというのはあくまで作品を通じてのことだ。この人には《殺人乱数表》（「日本推理作家協会」恒例の犯人当てのゲームのテキストとして書かれた）のような本格物もないではないがこれは例外であり、その作品は人生派とでも呼んだらいいのだろうか、人間という不思議な生物がなにかの拍子にふと覗かせた断面を、ある距離をおいて、さめた筆で描いたものが多かった。それは《昨日の蛇》《軍鶏《しゃも》》といった初期の作品から一貫したこの作家の創作姿勢であった。したがって作中に登場するのはすべて平々凡々たる人物ばかりで、名探偵によって代表されるスーパーマンには些かの関心も示さなかった。

本編は外国のコントを思わせるようなスマートな構成で、永瀬三吾としては異色作といってよいと思う。収載するにあたって作者が加筆訂正したものである。

「自動信号機一〇二号」――角免栄児

作者名の正確な読み方は判らない。ほかに読みようがないところから、一応かくめん・えいじとした。この短編は中国地方の私鉄が舞台になっているので、作者自身鉄道員のように思えるが、必ずしもそうとばかりはいえないふしもある。本名その他、作者については一切のことが不明となっている。文中に尺貫法を頻用していることからみて、大正生まれではないかという気がするけれども、これも想像の域を出ない。

本編は昭和35年2月の「宝石」臨時増刊号に載ったもので、コンテストの応募作品であった。

先に、光文社のカッパノベルスからわたしの編纂で《下りはつかり》というタイトルの鉄道アンソロジイを刊行した。その際に後書のなかで本編の題名と作者名に触れておいたところ、数ヵ月後に編集部から思いがけず電話がかかり、「角免栄児」の正しい読み方を訊かれた。いま京都の読者から長距離電話でこの作者の名をどう読むべきかについて質問を受けたのだという。その人は点字訳を奉仕しているとかで、《下りはつかり》を取り上げて訳していくうちに巻末でこの難解な人名にぶつかり、ハタと困惑して了ったとのことである。編者としては一字もゆるがせにしないこの読者の方に敬意を表するにやぶさかではないのだが、正確なルビの振り方についてはわたしも知らなかった。そしてそのことが編纂者たるわたしの心残りとなっていたのである。

推理小説誌がコンテストを行うと、なんといっても相手は稚気の持主が多いから筆名に凝りすぎる傾向がある。その余り、応募原稿のなかに判読不能なものや考え落ち的なものがしばしば見受けられるのは止むを得ぬことかも知れない。ひとり角免栄児に限ったものではなかった。ここで当時の投稿家のなかからアトランダムに拾い上げてみても、泥久村川、蘭戸辻、狂家四鬼、鋭頭薄利、小式部螢佑、深草螢吾、古怪寺幽歩などなど、おどろおどしいものや優雅なものや、前記のように読み方の判らぬものや、身の毛がよだちそうなものや種々さまざまである。

筆名は漫然とつけられるものではなく、各作者がそれなりに知恵を絞ってつくり出した産物なのだから、正確に読んでもらわなくては意味がない。数年前の話になるが、たまたま中島河太郎氏と短時間ハイヤーに乗り合わせたことがあった。そのとき話題になったのは、「海野十三」をどう読むかということだった。

「ところで投稿作家に渡島太郎さんという人がいましたけど、あれはワタリ・シマタローと読むのでしょうか、それともワタリシマ・タローと読ませるつもりでしょうか。曖昧な筆名は困るですね」

といったら、中島氏の答はいとも明解なもので、

「あの作者は北海道の人らしいですからトシマ・タローだと思います。北海道にはトシマという地名がありますから」

とのことであった。わたしはその途端に胸のつかえがおりたような、スッキリとした気分になったことを覚えている。投稿作家のペンネームなどにこだわるのはおかしいと批判する向きもあろう。しかし、そこが詮索《せんさく》好きの推理小説マニヤたる所以《ゆえん》でもあるのだ。と同時に、こちらの視角をちょっと変えると、右の例のようにズバリと謎が解ける。その瞬間、オーバーな表現をすれば、本格物を読了したときの醍醐味に近いものを感じるのであ

る。

「鋭頭薄利」もまた読み方識れずの典型的な一例だ。中島氏の作品リストには「エ」の部に入れてあるから、ルビを振ればエイトウ・ハクリとなるところだろう。怪体《けったい》というか奇想天外というか、これでは筆名の依って来った理由にも想像がつきかねる。この小文を書きながら改めて鋭頭薄利の活字づらを眺めていたわたしは、ハクリをウスリと読み違えてみたらどうだろうかということに思いついた。戦前の満洲国吉林省がソ連と国境を接したところに、興凱湖を水源とする烏蘇里江が、北に向って悠々と流れていた。片仮名でしるせばウスリー江である。当時の大阪商船の日満連絡船には、はるびん丸、ばいかる丸などと並んでうすりい丸も就航しており、この大河の名はわれわれにとって親しいものとなっていた。薄利がウスリーであるならば鋭頭はエートではないだろうか。エート・ウスリーとつづければ、ロシア語で「これはウスリーです」との意味になる。この説の弱点は烏蘇里が満洲語であってロシア語ではないことだが、もしこの解釈が当っていれば、作者は戦前の吉林省に住んでいたか、あるいは敗戦に依ってソ連領内に連行抑留され、明け暮れウスリー江を眺めていた人ではないか、といったことまで空想されてくる。

「蘭戸辻」もまた意味の判らぬ点では前者と兄たり難く弟たり難しといった筆名であった。ところがつい先頃テレビの外国映画を見ていたら、「らんどのつじさん」というセリフが聞えて来、思わず耳を疑った。三十年来の疑問が一挙に解けかけたようでもあるし、咄嗟の場合の聞き違えのようでもある。聞き違いでないとすれば諺のたぐいだろうと思って手許の諺辞典をひいてみたが、記載されてはいなかった。やはり空耳だったのであろう。

「泥久村川」も読み方が判らなくて長いこと歯にものがはさまったみたいな気持でいたのだけれど、お釈迦さまが菩提樹の下で悟りをひらいたように、わたしも二十年ほど経ったある日、割然《かつぜん》として眼がひらいた。なんのことはない、イギリスの推理作家ディクスン・カアのもじりだったのである。しかし外国の推理作家の名にあやかった例は思いのほか多く、茶須田屯はチェスタートンから、鰓井九印はエラリイ・クイーンから、栗栖亭だの栗栖阿佐子はアガサ・クリスティーからとったものと推測される。江戸川乱歩氏の先例があるからといって、ひたすらその模倣をするのはどうだろうか。新人ならば新人らしく、意欲に燃えた筆名を案出してもらいたいと思う。なお、こうした冗談めかした筆名は昭和35年あたりまでで、それ以降は見かけなくなった。

さて本題に戻って、作者紹介の欄で角免栄児は必ずしも中国地方在住の鉄道員と断定するわけにはいかないと書いた。それについてちょっと敷衍《ふえん》しておく。この作者がおなじ旧「宝石」の前年度のコンテストに投じた《清風荘事件》は、大阪の丼池《どぶいけ》近辺で衣料問屋を経営する男が主人公。彼の弟が売掛金をとりに長野県へ赴いて殺され、兄が現地を訪ねて真相を究明する話で、衣料商人の内面がかなり克明に描写されていた。これ一本を読んだ限りでは、作者は大阪在住の衣料関係の人間であるというふうに考えたくなる。どうも正体のはっきりとしない人であった。

ところで注意深い読者は、この《自動信号機一〇二号》をお読みになって、前の五分の四と残余の部分の書き方に、ごく僅かながら違いのあることに気づかれたのではないかと思う。すなわち155ページ下段から、急にガタンだのゴトンだのという擬声語が入るとともに、それまでの「百メートル」といった距離の表記が「一〇〇メートル」に変って了う。表記の相違だけならば下書きを清書するに際して前半を角免栄児自身が当り、ラストの部分を氏の奥さんが手伝ったためとも考えられるのだけれど、遠慮なしに擬声を発した点から判断すると、ここで作者が交替したのではないかと想像したくなるのである。つまり角免名儀の作品は二人の合作であって、そのなかの一人が衣料関係者、そしてもう一人が中国地方の鉄道員ではないのだろうか。仮りに前者を角谷《かくたに》栄さん（大阪人に角谷姓がままいるという）、後者を免田健児さんとする。これをゴチャマゼにしたのが角免栄児なのではあるまいか。電話帳にも載っていないこの奇姓の由来を説明するには、この解釈が最も便利なように思うのだけれど――。そしてもし合成説が当っているとすれば、この筆名はかくめん・えいじと読むほかにはないことになる。

本編の記述に依ると二月十八日にはプロ野球のオープン戦があったそうだから日中は晴れか曇り日だったろうに、夜は猛烈な吹雪になったという。それについて一行も触れてないのは説明不足で、読者から揚足をとられることにもなりかねないため、編者が「日中はあれほどいい天気だったのにね」といった意味をちょっと補足しておいた。本編に限ったものではないけれど、読み難い漢字にはルビを振ったり平仮名にひらいたり、誤字や誤記、明らかに誤植と思われるものは作者に問い合わせ、作者が所在不明の場合は編者と編集部とで相談の上、適宜に訂正している。だが角免氏の「一〇〇メートル」「百メートル」の件りは、前記の事情で故意にそのままにしておいた。

この作者は駅名をイニシャルで記すことが好きだとみえ、前作《清風荘事件》でも長野県のＭ駅などと書いている。が、本編のように駅の名がやたらに登場する場合、頭文字だけでは読む者の頭に混乱を起させることになる。で、作者に代って編者が鉄道図を挿入しておいた。原作者の考えとの間に相違があるかも知れないが、そこは大目に見ていただきたい。

この旧「宝石」の短編コンテストでは、選者に依る座談会の記録が掲載され、審査の次第が公表されるしきたりとなっていた。ご参考までにそれを写しておく。委員名を発言順に記すと、水谷準、城昌幸、江戸川乱歩、中島河太郎の四氏であった。

水谷　この号にしては珍しいいわゆる本格常識的な本格ですね。変な言葉だがクロフツ式「時間探偵」。時間のやりとりで探偵をする話です。細かい点が理屈に合っているものとして、読んだんですが、読者はどうでしょうね。

城　僕も計算はしないね。

水谷　アリバイ崩しとその発見のプロセスと、地味だが余計な描写のない書き方は好感が持てる。僕はわりにこういうのが好きなんですよ。自分が書けないので、よく書けているという感じで、以前だったらもっといい点がついたかも知れない。が、この程度だったらあまりにも類型的で、新進作家を求めるという意味ではどうもあまりにありきたりで失望。好意的に八十点をつけておきました。

江戸川　いや、いいんだ、なかなかね。

城　たしかに一生懸命書いているからね。

水谷　いや、近ごろ少なくなったんだよ。こういうものがさ。だから乱歩さんとしては逆にユーモアものが出ると喜んでいるんじゃないか。

城　最後のキメ手などもこういうふうに畳みこんでくれば大へんよくわかる。ただわれわれみたいに読みなれているものはそう珍しがらないだろうが……。それからたしかにこの時間割はえらい苦労したんだろうと思ってね。（笑）

江戸川　そんなに苦労したとは思わなかったけど。

水谷　自然にできるんだろうね。なにか方程式みたいなものだろうね。

城　グラフがあってね。わかるんだろうね。

中島　地味ですが、本格的な作風のものがほかにないときですから、その点ではやっぱり注目していいと思いますが、それに加えてもう一つなにかほしいと思うんです。点景人物として女の子なんか出てくるのですが、それも別に生きているわけじゃありませんし、多数の関係者も訊問の相手としてだけしか書かれていないという点で、話の筋を運ぶことを、一生懸命にやっているというので、凡作とはいいませんが新味がないということで、それほど高くは買ってはいません。

江戸川　僕はあまりよくないんだ。刑事の苦心談で、苦心していくその書き方はいいと思うんですが、描写が丹念すぎてサスペンスが前半にはすこしもない。丹念に描写しているだけである。退屈しちゃうな。僕は昔からこういうのがきらいなんだ。訊問の連続ね。クィーンの小説で訊問が一冊の三分の一ぐらい続く奴があるだろう。ああいうのは僕は好まない。それと同じに丹念な描写が退屈だったね。

水谷　つまり読者に預けた形だからな。

江戸川　最初にサスペンスがあればいいんだが、それがない。定期券がレールに挾まっておった。その挾まる時期というのは少ししかないので、それが偶然挾まったということはどこか都合のよすぎる感じがする。いずれにしてもサスペンスがないことは一番欠点です。意外性もそう大してない。文章は平凡。というようなことで僕はこれは点はよくないです。

城　取り柄がなくなって。（笑）

江戸川　六十点。〔後記。誤解があったので、七十点に上げてもよろしい〕

水谷　編集者として点をつけてもらえないかな。（笑）近ごろないよ、こういうの。（笑）

江戸川　本格は本格として、すぐれていなくちゃだめだよ。ただ本格というだけじゃ……（笑）

江戸川氏は座談会の後でもう一度読み直し、その結果誤解のあったことに気がつかれたようである。具体的にどんなものであったかは叙述が簡単すぎるために判らない。本格擁護派の氏の採点が辛くて逆の立場にあると思われる水谷氏の点が甘いのだが、そこが意外でもあり面白くもある。

「吹雪心中」——山田風太郎

本名は山田誠也。大正11年1月、兵庫県の豊岡で生まれた。柳行李の生産で知られた山陰本線沿いの町である。旧制中学生の頃から受験雑誌の読者欄に、小説を書いて送り、毎号入選するのでしまいには編集部から投稿をことわられたとかいう話だ。やがて東京医科大学に在学中、「宝石」の第一回コンテストに《達磨峠の事件》を投じ推理作家として登場したが、ほどなく作品の幅をひろげ、放胆ともいえるスケールの大きな作家活動を開始した。

この中編は昭和38年5月号の「推理ストーリー」に載った。

この作家が旧「宝石」の第一回コンテストから登場したことは別記のとおりだが、同時に選に入った投稿家の作品名と筆名を列記してみると、つぎのようになる。

「犯罪の場」　飛鳥　高
「砥石」　岩田　賛
「オラン・ペンデクの復讐」　香山　滋
「鶏鵡裁判」　鬼怒川　浩
「殺人演出」　島田　一男
「網膜物語」　独多　甚九
「達磨峠の事件」　山田風太郎

このコンテストは同誌としては最も稔り多いもので、山田風太郎のほかに島田一男、香山滋氏等の秀れたプロ作家を生んだ。敗戦に依って軍が解体され、探偵小説の禁が解かれた頃であったから、満を持していた新人達が自信作をひっさげて登場したのである。有力作家が誕生したのも当然であった。第二回目のコンテストからはプロ作家が殆ど出なかったことと対照的な現象だといえるだろう。

氏は島田一男氏と同様に疲れを知らず捲むことを知らぬ作家だけれど、序々に創作の幅をひろげてゆき、やがて忍法小説の作家としてその名は天下に喧伝された。

したがって専業の「推理作家」というにはためらいを感じざるを得ない昨今だが、いまもいったように筆力が旺盛だから、推理作品の数はプロの推理作家のそれをしのぐものがある。とはいうものの鉄道に材をとった短編となると、本編ぐらいしかない。忍法作家の奇想天外な作品とはまた別の、邂逅したむかしの愛人ふたりを主人公として、愛情もしくは情熱がいかに覚めやすく薄っぺらなものであるかを、途絶《とぜつ》鉄道の不通というハプニングを触媒として描いてみせたシリアスな一編。

「ひかり号に消ゆ」——大谷羊太郎

本名は大谷一夫。昭和6年2月、東大阪市布施で生まれた。学生時代にアルバイトで始めたハワイアンバンドの演奏が本職となり、大学を中退。のちポピュラー歌手克巳しげるの付人をやるなど異色の体験を経て、音楽プロダクションに勤務中に書いた長編《殺意の演奏》が江戸川乱歩賞に入選し、それを機に推理作家となった。この作家は処女作以来密室トリックを書きつづけるという困難な道を歩いて来たのだが、本編もまた題名どおり進行中の列車から消失した男の話を扱っている。
初出誌は「別冊小説新潮」昭和46年4月号。

大谷羊太郎は第16回江戸川乱歩賞の受賞作家である。彼は密室トリックに異常な情熱を燃やしており、受賞作の《殺意の演奏》を初め、引きつづいて執筆した第二作も第三作も、月刊誌や週刊誌に発表した短編も、その殆どが密室物であった。氏の作品では、密室テーマが大きな特長の一つになっている。

昨今、軽音楽の演奏家をミュージシャンと呼ぶことが流行しているという。この伝でいくと大谷羊太郎もまたミュージシャンであった。二十数年のキャリアを持つこの作家は、スチールギターの専門家でもあり、当然のことだがハワイ音楽に関する知識では彼に敵う推理作家はいない、以前にハワイアンの楽譜を利用した暗号小説を書いたことでも解るように、作品の上でもミュージシャンとしての経歴がものをいっている。これも大谷小説の特色である。

芸能界のことにうといわたしは、タレントのマネージャーや付き人がこの世界でどの程度の地位を占めるのか知らないけれど、大谷羊太郎は流行歌手克美しげるのマネージャーとか付き人とかをやっていたという。そうした経歴が示すように芸能界にくわしく、しばしば芸能人や斯界に材をとったものを書く。それが特長の三つ目に数えられている。

さて《ひかり号に消ゆ》は芸能界を舞台にした点、列車という密室から評論家を消失させた点、そして発覚の端緒が移調された演奏にあった点など、典型的な大谷作品ということができる。しかも謎を解くキイは冒頭の発声練習の場面でさり気なく提示してあるといった、フェアな作品でもあるのだ。フェアであることは本格物の第一条件とされていながら、近頃はこれを軽視する傾向があるようだ。そうした折柄、本編は優等生的な作品なのである。

「歪んだ空白」——森村誠一

この作者もまた筆名と本名とは同一である。昭和8年

1月、埼玉県熊谷市に生まれた。《高層の死角》で江戸川乱歩賞を取る。ホテルマンという変った世界の出身だが、その頃から数冊のビジネス小説を書いており、推理作家となってからも、単なる本格物ではなく、双方の融合をはかった作品を書きつづけることによって層の厚い読者を獲得した。代表作《新幹線殺人事件》は新幹線と電話トリックを核としたものだけれど、同じ趣向のトリックを中編で試みたのが本編である。
「小説サンデー毎日」46年10月号に発表された。

この作家については今更くどくど書く必要もあるまい。編者であるわたしよりも、読者であるあなたのほうが森村作品には通じているかも知れない。

森村誠一の代表作でもある《新幹線殺人事件》では電話トリックが効果的に用いられている。本編はそれを中編で試み成功しているのだが、このプロット及びトリックは本来長編に用いられるべきものであり、勿体ないことをする、というのが読者であり作家であるわたしの読後感であった。島田氏の《恐風》も中町信氏の《急行しろやま》も共に長編になる素材であることは本編と同様で、世の中には気前がよいというか、思い切りのいい作家もいるものだ。

統計をとったわけではないから、断定的なことはいえない。だが、氏の作品における殺人の動機は、怨念もしくは強烈なエゴに基づくものが多いように感じている。そしてサラリーマンの上司に対する恨みつらみを描く場合でも、まるで作者自身がサラリーマン時代にしいたげられでもしたかのように、これでもかこれでもかといったふうにコッテリと書き綴る。そうした点にも多くのホワイトカラー族の共感を得る秘密があるのかも知れない。しかしそのエゴなり恨みなりが女性的な陰湿なものとなっていないのも特長の一つであり、これは登山好きなこの青年の明るい性格からきているのではないかと思う。

「寝台急行《月光》」――天城　一

本名は中村正弘。大正8年1月、東京は神田の生まれである。昭和22年の「宝石」2・3月合併号に発表した《不思議の国の犯罪》を皮切りに、《霧の中の犯罪》《明日のための犯罪》などの密室短編を書き、本格物の読者に強烈な印象を刻みつけたが、ほどなく余技作家としての筆を折って大阪学芸大学の数学教授に専念し、子弟の育成にあたった。

天城一が再び余技作家としてペンをとり始めたのはご

く最近のことで、同時にこの密室専門作家は幅をひろげて鉄道物をも手がけるようになった。本編の初出誌は「幻影城」の昭和51年2月号である。

天城一の登場は戦後まもなくのことで昭和22年3月号の旧「宝石」に載った《不思議の国の犯罪》を第一作とする。その頃は「関西探偵作家クラブ」（現在は「日本推理作家協会」と統合している）に所属していた。何事においても関西側の東京勢に対するライバル意識は強烈だが、探偵小説の面でも例外ではなくて、会員達は一丸となって東京の娯楽雑誌や探偵雑誌に進出することを意図した。

天城一は東京神田の生まれだから東京人に対する敵愾心は稀薄であったのだろう。が、関西側の有力執筆メンバーの一員として、本業の数学教授の余暇にコツコツと短編を書いた。その作品はすべて密室物で、摩耶探偵と島崎警部が主役と準主役をつとめる。

「関西探偵作家クラブ」36年12月号のアンケート特集「変った趣味」に答えて、「鉄道趣味――子供の時からの趣味が持続している次第。嵩じて特に技術方面の専攻になり、専門家の雑誌を購読する始末。金がないので、実地の方はサッパリで、もっぱら文献学。鉄道に通じすぎたので、どんなトリックを考えても、鉄道関係者から見れば常識以下に見えて、鉄道利用のトリックをＤＳ（註・推理小説）へ持ち込めなくなったのが害の最たるもの。利点はいろいろ。兼ねて鉄道モデルマニアになり、幼稚な〈模型〉を自作して悦に入るなり」という一文を投じている。

その氏がここ一両年の間に鉄道ミステリイを矢つぎ早やに書いたのは、いかなる心境の変化に依るものだろうか。なお作中に登場する「黒衣の美女」はこの作者の知人で、明治の元勲のお孫さんだという。

「グリーン寝台車の客」――多岐川恭

本名は松尾舜吉。大正9年1月、福岡県八幡市に誕生。現在の北九州市八幡区である。銀行員、新聞記者を経て推理作家になったのだが、このひとの人柄からみて、作家業がいちばん性に合っているのではないかと思う。性謹厳にして寡黙、彼と語っていると、わたしひとりが大声でしゃべりまくる結果となり、自己嫌悪に陥ったりする。投稿家時代の筆名は白家太郎を用いた。

《グリーン寝台車の客》は比較的あたらしい作品で、「カッパマガジン」51年9月号に書かれたものである。

多岐川恭が白家太郎の前名で旧「宝石」のコンクールに投じた短編を読んだとき、わたしは生憎なことに予言者ではなかったので、「この青年を注目せよ！」とはいわなかった。もし声たからかにそう叫んでいたら（叫ぶときにはたいてい高らかな声を出すものだが）、わたしの株もだいぶ揚ったことだろうし、多岐川恭もわたしの炯眼《けいがん》に心服したに違いない。多岐川恭はこの《みかん山》で見事一位を獲得し、つづいて長編《氷柱《つらら》》で江戸川賞をとって了った。まことにそれはアレヨアレヨという間だったのである。

《氷柱》は、世捨て人として生きるフルート好きの男が主人公となって謎を解く、なみの本格物とはひと味もふた味も変った作品であった。後から考えると、余りにも人間臭い新聞記者（それも社会部記者だった）からの逃避が、こうした空想を描かせたのかも知れない。彼は音楽好きでもあるので、フルートのほかに《チューバを吹く男》という作品も書いている。チューバといった地味な低音楽器に眼をつけたところに、この作家のキラビヤカなものを嫌う性格が反映しているのではないだろうか。わたしも縁の下の力持ち的なコントラバスが好きだから、多岐川恭の心境が理解できるのである。あるいは、理解できたつもりでいるに過ぎないのかも知れないが……。

先頃氏は「小説新潮」のグラビア写真をとるために長崎旅行をした。そのときの経験が本編の下敷となっている。この作家の列車物としてはほかに《落ちる》があるが、こちらは推理作家になりたての頃の作品であり、そして本編は最新作なのであった。地の文を省略し、関係者の証言を並べただけの構成であるにもかかわらず、人物像がくっきりと浮び上ってくるのはさすがである。

＊

旧「宝石」昭和28年度のコンクールに、今津武男が《広島発20時13分》を投じているが、わずかの差で活字にならなかった。また30年度には神戸の日和登氏が《やくも》で応募。これは列車編成にからまるトリックを中心とした本格物だそうで、短編には無理な素材を詰め込んだため選外におちた、としてある。この二編は書き直すことに依っていい作品になるのではないかと思う。

京都の「ＳＲの会」から発行された「密室」誌上に当時の若い作家三人に依る連作《むかで横町》が掲載されている。初読した際はトリックの難解さに頭をかかえ、それが解《と》けた快感にしびれたことを覚えているが、二十年ぶりで読み返してみると、連作の欠点が露呈されていて、同人誌ならばともかく、本アンソロジーには向かなかった。大いに期待しつつ再読しただけに、残念であった。

本巻の解説を書くにあたって大慈、九鬼氏のアドヴァイスを得た。またテキストは前記の大慈氏のほかに、「日本推理作家協会」の島崎博、菅原倰介両氏並びに同事務局から提供して頂いた。付記して謝意を表します。

なお、解説中に触れたとおり、角免栄児、大島秘外史両氏の所在が不明なため、掲載許可を得ることができなかった。この小文がお目にとまったら、書籍編集部あてご連絡を頂きたく存じます。

恐怖推理小説集　解説

はじめに

乞われて現代作家による恐怖小説の秀作を集めて、一巻にまとめた。先に刊行した「怪奇探偵小説集」三巻につづくものである。

一口に恐怖小説といってもさまざまなタイプがある。冒頭の一行から最終行にいたるまで恐怖の連続というものもあれば、さり気なく恐怖を描いて、数日後にふと思い出したときに思わずゾーッとなるものもある。音楽でいうクレッシェンドのように徐々に恐怖感を盛り上げておいて、クライマックスでプツンと切れるものもある。本巻の内容も多岐にわたっているが、編者はバラエティーに富む作品を集めることに意を用いた。

本巻の特色の一つは、右の三巻に及ぶ「怪奇探偵小説集」を編んだときは「幻の」という副題にはばまれて遠慮せざるを得なかった現役作家、阿刀田氏と野呂氏の作品を入れたこと、前回は文庫本が出たばかりだったため、これまた見送るの止むなきに致った三橋氏の短編を採ったことにある。そしてもう一つは、発表誌がヤング向けだったために一般には知られる機会のなかった岡田英美子氏の珍しい作品を紹介したこと。

編者は、初めから不吉だといわれる十三の数にこだわっていたわけではなく、傑作を求めて取捨選択するうちに偶然こうなった。これもやはり恐怖小説なるがゆえなのかもしれない。

双葉新書（77年8月）

《蛇恋》三橋一夫

本名敏夫。明治四十一年八月二十七日、兵庫県で生まれた。徳川の時代からつづいた武芸家の裔《すえ》であるという。昭和二十三年の「新青年」に発表した《腹話術師》を第一作として、怪奇あるいは幻想の短編「まぼろし部落」のシリーズを書きつづけた。

「新青年」に発表された一連の三橋作品には「まぼろし部落」という角書がつけられていた。その正しく意味するところをわたしは知らないが、各短編の登場人物がおおむね善人であり、あるいは好人物であって、敗戦直後のすさんだ心の持主からみると、別世界の住人のように見えたがゆえに、そう命名されたのではないかと思う。多分、作者もまた、善意の男女の織りなす物語を書くことによって、読者の心のなかにうるおいを与えようと意図したのであろう。そこに、読者から歓迎された理由の一つがあったものと考える。しかしこの「まぼろし部落」のシリーズも、やがて「新青年」の休刊と共に終止符を打つことになった。

《蛇恋》は「新青年」とはべつの雑誌に発表された。先の「まぼろし部落」の継続ではないのだから、作者の考え方にも幾分変化があるのは当然で、中国の怪異小説に一脈つうじるような恐怖の味づけがされている点も、「新青年」に書いた一連の作品にはなかったことである。但し、その恐怖を表現する場合でも極力言葉を押えて、淡彩な描き方をしている。例えてみれば精選した白あずきに適量の和三盆を用いてこしらえた上質の和菓子であろうか。

なお、文中「とまとのみそしる」とあるのはちょっと奇異な感じを受けるが、恐らく作者が健康法研究家であるところからでた味噌汁なのであろう。

初出誌は不明。作者も記憶しておられぬ由。私の推測では昭和二十五年代の「日光」。

《東天紅》日影丈吉

本名は片岡十一、洗礼名を受安《じゅあん》という。明治四十一年六月十二日に東京で生まれた。フランス語を学び、創作のほかにフランスの推理小説の紹介につとめている。昭和二十四年の「別冊宝石」に発表した《かむなぎうた》が処女作である。《狐の鶏》で昭和三十一年度日本推理作家協会賞受賞。

推理小説の専門誌であった旧「宝石」は、毎年恒例のようにして、コンテストに依る新人募集を行なった。活字になった短編はゆうに二百を越え、一本立ちした推理作家は一ダース前後に及ぶだろう。日影丈吉は《かむなぎうた》をもって応募し、入選した。この人は登場してきた時点ですでに完成し熟成したおとなであった。

その後の創作活動を見ていると、決して派手とはいえないにせよ、どの短編もじっくりと書き込まれていて、ずしりとした重味のあるものばかりである。

この《東天紅》は昭和三十二年の「宝石」一月号に掲載された作品だが、発表誌が推理小説専門誌ということもあってか、読者に恐怖感を与えることに焦点をおいて執筆されたようである。物語は慌てず急がず、きわめて徐々に、ゆるやかなカーブを描いて上昇し、やがて主人公が箱をあける段階で読者の恐怖感は頂天に達する。前にしるしたとおり、本編においても前半を書き込んでいるために、クライマックスはいっそう強烈なものとなる。そして、その後で暁を告げる鶏を鳴かせているが、これも音響効果は満点だ。

《不死鳥》山田風太郎

本名は山田誠也。大正十一年一月四日、兵庫県の数代つづいた医家に生まれる。自分も後をつぐつもりで東京医大に学んだが、たまたまコンテストに投じた短編《達磨峠の事件》が昭和二十二年の「宝石」一月号に掲載されたこともあって、作家に転じた。《眼中の悪魔》と《虚像淫楽》で昭和二十四年度日本推理作家協会賞受賞。

山田風太郎がお嬢さんと一緒に入浴していると、彼女がお父さんの「なりなりてなり余れるところ」をつくづく眺めて、いとも不思議そうに「パパのこれ、ねじるとはずれるの?」と訊いたそうな。パパはこの奇想天外な発想に暗示を受け、数々の忍法小説を書いたのだという。しかし幼女の奇想天外な発想は、もとはといえば風太郎の遺伝子のなせるわざではなかったかと思う。

氏の処女作《達磨峠の事件》(処女作といっても、受験生時代に受験誌にあてて幾つもの掌編を送り、それが片端から活字になっていたというから、本編を第一作と呼ぶのは当たっていないかも知れない)は、事件が起り謎の論理的解明が行なわれるという点で本格物を踏まえた作品であるが、女性が花嫁衣裳をぬいだ途端に本性をあらわすように、氏もまた入選するや忽《たちま》ち探偵小説から逸脱して、想の赴《おもむ》くままに《みささぎ盗賊》を書き《眼中の悪魔》を発表した。むかしから空想力のゆたかな、奇妙奇天烈な発想をする人であった。

そうした点からすれば、本編はむしろおとなしい作品なのかも知れない。しかし、やはり風太郎的な発想に依るものであることは明らかで、殊に不遇な老医学者の性格設定、あるいはそこに描かれている人間像は、いかにも山田風太郎好みのものだと思う。

本編のクライマックスもまた、天井裏から覗いているうつろな眼に気づく、あの一瞬においてある。と同時に作者はこの物語で、視点を変えればいかようの判断でもくだせることを、幾つかの手記に依って警告したかったのかも知れない。究極的にそれは、人が人を裁くことが可能であるか否かの疑問につながるのである。

初出誌は「オール読物」の昭和三十二年十二月号。

《もう一度どうぞ》戸川昌子

本名同じ。東京の産である。昭和三十七年度の江戸川乱歩賞に力作長編《大いなる幻影》を投じ、美事に入選。一年間にわたる沈黙ののち、別人のように大きく成長して忽ち人気作家となり、更にシャンソン歌手などでもひろく知られるに至った。

別記したように、戸川昌子は第一作を発表してからまるまる一年間を沈黙のうち過した。

乱歩賞をとれば注文が殺倒し、場合によっては持てる才能をすり減らすことにもなりかねない。にもかかわらず多くの新人が原稿依頼に応じるのは、早く既成作家としての地位をきずきたいと思う気持もあるだろうけれど、同時に、断わっては出版社側の不興を買うのではないか、という恐れがあることも否定できない。ところが戸川昌子はこうした思惑を完全に無視した。そこに、この女流のしっかりとした土性骨を見るような気がする。

多分この一年間を小説修業に打ち込んでいたものと思うが、やがて第二作《猟人日記》を発表するや否や忽ち人気作家に変身した。驚異という他はない。

　この一編もまた彼女の初期の作品であるが、作者とは無縁ではない芸能界の女性を拉致し来たって、女性特有の甘えの精神にもとづく殺人ドラマを演じさせた。第一の事件では成功した女が、二匹目のドジョウを狙って企てた第二の殺人は、彼女の計算に依れば完璧に成功するはずであった。それが土壇場で破綻《はたん》を生じ、しかもその原因となるものが、味方だとばかり信じ込んでいた男の裏切りであることを悟ったときの驚き。そして絶望と恐怖！

　作者は、女を襲ったショックをさらりと描いただけで、あとは読者の想像にゆだねるというずるい手法をとり、巧みに成功しているのである。心憎いというべきか――。

　本編の初出誌は「週刊現代」の昭和三十七年十月二十一日号。

《人形》星　新一

大正十五年九月六日、東京に生まれた。ＳＦの同人誌「宇宙塵」に発表した《セキストラ》が「宝石」に転載されたのを期に、ショート・ショートの作家としてあまねく知られるようになった。短編集《妄想銀行》で昭和四十三年度日本推理作家協会賞受賞。


　丑の刻参りというのがある。藁人形を呪う相手に見立てて、深夜丑の刻に、五寸釘で木の幹に打ちつける。当人は（どういうわけだか圧倒的に女性が多いそうである）白装束に白鉢巻。その鉢巻に火のついた何本かの蠟燭をはさむという、凝ったいでたちだ。しかも場所はひと気のない神社か墓地である。もし誰かに見られたら効き目はゼロになるからだという。

　先年亡くなったある喜劇俳優が、テレビで、若い頃に遭遇した丑の刻参りのことを話っていた。場所は埼玉県の所沢あたりだったろうか、ドサ廻りの一座から仲間とふたりで夜逃げをする途中、藁人形を打ちつけている現場にゆき当り、隠れ場所を求めて手近の木に登る。と、やがて女がそれに気づいて「見たな」というと、ものすごい形相をして木の周囲をぐるぐると廻って去ろうとはしない。樹上にいるのは屈強の若者であるのに、恐ろしさの余りついには失禁してしまう。そのうちに明方になると、遊郭に一泊して朝帰りをしてくる男の姿が近づいて来たので、女は恨みがましい一瞥を枝の上に投げておいて、足早に立ち去ったという。

　女というのは大体が非力のくせに、どこか魔物めいたところがあるのであろうか、痴漢を撃退するには唐手なんかを習うよりも、黙ってニタニタァとしたほうが遙るかに効果的だとする説が唱えられている。そうしたわけで、われわれ男性は、このときの喜劇役者の気持ちを痛切に理解できるのである。

　さて本編に出て来る呪いの人形は国産の藁人形ではなく、フィジー島製のイメージが濃い。蠟でこね上げたこの人形も霊験あらたかで、憎む相手を胸中に念じて裁縫用のピン（針仕事は洋の東西を問わず女性の仕事ということになっている点からみると、こうした手段にでるのはフィジー島でも女性が多いとみえるが）を人形に刺すと、遙か離れた土地にいる人物がにわかに激痛におそわれるのだそうだ。わたしの痛風もビフテキの食い過ぎが原因ではなくて、むかし泣かせた女が何処かで針をつき刺しているせいではないかと思うと、なにやら背筋がゾクゾクとしてくるのである。

　しかしこの無敵の兵器も、間抜けた使い方をするとおのが身を破滅することにもなりかねない。本編はその警告の書であり、イギリスの作家サキの作品を思わせる秀作である。


　初出誌は「小説新潮」昭和四十年九月号。

《爪の音》岡田英美子

本名同じ。兵庫県芦屋の生まれ。図書館勤務、漫画映画の製作にたずさわった後、CMプランナーとなった。イラストも描く。行動力に富んだ近代女性。


　渡辺啓助氏の処女短編《偽眼《いれめ》のマドンナ》は同時に氏の代表作の一つともなっているのに、発表されたときの名前は岡田時彦であった。当時人気絶頂の美男映画俳優である。いまの流行語でいえば、氏はゴーストライターをつとめたことになる。

　岡田英美子の場合も似たようなケースだった。彼女もまた渡辺啓助氏と同様に、生まれて初めて書いた短編を別人の名で発表することになったからである。落語の好きな人だから円楽の楽屋にもよく出入りしており、たまたま雑誌の編集部から短い小説を頼まれていた円楽との間で「すまないけど書いてくれないかな」「いいわよ」といったやりとりがあって、この短編を書き上げた。それまでに「ヒッチコック・マガジン」その他の雑誌に雑文を何回となく書いた経験があったから、小説と聞いても、ものおじすることはなかったのである。

円楽の名で発表されたときの題名は《あいつ》で、雑誌は「Ｐｏｃｋｅｔパンチ０ｈ！」昭和四十五年十月号であった。これは彼女が体験した事実談に依るもので、文中に東京を離れた土地でしばらく働いていたとしてあるのは、鎌倉の横山隆一氏邸のお伽プロで漫画映画の製作にタッチしていたことを指す。

先頃、夜の十一時過ぎに仕事のことで彼女から電話がかかってきた。通話が終わると間もなく、電話のベルがチリンとひと声鳴り、数分の間をおいてそれが三度くり返えされた。てっきり彼女がなにか言い残したことがあってダイアルしたが、なにぶんにも十一時半過ぎなのでためらっているのであろうと考えて、数日後の通話の際にそのことを質《ただ》すと、この作者は言下に否定した。

「わたくしじゃありません。でも、それは〝あいつ〟の仕業に決ってますわよ。自分のことが本になるので、喜んでお礼をいうために電話をかけてきたんですわ」

《禁じられた墓標》森村誠一

本名同じ。昭和八年一月二日、埼玉県熊谷市に生まれた。ホテルマン時代の経験を基礎にして書いた《高層の死角》が昭和四十四年度の江戸川乱歩賞に入選し、《新幹線殺人事件》で作家としての地位を確立。いまでは押しも押されぬ第一人者となっている。《腐蝕の構造》で昭和四十八年度日本推理作家協会賞受賞。

森村誠一は流行作家である。

流行作家の必須条件としては、まず酷使に耐え得る強靭《きょうじん》な肉体の所有者であることと、汲んでも尽きない創作意欲の持主であることが挙げられる。この恐怖短編にしても、あれだけ多作をしていながら少しも手を抜いたところがない。一体、いつアイデアがうかぶのか、どうやってプロットを練るのか、同業者として不思議に思うほどである。

戦前、婦人雑誌で圧倒的な人気をはくした吉屋信子女史がこんこんと湧きでるアイデアの秘密を訊かれて、「神様がさずけて下さるのです」と答えていたが、森村誠一ならば何と答えるであろうか。

仁木悦子女史は植物好きで知られており、それは彼女の作品からもうかがい知ることが出来るのだが、同じく書いたものから想像すると、森村誠一は動物が好きのようである。ペットを飼っている話は聞いたことがないから、好きというよりも、関心があるといったほうが当たっているかも知れない。
さてその動物を恐怖小説に登場させるとなると、陰険で魔物的な存在であるネコに如くものはない。化け猫のむかしから使い古されたこの動物を、いかに今日的に料理するかという点に本編の面白さの一つがあるのだけれど、作者は美事な成功をおさめたのである。
初出誌は「小説現代」昭和四十九年十月号。

《夢中犯》半村　良

本名は清野平太郎。昭和八年十月二十七日に東京で生まれた。早川書房発行「SFマガジン」の三十八年のコンテストに《収穫》を投じて入選したのをきっかけに、SF作家となった。若手の作家として、現在もっとも多忙な一人である。《産霊山秘録》で昭和四十八年度泉鏡花文学賞、さらに《雨やどり》で昭和四十九年度直木賞受賞。

この作者はさまざまな職業を遍歴したのちに作家業になったのだという。あるベテラン編集者から聞いた話だが、こうした経験は作家にとって大きな財産になるのだそうだ。「例えば江戸川乱歩さんがいい例です。それにひきかえ、学校を出るか出ないうちに書き始めたいわゆる学生作家は、そうした幅の広い知識がないから不利ではないかと思いますね」とのことである。私もまた貧弱な人生経験しか持ち合わせていないので、この人の豊かな過去を羨ましく思う。
初出誌は「小説現代」昭和五十一年四月号。

《剃刀》野呂邦暢

本名は納所邦暢。昭和十二年九月二十日長崎市に生まれた。《或る男の故郷》が昭和四十年度文学界新人賞佳作に入り、《草のつるぎ》で昭和四十八年度芥川賞受賞。昭和五十五年五月七日急逝。

野呂邦暢はミステリー作家ではない。しかし石沢英太郎、夏樹静子といった九州在住の推理作家諸氏と交わりのあったことから推察すると、必ずしもこの分野に関心がないわけでもなさそうに思える。
この掌編は「問題小説」昭和五十一年五月号の「おとなのメルヘン」と称するカラーページに掲載されたもので、このページに執筆を依頼された作家は所定の短い枚数で一編のストーリーを書き上げなくてはならない。そこで本編の作者は登場人物を加害者と被害者のふたりにしぼり、舞台も床屋の店のなかに限定した。

ディクスン・カーの作品に《恐怖は同じ》という長編がある。井上幻氏の《喉》（「怪奇探偵小説集・続」所載）も本編も、お話のおしまいはカーのこの題名とおなじことになるのだが、前者の饒舌体に対してこちらはあくまで寡黙であり、その結果として《剃刀》は凝縮され煮つめられた内容となった。

《わたし食べる人》阿刀田　高

本名同じ。昭和十年一月十三日東京に生まれた。国立国会図書館司書をへて、作家、翻訳家となる。コラムニストとしての活躍も長い。ブラック・ユーモアを主とするミステリー風な小説を得意とする。《来訪者》で昭和五十四年度日本推理作家協会賞受賞、短篇集《ナポレオン狂》で同年度直木賞受賞。

私が編んだ「怪奇探偵小説集」では何編かの人肉食いをテーマとする短編を紹介してきた。けれどもそれ等の多くはカンニバリズムを標榜していながら、いざという段で逃げてしまうのであった。ところが本編の主人公は実際に人肉を食うのである。しかもこれが少しもグロテスクではなく、いかにも旨そうなのだ。われわれが些かの抵抗感もなしに読めるのは、それがユーモア小説ふうに処理されているからであり、そこにこの作家の工夫があるように思う。

《わたし食べる人》というタイトルは、かつて同じキャッチフレーズで放映されたCMとは無縁ではあるまい。テレビコマーシャルのほうは確かインスタントラーメンを扱った内容で、女が煮てくれた中華そばを男性がニコニコしながらさも幸福そうにすするといったストーリーのように記憶しているが、女に奉仕させるのは怪しからんという抗議が、どこかの婦人団体から寄せられたため、放映中止になったとか聞いている。作者の阿刀田高が彼女たちの狭量を揶揄《やゆ》するつもりで自作の題名に引用したのだとすると、女を恐れぬ放胆にして不敵な行動に、われら男性たるもの満腔の敬意を表さなくてはなるまい。恐妻家であるわたしなんかには、とてもとてもその勇気はない。女房に撲られたことはあっても、女房をぶん撲るなんてただの一度もしたことはないのだから。

初出誌は「問題小説」の昭和五十一年八月号。

《影の殺意》藤村正太

本名同じ。別名川島郁夫。大正十三年一月九日富山に生まれ、韓国の釜山で少年時代を過した。学徒出陣として前線に赴くが、帰還して復学する。間もなく胸を病んで療養生活の止むなきにいたる。昭和二十四年の「別冊宝石」に投じた《黄色の輪》《接吻物語》で登場した。《孤独なアスファルト》で昭和三十八年度江戸川乱歩賞受賞。五十二年三月十五日歿。

この作者は今年（昭和五十二年）の春、原稿用紙とペンを携え軽い気持で入院したところ、予期せぬ病状の急変に依って亡くなった。いかにも作家らしい死に方だということも出来るだろう。

氏の登場は早く、いまの推理作家の大半が後輩にあたるほどだが、当初から本格物、時代推理、怪奇小説、ユーモア探偵といった幅の広い活躍ぶりを示した。その頃「新潮」が別冊で推理小説特集をしたときには、並いる新人作家のなかからただひとり選ばれて短編を発表している。

やがて、テレビの台本作家に転じて十余年にわたる雌伏ののち、川島郁夫の筆名を捨てて、本名で別記のように江戸川乱歩賞に《孤独なアスファルト》を投じて入選、それを期に推理作家に戻って創作をつづけた。学究肌のこの人には珍しく麻雀が得意で、その方面でも幾冊かの長編を発表している。

本編は探偵小説専門誌「幻影城」の昭和五十一年十一月号に載ったもので、最晩年の作である。藤村正太は療養生活に入った頃から武蔵野の風物と親しむようになり、結婚し一女をもうけ、そして亡くなるまでその土地を離れようとはしなかった。この作品も、いわばホームグラウンドを舞台としたもの。文中の「はけ」という現代では死語となったと思われる言葉も、あの辺りでは生きた日常語として会話のなかで用いられているのだろう。そうしたことを氏が知っていたのも、武蔵野の住人なればこそであった。この一編において作者は、手垢のついた形容詞や安っぽい比喩は一切使わずに、恐怖感を盛り上げている。そうした点にもご注目いただきたい。

なお、はけの館の一室に落ちていたタバコの灰は誰であったかは、明確に記されていない。それについて尋ねたくとも、今となっては、それもできない。

今後の活躍を期待していたわれわれにとって、その急逝は残念の一語に尽きるが、最も口惜しく思ったのは氏自身であったろう。

《透明願望》草野唯雄

本名は荘野忠雄、大正四年十月二十一日に福岡県の大牟田市で生まれた。明治鉱業に勤務中、その鉱山関係の知識を生かして書いた《交叉する線》が第一作、昭和三十七年の「宝石」に発表された。本格物、サスペンス物を得意とする一方では恐怖短編にも筆を染め、忽ちのうちにホラー作家の第一人者となった。

俗な言葉でいささか浅薄な感じがしないでもないけれど、「中味の濃い」恐怖小説を書いたのは戦前では橘外男氏、そして戦後の作家ではこの草野唯雄であると思う。私もミステリー作家の端くれだから、ちっとやそっとの恐怖小説には麻痺している。だが前者の《逗子物語》と草野唯雄の《死霊の家》を読んだときには、中途で何度も後ろをふり返ってみたものだ。なにやら得態の知れぬものが背後に立っているような気がして、そうしないではいられなかったからである。

本格物あるいはサスペンス物の書き手としての草野唯雄については充分に承知しているつもりの私だが、氏が突如として恐怖小説の筆をとり、しかも並ならぬ出来映えであることを知ったとき、その百八十度の転進に小首をかしげたものだ。だが後から聞いたところに依ると、この作家は若い頃から恐怖小説を読みふけっていたという。

透明願望は潜在的に誰もが持っているせいか、それを題材とした小説のたぐいはかなり古くからあるようである。しかしそのなかでも最もよく知られているのはH・G・ウェルズの作品だろう。これは透明薬をのむことに依って全身を透明にするわけだが、江戸川乱歩氏の随筆には、絶対黒色の塗料を体中くまなく塗って透明人間になるジャック・ロンドンの小説が引用されている。黒は光線を吸収する色だから、もし完全な黒い色を塗れば、その物体の存在は視覚的に否定されるというのが作者の発想であったようだ。但しこちらはゼリーのように透明になったわけではないので、太陽の下では影ができるのだそうだ。

こういう先例があると透明人間をテーマとした小説はいよいよ書き難くなる。それに敢えて挑戦したのが草野唯雄であった。ウェルズはSFとして、ロンドンは冒険物として書いているが、氏はこれを恐怖小説として綴ったところに違いがある。

初出誌は「小説宝石」の昭和五十一年十一月号。

初出誌は昭和四十八年八月刊の「別冊小説宝石」。

《雨》樹下太郎

本名は増田稲之助である。大正十年三月三十一日に東京で生まれた。芝居に興味を持ってサラリーマン時代から戯曲を書いていたが、昭和三十三年に「宝石」と「週刊朝日」の共催による探偵小説募集に《悪魔の掌の上で》を投じ佳作入選、やがて推理作家に転じた。作品にはホワイトカラーの哀歓を描いたものが多い。

この作家の初期の作品には好短編がいくつもあって、《夜空に船が浮ぶとき》《散歩する霊柩車》《お墓に青い花を》等は特に名がたかい。その後になると作風が変り、サラリーマンの世界を描いた長短編に移行するのだが、それについて樹下太郎は、初めの頃はまだ会社勤めをしていたので、周囲にさしさわりがあるためにサラリーマン物を手がけるわけにはゆかず、リリシズムあるいはペーソスに充ちたあの一連の短編を書いたと語ったように覚えている。

本編は、この初期の作品を思わせるような短編で、構えた姿勢ではなく、淡々とした筆づかいで、ひとりの男

《死霊の家》草野唯雄

この作者の名を聞くと人は反射的にサスペンス物の作家を思いうかべることだろうが、恐怖小説の分野でも指折りの書き手であることは、本編を読めばお解りのことと思う。

友人からドライブを誘われて富士五湖めぐりに出かけ、不吉な家にまつわる因縁話を聞かされるあたりから物語は佳境に入っていく。読者は次第におちつきを失ってきて、頸筋がヒヤリとするたびに後ろを向きたくなる。こわい小説を書くには人一倍の筆力を要するものとされているのだが、作者の筆の冴えについては誰よりも本編を読んだあなたが太鼓判をおしてくれるだろう。

私自身のことをいえば、戦前の作品でもっともこわかったのは橘外男氏の「逗子物語」であり、戦後の物ではこの「死霊の家」だった。氏が恐怖小説を書いたとき、私はこの作家がコペルニクス的大回転をしたように感じたものだが、どこかで読んだ随筆によると、昔から恐怖小説に関心があったのだそうである。

それにしても恐怖小説の作者は深夜執筆していてこわくないのかしらん。もしかするとゾーッとするたびに失禁しているんじゃないのかしらん。

の雨にまつわるミステリーを描いたもの。最後に至ってその謎も解けるのだけれど、これがハードボイルドあるいは本格物であったなら、主人公は積極的に謎と立ち向かうだろうに、樹下作品のこの男は終始消極的であり受け身である。

初出誌は「小説推理」の昭和五十二年六月号。

鉄道推理ベスト集成　第3集　復讐墓参　解説

徳間ノベルズ（77年9月）

「木魂」――夢野久作

海若藍平の筆名を使ったこともあるという。本名は杉山泰道。明治22年1月に福岡市で生まれ、昭和11年3月、東京で卒去した。国士杉山茂丸の息であった。

東京の喜福寺で得度して仏門に入るが、のちに還俗して、九州で新聞記者、謡曲の師、農園の経営などに従事する。大正13年に《侏儒》を「新青年」に送って佳作第一席に、さらに15年に《あやかしの鼓》を投じて一位なしの二位に入り、これを機に探偵作家となった。近年、その全作品が若者のあいだで再評価されている。本編の掲載誌は「ぷろふいる」昭和9年5月号。

氏の作品は《ドグラマグラ》のような超大作から、《瓶詰めの地獄》のような掌編に至るまですべてが型破りであって、普通のコンパスでは計り得ないものばかりだった。型破りの例を挙げれば――、その頃探偵作家を指して彼等は〝雨がジャージャー降ってきて服がビショビショに濡れた〟といった安易な文章を書くなどと揶揄《やゆ》する輩《やから》がいたものだが、久作は逆にこうした擬声語を積極的に多用して独特の効果をだし、意地のわるい連中の皮肉な陰口を沈黙せしめて了ったのである。というと彼等に対抗意識を燃やした結果そうなったように思えるけれど、そうではあるまい。このスケールの大きな作家は三文批評家の悪口なんぞは歯牙にもかけず、こう書くことが効果的だと信じたからふんだんに擬声語をとり入れて書いたものであろう。

　この作家は大下宇陀児氏と親交があったそうで、江戸川乱歩氏の「探偵小説四十年」をひらくと、亡くなる三日前に大下邸でとった写真が載っている。両氏のほかに「ぷろふいる」の東京代表だった老編集者と、横浜の探偵小説愛好家グループの若者達が並んでいる。これ等の人々の大半は物故して了い、いま日本推理作家協会に会員として名をつらねているのは魔子鬼一氏と松村喜雄氏のふたりきりになった。昨今、ベルギーの本格派作家ステーマンの数々の長編を精力的に訳出している松村氏も、当時はいがぐり頭に詰襟の学生服姿という、信じられないくらいの愛らしさである。

「夢野さんからどんな印象を受けましたか」

　いきなり電話でそう訊ねてみた。われわれの年輩の仲間で夢野久作と語ったことのある人は、きわめて少数なのである。

　四十数年むかしの思い出を、そう急にまとめることは困難なのだろう、松村氏はしばらく唸りながら適切な言葉をさがすふうであったが、やがて「……とにかく大物という感じでした。巨人でしたね……」と答えてくれた。夢野久作を一語で表現しようとするならば、やはり「巨人」という言葉がそのものズバリであるように思う。

「執念」——蒼井　雄

　藤田優三が本名である。明治42年1月、京都府綴喜郡宇治田原町の産。幼年時代に大阪に転居、中年より池田市に移って、昭和50年7月21日この地で死亡した。その筆名は、当時の新感覚派の作家として知られた竜胆寺雄氏からとったものでもあろうか。氏の作品の多くは「ぷろふいる」に発表されているが、本編は珍しく「月刊探偵」の11年7月号に載った。

　関西配電の技師だったから余技作家として終始し、殊に戦後は創作の数も少なかった。イギリスのクロフツが創始した現実派探偵小説の作風を、わが国に初めて持ち込んだ人として知られている。元来が長編型の作家だった。

この一編は、冒頭に夜行列車が音をたてて驀進するシーンがあるのみで、鉄道推理と称するにはいささか弱い。しかし、先年他界された作者の短編を、それも知られざる短編を紹介するという意味から、あえて採ることにした。いま「知られざる」と書いたが、昨今ではこの掲載誌を所持している人もきわめて数少なくなって了った。

さて、蒼井雄は戦前に骨格の正しい、誤魔化しのない、通俗性を排した本格物の長短編を発表した人で、浜尾四郎、大飯圭吉氏と共に忘れられぬ存在であった。浜尾氏は長編《殺人鬼》と《鉄鎖殺人事件》でヴァン・ダインの線を志向し、蒼井雄は《船富家の惨劇》ほかでクロフツの作風を狙った。そうした意味からすれば本編はクロフツふうではなく、この作者を紹介する上で必ずしも適切な例であるとはいえない。

この《執念》はラストにおける実験の場面が圧巻で、作者は本格物としてよりも恐怖小説を意図したのかも知れない。そのせいか他の純粋本格物に比べると、例えば共犯者である犯人の細君の描き方も不充分で、もっと伏線を丁寧に張っておかなくては彼女の登場が唐突に過ぎ、読者を百パーセント納得させ得ない恨みがある。作者に同情的な見方をするならば、締切に迫られて端折って了ったのかも知れぬし、与えられた枚数が少なくて書けなかったというふうにも考えられる。

「桃色の食欲」——渡辺啓助

明治34年10月、秋田市に生まれた。べつに圭助の名を用いたこともある。本名は圭介。昭和4年の「新青年」に《偽眼《いれめ》のマドンナ》で登場し、以来ともすればわれわれが見失いがちなロマンと夢とを追求しつづけた。数多いそれ等の短篇はいずれも皮肉と残酷さ、ユーモアとペイソスによってほどよく味つけされている。昨今は創作から遠ざかり、かわって鴉の絵を描いたり書に親しんだりすることが多く、各地で個展をひらいた。

本篇は「ロック」の23年4月号に発表され、さらにその年度の年鑑収録作品にえらばれたものである。

作家となる前に、九州は福岡県の八女《やめ》中学と群馬県渋川町の渋川中学で教師をしていた氏は、戦争中、この渋川に疎開した。横溝氏と妹尾アキ夫氏が岡山県に、江戸川乱歩氏が福岡県にと、それぞれつてを求めて東京を後にしたのもその頃のことである。

終戦後、東京の家を焼かれた氏は帰りたくとも帰るすべがなく、数年間をなおも渋川住いをつづけた。その時分東京では、江戸川乱歩氏や渡辺剣次氏の肝入りで、いまの「日本推理作家協会」の母胎となった「土曜会」が生まれ「日本探偵作家クラブ」へと発展していった。本編の作家ははるばる渋川から上京しては、その会に出席していたのである。高崎線の殺人的な混雑については、往復のたびつぶさに体験し、これを作家の眼で観察していた。

勿論、混むのは高崎線ばかりではない，通勤列車のみならず長距離列車も酷いものだった。当時、《本陣殺人事件》と《蝶々殺人事件》が二つの探偵小説専門誌に並行して連載されて読者を熱狂させたものだが、それぞれの編集者があの超満員の列車に乗って岡山県下の疎開先に作者を尋ねたという話を聞いたときは、編集長という仕事も楽ではないとつくづく思った。「ロック」の編集長は若くて身軽な人だからまだいいようなものの、「宝石」の城昌幸氏は生涯を着流しの和服で押しとおした粋な人である。どう見ても、窓から乗り降りするような荒事には不向きであった。

こうした時代の不快きわまる列車旅行については、角田喜久雄氏の《沼垂《ぬったり》の女》に描写されているが、本編の作者はその辛さや苦しさを真正面から描くことをしないで、諦観したとでもいうか、ユーモアをまじえて語るのである。精神的ならびに肉体的に余裕のあるとき初めてユーモアが生まれることを思うと、作者は意外にタフな人であるのかも知れない。

「碑文谷事件」——鮎川哲也

編者の中編である。

掲載されたのは「探偵実話」の30年12月号だった。碑《ひ》文谷《もんや》は目黒区に実在する地名であることから、発表された当時は《緋紋谷事件》とした。

内容が少しくどいような気もするが、面倒くさがらずにじっくりとお読み願いたい。

自作についてだらだらと書くのは見ばのいいものではないから、簡潔にしるす。これは東海道本線と山陽本線上におなじ発音の駅が二つずつあることを知り、これが核となった。同名がひと組あるだけでは役に立たないが、ふた組存在するとなると、読者を騙すことが可能になってくる。この思いつきにロシア文字を加え、更に導入部で各登場人物の行動リストを並べることに依って、ミスディレクションの手段とした。このリストについてはあらためて断わるまでもないことだけれど、何人かの登場人物の当日の行動を列挙するなかに、犯人のそれに限って一年前のおなじ日付のものを記入しておいたのである。

「月の光」――利根安里

経歴不詳。安理の正確な読み方もわからぬままに、一応「あんり」としておいた。もし、これがHenryのフランス読みだとすると、「とね」にも何か意味がありそうな気がするので、フランス語に通じた友人に訊ねたところ、思い当る言葉はないとのこと。

同じ頃に松原安理という人が短編を四本ほど書いている。双方ともにいっぷう変わった名であることから、同一人だとも考えられるが、松原氏の作品が手許にないため、文章を比較して答をだすわけにもいかなかった。本編は昭和31年1月の「宝石」増刊に載った。

ゆきずりに出遭った二人の人物が語り手と聞き手になって物語を進行させる形態は、古典にもいくつかの例を見ることが出来る。しかし推理小説となると、こうした形式では長丁場をもたせるわけにはいかないから、いきおい短編に限られてくる。その作例は意外に多く、古い順に並べると芥川龍之介作《西郷隆盛》、江戸川乱歩氏の《押絵と旅する男》、第四集に収載予定にしている葛山二郎作《杭を打つ音》と浜尾四郎作《途上の客》、それに戦後の作品である多岐川恭氏の《落ちる》などがある。

本編の語り手はいささか饒舌に過ぎ、同席者松田信夫に口を開く機会が乏しいため、彼の影がうすくなって了った感もしないではない。だが物語の内容は締っており、終始読者をひきつけて飽かせることがないのである。

転校して来た当座の佐野良一はなにやら「風の又三郎」じみている。そのうちに餓鬼大将ぶりを発揮してくるのだが、わたしはむしろ日影丈吉氏の処女短編、《かむなぎうた》を連想し、胸中それと比較しながら読了した。《かむなぎうた》も忘れ得ぬ短編だけれど本編の印象も強烈であった。あるいは作者もまた日影作品を意識していたのかも知れない。もしわたしがコンテストの選考委員であったなら、この《月の光》にはかなりの高点をつけたことだろうと思う。

編者の推理眼には当るも八卦、当らぬも八卦的なところが多分にあるのだが、作中の端役でしかない青年に姓だけでなしに信夫という名前までつけているところから推測するならば、これは作者にとってかなり意味のある人物に違いなく、あるいは分身なのではないかと考えたくなる。となると、利根安里もまた仏文を専攻し、学生時代には山歩きが好きだったというふうにも思えるのである。

コンテスト参加作品は「入賞作品詮衡座談会」で俎上にのせられ、きびしい審判を受けるしきたりになっている。応募作者はすべてそれを承知の上で投じるのである。では江戸川乱歩、水谷準、城昌幸の三氏が本編に対してどういう評を下したか、これまた読者として関心を抱かぬわけにはゆかないことなので、次に再録してみる。

読者諸氏の評価は如何なものであろうか。

水谷　これは探偵小説とはどうもいえない。狂人のたわごとでも、そこに一種の合理化された解釈があるときにはじめて探偵小説というものと握手できるのであって、この作はそれが非常に稀薄である。表現力は相当あるけれどもそれはこの際問題にせずに、私はやっぱり及第点はつけられない。落第というとすこしつよすぎるかもしれないけれども、及第点をつけませんでした。Ｄです。

江戸川　ひどいな。俺は点がいいんだよ。

水谷　探偵小説という側からみてない、あまりふつうの小説の奴は僕はオミットした方がいいと思ったものだから……。

城　僕は汽車へ一生懸命執着する男も、変な子供の稲妻小僧もわりによく書けているし、この子供にありそうな狐つきみたいな気持の男の子、こういったものはみんな面白いんだけれども、ただしかし探偵小説としたら何を一体書いてどういう条件にするのか、そいつが全然わからないんだ。

水谷　ごくふつうの小説ですよ、これは。

城　だからふつうの小説になっちまったんだな。

江戸川　しかし怪奇性はあるよ。怪奇小説だよ。

城　何かあるんだろう、何かあるんだろう、と気をもたしているところは僕は相当買いますよ。

江戸川　僕はこれも汽車の中で読んだのでね。まちがいかもしれんけれども、そのときの感じは今ちょっと解説できないんだが、何となく面白かった。それから少年同士の関係は面白いですよ。これは同性愛ですよ。そういうこともちょっと面白いし、何となくよかったので僕は非常に点が高いです。八十点です。探偵小説か否かは別にして、ね。

旧「宝石」に掲載された本編は極端に改行が少なかった。多分それは作者が意識してしたことなのだろう。改行がやたらに多いと、内容稀薄な軽小説という印象を与えかねないからである。だが、だからといって改行なしで延々と書きつづけられた小説は、読んでいて肩が凝ることも事実なのだ。そうした次第で作者には非礼なことながら、もし氏がゲラを手にしたなら朱を入れたに相違あるまいと思われる個所についてのみ、適宜に改行しておいた。これでかなり読みやすくなったはずである。

「昇華した男」——迫　羊太郎

経歴未詳。

この短編は昭和33年2月発行の「別冊宝石」に掲載された。作品の内容からみて国鉄職員ではあるまいかということ、迫姓は鹿児島県に多いので九州出身の人かも知れぬこと、多分にヤマカン的だけれども、その筆名から未年《ひつじどし》の生まれではないかということが想像される程度で、作者の正体については何一つ判っていない。

分相応という言葉がある。図太い人間だと国会に喚問され全国にテレビ中継されながらでも、なおかつシラを切りとおすことが出来るが、気弱な本編の主人公にはそんな厚顔な真似は及びもつかない。黙っていれば無事でいられたものを、みずから警察に出頭して一切を自供して了うのである。

この短編は推理とは無縁であるということを理由に、推理小説と呼ぶことに異論を唱える人もいるだろうが、わたしは拡大解釈をするほうだから、《桃色の食欲》や《月の光》と同じように、これも立派なミステリィだと考えている。地味な作品で、全編をつうじてこれというヤマ場もないのに、読者はシナリオふうに並べられた挿話を追って、結局は最後までつき合わされて了う。救いのない結末まで——。

わたしがこの短編を面白く感じたのは、切羽つまった境遇におかれた主人公の立場に同情するところがあったからだろう。新聞の身の上相談の先生ならどういう生き方を示すか知らないが、わたしが昇平のようなシチュエイションに置かれたら、つまるところ彼と同じ行き方をしたのではないかと思う。決断力の乏しい点でも、愚か者である点でも、ちょっぴり良心なるものを待ち合わせている点においても、似たりよったりなのだから——。

それにしても、機関士というのは屍体を汽罐のなかで焼くのが好きなようだ。岩藤《いわとう》雪夫氏の《人を喰った機関車》でも海野詳二氏の《蒸気機関車殺人事件》でも、言い合わせたように、カマのなかで証拠湮滅をはかったことになっているのである。ひょっとすると、消えていくSLをしんから惜しんだのは、これ等の物語の主人公だったのではあるまいか。

城　これは通俗小説ですね。犯人は読んでいればわかってくるので、ただどうして死体を始末したかということに興味をもたしているんだが、これが機関車の中で焼いちまって灰にした。一種の完全犯罪だからニヤニヤしていてもいいんだけれども、自首してしまった。そういうところが割り切れないんだが、これは小説としちゃずいぶん一生懸命に書いてますね。

江戸川　狂人の出るのね。

城　女房を殺そうと思っているんだ。

江戸川　画白いですよ。機関車の釜で焚くというのはね。

城　だから誰かが推理してくれればいいんだ。それがないんだ。

江戸川　水門で死体が発見されるね。なぜああいうことにしたのかな。あれでは犯人は嫌疑を免れることができる。なにも自首することはない。そこに矛盾があるんでね。ちょっと。しかし書き方は面白い。切れ切れの文章、ときどき一行ずつあけてね。文章はいいんだけれども、ちょっとわかりにくくなっている。全体としてはいいんだけれども、さっきいったような矛盾があるしするので、ちょっとAはつけにくい。Bの上ですね。

水谷　僕はBの上までいかなかったのですが、機関車で焼くというのはちょっと不自然な気がする。実際に焼けるかもしれないけれども。

江戸川　焼けるだろう。

水谷　骨が残るだろうし。

江戸川　骨も恐らく焼けるよ。砕いちまえばいいんだ。石炭殻とまざってしまう。

水谷　なにかこう、えいッ、焼いちまえといって殺しちゃう。実際と違うような感じがして。

江戸川　実際としては長い時間機関車に一人だけでいられるかどうか。助手なんかもやってくるだろうしね。

水谷　こううまくはいかないだろう、という感じがするんだ。

城　そうね。犬一匹ぐらいならいいけれども、人間一人は大きすぎるから。

水谷　その辺の書き方が、なにかあなた任せみたいな書き方。書き方だな、問題は。しかしまじめな執筆態度はいいと思いましたので、これは七十五点。

「復讐墓参」――安永一郎

本名は同じ。大正12年1月21日、八幡市に生まれ、昭和47年3月27日に同市で死去した。旧制五高から東京帝国大学に進むが中退し、戦後は駐留軍勤務を経て警察に職を奉じた。

推理小説に筆を染めたのは30年1月の「宝石」増刊に載った《軸》から。以来コンテストの常連作家とでもいうふうに、毎年欠かすことなく応募しつづけた。

本編は33年12月の「宝石」増刊に発表されたもの。やはりコンテストに投じた一作で、不幸な少年の鬱屈した心理を描いた、引き締った内容の秀作である。

瑞江末亡人並に石沢英太郎氏からお聞きしたところから判断すると、どうやら安永一郎は順風満帆な人生を送った人だとは言い得ないようである。せっかく旧制の五高を卒えて東京帝国大学に入っていながら、これを中途で退いているのだが、その辺にもなにか尋常ならざる事情があったものと思われる。これはあくまで編者の無責任な想像に過ぎないのだけれど、氏の挫折はここらあたりから始っているのではないだろうか。

戦後の喰うや喰わずの筍生活の時代に、進駐軍につとめるのは最も簡単にしててっとり早い手段であり、多くの人が同様のことをした。多分、氏は英語が達者だったのだろう。後に翻訳事務嘱託として八幡警察署に勤務するようになったのは、語学力を評価されたからではなかったか、と考える。本編を執筆した頃は会計係をしていたという。

大体において本職の警察官は推理小説に拒絶反応を示すものだが、安永一郎が必ずしもそうではなかったのは、氏が根っからの警察人ではなかったせいか、さもなければ書くことで気鬱を散じようとする何かがあったのではないだろうか。その後酒をたしなむようになったのも、心のなかの不満をまぎらすためであったかも知れない。やがて酒量は次第に増してゆき、多くの大酒家がそうであったように、肝臓を病んで死去する。不遇な晩年であったという。

この作者が「宝石」のコンテストに投じた短編はほかに三編あるが、編集部では才能と筆力を認めて、既成作家扱いで原稿の注文を出していた。半玄人といわれるゆえんである。さて例によって「入選作品選評座談会」を再録しておこう。選者には隠岐弘氏が加わっている。

水谷　「余儀ない罪」と大体同じような感想を受けたんですが、少年の奇抜な復讐と殺人も一応うなずけるように書かれているし、書き方もわりにすっきりしている。しかしいま一歩の迫力がほしかった。僕が読んだ中じゃわりといい方です。

城　僕はまず今度の中では面白かった方です。わざわざ読者をまぎらわせるための必要のない伏線も、事件もなんにも入れないで、しまいまできたというところも、相当よく書いてあると思うし、たしかにこの乗り継ぎ、乗り継ぎで十円ずつ儲かることに復讐を感じたこの少年の企みもわかる。この犯罪自体が無理でない気持で読めたので、これは今度の中では面白いと思います。

隠岐　この作者には、コンクールで一、二度おめにかかっていると思います。ですから、いわば半玄人の作者なんだ。その作者がこういう作品をかいた理由としては、作者自身はこんどの作品はなかなか意欲的テーマだと、考えたからでしょう。

この主人公の少年の一見、発作的殺人について、作者はいろいろと克明な分析をしてくれます。なるほど、そういう犯罪者の心理分析も必要かもしれない。しかし、その心理の特異性が小説の読者を首肯さすだけの社会的な裏付けなり、力なりのあるものでなければ、小説としての訴える力は弱くなるのじゃないですかね。つまり商品として見たとき、この小説は一般の読者にとって面白いものだったかどうか、ちょいと疑問だと、私は思うんです。Ｂの中。

江戸川　この作者は前に二席ぐらいに入っているね。いつかの二十五人集に、二席ぐらいに入って、「宝石」からも原稿をたのんだことのある人です。ですからうまい筈なんだがね。運賃が距離をこまかく割るとかえって安くなる、というこの着想はたしかに面白い。しかし駅員にはねつけられて殺すでしょう。十円貸してくれといって、はねられて、それで駅員を殺すのは、どうも、おかしいと思ったけれども、しかし文章はいいし、非常にサスペンスがある。

水谷　そういう意味じゃうまいね。

江戸川　それから、この作者は警察のことをよく知っているよ。警察官をやったことがあるんじゃないかと思うくらいだ。それも一つの特徴だね。これはＢのいいほうです。

以上の如きものである。本編にしろ《月の光》にしろ、わたしはもっといい点をつけたいと思うのだが、果して読者諸氏の採点はどんなものであろうか。

「偽りの群像」――中町　信

本名は中町信《あきら》。昭和10年1月、群馬県沼田に生まれた。かつて神田の教科書出版社に勤務したことがある。したがって本編は作者のホームグラウンドを舞台にしたことになる。

掲載誌は「推理ストーリー」42年11月号。処女作である。

原題を《空白の近景》といい、中町信の第一作である。いま読み直してみてもよく出来た本格中編といったことで、トクマ・ノベルズの編集部内でも好評であった。わたしも同様で、キビキビとして簡潔な文章は同時にまた明快でもあって、本格物にふさわしい文体だと思うし、小説そのものも本格物のテクニックを充分に駆使したすぐれた作品だと考えている。第一集に収めた《急行しろやま》でも感じたことだけれども、この人のラストの一行は中編の終り方としてはまことに気がきいていて、旨いものだと思う。だが作者はどうしたわけか、本偏は処女作であるがゆえに未熟であり、読み返してアラが目立つという理由で、再録することに必ずしも賛成ではなかった。

大文豪と己惚《うぬぼ》れ屋をべつにすれば、自作を過小評価する傾向が作家にはある。中町信も例外ではなさそうだ。あまり高らかな声では言いたくないが、編者たるわたしは、わたし自身《碑文谷事件》よりもこちらのほうが数段よく書けているように思っている。

《急行しろやま》と同様に、本編でも教科書セールスの珍しい世界が描かれており、それか作品を更に面白いものにしているのだが、先に記したように作者もまたかつてこの種の会社に籍をおいたことがあるので、描写も一段とリアルである。加うるに、群馬県は沼田生まれのこの作者にとって、猿ヶ京は掌のなかにあるようなものだった。そうした二つの意味で、わたしはホームグラウンドを舞台にしたというふうに考えたのである。

「孤独な詭計」――幾瀬勝彬

本名同じ。大正10年8月、札幌の生まれ。先の戦争では予備学生から偵察員となって、南方の戦線で活躍した。社会人となってからはＮＨＫに入ってアナウンサーを

勤め、ニッポン放送に移って番組制作にたずさわり、のちに推理作家に転進してすぐれた本各物の長短編を発表した。当然のことながら戦争から受けた心の傷痕は深く、その体験が書くものに投影している。

そうした意味からいえば例外的な作品である本編は、48年新年号の「小説宝石」に掲載された。今回あらためて大幅な加筆訂正が行われたものである。

これは作者が長編にするつもりで温めていた腹案を、「小説宝石」からの原稿依頼に応じて短編として発表し、さらに今回アンソロジイに収めるにあたって満足のいくまで加筆して、中編となったものである。

加害者と被害者の立場が逆転して、前者がひそかに準備しておいた偽アリバイが効力を発揮したため、後者が有利になるという発想には前例がないわけではない。この「反転もの」とでもいうアイディアは今後とも工夫を凝らされて力作秀作が書かれるものと思うが、本編はそのハシリともいうべき一編なのである。

読者のなかには往々にしてこうしたケースをトリックの二番煎じだとして批難する人がいるけれど、これは「偽装心中」物や「見知らぬ乗客」型と同様に発想のもとになるテーマでありアイディアであって、独立したトリックではなく、反復して用いることは一向に差支えない。先人の作例を超越したすばらしいシチュエイションを考案するところに作者の腕が発揮されるのであり、その出来ばえが批評の対象になるべきなのである。

この中編のなかに製薬会社のプロジェクトチームが活写されているが、じつをいうと、幾瀬家は医学と薬学の一家であり、そのなかであわれ幾瀬勝彬ただひとりが推理作家という名の異端児なのであった。

「まさゆめ」——野呂邦暢

本名納所《のうしょ》邦暢。

昭和12年9月、長崎市生まれ。県立諫早《いさはや》高校卒。店員、自衛隊員などを経てシナリオ・ライター。《草のつるぎ》で第70回芥川賞を受けた。なにぶんにも遠く離れた九州のことなので憶測の域を出ないが、石沢英太郎、夏樹静子等と交遊があるらしいところからおし計って、ミステリイにも関心を抱いているのではないかと思われる。といっても、いまのところミステリイの作品は《剃刀（かみそり）》ほか数編にすぎないが……。

この風がわりな短編は「カッパマガジン」の52年1月号に発表された。

氏の筆名は雑誌に依ってクニノブであったりクニアキであったり、ルビの振り方がまちまちなために読者は困惑して了う。これはクニノブと読むのが正しく、この機会にハッキリさせておく。

この一編はＳＦとみることもできようし、幻想味のある夢物語とみなすこともできる。夢にみたことが現実となる話は怪奇小説ふうであり、目覚めた瞬間に自分の命運が断ち切られるクライマックスでは恐怖小説といってもよいだろう。しかし作者にとってはこうした分類はどうでもよく、思いついたアイディアをリラックスした筆でふくらませていったのだろうから、読む側のほうものんびりと仮空の世界に遊ぶつもりで活字を追ってゆけばよいので、理屈っぽい詮議は、本編の場合にかぎつては無用であると考える。

「映画狂の詩」——おかだ　えみこ

本名は岡田英美子。兵庫県芦屋市の産。

中原弓彦編集長の「ヒッチコック・マガジン」に映画「荒野の決闘」のストーリイを五十枚に要約して発表、これがものを書いた最初である。図書館勤め、漫画映画の製作などを体験したのち、ＣＭプランナーとなった。イラストも描く。趣味は落語を聞くことと映画鑑賞およびオリエンテーリング。映画のみならず落語のほうも通人の域に達している。

この一編は書き下し新作。

第三集のなかでいちばん新しい作品となった本編は、作者あての私信にしるされた挿話に基づいている。

……アリゾナのホテルで喰べた「別冊文春」ほどの大きさと厚味のあるビーフステーキが柔らかくてすこぶるウマかったこと、一緒に出された自家製のケーキが造り方を教わりたいくらい美味だったこと、友人と砂漠をほっつき歩いてようやく映画のロケ地点を発見、大感激であったことを述べたあとに、この友達についての小さなエピソードが付記されていた。わたしは推理作家だものだから、アリゾナの話以上にこちらのほうに興味を感じ、そのノヴェライズをすすめたのであった。

おかだえみこの作品はまだ数が少なく、本編が第二作。処女作は数年前に書かれた《あいつ》であるが、いずれも作者自身の体験が素材となっている。《あいつ》のほうは銀座の骨董屋《こっとう》のショーウィンドウに並べられていたモグラの像（洋服を着ている）と作者とのあいだのうす気味わるい因縁話であった。これは他社から刊行される恐怖小説のアンソロジイに《爪の音》と改題した上で収められている。

作者の本業のＣＭプランナーというのは聞き慣れぬ職名だけれど、従来のコピーライターがＴＶのコマーシャル映画の台本製作にとどまるのに対して、こちらはもっと幅がひろく、企画立案にまでタッチするものである。

小説では触れられてないが、鉄馬くんと砂漠を歩いているうちにふと気づくと、あたり一面にガラガラ蛇が這った痕がついていたという。震え上った両人は一分間ばかりものもいえずに立ちすくんだ。やがてわれに還った鉄馬くんがポケットからうす汚れたナイフを取り出して、「きみが嚙まれたら傷口の肉をこれでえぐってやるから安心しなヨ。そのかわりオレがやられたら、ためらわずに切り取ってくれよ、な」と悲愴な口調でいったそうな。心なしか声はふるえを帯び、その語尾は砂漠を吹きわたる風にかき消されたという。なにしろガラガラ蛇の毒は強烈で、嚙まれて一分経過するともう救からない。その場にワクチンがない限り、肉をえぐる以外に命を救う方法はないのである。

だが、と編者は考える。どっちか一方がやられた場合はもう一人のほうが荒療治をやればいい。けれども、もし二人が同時に嚙まれたらどうなるんだろう。勿論、一匹の蛇が同時に二人に嚙みつくなんていう芸当はできないから、蛇のほうも二匹いたことになる。いまいったように一分間でカタをつけねばならぬというのに、手術用のメスは一本しかない。時間の絶対量が足りないことは明白だ。さて、こうなったときに鉄馬くんとおかだえみこはどういう行動にでたであろうか。それを想うと興味津々たるものがある。

仮りに読者のあなたがロマンチストであるならば、鉄馬くんとおかだえみこが互いに優先権をゆずり合うという美しいシーンを心に描くことであろう。そうするうちに一分間が過ぎて了い、いまはこれまでと覚悟を決めた青年は思い切りよく錆びたナイフを投げ捨てて、おかだえみこともども身を熱砂の上に横たえると、しずかに毒の廻わるのを待つ。……やがて何年か後にこの地を訪れたべつの映画狂が、行儀よく並んだ二体の野ざらしを発見して息をのむことになる。

が、あなたがもしリアリストであるとすれば、想像するシーンもまたおのずと違ってくることだろう。ナイフを握り、おでこに脂汗をにじませて必死に肉を切り取るのは鉄馬くんのほうであり、おかだえみこはそうされるのが当然のような顔をして、小麦色に焼けた脛《すね》をつき出し、起死回生の手術を受けている。もともと女性は感覚がにぶいから、麻酔なんて不要だ。

「かっきり一封度《ボンド》だけ取るのよ、少しでも多過ぎたらただじゃおかないから……」

などとおどかされ、鉄馬くんはかの法廷におけるシャイロック氏みたいに狼狽する。「早くしてよ鉄馬くん、一分たったらアウトなのよ。あんたわたしを殺す気?」はっぱをかけられた鉄馬くん、スピードアップしようとするがもはや思うように指が動かない。苦心して一片の肉を切り取った途端、気がゆるんだかあえなくパッタリと倒れて息絶えた。

「生者必滅、会者定離、頓証菩提、南無……」

さすがに気が咎めるのか殊勝気に手を合わせておいてから、熱砂を握っておのが傷口にサラサラ振りかければ、ジュッと音がして出血はたちどころに止まって了う。四六時中炎天下にさらされている砂は日光消毒をしたも同様で、完全滅菌といってもよく、化膿するほうがおかしいのだ。……こうしておかだえみこだけが無事生還し、シャワーを浴びて、女と生まれたことを秘かに祝福しながらビフテキを喰えば、まずかろう筈がないではないか。

しかしまあ天祐といおうか、二人とも生命に別状なく帰宿すると、その夜はステーキをたいらげて人心地をとりもどし、ホテルの亭主に今日の話をして聞かせた。

「だからカウボーイは革の長靴をはいているのです。一つはカラガラ蛇に噛まれないために、もう一つはやつを見つけたら容赦なく頑丈なかかとで踏みつぶすためにね。彼等のカウボーイハットも、決してカッコいいからかぶるんじゃない、日射病をふせぐためですよ」　あから顔の亭主は巨体をゆすぶってそう教えてくれたという。

この作者は性懲りもなく、近々またアリゾナ砂漠へ赴く予定である。鉄馬くんは所帯持ちでもあり宮仕えの身でもあるため、独身貴族と違って気楽に自由な行動はとれない。そこで目下、彼女は噛まれる相手を物色中だそうだ。しかしこれは当人の名誉のためにも記しておくのだが、おかだえみこは心の優しい人だから、たとえ同時に毒牙にかけられても、自分だけ救かろうとするような身勝手なことはすまいと思う。同行を志願する大胆な男性はいないものだろうか。


第二集において、蘭戸辻氏の筆名の由来が判らぬと書いたところ、《寝台急行・月光》の作者である天城一氏から一書が届き、独創的な解釈を聞かされた。「辻」を「街」の意味にとると、フランス語ではRueとなる。蘭戸辻とは蓋《けだ》しランドルウと読ませる洒落ではなかったか、というのである。アンリ・デジレ・ランドルウ（Henri Desire Landru）は第一次大戦のさなかに一ダース前後にのぼる女性を田舎の別荘にさそい込んで殺した「青髭」で、新聞に求婚広告をのせては未婚女性や未亡人を釣り上げていた。彼女等の持参金を着服することがランドルウの目的であった。

　そのむかしアメリカにH・H・ホウムズという男がいた。シャーロックのほうはど偉い名探偵だというのに、ナント、こちらは稀代の殺人鬼である。フランスのランドルウは自供せぬままギョチーヌで首を刎《は》ねられたため、犠牲者の正確な数も不明ならば屍体の処分法も判っていない。多分ストーヴで燃やして了ったのではあるまいかと推測されているのだが、それに反してホウムズの場合は焼却炉を新設しておいてから殺人業にとりかかったそうだ。することが本格的である。

　おなじアメリカに、この先輩の名を借用してH・H・ホウムズと名乗った推理作家がいた。ディクスン・カーに憧れたとみえ密室物の長編を幾つか発表している。本国での評判はさておいて、わが日本ではあまり評判にはならなかったのは気の毒だった。が、この人は書評家としてのほうが有名で、アンソニイ・バウチャーの筆名で書きつづけたニューヨーク・タイムズの推理小説時評は自分の好みに片寄ることがなく、常に正鵠をいたものであったという。話が脱線したけれど、蘭戸辻氏はバウチャーの例にならったのではなかったろうか。それならそれで、誰にでも解るような文字で綴るべきであり、天城探偵の叡知をもってしなければ解けないような洒落では単なる自己満足におわって了う。それにしても、一作を投じたきり消えていったアマチュア作家のペンネームをあれこれと詮索し、やがて一つの結論に到達したとは、天城氏もひとかたならぬ推理マニアだなという感が深い。

　ついでに記すと、山田風太郎氏や島田一男氏等とおなじコンテストに入選したものの、その一作を残して死去したと伝えられる独多甚九氏の筆名縁起についても、天城氏は奇想天外な説を吐いた。ところが大阪のある大学の薬学部教授であり推理小説の実作もある白井竜三氏が天城教授あての年賀状でそれを「珍説也」と極めつけ、かわって薬学の専門家としての立場からの新説をのべているのである。自信満々たる口調で——。一方、在米の画家小林久三氏はわたしに寄せた航空便において、長らくアメリカで生活している人らしい発想に依るべつの解釈を示した。推理小説好きな人間にとって、奇妙な筆名というものは何かと気になるものらしいが、わたしはこうした人々の稚気に微笑をさそわれずにはいられないのである。

ところで、似たようなマニアがもう一人いた。第一集でちょっと触れた児童文学の作家小寺女史がそれで、編者あての手紙で角免栄児氏に言及したなかに、自分はこの筆名が「革命児」をもじったものではないかと考えたことがある、それにしては内容がおだやか過ぎると思ったものだが……という件りがあった。女性は元来現実主義的なものの見方をする人が多く、胸淋巴腺なみに稚気なんぞは四歳ぐらいで消失して了うといわれているなかで、女史は女にしておくのは惜しいような「我が党の士」なのである。

その角免栄児氏の本体が判明したので記しておこう。これは同氏から編集部に届いた手紙で明らかになったことだが、兵庫県西宮市居住で角免栄児は本名。やはり、かくめん・えいじと読む。電話帳にも載っていない奇姓と書いたのは編者の早とちりであって、同地の電話帳にはちゃんと出ているそうだ。《自動信号機一〇二号》は、かつて氏が私鉄勤務だった頃の職場の知識を織り込んだものであり、《清風荘事件》のほうはいまの家業に転じてから得た知識を活かして書いたものという。これで私の推理に依る「合作説」はとんだ見当はずれだったことが判る。

なお氏にはべつに旧「宝石」のコンテストに投じた中編があるが、これは同誌の廃刊に遭って活字にする機会を失ったというから、作品はしめて三本になるわけだ。現在の氏は推理小説の創作から遠ざかり、もっぱら読む側にまわっている。さる句会の会員でもある由。となると《自動信号機一〇二号》に挿入された一句も自作なのかも知れない。

角免氏の正体がハッキリとしたのに反して、大島秘外史氏のほうは今以って不明であるが、古くからの探偵小説愛好家であり新聞記者でもあった長谷川卓也氏のアドヴァイスに依って、おぼろげながらこの作家の輪郭を摑むことができた。わたしあての私信を、氏の諒解を得て引用させて頂くと、「大島秘外史という名に記憶があり、書庫から『批判と解決』創刊号を掘り出してきました。同誌は昭和22年8月発行、B6判、仙花紙64ページ、台東区仲御徒町《なかおかちまち》4―28社会病理学研究所から出たもので、編集人が大島仁となっており、大島秘外史の名で『創刊のことば』『社会時評』『研究所報、編集後記』を書いています。つまり人島秘外史と大島仁は同一人と思われます。従って、大島得郎＝大島秘外史ではなさそうですね。同誌には大槻憲二、古泉奔（高橋鉄の筆名）の両氏が論文を三つずつ書いていますが、両氏ともすでに故人なので、大島秘外史の身許について問い合わせることは不可能。（中略）同誌の大島秘外史が『終電車』の作者でもあることは間違いないと思われるのは、『社会時評』冒頭に『近頃は全く探偵小説家も顔負けするような犯罪があとを絶たない……』とあるからです」（後略）というのであった。大島秘外史の名に思い当ることがあるといって書庫を探したり、煩瑣をいとわず未知のわたしに手紙を書かれたり、氏もまたわれわれ以上の推理小説愛好家なのである。

先に、大島秘外史氏は昭和23年頃まで御徒町に住んでいたという九鬼擔氏の説を披露したが、右の書簡に依って九鬼氏の記憶の正しかったことが立証された。それはさておき、大島仁氏の所在を探し出すべく電話帳をひらくと即刻そこに記載されている何人かの大島仁家にダイアルしてみた。が、あるいは若い会社員であったり、あるいは壮年の大学教授であったりして、ことごとくが探偵作家の大島仁とは別人であることが判明、結局この方法は失敗に終った。

編集担当のＭ女史はこれに懲りずに高橋鉄氏未亡人と電話連絡をとるべく努めたけれど、まだ成功していない。戦前のある会で作者と同席したことがあるという北町一郎氏（春秋社の長篇探偵小説募集に《白日夢》を投じ蒼井雄氏と並んで入選。以後ユーモア物、スパイ物の作が多い。「探偵文学」昭和11年10月号の投書欄「鬼の部屋」をみると、大島秘外史氏の一文が掲載されているが、その中に「北町氏――この人とは一度ある会で会ったきり」としてある。）に訊ねてもらったが、記憶していないとのこと。こうして大島秘外史氏の正体は判然とせぬまま、今日に至っている。したがって本巻には角免氏の写真のみを掲出することになった。

＊

アンソロジイを編むに際していつも経験するのは、採りたい作品があっても掲載誌の発見が容易でないことである。図書館で目的が果せれば世話はないが、例えば「探偵文学」だの「月刊探偵」といった雑誌は図書館にあるはずもなく、結局は推理小説愛好家のご協力を願うことになる。そうしたわけで、今回は「日本推理作家協会」会員の長谷川卓也、菅原悏介両氏並に同協会事務局の手を煩わせた。快くテキストを提供して下さった諸氏のご好意に対し、付記して謝意を表します。

鮎川哲也の密室探求　解説

はじめに

密室物のアンソロジイとして先に渡辺剣次氏編「13の密室」「続13の密室」が出ている。これ等は、長年にわたって培われた故人の推理小説鑑賞眼にかなった作品ばかりで、それだけに粒選りの秀作ぞろいであった。したがってここに私が改めて似た趣向の一巻を編むことは屋上屋を架する嫌いがないでもないが、私には私なりの抱負があった。その主たるものは、渡辺氏の「続13の密室」に入れるべくして洩れた豊田寿秋氏の「草原の果て」を採ることと、渡辺氏自身の作品を読者に紹介することの二つである。遺作のほうは他日に譲るとして、本巻には「悪魔の映像」を収録した。我等大正の児は物事を謙虚に受け取る傾向があるが、氏が自作を自編のアンソロジイに加えなかった理由も、またその辺にあるのではないかと思う。

本巻は渡辺剣次氏と親密な友人関係にあった松村喜雄（外務省）天城一（大阪教育大学）両氏の助言と協力を得て出来上った。巻末の解説は三人がそれぞれの作品を分担して書いたものであり、正確に言えば共編であることをお断わりしておく。

なお我等三人はこの上なきフェミニスト揃いであったがゆえに、なんとかして女流の作品を採りたいと考えたが、遂に格好のものを発見することは出来なかった。男性読者は頭脳で判断し女性読者はハートで納得する（各務三郎）という。しかしこれは、書く場合にも当てはまることなのかも知れない。

講談社（77年10月）

灯台鬼（大阪圭吉《おおさかけいきち》）

本稿を書くに当って、「灯台鬼」が集録されている単行本、「死の快走船」（昭和十一年六月五日、ぷろふいる社発行、装帳高井貞二）を渡辺剣次未亡人のご好意で、剣次氏の書庫からお借りしたのだが、じつはこの本に深い思い出がある。同書の序で、江戸川乱歩氏は、「昨年（昭和十年）の夏、『日本探偵小説傑作集』の解説を書くため大阪圭吉の作品を読んで、この作者を知ることの遅かったのを恥じた」と書いている。この短篇集が発刊された当時、筆者は月に二、三回、石川一郎、花咲一男氏等と乱歩邸を急襲し、探偵小説を語るのを楽しみとしていた。乱歩氏は、傑作にぶつかると、熱っぽい脅迫で、有無を言わさずに読ませる癖があり、フイルポッツの「赤毛のレドメイン」シムノンの「男の首」を読まされたものだが、大阪圭吉氏の「死の快走船」も、そのなかの一冊であった。

乱歩氏は、「死の決走船」一冊を、ポー、ドイルの衣鉢を日本の土地に伝えた、ゆいつの作家だと激賞さえした。筆者は、この乱歩氏の脅迫にくっし、これを一読したのだが、それまでの日本の作家で、これほど鮮烈に胸をうった作品はまれで、興奮して終夜、寝床のなかを輾転とした思い出がある。（当時のわれわれは若く、横文字の探偵小説におぼれ、日本の探偵小説を認めていなかったのだから、この衝撃は大きかったわけである。）「死の快走船」一冊は、その後大切に保存していたが、昭和十九年に、石川一郎氏と一緒にハノイ大使館に赴任し、帰国してみると戦災で焼けていた。そんなわけで、本稿を書くにあたって、「死の快走船」を手にして、四十年前の感激を新たにしている次第である。

大阪圭吉氏の作品は、「石塀幽霊」（13の密室）「闖入者」（13の暗号）「デパートの絞刑吏」（13の凶器）「坑鬼」（続・13の密室）と、13・シリーズでは5作目に当るし、圭吉氏の代表作は、他のアンソロジーに殆んど集録されている。また、渡辺剣次氏の13シリーズで、全巻に名を連らねている作家は、江戸川乱歩と大阪圭吉、佐野洋の三氏だけである。何ごとにも、完全主義に徹底する渡辺剣次氏のお目がねにかなった、理想的作家というべきであろう。

大阪氏は短篇探偵小説の名手で、トリック・メーカーとして、卓抜たる才能の持主であった。乱歩氏も熱っぽく認めた、日本における正統派探偵小説の旗手であり、作品の数こそ少くないが、（全作品30篇のうち、探偵小説は半分）どの一篇をとってみても、粒こそ小さいが、いや小さいからこそ、ダイヤのように美事な光芒をはなっているのである。

本書「灯台鬼」は、「新青年」昭和十年十二月号（十六巻十四号）に発表され、翌十一年の単行本「死の快走船」に集録されている。「死の快走船」には、短篇が十篇おさめられているが、そのなかでも、本篇はもっとも枚数の少ない作品であり、乱歩氏初期の作品のように、最後の数行で意外な結末を用意している。本格探偵小説は、トリックのみに重点を置くため、無味乾燥におち入りやすいが、大阪圭吉氏の場合、さすが周到にこの点の配慮がじつに用心深くなされていて、トリックに重点を置きながら、ストーリーに無理を感じさせないのはさすがである。また、動機がトリックと重大な関係をもっていることも特筆すべきであり、ゴースト・ストリーを論理的にまとめ、その論理に、すごみの味をきかせている。

杉浦俊彦氏の記録によれば、大阪圭吉氏は、明治四十五年三月二十日、愛知県新城《しんしろ》市の旧家「鈲屋」の分家、旅館「鈴木屋」に生まれた。本名は鈴木福太郎。日大商業学校の夜間部を昭和六年に卒業、愛知県の自治講習所を終了し、昭和七年「デパートの絞刑吏」の処女作を「新青年」に発表した。本格的な作風は、昭和十三年頃までで、以後、ユーモア小説、スパイ小説を書きつぎ、昭和二十年七月、終戦の直前、フィリピンのルソン島で戦病死している。

鮎川哲也氏によると、筆名の大阪圭吉は、次弟の圭次氏が大阪に住んでいたころ、兄にあてた手紙の末尾に、「大阪より　圭次」と記してあったことから、大阪圭吉の筆名ができたそうである。

大阪圭吉氏については、権田萬治氏「日本探偵作家論」のなかの「本格派の鬼＝大阪圭吉論」、鮎川哲也氏「ルソン島に散った本格派・大阪圭吉」のような、立派な評論があるので、心ある読者は、これを読んで頂くとして、この稿は上記、権田氏の大阪圭吉論の末尾を引用させて頂いて、結びとすることにする。

戦後、鮎川哲也や土屋隆夫に引き継がれた氏の初期の本格探偵小説の短編群は、今改めて見直されるべき時期を迎えているようである。

殺人演出（島田《しまだ》一男《かずお》）

島田一男という名前が頭に浮ぶと、その名前に二重写しになって、まるい人の好さそうな顔が浮ぶ。人情家で、常識家で、動物好きということになると、すご味をきかせるミステリー作家と相反する要素ばかりだが、戦後のミステリー界は、この人を除いて語れないほど、重要な作家なのだ。

本篇「殺人演出」は、昭和二十一年十二月号「宝石」第一回懸賞に入選、これが機会となって、作家生活に入った。この時の入選者は七人で、山田風太郎、香山滋、飛鳥高氏等が名をつらねていたが、当時、江戸川乱歩氏は、即座に作家生活に入れる者は、島田一男だと筆者に語ったことがある。新人の登場を渇望していた乱歩氏は、島田氏の出現に、眼を細めて喜こんでいた。乱歩氏の期待を裏切らず、この新進作家は、エネルギッシュに活動を開始した。

ＮＨＫ・ＴＶの「事件記者」は、長い間お茶の間をにぎわわしたが、当時のこのテレビを見て感じたことは、律義なまでにトリックにこだわっていたことで、手を抜いたストーリーがなかったのはさすがであった。

もともと、島田一男氏は、本格ものを指向して書き出した作家で、本篇に続いて、「古墳殺人事件」（昭和二十三年）「綿絵殺人筝件」（昭和二十四年）と、暗号と密室を書いている。そのほか、「喪服の花」「灰色の死神」は密室トリックだし、その他にも独創的トリックが多く使われている。例えば、講談社書きおろし全集のなかの「上を見るな」（昭和三十年十二月）は、当時全巻を通読してみて、乱歩氏「十字路」高木彬光氏の「人形はなぜ殺される」鮎川哲也氏の代表作「黒いトランク」が入っていたにもかかわらず、この作品のトリックにアッと云った印象を想い出すことができる。

「殺人演出」は、乱歩氏が呼びかけた本格探偵小説の指向に答えて書かれたものと思う。あの頃ほど、探偵小説界が、旧約聖書の創生期的混沌さを思わせ、指導役の乱歩氏が、純本格ものの出現を熱っぽく期待していた時期はなかった。島田一男氏は、むろん乱歩氏の提唱を頭において、密室トリックに挑戦したのであろう。トリックは、英米の密室ものに見られる機械的トリックで、論理的にきちんとセットされている。たしかに、観念的には必然性があるが、レアリテーにとぼしい難点がある。しかし、看過できないのは、のちに事件記者ものに発展する要素が充分に見られることで、じつは、島田氏の本質がそこにあったことは、年を数えるに従って、実証されることになる。

ペリー・メースンとデラ・ストリートの和製コンビ、南郷二郎と助手の金丸京子が活躍する軽推理小説は、山手樹一郎氏の時代ものを読む気安さと同じ楽しみが全編にあふれていたが、ひるがえって考えてみれば、乱歩氏の通俗スリラーに、新時代のオブラートをかぶせたといえないこともない。ところが、島田作品は、乱歩スリラーにない要素が、大衆的人気をかち得る原点となっていた。権田萬治氏が指摘している「庶民の幸福を守る健全な市民道徳」がこれだ。スピーディな文体と勧善懲悪の要素が、じつに巧みに用いられている。更につけ加えれば、スピーディな華麗な文体である。軽妙な会話のやりとりは、銭形平次に原型を見ることが出来るし、抵抗のない美文調は、河竹黙阿弥の七五調の流麗なセリフを思い出させる。エド・マクベインの75分署シリーズの翻訳文体は、島田一男氏の文章からヒントを得て創り出されたそうであるが、なるほどと頷けることだ。

本来、本稿は、「殺人演出」の解説を中心に書くべきなのだが、島田一男ということになると、どうしても、日本推理文壇の位置に触れないではいられない。これはまた、島田氏の本質的人間の位置づけでもあるのだが。

島田一男氏は、明治四十二年十一月一日、京都に生まれ、満州にわたり、大連一中、武蔵高校、明大独法、大倉高商と籍をおいたが、そのいずれも卒業しなかった。昭和六年満州日報に入社、ここの記者を続けているうちに、終戦となった。

いわば、その記者時代の経験が多分に作品に投影されているわけだが、その経験から受けたものが、氏の正義感を通して、濾過されているのである。

島田氏のような型の作家は、たぶん今後、日本の推理小説界には現われないであろう。そしてまた、江戸川乱歩氏や松本清張氏の影にかくれているが、日本における推理小説読者獲得に、大変な役割を演じた功績は認めなければならない。筆者が二年半在住したサンフランシスコで、島田一男氏の作品が、松本清張、吉川英治、山本周五郎の諸氏と肩を並べて売れており、サンフランシスコ市図書館の書棚に、島田一男作品が多数並んでいた。

もっとも、読者は日本語の判る日系人だったけれど。

山荘殺人事件（左右田《そうだ》　謙《けん》）

岩谷書店発行の探偵小説専門誌「宝石」が、昭和二十三年頃に、長編、中編、短編の三部門にわけて創作募集をしたことがある。その後現在にいたるまで、探偵雑誌あるいは推理雑誌によるコンテストはかなりの数にのぼるけれど、このときほどスケールの大きな企画は絶えてなかった。本編はこの中編部門に投じられた百枚物であった。

「宝石」編集部では最終予選に残った十六編で一冊を編み、二十五年二月に別冊として発行した。ご参考までに中編の作品名と作者名とをしるすと、次のようになる。

魔の宝石	深草螢五
非情線の女	坪田　宏
真実追求家	岡田鯱彦
冗談について	錫　薊二
マダム・ブランシュ	青木　英
二十世紀の怪談	丘美丈二郎
盛装	川島郁夫
静かなソロ	川島美代子
山荘殺人事件	角田　実
市議殺人事件	高林清治
海底の墓場	埴輪史郎
葛城悲歌	永田政雄
広告塔の女	浜生史郎
銀座巴里	欠田　洋
誰も私を信じない	夢座海二
勝部良平のメモ	丘美丈二郎

作者の数はしめて十五人。ご覧のように「山荘殺人事件」は角田実名儀だが、この人はのちに左右田謙の筆名を用いるようになり、今回は氏の希望によって作者名をこのペンネームに訂正した。

「宝石」創刊号から連載された横溝正史氏の「本陣殺人事件」の影響でもあろうか、この時代に発表された本格物には密室物が少なくなかった。本編は雪の山荘で発生した複数の殺人事件を扱ったもので、限定された登場人物と限定された舞台といった制約のある条件のもとで書かれているにもかかわらず、終始読者を飽かせなかったのは密室の謎が強烈だったからであろう。しかも最後にいたって鮮かな逆転劇を演じて、記憶にのこる秀作となった。爾来二十余年になるが再掲されるのは今回が初めてで、作者は部分的に筆を加え、より完成した作品に仕立てた。

その頃の密室物には紐などを用いて操作するものが多く、勢い拵え物然とした作品となり勝ちだった。本編はそれとは異って錯覚を利用した「心理的な密室」であることを特長とする。

この作品は冒頭から怪談が出てくる。これを、単に凄味をあおるためと解釈したなら、読みが浅いといわれても仕方あるまい。本編のミソは猫の習性を利用して密室を造り上げた点にあるのだが、作者の側には、トリックを見破られぬために読者の眼を猫からそらせる必要があった。そこに怪談を持ち込んだ理由がある。小説の初めのところで因縁話を聞かされた読者は、中程で黒猫が登場するのを見て、これもまた怪談の雰囲気を盛り上げるための小道具だと解釈し、作者の意図について深く考えることをしない。左右田謙氏はその虚を突いたのである。そしてそれが本格物の技巧というものなのだ。

本編は中編部門で第一位に入ったように記憶するが、私もこの評価は妥当であると思う。

左右田謙氏は本名が角田実《つのだみのる》。大正十一年十月二十二日、大阪に生まれた。本編よりも前に戦後の「新青年」に二、三の作品があるけれども、それ等はみじかいコントの類《たぐい》だから、推理小説としてはこの中編を処女作とみてもいいだろう。余技作家のため作品数は多くなく、長編に「県立S高校殺人事件」及び近作「疑惑の渦」がある。千葉県で高校教師を勤めている。

盛装（〈藤村正太《ふじむらしょうた》〉川島郁夫《かわしまいくお》）

「13の密室」「13の凶器」等々のすぐれたアンソロジイを編んだ故渡辺剣次氏は、藤村作品が角川文庫に収録されるに当り解説の執筆を依頼されて、改めて主な作品を再読した。その頃の私との電話による雑談の中で「川島郁夫は短編時代の名で、藤村正太は長編中心となってからの名前ですなあ」と語ったことがある。たしかに氏の言うとおりではあるけれども、別の観方をすると、川島郁夫は「探偵小説」を書いていた頃の筆名であり、藤村正太は「推理小説」の作家としての名である、と言うことも出来るだろう。

川島郁夫氏は例の「宝石」コンテスト短編の部に「黄色い輪」と「接吻物語」を、中編の部に本編を投じ、旺盛な筆力な誇示した。私は知らなかったけれど、中島河太郎氏の説によると、選者の票では「接吻物語」が「黄色い輪」を上廻っていたというから投稿した三木がすべて秀れていたことになり、作者の実力の並ならぬことが判る。

「盛装」について編者は、機会あるごとに長編に書き直すことを作者にすすめていた。それを容れたのかどうかは知らないが、先般書きおろされた長編「黒幕の選挙参謀」の中で本編のアリバイトリックが転用されている。いずれ近い将来に、この密室トリックも別の長編で使うつもりでいたのではないかと思うが、それはともかくとして、藤村正太氏は潔癖な推理作家だったから、「黒幕の選挙参謀」を書き上げた時点で旧作「盛装」を破棄して了ったことは明らかだった。そうしたわけで本巻には「妻恋岬の密室事件」を採ろうということになり、作者に申し入れて諒解を得ていたのである。だが、氏の突然の死によって事情は一変し、「盛装」の密室トリックは宙に浮いた形になって了った。ここで我々は予定を急遽変更して、この機会を逃せば廃棄作品として二度とスポットライトを浴びることはあるまいと思われる「盛装」の再録を、三人の一致した意見で決定した。

前述のとおり出発当初の筆名は川島郁夫を用いた。その頃の探偵小説界は今日のような活気を呈してはおらず、原稿のみで生活することは困難であった。川島郁夫氏は十年間ほどテレビの台本を書きつづけた後に、推理小説界に復帰し、長編「孤独のアスファルト」で江戸川乱歩賞を獲得した。そして、これを期に藤村正太《しょうた》と名を改めたのである。

本名は藤村正太。正太と書いて「まさた」と読む。大正十三年一月九日、韓国の京城で生まれた。旧制中学の四年で一高の入試に合格したという秀才であった。学業なかばで学徒出陣し、幸わいに無事生還して復学したものの、過労が祟って健康をそこね療養生活に入った。「盛装」その他の中短編は病床にあって書いたものである。以来、体をいたわりながらの執筆がつづくが、本年三月、忽然として死去した。温和な性格の人で、その死は多くの推理作家から惜しまれた。

草原の果て（豊《とよ》田《だ》寿秋《ひさあき》）

豊田寿秋氏の経歴も消息もわからない。氏の名前もあるいは「としあき」と読むべきかも知れぬ。編者は手を尽したが、高知県甲浦に十余年まえに住んでいたと知ったまでである。作品は全部で三編、二つは旧「宝石」誌の新人コンクールに投じたもので、いずれも入選にもれている。本編は豊田寿秋氏最後の第三作で、同人誌「密室」に昭和二十九年発表された。

故渡辺剣次氏は「続13の密室」（講談社）を編むにあたって、「草原の果て」を発掘し、改めて世に問いたいと考えていた。選考の過程では有力な候補だったが、最終段階に至って、諸般の事情から、見送られた。足で歩く実証派の評論家として、作者が消息不明のままでは、著者と作品を語れなかったからであろう。

純粋に推理小説として見ただけでも、本編は卓抜である。密室をつくるメイン・トリックの独創性はユニークである。ロシア農家の構造そのものを利用する構成は、カーの「ユダの窓」に匹敵しよう。しかし、渡辺剣次氏を捉えたものは、それだけにはとどまらない。戦争末期の旧帝国陸軍の内側からの描写における一種の劇的なリアリティである。戦時下の陸軍将校として防空学校の教官をつとめていた渡辺剣次氏は、本編に灰色の青春の時代への郷愁を感じると語っていた。

作者は、登場人物ごとに一節のモノローグを割り当て、敗色濃い軍隊の崩壊のま近さを浮き彫りにする。軍規はくずれかけてはいるが、軍律のしめつけはまだきびしい。将兵たちはさきのない未来に必死にすがりつこうとしている。従軍した者ならばどこかで見聞した世界である。絶望の壁のまえに置かれた庶民のうめく姿である。

このありふれた風景を、作者は極限の状況に据えることによって、ほとんど古典悲劇的ともいえる緊張を生みだす。時と所の選定が巧妙である。

時は昭和二十年八月六日の夜である。その夜が明けぬうちに、ソ連軍は満州に侵入する。主力を南方へ転出させてしまった関東軍は、虚勢をはるために在満の未教育兵まで根こそぎに動員していたが、ソ連軍の侵入を阻止する力はない。十日間で、全縦深が踏みにじられてしまう。日本陸軍が息の根を止められたその夜である。

所は興安嶺の西にひろがるホロンバイルの草原、北の果ての三河地方である。最寄の町ククタバは国境のアルグン川にのぞみ、ホロンバイルの中心都市ハイラルは百キロの南である。

一台のトラックに乗った歩兵の中隊本部の将兵の一団が、本隊からはぐれて、白系露人の農家に一夜の宿をとる。かれらは過ぎ去った時をしのび、かぼそい将来に夢を托すが、もう未来は残ってはいない。夜半ハイラル爆撃に向うソ連機が頭上を過ぎて行く。かれらが知らぬまに、大草原は戦場となった。遠くまたたく野火に、作者は戦火を暗示する。大草原の中ではぐれたトラックを支配する運命は、戦場の論理だ。一発の戦車砲弾か、地上襲撃機の一連の掃射が、トラックの運命に決着をつけるだろう。目的地にたどり着けたとしても、占領されてしまったあとだろう。国境はあまりにも近く、ソ連戦車隊をさえぎるものはない。兵士たちはすべて死ぬ運命だ。かれらの演じた探偵劇とともに、ひとしれずホロンバイルに草むすのだ。

「草原の果て」の末尾は、一兵士の「プラシチャーイ」の叫びで結ばれる。このことばの選択に、作者の深い意図が読みとれる。別れのことばとして、ロシア語では、「ダスヴィダーニヤ」が普通である。また逢う日までというとき、別れは一時にすぎない。「プラシチャーイ」には再会の希望がない。二度と会うことはあるまいという感傷がこめられている。別れは永遠である。兵士たちは「さよなら、永遠に」と叫んで、草原の果てに消え去る。かれらの消息を知るものは、ホロンバイルの草原をわたる熱風のみである。

同時に、「プラシチャーイ」は作者が投げつける別離の辞だ。作者の消息も消え絶える。

（豊田寿秋氏の消息をご存じの方は編集部までご連絡いただければ幸いです）

悪魔の映像（渡辺剣次《わたなべけんじ》）

渡辺剣次氏は、少年時代から最後のときに至るまで、一貫して探偵小説の熱烈な愛好者だった。令兄氷川瓏氏の伝えるところによれば、剣次氏の最後のことばは「シャーロック・ホームズが……つかまえたんだ」であった由である。それほど、氏の探偵小説によせる愛情は純粋だった。

昭和十七年九月、剣次氏は慶応大学を卒業した。当時、青年にとって、卒業は死地へ赴くことを意味した。多くの青年が、門出に先き立って、尊敬する知名人の門を叩き、はなむけのことばを受けたものだ。名士たちも、その心情は測りかねるが、青年たちに門を開いたものだ。剣次氏もそのひそみにならったのであろう。多年憧れつづけた人に、面会を求める手紙を書いた。少年時代に、その人の面影をしのんで、屋敷のまわりをいくたびも歩いたほど内気な青年にとっては、それこそ一世一代清水の舞台から飛び降りるぐらいの思いであったろう。

その人の名が江戸川乱歩であったところに、剣次氏の面目がある。当時の乱歩氏は、やや過去の時代の人であった。私小説風の風雅を備えた初期の純粋探偵小説の日は遠い昔のことであり、大衆探偵小説の大家として洛陽の紙価を高めた日も過ぎ去っていた。探偵小説は理不尽にも当局の手によって弾圧され、わずかにスパイ小説として余端を保っているにすぎなかった。死地に赴く青年が、今生の思い出に、門を叩くという経験は絶無だったであろう。そのときから、剣次氏は乱歩氏の唯一の内弟子ともいうべき信頼を受けたように思われる。

剣次氏は幸いにも防空学校の教官として、内地に残留して、終戦を迎えた（ということは、幹部候補生出身の将校としては、とびきり優秀であったということであるが）。氏が復員するとまもなく、戦時中弾圧されていた反動として、探偵小説は新しいルネッサンスを迎え、乱歩氏がその中心となった。戦後わずかに二年の昭和二十二年夏（現在の日本推理作家協会の前身となる）探偵作家クラブが創設され、乱歩氏がその初代会長に推されたのは当然である（余事ながら、発足時の会員は百三人であった）。乱歩氏が、会長の右腕ともいうべき書記長の地位に、無名の白面の青年剣次氏を起用したことは、意外の感を世人に与えたかもしれない。

乱歩氏の内弟子としての剣次氏の大仕事は、持ち込まれる生原稿を読むことであった。推理小説界はいつでも新人に門を大きく開いているから、生原稿の数はおびただしいものであったにちがいない。氏はかつて、戦後の推理小説の生原稿をほとんど読んだといったことがある。乱歩氏の推挙によって世に出た推理作家は（その中には鮎川哲也氏や高木彬光氏が確実に数えられるが）まず剣次氏の目によって認められたものである。その点で、氏は戦後の日本推理小説の影の育ての親ともいうべき存在であった。

剣次氏はまた乱歩氏の長編「死の十字路」の制作に密接に協力した。作の構想はほとんど剣次氏の寄与といっても過言ではない。戦後の推理小説史における一つの里程標ともいうべき「幻影城」の「トリック集成」に当って、剣次氏の貢献が大きかったことは周知の事実である。

NHKを停年で去る前後から、剣次氏は評論家として活動することが多くなった。氏の唯一の評論集ともなってしまった「ミステリー・カクテル」はこの時期の成果であり、13シリーズといわれる四冊のアンソロジーを編んで講談社から刊行したのもこの時期である。これらの活動を踏み石にして、多年にわたる蓄積を傾けて、推理作家として立つことが氏の終生の宿願であった。しかし、暗号小説と密室小説それぞれ一編の短編に筆を染めたとたん、氏は病に倒れ、昭和五十一年夏、急逝したことは心残りであったことと思われる。

作家として、剣次氏は純文芸の分野で成功を納める素質に恵まれていたように思われる。学生時代からの作品をふくむ「大正琴」を読む人には、上層市民階級の少年の目を通して見た庶民の世界の哀歓が、透明な叙情性をもって描かれていることに、忘れ難い思いを受けるであろう。しかし、氏の志向したのは、あくまでも推理小説であった。

「悪麿の映像」は剣次氏が完成した唯一の推理小説である。探偵作家クラブ恒例の犯人さがしの読み物として、昭和三十一年新春の例会で朗読するために書きおろされたものである。昭和二十四年高木彬光氏の「妖婦の宿」を以てはじめられたこの習慣は（一時中断したこともあったが）しばしば佳作を生んできた。本編も佳作として迎えられたが、いつとはなしに埋もれたままとなってしまったことは、理解に苦しむものがある。本編の形式が、問題と解答の二編に分れ、作者の挑戦がその境に現われるなどは、例会における形式をそのまま保存している（余談ながら、正解者はただの一人だったと記録されている）。

本編では放送界が舞台にとられている。テレビの発祥期の内幕が描かれている珍しい小説である。テレビは黒白の時代で、グレーのカーテンがホリゾントをつくっているなど、昔を思い起す読者があるかもしれない。ドラマは生放送が原則であったなどは、今日の若い人たちには珍しいことかもしれない。ビデオテープが発明され実用化されたのは、本編が書かれた数年のちのことである。

密室物としても、本編はすぐれた独創的なアイディアを含んでいる。日本の推理小説史の中でも高い地位を与えられるべきものであろう。見るという平凡な日常性の裏にひそむ非凡なものをよく摑んでいるといわなければならない。作者はよく「視線による密室」ということばを口にしていたが、本編はまさにその適例であり、見るということが、対象との間にあるメディアを介しているという現代の神話に対する痛烈な諷刺をふくんでいる。この諷刺によって、本編はきわめてアクチュアルな推理小説となっている。本編は剣次氏の推理作家としての資質を証明したというべきであろう。

剣次氏の急逝によって、日本の推理小説界は、よき読者、よき評論家とともに、よき作家を一挙に失った。

二粒の真珠（飛鳥《あすか》　高《たかし》）

推理小説のジャンルのなかで、とくに短篇に馴染《なじ》まないのが、密室トリックではないかと思う。犯人側から見れば、時間を充分にかけた緻密な準備期間が必要だし、それだけに準備完了時のセット仕掛けのときの時間的チャンス、シチュエーション、事件が発見されたあとの捜査過程も、作者としてはきちんと計算しておかなければならない。

密室犯罪でも、単なる偶然というトリックも考えられないわけでもないけれど、単なる思い付では到底セットのしようもなく、捜査側から見ても、難航をきわめることが必至で、読者側としては、絵ときの部分で論理的に充分に納得がゆくことがゆいつの条件なのだ。

そんなわけで、密室推理小説は、長篇によるのでなければ、完成度に問題が残ること必至である。密室作品の傑作が長篇にかたよっているのも、これで納得がゆくわけで、短篇の形式ではもともと無理だった。

日本でも珍しい密室トリック・メーカーの飛鳥高氏は、たぶん、こうした考えはもっていたことと思う。しかし、飛鳥高氏が作品を発表していた昭和三十年代は、まだ長篇書きおろしの機運が熟していなかったので、短篇の形式を借りて、作品を発表していた。

もともと、飛鳥高氏は、江戸川乱歩氏お気に入りの優等生作家のひとりで、心理的サスペンスとトリック・メーカーとして認められていた。昭和二十一年十二月号に、第一回「宝石」当選作家が発表され、飛鳥高、鬼怒川浩、独多甚九、霜山滋、山田風太郎、岩田賛、島田一男の七氏が選ばれ、乱歩氏は、飛鳥高氏の「犯罪の場」をいちばん高く買っていた。しかし、その後の数年は作品発表もせず沈黙を守っていたが、氏の家が乱歩邸の隣であったため、乱歩氏とは交渉があり、一時期は、中島河太郎氏とともに、推理小説の評論を書くようにと、すすめたことがあったと、乱歩氏から聞いた記憶がある。しかし、飛鳥高氏は、創作に専念し、遂に評論には手をつけなかった。

飛鳥高氏は、処女作「犯罪の場」を書いてから十年ほど、年に一、二作の考え抜いた短篇を発表していたが、昭和三十二年頃から、にわかに創作の数が増えだした。本篇「二粒の真珠」は、昭和三十三年一月の「宝石」に発表された、トリック・メーカーとしての味をもっとも濃く浮彫にした作品である。もっとも、倒叙ミステリーの形式をとりながら、たとえば、ロイ・ヴィカーズの「迷宮課事件簿」ほど、挑戦的でないため、この作者独得の味をもったサスペンスに欠けている。作者は意識して、その手法を避けたのかも知れぬ。この意気は壮とするも、作品から受ける印象がトリック一辺倒にかたむいている。しかし、それは、密室ものをあつかった短篇のすべてに欠如している欠点で、元来がまえに述べたような長篇の素材であるため、シノプシス的運命から、まぬかれようがないのである。

しかし、その欠点は、密室短篇の一般的問題であって、本篇の見どころは、独創的トリックの創意にある。

飛鳥氏は、清水建設株式会社研究所に勤務し、建築物のアフター・ケアの仕事をしていたプロの建築家であるだけに、その道の専門家的知識が豊富で、そうした専門家知識が、「二粒の真珠」の素晴しいトリックを創案している。現代建築物の特徴と盲点を衝き、読者を納得させる説得力をもった、日本作家には珍しい機械的トリック、さしずめ、本家のディクソン・カーでも使いそうな持味をもったトリックが使用されている。手掛りは、もちろん、表題の「二粒の真珠」である。

飛鳥高氏は、大正十年二月十二日山口県防府市生まれで、本名烏田専右《からすだせんすけ》、東京大学工学部を卒業している。「宝石」第一回懸賞で、「犯罪の場」が入賞、また、第十五回の探偵作家クラブ賞は、長篇「細い赤い糸」が獲得している。

主に独創的なトリックをコツコツと考え、作品を書きついで来た本格派だが、第一回江戸川乱歩賞では、仁木悦子氏の「猫は知っていた」土屋隆夫氏の「天狗の面」とあらそい、のち、講談社から発刊を見た「疑惑の夜」（33・10）ほかの長篇でも、考え抜いたトリックとプロットで、傑れた作品を書いた。「虚ろな車」（東都書房37・1）「ガラスの檻」（学習研究社39・4）など、記憶に新たな作品である。

「二粒の真珠」は、「宝石」の昭和三十三年一月号に発表されたのち、昭和三十四年十月、光書房版、短篇集「犯罪の場」に集録されている。この作品は、飛鳥高の代表的傑作とは決していえないと思うが、日本では珍しい密室トリック・メーカー作品のひとつで、本篇のメイントリックは、外国にも類例のない奇抜なもので、たとえば、書き方によっては、チェスタートンのブラウン神父に使える要素をもっている。

密室の妖光（大谷羊太郎《おおたにようたろう》　鮎川哲也《あゆかわてつや》）

海外では合作による推理小説が数多く発表されている。エラリイ・クイーン然り、ボアロウ・ナルスジャック然り、パトリック・クェンティン然り。そしてかのディクスン・カーもジョン・ロードとの合作を試みており、それぞれが成功している。それに反して日本では、合作だの連作といった形式の作品は軽く見られるせいか、批評の対象になることさえない。

この「密室の妖光」は合作として水準点に達した珍しい例の一つであるばかりでなく、秀作の少くない機械的密室として出色の作となっているにもかかわらず、昭和四十七年三月の「別冊小説宝石」に発表されたきり、二度と陽の目をみる機会のなかった不運な作品であった。大谷羊太郎氏も鮎川哲也氏も幾冊かの短編集を出していながら、相互に遠慮をし合ったためであろうか、それとも出版社側が合作であることに難色を示したためであろうか、再録されたのはこれが初めてのケースとなった。

雑誌に発表された際は「リレー小説」と銘打たれて、前編と後編とが同じ号に並べられた。ただ鮎川氏のほうは名を伏せて「覆面作家X」ということにされ、X氏の正体をあてる懸賞がついた。この作家は文章に癖があることだし、内容がまたこの作者が得手とするアリバイ物であったから、編集部でも適中率は百発百中だろうと予想していたところ、解答のはがきにはまるきり見当違いの作者名を記入した者が圧倒的に多く、鮎川哲也氏を慨嘆させたという。即ち、応募総数が一、〇七三通で正解者は一割強の一一七名にしか過ぎなかった。抽選で一〇名の当選者が出、各々に一万円の賞金が贈られたが、その中の一人に皆川博子女史がまじっていた。後日、女史が作家になってから書いた随筆によると、このときの賞金でギターを求めたということである。

さて、前編の担当者大谷羊太郎氏は不気味な密室殺人にスマートな解決をつけた上で、犯人の正体追究を鮎川哲也氏に一任した。この前編で大谷氏は真相解明の手掛りとして二つのキイを提示しておいたのだが、挑戦を受けた鮎川氏はそのうちの一つしか見破ることが出来なかった。(ものは試しだ、読者であるあなたも、鮎川氏が見落としたキイが何であったか、推理してみたらどうであろう)。

編集部が両作家に与えた枚数は五十枚ずつであった。が、そこはプロの作家だ、大谷羊太郎氏は五十枚かっきりで前編をまとめ上げた。一方、バトンタッチされた鮎川氏は、単に犯人の正体をつきとめるだけなら五枚もあれば充分だった。その五枚を五十枚にするために、氏はもう一つの殺人事件を設定し、被疑者のアリバイをチェックすることによって真犯人を焙り出す、という手段をとったのである。

蛇足かも知れないが、NHKとしては同じ時間帯につづけて同じ曲を電波にのせるわけにはいかなかったのだろうか、伊那女史の「熱情」は予定どおり放送されたものの、ブレンデルの「熱情」は他の曲に変更されていたという。

前記のように、鮎川哲也氏はデータのうち一つしか活用していないので、大谷羊太郎氏は「小説宝石」の次号につぎのような短文を書いて、解答編の不備を補った。

> リレーミステリと銘うった本誌の新企画は、覆面作家の名前あてという趣向を試みた。従って問題編を書いた私は、読者を対象に犯人を匿す必要はなく、もっぱら挑戦の意欲は、解答編担当の作家に向けられたのである。
>
> だがその作家が、鮎川哲也氏だと編集部から洩らされた時、私は無上の光栄を感じるとともに、身の締まる思いだった。
>
> なまじ音楽トリックの謎を提出しても、氏では相手が悪い。鮎川氏の音楽通は周知の通りだが、それも一通りや二通りの深さではないのだ。
>
> そこで私は、トリックの謎を解決編に持ち込まず、犯人の手がかりだけを埋め込んで問題編を終結した。この種のリレー小説としては、少々異例な構成をとったのは、そのためである。
>
> やがて私は、解決編を手にした。そして、クラシック音楽にアリバイトリックを溶解したいつもながらの氏の妙筆に堪能《たんのう》した。折角、苦心して匿しておいた指紋の手がかりも、あっさり見破られている。
>
> だが待てよ――、と私は独《ひと》りほくそ笑んだ。私はもう一つ、別な手がかりも埋めておいたのだ。こちらの方は、見逃されたのではないか。
>
> 物語の初めの部分を読めば、死体の発見されたのは火曜日だとわかる。ところが容疑者宮下は、その前々日、被害者の部屋で夕刊を眺めたと供述している。（一九五ページ）つまり宮下は、日曜日に配達されるはずのない夕刊を見たわけで、明らかに訪問の日をごまかしているのだ。
>
> しかし、と私は考え直した。これは犯人指名の決定的なキメ手にはならない。思い違いだったと、言い抜けができる。鮎川氏はそれをご承知の上で省筆されたのだったろう。私は笑いを引っ込めて嘆息した。

大谷羊太郎氏は昭和六年二月十六日に大阪の布施市に生まれた。大学時代にアルバイトで始めたハワイアンの演奏がやがて本職となり、歌手の付き人（力士の場合は付け人だが、芸能界では付き人と呼ぶのだそうだ）を経て推理作家となった。一般に作家は豊富な経歴を持つ者ほど有利だとされており、その意味で大谷羊太郎氏は今後も芸能界から吸収したものを作品の中で活かしていくことと思う。

一方、鮎川哲也氏はサラリーマンの経験皆無。生年も諸説あってはっきりしない。なんでも聞くところによると、講談社の処女出版で生年を誤植され、以来狂いっぱなしだという。

右腕山上空（泡坂妻夫《あわさかつまお》）

泡坂妻夫氏は、昭和五十二年度日本推理作家協会賞の長篇賞候補作に「一一枚のとらんぷ」短篇賞候補作として「曲った部屋」がノミネートされ、おしくも両部門とも受賞を逸したけれども、一躍脚光を浴びた異色の新人作家である。また、雑誌「幻影城」の島崎博編集長によると、「一一枚のとらんぷ」が英訳されることになり、訳者はジョン・ポールと平岡養一だそうである。

泡坂氏の推理小説文壇に登場したのは最近のことで、第一回「幻影城」新人賞小説部門に、処女作「DL2号機事件」が佳作で入選し、本篇の「右腕山上空」「曲った部屋」と、異色の作品を発表したが、長篇「一一枚のとらんぷ」で、その長所を、いかんなく発揮している。

本篇「右腕山上空」をお読みになられた方はお判りになられたかと思うが、アクロバット的なトリックが、見事に用いられている。見事にと云ったのは、見事な奇術を見て、思わず手をたたく心境と同じだからである。しかし、このアクロバット的見事さは作品のうえだけのものではなく、泡坂妻夫氏は、宗門奇術クラブの会員で、多くの創作奇術を発表、昭和四十三年には、石田天海賞を受賞している。

奇術師と探偵作家が両立している例は、アメリカに、クレイトン・ロースンがいる。探偵小説は、奇術師の使うミスディレクションといってもよく、江戸川乱歩氏は大変に奇術に興味をもち、フーデニイに関する部厚い本を読んでいたことを、懐しく思い出すことが出来るし、推理作家協会のメンバーのなかにも、奇術愛好家が多い。

とくに、密室もののトリックには、ミスディレクション（観客をゴマかすための基本的な原理で、右手を隠すために、左手を動かして観客の注意を集める）のこの手法が殆んど使われているといってよく、ディクソン・カーはむろんこの原理を多く使っているし、エラリー・クイーンの外国名シリーズ、クリスチーの作品も、この例にもれることがない。

泡坂妻夫氏は、本名厚川昌男、昭和八年東京に生まれ、昭和二十八年九段高校を卒業、本職は、紋章上絵師である。本名をアナグラマタイズしたものが筆名になっている。

「右腕山上空」は、大変にコッた密室ものである。筆者は、二年半ほどアメリカで生活してみて、日本人の生活に、真の密室はあり得ないという印象を受けた。その理由は、日本人の私生活に、鍵が必ずしも必需品でないということだ。ホテルという例外（ただし、洋風ホテルに限るのだが）を除いて、ドアには鍵穴がなく、しかも障子という簡単な間じきりしかない日本では、密室犯罪はあり得ようもないということだ。だから、日本の作家が密室を書く場合に、観念的で、非現実なシチュエーションしか創設することが出来ないので、作品のレアリティーを失わしめる結果となる。欧米のプライバシーの厳格さが、日本人の生活に欠如しているからだ。（余談だが、アメリカでのピストル販売数は、人口数と同じであり、犯罪でいかに使われても、デモクラシーの建国精神、個人の自由を護る手段として、ピストル所持の禁止は出来ない。日本では、自由にピストルが所持できないので、密室構成上の要素として、特殊の場合を除いて、ピストルは使用できない）

そんな理由から、密室をあつかう場合、欧米式の建造物でない、自然のシチュエーションを工夫すべきであるというのが、筆者の日頃の考えであった。ところが、この工夫が、「右腕山上空」で、見事に成功しているのである。空飛ぶ気球のゴンドラのなかの殺人という、見事な舞台をつくりだした。文体も明晰であり、一種の泡坂調（「一枚のとらんぷ」が傑出している）であるが、このユーモアが、ミスディレクションになっているのだから、生れながらの奇術師であろう。

泡坂ミステリーに登場する探偵が秀逸で、亜愛一郎という人を喰った人物だが、これがまた独特のキャラクターをもち、とかく泥臭くなる絵ときの場面を、あざやかにしめくくる。昭和五十二年「幻影城」に「亜です、よろしく」と題した連作小説を書きついでいるが、泡坂ミステリーの本領は、短篇にあるのではないかと考えられるフシがある。長篇を書くにしては、日本の舞台は小さいからだ。

もともと、着想にバタ臭いところがあるから、長篇を書くのなら、外国がいい。サンフランシスコの日本総領事の公邸は、アメリカの或る有名な奇術師（Gelett Burgess?）が建造した建物で、建物の内部のあちらこちらに、隠し部屋の仕掛けがほどこされ、今でもそのまま残っている。新興国のアメリカでさえ、このような建物が実在しているのだから、ヨーロッパを捜せばいくらでもあるのではないか。好漢、泡坂妻夫よ、帽子から飛び出した密室を期待している。

なお本編は「幻影城」昭和五十一年五月号に発表された。

朽木教授の幽霊（天城《あまぎ》　一《はじめ》）

推理作家としての天城一氏の登場は非常に早い。昭和二十二年春、処女作「不思議の国の犯罪」を旧「宝石」誌に発表したのがデヴューで、島田一男氏などの戦後第一期の新人のグループに属する。

その作風はきわめて異色に富むもので、チェスタートン風のパラドックスを主役探偵の摩耶正が振りまわすうちに、奇妙な密室殺人の謎がおのずと解けてゆくという形式をとっている。作品は短く、処女作は二十枚、一番長い代表作「高天原の犯罪」でさえ四十枚にすぎない。故渡辺剣次氏は天城一氏の作品を評して、抽象探偵小説と呼んでいたが、けだし適評というべきであろう。

一部に根強い支持者を持っていたにもかかわらず、昭和二十九年春、「明日のための犯罪」を最後にして、天城氏は筆を折ってしまったように思われる（この時期の代表的作品三編は故渡辺剣次氏と中島河太郎氏の編集に成る三冊のアンソロジーに収められている）。その理由については、作者は黙して語らない。

二十年ほどの沈黙ののち、天城一氏は「急行さんべ」をもって、突然再登場する。密室犯罪のエキスパートと自他共に認めていた作者が、鮎川哲也氏風のダイヤグラム・アリバイをトリックとする推理小説に転じた理由はわからない。前期の諸作で主役を勤めた摩耶は退場して、傍役だった島崎警部がチーフ・インヴェスティゲーターの役を振られている。後期の作品は概して長くなり、五十枚平均になっている。

それにもかかわらず、本編では、前期の諸作との類比を見ることができるであろう。島崎警部は、摩耶の饒舌に悩まされるかわりに、黒衣の美女（作者自身はギリシャ悲劇のデウス・エクス・マキーナの代用品だと称している）の訴えに振りまわされる。殺神事件を扱うかわりに、幽霊を逮捕しなければならない。前期を特色づけるチェスタートン風のパラドックスは、表面からは姿を消してはいるが、構成の中に折り込まれて、インプリシットなものに変っている。実在の犯罪事件にインスパイアされて、事件の影が作中に投じていることも同じである。

天城一氏は、ペンネームを明治の大奇術師松旭斎天一からとっているように、推理小説とは奇術文学と心得ているらしい。奇術としての密室殺人に関心を持ち、構成と分類に一家言を持っている。作者の分析は、故渡辺剣次氏の編集になる「続13の密室」（講談社）のあとがきの中に詳述されている。その分類によれば、本編のトリックは、時間差密室と逆密室の混合型で、そこに独自性があると、作者は考えているらしい。

天城一氏の本業は数学者で、戦前派としてはほとんど最後の一人で、日本における作用素環研究の草分けである。四半世紀にわたって大阪教育大学の教授を勤めているが、まだ停年までには若干の間がある。残りの歳月の間に、学生時代からの多年の念願である「数学評論」の分野を確立したいと力んでいる。ハイゼンベルクの不確定性原理とアーベル数学の花といわれたポントリャギンの双対定理の同値性を示したり、中世末期の哲学者ニコラウス・クザヌスを記号的方法の開拓者として指名したりすることが、数学評論だという。将来、「ギリシャ悲劇時代の数学」とか「ワイマール文化における数学」を著すことが、念願だといっている。

多年にわたって大学の研究室にとじこもっていたこの作者が、大学を舞台として書いた唯一の推理小説である点に、本編の興味を持たれる向きもあるかもしれない。

扉（山沢晴雄《やまさわはるお》）

昔、神戸に本拠を置くＫＴＳＣという集団があった。関西探偵作家クラブの略だが、売文業をめざして創立された当初を別とすると、作家クラブというよりは社交団体、娯楽の乏しい時代だったとはいえ、朝から晩まで丸一日、毎月一回例会を開いては探偵小説について語りあう愛好者クラブにすぎない。後年、その中から、香住春吾・島久平・鷲尾三郎氏などのプロ作家が現れたのは偶然にすぎない。

なにぶんにも、探偵作家として立つ気のない連中のこと、探偵文壇に遠慮はいらない。いいたいほうだいを会報に書きちらしたから、ＫＴＳＣは毒舌と相場がきまってしまう。大下宇陀児氏がクラブ賞を受けると「賞は理事のまわりもち」とやるし、乱歩氏が戦後初の創作「断崖」を書きだすと「大乱歩いまや断崖に立つ」とやる。あげくのはてに、日の出の勢いの大坪砂男氏と推理小説史上空前絶後といわれるはしたない「魔童子論争」をひきおこす。中央から睨まれなかったらふしぎだろう。

山沢晴雄氏などは、このはしたないＫＴＳＣの活動と無縁のひとだったが、とばっちりを蒙ったように思われる。推理小説のテクニックについては的確な知識をもち、堅実に使いこなすまれな作家であったにもかかわらず、商業誌からお座敷がほとんどかからない。旧「宝石」誌の新人コンクールに昭和二十六年登場してから、わずかに九編を「宝石」に発表しているにすぎない。大阪市の公務員として多忙の日常を送られてきた日曜作家にしても、あまりにも不当に無視されてきたといわなければならないだろう。

山沢氏の作風は、人柄どおりに穏かで、奇をてらうところがない。堅実に推理小説の伝統をふまえている。とくに小道具の扱いにくふうをこらす職人芸を得意としている。

「扉」はコンクール応募作「仮面」をもととして、昨年書きおろされ、「幻影城」昭和五十二年七月号に発表されたものであるが、今回このアンソロジーに収録するにあたって、さらに手を加えられている。

近時、いわゆる密室のための密室小説に対して、なんのための密室かという声がある。本編はこの声に応えるものといえよう。

詰将棋に強いヒロインが、扉の怪奇に不審の念を抱くところから出発して、なぞときがいつのまにか人生の新しい扉を開くことに変り、密室なぞはそっちのけになってしまうという皮肉な構成は、一種の反密室小説を創造したともいえるであろう。

鉄道推理ベスト集成　第4集　一等車の女　解説

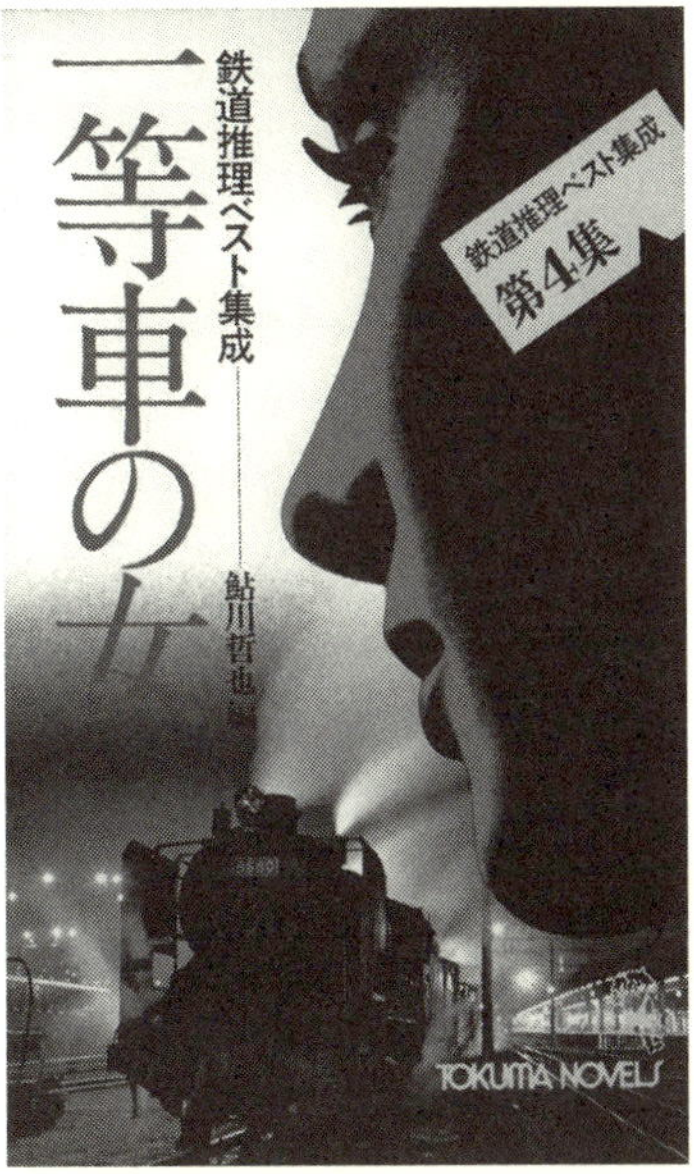

徳間ノベルズ（78 年 6 月）

「杭を打つ音」――葛山二郎

明治35年3月、大阪府南河内郡（現在の布施市）で生まれた。本名も葛山二郎である。少年時代に満州の旅順《りょじゅん》市（いまの旅大市）に渡って成人。土地の中学を終えて内地に帰り上級学校に通う。博文館の雑誌「新趣味」の大正15年9月号に載った《噂と真相》を処女作とする。

しかしプロ作家とはならず、撫順《ぶじゅん》市で鉄工場の経営にあたるも敗戦で一切を失って帰国。引揚者寮で二、三の短編を試みたのち筆を絶った。本編は「新青年」の昭和4年11月号に掲載されたもの。

葛山作品としては第一集に《股から覗く》が入っているから、これが二本目ということになる。氏の作品はすべて短編ばかりだが、それぞれが題材やプロットに工夫を凝らし、異色作家の名に恥じぬものが揃っている。この《杭を打つ音》も葛山二郎の特色を盛り込んだ一編で、トゥイストの効いたストーリイといい材を狩猟にとったことといい、典型的な葛山作品となっている。

本編は氏独特のひねりが効き過ぎたというか、さっと読み流しただけでは解り難い。つまるところ梅原竜三郎が自分を裏切った姦婦を殺し、寝取った旧友に犯行を押しかぶせて復讐をするのである。ストレートに山本を犯人に仕立てたのでは底が見すかされるかも知れぬ。だから梅原は一応は自分が被疑者となるように振る舞い、仮りに彼がやったように見なされた場合は罰金刑ですむように手を打っておく、というのが大筋になっている。

梅原は、山本の犯行に見せかけるために、彼がよく用いる雁弾をつめて妻を射殺する。そればかりでなく、山本が常用する無煙火薬を使って射ち、さらに彼がよくやるようにパラフィンを詰めるといった念の入れ方である。これに情況証拠が加わって山本はがんじ絡めとなり、否定すれば否定するほど深みにはまって了う。いまや身動きもできぬ状態だ。

語り手の生物学者は犯人が梅原であることを見抜いている。だか愛する妹が梅原と再婚したこともあって、不良紳士を淘汰するのにちょうどいいチャンスだという口実で、山本を見殺しにしようとしていた。だから悪魔だといわれたのである。しかしこの悪魔学者に比べると梅原はまともであり過ぎたため、自殺に追い込まれて了う。本編が難解であるもう一つの理由は、語り手の生物学者が妹夫婦の名誉を守るために、真相を隠蔽しようとして肝心の点を故意にボカしたりしたからでもあるのだろう。

氏が狩猟にくわしいのは満州時代にしばしば楽しんだことがあるからで、内地に帰ってからは、病理学研究所（《股から覗く》のモデルとなった）の同僚にさそわれて、一、二度北陸方面へいった程度。そのときの経験を下敷にしたのだそうである。

読者が直接推理に参加するように、氏は故意に結末をボカした小説を書いた。当時の読者や批評家からどうもよく解らぬという苦情が出たが、作者としてはそれは承知の上であった。後年、木々高太郎氏が同じように読了してもなお納得のゆかぬ作品を書いて、江戸川乱歩氏からどうも近頃の木々君の小説は解らないと指摘されたことがあったけれど、もしかすると木々氏は、往年の葛山作品をお手本にしていたのかも知れない。

今回うかがったところに依ると、初稿では、犬を殺す個所で梅原の犯行であることをもっと明確に打ち出してあったそうである。それを、編集部のアドバイスを入れてカットしたのが本稿だというお話であった。また現代の小説に比較すると改行が少ないけれど、これは与えられた枚数に制約があったため、できるだけ詰め込もうとしたからである。いまの読者には読みづらいかもしれない。そのかわり中味が濃いということになる。

「途上の犯人」――浜尾四郎

明治29年4月、東京に生まれた。本名同。子爵。貴族院議員。検事をつとめ後に弁護士を開業。法律畑出身の探偵作家の第一号であった。いうまでもなく探偵小説の創作は余技である。犯罪随筆も数多いが、長編《殺人鬼》及び《鉄鎖殺人事件》は純粋本格長編が皆無に近かった戦前の収穫だった。昭和10年10月29日、忽然として逝去した。

この一編は雑誌「犯罪科学」の昭和5年11月号に発表、近年「幻影城」の編集部に依って発掘された。その意味で珍品といえるだろう。

《殺人鬼》や《鉄鎖殺人事件》のような長編は純粋の本格物であったが、短編は必ずしも本格物ではなかった。というよりも大半が非本格物であり、だから氏がもし短編ばかり書いていたなら本格派のレッテルは貼られなかったかもしれない。

短編の代表作《殺された天一坊》も例外ではない。これは、天一坊が本物であることを承知していながらも徳川天下の安泰のためにこれを偽者として断罪しなければならなかった大岡越前守の苦悩を、探偵作家としてではなしに、法律家浜尾四郎の立場から描いたところに特色があった。これに反して《途上の犯人》は探偵小説家浜尾四郎の眼をとおして書いたものであり、その意味からいえば《殺された天一坊》と表裏をなすということが出来る。

列車の座席を舞台にして語り手と聞き手とから成立する形式は、他にも幾つかの例を数えることができ、葛山二郎氏の《杭を打つ音》もその一つである。ともすると単調なものとなりがちなため、作者はあれこれと工夫を凝らすわけで、腕の見せどころということにもなる。本編は狂った男を登場させることに依ってサスペンスを盛り立て、読者を最後まで引きずっていくのである。

文中のA県が愛知県であるとすれば狂人が降りたT駅は豊橋駅でもあろうか。なおついでに触れておくと、《途上の犯人》という題名は谷崎潤一郎氏の短編《途上》からつけられたのではないかと思う。

本編の存在は未亡人もご存知なかったようだという。珍品たる所以《ゆえん》である。

「観光列車V12号」――香山　滋

本名が山田鉀治《こうじ》。明治38年7月に東京の牛込で生まれた。法政大学に学び、大蔵省に勤務した。

昭和22年の旧「宝石」に《オラン・ペンテクの復讐》を発表して、一躍流行作家となった。氏の作品は異郷を舞台にとり好んで太古への郷愁を描いたものが多かったが、社会派推理小説がもてはやされるのに反比例して作品の数が減っていった。昭和50年2月に死去。

この一編は「探偵倶楽部」26年2月号に載った。

観光列車ヴィクトリア号というものが本当に走っていたのかどうか、寡聞にして編者は知ることがない。しかし香山滋のような空想力のゆたかな作家の作品について そうしたことを詮索するのは、野暮の骨頂というものだろう。いまと違って海外旅行が日常化していない時代に、作者は、地球上のあらゆる土地を舞台にしたばかりでなく、火星のことまで書いているのだから――。これは私見に過ぎないのだけれど、氏の場合、国外旅行が自由でなかったから、したがって実際に外国を旅したことがなかったから、思うがままに空想をふくらませることが出来たのではなかったろうか。

氏は旧「宝石」短編コンクールの第一期生であった。このときは、探偵小説が書きたくて腕を撫していた新人がチャンス到来とばかり殺到したため秀作が多く集って、同誌のコンテストのなかでは最も稔りがあったといわれている。そのうちでも香山滋は島田一男氏と並んで、当選した時点ですでにプロ作家たる実力を具えており、事実、忽ちのうちに両氏とも引く手あまたの多忙作家となった。思うに香山作品が歓迎されたのは、香山版動植物辞典にしか記載されていない奇妙な動物や不思議な植物が登場する珍しさと、敗戦に依る混乱で夢を失った人々に夢見ることの楽しさを教えてくれたためではなかったか、と思う。

氏とは推理作家仲間のパーティで一、二度口をきいた程度だから、親しい仲では勿論なかった。しかしそのわたしですらも、氏が推理小説の世界から退場していったことを残念に思い、訪ねて来た編集者にときたま「香山さんはどうしていますか」と訊いたりすることがあった。だが、消息につうじている筈の彼等からさえも満足な返事を得られないのが常だったのである。余技作家ならともかく、本業作家の、それも売れた人であっただけに、時流に合わずして筆を折った淋しさはひとしおだったろうと思う。

先頃なにげなくFM放送のスイッチを入れたところ、アメリカのサウンドグループ（とでもいうのだろうか）ブルー・オイスター・カルトが演奏する「ゴジラ」が聞えてきた。楽器を騒々しく掻き鳴らし意味のわからぬ英語をわめきたてるうちに、左右のスピーカーより「ゴジラ、ゴーゴー、ゴジラ」のシュプレヒコールが流れだした。耳のせいかガッディラと発音しているようである。やがてバックに日本語のアナウンスが入って「臨時ヌースヲモシアゲマス、ゴッジラガ銀座ホメンニ向ッテイマス、大至急ヒナンシテ下サイ、大至急ヒナンシテ……」と伝え、曲はクライマックスに達する。わたしはそれを聞きながら、ゴジラの原作者であり閉塞していた香山さんに、この曲を聞かせたかったと考えていた。

「一等車の女」――佐野　洋

本名は丸山一郎。昭和3年5月、東京の産である。菊村到、三好徹氏と共に読売新聞社出身の三羽鴉として知られている。33年に「宝石」と「週刊朝日」とが共同で募ったコンテストに短編《銅婚式》を投じて入選、推理小説としてはこれが処女作となる。以来、疲れることを知らぬように長短編を書きつづけ、その一方では日本推理作家協会の理事長をつとめている。都会的で洗練された作風を特色とする。

掲載されたのは「週刊漫画」36年4月号。

佐野洋著、実業之日本社発行の「優雅な悪事」は頼子という離婚歴のある美人を主人公とした連作短編集だが、作者はそのなかに本編を書き改めた上で題名も変えて収録している。そうした事情があるために、《一等車の女》を本アンソロジイに提供するについてはきわめて消極的であった。編者はしぶる氏を強引に説き伏せて（捩じ伏せてといったほうが当っていよう）無理矢理に承諾させて了った。

本編は戦前のパラマウント映画のような軽快なタッチの、都会的でしゃれたメルヘンで（その頃のパラマウント映画は映画評論家や映画記者等に依って、しばしば高度に洗練された《ソフィスティケイテッド》、と評されていた）、佐野洋が得意とするものである。推理小説界きっての論客でもある氏は、もっとシリアスな作品を書きたいに違いなく、軽い推理小説を書くことに対しては快しとしないのではないかとも推測されるが、読者を手放しで楽しませることがいかに難事であるかを思えば、この才能は珍重すべきであろう。

戦前から戦後にかけての国鉄は一、二、三等に分れていた。乗車券もそれに応じて白青赤の三つに色わけされていたのである。いまのグリーン車は二等にあたり、一等車は廃止された。

東京近辺でグリーン車が連結されているのは湘南電車及び横須賀線であるが、朝のラッシュアワーに乗り合わせた友人の話に依ると、どちらの線もわれこそはエリートなりといった顔つきの中年紳士で満席だという、それはもう慣れない者には息がつまりそうで、乗車勤務する車掌さんがつくづく気の毒だといっていた。たぶん大阪あたりでも事情は同じことだろうが、いちばん気骨が折れてクタクタになるのは当のエリート諸君ではないのか、というのがわたしの友人の意見である。

ところで一等車で通勤する客ともなると、年輩も地位も、そして収入も一段と上にあるだろうから、通勤バスでグリーン車に乗るような紳士連とは異って周囲を意識したりすることもなく、ただもう寛いだ気分で朝刊などをひろげていたのだろう。定期代もベラ棒に高いから車内には空席が目立つ。二人掛けの座席を一人で占領できるのも、一等車なればこそということになる。だからこそこうしたストーリイが成立するのであり、当世風に《グリーン車の女》と改題したのでは話にならない。

頼子というこの女性は映画界の人間や女優を志向する女に対して反感を持つ、といった設定がされている。にもかかわらず、それが少しも嫌らしくなく、明るくさらりと描かれているのは作者の性格と無縁ではあるまい。これは佐野小説全般についてもいえることで読後感がさわやかな理由の一つは、こうした点にもあるのではないかと思う。

「汚点」——鮎川哲也

編者自身の旧作である。むかしＮＨＫで「私だけが知っている」という推理番組があり、その取材で仙台方面へ旅行したときに、同行した東北生まれの若きプロデューサーＳ氏からヒントを提供された。つい先日、当のＳ氏より定年退職した旨の挨拶状が届き、いささかの感なきを得ない。

本編は「推理ストーリイ」39年3月号に載った。

本編については作者紹介の欄でいいつくした。再録されるのは今回が初めてである。わたしは忘れていたが、これよりも先に書いた《早春に死す》という拙作短編もまた、ひろい意味で鉄道推理に入るようだ。

「信濃平発13時42分」――下条謙二

本名は三宅義二郎。昭和31年2月9日、東京都三鷹市に生まれた。立教中学、立教高校から立教大学に進み、53年3月に経済学部を卒業。銀行勤務。

少年時代よりSFに親しんでいたが大学のミステリクラブに入会してから、先輩の影響で推理小説を好むようになった。特にカーとロス・マクドナルドが好きだが、カー贔屓《びいき》はクラブの伝統であるという。

この一編は会誌「立教ミステリ」17号（50年5月発行）に発表された。

別記したとおりこの中編は立教大学ミステリクラブの会誌に書かれたため、楽屋落ち的な面白さをも狙っている。クラブ員の喋り方の特長や癖を活写したのもそうだし、全員を小説のなかに登場させているのもそのためである。律教大学はいうまでもなく立教大学のことであり、部長の白井竜太郎教授というのは江戸川乱歩氏令息の平井隆太郎教授のこと。部員の渡部司はわたしに二、三度手紙をくれた覚えのある渡辺司氏、そして殺され役の梅永明敏は松永明敏氏といった按配だ。この松永青年は高校時代からの熱心な推理読者で、高校生の頃に「早川ミステリマガジン」の「街角のあなた」という一頁欄に登場したほどのマニアなのである。作中たくさんの稀覯《きこう》本を所持していると書かれているが、たぶんそのとおりだろうと思う。過日、早稲田大学ミステリクラブの二人の部員からインタビューを受けたことがあるが、その席で「つぎのアンソロジイには立教ミステリ会員の作品を採りますよ」と話したら、「誰だろう、松永さんかな？」と囁き合っていた。ことほど左様に松永青年の名はほかの大学にまで轟き渡っているのである。作者は幕が上った途端にこの梅永明敏を屍体として転がし、自分は颯爽とした青年検事として登場して、クラブ員を抱腹絶倒させた。なお「立教ミステリ」に発表したときは《信濃平１３４２》のタイトルで、五十枚足らずのものであった。

作中、ｍが逆転してｗとなる着想はすでに外国の大家が用いている手で、同じ趣向のものを再使用するのはどうかと思われるが、作者はプロ作家ではないのだから、そこまできびしく指摘するのは酷というものであろう。この小説そのものが内輪で楽しむ目的で書かれたのであり、広く世間の人の目に触れるつもりはなかった。氏は今回このアンソロジイに再録するに際して加筆訂正したい意向であったが、たまたま新入行員の研修と時期的に重なったため、思うように朱を入れることができなかった。

作者はSF好きであるといい、本格物の作家としてはクイーンの名を挙げているけれども、好みの問題はべつとしてクロフツもかなり熱心に読んだに違いない。このイギリス作家の小説はただ漫然と読み流していたのでは面白味が理解できぬと同様に、本編もまた、いちいち鉄道図と時刻表とを照合しながら読み進まないと、楽しさが湧いてこないと思う。

この機会に各大学におけるミステリクラブについて簡単に記しておく。戦後いち早く慶大に推理小説同好会が生まれた。当時この会のメンバー達がNHKのアナウンサーのインタビューにハキハキと答えていたラジオ放送をわたしはいまもって記憶しているが、これ等の若き部員たちも社会人として活躍し、やがては停年を迎えようとする年輩となった。早いものである。月並みな感慨はどうでもいいが、こうした次第で慶大と早大のミステリクラブが老舗《しにせ》ということになる。

立教大学のクラブが発足したのはいつの頃だか知らないが、大学の隣りが江戸川乱歩氏邸なのだから刺激を受けぬわけもなかったろう。立大につづいて各大学にもそれぞれミステリクラブが誕生し、現在その数は十校に近いとされている。法政大学には推理小説研究会が、青山学院大学にはやはり同じ名称のクラブがある。国際基督教大学のクラブはSF・ミステリ・ソサエティと称するものだそうで、このほか明大、成蹊大、独協大も名乗りをあげている。日本大学では「映画と推理小説」という会誌が発行されてわたしもインタビューを受けた記憶があるが、熱心に推進役をつとめた学生が卒業していったいま、会はどうなっているのだろうか。

地方では広島修道大学にミステリクラブが、山形大学には推理小説同好会が、そして同志社大学には推理小説研究会がある。九州大学にも会ができているし、大阪、京都、名古屋の大学にも部があるそうである。在京の各大学は「全日本大学ミステリ連合」を組織して横の連絡を取り合い、地方の大学にも参加を呼びかけている。

しかしこうした現象は大学ばかりではない。戦後、名門校として知られるようになった神戸の灘高にもミステリクラブが生まれた。よく学びよく遊べとでもいうのだろうか、ゆとりがあるのは流石《さすが》である。高校でミステリクラブがあるのは全国でわが校だけだろうと、部員は自慢をしている。

が、じつをいうと和歌山県の新宮中学でも推理小説の研究会が存在して堂々たる会誌が発行されていた。年少会員に依る読後感や警察訪問記などが載っており、確か山田風太郎氏や星新一氏も寄稿した筈である。昨今は休刊しているのではないかと思うが、中学生がミステリクラブを持っていたのはこの新宮中学だけではあるまいか。

ワセダ・ミステリ・クラブの谷口俊彦会長は「全日本大学ミステリ通信」20号のなかでつぎのように書いている。「その活動はそれぞれ異った面はあろうが、いずれにせよ広く探偵小説、あるいはＳＦを読みかつ語り、種々の意味での研究の対象とし、あわせて会員相互の親睦をはかることを目的としている点では一致している。この目的実現のために、クラブ機関誌を発行したり、読書会を行ったり、作家翻訳家諸氏の来駕を乞うて歓談の機会を得たりする（中略）。ひと昔前、探偵小説がいまほど人の口にのぼらなかった頃は、いわゆる〝鬼〟と呼ばれるような探偵小説プロパーのファンが気炎をあげていたものだが、最近は世のブームを反映してか、そうした熱狂家でなくとも親しみやすい雰囲気が自然と醸成され、ジャンルに捉われずに読書を楽しむ人たちが主たる構成メンバーになっている……」

わたしはふた昔を二倍した頃からの読者であった。そして、わたしはいつもひっそりと読んでいた。熱狂して気炎をあげるまでに至らなかったのは、当時は読者の数も少なくなく語り合う仲間とていなかったからであった。昨今の隆盛を見るにつけ、往時を省りみて感なきを得ない。

「大きな鳥のいる汽車」——日影丈吉

本名を片岡十一といい、明治41年6月、東京の日本橋に生まれた。昭和24年12月「別冊宝石」に《かむなぎうた》を携げて登場。これはコンテスト応募作品であったが、完成されたその一編は並いるアマチュア作家を圧倒した。以後、悠々たる自己のペースを守って気が向くままに短編を、また長編を発表してきた。作者は戦前のパリに留学した人で、フランス料理とフランスの推理小説に通じている。彼の地滞在中にコンゴを旅したことがあるのかも知れない。

「小説推理」52年1月号に掲載された。

おしなべて作家つき合いのないわたしは、日影丈吉とも親密であるとはいえない。したがってパリ留学時代の氏について訊ねる機会もなかった。別記したように、アフリカ旅行の経験があるのかどうか、わたしには判断の下だしようがないのである。けれども、香山滋氏がアフリカ物を書くと初めから嘘っぱちの絵そら事と割り切って読むのに対して、日影作品の場合はなんとなく本物という気がしてくる。その理由の一つは描写がリアルになされているからであろう。事実読みすすむにつれて、モロオやサワジの浅黒い、なんとなく油断のできなさそうな顔が目にうかんでき、現実の世界の出来事のように思えてくるのである。そして主人公（われわれはそれが日影丈吉自身であるように錯覚して読むのだが）たる「私」が遭遇する密室殺人にハラハラしたりドキドキしたりする。

密室殺人とはいっても、元来がこの作者は本格派の作家ではないのだから、レオポルドウィルの警察がどういう行動に出たのか、サワジは殺人未遂の罪で逮捕されたのか、モロオの正体は何で生死のほどはどうであったのか、といった事柄には全く興味を示さない。そこがいかにも日影作品のように思えるのである。

作中に書かれているコリンズというのは、ジンをベースに、砂糖やレモンジュースをまぜて炭酸水で割ったもの。トリックに用いられたレコードは断わるまでもなくSPである。LPだと列車の振動でカートリッジが跳んで了うが、重たいサウンドボックスではそうしたこともない。手廻しでゼンマイを巻けばよいのだから電源も不要だ。「ダーダネルラ」という曲は、戦前にはやったフォックストロットのDardanellaのことだろうと思う。ジャズの王様と称されたパウル・ホワイトマン・オーケストラの盤が日本ビクターから出ていたが、「伊太利の庭」とカップルにされたビリイ・コットン・バンドのコロンビア盤が圧倒的な売れゆきを示し、この会社のドル箱的存在だったという。さて、レオポルドウィル行の列車の上で鳴らされた盤は誰が演奏したレコードだったのであろうか。

「急行列車」――耕原俊介

本名を伊美《いみ》俊博《としひろ》という。昭和28年3月4日に宮崎県延岡市で出生。50年に明治大学商学部を卒業、税理士になることを目標として勉強中である。この間《かん》、運送会社、本屋、空港のグラウンドサービスの仕事を経て、現在は地質調査の会社に勤務する。福岡市在住。

雑誌「小説サンデー毎日」は惜しいことに52年の秋で休刊となったが、本編は同誌が募《つの》った同年のコンテストに投じられた作品。新・探偵小説とでも呼びたい一編である。

これもまた同じ座席に乗り合わせた二人の男が、一方が語り手となり他方が聞き手となって物語を形成していく、というパターンをとっている。別記したように「小説サンデー毎日」52年度コンテストの推理小説部門に投じられたものである。

お読みになればお解りのように、新人らしからぬ達者なものである。倦怠病にとりつかれたような「ぼく」という青年は、母親の死が現実になってくれぬものかと秘かに期待するほど、日常的なことに飽いて了っている。アンニュイという響きのいい言葉に酔い、世の中に甘えている当世風の若者である。

遅れて集って来た客は、その沈鬱な表情で一瞬のうちに「ぼく」を魅了する。相手の顔つきが沈んでいるのはおのれの病気のことが心配だったからであるし、タバコを吸わないのは医師に禁煙をすすめられたからなのに、「ぼく」はそれを自分に都合のいいように解釈してただただ悦にいっているというていたらくだ。だが、この男がプロットを模索しつづけている推理作家だったのは「ぼく」にとって不運というほかはない。忽ち好個の実験素材とされて了ったのに、若者は少しも気づかずにひたすら感服しているのだから、他愛がないといえば他愛のない話である。

作者がそのサゲを、ホームドラマのようなほのぼのとしたシーンで締めくくっているのは、読んでいて気持がいい。はからずも真相を知ることとなって呆然としていた「ぼく」の表情にも、親子三人の後ろ姿を見送っているうちに、いつしか微笑がひろがっていたのではないか、と思いたくなる。

なおこの年度の推理小説部門には、入選作が一本もなかった——。

「移動密室」——山村直樹

本名を田村裕幸《ひろゆき》という。昭和9年12月8日、横浜市で生まれる。32年に東京学芸大学国文科を卒え、出版社勤務ののち学習塾を経営するも、書家であった父君の死を機に書道会をひきつぎ現在に至っている。したがって余技作家として執筆することになるが、32年度の旧「宝石」のコンテストに《灰色の思い出》を投じて入選したほか、「オール読物」の新人賞を獲得するなどの実力派である。他に数本の推理短編及び一本の長編を発表した。

本稿は書きおろし新作。

山村直樹は専業作家ではないので、この機会にもう少しくわしく作品歴を紹介しておこう。作家の中には年少にして試作する人が少なくないが、本編の作者もまた中学生の頃に白井喬二氏の長編《富士に立つ影》を読んで刺激を受け、同人誌に幾本かの時代小説を書いた。成人するにしたがって映画に興味が移り、大学の卒論は「映画は言語芸術ではない——言語の彼岸に存する映像性」と題するものであった。

後年、友人にペンギンブックのクリスティ作《誰もいなくなったとさ》を読むようにすすめられて、こんなものならオレにも書けると力んで書き上げたのが《灰色の思い出》であった。「宝石」のコンテストに投じられたこの短編は33年12月の増刊号「二十五人集」に掲載されたばかりでなく、新人賞をも獲得した。39年には読売新聞社が企画した二十枚物の短編募集に応じて三編を送ったが、いずれも当選者なしの佳作に入選し、そのなかの《幻住庵記》が武田泰淳氏に大変褒められて、心理的に大きな支えとなったという。

「オール讀物」に《破門の記》を書いて第29回の新人賞を受けたのがその翌年。さらに41年から42年にかけて双葉社の「推理ストーリー」に《粗粒密画》《灰色の楽章》ほかを発表、後年この《粗粒密画》を加筆して長編に書き直したのが《追尾の連繫》であった。氏が推理小説を書くときは本格派の立場をとる。「宝石」「オール讀物」「推理ストーリー」などで片端から賞を掻っさらうのであるから、実力はプロ作家なみとみなすべきであろう。

走行中の列車は列車そのものが密室を形成しているわけだが、本編はさらに旋錠された手洗いを殺人現場に仕立てて、不可能興味を倍加させ、そうすることに依って一段と謎を奥深いものにした。作者は近年余暇を利用して憑かれたように京都や奈良を歩いている。いつの場合も単独行である点がこの物語と異るところであるけれど、いってみればそれは取材旅行でもあったことになる。

旅行団のなかで殺人が起り、犯人は誰か、つぎの犠牲者は誰か、そして動機は何なのかという謎とサスペンスに充ちた物語は、長編ではアメリカのビガースが書いている。ロンドンで始まった連続殺人事件は観光船がニューヨークに入港したところで解決されるのだが、山村直樹がその日本版を意図したかどうかはべつとして、枚数と締切の制約を受けながら興味津々たる中編を書き上げたのは、やはり実力作家だからに相違ない。

「阪和電車南田辺駅」——長谷川卓也

大正14年9月15日、大阪市生まれ。本名同じ。大阪工

業専門学校（現在は大阪府立大学工学部）を卒業したが、昭和21年から42年まで東京新聞記者。数年間、製薬会社にいたあとコンサルタントに転じ、かたわら文筆活動を続け、おもな著書は『〈カストリ文化〉考』44年、『ぶるうふぃるむ物語』50年、『押収本のカタログ』52年、『猥褻出版の歴史』53年など。

かけ出し記者のころ江戸川乱歩氏に誘われて探偵作家クラブ（日本推理作家協会の前身）に入会したが、小説と名のつくものはこれまで全然書いたことがない。したがって本編が処女作ということになる。

別記したように書きおろしであると同時に、作者の処女作でもある。推理小説の読者はその大半が自分なりにトリックの一つや二つは考えていて、機会さえあれば創作を試みたいと夢みている。雑誌が懸賞募集をするたびに、多くの新作が寄せられるのはそのせいであろう。長谷川卓也が五十歳を過ぎて初めて創作を発表したのは、遅過ぎるような気がせぬでもない。作者の性格が慎重であるためだろうか、それとも仕事が多忙であったためであろうか。だが創作の経験がなくとも推理小説の読者としての長年にわたる蓄積がものをいい、わたしの依頼に応じて、時刻表と推理とに依ってエリート官僚の過去の犯行を追究し剔抉《てっけつ》するこの一編を、きわめて短時日のうちに書き上げて了った。

この話のどこからがフィクションになっているのか解らぬけれど、出世主義者の官僚を設定したのは成功であると思う。短い枚数のなかで犯行の動機をすんなりと読者に呑み込ませるためには、この場合、出世主義に凝り固った役人ほど打ってつけの人物はいないからである。作者は被疑者に対して極力筆を押え、感情に走ることをセーヴしておいて、最後の一、二行でこの男の生き方を痛烈に批判してみせたのだが、それも非常に効果的であった。

一読すれば想像がつくように、作者は年期の入った鉄道マニアだ。冒頭に引用された「出版ニュース」のコラムも、タネを明かせば作者自身が執筆しているのである。阪和電車は南海電車とともに蒼井雄氏の戦前の長編《船富家の惨劇》に登場してくるので、推理小説の読者には馴染みがあると同時に親しみを感じる電車だが、本編の作者と阪和電車の関係はもっとつよいきずなで結ばれていた。それは、いまも耳をすませば警笛が聞えてくるというほどの親密な触れ合いであった。作者は昨年（昭和52年）の夏に西下して古い知人と会い旧交をあたためて帰って来た。大阪では久し振りで阪和電車にも乗ったことだろう。そのときの思い出が結晶して本編となったようである。

＊

本巻に収めたいと思いながらも、当の作品を含めた短編集が他社から出版されたばかりなために、遠慮をしなくてはならないケースが一、二あった。その一つは小林信彦氏の「神野推理氏の華麗な冒険」に入っている《〝降りられんと急行〟の殺人》である。わたしの鉄道アンソロジイはカバーの袖に書いたようにこの第四集を以《も》って終止符を打つが、右のような秀作を、指をくわえて見送るのは編者として何とも心残りでならない。もし幸《さい》わいにして機会に恵まれることがあれば、一、二年後にもう一冊の補巻を編みたいと思っている。

また、杉みき子氏の《白い手袋》と吉田知子氏の《遡行列車》もそれぞれ秀れたものであったが、このシリーズではＳＦを対象外としているために諦めなくてはならなかった。前者はボーモントのある作品を思わせる掌編で、老人ばかりが乗っている不思議な列車と遭遇した少年の体験を描いて、児童文学とＳＦの融合を試みたもの。白い手袋に依って象徴された清純な少年の心理は、読むものに快い感銘を残す。後者は「おとなのメルヘン」として執筆されたこれも掌編だが、哲学的ＳＦともいうべき難解な一編である。ＳＦに登場する列車物はまだまだ幾多の作例があるから、これはこれでＳＦの評論家がまとめるならば、興味ある一巻ができるはずだ。

最近ある友人から、渡島太郎氏に《殺人列車》という中編があるが見落したのか、と訊かれた。じつをいうとこれを第一集に収めるつもりで解説原稿を書き上げ、心当りに作者の所在を求めていた。氏が埼玉県入間郡に住んでいると聞いた担当のＭ女史は、炎暑のさなかを二日がかりで探し廻ったがついに発見することができず、そのあと暑気にあたって三日ばかり寝込んで了った。やがて、ゲラの再校もすんで印刷にかかろうとする間際のギリギリの時点になってようやく所在が判明、同女史がただちに速達で連絡をとったところ、折り返し作者から、自分にはこれを長編化したい考えがあるゆえ再録には応じかねる、という意味の返事がとどいた。われわれとしては原作者の意向を尊重せねばならぬこと、いうまでもない。で、ただちに組み上がっていた版を崩すとともに、第二集のために用意してあった作品を急遽くり上げて第一集に入れ、わたしはわたしで慌てて解説原稿を書き直したのであった。

もう一日遅れたら《殺人列車》は活字になっていた筈で、全くそれは際どい間一髪のところだったのである。

『幻の探偵作家を求めて 完全版 上』編者解題

日下三蔵

論創社から新叢書《論創ミステリ・ライブラリ》をお届けできる運びとなった。ずっと復刊本を手がけてきて、評論やノンフィクションの名作を対象にしたシリーズが必要だ、と感じていたから、版元の理解を得られてうれしい。

対象として考えているのは、①ミステリやSFを扱った非小説作品、②現時点で入手が困難、③資料的価値が高い、④読んで面白い、の四条件を満たすもので、特に④を重視している。

既に腹案は十冊を超えているが、どこまで出せるかは読者の皆さまの支持にかかっている。ミステリ・ファンなら必読といえる名著を全力で発掘していきますので、どうぞ、よろしくお願いいたします。

さて、新叢書の第一弾に選んだのは、本格ミステリの名匠・鮎川哲也が並々ならぬ情熱を傾けて続けたインタビュー集『幻の探偵作家を求めて』である。一九七四年から一九九九年まで、「幻影城」「問題小説」「EQ」「創元推理」と掲載誌を変えながら、約六十篇が発表されたが、そのうちの半分近くが単行本化されないままであった。今回は、その全篇に、関連するエッセイ、インタビュー、資料を大幅に加えて再編集し、全二巻で刊行する。

鮎川哲也は質の高い本格ミステリを書き続ける一方で、古き良き探偵小説とその書き手に多大な関心を寄せ、現代の読者に作品を読ませるために尽力した。その成果のひとつが、この『幻の探偵作家を求めて』シリーズであり、もうひとつがマイナー作家の良作・怪作を取り揃えてマニアの度肝を抜いた多数のアンソロジーの編纂である。カッパ・ノベルスから鷲尾三郎の新作長篇『過去からの狙撃者』が刊行されたり、中町信の初期長篇が徳間ノベルズから刊行されているのも、鮎川哲也の強い推薦によるものであった。

まずは上巻に収録した分の初出データを掲げておこう。

1　ファンタジーの細工師・地味井平造　「幻影城」4号（75年5月号）
2　ルソン島に散った本格派・大阪圭吉　「幻影城」5号（75年6月号）
3　深層心理の猟人・水上呂理　「幻影城」6号（75年7月号）
4　海恋いの錬金道士・瀬下耽　「幻影城」8号（75年8月号）
5　雙面のアドニス・本田緒生　「幻影城」9号（75年9月号）
6　凩《こがらし》を抱く怪奇派・西尾正　「幻影城」10号（75年10月号）
7　国鉄電化の鬼・芝山倉平　「幻影城」11号（75年11月号）
◎　編集長交遊録　「幻影城」12号（75年12月号）※未収録
◎　補記　思い出すままに　「幻影城」13号（76年1月号）※未収録
8　「蠢く触手」の影武者・岡戸武平　「幻影城」15号（76年3月号）

9　べらんめえの覆面騎士・六郷一　「幻影城」16号（76年4月号）
10　気骨あるロマンチスト・妹尾アキ夫　「幻影城」17号（76年5月号）
11　錯覚のペインター・葛山二郎　「幻影城」20号（76年7月号）
12　暗闇に灯ともす人・吉野賛十　「幻影城」21号（76年8月号）
13　含羞の野人・紗原砂一　「幻影城」22号（76年9月号）※未収録
◎　探偵作家尋訪記追補　「幻影城」23号（76年10月号）※未収録
14　〈不肖〉の原子物理学者・北洋　「幻影城」24号（76年11月号）
15　アヴァンチュウルの設計技師・埴輪史郎　「幻影城」26号（77年1月号）
16　夢の追跡者・南沢十七　「幻影城」29号（77年4月号）
17　ミステリーの培養者・米田三星　「幻影城」44号（78年6・7月合併号）
18　一人三役の短距離ランナー・橋本五郎　「幻影城」45号（78年8月号）

19 乱歩の陰に咲いた異端の人・平井蒼太
「問題小説」83年5月号
20 豪雪と闘う南国育ち・蟻浪五郎
「問題小説」83年11月号
21 ロマンの種を蒔く博多っ子・赤沼三郎
『幻の探偵作家を求めて』(85年10月)
22 せんとらる地球市の名誉市民・星田三平
『幻の探偵作家を求めて』(85年10月)

インタビュー
『幻の探偵作家を求めて』の作者を求めて
「幻想文学」30号(90年9月)※未収録

鮎川哲也アンソロジー解説集1
下り〝はつかり〟
75年6月 光文社(カッパ・ノベルス)
急行出雲
75年11月 光文社(カッパ・ノベルス)
怪奇探偵小説集
76年2月 双葉社(双葉新書)
怪奇探偵小説集・続
76年7月 双葉社(双葉新書)
怪奇探偵小説集・続々
76年10月 双葉社(双葉新書)
鉄道推理ベスト集成 第1集
見えない機関車
76年11月 徳間書店(徳間ノベルズ)
鉄道推理ベスト集成 第2集
76年11月 光文社(カッパ・ノベルス)
77年4月 徳間書店(徳間ノベルズ)
恐怖推理小説集
77年8月 双葉社(双葉新書)
鉄道ベスト集成 第3集 復讐墓参
77年9月 徳間書店(徳間ノベルズ)
鮎川哲也の密室探求
77年10月 講談社
鉄道推理ベスト集成 第4集 一等車の女
78年6月 徳間書店(徳間ノベルズ)

探偵小説のコレクターとして著名な島崎博氏が編集長を務めた「幻影城」は、名作の再録をメインとした探偵小説専門誌であった。初期の発行は絃映社、七六年以降は株式会社幻影城。さまざまな特集に即して埋もれた名作を発掘する一方で、鮎川哲也、仁木悦子、都筑道夫ら当時の第一線作家の新作や、朝山蜻一、水上幻一郎、氷川瓏といった往年の探偵作家たちの新作も掲載された。また、早くから新人賞を設け、泡坂妻夫、連城三紀彦、田中芳樹、栗本薫、竹本健治らが、同誌からデビューしている。

「幻影城」では再録した作品に長い解説を添えており、権田萬治氏の担当したものは『日本探偵作家論』（75年12月）、山村正夫氏の執筆したものは『わが懐旧的探偵作家論』（76年9月）として幻影城から単行本化され、いずれも日本推理作家協会賞の評論その他の部門を受賞している。

この二冊を含む《幻影城評論研究叢書》は五冊しか刊行されなかったが、黒い堅牢な函に入った造本の質の高いシリーズで、この《論創ミステリ・ライブラリ》が目標のひとつにしている叢書でもある。晶文社版『幻の探偵作家を求めて』の前書き「はじめに」を見ると、同書も《幻影城評論研究叢書》から刊行される予定であったことが分かる。

もともと島崎氏は鮎川哲也に連載小説の依頼をしたのだが、逆にインタビュー企画を提案されて、それは面白い、ということになったようだ。第一回が掲載された「幻影城」4号（75年5月号）の編集後記「編集者断想」には、こう書かれている。

> 創刊号発行後、鮎川哲也氏に長篇連載の電話をしたら、心よく引き受けて下さった。但し、長篇の書下しが三本あるので今年中は無理ということだったが、結局来年新年号から三～五回の短期連載で話がまとまり、話は消息不明の作家におよんで、二人してさがすことになった。新企画〈探偵作家尋訪〉コーナーである。「尋訪」は「さがす」意で、出典は「南史・陶弘景伝」の「遍歴名山尋訪仙薬」である。

この企画は、目次では「探偵作家尋訪」、本文では「幻の作家を求めて」として連載された。探偵小説専門誌なのだから、初出ではわざわざ「探偵作家」とする必要がなかったのだろう。

鮎川哲也は「幻影城」13号（76年1月号）から26号（77年1月号）まで、星影龍三ものの長篇『朱の絶筆』を連載しているが、その期間中にも「幻の作家を求めて」を断続的に発表している。最終的に「幻影城」が53号（79年7月号）で休刊するまで、十八人のインタビューが掲載された。

その後、徳間書店の月刊誌「問題小説」に「幻のミステリー作家」の標題で二人分が掲載され、八五年十月に晶文社から『幻の探偵作家を求めて』として単行本化された。その際に、さらに二人分のインタビューが追加されているが、紗原砂一氏から収録の許諾が出なかったため、晶文社版は二十一人分を収録したものになっている。

米田三星、平井蒼太、蟻浪五郎の三氏のタイトルは単行本化の際に微妙に変更された。初出時には、それぞれ「ミステリの培養者・米田三星」「乱歩の才を継ぐ異端の人・平井蒼太」「雪国のロマンチスト・蟻浪五郎」であった。

同書のカバーそでに書かれた作者の言葉は以下の通り。

ミステリーがまだ探偵小説と呼ばれていた時代に、多くの先人たちが、ただただミステリーを愛するがゆえに、書き綴った。こうした人々が日本のミステリーの基礎をきずいた功績を忘れることはできないが、大半がプロ作家ではなかったために、写真一枚すら読者の眼にふれる機会がなかった。いまのうちに何とかしたいという思いは、つねづねわたしの念頭を去らなかった。

鮎川哲也

また、この本では見返しに各作家の署名が掲載されていたので、本書でもここに再録しておく。斎藤栄、多岐川恭の両氏と写った著者近影は、カバーそでから。なお、本文末尾に「追記」のある項目があるが、いうまでもなくこれは晶文社版刊行時における追記である。

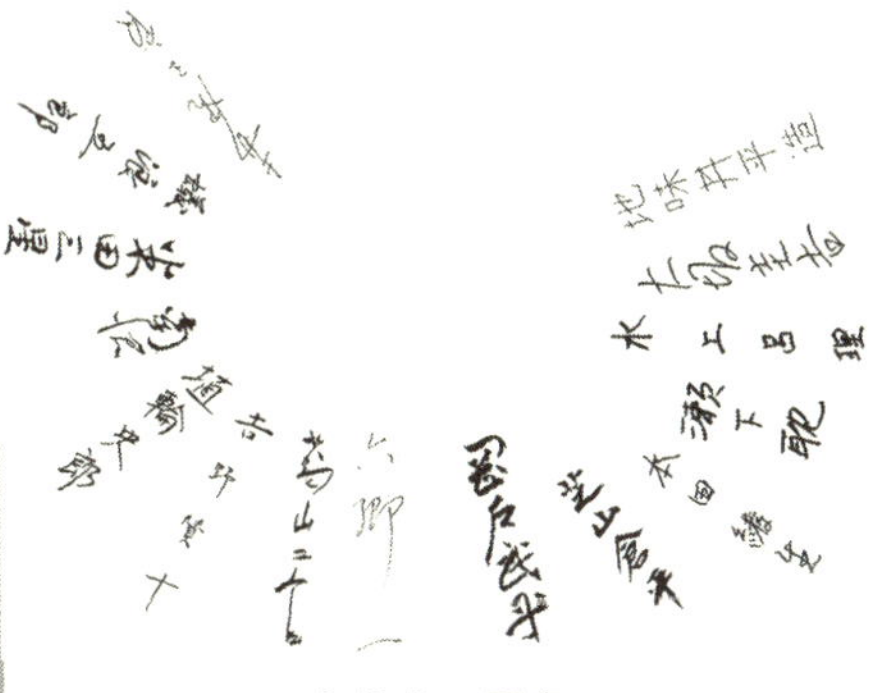
各作家の署名

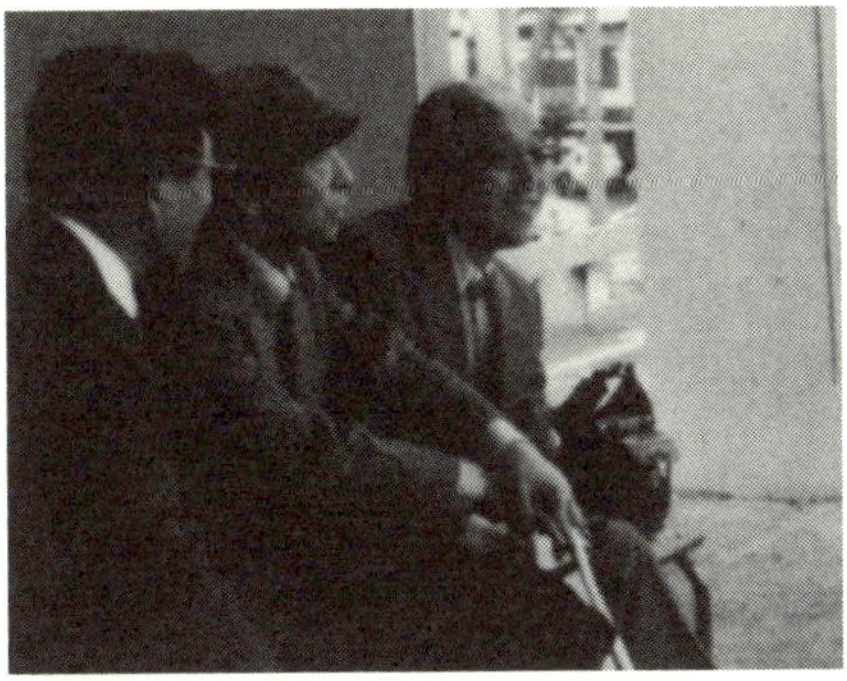
斎藤栄（左）多岐川恭（中）両氏と鮎川哲也（右）氏

本書では「幻影城」に掲載されたエッセイ三本を発表順に追加収録したので、連載時の流れを立体的に感じていただけると思う。このうち「編集長交遊録」だけは著者唯一のエッセイ集『本格ミステリーを楽しむ法』(86年9月/晶文社)に収録されており、末尾の「追記」は同書で加筆されたものである。

初出誌に掲載された写真で晶文社版に収録されていないものに関しては、誌面から再録した。印刷物からの復刻なので画質は良くないと思うが、これはご容赦いただきたい。

東雅夫氏による鮎川哲也インタビュー「『幻の探偵作家を求めて』の作者を求めて」は、「幻想文学」誌の特集「異端文学マニュアル――日本幻想文学誌6昭和篇」の一環として掲載されたもので、現在は同誌のインタビュー記事をまとめた大部の一冊『幻想文学講義 「幻想文学」インタビュー集成』(国書刊行会)に収録されている。今回、国書刊行会編集部と東さんのご厚意により、本書にも特に収めさせていただきました。記して感謝いたします。

なお、晶文社版の巻末には、あとがきの代わりに「著者からのおねがい」と題した一ページの告知が付されていたので、ここに全文を掲げておく。

左に記した作家の消息をもとめています。インタビューして、お話を記録させていただきたいと思っています。御本人あるいは御遺族の所在をご存知の方は御一報ください。よろしくおねがいいたします。

酒井嘉七
独多甚九
黒輪土風
多々羅三郎
弘田喬太郎
本間田麻誉
中村美代子
信濃夢作

[連絡先]　(郵便番号一〇一)
東京都千代田区外神田×-×-×
晶文社編集部気付
鮎川哲也

多々羅三郎は多々羅四郎の誤りであろう。このうち独多甚九だけが連絡が取れて「EQ」にインタビューが掲載された（下巻に収録）。信濃夢作は不思議小説で知られる三橋一夫の別名義。鮎川哲也による尋訪は実現しなかったが、九二年六月に国書刊行会の〈探偵クラブ〉シリーズで傑作選『勇士カリガッチ博士』が刊行された際の東雅夫氏による解説は晩年の著者自身へのインタビューを元にした詳細なもので、東さんによる尋訪記といって過言ではない。興味をお持ちの向きは、ぜひ参照していただきたいと思う。

前述したように、鮎川哲也は五十冊以上のアンソロジーを編纂している。光文社文庫の『本格推理』シリーズ（全15巻）は公募作品の選者を務めたものだから、やや趣きが違うが、他の三十数冊では有名作家の定番作品よりも、マイナー作家の珍しい作品をひとつでも多く発掘しよう、という意図が明確である。

双葉新書『怪奇探偵小説集』シリーズのように、鮎川自身の作風とはまるで異なるテーマのアンソロジーも編んでおり、読者としての柔軟ぶりと目配りの広さがうかがえる。そうした方向性は「幻影城」の編集方針とも一致していたし、『幻の探偵作家を求めて』シリーズとも表裏一体をなす仕事といえるだろう。実際の作品を集めたアンソロジーが「実践編」、著者や遺族へのインタビューが「理論編」といった位置付けである。

そこで本書では付録として、鮎川哲也が発掘系のアンソロジーに寄せた解説を、刊行順に収めてみた。『幻の探偵作家を求めて』で取り上げられている作家の作品も数多く含まれており、内容的なリンクもある。初めてこれを読まれる方は、平均的な解説をはるかに超えた枚数の多さと、そこに込められた熱量、情報量に驚かれるのではないだろうか。本書を読んで気になった作品があれば、ぜひアンソロジーを探して現物を味わっていただきたい。

なお、双葉新書および徳間ノベルズから刊行されたアンソロジーでは、作品の扉ページに作者の略歴が記載されているが、これは明らかに鮎川哲也自身の筆になるものなので、本書では巻末解説の該当項目の部分にゴチック体で挿入しておいた。

テキストは基本的に初版本を用いたが、鮎川アンソロジーでは重版時や文庫化に際して新情報が追記されることが少なくない。本書では重要度の高いと思われる追記を、可能な限り拾った。本文中に、どの時点での加筆かを表示すると煩雑になりすぎるため、項目ごとにここで明記しておく。加筆はいずれも末尾の部分である。

『下り〝はつかり〟』の芝山倉平「電気機関車殺人事件」重版での加筆

『下り〝はつかり〟』の青池研吉「飛行する死人」　文庫版での加筆

『下り〝はつかり〟』の土屋隆夫「夜行列車」　文庫版での加筆

『下り〝はつかり〟』の斉藤栄「二十秒の盲点」　文庫版での加筆「先般、ミステリーを書き出して」以降

『急行出雲』の成田尚「夜行列車」　重版での加筆

『急行出雲』の覆面作家「夜行列車」　重版での加筆「本書の初版発行後」以降、文庫版での加筆「後日私は氏にインタビューを試み」以降

『急行出雲』の丘美丈二郎「汽車を招く少女」　文庫版での加筆「なお英文学者で」以降

『急行出雲』の天城一「急行《さんべ》」　文庫版での加筆

『怪奇探偵小説集』の倉田啓明の経歴　重版での加筆

『怪奇探偵小説集』の米田三星の経歴　重版での加筆

『怪奇探偵小説集』の南沢十七の経歴　重版での加筆

『怪奇探偵小説集・続』の城戸シュレイダー「決闘」ハルキ文庫版での加筆

『怪奇探偵小説集・続』の潮寒二の経歴　重版での加筆

『怪奇探偵小説集・続』の永田政雄の経歴　重版での加筆

『怪奇探偵小説集・続』の橘外男「逗子物語」　ハルキ文庫版で作品自体を追加収録

『怪奇探偵小説集・続々』の小滝光郎の経歴　双葉文庫版での加筆

『怪奇探偵小説集・続々』の朝山蜻一「くびられた隠者」　双葉文庫版で作品を差し替え

『怪奇探偵小説集・続々』の平井蒼太「嫋指」　双葉文庫版で作品自体を追加収録

『怪奇探偵小説集・続々』の永田政雄「人肉嗜食」　ハルキ文庫版で作品を差し替え

『見えない機関車』の海野十三「急行列車の花嫁」　文庫版での加筆

『見えない機関車』の鮎川哲也「見えない機関車」　文庫版での加筆

『恐怖推理小説集』の草野唯雄「死霊の家」　双葉文庫版で作品を差し替え

『鉄道ベスト集成　第3集　復讐墓参』の野呂邦暢「まさゆめ」　徳間文庫版『レールは囁く』での加筆「私ごとになるが」以降

『鮎川哲也の密室探求』は編者の前書きにもあるように、作家・翻訳家の松村喜雄、作家・数学者の天城一両氏との共同編集であり、各篇解説も各氏が分担して執筆しているが、項目ごとの担当者が明記されていない。文中で「鮎川哲也氏」と書かれているものは鮎川哲也以外のどちらかの手になるものだろう、といった推測はできるものの、今となっては確証が持てるものではない。下巻の収録分で担当者が明記されているアンソロジーについては鮎川哲也の執筆した項目のみを収めたが、この一冊に限り、すべての解説を収録するしかなかった。その点ご了承願えれば幸いである。

本書の編集および本稿の執筆に際しては、浜田知明、山前譲、東雅夫、黒田明の各氏から貴重な資料と情報の提供を受けました。ここに記して感謝いたします。

それでは引き続き、『幻の探偵作家を求めて 完全版 下』でお目にかかりましょう。

【著者】鮎川哲也（あゆかわ・てつや）
1919年、東京生まれ。GHQ勤務の傍ら創作活動を行い、のちに専業作家となる。晩年は新人作家発掘にも尽力した。2002年没。長編作品の主要著書に『黒いトランク』、『憎悪の化石』、『黒い白鳥』（いずれも講談社）、『りら荘事件』（光風社、別題あり）、『白の恐怖』（桃源社）、『風の証言』（毎日新聞社）、『沈黙の函』（光文社）、短篇集の主要著作に『海辺の悲劇』（弥生書房）、『薔薇荘殺人事件』（講談社）、『赤い密室』（サンケイ新聞社）など。第13回日本探偵作家クラブ賞、第1回本格ミステリ大賞特別賞を受賞。

【編者】日下三蔵（くさか・さんぞう）
1968年、神奈川県生まれ。出版社勤務を経てミステリ評論家、フリー編集者。著書に『日本SF全集・総解説』（早川書房）、『ミステリ交差点』（本の雑誌社）。主な編著に《山田風太郎ベストセレクション》（全24巻、角川文庫）、《ミステリ珍本全集》（全12巻、戎光祥出版）、《日本ＳＦ傑作選》（全6巻、ハヤカワ文庫）、《横溝正史ミステリ短篇コレクション》（全6巻、柏書房）など。編著『天城一の密室犯罪学教程』（日本評論社）で第5回本格ミステリ大賞を受賞。

幻の探偵作家を求めて 完全版 上
論創ミステリ・ライブラリ 1

2019年6月10日　初版第1刷印刷
2019年6月20日　初版第1刷発行

著　者　鮎川哲也
編　者　日下三蔵
装　丁　奥定泰之
発行人　森下紀夫
発行所　論 創 社
〒101-0051 東京都千代田区神田神保町2-23 北井ビル
電話 03-3264-5254　振替口座 00160-1-155266
http://www.ronso.co.jp/

印刷・製本　中央精版印刷
組版　フレックスアート

ISBN978-4-8460-1693-7